21世纪
世纪
年 度
小说选

2022 中 篇 小 说

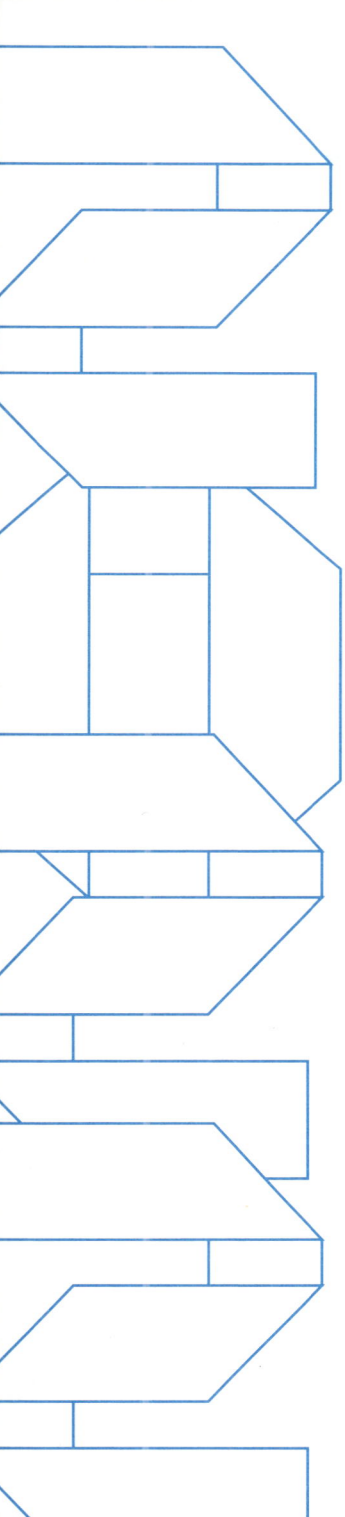

# 2022 中篇小说

21世纪年度小说选

人民文学出版社编辑部 编

人民文学出版社

图书在版编目（CIP）数据

2022中篇小说／人民文学出版社编辑部编．— 北京：人民文学出版社，2023
（21世纪年度小说选）
ISBN 978－7－02－017958－9

Ⅰ.①2… Ⅱ.①人… Ⅲ.①中篇小说—小说集—中国—当代 Ⅳ.①I247.5

中国国家版本馆CIP数据核字（2023）第066677号

| 责任编辑 | 徐晨亮　黄彦博 |
| --- | --- |
| 装帧设计 | 李思安 |
| 责任印制 | 张　娜 |

| 出版发行 | 人民文学出版社 |
| --- | --- |
| 社　　址 | 北京市朝内大街166号 |
| 邮政编码 | 100705 |
| 印　　刷 | 三河市延风印装有限公司 |
| 经　　销 | 全国新华书店等 |
| 字　　数 | 440千字 |
| 开　　本 | 880毫米×1230毫米　1/32 |
| 印　　张 | 17.75　插页3 |
| 印　　数 | 1—4000 |
| 版　　次 | 2023年5月北京第1版 |
| 印　　次 | 2023年5月第1次印刷 |
| 书　　号 | 978-7-02-017958-9 |
| 定　　价 | 65.00元 |

如有印装质量问题，请与本社图书销售中心调换。电话：010-65233595

# 出 版 说 明

我社自1977年起，即每年编选和出版年度短篇小说选和中篇小说选，两种年选曾经深得读者的喜爱，在文学界和读者中具有广泛影响。1994年后，这项工作一度中断。21世纪肇始，根据文学界人士和读者的建议，我社决定恢复中、短篇小说年选的编选和出版工作，以便及时总结年度中、短篇小说创作的成绩，向读者集中推荐优秀的中、短篇小说，也为新世纪的文学积累做出我们的贡献。

恢复出版的中、短篇小说年选总冠名为"21世纪年度小说选"，以示我们一百年不动摇，长期做下去的决心。"21世纪年度小说选"分中篇小说和短篇小说，各编一册，于次年出版；编选范围为当年全国各报刊上发表的中、短篇小说，入选篇目的排列以作品发表时间先后为序。

"21世纪年度小说选"的编选工作得到许多著名文学评论家和编辑家的支持和帮助，他们应我社之邀，对当年的中、短篇小说创作状况进行深入、广泛的研讨，提出许多极有价值的选目。我们在广泛阅读的基础上，充分参考专家们的意见，严格进行编选。在此，谨向诸位专家深表谢忱。

人民文学出版社编辑部

# 目录

·001· 两个人的冬天　白　琳

·048· 明日派对　周嘉宁

·099· 浮　图　葛　亮

·177· 化　蝶　哲　贵

·238· 白釉黑花罐与碑桥　迟子建

·291· 糖　霜　计文君

·352· 棣棠之约　孙　频

·425· 霞满天　王　蒙

·470· 马厩岛　黄立宇

·512· 门前宝地　徐皓峰

# 两个人的冬天

白 琳

## 一

决定和她出来旅行,是下了巨大的决心的。最初我只打算去布拉格待三天,然后到罗马开会,加上往返的时间,十天还算比较松快。

打电话回家的时候,她说那边正在下雪,暖气不大好。楼是上世纪八十年代末的旧楼,虽然管道换过一次,但是整个供暖没有好到哪里去。装修也还是我第一次带男朋友回家时重新简装的。那个男朋友家里条件比较好,她算是满意。听说我要带他回去看看,暑假之前,她花了五万块重新装修了卫生间、厨房,换了一张沙发,拆了四扇窗。后来我和男朋友分手,她总是把五万块的事挂在嘴边。另外一句话干脆就像一颗痣长在了她的嘴角 —— 要不是因为你。

我第一次听到这个话的时候大概五六岁。那时候我们还都在一个筒子楼里住,一个房间里只能摆得下一张桌子、一把椅子和两张单人床拼起来的双人床。床板很硬,从那时候开始我就养成了仰睡的习惯,因为侧身胳膊就硌得疼。我对书桌比较有印象，像是学校替换下来的旧物，上面还有孩子们刻下的"早"字。还用纯蓝墨水涂过，上面全是皱纹。我记得清楚是因为我在上面习字，后来上小学就在那里写作业。我们也在上面吃饭，靠墙角还堆着一排做饭的佐料。她喜欢买固体酱油，还有袋装的醋，这两样都比瓶装的便宜。但是要小心照顾，不然碰倒了桌子上就会一片暗黑色的汪洋。我当然碰倒过，不止一次。每次碰倒她都会连骂带喊，佐以泪水，诉说自己的各种难处，抚养我的无数艰辛。还有那句话：要不是因为你。

吃饭的时候她一般坐在床上，我坐在凳子上。我的右侧是一只有烟管的炉子，烟囱贴着墙壁，喉管很长。我们用它取暖，更多时候为了烧菜做饭。有一次她碗没有端平，扣了我一身的紫菜蛋花汤，在我腿上燎起两个大泡。她一边拽我去水房用冷水淋我一边哭：都怪你都怪你，还不是因为你。她哭声很大，震得水房嗡嗡作响，我们像被困在玻璃器皿里的小人，没有出路，常常窒息，一点点动静都能够刺激全身神经的抖动。我没有朋友，没有人愿意接近我，我们在那栋职工宿舍楼里住着的时候，没有人来掺和我们的任何事。我们很早就活在了世界之外。

她现在住的两室一厅的公寓是好不容易得来的，有了那个房子之后她才松了一口气。以前里面住着她们医院的一对双职工，男的是后勤上的，姓安。女的是儿科大夫，姓温。还有两个女儿，小一点的和我同岁，大一点的比我大两岁。一九九四年医院在南区建家属楼，有一批旧房子可以退下来，她拽着我去了安叔叔家，跪在客厅里一把鼻涕一把眼泪说自己的经历。比如我父亲的那场车祸，我爷爷奶奶的冷漠，还有她寡母抚孤的艰难。我想她的故事在医院基本上无人不知了。那对夫妇想尽一切办法叫她起来，她哭到气若游丝：如果不是因为有孩子，我早就不想活了，全都是因为有孩子啊……她把我也拽了下来，用手摸摸我的脸，用满是泪水的眼睛望向我的眼睛，充满无限的柔情，诉说着我们家人如何对我不管不顾，把她逼到走投无路。

我头顶上的两个女孩子十分急切，和她们的父母一样想要我们站起来。急切是真的，同情也是真的。那是我第一次羡慕别人。她们眼睛里的善良亮晶晶发着光。那两个女孩后来都是我的朋友，她们不像我，活得激进又不甘心。她们平静，安乐，没有恐惧。安茜现在也在医院，妇产科医生。安然在天津的某个大学做行政。按部就班地工作、结婚、生子，过得幸福美满。你说她们都有很多钱吗？也不是，甚至也许现在都还没有我赚得多，可是我总是干焉饥饿，而她们始终丰盈饱满。

我很早就知道哭很有效。她的房子就那么被哭来了。以她的资历，一个院办编外职员在几百人的医院里轮上一套房子基本上是不可能的，要说能轮上，也最多是个一室一厅，但是她拿到了那家的钥匙，最后只交了两万五的购房款，五千块也还是向安叔叔和温阿姨借的。后来他们一直对我多有关照，他们和她的关系也处得不错。多少年过去了，那份哭出来的情分比往日加深了许多。所以总之，不论最初的出发点是什么，在抵达终点之前，似乎就没有什么定论。人真正的魅力就是自我的诚实表现。有时，某种粗率羞涩或者失言，都具有魅力，因为它们发自心灵，诚实无饰，使我们看见了一个人的独特侧面。

只不过我没有这样的哭泣的侧面。尽管我知道哭很有效，但是我从没试过。分手，失业，竞争中被人挤掉，我都没哭过。是内心坚强吗？也不是。我也会觉得难过，也想要眼里流出泪来。可是我通常只能体会到一种干疼，而无法湿润。

大学我念了化工专业，后来直升了本校的硕士。毕业以后我先去了北京，后来又到了杭州，换过三个工作，最后在一家知名日化公司做事。这一年，我本来是有机会被派到意大利去念博士的。公司和那边的一个大学有合作项目，开出的条件十分优惠。我们每个月可以拿到两千五百欧元的工资，在罗马的工作就是协助导师做研究，并与公司产品部一起研讨，开发新产品。结项的时候满足论文发表和新产品研发即可。回国之后工资会翻一倍，外加产品分红，当然，还有博士学位。一举多得。和我竞争的一共有三个人，其中两个毕业院校差一些，一开始就没有优势，走到最后的是我和一个叫吴丽丽的女博士。她已经有博士学位了，还想要一个更好的，在欧洲的工作经历会成为她新的起跳板。我们的业务能力相差无几，胶着状态下有高人指点我：去哭，哭了肯定就是你的。

我当然没能做到。

在我眼里没有流出的眼泪最后被吴丽丽演绎得异常生动。大家绘声绘色地描述吴丽丽拿着抽纸涕泪横流的模样时，她已经在罗马的bar里喝咖啡了。公司在那边还帮她租了一间小公寓，设施良好，一个月差不多一千块。

人与人之间的关系，是不是第一次建立之后就难以改变，我没有验证过。但显然，我连如何建立都不太懂得。实际上我觉得，在这方面，她比我老练与聪明得多。很多时候，建立人情我只能碰运气。我的运气也确实好一些。以前学校的学长从总公司下派，恰好分管到杭州分部，饭局上偶然碰到了，随便聊聊的时候他给了话，让我可以先去考察一下，和那边的学校联系，和导师见个面，和吴丽丽联络一下同事情谊，然后为下一年派我过去做好准备。

公司里有声音传出来，都是些对我与学长的猜测。也有人说，赶快抓住机会，你现在拼事业反而是次要的，主要是找个好人嫁了。学长比我大八岁，离过一次婚，无子女。老实讲，这些话偶尔也会过一下脑子，只不过从根本上说，世上多余的事情，不管以什么形式出现，都与我毫无关系，当这些事与我内心的平衡以及理性的判断发生抵触时，我宁愿视而不见，轻而易举地装作它们并不存在。如果一个障碍物出现在我面前，阻挡了我的道路，我会绕过障碍继续前进，一丝一毫也不会改变自己前行的步伐，而且会很快忘掉这个障碍。

比如她。

我很少打电话给她。因为她总是不合时宜地把障碍重新摆出来。她似乎从来没有快乐过，每天都忧心忡忡，六十多岁的人了，眼泪还是很多。过年去安叔叔家拜年，他们总会说，多体谅体谅你妈，她一个人把你拉扯大也真的不容易。偶尔还会有这样的信息透露给我。比如安茜会说，嘉惠，你是不是从来没有给阿姨买过首饰？那次你妈看到我妈的金项链的时候哭了。安然说，要不你带阿姨出去旅行一次，她好像也挺羡慕我爸妈每年出去一趟的。

我承认，我对她不好。

我没有买过首饰给她，没有带她旅行过，也没有给她很多钱。只有每次回家过年，我才会塞给她一万块。

伙食费，我说。

后来我连家都不想回。也果真有两三次没回去。不回的时候我也不交那些伙食费了，五天一万块，我想吃什么尽情吃。

总能听到她的抱怨。听到的时候就总会想起十六岁，那年我考上了大学，如释重负，周边的人都来祝贺的时候她总是哭，说没有钱供我念书，大家纷纷伸出援手，很多人也没有想要回报。那时候，赞助一个家庭贫困但是勤奋好学的学生还是大家认为值得的爱心捐赠。但是那个假期里她不断地逼迫我去向我的叔叔婶婶要钱。我和他们十年没有见面了，到家里吃完饭就回来，根本没能张开口提钱的事。她在那间小居室里再次歇斯底里，从六岁讲到十六岁，把重复过无数遍的话重新重复。最多的当然是那句：要不是因为你。

她帮我交了第一年的学杂费，又给了五千块的生活费，从那之后，我开始了自立。打工念书，本科、研究生，一个人供完了自己的学业。找了稳定工作的第三年，我终于攒够了一笔钱，连本带利清算给当年资助我念书的叔叔阿姨。我这么做相当没有人情味，我知道。我拿着三千五千三百五百递给人家的时候，大家感受到的只有尴尬。从那时起，我知道我就是一个无比僵直毫无善念的人。

后来我又偷偷帮她攒了一笔钱。每年两万，已经七年了。我想，也许什么时候就有用了。钱这个东西，分散开没有什么好处。虽然它总能带给人零星的快乐。我帮她攒这笔钱并不是因为我爱她，而是帮她做个养老规划。杭州有很多不错的老年公寓，偶尔我也会关注一下。我不可能和她同住，更没有意愿和她一起度过人生结局，那对我来说无比麻烦。有几次我还差一点帮她买几个保险，后来觉得没有太大的必要。我大学毕业的那一年，她有了转正的机会，正式入了编，在所有的机会面前，她总是比我善于把握，只不过机会对她来说，并不很多，这是上天的苛刻。尽管如此，这几年她的工资也涨到八九千块，完全不需要我额外费心。在钱上面，我始终与人泾渭分明，因为我一直都是钱的奴隶。

我给你报一个团，你去旅行吧。有一年冬天我这么跟她说。

我不去。她没有正眼瞧我，一直看一个中央八台的电视剧。

我就没有再开口。首饰我根本不想买给她。我们有罕见的几次逛街，她有意无意地去过两三家珠宝店。我总是故意冷淡，要么坐在边上刷手机，要么假装接电话走出去。我站在店门外面，靠着墙看对面小摊贩卖糖卖水果，卖对联卖质量没办法再差下去的秋衣秋裤、内衣内裤、帽子手套、日化用品。我对这个小城厌倦无比，我希望我从未出生，那样我就不用奋力挣扎，欲求不满。

我常常觉得自己和她像一对彼此钩心斗角的夫妻。有一次她试戴一条白金项链，导购夸她皮肤白戴上去很亮眼。她罕见地转向我，说，你看这条怎么样？你结婚的时候我戴着不丢人。我看向她，斩钉截铁说，我不结婚。她很尴尬。导购小姐赶忙说，哎阿姨，现在不是不让催婚嘛，顺其自然就好，您女儿年轻漂亮，不愁嫁的。她也笑笑：也老大不小了，不能不着急啊。

出了门她的脸马上阴下来，要即刻回家。那天是除夕，我们说好了要在外面吃一顿年夜饭，餐厅也订好了。不去的话饭钱也不能退，但她执意要回去。你眼里根本就没有我这个妈，你这是够孝顺的！丢下那句话她就头也不回地走了。我在马路中央站了几分钟，觉得不想再看到她的眼泪，打电话给票务，听说恰好还有一趟临时加的客机回杭州，于是当下就改签了机票，顺手拦了一辆出租去机场。

这之后我们有大半年的时间没有通过电话。也是从那时候开始，我们的关系冷淡了很多。

## 二

我要到罗马出差，顺便去周边转一下。过年不回去了。

走多久？

大概十来天。

知道了。

我感到一阵难受。忍不住闭上眼睛深呼吸几口。不知道从什么时候开始，连讲电话都变成莫名其妙的煎熬。常常，我们的对话之间会有很多空隙，我很想找到可以填充之物，但是像是那只在小筒子楼里横着多年的烟囱，我喉咙堵塞。有一次她没有封好煤炉，我们差一点死在那个小房间里。我在医院昏昏沉沉睡了有一个多星期，醒来的时候听到她在哭，说住院费太贵了。一个女院长在旁边安抚她，说，孩子怪可怜的，别担心，我们只收输液费。那也五百多块，她后来说，要不是因为我觉得不对劲儿，起来赶快开窗户，你早死了。这句话后来我也听到了很多次，每一次我都会在心里回应她：死了该有多好，你为什么要救我。

我不知如何与她相处，也许为了缓和尴尬，我顺口说：

你要不要和我一起去？

说完我就后悔了，我怕她应承下来，但又转念一想，她是不会答应的。彼此都尴尬的事情，做着有什么意义呢？

可是那边沉默许久。她越沉默，我越紧张。

我想一下，她忽然说。

那好吧。我明天再打给你，得赶快决定，我要提前买票。

那一夜我没有睡好。甚至想出来几个劝她放弃的理由。比如我们要走很多路，罗马的街道坑坑洼洼。比如是冬天，带行李非常麻烦，我很难处理两个人的大箱子。再比如说，护照签证怎么办等等，诸如此类。

第二天她主动打电话给我：我去。

你想好了？

我跟你温阿姨说了一下，他们都赞成我去。你订机票就行，护照和签证他们帮我弄。

好。

挂上电话我非常沮丧。到下午的时候，我感觉自己快要崩溃了。我想，我应该要放弃去罗马。我不去罗马，那么我就不需要和她一起旅行。就算最后因此我没办法下一年去罗马做课题也没有关系。总之我不想和她一起旅行，那将是一场灾难。

晚上七八点钟的时候，我发出去一条微信：学长，真是抱歉，我考虑了一下，觉得去罗马一事太匆忙，可以先放一放。

直到十点多钟才收到回复：刚才有个局，我觉得出去深造一下是好事，希望你不要浪费机会，当然我也尊重你的决定。

之后的几天我一直都处在煎熬中。

安茜传来消息：帮我带 Dior Snow 回来，还有阿玛尼405、406各两支。Gucci 的包到时候你拍照给我看，最近出了几个都不错。另外还有个同事要一个 LV 的手袋，到时候我发图片给你。

我不是去代购的好不好。

反正是顺便的事。一会儿有台手术，再聊。

我很想和她讲我要放弃这次行程，又怕传到那个人的耳朵里去。如果那样的话，她会崩溃到什么模样呢？实际上，因为她我几乎已经和所有的亲戚断了联系，也从家族群里退了出来。因为每一次发生争执，她就会给她的兄弟姐妹打电话控诉我的罪行。

你怎么会变成这个模样，小的时候很可爱的啊。我的一个长辈说。

你妈妈带你多不容易，你怎么一点都不体谅她。另一个长辈说。

我不记得我小的时候是不是可爱，因为那些记录我童年的照片在搬家时被她弄丢了。后来我们也很少拍照，相簿里只有小学毕业照、中学毕业照。我在照片上始终都是眉头紧锁，心事重重的样子。

为什么会变成这个样子呢？这个问题我也会问一下自己。是什么时候变成这样的呢？

你总是这个样子，从来不为别人考虑，冷漠自私。这是我和徐凯分手的时候听到的话。

我一直都是这个样子，从我们开始交往就这样，你要是接受不了那时候就不应该开始，所以请你不要这么下作，在分手的时候拿这个指摘我。大家好聚好散。我冷冷地回敬。

徐凯沉默了，或者是被我噎住了，那个过程里，我拆了一个快递包裹，里面是一些烘焙材料，蛋糕粉、塔塔粉、芝士、黄油、蔓越莓、烤箱温度计、麦芬蛋糕模具、吸油纸和一些花花绿绿的包装。我把它们一样一样地往橱柜里塞，塞不下就把第二层的杯子套装挪出来，装进纸箱，搬到阳台上去。

我按部就班地做这些事，偶尔停下来想究竟怎么整理更加合适，在这个过程里，我始终能够感受到徐凯的气结。那些愤怒团聚在他的身上，是一股巨大的能量。但是他没有再说话，过了一阵子，我听到了关门的声音，不是很大，就是正常的关门的声音。我没有停下来，也没有哭。

我不是下厨能手，也没有时间鼓捣那些。但是我想要试一次，亲手做个蛋糕什么的。徐凯的生日是圣诞节的前一天，平安夜。他不过那个洋节，虽然在英国留学过三年。我把打蛋器塞进柜子的角落，知道自己可能根本不会用到它了。分手具体是哪天不太能记得，但一定是"双十一"之后"双十二"之前，离圣诞节还有一个月左右。

这些年我学会了一种自我保护方式，就是在他人愤怒的时候装作漫不经心，没有感情。我知道这样的行为会让愤怒的人更加愤怒，有时候我就是想要看到他们更愤怒。只有那样，才会觉得得到了平衡和宽慰。

我流不出眼泪。示弱的眼泪。越被刺痛，就越流不出眼泪。实际上我常常哭。看一颗种子成功发芽会哭，看鱼产卵之后挂掉了也会哭。我常常看一些科普片，不带感情色彩。有时候我会上一个网站，看一群地质工作者上传的许多地方实地岩性照片。他们在热烈地讨论一种我怎么也不能够明白的事情：想要营造日照金山的效果，就应当尽量挑选暗色的岩石，玄武岩、石灰岩、白云岩的山体反光少，除了山顶（尤其白雪）被金色曙暮光照亮，其余部位基本为暗色调，立体感会格外变强。意大利著名的多诺米蒂山是白云岩，冬天是滑雪的好去处，夏天避暑是另外一番好光景。这是一座南北向延展的山体，如果机位架在山体东边，那么找准日出时间，就可以拍出极度立体的效果。为什么青藏高原的昆仑山没有这种照片呢，因为它是花岗岩，本来就是金黄色调，所以营造不出这种明暗对比氛围。

材质，角度。不可更改与可以努力。如果我站在山上，想拍云海日出，花岗岩山体就好多了，日出暖色调，山体本色也是暖色调，整体看起来就显得温暖，如果换作珠峰，近景就是庄重的灰色。

我住在二十二层，对面的建筑物是灰色的，庄重的灰色。我尝试着从正面拍它，它是灰色的，在深夜里是深灰色。后来有一天傍晚，我回家的时候用手机在楼侧拍出了"日照金楼"的感觉，而在一个冬天的清晨，我开车离开小区，经过那栋楼的东侧，天上还有残月，灰色大楼在日出映照下显出金红色。我停下车，在一株巨大的梧桐下面，流下了眼泪。

其实我是会哭的。

我常常无故就流出眼泪。尤其是看科普知识，或者科学类纪录片。看着看着，我忽然就会流下眼泪。

我很讨厌别人推荐电影的时候说"很感人""快去看""我都哭了"这样的话。所以那些催泪的电影我很少看。有几次和朋友一起去电影院，他们看找孩子的电影会哭，看生离死别自然灾害的电影会哭，看分手的电影会哭，我在那些电影里丝毫无法体会到自己的态度。我偶尔会生出找一下自己泪点的行动。每年的十月份前后是北美西海岸三文鱼洄游的季节，一波波的三文鱼从大海逆游回故乡产卵。几年前我去围观过一次，由三文鱼保护协会人工开凿的一条河道，给三文鱼提供了一个舒适没有敌害的产卵环境。我有一点期待自己的眼泪自然而然地流下来，但是等我看到一个红着鼻子的中年妇女的时候，我就生出了无趣感。

太感人了。她对她先生说。然后她收到了一个深深的安抚性的拥抱。

我觉得他们一会儿就会去吃三文鱼。我不无恶意地对徐凯说。

你怎么会这么想?

因为我一会儿就要去吃三文鱼。

真的要这么做吗?

嗯,我想吃三文鱼。我说,或者鱼子酱。

那天也许是吃多了,半夜我吐得很厉害。吃了胃药,迷迷糊糊睡醒的时候,睁开眼睛看到徐凯还坐在我的身边,忽然有液体顺着我的眼尾流下来了。

徐凯抱住了我,和那个中年妇女得到的拥抱一样让我无法接受。我翻了个身,假装仍然不舒服,不着痕迹地推开了他。

## 三

因为要带上她,我的旅行计划有了变动。我们打算先去罗马,把行李放下,办完我的事情之后,再到周边转转。

你有没有想去的地方?

巴黎。

巴黎不是很好,脏乱,法国人也很粗鲁没礼貌。

那你问我干吗?

那好,我们去巴黎。还有哪里?

你看着办吧,我也不知道。

最后我们决定先从罗马飞到布拉格,然后再到巴黎。

英国脱欧的前一年,徐凯被公司派到伦敦三个月,我有请年假去看他。那时候我们到奥地利和巴黎走了走,在卢浮宫附近的一家酒店住了几晚。塞纳河的水浑黄,街道上总有不知哪里传来的尿臊味。有一天晚上出去散步,走到贝聿铭设计的金字塔前面,徐凯被一对看似游客的人叫去拍照。另一个游客拦住我：你知道入口在哪里吗？

前面，我指给他看。

他忽然用力拽下我手上的链子，跑得没影没踪。

我没有尖叫，惊讶之余有一点好笑。

我刚才是被打劫了吗？徐凯一脸紧张地跑过来的时候我问。

当然是，你这个笨蛋。他拽起我的手。上面有一点点小擦痕。

没关系啦，我笑着说，我那个手链才几百块，除了金灿灿之外没什么可值得注意的。不知道什么时候被盯上了。

他没有再说什么，只是把我的手深深攥紧，我感觉到了疼痛。

从那天开始，徐凯一直没把我一个人扔下过，就算吵两句嘴，彼此赌气的时候，他也在左右。我要从巴黎直接飞回国之前，他带我去老佛爷百货，我一直不愿意去，太贵了，而且也没有兴趣。也许就是太贵了。如果有钱，估计也会像小时候逛个夜市一样的有兴趣。

他在卡地亚专柜上帮我看手链，我说，你是打算让我再被抢一次吗？这要是真的被抢了，我可没办法淡定。

后来徐凯买了一对戒指。情侣对戒。我的戴了几次，大部分时间装在盒子里，他的一直都套在无名指上，直到我们分手那天，那戒指还在上面。


我和她的旅行一开始就不太顺利。本来是要从杭州飞的，恰好我要参加一个大学同学的婚礼，就决定先到北京，从北京飞。对于让她拖着大行李飞到北京这件事，她多有抱怨。她说，我的腿疼，你还让我跑来跑去。

你腿疼可以不用出来，难道出门之后不需要用腿吗？我想回怼她，但是我不能够在一开始就给自己找麻烦，只好安抚她说，泰航比别的航班要好不少，食物和服务都很不错。

可是中间要有五个小时的转机时间。她说,我年龄大了受不了。

我无话可说。为了省掉一半的旅费,我买了转机机票,考虑到几个俄航的都在半夜,所以选了泰航。也算是折中计划。

我会崩溃的吧。去机场的路上我发消息给安茜。

和妈妈一起去旅行,你不会后悔的。她回复我。

飞机上她一直睡不好,她来的时候没有带颈枕,我在免税店里买了一只给她。上飞机她戴了一会儿,说卡在脖子上不舒服,弄得她想吐,所以就取下来。飞了三小时之后,她忽然发出了低低的啜泣,我睁开眼,问她怎么了,但是她没有说话,只是啜泣声又大了一点。那时候机舱里的人都已经陷入了睡眠,连一开始哭闹的婴儿也没有了声息,我想要赶快安抚她,就又问到底怎么了,她还是没有回答,呜呜的声音似乎更响了一些。我烦躁起来,像一个根本不愿意猜自己女朋友心事的男人一样不耐烦。我最讨厌这种你猜你猜你猜猜猜的游戏。我总是有什么就直接讲出来。

我把头歪向一边,打算不再理她。她坐在靠过道的那一边,我听到她站起来,打开顶舱拿包,叮叮咣咣一阵子之后,她在包里翻出纸巾,很大力地擤了鼻涕。过道另一边的乘客不安地扭动,嘴里吐出模糊的叹息。我还是没有动,过了一阵子,听到她的自语:我的命真是苦。

按捺住我的是一点好面子的心态。我不能和她对谈,更不能狡辩。我不想知道她为什么忽然哭泣,但是我知道在那种状态下,最合理的解决方式就是置之不理。我没有办法压低自己的音量来和她纠缠她为什么哭。当然,她更没有办法学会控制自己的情绪。

这辈子都不可能学会。

我会控制自己的情绪吗?

我会。这常常是我觉得自己优于她的表现。

有时候，我觉得人们对我真的是充满了误解。我不是冷漠，我只是不想那么漫无限制地任自己的情绪横流干扰别人的生活。我充满理智，从不歇斯底里，这是我对她的纠正。我不允许她的无理取闹在我身上有半分显现。

在曼谷中转的时候她说她不想飞下一个航程了。我问她为什么，她却不说话了。后来我去星巴克买了一杯咖啡和一杯热巧克力，她补充了一点糖分之后心情好了一点。说在飞机上她睡不好，颈椎疼，很担心下面八个多小时的航程。我说，你真的得适应一下那个颈枕，还是很有用的。

转机的时间不太好打发，坐了一会儿她说她的脚会肿，不能再坐了，不然上了飞机就熬不下来。我觉得她说得有道理，就四处和她走走，看看免税店。她对化妆品没有兴趣，就喜欢看一些亮晶晶的东西。机场里有施华洛世奇的专柜，正好还有庆祝中国新年的活动，折扣算下来东西都不贵。不知道出于什么心理，也许是为了息事宁人，我给她买了一条项链，也就一千多块。她很高兴，指着同款的手链跟我说，你可以买这个。中国导购也说，对啊小姐，你看这个和妈妈一起戴多好。我说我没有兴趣戴这个，而且太小女孩了。

准备再次登机的时候我去了一趟洗手间，坐在马桶上称赞了自己两句。其实那时候，当她说她没有办法再坐飞机的时候，我很想对她说，可以啊，我现在给你买回国的机票，你自己坐回去。但是我忍下来了。一千多块的小饰品买下半程的安宁，怎么想怎么合算。

第二段航程果然简单很多，我们的座位没能在一起，而是隔着一个过道。她和一对意大利的母女坐在一起。那个母亲带着一个六七岁的小女孩。孩子很听话，她们一路上对她都非常客气，她也表现得很有礼貌。至少她没有再不合时宜地流泪，除了半夜四点送来的早餐她一口也没有碰之外,她看上去不太挑剔。餐盘里有小份的煎牛排、蔬菜沙拉、牛奶、牛角面包,她把果汁和酸奶递给那个小女孩,第一次讲了英文。

Eat,她说。

我不知道她会讲英文,即便是小小的几个单词。后来她偶尔也说谢谢。虽然大部分时候她都听不懂别人在说什么,但是她看得懂别人脸上的笑。她的发音不算怪,但是在我听来却有一点古怪。

我的英语算是好的。后来在大学里顺利过了四、六级,都是因为基础好。这个或许我得感谢她。那是我唯一上过补习班的科目。小升初的暑假,安茜要去念一个英语培训班,我回家跟她讲了,她问我多少钱,我说一个假期五百块,她没有说什么,第一次很痛快地给了我钱。要知道那时候她的工资也才一个月六百块。只不过我们都没有想到,刚开始上课,老师就要求每一个人都得有一台录音机,所以她只好带我去百货公司买了一台小霸王复读机,很贵,贵得不合理,又花掉了她三百多块。那一次她没有忍耐下来。回家之后她说,有你在,我是一分钱都攒不下来,要不是因为你,我会过得这么可怜?

小霸王复读机我一共用了十年,从中学开始到大学毕业。其实它还没有坏,最后已经有一点像个古董。我想说那是我这一生最为物尽其用的东西。

我念书她几乎没有参与,从初中开始,她不再参加我的家长会,她说没什么好参加的,每次去都很无聊,坐着听一些很无趣的讨论。她说她还要上班,一个编制外的人总要请假让她觉得很不便。有一年我成绩掉到年级五十名之外,老师要求我叫她来学校,她也没有来。她不来才是正常的,来了对我而言没有什么好处。因为总能听到这样的话:你为什么不如谁谁谁。她最后一次出现在学校是初中一年级的下半学期,整个城市进入雨季,每天都下雨。第一天我没有带伞,淋着暴雨骑车回家，在路上摔了一跤。她问我为什么把衣服搞成那样，我说我没有带伞。她说那你为什么不带伞，或者叫你的同学送你一程。那时候我们班已经有一些人家里有车了，下学之后遇到这样的天气，父母一定会来接。总有人要我坐他们的车顺路回家，但是我从来没有答应过。我总是微笑感谢，但不会欠别人任何的人情。

第二天我把伞装在自己书包侧面的网兜里，背到学校的时候发现伞不知道什么时候不见了。半下午的时候又开始下雨，下学后我站在教学楼的长廊里等雨停，一直等到七点，雨还是很大。长廊的尽头有一个插卡式电话，我拨号回家。

你怎么不带伞，明明知道要下雨。不然你自己打车回来。

她没有来过我们学校，不知道校门外是一条拥挤的单行线小巷，根本没有车愿意从那里过。尤其是在雨天。

后来她只好来接我，没过脚踝的积水泡坏了她的一双新皮鞋。回家之后她非常生气，说我没事找事，弄坏了她的鞋子。要不是因为你，她说，我怎么会活成这样。

她和身边的那对母女虽然没有办法交流，但是一路上倒还都有笑容。有时候我帮她叫水或者拿东西，那个女人都会冲我微笑，早晨快要落地之前，她一定要先去卫生间洗漱，我帮她取好牙具，等她走了，对面的女人问：那位是你母亲吧？我说是。她说你们看起来很像。

这是我不能够接受的。不知道从什么时候开始，我的神态和气息里，她的影子渐渐浓郁起来。就像是你对着一张照片，你极力否定你是她，可是转过身却发现自己和她长了一模一样的脸。

你是带妈妈来旅行，还是你们在这边住？

我们来旅行。

她说，真好啊。祝你们旅途愉快。

## 四

吴丽丽的住处在 San Giovanni 地铁站附近，是个一室一厅一厨一卫的小公寓，根本没办法容纳我和她两个人。恰好吴丽丽的一个同事去了博洛尼亚开会，所以有一个单间可以空下来三天时间。

只不过没预料那同事和另外的两个人分租房间，需要共用一个卫生间。她觉得很不便。她是有一点洁癖的，但是合租的公寓卫生确实有待改善。我想本来就是一个过渡，所以觉得可以勉强住一下。但是她不行，第一天到了之后，她就开始收拾卫生间，把便池、盥洗池、浴缸擦得闪闪发亮。又在整面地板上洒了消毒液。同住的两个女孩子看到她在忙碌感到十分抱歉，就开始一起打扫。我劝她简单弄一下就好，她说她闲着也是闲着。

第二天我和导师约好了见面。吴丽丽作陪，还有一个助理，也是中国人。结束后导师很客气地和我们告辞，而中国人还是要吃个饭。吴丽丽和助理关系并不是特别好，在我来之前她有透露一点这个人的一些小问题。助理是要协助导师和博士以及公司三方的沟通的，但是那个人不但失职，甚至在三方关系中发挥不好的作用。我对吴丽丽的话信一半。我来的时候她正在闹着换导师，所以现在我约见的这位其实是吴丽丽即将替换下来的导师，我知道她们之间的矛盾比较大，但对具体的细节一无所知，吴丽丽也不可能把所有事情都告诉我。人与人之间的防范必须且合理，虽然知道就算下半年可以顺利到罗马也仍然有一大堆的人际问题等着处理，但是我也管不了那么多了，只能先走出来这一步。

既然各怀心事，饭自然吃得寡然无味，只想草草了结。我们去的意式餐厅饭特别咸，意大利面也十分难吃，她们却说这是附近最好的一家餐厅。整个席间我们交流不多,只有助理抱怨她的意面里加了羊乳有一股膻腥味,叫来了厨师。

吃到一半吴丽丽出去接电话。助理问我和吴丽丽是不是很熟,我说我们交流不多,但是在这边的很多事都是她来帮我打听,确实也帮了一些忙。助理欲言又止,而我没有急着向她打探究竟。我知道要说的最后就一定会跑到我的耳朵里来,我不想自寻烦恼。

我们加了 Whats App,助理意味深长地说,以后有事可以直接联系。我说好。

我和吴丽丽在 Anagnina 总站搭地铁回 San Giovanni,吴丽丽犹豫再三,说刚才在饭店里接到的电话是同事室友打来的,内容不是特别客气,大约是说我妈睡醒之后又开始收拾厨房。

她们知道阿姨自然是好心的。可是阿姨收拾的时候她们也不好坐着不管,所以就只能一起收拾。但是两个人一个要写论文一个下周有个报告要做,根本没时间放在家务上,就是打电话来说能不能劝一下阿姨。

我说真是不好意思,我妈有一点洁癖,你不要担心,我解决这个问题就好。我在 Google 上搜了一下酒店,在好订网下了单。住处在 Termini 附近,那是火车总站,有线路直接去机场,又离市中心很近,各种交通都方便。回到住处的时候她还在帮人清理煤气灶,但是没有看到那两个女孩子的身影。我把拿出来的一小部分行李重新装好,告诉她说我们搬走,我觉得这里的环境不太适合好好休息,是我考虑不周。

我想好了,这趟旅行我不能省钱,也不能够按照我自己的旅行方式来。我是有一点埋怨她的多管闲事的,甚至会烦恼她不但做事不落好,反倒引来别人的指摘。但实际上我必须承认,不知为何我听到这样的指摘心里生出来许多愧疚。她年纪大了,我不应该让她这样来和我旅行。

对于我忽然要搬走她倒是没有多问,只不过在抱怨自己倒时差之苦,半下午想睡觉又不敢睡,可是不睡晚上也睡不着。在酒店办好入住之后我提议我们去西班牙阶梯那里走走。她问我那是什么地方,我就大致跟她讲了《罗马假日》的故事,她兴趣寥寥。其实我也是。这样的爱情故事,以及爱情故事的朝圣地对我来说从来没有过吸引力。有时间的话我倒是更愿意去美术馆看一下。

去美术馆的兴趣是初恋男朋友帮我培养的。也就是那个家境好、被我第一次带回家的男孩子现琮。他比我高两个年级,念日语专业,我读大二的时候他出国交流,后来我读硕士的时候他念完硕士从日本回来。虽然是同一所大学,但是完全是八竿子打不着的两个科系,无论是时间还是地理上,我们都没有所谓校友的情谊。我认识他完全是因为常常给我免费票的剧院的朋友也是他的朋友,我们在一场聚会上见到彼此,表面上都还过得去,校友的标签在那时候发挥了一点效力。

我得承认我是有一点企图心的。一个人有没有钱其实很好认,钱的味道从方方面面散发出来,萦绕不断。我从小就很会辨别别人有没有钱,这方面嗅觉敏锐,我是钱的奴隶。我从不让人帮我付钱买东西,也从不平白接受别人的礼物。不得已收了,也会想办法以等同的价值回赠过去。这是我僵直的人生,有人把它理解为清高。而很小的时候我就知道那是一种自卑,我因为特别自卑所以很容易就能判断一个人是否充满余裕。而他就是一个充满余裕的人。

她很满意他,绝大多数是因为他的条件。从日本回来之后他考了公务员,进了体制,在一个还不错的部门就职,四十岁左右可以混到处级干部的职位,家里有十几套房子,父母的事业也不打算难为他。只要坐享其成,这就是他的人生。

他正直,温暖,善良。因为他我知道了这世界就是这么不公平,因为贫穷而产生的畸形比比皆是,而富裕确实可以保存人的许多善良的面向。有生以来,我几乎没有看到一个在贫穷中还能持续正面而良善地活着的人。我们中的大部分都充满焦虑,欲求不满。而他们,比我们活得更温柔一点。像晚春或者初秋。

她希望我们结婚。我研究生毕业的时候二十五岁,恰好是结婚的良机。他父母算是开明,并没有太计较我的家庭背景,但是我们没有结婚。他后来娶了我的闺密,那是一个很复杂的故事,我们就此断了联系。

有些人虽然看似消失了,但在我的生命中还是留下来许多痕迹。这些痕迹很细微,却全部埋进了我的核心。比如我成了美术馆发烧友,读了很多关于艺术的书籍。几年后我和徐凯也因此结缘。

我和她直接坐地铁到 Spagna 下车,一出站左手边就是人满为患的台阶,对面的"小舟喷泉"前一群人在拍照,一片热闹景象。喷泉创意来自特韦雷河的一次决堤,一只小舟被水推到这里。小舟现在看上去破破烂烂,讲实话我没有欣赏它的兴趣。大部分时间,在那里照相只能拍到破烂的小舟和畸形扭曲的人脸,或者各式各样的人肉背景。能在某一个瞬间,永远被框在另外一个人的镜头里,也是个特别的故事。但是估计没有多少人关注究竟是谁设计了这样的地方。

日光已经隐匿在三一教堂所在的山丘下,我和她站在那里相顾无言。我不知道是不是该让她坐下,一月底的罗马,气温并不高,八九度左右,她年纪大了,和那些人一样一屁股坐在冰冷的石阶上不大可能。我们身边很多人都在吃冰激凌,她说,这么冷的天不怕吃坏肚子?我说意大利冰激凌是他们这里的特色。她说,那也不行,大冬天吃了肚子疼。

站在台阶附近,我们有差不多十分钟不知道接下来该做点什么。

我根本不会想到,有一天会和她一起到罗马来,并且站在西班牙广场上迎接夜幕的降临。以前我和徐凯有计划来这里,或者说我们有计划耐心地一个一个国家慢慢走过去,那时候我觉得我们还有很多时间。

她没有吃午饭,中午打电话的时候她说自己没有胃口,我想她现在应该有一点饿了。我说我们去吃饭吧,她问我吃什么。

意大利面怎么样?旁边的两条街道上有一些餐厅。

她不置可否,跟着我去了。前菜要了海鲜烩饭,第一道菜是帕尔森奶酪的宽意面。她问我吃不吃,我说我不饿,只要了提拉米苏和一杯咖啡。

请问需要第二道菜吗?女服务生问我,我说先不了,谢谢,我们吃吃看。

她问我服务员在说什么。我说他们这里点菜都是一套的,我们点得七零八落,所以人家问我要不要别的。她忽然有点局促,说你就点一套啊,各点一套,饭钱我出。然后她开始翻包,从卡袋里翻出一张工行的银联卡。我说你不用担心这个,吃饭的钱我还是有的,只不过我们根本吃不了那么多,点了也是浪费,你先吃吃看再说。还有那个银联卡这里一般都没办法用,大部分只能用 Master Card 和 VISA。

能用啊,她说,我在机场都用了。

在机场用了?

忽然她尴尬起来,说啊对了,我是在国内机场用的。

先送了一小篮的面包,她大概是饿了,或者是为了省钱,连着吃了两块。我说你慢一点吃,不然后面的东西吃不完。她说我觉得这个面包挺好吃的。

菜量真的还不错,吃完前菜她就差不多饱了,后面的意面她吃不大惯,推给我。我把没动两口的提拉米苏推到她面前,问她要不要也喝一杯咖啡。她说不喝不喝，喝了晚上睡不着。其实我们这样有一点怪，像两根想要交叉但是完全没有弧度的树木。大约有十几年了，我们没有再交换过彼此的食物，尤其是这样动过一口两口的。有一种不太舒适的亲昵在吃饭的过程里萦绕。好在提拉米苏很对她的胃口，我看着她把蛋糕的最后一块吃下去，问她还要不要，她说不要了，一共多少钱？

一共四十块。我说。

这么贵。

还好。毕竟是在市中心。

太贵了，以后不在这种地方吃。简直是坑人。

吃完饭我们又略坐片刻。我们没有坐在户外，而是坐在小餐馆里。餐厅里的灯亮得晃眼，不是特别舒服的环境。大部分人坐在外面，有一只小小的火炉，头顶上挂着闪烁的星灯，看上去怡人。我说大家其实都比较喜欢在外面吃东西。她说在外面吃冷飕飕的，不能理解为什么那些外国人在外面坐了一片。后来因为没有什么话，所以两个人都在刷手机。我在沃达丰给她办了一张电话卡，十块钱，三百分钟国际免费电话，16G欧洲通用流量。她说她想给安茜妈妈打个电话，我说太晚了，你明天再打。然后她问我，你的事情办得怎么样？我说就那样吧，导师愿意接收。她没有再讲话。

自我去念大学之后，我没有和她讨论过我的生活。继续念书或者工作或者换工作，都是自己的判断和决定，她也不过问。我也不问她的事。她工作转正我还是听安茜说的。

后来我们就在大街上漫无目的地走走，西班牙广场附近有很多精品店，有一些中国人在里面进进出出。她说，这就是那些奢侈品店吗？我说是。她说，你知不知道什么是什么牌子？我说大概知道，然后就一家一家把中文讲给她听。走过两家，到了 LV 门口，我说我要进去看一个包包。她说你要买吗，我说不是，我帮安茜的同事看一下。

安茜让我帮她的同事买一个 LV 的 Neverfull 手袋。

有这款吗？ 我翻出手机图片问导购。导购是中国人，在意留学生。一米七以上的个子，北方人长相，黑长直秀发。

这款啊，现在没有了呢。我们这边货常常就是一个两个的，但是有别的款您可以看看。或者您可以到文艺复兴百货看一下。但是这款卖得比较好，那边也不一定有。您可以选一个差不多款式的，这种经典款其实都挺不错。

好，谢谢你。帮朋友买，所以要问问她。

你不买一个吗？ 出了店门她才讲话。

不买。

现在是不是很多人都买？

嗯。

你同事买不买？

有买的。不同人可能喜欢不同的品牌。

你为什么不买？

当然因为太贵了。刚才那个是最基本的款式，一只也要九百九。

我们在大街上走了一圈，没有什么别的店要看。我问她有没有什么要看的，她说没有，我们就往回走。夜里有一点冷了，她说她没有带更厚一点的衣服有点后悔。我说如果真的很冷就在路上买一件。

你还去文艺复兴吗？ 返回的时候路过 LV 店她忽然问我。

我说我们没有时间了，但是我可以到巴黎去看看，反正我们要从那边回国，这样更方便。

那明天干什么？

明天吴丽丽带我们去看看梵蒂冈。

不耽误她时间吗？

还好。

你刚才说要买的那个包叫什么名字？

Neverfull。翻译过来是"永远装不满"。

我好像看到安茜也有个那样子的包。

很多人都有那款包。是个烂大街的样子。

你不买一个？她又问。

我买那个干吗，又贵又老气。

一夜无话。八点半回到酒店，她匆匆洗完就睡了。我从浴室出来的时候，听到她发出轻微的鼾声。算了一下，四十八个小时里，她大概只睡了零零星星不到五个钟头的觉。她睡着的样子很沉重，所有的气息都往下沉，感觉像是要把整个床铺压到下一层去。她的一只手臂露在被子外面，穿着一件藏青色的秋衣。秋衣看上去比较新，像是从优衣库买的，同样的款式我也有两套。但是我穿上和她不一样。她胳膊上的肉已经很松了，紧身内衣都不能帮她把那些肉聚集在一起，它们和她的呼吸一样往下沉，她的身子陷在灰白色的床铺里。

一个六十岁的女人，老得很合适。我不敢保证我的六十岁会不会有这么合适，或者那时候会更惨烈。年轻的时候她是个漂亮的女人，所以总是有一点是是非非。我的模样比她年轻时差了不少，桃花也不旺，也没有她那时候那么爱打扮。

她很爱打扮。一个女人如果知道自己的美貌，就格外地不能放弃对美的追求。我记得某一年夏天她一个月内连着买了四条裤子三条裙子。她高。最高的时候大概有一百七十公分，现在她站不太直了，但也算一个高个子的老太太。我怎么长也只长到一百六十一公分，她说我像我爸，个子肯定长不高。

我小的时候她很少给我买衣服。尤其念到高中，我只有校服可以穿。周末的时候洗了，周一再穿。再然后实在迫不得已的时候就穿她的一些旧衣服，但是总也撑不起来，现在想起来倒有一种 oversize 的样子。后来我一直学不会打扮，直到现在都是，想要好好打扮的时候就总是出错，所以我只好走简约风格。简约不是一种风格，简约是没有风格。就像极简装修通常是因为没有钱。

我坐在窗前的椅子上喝一杯冰镇可乐，想到了 LV 的那只包，我想，如果时间倒流三十年，她回到我这个年纪，一定是愿意给自己买一个奢侈品包的。她在自己身上花钱，倒是没有手软过。安茜说她转正那年，和温阿姨各自在一家美容院里办了两万块钱的美容卡，每个周末一起去美容和按摩。

半年后美容院说没就没了，店长卷了一百多万跑路。她办的是两年卡，随时去随时消费，按理说两万块至少可以用六百次，但是她大概连三十次都没有用到。安茜说千万不要责备她。我说我有什么好责备她的，她花的又不是我的钱。

我不怨她。甚至感谢那些只穿校服的丑小鸭时期。虽然后来也没有变成天鹅，但是好歹把一腔注意力全部投注到了学习上。后来我也几乎不嗜妆饰，很多时候，我可以感受到我对于她的矫正。她就像是摊开在我面前的错题本，我把那些被我判定为错误的内容复刻在记忆的深处，一项一项修正。

我其实有一点想要买一个名牌包，因为混社会的时候大部分人还是先要从外表来判断别人。我自己就是这样。方方面面自然不必多说。一个女人的财力、品位，甚至尊严似乎都可以从穿着打扮里展露出来。有为名牌而活的人，也有被名牌救活的人。很多拥有奢侈品、渴望奢侈品的女人的出发点，不过就是想要证明自己是一个有价值的女人，一个认真活着的女人，或者一个活得很好的女人——不论是真的还是假的。从第一次踏入社会，我就认识到名牌的某种功效。拎着名牌手袋，连职场性骚扰都会少一点，这是我的个人经验总结。大学毕业刚进公司的时候，我和另外一个女生都还在实习期，那时候她手里就拎着一只Neverfull，这个包大概是很多女性的入门包，她每天把包包扔在地板上，像是扔烂大街的仿版。我三个月之后才知道那个包是正版，当时卖五六千块，是我两个月的实习工资。她像是扔一个塑料购物袋一样把那个包扔在角落，但是总有独具慧眼的人，一下子就可以辨别出那个世界的等级。

带我们的是一个部门的主任，五十多岁，清华毕业。淫欲与猥琐的气质一直让人没有办法把他和那个学校画上连接号。他算是公司里的一个老关系，和一个董事是大学同学。他有几次在我的身边动手动脚，但从来没有动过一起来的那个女孩子。

有一次团建结束，他在一个没有人的角落拦住我，递给我一串Fendi钥匙环，一边捏我的手一边进行性暗示。那时候我还不认识Fendi，对钥匙环的价值不甚了了，所以他的行为甚为奇异。几年后我回想那个事件，除了更加猥琐之外还尤其地伤到了自尊。倘若他那时候递给我的是一个几十块钱的钥匙环，倒让我觉得也许我清纯可欺，反倒是一个一千多块的奢侈品边角料，让我廉价又低贱。

女孩子刚转正就离职了，父母安排了更好的地方。走之前我们吃饭，她告知我以后可以适当为自己加码。我说何出此言。她说，你以为我一LV包扔在地上我不心疼，那可是我第一只LV啊，我扔地上就是要说老娘不心疼，这玩意儿在我这里就是个包。只有这样别人才会觉得你格外有钱。若你买了个名牌包包，每天心疼它像心疼你的崽，一样被人瞧不起。

我觉得有理，却也最终没有走到那一步。虽然后来一个包也不是负担不起，但是在紧缩的环境里长大，消费观根深蒂固。况且我后来也不需要这些东西加持，我在众目睽睽之下扇了清华猥琐男一个巴掌，还声称要报警告他性骚扰，一众人目瞪口呆。很快我就在公司待不下去了。那一年我二十一岁。因为这样，才又重新回学校念书。

我一直都想要买一个 Neverfull，大概是因为那是我认识的第一个奢侈品。很多人说它不仅气质上有着浓重的古典气息，在实用上也充分地满足了许多人对包的诉求，既有超大的容量，带子又经得起长久持重。但是我对它念念不忘，只是因为那个事件，或者说这个包被赋予的某种寓意：永远也装不满。有一次无意间看到有人对这个包做这样的评价：一生中总该拥有一只 Neverfull，不只是为了装装装，也为警醒自己保持谦逊的美德和容人之量的风度，正恰如人生，做人、学问，永远也装不满。可对我而言恰好相反。欲望、贪婪、缺失的爱，永远也装不满。

第二天一早我们就到梵蒂冈。虽然有吴丽丽陪同，但我还是给她租了一个讲解器。我自己以前看过一本关于梵蒂冈的书，所以没有介绍也可以了解零星。吴丽丽已经陪国内朋友来过五六次，审美疲劳。所以我们大多数时间，就是跟在她的后面聊天。

我和吴丽丽不是特别熟悉，来之前不在一个子公司。只有在申请的时候才彼此认识，也没有经历特别惨烈的竞争，所以颜面上倒还算十分过得去。她一直都有一点愧意，大概是知道我一定听说过她在上层面前大哭的逸闻。但好在我半年后也就来了，那一抹愧疚，大约在我们离开罗马之后会荡然无存。

偶尔我成全别人的好意，更有利于我们感到两不相欠。

一开始我们还是讲了一些人际上的问题，又谈到她在这边做的课题，直到经过长长的地图厅，要走到拉斐尔画室之前，才有一点真情显露。那时候她说拿不准读完博士之后会不会再找个地方做博士后，我说我们主要还是以研发产品为要，她忽然认真看我：你真的做完之后还要回公司吗?

她说你不要想得太简单。我和导师有问题并不是我们个人性格的冲突,而是导师研究方向和公司产品要求方向的冲突。你没有办法找到两个角度的契合点。说完这个她似乎有点后悔多言,就往回拉,说也许只是她不能够很好地处理这个问题,也许我的想法比她更周全云云。

吴丽丽不说她自己,但人言早已经把她扒得只剩内衣。我知道她老公在一所不知名的三本大学任教,四五十岁仍然只是讲师。吴丽丽挣扎出头,不过就是想让自己的生活有所改观。

羡慕你这没有拖家带口的,真不知道多好。我现在就觉得对不住孩子。

不接过来吗?

本来也是想接,但是孩子不愿意,说适应不了新环境。而且我也不安定,不知道哪天又去哪儿。

那你爱人一个人操心孩子也是辛苦了。

一个家庭,难道不应该把力量集中到更有可能成功的那个人身上吗? 她说。

阿姨是一个挺优雅的人。气质很好。可能又觉得自己失言,吴丽丽忽然转移了话题。

我抬头看她,她正仰着脖子望向天花板。她白,脖子细长,远远看也看不到很多皱纹。从小到大,我听过无数次这样的感叹:你要是有你妈的皮肤就好了。或者是:哎,你好像没你妈长得好看。

但是我只感到幸运。我希望我不要像她,一点也不要。我这辈子只有努力在做一件事,就是擦掉自己身上她的影子。

一路上,我觉得她并没有认真在听导览中的介绍,走得相当没有

029

节奏。甚至有点过分地快。到了西斯廷小教堂的时候，也只过了一个半小时。中间有阵子，我觉得她想要说什么，但是还是没有打断我和吴丽丽的交谈。进了教堂，她问我一会儿出去干什么，因为戴着耳机，她讲话声音有一点大。恰好我们经过一个保安，那个人大声说，请大家保持安静，不要讲话。

我凑到她耳朵边说，等一下出去再说，这里不让讲话。

大约是我靠得太近，她不大舒适地侧了身。

## 五

从罗马到布拉格不算顺利。前一天的傍晚开始下雨，一直没有停下来。早晨六点钟退房，到钱皮诺机场的时候正好七点钟。八点十分的航班，飞过去也才不到十点。我办完托运手续，在一家面包店买了三明治。她吃了两口就不吃了，说里面的火腿腻人，再吃下去就要吐。大概起得太早，她的脸上怏怏的，我问她要不要喝一杯橙汁解腻，她闭着眼坐在椅子上摇了摇头。我走到机场的大玻璃窗前，雨水泼打在玻璃上，并不均匀，像洒水车一阵轻一阵重的洒水，整个景象透露着一种模糊的态度。有人开始在A4登机口排队了。我回头看了看她，她仍然闭着眼，皱着眉头，一脸的厌倦。

我没有去排队，人生本来就是巨大的消耗，消耗的大部分是时间。站在那个队列里，早一分钟晚一分钟，我们最后消耗的时间都一样。不会因为早站过去一分钟就可以更早地结束航程。但是随着人流的涌动，她很快睁开了眼睛，目光带着触手，向我伸过来。

那一刻我感觉到了一种需要。

人们都希望被别人需要，却往往事与愿违。尤其是在感受到那需要来自迫不得已的时候。

天气渐渐变得更糟糕起来，外面已经暴雨如注。排了一会儿队，忽然换到另外一个登机口，之后又往后不断延误，再次换登机口，还是延误。辗转到十点半左右，我们被接驳车拉到了出站口，重新取上行李，莫名其妙地到处找工作人员才问清楚，因为坏天气，航班不但延误，飞机也不会在钱皮诺降落了，所以我们要等一辆巴士，来接我们去菲乌米奇诺机场。

在四十分钟车程的巴士上她吐了两次。吐在她自己提前准备好的塑料袋里。她吐得隐秘小心，充满羞耻感，但声音和味道还是在狭小的空间里弥散。重新托运，安检，登机。我们到达布拉格的时候已经是傍晚，天上撒雪，落在地上就变成黑泥。布拉格没有色彩斑斓，却是一道破旧不堪的景致。她一路都皱着眉头，没有和我交谈，像一个大病初愈的人。

我知道自己遇到了麻烦，从没有忍住的电话开始就知道。我想要逃避，虽然那种行径十分可耻，但却有用。只不过遇到麻烦就逃避再逃避，一直逃避到极限的话，连走路和吃饭也会变麻烦，连呼吸也会变麻烦，那不就无限接近死亡了吗？总有一天我将逃无可逃。我必须面对，一点一点放弃自己的坚持和固执，或许，人们都是这样生活下去的。

她腿不太好，我们的行程于是放得很慢。第二天去看了查理大桥、布拉格城堡、小城广场。一群又一群的人在拍照，我问她要不要拍一张，她苦着脸说不需要。一路上她都有一点在闹别扭的意思，眉目间马上就要释放出新一轮的歇斯底里。我假装没有看到，也不再劝她。在城堡山上我把手支在墙体上，看山下红褐色屋顶。布拉格的天空并没有大亮，却有一种被过滤后的澄澈，像纯净水。

不知道什么时候，我拥有了回避型人格，避免正面冲突，预警到困难的时候会冷处理，假装没有发现，不能体会。我也知道这样的处理常常愈发激怒别人。但是遇到问题之后，我仍然不能够直接面对。大部分时间我选择不加讨论。

休息，吃饭，坐车。一路上我们的对谈不超过十句话。回酒店的电车上人不多，对面隔着一排座位，坐着一个男人，黑帽子，黑外套，脸窄成一条线，肩宽是脸宽的五倍有余。我像是在一个卡通世界，感受不到真实的存在。街道从我的眼角掠过，不知道是不是因为冬天，角落里都有一种孤独的冷硬。她在我的斜侧面坐着，比冬天还要冷硬。我觉得累，却也有一点安慰。我想我大概在寻找解决的办法，不是每一条路都如人所愿，虽然有时候也会逃避，但是会深呼吸，寻找其他的道路，然后再回来。原本以为做不到的事情实际却可以做到，世界渐渐变得广阔。我把这趟旅行当作一次修行。

至少我这么安慰自己。

只要能够平安地应付过去，我就可以为自己鼓掌，也堵住她继续败坏我的理由。

至于她究竟幸不幸福，那不是我在这场旅行中的义务。我没有办法让一个总也不快乐的人快乐起来，我不允许自己也被拉入不快的黑洞，泡在阴湿的眼泪里。

第三天老城广场、黑色圣母之屋、火药塔。在瓦茨拉夫广场周边的一家攻略推荐的餐厅吃了饭，她还是没有吃很多。她说菜不合口味，我问她有没有什么想吃的，或者我们去超市看看有没有能让她有一点食欲的。她说她不想去。我没有继续劝说。路过一家麦当劳，我买了牛肉汉堡给她，她说她不想吃，我把汉堡塞进背包里。下午三点我们就回到了酒店，大约我们都不想承受更多的旅行之苦。我刷手机的工夫，她就着热水把汉堡吃完了。

最后一天我们原本计划去 Kutna Hora 小镇转转，早上收拾好准备出门的时候她忽然说不想去了。火车票已经提前买好，也不能退。我第一次耐心劝说她。我说我们可以随便走走，那个镇子并不大，中午也许就可以返回了。但是她死活不去，说自己累得不行。后来她干脆哭了起来。我问她为什么哭，她也不说话，眼泪烁烁，大部分糊在了卫生纸上。就这样纠缠了一个多小时，十一点左右的时候，她还在哭。我说，那你在家好好休息，我自己一个人去。

半小时之后我在火车上忽然接到温阿姨打来的视讯电话，她说你怎么回事，把妈妈一个人扔在酒店自己出去。我说她不想出门我没有办法。我走了她也能好好休息。温阿姨在那边说，你这个孩子，怎么现在变成了这个样子。

我究竟变成什么样子了呢？一个怪物？还是一把冰冷的骨头？

我站在人骨教堂里思考着这个问题。那里是一个宁静之地，可是我的内心波涛翻涌。如果希望这个世界没有纠缠，那就唯有一死。死是可以掩盖、忍耐所有不耐烦的事的最有力的解决之道。一切纷繁喧嚣，在死亡之时即可归于平静。在人生的众多道路中，不管是否选择了自己所想的道路，无论是哪条路，都是麻烦的日常。总有一天，我们会从所有束缚我们的事之中，从肉眼看不到的微痛之中，得以解放。

返回布拉格的途中，我决定把消极进行到底。我们的旅程马上就到最后一站，就算逃跑的方式很丢脸，但假装不受伤地活下去更为重要。

如料想一样，开门的时候她阴着一张脸，把房门拧开之后掉头就走，我原本想问她有没有吃过东西，走的时候疏忽了，忘记她没办法出门自己吃饭，但想到房间里还有超市买来的一堆食品，心里也不是特别担心。但话到嘴边我吞了回去。我不想开始，不想点燃。我不想听无理取闹的哭声，更不想知道她有多么可怜。

洗完澡出来，我打开一瓶啤酒，翻出一盒三明治，一边吃一边看手机上的消息。学长下午四点多发来信息，问了我和学校以及导师联系的情况，我没有来得及确认。我回复他说我一切都还算顺利，过几天回去请他吃饭。后来想了想，请吃饭这样的话看上去有点轻浮，我删掉了，改成：多谢。发出去之后一直没有收到回复，后来才想起来还有时差，我的此刻已经是那里的半夜。然后想到他给我发消息的时候布拉格虽然是下午四点，但在国内也已经十一点了。好像有一点晚。

这期间我能够感觉到她的动静大起来，好像是在整理行李。我背对着她，看向窗外璀璨的灯火，但是我看不到那灯火里的人，我只能看到我自己。在夜晚，窗户变成了一面镜子，非常清晰的镜子，我在里面几乎看到了自己的皱纹。而且，我以为我的脸上有一种平静，可是等我看向我自己之后，我发现那上面被冷漠与厌烦覆盖。我的嘴角向下，整张脸要被扯到脖颈上去。我不笑的时候非常严肃，这个我知道，只是偶尔在不经意间，我也会被我自己真实而放松的模样吓一跳。

除了我，我还能看到她，她背对着我，在翻她的挎包。行李箱摊开在她的腿边。这次她带了一只很大的行李箱出来，却没有换过一次外套。我不知道那里面都装了一些什么东西。我们不是亲昵的母女。我们没有做过的事情太多太多，不胜枚举，我们小心翼翼地维护自己的隐私，更像是为了某一场会议不得不在一起住两天的同事。

自从在罗马经历换房间的问题之后，我在接下来的行程里都尽可能地预订了环境好的房间。在布拉格我们住的是一个 loft 公寓，充满现代风格，玻璃窗前有一张长条桌子，我坐在那里，是房间的一条边缘线。我觉得重心被压在房间的另外一头，不用回头也能知道。

一阵折腾之后行李被拉上，刺啦一声，非常大力。又过了一小会儿，我听到她在我背后冷冷地说，我明天要回国，你给我买机票。我把钱给你。

我回来的时候已经帮你看了,明天从布拉格回去的飞机都没有了。我说。

我不相信。再贵我也回去,我受够了。

不相信可以自己上网查。我咽下最后一口三明治。

原来你早就巴不得我走。那好啊,我走,我现在就走。

我没有回头。屋子里陷入了死寂。

没想到你是这么没良心的人!我今天可是看清楚了。她终于开始歇斯底里。

有什么问题不能好好解决吗?我冷冷地说。

我告诉你,她非常激愤地站起来,用手指着我,我以后就没有你这个女儿。咱们就在这里断了,断干净。我也不指望你养我,我不靠你!

我感到最后一口三明治卡在了自己的喉咙中央,于是转过身,一字一顿对她说,可以。我也受够了。

你受够了!你受够了!我告诉你,要不是你温阿姨他们劝我跟你出来一趟,你以为我愿意出来受你的气看你的眼色。你不要以为我好欺负,我生来就是给你们陈家人欺负的吗?你爷爷奶奶欺负我,你叔叔婶婶欺负我,现在你欺负我。我欠你们什么了?我这辈子遇上你爸我是倒了大霉了,全都是因为你们,全都是因为你,我这辈子都算是毁了!

毁了?我转过身,问她,我毁了你什么?

我一个女人,带着个孩子多不容易,你不知道?你以前怎么过的你不知道?我一个月四百块工资把你养大,你现在就这么对付我?

我没有讲话,等她把从前的说辞再说一遍。每到这个时候,我就觉得世界无比可笑。这么多年过去了,她和那个到现在都没有坏掉的小霸王复读机一样,重复地说了很多遍相同的话。我记性很好,因为

035

从小我就意识到反复记忆的重要性，只有反复记忆，那些内容才可以刻印在记忆深处，想忘都忘不掉。它们会跟着你，直到死掉。

但是我不记得她究竟是从什么时候开始频繁地讲这些话的。也许是小学三年级。那时候她遇到了一个合适的追求者，有身份地位，丧偶，育有一子，如果她能和对方结合，无异于脱离苦海。后来我有算一下那时候她的年龄，恐怕比我如今也大不了几岁，算是仍然有希望的皮相。

只不过对方笃信命理，过八字的时候被我卡下。算命的说我命里克父。那个男人怕死，虽然有几分可惜，但是也放下不提。不过对于她而言，就是一个不能越过的悲伤。我不知道她是否真的爱那个男人，但绝对有与豪门失之交臂的不甘心。这只是一个比喻。豪门离我们很远，但我必须承认，那个男人是她能够抓住的最好的选项。

我承认我很势利，因为我从小就懂得了分析利弊。后来等我长大，我也感受到了错失的遗憾。也许我真的是一个生来运气不佳的人，同样的事件在我成年之后又再发生了一次。那时候我和现琮准备结婚，他的一个远房亲戚随口一提，要我们合一下八字，所以我找了朱雨晴的表叔。朱雨晴是我的闺密，大学同学。她说她的表叔恰好是做这一行的，可以帮我们看一下。看一下的结果便是"伤官见官"的女命克夫。

我很幸运，那时候现琮的父母都不信这个，虽然是生意人，但从前在江湖术士身上栽过坑吃过亏，所以后来也根本不在意这方面。只是如果说其他方面不好倒也罢了，事关生死，我比他们信得深。我怕他死。所以我提了分手。我想这个决定让所有人都如释重负。

自从那时知道我的命盘之后，她从没有放下过那句话：都怪你，全都是因为你。有时候我觉得她是在说，都怪你，害死了你爸爸。有时候我又觉得她在说，都怪你，害我没办法嫁人。

事实也就这样，不知道什么时候谁讲了出去，从前觊觎她的美貌的男人们都渐渐消失，她成了一个门庭冷落的没有是非的寡妇。我断了她的人生的无限可能。我愿意接受永远的惩罚。

克父也许是真的。我这辈子算过三次命，每一次都是这样的结果。克夫却未必，我第三次算命是因为对此的好奇心。

你从头到尾都没有觉得这是一个局吗？朋友问我说。

我不能说没有。和现琮分手之后，我便悚然惊觉，也许我的人生走错了至关重要的一步。但是我不想承认，更不愿意面对。或者说现琮的闪婚刺激了我，我觉得他不爱我，因为他没有痛感。不然他怎么会结婚呢？还是和我最好的朋友。没有办法面对，就只好逃避，老天真是帮忙，在同一个城市，自那时候起我们却真的没再碰过面。

后来我去算命，只是想要一个明白的结果。结果是我和现琮不是好姻缘，但我也没有克夫的命盘。倒是朱雨晴和他是天造地设的一对。这样的结果让我更加受伤。我只能祝福。当然，偶尔再听到他们的消息时总会心口一窒。比如他们有了两个孩子，一男一女。我想，这一点我就没办法做到。

后来好几年里我没有恋爱，但是我要说，并不是我怕克死别人，而是我发现自己缺失了爱的能力。不敢爱别人。更不敢被爱。每当我感到自己快要被别人爱上的时候，就情不自禁地生出一种厌倦。最想听到的话是会变的。你在等待的时候，它们会发生某些变化。爱——需要——原谅。爱——需要——永恒。这些话听起来能变成街上的喧闹声、敲击声、捶打声。你所能做的就是逃走，这样才能不出于习惯去敬仰它们。

爱，原谅。我觉得这些词语都离我们太远太远。我回头看着她的脸，原来我们真的很像，我们的脸上充满了愤怒、狂躁和深深的不安。我知道她的眼泪只是想要一个安慰，就像是一个永远也填不满的深坑。如果这一路我总是能多问她几遍，关心再关心，便不至于落到现在这副面孔上来。可是她要的太多了，而我自己就是一个坑。一个坑怎么能够填满另外一个坑呢？我的空洞或许比她还要更深，我多么的自私，不愿意再挖掘下去，填满她的空洞。因为我知道她和我一样，永远填不满。

她快要疯掉的样子让我升起一股痛快来。我没有再说话。最后的颜面，我要保留。我想。如果没有理智，那么一切就只会往更差的方向滑落。我收拾起纸屑和吃完的三明治盒子，灌完最后的一点酒，上床打算睡觉。我累了。

我没有说话，把耳塞翻出来。

她恨恨地说，咱们今天就把话说清楚。

还有什么好说的，你说就行了。我听着。

没有你我能是今天这个样子？她说。

我说，好，全都是因为我，我承认，明天还要赶飞机，早点睡吧。

她哭了，哭得很悲愤。她说，要不是因为那时候想着让你有个依靠，也不会找那个人结婚，就不会被人嫌弃，然后被整院的人传闲话。我一个女人我容易吗？那时候我工资一点点，每天都发愁给你攒学费，你们陈家人一点忙也不帮。要不是因为你……

我忽然就被激怒了。要不是因为你，这句话我听了二十多年，如果这句话有生命的话，我真想扼住它的喉咙，掐死它，毁灭它。

于是，我转过身，用冰过冰镇啤酒的语气说，你说够了没有，你今天这样是你自己命不好，不要怨别人。以后别往我身上推。

大概是没想到我忽然说了这番话，也或者因为我被激怒她感受到了一种满足。这种满足我太熟悉了，它在说，凭什么我活在痛苦的中央，你却可以顺利过关。我们谁也不要饶恕谁。只有一起沉下去，才会觉得不那么恐怖，不是吗？

她得逞了，她激怒了我。我看到好几种表情在她的脸上转换，复杂又纠缠。像波洛克的画。但是她收住了眼泪，用一种故作镇定的语气继续刺激我。

哼，她冷哼，怪不得别人不要你。

愤怒从我的眼睛里射了出来。我知道她在讲什么。我是被抛弃的，我也不比她好多少，没有人愿意要我。没有人爱我。因为我是一个怪物。

你说什么？我问她。我明明听到了一遍，也不想再听第二遍。可是我不由自主问了出来。

我这辈子过得就这样了，你也比我好不到哪里去。你也不要心高气傲，你走着看吧。我要不是因为你，也不会落到这种地步。你这辈子就不要怨别人，你自己想想你究竟是个什么鬼样子。

不要怨别人？我发现我终于还是变成了她，如我一直预感的一样，我从床上坐起来，连鞋子也顾不得穿，光脚走到她身边，把她的箱子一脚踹开，冲她歇斯底里地吼叫起来，你懂什么，你知道什么，要不是因为你，我不可能会不想要小孩。也不可能会去堕胎！我过得这么痛苦，我没办法给孩子快乐。全都是因为你！徐凯是很好，就因为他很好，所以我没办法让他拥有一个不完整的家庭。你懂什么，我根本不想被你生出来，全都是因为你，让我活得这么痛苦，我不会让我的小孩和我一样痛苦。我自绝于我自己，这辈子我就这样，以后也不会有比我活得更恶心的孩子出现。我更不可能对我孩子说，要不是因为你！

她惊呆了，眉毛快要把鼻梁挤压塌，忽然她张开口大声地狂叫，声音震荡在我的上方。我感觉自己被困在一个玻璃器皿里，不一会儿，就会被千万个细小的碎片嵌成马赛克。她一边叫一边捶打她的胸脯，眼泪和鼻涕亮晶晶地挂了一脸，像一只发疯的大猩猩。我忽然冷静下来，在沙发上坐下，欣赏她的表演。后来我的耳朵逐渐接受了这样的音量，它们只呈现出一种嗡嗡的频率。我想起了我和徐凯一起看的探索频道 Myth Busters 电视节目，那里面摇滚歌手兼歌唱教练杰米·温德拉就用自己的声音击碎了一些玻璃器皿，他尝试过十二只酒杯，后来无意中幸运地击碎一只，第一次证明了个人声音就能击碎玻璃的说法是正确的，他击碎玻璃的那一幕被拍成了电视。温德拉的击碎玻璃的咏叹调被记录为一百零五分贝，音量几乎和电钻钻起来差不多。好在那只是玻璃，而不是耳膜。电钻钻入耳膜令人感到恐惧，我感到一阵恐惧，发现自己手里还攥着一对橘黄色的耳塞，我把它们塞进了耳朵里，于是她好像就不再与我同一时空。

但是她的哭喊似乎没有尽头。十分钟之后，房间门铃被按响，一个男服务员站在门口说，真抱歉女士，发生什么事了吗？需要报警吗？

没什么事，我说，我妈妈在哭。

哦，他很尴尬，但还是礼貌地说，真不好意思，您能安抚一下她吗，因为周边的别的旅客可能不知道发生了什么，他们觉得有一点慌张。

好，我说，真是不好意思。

关上门，我对她冷冷地说，如果你再哭下去，他们就会报警。

她大声尖叫，报警就报警，我怕谁！

但是她的哭声很快就止住了，她开始开箱拿东西，一边用纸抽擦掉脸上的纵横四海，一边开始往浴室丢东西，发出乒乒乓乓的声响。但总好过她持续的号啕。砰，浴室门被大力地关上，我松了一口气。

# 六

巴黎大概是我这辈子最难忘的城市。

徐凯把戒指套上我的指头的时候我是幸福的。那时候我觉得我可以拥有幸福。因为我不爱他。有时候就是这样，因为不爱，所以充满安全感。徐凯对我来说，就是安全感。他爱我而我不爱他的安全感。

我常常对徐凯说我爱你。大概是因为只有这样才能确定自己真的爱他。而他几乎从来没有怀疑过这句话。与人交往都是一样的,就像一盘棋的开局,没有必要别出心裁,那毫无用处,因为两个人想要达到的目的是一样的,接下来这盘棋会自动往下进行。只是我们经常会犯这样的错误,活在自己的世界里,去想别人。但要知道,你没经历的事永远无法想象,更别说感同身受。

巴黎的街头还有这样两个女人,她们面目一样,带着对这个世界的最浓烈的憎恶,走在香榭丽舍大道上。

为什么有那么多的人脸上都粘着欢乐?那是真的欢乐吗?大概都是短暂地欢乐地活着吧,更多的是痛苦。有时候这样的恶意会忽然冒出来,我没办法挣脱,也不想挣脱。

我没有在 LV 店里买到 Neverfull,我去的时候恰好有一对母女也在,妈妈看上去比我大不了多少,大约就是四十岁的样子,女儿还是少女,打扮很韩范,看上去是真的幸福,那一刻我自惭形秽,感受到了真实的自卑。可是我忍不住多看她们两眼,我想我羡慕的永远都是没有悲戚的脸。

包只有那一个了,我等她们讨论完要不要。

妈,为啥这个叫妈妈包?

因为能装很多东西,很多妈妈在用。

我也想要一个。

这个你背有点老气。看看别的。

我就是想要这个,和家里你那个凑一对。以后咱俩出门背。

我看向门外。她站在街边,不知道在看哪里。她穿着件灰色的羽绒衣,深蓝色裤子。她有些发福了,不知道从什么时候开始,头发也变稀少了很多。可能为了出门,工工整整染了,看不到半星白发。以前,总有人说她好看,但也许这两个字她已经很多年没有听过了。她的膝盖有一点直不起来,所以她看上去像是个竖着的 M。她的脚下有几只鸽子,人们从她的身边来来回回穿过,她落寞得像是一个透明人。

我没有继续等,从店里走了出来。

那天过后,我们仍然继续旅行。这样的状态,就像是暴风雪山庄模式或者荒岛小说。我们都在这样的困局里等待,未必是在等事件的解决,可能仅仅只是在熬时间。回去之后,分开之后,一切事件、问题都不会那么迫切。我们都会回到我们自己,一个安全的、不被伤害的角落。

如果你还是个孩子,每一年,你都会变成一个不同的人。可是我们都不行了。我们失去了变化的余地。在很久以前就失去了。可是当我看到她,我感觉到的是一种轻松的同情,几乎就像是笑。一阵轻柔的欢快暂时战胜了我的疼痛和空虚。

那一晚过后,醒来时收到了温阿姨的短信。她说,你真的不能够理解你妈妈吗?

我真的不能够理解她吗?

不,我当然理解她。因为理解才会恐惧才会愤怒。因为她说的是真的。

全都是因为我。从我第一次听她讲出来那句话,我就知道她说的是真的。这些年我一再否认,可是它牢牢存在。我们之间,总是意外地没有秘密。我们总是好像不能够对对方敞开心扉,却又总是有意无意地要释放出我们的秘密给对方。也许这么多年,我们总是想要得到一种理解。这是多么奢侈的愿望。

那年,我的命盘被算出来之后,总有人告诉她解决之道,那就是把我送走,送回陈家,这样,未来有种种可能的幸福。可是她没有那么做,甚至一秒钟都没有想过要那么做。我知道。意外地,我知道。她没有犹豫。犹豫时候的我们会选择相信别人。而我们心中如果认定了结论,在一开始就没有商量的余地。因为后来的我和她很像,我们做出的决定总是狠毒地坚固，不可改变。

那个男人对她很好，给她买过一整套价格不菲的首饰。我看到她认真把它们摆在衣柜上层。如果不是那次多此一举的算命，她会过得比现在好很多吧。女人的一生，总应该有一两次接受一些好东西。这不是物质崇拜，而是有关幸福感。被赠予的幸福感。啊，原来我这么活着也是有价值的幸福感。

有一天我旷了最后一堂课回家，看到她站在门口，把那个男人送来的首饰还了回去。那个人坚决不要。她说，你收下，还可以用得着。这么贵的东西我不能拿。真的不能拿。

那个人说，你真的决定要这么做吗？一点商量的余地也没有？也不是让你断绝和她所有的联系。

她说，你不要说了，我都决定了。

大学的第三年，安茜被交换去英国读一年书，她也知道。暑假的时候在家整理之前看过的书籍，在架子上东翻西翻，不小心看到她写在便签本上的一句话：我也想要送她去。便签本塞在横格第二排的角落，是用来记账的，每天花销多少钱，买了什么东西。应该是记了很多年。那句话的旁边有她算出的银行存款，距离把我送出去还差好大一截。

细细碎碎的，这些事情时常被我遗忘。后来，在那么漫长的时间里，过去会从你身边溜走，走得如此轻松，完全是自动流失。场景常常还未消失，已然不再相干。于是，我们都已经变得麻木。我只能记住伤痕。要不是因为你。这句话是我的文身。

到了巴黎之后，我们也不知道该干什么。之前总有一些行程安排，但我们不和谐地走在一起，在必要之外，完全不说一句话。每天早晨醒来，在一个感觉应该出去的时间点，有默契地穿戴好，走出去。至于要走到哪里去，我们没有想法，也没有概念。

可是，这反而让我感受到了一种放松。偶尔一个念头会冒出来，是不是对对方没有了希望，才会感到放松呢？我们的纠缠和挣扎，都是对爱的勒索和反抗。

塞纳河的河水仍然很浑黄，一点也没有美感，可是走着走着，她会忽然停下脚步，望向河水，或者对岸。

我想知道她那时候的感受。可是我一次也没有问过。我们之间，不适合这样的关系。我并不喜欢巴黎，在第一次来巴黎之前，我看了《巴黎我爱你》这个电影，没有感受到丝毫的爱意。巴黎并不好，就像任何一个冷冰冰的大都市一样，抢劫，耍酒疯，粗鲁野蛮的人，肮脏的街道。我对它最美好的记忆是在一个黄昏，和徐凯拿着三明治坐在卢森堡公园看日落，周围有暮年夫妇和正在嬉戏的小孩。

那一次的巴黎之行，我意外怀了孕。等我回国两个月之后才发现。那时候徐凯还在英国。"时机并不恰当，所以放弃是必然的。"那时候我想。我打电话给他，希望得到一个赞同：对，现在的时间不对，我们可以以后再面对这个问题。

可徐凯非常开心。他说，巴黎是我们的福地，这是上帝的指引。我们马上结婚。

当然要生。你来英国。或者我回去。他这么说。

命中注定，上帝指引。这些都是最令我愤怒的话。于是我和他做了相反的选择。在孩子快三个月的时候，我选择抛弃他们。人的命运无法改变，但掌握着人生方向盘的是自己，我因为不喜欢被指引，所以总是努力握紧自己的命运，只有自己做出的决定，才不会感到后悔。这世界上，还有谁比我更爱我呢？没有了。

日子每一天都在逼近，医生说如果真的打算流产，就不能超过三个月。我那时候已经感受到了它的存在，每天清晨起来都会孕吐，和同事出去吃火锅，一个人可以吃掉两人份。我花了极限的时间下决心，可能，我没有自己想象的那么决绝。

那是我想到她最多次的阶段。我想，我可以一个人带这个孩子吗？满足它滔滔不绝的欲望？我想，我能够不埋怨这个孩子吗，永远不要说出来那句"要不是因为你"？我想，我会爱这个孩子吗？可是爱究竟应该是怎么样的呢？

我好像从来没有爱过，那么我怎么能够给它？这世界上，哪能真的有无偿的爱啊。我们都在对方身上放了太过分的渴望。如果那个人不爱你，那么你也不会无偿地爱她吧。

你总是这个样子，从来不为别人考虑，冷漠自私。徐凯说。

如果说有指引，大概那孩子就是一个指引。它来告诉我，这人生比我想象的更不容易。我一点也没有做好准备。

我知道了自己的恐惧。然后那恐惧就变成了更庞大的恐惧。

我与徐凯断得彻底，自此再也没有对方一丝半点的消息。偶尔我想，我几乎差一点成为一个妻子，一个母亲。而我现在什么都不是。我这么想的时候，深深松一口气，但也总会有讲不清楚的伤感。我知道，他们还存在。这世界上一定存在另一个维度，甚至有无数个不同的维度。我知道，我一定跨越了某个维度，碰到了他们——他们在我的梦里持续出现。好几年之后也是。也许是因为我那么孤零零地执着于此，无休止地想这些我不得不想的事情。看我经历了这样的痛苦和孤独，有一种神恩感觉应该赐我这种奖赏。我是唯一有此资格的人，这和世界的真实大相径庭。

在巴黎的最后一天，我们准备去搭地铁的时候忽然不知哪里响起了警报，一群人从地下通道里拥上来。我忽然觉得自己的胳膊被猛烈地拽了一下，一个很强壮的男人蹭着我的肘关节冲了过去。她靠我很近，一只手还牢牢拽着我的另一只胳膊。我们也跟着人潮往上走。一路上她都牢牢拽着我。像是在拽一个小孩。

那晚我们一起去吃了法餐。我问她想吃什么。她看了菜谱，点了一份三十七欧的套餐。前菜、主菜、甜点都有两份选择。她要了猪肉小食、烤鸭肉配无花果酱、朗姆酒舒芙蕾，还有一杯红酒。

你也喝一点吧。她说。

我们大概去了一家合适的餐厅。或者说我们一路上都没有吃好，到这里终于可以放松着吃一顿。再或者，我们对于即将到来的明天感到欢欣雀跃，于是胃口也跟着好了起来。开胃菜是一份小慕斯，一小口，挤在勺子里，上面点缀有几颗鱼子酱，味道具有浓郁的海洋气息和些微奶香，虽然量不多，但是在口中的填充感很强。鸭胸肉配了无花果酱上香菇以及榛子粉和甜的红酒草莓酱。朗姆酒心舒芙蕾上有山羊奶酪冰激凌，外面的一层有刷焦糖的壳，不是很甜。她罕见地说了声好吃。但是她最喜欢的是前菜。五花肉配着腌笋、莴笋、芹菜和蘑菇。

她说，那时候我怀你的时候，最想吃的就是莴笋。可是那时候不像现在，随时都有。那时候在冬天，只吃过一次，还是冷冻的。还有桃子，也没有吃到。我有时候觉得，你真的可怜，小小一点，命也不好，遇到我们。

我们碰了杯。我说，哪有什么命不命，都是自己选的。我不后悔。

你以后想干吗就干吗吧。我也想通了，这辈子就这么过来，没有一天是开心的。你不管怎么样，不要像我这么活。

我们觉得话题有一点往尴尬的方向跑去了，于是又都沉默下来。隔了一阵子，她讲了几个身边人的故事，我讲了几个同事的八卦。我们像两个不太熟悉又想要极速变亲昵的女人那样，找着对方想要听到的可能感兴趣的素材。或者我们都在对自己说：我尽力了，我在努力。

第二天一路都很顺畅，从地铁站搭列车去戴高乐机场的时候，上来一对母女，母亲帮女儿安放好行李，亲昵地亲吻了她的脸颊就下了车。那年轻的女孩子一直朝女人挥手。妈妈再见。她说。声音很大，好像想要让窗户外的人听到。我不知道那个女人是否听得到，但她也笑着挥手，直到火车开走。

她在飞机上睡得很好。她的头歪在颈枕上，适应了飞行中的睡眠。我看着她睡着的样子，感受到了深深的后悔。我想，如果时间可以倒回，我会用截然不同的方式对她。并不是为了成为更好的自己，而是我发现我的心底始终充满不能够放纵去爱的痛感。

我们在萧山机场落地。安茜和老公来接她。把行李放进后备箱之后，她说，我走了，你自己照顾好自己。

我说行，你不要担心。等我去了罗马咱们可以再到别处去看看。

她说，再说吧，我年纪大了走一趟累得很。

说完之后她打开包翻了一阵子。

其实她那个包里没有装多少东西，我想她翻包也只是为了掩饰一下尴尬。于是我说你先回，到家给我打电话。

但是她还是翻出来一个印着天鹅的丝绒蓝色小盒子。我以为她要把我在曼谷机场给她买的那条项链还给我，心里忽然生出一种复杂的情绪。愧疚，恼怒，被人拒绝的不安。

你戴着就好了，不用给我，我用不着。我说。

又不贵。我补充。

不是那个。她说。仍然十分尴尬。这个是我买的，就是那个手链。和你给我买的项链一套的那个。你去厕所的时候我买的。

我打开盒子，一串手链挂在黑色绒布上。我的眼泪就那样流了下来。

（原载《当代》第1期）

## 明日派对

周嘉宁

后来我的很多朋友都会记得二〇〇〇年九月八日，罗大佑的大陆首场演唱会在上海举办。据说北京有几千人南下，包揽了前一夜的K13号列车。列车上，青年彻夜长谈，站在接缝处的风口抽烟。多年以来，这番集体记忆不定期回涌，那天和谁在一起，坐在体育场的哪个位置，散场以后去哪里迎来清晨。然而在当时，我和我的那些朋友，谁都还不认识谁。

那天我本该去大学报到，却因为收到电台寄来的演唱会门票而推迟了报到时间。我填报的第一志愿是上海大学计算机系，等了两波通知书都没有我，第三波的时候收到了，被调剂到南京一所学校的通信专业。这个结果虽然比预想的更为糟糕，却也合情合理。最后一个学期我的成绩徘徊于年级下游，表面还保持平静和努力，内心早已处于随波逐流的状态。夜晚等家人入睡，我便拨号上网，游荡在各种聊天室和论坛。有时候早晨醒来已经过了学校的出操时间。那段时间午夜电台开播一档新的音乐节目，片头一段海菲兹演奏的幻想曲序章之后，主持人说："一道浪总是连接着下一道浪。我是你们的朋友张宙。"我每天都听到尾声，有时感觉自己是唯一接收到电波的人。

拿到录取通知书的晚上我给张宙写信至凌晨，但具体写了什么印象全无。两星期以后我收到来自电台的回信，信封极为单薄，打开以后里面放着一张罗大佑演唱会门票，我把信封里里外外看了好几遍，很遗憾，没有找到任何其他信息和字迹。票是最便宜的，舞台侧面的二楼山顶。我第一次去体育场，走错看台，翻山越岭找到自己的座位，坐下不久，旁边挨着的女孩核对暗号似的问我："你也是张宙的听众吗？"

"是啊！"我高兴地说，立刻和她握手。

"我叫王鹿。"王鹿说着从自己的手腕摘下一根荧光环，扣在我的手腕上。舞台的灯光亮了几次，又暗下去，呼喊声便像浪一样涌来涌去。突然响起钢琴声，罗大佑出现在舞台一角，我们从山顶看下去，他在一小片白色光斑中，黑衣黑裤，而他的影像被投射在半空巨大的屏幕上，旁边是天空里一轮真实的月亮。前排一个人突然流泪到簌簌发抖。我和王鹿抬起手来，我们手腕上的荧光环是粉色和蓝色的，像两片浅浅的星云。

散场以后我和王鹿被人群冲散，又在出口相遇。我问她怎么回去，她说走回去。她在戏剧学院念三年级，走得快一点，一个小时能回到宿舍。于是我和她一起走。从体育场出来的人正倾巢往衡山路迁徙，我们一会儿走在这群人中间，一会儿走在那群人中间，前前后后的人扛着成箱成箱的啤酒，背着吉他和音箱，如过境的候鸟，最终消散在沿途的酒吧和卡拉 OK 里。过了衡山路以后没多久，深夜的林荫路上只剩下我和王鹿。

"你也给张宙写信了吗？"我问王鹿。

"是啊。我大部分同学都跟着剧组在外地拍戏，我没戏拍，成天在宿舍听电台。"王鹿说。

"你是表演系的？"

"我看起来太普通，总有人感到吃惊。"

"不、不。"

"中戏的导师说我在精神面貌方面和章子怡很像。"王鹿自嘲。然而事实完全不是这样。王鹿比我高一大截，卷发柔软蓬松，五官浅浅的，脖子很长，像辽阔的草原上罕见的动物。穿着牛仔裤和短袖衬衫，脖子和手腕上系着钥匙链、手机链、五颜六色的小珠子、编织带和丝带。她的气质复杂混乱，举手投足间却没有一样多余的动作。我根本不好意思盯着她看，又忍不住一再看她。她是我见过的最好看的人，仿佛穿越虫洞突然坠入我这一边的世界。

"我打算明年去考中戏的研究生。"王鹿又说。

"你要去北京吗？"

"是啊。反正我毕业以后也没其他事可干。"

"我从没去过北京。"

"那你得去去，北京就相当于是旧金山。"王鹿相当确定地说。

我们在戏剧学院门口道别，交换了手机号码。之后我赶上了末班车，回到家里已经凌晨一点，打开收音机时发现张宙的节目结束了，轻柔的室内音乐将一直播放到清晨。我身体疲惫，精神亢奋，整晚做着光怪陆离的浅梦，直到第二天清晨被我爸喊起来，他从单位借了辆面包车送我去南京报到。我坐在后座，旁边绑着我的自行车。出了高速收费站不久，我意识到这是我第一次离开上海，但内心毫无波澜，很快睡着了。半途醒来，看到发电站满山的白色风车，昨夜王鹿给的荧光环还扣在我的手腕上，但已经不再发光，只是一个暗淡的圆环。

我们在中午前到达南京，学校在玄武湖旁边，挨着老火车站，很小，只有一栋教学楼，没有操场，从外表看不过是个普通的机关办事处。我爸本想陪我待一晚，但我不想伤感，报到完毕便赶他返程，独自回到宿舍。晚上我像往常一样塞好耳机，打开随身听，然而同样的波段上没有海菲兹的序曲，只有空洞遥远的沙沙声。我这才想起来，在南京接收不到上海的电台，张宙的电波被阻隔了。我在黑暗中给王鹿发了一条短信："救命啊，我被流放了。"

收到我的求救之后，王鹿断断续续为我录下张宙的节目，攒到一定数量便寄到南京。每盒磁带侧面都贴着标签，认真写有日期。王鹿写的字，笔画的折角像昆虫细小的关节。这些磁带成为我最珍视的东西，我将它们整整齐齐摆在床头，想象自己正在为几百年后人类文明的考古保存下声音的碎片，我和王鹿也因此缔结了坚固的友谊。

之后王鹿去了好几趟北京，参加中戏举办的讲座和戏剧工作坊，联络导师，准备冬天的研究生考试。中戏附近都是和她一样在等待和寻找机会的人，她在那里结交了一群浪漫的朋友，令我相当羡慕。我们有时在MSN上聊天，她行踪不定，常常连续几天杳无音信，再出现时往往刚从有趣的地方回来。水库、山、草原。她还在郊外的派对上遇见过王朔和崔健。这些事情我愿意听她讲上几天几夜，但中间总被打断，有男孩来找她借书，或者有男孩来找她听音乐。我不知道那是否是同一个男孩，我问过，却记不得她是怎么回答的，我想她同时在和好几个男孩谈恋爱。

为了与王鹿聊天，我每天都去隔壁网吧，时间一久便与管理员潇潇成了朋友。潇潇原本是邮电学院的，退学以后白天在网吧做管理员，晚上在俱乐部打工，同时还在准备托福考试。有时我和他一起乘车去山里，坐在被雨水侵蚀的石桌边聊天，天总是很快就黑了。再后来即便去上课我也忍不住半途逃跑，和潇潇去湖边或者城墙。我们像恋爱一样相处，但因为潇潇计划第二年去美国念书，所以谁都没有明确这段关系。我偶尔和王鹿说起潇潇，并且忍不住把自己废物般的生活描述得更具诗意。

王鹿好几次喊我去北京找她。冬天的时候她说去什刹海滑冰，春天的时候她说飞檐走壁的朋友们在四合院的屋顶烧烤。我内心憧憬，却始终没有行动。我们再次见面已经是一年后，暑期结束，王鹿从北京回上海，顺道来南京逗留一晚。我问潇潇如果有朋友来南京，应该带她去哪里玩。

"上海来的朋友吗？女孩吗？好看吗？"潇潇问我。

"戏剧学院表演系的，你说好看不好看吧。"

"趁天还没凉下来，你们去紫霞湖公园游泳吧。"

"去游泳？"

"你去了就知道。我向你保证，你和你的朋友会永远难忘。"

我带着王鹿在宿舍放下行李以后，去军人俱乐部玩，从第一家音像店一直看到最后一家，避开了白天最热的时间。然后我们买了便宜的游泳衣，坐公交车来到中山陵。按照潇潇的说法，我想当然地以为紫霞湖公园里面有一个露天游泳池，结果尾随两个戴泳帽的老头沿小道进了公园，惊讶地看见巨大一面绿色的湖。四面环树，背后靠山，体力好的青年赤条条爬上湖边的水塔，挨个往水里跳，溅起朵朵水花。而湖面上起起伏伏的，都是五颜六色的泳帽和划动的手臂。我和王鹿高兴到大声叹息。

我们在干净的公共厕所里换好了泳衣，绕着湖走了半圈，找到一小块平坦的草地，放下书包和脱下来的衣物，迫不及待地下水。脚底的石子尖利，淤泥温暖，王鹿蹬出两朵大水花潇洒地游了出去，溅我一头水，我也赶紧跟上。水温比我想象中低，但是阳光照在肩膀上还是烫的。我在水里笨拙地伸展身体，重新适应新的视平线。亭子里有人在拉手风琴，树上挂着白色的鸟，不时浮起一层金色的水雾。

我游泳很烂，只会狗刨，无论多么奋力地蹬腿，却总在相同的地方打转。王鹿就厉害多了，她爬到水塔上往水里跳了两次，第一次是抱膝跳，第二次是并拢双臂俯冲入水，像一头捕食的水鸟。等我气喘吁吁爬上岸以后，环顾湖面找她，她正眯起眼睛仰面浮着，不时抬起一侧手臂往后画出一道弧线，长长一次呼吸之后，再抬起另外一侧的手臂，朝着湖心的方向缓缓漂流。

太阳落山前，我和王鹿在厕所的洗手池里冲了头发，洗了泳衣，然后找到一棵不高不矮的树，把泳衣平摊在树杈上。空气仍然温暖，四周笼罩着一层极其不真实的浅色霞光。半空中绿色的小虫和嗡嗡的蚊子成团成团撞到我们身上，我们不停地拍打着双腿和胳膊。游泳的人陆陆续续从水里出来，坐在岸边休息，铺着塑料布打牌。我和王鹿都饥肠辘辘，去小卖部买了酸奶和蛋糕，大口吃完，仰面靠在书包上，等炙热的风吹过来，把头发和泳衣一起吹干。

"你是怎么找到这个好地方的？"王鹿问我。

"潇潇告诉我的。"

"潇潇现在算是你的男朋友吗？"

"我也不知道，情况总是有些不清不楚。"

"但是他知道这么好的地方，一定会是很好的男朋友啊。"王鹿说着又想起重要的事情，从书包里掏出一本《音像世界》来，翻到最后一页给我看。是广播电台青年主持人比赛的启事，规则很简单，录制一段二十分钟的节目，主题不限，和报名表一起寄到电台。

"我们一起参加吧，我一看到这个就想到你，我们就像平常那样聊聊音乐。"王鹿说。

"但是我做不好。"我虽然这样说，却把那则启事看了一遍又一遍。王鹿很快说服了我。天黑以后，我们收拾好东西，在山里走了长长一段路，坐公交车去潇潇打工的俱乐部借录音机。起了一点风，风依然是烫的，把头发和皮肤都吹得干燥清洁。等车的时候，王鹿从裤子口袋里摸出一包中南海，给了我一根，潮潮的。我没抽过烟，那个时候却因为心里涌动着的热情，觉得非抽不可。后来我们站在车厢靠窗的位置吹风，穿过隧道以后，是月光下的玄武湖。我趴在栏杆上，感觉自己在一场梦里，我想这是因为王鹿，似乎与王鹿在一起，四周万物也随之如梦如幻。

防风林说是在南大隔壁，其实坐车到南大门口还要再走上二十分钟，在一个居民小区里。经过夜晚芬芳的植物，以及一段混合着霉味和湿气的地下通道，便是防风林。这里一半在地下，一半在地面，原本是仓库，被改造成了俱乐部，走进去便是缓坡，摆放的东西和人都处于随时会倾塌的状态，直到坡底有一个小小的舞台，放着一套蒙灰的鼓架，看样子很久没有正经演出了。我只在刚认识潇潇的时候跟着他来过一次，当时有两三桌人围在一起打扑克和喝啤酒，潇潇说他们都是老板的朋友，一群诗人和导演。但是在我看来，那里烟雾腾腾，和棋牌室没有两样，后来就再没去过。

然而和王鹿一起就不一样了。等我们的视线适应了昏暗，王鹿便置身于一堆破烂中间热情惊叹："这里好像后海。好像伍德斯托克。"我和潇潇明明知道这里和后海或者伍德斯托克毫无关系，但我们看到王鹿高兴，也都不由自主地高兴起来，就好像自己也和平时不一样了，自己成了后海伍德斯托克的主人。

但是潇潇那天晚上确实看起来有所不同。不是说他的外貌，他还是那样，理着过时的郭富城头，身上所有的衣服和裤子都嫌短，像是从别人那里借来临时穿一下的旧衣服，但是干净平整，连同他的球鞋，都像是洗过很多遍。我分辨不清是因为王鹿的存在，还是我以王鹿的眼光来重新审视他，觉得他一贫如洗，又绝对纯洁。连同周围的环境也变得不同。我挪开几个潮湿的靠垫，找到一块干燥的地方坐下。风扇吹出的热风把墙上糊着的报纸吹得哗哗响，视平线上方有一排扁扁的窗户对着外面的街沿，从那里透进夜晚微弱的光。

我告诉潇潇我们要参加电台主持人比赛，潇潇也很来劲，他从破烂堆里找出一台双卡录音机帮我们录音，多年没人用过，但插上电源以后功能完好。虽然录出来的音质糟糕，充满环境噪音，但潇潇认为很酷，表现出青年的风貌。后来我们一起看了一九九四年的香港红磡体育馆演唱会。这场演唱会潇潇和王鹿都断断续续看过好几遍，只有我第一回看，感动得浑身起鸡皮疙瘩。

"我在杂志上见过一张照片，他们演出完了从香港坐飞机回来，个个意气风发，在飞机上抽烟喝酒，东倒西歪。"潇潇说。

"飞机上也能抽烟喝酒吗？"王鹿问。

"我没坐过飞机。但那是一九九四年啊，我觉得一九九四年你想做什么都行。"潇潇说。

"这张碟很难找，我以前是在学校资料室里看的，你是从哪里找到的？"王鹿问潇潇。

"朋友离开南京前给我的，他送给了我一箱影碟、唱片和一件皮夹克。这个朋友后来去了上海的电台就再也没联络过。不知道你们有没有听说过张宙。"潇潇说。

"张宙啊！"我和王鹿惊呼。

"他那么有名吗？"潇潇也吓了一跳。

"也不完全是这样。"王鹿说。

"张宙在南京待过吗？"我问。

"他当时在艺校当文化课老师，每天晚上都来防风林。"潇潇说。

"那是什么时候？"我问。

"三年前。我刚刚来到南京。"潇潇说。

我和王鹿还有更多问题,然而潇潇使劲回忆了一番,也没什么可说的。

"他对任何事都不太积极参与,纯粹在这里耗着。但我想他也做了一些努力。"潇潇说。

"什么努力啊?"我们问。

"努力摆脱颓废和高兴的气氛。我也不知道我想的对不对。"潇潇回答。

一个月以后,我和王鹿出乎意料地收到来自电台的复赛通知,复赛在电台进行,当场抽签决定主题,十五分钟即兴主持。复赛当天我和王鹿在广播大厦门口见面,换取了临时出入证以后,按照指示来到一个椭圆形会议室里等待。会议室里摆着沉重的桌椅,沉闷严肃,和普通办公楼没有两样。之后陆陆续续来了二十个人,年龄相仿,聊起来全是电台迷。有位男孩背着吉他一路从西北赶来,他辗转各地参加比赛,风尘仆仆,滔滔不绝。我们好几个人一起溜出去找地方抽烟,推开防火门以后来到楼角的露台。从那里能看见高架上转弯的车辆,一大片绿化带,一大片工地。我们站在大风里,现实退得远远的,大家趴在栏杆上,突然都有些感慨,谁都没再说话。

回来的时候我放慢脚步走在他们后面,走廊的对面是几间录音室,亮着工作中的红色指示灯。那里的光线更为深沉,空气的质感和频率也都有细微的变化。后来的复试在其中一间录音室里进行,玻璃对面坐着三位面试老师。我从耳返里听到自己的声音,第一次感到心中有了不想失去的东西。原本十五分钟的限定时间,我和王鹿超时十分钟,才终于被坐在左侧的主审老师打断。那位老师辨认不出年纪,穿着男式工作夹克,看起来既像是科考队员,又像是吉卜赛人。整个过程中她始终与我们保持着眼神接触,又温柔又坚决。之后她又特意起身来到门口，郑重地与我们握手道别。

离开广播大厦的时候外面下着秋天的雨，地铁工地的巨型挖掘机器都停工了，灰尘伴随雨水落下。我和王鹿皮肤发烫，心里怀着脆弱的希望，谁都不敢说出来。我们在雨里走了很长的路，来到王鹿的宿舍，擦干了头发。王鹿泡了速溶咖啡，剥开橘子，打算整夜与我聊天。临近午夜我们坐在窗边，一边抽烟一边听张宙的节目，王鹿的眼睛里充满奇想和果断，我的心里也迸发着同样的情感。然后我们谈论起张宙的事情。他的年龄，他的身份，他在南京的情形，他曾经的和现在的生活。其实以上这些我们一无所知，像谈论虚构一样地谈论他，其实更像是在谈论我们自己。

"我这个人，从没有过什么好运。"我说。

"别这么说，我想所谓好运，就是专心致志的愿望终于得到来自宇宙的回应。"王鹿回答。

然而我和王鹿没能再等来好运。不久我在新一期的《音像世界》杂志上看到了比赛的结果，那位西北男孩得了第一名。另外附有一篇关于他的采访。采访中提到比赛结束后电台给了他一档真正的电台节目，让他担任主持。但是他离开上海以后去了北京，跟随一支纪录片摄制组深入内蒙古草原，将在那里游历半年，因此没有回来领奖，并且放弃了节目。

我给王鹿发去长长的消息，她接连几天都没有再回复我。倒是潇潇考完了托福，打算回到青岛的老家准备签证资料，顺便去青岛玩两天。他问我要不要一起去。我立刻答应了。几天以后我们上了火车，我的书包里带着几盒张宙的磁带，一盒讲披头士，一盒讲库斯图里卡，一盒讲一九六八年登月。我听了一路，潇潇则和邻座大哥下了整晚的象棋。后半夜的窗外什么都看不见，我和潇潇来到车厢的衔接处抽烟，模仿在飞机上抽烟的摇滚明星，却被列车员阻止了两回。

到了青岛以后潇潇带我去了朋友家。朋友和女友住在工厂宿舍楼里，他们几个都是高中同学，那两个人高大好看，像谢霆锋和张柏芝。下午潇潇和男孩们去参加厂里的足球比赛，女友骑车载我去啤酒厂玩。整个城市像是建造在连绵起伏的山上，大雾缭绕，遇见上坡就跳下来推车，爬到坡顶再俯冲直下。路上她和我说起不少中学往事，她说没有人会不喜欢潇潇。我们在短暂的时间里变得很亲密，回来的路上两个人都已经喝了不少啤酒，还买了扇贝和螃蟹，全是活的。

傍晚男孩们也回家了，他们洗澡、洗衣服、洗菜，吵吵闹闹，像过节一样。我们用芝麻酱和芥末蘸蔬菜和贝肉，刚炸好的小鱼，脆脆的，裹着椒盐。电脑音箱里播放着粤语流行歌曲，我听他们叙旧，讲厂区里精彩纷呈的江湖斗争。宿舍已经开始供暖，吃着喝着不得不把窗户打开，还是觉得很热。于是我们轮流去楼下小卖部买啤酒，啤酒从桶里直接灌进塑料袋提上来。我和潇潇一起去，要穿过煤渣操场，空气又冷又干净。我们各自提着一袋啤酒，泡沫细小洁白。

后来大家都喝多了，却浑然不觉，每个人说话的语气都认真缓慢，真诚无比。潇潇担忧9·11对签证的影响，又花了很长时间讲述他的计划，但因为这些事情日后无一实现，以至于我全都没有记住。只是当时的气氛难忘。我们四个人促膝坐在一盏小小的灯泡下面。他们问我，潇潇去美国以后，我要怎么办？这样的关切是具体和实在的，令我的消沉化为乌有。

第二天醒来是下午三点，房间已经收拾得干干净净。他俩去上班了，我和潇潇决定出去看海。外面刚刚散去一场雾，又湿又冷。我们缓缓骑着自行车，半途看到路边有辆面包车的车窗上竖着的牌子上，写着崂山水库，潇潇停下来问司机去不去水库。

"你们要去水库玩？"司机探出脑袋打量我俩。

"是啊。去转转。"潇潇说。

"天冷了没人去水库啊。"司机说。

"那你做什么生意呢?"潇潇说。

"到那里都超过五点了,天黑了,什么都看不到。明天早上再去吧。"司机说。

"明天还有明天的安排。"潇潇说。

"那就下次再去啊。等夏天再去。有什么可担心的,水库总是在的啊。我给你们留个联系方式,你们下次来了就找我,我带你们去一些只有我知道的好地方。"司机说着,递给我们一人一张名片。我们把名片收好,又继续骑车,翻过一个陡坡以后突然来到海边栈道。太冷了,只有我们两个人走在栈道上,四面八方都是海,岸边的浪泛着白色的泡沫。这是我第一次看到海,然而我不知怎么的,感觉乏味,不为所动。

"你去过水库吗?"我问潇潇。

"小时候每年暑假我爸都会带我去水库游泳。"

"和紫霞湖比起来怎么样?"

"水库比紫霞湖美多了。"

"不会吧!"

"那里过去是很深的山谷,后来放水淹了,露出水面的只有一小部分山峰和礁石,而深深的水底下全部都是山体和巨石。你能想象吗?"

"哇。那不是水底亚特兰蒂斯吗?"

"差不多就是那个意思吧。"

我们路过小卖部,潇潇停下来买了烟和一小袋槟榔。然后我们在礁石堆的尽头找到一块干燥平坦的地方坐下,抽烟,嚼槟榔。很多人提着水桶在退潮的泥滩上捡海带和搁浅的贝类。有一小束太阳光突然穿过云层落在海面。我感到暖和了一些,于是花了很多时间,想着水底的事情。

晚上我们四个又见面了，找到一间人满为患的小饭馆吃了晚饭，潇潇特意点了新鲜的海带给我品尝，其他每样东西也都相当好吃。吃完饭以后男孩们提出要去海里游泳，走到海边又觉得水温太低。我们在黑暗的礁滩上站了一会儿，很快被迅速涨起来的潮水逼得节节败退。

从青岛回来以后我消沉了好几天，再去网吧才发现王鹿给我留了十几条消息，我的手机欠费停机，她一直没能找到我。王鹿解释，电台的欧老师联络了我们，就是那位在录音室门口和我们握手道别的老师。得奖的西北男孩离开以后，留下一档节目的主持人空缺，电台试了几个备选方案，皆不理想。欧老师说，这期间她曾数次想到我和王鹿，但是各方面的不确定性又让她不断打消这个念头，最终是什么促使她联络了我们，我想她一定排除了众多阻碍。她的说法是，"比赛的结果非常可惜，之后我思虑许久，始终难以忘记你们两个人。"王鹿反复向我转述这句话，认为这是她听过的最动人的评语，我也是这样想的。

欧老师冒险将那档节目托付给我和王鹿。我们将作为客座，从新年的第一个星期开始主持节目，每周一傍晚首播，周四早晨重播。节目是录播，欧老师担任监制。接下来我们得在元旦之前录制完成三期节目，因此还剩下不到一个月的准备时间。潇潇听到这个消息非常激动，当天晚上便回到防风林把张宙留下的一箱唱片整理出来，转赠给我。两天之后我回到上海，而这箱唱片成为我们节目最初的曲库。

接下来的两个星期我住在王鹿的宿舍，用电脑光驱播放和选择音乐，决定主题，写稿，反反复复将时间与声音的匹配精确到秒。这期间还夹杂了好几次令人难忘的长谈。王鹿表现出强悍的专注，而我应该也产生了同样的精神热度，以此来抵御无时不在的自我怀疑。外面经历了一场寒流，我们靠着一台巴掌大的取暖器，不眠不休，像鸟一样吃一点点东西。

录制当天我和王鹿提前去找欧老师,她的办公室在广播大厦六楼拐角处,资料和文件堆成山,每座都在崩塌的边缘。欧老师不知从哪个角落钻出来迎接我们,依然披头散发地穿着工作服,像是很久没有休息过,却热忱地张开双臂欢迎我们。她这样的人啊,应该出现在旷野。我忍不住快步走上前去,拥抱了她。

之后我们在录音室和剪辑房里度过了艰巨的十二个小时,完成三期录制,这期间欧老师和上次一样,全程坐在玻璃的另外一边。休息间歇我们三个人一起在露台抽烟,底下的城市像一部庞大优美的机器,四周办公楼的玻璃反射出不同层次的光,直到高架桥的路灯在五点准时亮起。难以想象,我们未经训练的声音和想法将被传播到如此坚固有序的城市里。

"我俩是因为张宙的节目认识的。"王鹿说。

"张宙啊 —— 这么一说,完全不意外。"欧老师笑起来。

"但我们说好了不要在风格上受到他的影响。"我说。

"哈哈。我不是这个意思。张宙这人是个散漫分子,和他约好见面的时间总是见不到,跟他一起工作令人非常困扰,我在生活中对这样的人避之不及。但他确实有迷人的地方,我认为他可以说是在创造自己广播语言的人,这一点我尊重他。你们也是这样的人,在创造着广播语言,但你们现在肯定还没有意识到。"欧老师说。

"你说的广播语言是什么?"我问。

"广播是音乐、人声和其他声音的结合。文字的逻辑经过声音过滤之后形成新的语言,至今为止这种语言也没有被标准化,所以没有规则需要遵循。在使用这种语言的人都应该去实践新的可能性。以达到 —— 其实我也不知道要达到什么。"欧老师说。

"感人。"我和王鹿说。

"我听你们的比赛录音，被你们无意识使用着的语言感动，感到青春珍贵。所以你们会拥有自己的听众，他们也会产生和我相同的感受，这方面，我非常相信自己的判断。张宙也是这样被我找到的，我们在南京的一个俱乐部里见面，他那时正下定决心要改变生活。"欧老师说。

"你也去过防风林吗？"我叫起来。

"哦，那个跟棋牌室一样的地方。"欧老师说。

"哈哈哈。"我们都笑。

"你们来参加比赛不会是为了见到张宙吧。"欧老师说。

"不、不。我没有想过要见他。"我说。

"我也没有。"王鹿说。

"张宙这个人啊——"欧老师在思考着用什么样的形容词。

"他对我们来说，就像是没有形态的波段。"王鹿这么说，我却觉得她像是在描述她自己。

离开广播大厦的时候是晚上十点，寒流已经过去了，天气稍稍回暖。我和王鹿筋疲力尽，说不出话，但精神亢奋，没法就这样彼此分开，于是沿着夜晚的高架桥往市中心走。整条淮海路的车停滞不前，我们才意识到这已经是一年的最后一天，大家正从四面八方去新天地参加新年倒数。树木上悬挂的灯，响亮的噪音，巨大的霓虹，现实世界如此强烈地唤回我们身体的知觉。饿坏了。我和王鹿在便利店里买了关东煮和饮料，坐在路旁吃。

"我以后都不会再去北京了。"王鹿告诉我。

"为什么，因为电台的事情吗？"我很吃惊。

"不、不。是导师把名额给了其他人，之前说好的事情突然变了卦。"

"这是什么时候的事情？"

"复赛之后不久就接到了导师的通知，我又去了一次北京，但其实无济于事。他说今年的情况比较特殊，希望我能理解，如果我能等到明年的话，他一定把名额替我留好。"

"你是怎么想的？"

"我想啊，去他的吧。"

"是啊。去他的。"

"但从北京回来我还是消沉了一阵，也没有回复你的消息，直到接到欧老师的电话。"

"我明白。我在想不知道张宙那时遇见了什么样的事情，下定决心要改变生活。"

几个要去狂欢的男孩从便利店出来，站在路边和我们搭话，打断了我们的交谈。他们分给我们啤酒和烟，问我们要不要一起去倒数。但我和王鹿都心不在焉，想着其他更为重要的事情。王鹿将一只耳机塞进我的耳朵里。

"调响一点，听不见。"我说。

王鹿把随身听的音量调到最大——张宙在电波里说："将过去的留在过去，明年见。"

我们的第一期节目播出当天，我返回南京办理退学事宜。介于我的成绩和考勤，在办公室里说出我的想法时，我想在座的几位老师也终于松了口气。接下来的退学手续办得相当顺利，直到全部处理完毕我才告诉家人，我的父母在电话里叹息一番，我想妈妈应该还是哭了。事情是如何发展到这个地步的，我其实一点也不想去探究。最后我们都平静下来，商量好了回家的时间。当天晚上我去防风林找潇潇。防风林里正在播一部法语黑白电影，讲两个男孩爱上同一个女孩，字幕配得牛头不对马嘴,但画面很美,有海、有石头雕像。后来他们三个人在山坡散步,高高的草长到他们的腰间,被风吹得倒来倒去。我和潇潇吃了泡面,因为没有其他客人在,于是把这部电影看了两遍。

我把退学的事情告诉了潇潇,他大惊小怪地说:"你干吗学我?"

"别自以为是。"

"那为什么退学?"

"你那时不也非要退学不可?"

"我以前是一个非常愤怒的人。"

"哈哈哈。"

"你笑什么?"

"因为我一点都没感觉到。"

"你这个人粗心大意,你能感觉到什么?"

"我感觉你又温柔又脆弱。"

"听起来都不是好的形容词。"潇潇想了想说,"你是来道别的吗?"

"算是吧。"我也想了想。

"我有个礼物要送给你。"潇潇起身,拖出十几个纸板箱,里面塞满不知哪个年代的印刷物、信件、照片、杂志和书,唱片和影碟全部没有塞在正确的纸套里,拨开这些,还有棋盘、模型、印章、昆虫标本、鸟的骨骼。潇潇解释说都是客人们留在这里的,从来没有被处理过。他在遗迹般的垃圾里找了很久,最后找出一沓装在信封里的照片。照片是在一场冬季的烧烤派对上拍的,应该就在五台山体育场后面的荒地里。天色昏暗,每个人都穿得很多,炭火的火星被风吹得到处跑。

"这里。你看。"潇潇从里面抽出一张照片递给我。

"这是张宙。那天晚上也下雪。他从很远的地方过来,来的时候已经喝了很多酒,不知道为了什么事情特别高兴,脱了衣服在雪地里跑了一大圈。"潇潇说。照片里的那个人穿着牛仔裤,光着上半身,站在一盏灯下。灯光在他的头顶形成一抹光晕,盖住了他的整张脸。

"怎么样,和你想象中一样吗?"潇潇问我。

"你是说这个看不见脸的人吗?"

"我很难形容,但是他确实就是这个样子的。"

"嗯。我明白。"我想确实就是这样。

几天之后爸爸开车过来接我回家,进入上海之前,我们在高速休息站停下来买水和面包,坐在车里吃。爸爸打开收音机,我猝不及防地从电波里听到了自己的声音。我的声音清脆果决,与想象中完全不同。我和爸爸都没有说话,两边的重型卡车从我们身边开过去,天暗了下来,车前灯照着道路两侧墨色的冬青树。我怀里抱着书包,张宙的照片被我夹在一本书中,放在包里。我感激爸爸的沉默,我和他一起听完节目,中间放了一首王菲的歌,爸爸也跟着轻轻哼唱。

再次回到电台时,欧老师从桌子底下拖出一只装满信件的纸箱,里面的信件都是节目播出以后听众写给我和王鹿的。于是我们抱着纸箱,找到一个没有人的会议室坐下,面对面拆信,再互相交换,气氛既忐忑又动人,一直持续到黄昏。这些信热忱奇异,推荐新的唱片,讲述恋爱和日常生活,毫不吝啬地表达喜好和憎恶,大言不惭地谈论美和哀愁,并且邀请我们同游。我们各自彻夜回复,第二天去台里,又收到更多。

不久之后我和王鹿从网上搜索节目的相关反馈,发现有人为节目制作了一个网站。所谓网站其实只有一张静态页面,点击进入以后是论坛,没有分区,所有帖子都堆积在同一个页面。网站的建立者和管理员叫小皮,他的头像是一只穿着皮夹克的卡通松鼠。我和王鹿立刻注册了 ID,我没有用节目里的名字,也没有用自己的名字,那段时间我热衷于在不同的地方给自己起不同的名字。而王鹿无论在哪里都叫王鹿，我想那是因为她原本的名字就像是虚构出来的。最初论坛里活跃的用户没有几个，常常只有我、王鹿还有小皮同时在线。小皮给我们的节目提了不少有用的建议，并且畅想以后论坛会成为安迪·沃霍的工厂。我和王鹿都没听说过，小皮解释说就是一个收容各色人等的地方，把每天都过成一场派对。我没参加过任何派对，却觉得这个想法很动人。之后我们三个人在论坛里越聊越多、越耗越晚，天总是早早就亮了，窗外的空气里都是初春植物的甜味。我睡觉的时间很少，却精神抖擞。有时候半途醒来再进入论坛看看，那里空空荡荡，所有的话题却都停留在我们离开的时候，一句话都没有消失。于是我继续睡，感觉我们的友谊热烈深沉。

等天气稍微暖和了一些，王鹿提议一起去见小皮。我们对于现实中的小皮所知甚少。他在上海大学的理科试验班读三年级，比我小一岁，中学时期连跳两级，在编程比赛中拿过冠军，是不常见的天才少年。以上便是所有信息。但谈论抽象的事物恰恰是我和王鹿所擅长的。其实我们对小皮都有所期待，却彼此不好意思承认。但王鹿比我更喜欢小皮一些，她对小皮怀有显而易见的遐想，她忍不住一再向我提起他。我想他们之间有一些我所不知道的连接，无论王鹿在北京失去了什么，正在缓缓修复。

我们约在戏剧学院门口见面，小皮从一辆出租车里钻出来，站在马路对面，毛茸茸的短发，穿着黑色羽绒服和蓝色球鞋，害羞地低着头，左右张望，脚步却毫不迟疑地朝我们走来。我和王鹿笑起来，我们谁都没有想到，小皮是一个女孩。

我们和小皮都花了一些时间去适应彼此在现实中的面貌，但我想谁都没有感觉失望，很快便恢复了忘我的交谈。小皮过分宽大的羽绒服不时轻轻擦到我或者王鹿，与我们之间建立起来的一切相比，误解和错位实在微不足道。而小皮依然是小皮，无论如何都很吸引人，我想王鹿肯定也已经感受到。

我们跟随小皮坐轻轨来到杨浦的厂区，她要带我们去排练房认识几个朋友。从轻轨站出来以后，无遮无拦的马路两旁，吊车像巨型雕塑一样肃穆。我们走了很久，来到化工厂附近一处防空掩体的入口，斜坡粉刷成浅绿色，又深又宽，卡车都能开得进来，拐过直角弯道之后才真正来到地下。走廊两边是方形隔间，大小不均，或明或暗，被用作职工宿舍、网吧、台球厅、卡拉OK、VCD出租摊。空气潮湿，墙壁发霉，地面渗水，每次以为走到尽头，就会在直角转弯之后来到另外一片一模一样的区域。有一间服装厂占据了好几间房间，成百台缝纫机同时工作，发出近乎轰鸣的噪音。作战指挥部便在服装厂的后面。

"作战指挥部"是一块手写的牌子，推开三四十厘米厚的石门，是一间一百平米的房间。不见天日，没有任何分隔，里面除了乐器和音箱外，还有一台少见的PS2游戏机，摆着两张行军床，电炉和电饭锅，很多书和唱片，几箱啤酒，几箱方便面和几箱卫生纸。墙上留有二十世纪六十年代的保卫标语，也贴着二十一世纪的唱片海报。两个男孩从成捆的电线后面钻出来，都留着不长不短的头发，穿紧身牛仔裤和球鞋。他们见到小皮很高兴，大呼小叫着互相比画了几个武打动作，打闹了一番。小皮介绍说他们是京和陈浩。

京在莫斯科大学念书，但这个学期没有回去，他的宿舍遭了火灾。楼太旧了啊，每天都有很多事情要担心。他说。他在莫斯科有一个女友，可能是北方人，也可能是俄罗斯人，他自己不肯谈论这些，即便问他他也不说。反正他不打算再回莫斯科，文凭也不要了。他想去暖和的地方，广州或者东南亚。他有一点生意头脑，想去亚热带地区做生意。而且他高大好看，常常遇见好事，他自己也知道。我很羡慕他，我对莫斯科毫无概念,但我对冷的地方总是充满想象。陈浩普通得多,他从美院毕业以后没有去搞艺术,而是在一间动画公司上班,工作枯燥重复,但是对此他毫无怨言。大部分时间他沉默寡言甚至显得闷闷不乐,但我想他只是对大部分事物缺乏兴致。他对摇滚极有钻研,知道不少冷门知识,但每次突然摘下他的耳机,会发现他其实都在听张震岳。他还养着一只漂亮的绿色小鸟,小鸟正自由自在地在我们脚边走动。

"这里总有很多人,朋友带来朋友。有时候我过来,推开门谁都不认识。"小皮说。

"你们怎么找到这个地方的?"王鹿显然已经被指挥部迷住了。

"我们本来在旁边的厂里排练,我有个亲戚在那里上班,得根据他的时间进出。后来厂里保安租了防空洞做二房东,拉我们过来看看。我们刚来的时候,这里整片区域还是空的,这间房间面积最大,还保留着整片区域的防空地图和资料,关上门以后与世隔绝,月租只要三百块。"京说。

"哇——"我们感叹。

"我们还在这里做过演出,没开始就被举报了。"京说。

"突然涌进来一百来个像你们这样的人,换谁都会举报。"小皮说。

"我们啊,算是社会上最无害的那种人了。"京说。

"要是从这里一直往深处走,最后会走到哪里?"我问。

"据说整个上海地下的区域与区域之间都是相互连通的,理论上可以走到任何想去的地方。也有人说从这里往南走的话,最终会来到龙华机场,是战备时期的撤离路线。"京说。

"你们就不想走去那里看看吗?"我问。

"走着走着就没法再走了,前面的路用水泥封起来了。"京说。

"其实再往深处走也都差不多,没有什么稀奇的。"陈浩说着,伸出手去，小鸟跳进他的手心，然后他让小鸟站在王鹿的肩膀上，又切开一片橙子让王鹿拿在手上喂它。接着京和陈浩玩了一会儿乐器，王鹿也加入他们的和弦，在电子键盘上弹奏，出人意料地动听。不知什么时候京和陈浩都停了下来。于是我们所有人一动不动地听王鹿弹琴，小鸟依偎在她的颈窝，用毛茸茸的额头蹭她的脸。

见过小皮之后，我和王鹿几乎每天都去指挥部。那段时间里陈浩公司的日本老板突然跑路，他假装上班，实际每天从家里跑到指挥部，打游戏、逗鸟和炖肉。陈浩炖肉特别了不得，撒很多香料，再放萝卜、土豆和白菜，炖很长时间，配一大锅米饭，或者用剩下的汤汁煮面条，在场的人都能分得到。等他一开锅，行军床上睡着的人便醒过来，随便摸一件其他人的外套穿上。我想压根儿就没人排练，所有人只是借此耗在一起，将私心杂念抛于脑后，共同度过一些坦率而毫不拘泥的时光。偶尔大家也倾巢出动，通常是去大自鸣钟淘唱片，去五角场看演出，或者去公园里打枪战。每天我从那里离开，坐上公交车，打开车窗，含一颗薄荷糖，想尽量散去身上的烟味，其实根本没用。想到第二天又会见到所有人，依然在同一个地方，不由得感到既厌倦又快乐。

"为什么我感到那么开心啊！"王鹿常常感慨。

"因为你向来热爱脱离现实的集体生活。"我想，后海也好，防风林也好，指挥部也好，自足且浪荡，对王鹿来说没有根本性的区别。我还想，一旦陷入这种快乐，再想摆脱似乎非常困难。

但我确实在指挥部接受了填鸭式的摇滚教育，我们有时会连续几个小时听唱片，总有人在中间急切地插话——"嘘嘘，听这里，我觉得这里是特别好的一段"——我们为了一些不知是否存在的细节把音量一再调大，再怎么噪，地面上的人也不会听见。我开始将国外音乐网站上面的资讯翻译成中文，起初只是为了在论坛和指挥部里分享，后来在欧老师的推荐下给《音像世界》杂志写专栏。我写得不好，主要是没有什么值得一说的想法，相当羞愧。但当时我和王鹿都太穷了，虽然有电台的工作，却都不是正式员工。每期节目的酬劳是固定的，一百二十八元，两个人每月一共能赚五百块。不管怎么说，写稿的收入能让我们多买几张唱片。

我们那段时间总是在讨论钱，所有事情都需要钱。有一天陈浩在轻轨下面的电子市场看上一台调音台，他回来告诉我们，他还想要配齐话筒、耳机和卡座，有了这些设备之后便可以自己录制样带，林林总总要三千块钱。他要出去赚三千块，就撺掇小皮和他一起出去赚钱。他们打了一圈电话联络朋友，没几天就找到了工作。两个人爬在梯子上画马路边的宣传壁画，五米高，每天从早画到晚，一个月以后赚到五千块。拿的是现金，装在信封里。

京每天信心十足地出门寻找机会，但我们知道他只是在游荡和结交新的朋友，他擅长与各种人打交道，过分热情，很容易被卷入各种没谱的事情，全情投入着，耗费大部分精神。偶尔赚到一些钱，他便毫不在意地挥霍，他买昂贵的日本牛仔裤和乔丹球鞋，也买二手的进口乐器。全部都是一时兴起。指挥部里有很多他的东西，他买了放在那里，不久就忘记了。他最有钱的时候买回一台最新型号的苹果电脑，我们十分震惊，因为他根本不用电脑，而且指挥部也没有网络。我们有时候用那台电脑打游戏，但很快就没人再愿意打开它。后来机箱发霉了，被当作茶几，放烟灰缸和杯子。

情况最严峻的是王鹿，她即将毕业，没法再继续住在宿舍里，看了几处房子之后索性放弃，开始像筑巢的鸟一样，不时搬运一些东西到指挥部，不知不觉地在指挥部住了下来。然而我们有一段时间谁都没意识到王鹿住在指挥部，她几乎没有生活必需品，也不占据空间，而且不久之后,她在京的介绍下加入一支乐队担任键盘,很快因为技术出众而声名在外,被好几支乐队争抢。于是她同时加入了三支不同风格的乐队,从一个排练房赶往另外一个排练房,迅速建立起另外一种我所不了解也未曾参与的生活。接着王鹿跟随乐队去北京、南京和西安演出,我们在录音室见面,她常常从很远的地方回来,风尘仆仆,神采奕奕,在节目里讲述山脚下的音乐节和五湖四海的新朋友。我和听众全都听得入迷。我们的节目一期一期地持续着,在电台年中发布的收听率排行榜上,奇迹般地在流行音乐类别中位列第三。

我和王鹿得到一大笔奖金,这确实让我们都松了一口气,除此之外,欧老师还为我们拉来一笔赞助做听友见面会。我和王鹿想借此机会举办一场演出。这个想法在指挥部引起轰动,我想令我们多数人神往的并不是演出本身,而是与朋友们一起度过法外之徒的时光。在山里,在海边,飞沙走石,彻夜狂欢。

"我们的演出可不可以叫明日派对?"王鹿问我们意见。

这个名字立刻打动了所有人,而且一旦有了名字,原本模糊的愿望便显现出具体的形状。京联络了六支乐队,跑了好几个排练房拼凑出整套现场音箱设备。陈浩与王鹿分头从各自学校的舞美班找同学帮忙搭建舞台和布置灯光。而最困难的任务是寻找合适的场地。小皮从家里弄来一辆铃木小货车,接下来每天开车载着我们出去,越开越远。有几次我在车的后座睡着了,醒来的间歇,干燥温暖的风从四周涌进来,男孩们手肘撑在车窗外面抽烟,远处工厂的烟囱喷出洁白的烟雾。最终我们在长江口找到一片湿地,那里旁边是弃用的学农基地,里面有操场和营房,操场的领操台虽然风吹雨淋,底下木质结构疏松溃烂,却足以改造成舞台。而且这片地方足够遥远,需要费一番工夫才能到达,无论做什么都不会被干扰和限制。

基本问题解决以后，我和王鹿向电台报备演出方案，联络学农基地所属单位租借场地。单位隶属政府部门，我们通过欧老师以电台的名义出面交涉，没想到对方极为热忱，除了不收取场地费用之外，还主动提出要派遣几名工人帮我们搭建舞台，铺设电路和搬运垃圾。唯一的要求是将他们作为活动的协作单位。我和王鹿怕他们反悔，赶紧答应下来。八月连续两场热带风暴。我们在暴雨中去基地看场地，如我们所担忧，树木被吹倒一片，操场变成沼泽。回到指挥部以后，我们熬过了两个担惊受怕的夜晚，等台风过境，我们重回场地。现场一片植物和泥沙的残骸，但是阳光干燥，操场的水塘闪闪发光。第二天凌晨，陈浩和京与工人一起搭载卡车运送器材入场。

　　接下来的一个星期，我们每天清晨出门，各自带着清洁工具，在指挥部见面，再一起坐小货车去基地。最后连营房的公共厕所都用消毒水冲刷了一遍。傍晚等工人撤走以后，男孩们在煤渣操场上踢足球。后来电源接通了，几盏卤素大灯砰砰作响，放出白色的光，音箱将电流的声音放大至半空。我想造梦也不过如此。

　　派对前最后一天的傍晚，万事俱备，我们几个人离开基地，来到湿地的深处，成片成片的芦苇像迷宫的墙，江面上庞大的货轮如史前动物般寂静无声地移动。京提议烧烤，于是他和陈浩掏出随身携带的小刀钻进树丛，很快便在空地里围起石头和树枝，升出一小堆篝火。我们其实根本没有食物，但火苗蹿得很高，我伸手抚摸空气的热流，感觉脱离现实。之后男孩们带着BB弹手枪钻进树丛里枪战，小皮也加入其中，我和王鹿留在火堆旁用随身听听音乐。他们偶然从树丛里跑出来，在枯叶里翻滚，我们在远处看得出神。后来小皮回到我们身边，头发上和衣服上沾着草和泥土。我们用篝火点烟，同时往火里扔各种东西，树枝、草皮、笔记本上撕下来的纸，仔细观察火的形状和灰烬消逝的过程。我想我们似乎都借此终结一些事物，但具体是什么却说不出来。然后我们像往常在论坛里那样，进行了更为深入的对话。直到男孩们玩累了，从小皮的货车里拖出来两箱不知道放了多久的炮仗。我们来到江边浅滩，几次就快要被大风吹倒。天色暗了，还有最后一缕粉红色的霞光。我们面对黑暗的水面，将点燃的爆竹抛向空中，又将小小的焰火攥在手里。

王鹿说这时应该许下愿望，京嘲笑她，但其实我们都认真地静默了片刻。我心中没有什么具体的愿望，我希望美好的时光与友谊一样长存。这时沉闷的巨响伴随迎面一股有力的气流，我几乎往后退了一小步，江面的浅浪似乎都被击碎，耳膜的振动又持续了几秒，然后现实世界的声音才渐渐地再次清晰起来。

"操。是谁放的炮？"京绊倒在地，破口大骂。

"这箱是什么破炮？ 我刚刚是不是差点死了？"陈浩还在震惊中。

"哪有那么容易死啊。"小皮说着，找到了爆炸物的残骸。陈浩刚刚点了一个雷王。我们缓过来，开始大笑，无论如何也停不下来，笑到纷纷倒在地上。远处我们的音箱里在空无一人的操场播放舒曼，既颓废又灿烂。

明日派对在暑假的最后一天如期举行，学农基地的上级单位特意安排了一辆大巴往返公交车站接送。从中午开始大巴陆陆续续送来两百多个人。起初大家都有些拘谨和羞涩，彼此保持着一段距离，站得笔直，又因为难以压抑的热情而轻轻晃动身体。但这个地方衰败迷人，植物烂漫芬芳，令人不知不觉成为乐园的一部分。随着日照温度渐渐退去，气氛松动起来，不少人核对暗号，报出论坛的ID，在树林边和操场上握手相认，交换唱片和书籍。我和王鹿也见了好几位未曾谋面的论坛好友，他们和我们分享带来的食物，传递香烟和啤酒，进行更为深入和专注的交谈。我们得以在现实中见面，却仿佛置身于比抽象更为抽象的地方。

夏日最后一缕阳光消失以后,舞台两旁的大灯砰地打开,照向黑黝黝的树木和深蓝色的天空。京和陈浩的乐队做了暖场表演,人群迅速聚拢到舞台周围。我站在远处看,他们在那里就仿佛光线中的几个白点。

第三支乐队登场的时候,欧老师来了。她从电台过来,还带着孩子。我和王鹿都没想过欧老师有一个孩子,或者说我们都没有想过欧老师有另外一种生活。孩子沿途收集白色的圆石,跑到树林旁边,将石头一颗颗投掷到树林里。欧老师有时转头望着孩子,我发现她有种我不曾见过的忧虑神情。之后王鹿去后台和乐队准备压轴演出,我带着欧老师和孩子离开操场,穿过树林,来到浅滩。

"我以前读书的时候来附近的农场参加劳动,摘了两个星期棉花。我也和同学溜到外面,跑了很远,怎么就没能找到这么好的地方。"欧老师感慨。

"我们的运气好罢了。"我回答,"我总在想眼前的一切会不会只是因为我们的好运。"

"我见过不少好运的人,好运也不会凭空而来啊。"

"你见过的那些人,他们的好运都持续了多久啊?"

"你为什么要在意这些呢。你千万不要对眼前的快乐怀有负罪感。"欧老师转头看着孩子,孩子似乎对人一点也不感兴趣,他在浅滩上找到更多美丽的石头,然后又将石头投掷到黑暗的水中。

我们重新回到操场的时候,第五支乐队刚刚结束表演,远处有人在放孔明灯,无规则运动的光点在热气中迅速升入夜空,欧老师要我赶紧回到朋友中间去。不久之后王鹿的乐队便登场了。主唱像是二十世纪六十年代嬉皮士聚会上的男孩,歌词很感人,唱得也很好,几乎每首歌的结尾他都倒在地上。于是操场上的人更加躁动,前排在原地撞来撞去，后排也使劲往前面涌，被白色的灯光照着，形成一片片的浪。而王鹿仿佛浪间的礁石，保持着稳定的节奏与姿态，那么动人。我渐渐逆着人浪退到外面，看见一个男孩在操场的边缘跳舞，形成一片完全属于他自己的空地。男孩穿着极其招摇的夏威夷衬衫和百慕大短裤，短发染成浅浅的稻草色，一手拿着可乐一手夹着烟，旁若无人，令我也很想加入其中。

乐队返场三次，最后一次返场，全场点着打火机大合唱之际，京突然侧身撑手跳上舞台，打开一瓶矿泉水浇在自己身上，然后助跑几步以后转身张开手脚，俯冲坠入人群中，没有被接住。前排的人顿时惊慌地彼此推搡，朝舞台右侧挤去，底下那些腐烂的木板在冲击下终于断裂塌陷，音箱倒地以后舞台电源被拉断。刹那间只剩下月光。我立刻往京摔下来的地方跑，其他人已经围住了他，他四仰八叉躺在煤渣地上，满口脏话，应该没大碍。但无论如何派对结束了，大家在黑暗的操场上徘徊，直到确信不会再有更好的事情发生，才陆陆续续散开，前往停车场和交通站。

王鹿陪京去了医院，我们其他人留下来扫尾。最后一班大巴离开以后，操场上还有一些不愿意离开的人在黑暗中席地而坐，想要进行持续到清晨的交谈。外面一片狼藉，我踢着空易拉罐，听它们滚动的声音，第一次体会到派对结束以后无边无际的伤感。我们在营房过夜，铺开睡袋，太累了，陈浩很快就找到一个角落，面对墙壁打起了鼾。我抽了很多烟，直到开始感觉恶心，旁边有一个女孩在和其他人讲云南见闻，我断断续续地听，非常精彩。后来隔壁营房有人弹吉他，小皮说要去那里看看，她走了以后便没有再回来。

夜晚有很多蚊子，我睡得很浅，天没亮就醒了，来到操场，工人们都还没有回来，只有昨晚的夏威夷衬衫男孩，他戴着耳机，拖着垃圾袋，一边听音乐一边弯腰拾垃圾。见到我以后，他摘下耳机和我打招呼，问我想不想一起去看看日出。我们穿过树林，往浅滩走去，在水边等了一段时间以后，天彻底亮了，看不见太阳，白色的水鸟从树林里往外飞。夏威夷衬衫男孩从口袋里掏出一包饼干和一包烟给我。

"谢谢，但我再也不想抽烟了。"我说。

"我也不抽烟，烟是我捡来的，想着其他人可能会需要。"他说。

我接过了饼干，并且看清楚了他的模样。他其实没那么年轻，不能算是男孩，戴着一副塑料框的眼镜，鼻梁的镜架处粘着胶带。见我盯着他看，他推推眼镜说："上个星期和朋友去森林公园烧烤，我凑在那里仔细看炭的燃烧，结果等反应过来的时候，眼镜架都熔化了。哈哈哈哈。"他自己高高兴兴地笑起来。

"我们前几天也在这里生了火。"

"哦哦。你和你的朋友很会找地方。"

"我的朋友——"

"昨晚跳海的那位怎么样了？"

"他需要躺一段时间，但没什么大事。"

"跳海不能那么跳，得要看准时机。"他煞有介事地说。

"你怎么能叫一个跳海的人看准时机啊。哈哈哈。"我们笑了一会儿，分吃完一包饼干，回到操场。工人已经回来了，其他人也陆陆续续醒来，来到操场上活动身体。我们分配了劳动，女孩们打扫营房，男孩们在操场上与工人一起干活。后来卡车过来拖走了音箱和灯光设备，我和小皮坐在营房外面的遮阴处休息和喝水，看男孩们和工人一起收拾最后的建筑垃圾。

"京昨晚的情绪那么激烈是因为王鹿在派对开始前和他分手了。"小皮说。

"他们在谈恋爱？我一点也不知道。"

"王鹿昨天告诉我的。我也很吃惊，没有人看得出来。她希望我能去安慰京。"

"我以为他们都更爱集体生活。"

"他们确实都更爱集体生活,而且也不想破坏这种气氛。王鹿是这样说的。"

"我大概可以理解。希望京能好起来。"

"刚开始听你们节目的时候,我自己正在一段失恋期的末尾。"小皮沉默片刻说。

"你从没说过。"

"对方是一年多以前在 ICQ 英语聊天室里认识的女孩,英语非常好,我起初以为她也是大学生。很长一段时间以后才知道她在武汉念高三。她总在聊天室里待着是因为她不用参加高考,过完暑假就要去美国念书。我想她以为我是男孩,我总是给人这样的印象。"

"嗯。"

"我们开始网恋,而且约好在暑假见面。见面的事情我们计划了很久。"

"你们的计划是什么?"

"我去武汉找她,然后我们一起去附近的山里玩几天。是那种没有手机信号的山里。"

"浪漫。"

"是啊,浪漫。"

"她后来知道你是女孩吗?"

"我们从来没有确切地说起过这件事情,而且我们只在聊天室和 MSN 交谈,单纯的文字的交谈。但我想她是知道的,因为后来她消失了。在我们约定见面的前两天,她再也没有回复过消息,也没有出现在聊天室。我还是去了武汉,又像说好的那样去了她学校附近的肯德基,在那里等了三天,用各种方式试图联络她。后来她的手机终于接通了，接电话的是她妈妈，她妈妈让我不要再骚扰她。"

"太过分了。"

"我也能理解。因为我是陌生人，而且因为我是女孩。我的生活困难重重。"

"这不会是女孩自己的意愿，她肯定被家里人阻隔。"

"我也是这样想的。"

"后来你们见面了吗？"

"没有，那已经是去年夏天的事情啦。现在她肯定已经在美国了。"

"那她已经自由了。"

"我从来没有和别人说过这件事情，昨天我想告诉王鹿，但我也没能在那个时候告诉她，她有自己的事情要思考，我想以后我也不会再说。"

"你最喜欢她什么？"

"你说的是谁？王鹿？"

"不、不。那个女孩。"

"美丽的大脑和敏感的心。以前我以为那是独一无二的，但现在我认识了更多朋友，你和王鹿也都是这样的人。"小皮这么说，我捏了捏她的手指。后来陈浩来找我们，手里拿着撕下来的海报和树林里捡的松果。我们都坐上最后一班返程大巴，发车前我四处寻找夏威夷衬衫男孩，我想问问他在论坛的 ID，但是他不见踪影。我有些遗憾，却很快忘记了他，和朋友们回到了指挥部。王鹿和京已经从医院回来了。王鹿像是几天几夜没有睡觉，枕着书包，轻轻打呼。而小鸟依偎在她头发做成的窝里，偶尔轻轻抖动一下翅膀。

派对过后的相关讨论在论坛里持续了很长时间，大家反复回忆和调侃那一天的种种细节，总有新的瞬间成为更高光的时刻。我也不可避免地和其他人一样，想要不断延续集体幻觉，甚至还写了一篇文章发表在《音像世界》杂志上，后来却再也没有敢重读，我想那是因为被反复揣摩的快乐，最终却结晶为近乎哀伤的记忆。网站的注册人数也在那段时间里激增，连续好几天的在线人数都维持在一万以上。小皮说那是一个技术性错误造成的，并非同时在线人数，而是当天在线人数的总和。但原先的免费论坛空间无论如何也已经捉襟见肘，小皮在线上发起一场募捐，没想到得到踊跃回应，我们几个也都或多或少地凑了钱，小皮用这笔钱租用了独立服务器，并且趁此机会升级了论坛。自此论坛被分隔成几个板块，不再只是简陋的聊天室。但实际上我们习惯了混乱，并没有人仔细遵循板块划分的规则。

我们节目的收听率在此之后攀升至小小高峰，自十月开始改为直播。我和王鹿原本想在第一期直播中请指挥部的各位一起来节目里做嘉宾，但是京在九月底便来到指挥部和我们道别。他终于谈成一笔大生意，要去深圳，从那里倒卖一批电子产品去莫斯科，等赚到钱以后他要去东南亚的海边生活，泡妞和冲浪——"应该是再也不会回来了。"他是这样说的。但陈浩和我们其他人打赌，下了很大的赌注。陈浩说京会在冬天到来前回来，他绝对无法再在莫斯科熬过一个冬天。

京离开之后不久，王鹿也下定决心从指挥部里搬了出来。当时小皮家里空出一间出租房，原本租给饭店的女工当宿舍，那间饭店倒闭以后便空着。房子在杨浦大桥脚下的新村里，有卫生间，煤气灶在公共过道里，租金非常合适，而且被之前居住的女孩们维护得干净整洁。王鹿搬家那天，我们其他人也都去帮忙，除尘，粉刷阳台，更换灯泡。阳台外面有一大片树木，大风刮过，便发出巨大的声响。我们劳动至深夜，坐出租车去了通宵营业的大型超市。超市里除了我们没有其他夜游的人，明亮到几乎产生回声。我们推着购物车，穿梭在庞大整齐的货架之间，随意浪费时间，反复挑选便宜坚固的物品。我也不知道这样说是否确切,但我想京的离开让我们每个人都对原有的一些想法产生了动摇,想要去终结或者开始一些事情。

因为京的缺席,我和王鹿取消了原本的安排,像平常录节目一样做了第一期直播。我们在论坛里做了主题征集,打算在之后的节目中完整回顾二十世纪摇滚乐历史。大家纷纷提供素材,有人给我们寄来稀缺珍贵的正版唱片。第一期直播做得相当顺利,我们在中途接听了两位听众来电,直到楼下监管部门的领导突然闯入录音室,厉声呵斥:"你们放的是什么垃圾,立刻停止,节目停播整改!"

当时电波里正在播放的是音速青年乐队同名唱片中的一首歌。我完全不清楚发生了什么,大脑空白,眼看着王鹿果断地把音乐调低,然后用极其冷静的声音对着话筒说:"对不起,刚才大家听到的不是垃圾或者单纯的噪音,而是二十世纪最重要的简约派音乐家的作品。我们无法再继续播放,再见,了不起的二十世纪。"欧老师等到王鹿把这句话说完,才彻底切断了直播,我的耳返里响起轻柔的室内音乐。我这才意识到,王鹿在哭。她用手肘撑住桌子,肩膀剧烈起伏,哭得毫不掩饰。

当天晚上小皮把事情的始末整理出来发布在论坛上,几小时之后,底下的跟帖滚动了几十页,又真诚又炽热。我和王鹿守在电脑跟前,不断刷新页面,回复消息。后半夜的论坛里,大家接连放歌,井然有序,讨论摇滚的每一波浪潮。我那么感动,却也第一次感觉到沉重的东西压在心头。到了第二天,各地的摇滚论坛都过去观摩,参与讨论,新注册用户剧增。几大门户网站的音乐频道都报道了这场风波,他们用的标题是——"这是大陆摇滚青年在虚拟世界中的第一次大型会面。"

"我们接下来会怎么样?"我问王鹿。

"节目停播。我想最坏也不过如此。"

"如果停播,整个论坛的人都要去电台门口游行。"

"感人。"

"我觉得那场游行会像伍德斯托克一样。"

"我不应该在录音室里哭。我总是这样，太软弱了。"

"不是这样的。你说的那句话激动人心，大家都会记得。"

"其实就算现在被停播也没有什么，现在结束，可能是最浪漫的。"

"嗯。就像是在战场上突然死去的年轻人。"

然而一个星期以后，我和王鹿回到电台，想象中的事情一件都没有发生。直播正常进行，除了唱片被没收之外，我们没有受到任何惩罚，也没有任何人找我们谈话。相反，不久之后，台湾的联谊电台邀请两位主持人去台北和几位年轻音乐人做一期节目，聊聊两岸摇滚乐的近年发展，欧老师决定将我和王鹿派去台湾。这期间，我们有好几次想找欧老师谈谈，但欧老师或许是完全忘记，或许是认为不值一提。有时候我们说起，她想一想，似乎并不理解我们在说什么。我想不是她不愿意与我们交谈，而是她心里想着其他事情，却不想向我们提及。直播一期期继续，再也没有陌生人闯进录音室，但我想，无论是我还是王鹿，都在等待着这样的事情再次发生。与此同时，台湾的签注流程极其复杂，但我们积极准备材料，不厌其烦地在各种机构排队，最终得以在十二月底成行。

我和王鹿提前一周来到台北，住在西门町的青年旅馆。同住的还有一对来自台南的情侣、两个日本学生，以及一个看起来已经逗留很久的美国人。旅馆便宜整洁，仅有的问题是半夜摩托车的啸叫，以及派对归来的人外放的摇滚和饶舌音乐。其他人抱怨连连，只有我和王鹿感到一切都是新鲜的，不为任何事情感到困扰。

我们每天早晨先在门口便利店买两个饭团，然后坐捷运（地铁）去师大附近淘唱片。那片区域有不少开在地下室或者阁楼的二手唱片店，老板普遍为人宽厚，除了特别珍贵的版本不能拿出来，多数唱片可以试听。我们坐在地上，抱着纸板箱，各自戴着耳机，找到好东西就互相交换。电台给的津贴相当有限，我们精打细算，拿在手里的唱片都舍不得放下，常常从狭窄的楼梯爬出来，外面天光已暗，而马路上游荡着成群结队的年轻人，看起来全都像是张震岳歌里唱的那样。晚上如果不下雨，我和王鹿就带上啤酒和可乐，去旅社的露台聊天。天气不冷也不热，有些潮湿，旁边有橄榄树、柚子树和榕树。我们仔细回顾白天听过的唱片，总在懊悔没有买下的那一张，叹息着发誓，明天醒来便立刻回到店里去。

　　工作完成得很顺利，我和王鹿在电台节目中结交了乐队的新朋友，一个吉他手兼主唱、一个鼓手和一个什么都会的女孩。他们邀请我们去看他们的演出。演出在大安森林公园，我们早早来到公园门口与其他人会合，有点冷，但是他们扛着设备和一箱啤酒，男孩都穿夏威夷衬衫和拖鞋，女孩穿低腰牛仔裤，扎着头巾。傍晚的公园非常热闹，一大群人聚集在同一棵大树底下看鸟，我们也跟着驻足观望，有个阿伯给我望远镜，解释说一只小鸟正要破壳而出，我接过望远镜看了很久，什么都没看见。乐队演出在水池旁边的一片水泥空地，几个人分工明确，动作利落，很快就搭建好了设备，女孩摇着沙铃，塑料桶也成为打击乐，歌曲旋律无忧无虑，整伙人仿佛常年流浪的马戏团，是我和王鹿从没经历过的气氛，又朴素又疯癫。四周鸟语花香，这时候天也暗下来，看鸟的人从树下散开，又聚拢到舞台周围，台上台下的人都在喝啤酒，跟随节奏晃肩膀和抖脚，这样没出半个小时就引来两位警察。然而两位警察态度温柔，循循善诱，非但不着急赶人，反而也跟着一起晃肩膀和抖脚。于是乐队又格外卖力地演唱了两首歌才散场，把周围的垃圾都收拾得干干净净，警察和我们其他人也一起帮忙。

　　第二天下午他们三个骑着摩托来旅馆接我们去看飞机降落。我和王鹿坐在男孩的车后面，女孩则带着一只小狗。我第一次坐摩托车，克服了最初的紧张以后，周围风景浮光掠影，感到我和朋友都像是青春片里的人。我们在松山机场后面的荒地里打转，往返几次错过极其不起眼的标志，之后经过一条颠簸的小道驶入停机坪背后腹地，直到被铁丝网和植物挡住去路。路边零零散散站着一些等待的人。风很大，把树枝、野草和人都吹得东倒西歪。他们说天不好，云层太厚。很快所有人都朝一个方向仰起头来，第一架飞机出现。先是远处云层里闪烁的机翼灯，接着飞机慢慢显出形状，不急不缓地朝我们的方向接近，是一架小型的螺旋桨飞机，在大风中左右摆动着保持平衡。从头顶低低掠过时，我不由自主地俯了俯身。后来我们纷纷拿出零钱来打赌，从机翼灯来判断是大飞机还是小飞机。有时一架庞大的空中客机轰鸣着降落，大家都张大嘴巴，默不作声，仿佛置身于抹香鲸的肚子底下。

晚上我们一起去了乐队排练房。排练房在普普通通的居民楼里，电梯很窄，只能面对面容下四个人，提着乐器和音箱的话就得分批乘坐。那里原本是鼓手自己家的屋子，走廊里堆满东西，得侧身挤过，窗户和门都加厚了，四面墙壁和天花板贴满吸音棉。冰箱里都是啤酒，地上都是烟屁股。我和王鹿坐在窗边，对面的楼房窗户闪烁着各种霓虹灯广告，贷款的、卖机票的、辅导功课的。他们排练的新歌和昨天在公园的演出完全不同，随手拿起来的生活用品都被当作打击乐器，相当朋克，又极其嬉皮。窗门紧闭，噪音轰鸣，我很快就热得透不过气来，并且感到整栋楼都在摇晃。等吉他暂停的间歇，我们才反应过来，外面的人已经快把门砸烂了。开门以后外面又站着一位警察。

"你们到底什么时候才去参加比赛？又有人报警。"警察问他们。

"下个月。放心吧，等我们赢到奖金以后就去租真正的排练房。"鼓手说。

"其实我们有时候也会去乐器行排练，但那里计时收费，而且还得排档期。"吉他手说。

"你们要注意音量啊,练得那么辛苦,总被开罚单得不偿失。"警察说着开出一张罚单。他们接过罚单,然后女孩从冰箱里拿出一罐啤酒给警察,警察摆摆手和他们道别。

"我们正在准备参加一个乐队比赛,要是得到大奖,扣税以后会有十七万台币的奖金。我们每个人分一万块钱,剩下的就可以存起来当作乐队的基金。等你们再来的时候,我们肯定已经找到了更稳定的排练房。"吉他手转身告诉我们。

"你们好像赏金猎人。"王鹿说。

"这个称呼好酷。"女孩说。然后他们关闭了效果器,打开窗户。外面是马路上摩托车的洪流,他们在音箱里放起轻柔的古典音乐。

"我一点也不想回去。"我告诉王鹿。

"我也一样。"她回答。

我和王鹿在新年第一天离开台北,第二天回到电台开会。广播大厦门口全部都是人,保安说昨天他们也聚集在这里,不知道发生了什么。很冷,但人群安安静静的,穿得很多,席地而坐,带着吉他、海报和花,给往来的工作人员让出行走通道。欧老师在会议开始前找到我和王鹿,告诉我们张宙的节目停播了。除了持续低迷的收听率之外,主要的原因是从今年起,所有节目都将实行广告自营,简单说来,以后只有能拿到广告赞助的节目才有资格继续生存下去。欧老师向来未雨绸缪,从索尼公司为我们和张宙以及她所负责的其他几个节目拉来第一笔赞助,但是张宙在此之前已经决意离开。我们非常吃惊,因为我和王鹿依然在等待处理结果,始终认为被停播的应该是我们的节目。

"张宙接下来要去哪里?"王鹿问。

"他要和朋友去边境办学校。但他对不同的人有不同的说法。"欧老师说。

"哪里的边境?"王鹿继续问。

"我不清楚。他没有说。也可能他只是喜欢边境这个意象,他就是这样的。"欧老师说。

"外面的人是来和他道别的啊。"我说。

"没想到他有那么多听众。"王鹿感慨。

"新年夜就已经有人等在了外面,张宙的节目那天播出最后一期。但他已经走了,他早就做好了决定,之前没有和其他任何人说。"欧老师说。

"我不理解他为什么要主动结束节目,总有办法继续做下去。"我说。

"我也不能完全理解他。"欧老师说。

"我们还没见过他。"王鹿说。

"你们见过他。在你们的派对上,那天他也去了。"欧老师打断我们。

"他来参加了我们的派对?"我和王鹿都很吃惊。

"凡是派对,跋山涉水他都会去的。他很喜欢你们,和你们各自聊了天。"欧老师说。

"我想起来了。他来舞台边找我,在京摔下来之前。"王鹿说。我也想起来了,那个夏威夷衬衫男孩。

"你们聊了些什么?"我赶紧问王鹿。

"摇滚乐之类的。"王鹿说。

"还有呢? 再想想。"我继续追问。

"我那时在想着其他事情,没法专心和他讲话。他能感觉到,但似乎也并不在意。"王鹿说。

"你呢?"王鹿问我。

"朋友。我们聊了朋友和友谊。"我现在又想起更多。我们在水边，在浅滩上，太阳迟迟没有升起来，那真的是很长一段时间。我们始终都在交谈，有时候是他在讲，有时候是我在讲，一点都没有厚此薄彼。水面吹过干净的风，虽然有很多云，但光线透亮。我的饼干渣都掉在地上，麻雀过来，在我们脚边走动。后来张宙说起京的跳海，于是我断断续续地说着我的朋友，怀着显而易见的骄傲和快乐，他也说起他的朋友，但不是某个具体的人，而是一段胡作非为的被荒废的时光。

我和王鹿走出广播大厦的时候，外面的人群仍然没有散去，还不断有人加入进来。下班的人和放学的人，他们把包放下，坐在台阶上。于是我们也加入他们，气氛轻松散漫，不像是道别，却仿佛所有人都在等待一场冬日派对来拉开序幕。这时有人拨开人群，张开双臂朝我和王鹿大步走来。

"潇潇！"王鹿大叫，继而跳起来抱住潇潇。天冷得要命，潇潇只穿着运动衫和牛仔外套，和我们最后一次见面时一模一样，一贫如洗又绝对纯洁，本该出现在美国，而不是这里。我也想拥抱潇潇，但我迟疑了，然后那个时刻便过去了。潇潇坐下，从口袋里掏出烟分给我们。

"我那天听完张宙的节目就跑来电台了，想要当面和他道个别，但我想他应该是已经离开了。"潇潇说。

"这几天你一直都在这里？"王鹿问。

"前天来了，昨天也来了，今天刚刚过来。我想即便见不到张宙，也能见到你们。"潇潇说。

"我不知道你来上海了。"我说。

"说来话长。你们知道防风林转手了吗？"潇潇说。

"谁要接手那样的地方啊。"我说。

"有说要改造成书店，也有说要改造成游戏厅。"潇潇说。

"里面那些人都去哪里了？"我问。

"他们中间不少人已经离开南京了，而且他们总有可以去的地方。"潇潇说。"你呢？"我问。

"防风林的老板搞到一笔日本人的投资，在上海开了一个演出俱乐部，设备和技术人员都是从日本运过来的。我跟着他来到上海，已经是去年夏天的事情。你走之后，我就去北京了，在那里待着等签证，但那段时间里，送到美领馆的签证整个房间都被拒签。我颓废了很久。后来就来了上海。"潇潇说。

"你早就可以联络我们的。"我说。

"我知道。来到上海以后，张宙的节目和你们的节目，我一期都没错过。"潇潇回答。

"张宙在节目里最后说了什么？"王鹿问。

"他说再见。"潇潇说。

"没了？"王鹿问。

"没啦。但他那样说，你会觉得，你们再也不会再见。"潇潇说。

"其实我们都没再继续听张宙的节目了，不知道从什么时候开始的。"我说。

"那真不错。我想是因为你俩已经度过了最困难的那段时间。"潇潇说。

"是吗？"我问。

"那你接下来怎么办呢？"王鹿问。

"我嘛——我想先对生活负起责任来。"潇潇这么说，怀着乐观和忧患。我想他和以前多么不同，他在担心很多事情，但我又想，他只是在说梦话。

我们三个离开广播大厦以后一起走了很长的路，我感到潇潇走在我身边又长高了一截，也可能是更瘦了，肩膀撑住薄薄的外套，看起来像是那种随处可见的忧心忡忡的年轻人。某些时刻或者角度，非常不像他。但我想，我不应该总是拿过去的事情作为参照物，而且我很久没见到潇潇，变得陌生，也是极其自然的。后来我们来到河边。风无遮无拦，又野蛮又刺骨。我们遇见桥就翻过去，一会儿在岸的这一边，一会儿在岸的另一边。有些地方极其破败，防洪堤底下散发着尿味，天稍稍暗下来以后，水鸟和蝙蝠便在低空徘徊。路上结冰，我们走得极其小心，而且总是被棚屋、绿化带以及突然出现的路障阻断，不得不绕过小片小片的居民区，再想方设法回到河边。河流湍急，眼睛就能看见浅浅的浪和漩涡。我们交谈得越来越投入，对于周边事物变得毫不在意。

河对岸的楼房渐渐亮起灯，枯萎的芦苇大片大片倒在河边，我们在中间穿来穿去，又累又渴，终于不得不停下来，坐在防洪堤上喝水和抽烟。风小了，气温却变得更低，空气里始终有冰冷的泥煤味。我们不时站起来，跺脚，原地转圈，跳来跳去，不让自己冻僵。附近不知道哪里有篮球场，能听到叫喊和球撞击水泥地的声音，还有夜钓的人在电鱼，啪啪直响。

"苏州河里有人游泳吗？"潇潇问。

"从没见过。以前河水太脏了，现在慢慢好起来了。"王鹿说。

"那有人划船吗？"潇潇问。

"没有。"王鹿说。

"皮划艇呢？"潇潇继续问。

"你的想法都过分浪漫了。"我打断了他。

"据说有游船码头，船会沿河道行驶一段，但没人见过，也不知道是哪一段。"王鹿说。

"我们也可以这样做，自己划船，游览两岸风景，我肯定没人这么干过。"潇潇憧憬，"小时候我家有个充气艇，用打气筒充气的那种。

你还记得以前有段时间吗，好像人人家里都有充气艇，暑假里我爸和我带着充气艇去水库，特别管用。"

"河里可以划船吗？"我问。

"不知道，没人想过这样的问题。"王鹿说。

"我不是在说着玩，我是认真的。"潇潇说。

"我知道。你想要对生活负起责任。"我这么说，像是在嘲讽他，但其实完全没有。

"是啊。我也觉得艰难，但我会这样去做的。"潇潇说着，似乎下了很大的决心。而我看着河水，感到就快下雪了，河面有些地方结起薄薄的冰。我不知道潇潇为什么要强调这个，他又陷入忧心忡忡的状态，为了一些我所不能理解的事情。但是我对他说："我明白。我理解你，我也是这样想的。"

五点半以后天便彻底暗了，我们爬下防洪堤，穿过瓦砾和杂草，在附近的公交站等车。我们不知道自己到底走了多远，站牌上全部都是不认识的路线。随意跳上一辆开往人民广场的车以后，车上没什么人，我们占据了整个后半部分的车厢。沿途荒芜，一路都是巨大厂房，衬托着冬日的无边无际。司机有时候接连几站都不停，有时候又在一站停很久。车再次停下的时候，潇潇突然跳起来，说他要下车，然后他便真的下车了。下车以后他没走，车也没有开，我觉得那是非常漫长的一段时间。我和王鹿看着车窗外面，除了夜晚宽阔的沥青道路，和几株不知是否能熬过冬天的小小树苗，什么都没有。我想潇潇根本不住在这里，他只是非常擅长以各种方式道别。后来车终于开了，引擎震动着，潇潇站在原地点了一根烟，朝我和王鹿挥手。我又扭头看他，很快就看不见了。

春节之后我和王鹿振作起来，试图自己去解决广告和钱的问题。

然而这次面对的困难与以往不同，我们向来对更为庞大的系统和结构不屑一顾，缺乏基本认知，因此付出的努力毫无章法和方向，幼稚可笑。每次与专业人士沟通之后，挫败感都在加剧，写给各类唱片公司和文化公司的邮件也没有得到任何有效的回复。我们陆陆续续去了一些酒吧和俱乐部，有时与那里的人开怀畅聊，结果他们往往比我们更需要钱和帮助。这种情况持续着，直到潇潇工作的俱乐部正式开张，邀请王鹿和乐队去演出，回来以后他们对那里赞不绝口。据说俱乐部老板野心勃勃，想大干一场，一口气签了不少乐队，给的条件相当优厚。他对我们的节目也很感兴趣，说好等到三月份，日本那边的投资人过来，我们再一起谈谈赞助的事情。但他希望我们在此之前能做出两期分量重的节目，作为谈判的筹码。

我和王鹿不喜欢准备筹码或者被人当作筹码，但张宙的节目停播激励了我们，怀着决心，与沉重的东西作战，无论如何都要坚持下去。正逢罗大佑在广州开完演唱会以后来到上海，三月初要在同济和华东师范大学做两场音乐讲座。我们向欧老师申报了选题，同时联络唱片公司进行采访。

采访被安排在同济讲座之前，我和王鹿提前到达，在教学楼的一间会议室里等待。罗大佑准时推门而入，跟随着两三位工作人员。他穿着朴素的深色夹克，精神抖擞，两手空空，我却立刻辨别出一些难忘的东西。他坐下之后又起身，打开窗户，窗户对着操场，他问我们能不能去那里采访。

于是他撇下工作人员，和我们一起穿过操场，在领操台上方的看台坐下。我和王鹿重新支好了录音设备，从耳返里能听见远远的欢呼声和口哨声。罗大佑说话的声音像一只从低空掠过的大鸟，舒展着翅膀。那段时间他搬到北京居住，往返于北京和香港之间。王鹿和他聊起北京的事情，城中村的奇崛，四处都在挖掘和建造的大型工地，但是冬天的北海公园总是那么美。说到这里,我们每个人都点了一根烟。风有一点料峭,有一点暖和。

"你还记得二〇〇一年上海的那场演唱会,结束之后你做了什么吗?"我问罗大佑。

"我坐车回酒店,经过衡山路,听到路边有人在合唱《未来的主人翁》,非常想要加入其中。"他回答。

"我俩是在那天认识的,在那场演唱会上。"我说。

"真的吗? 友谊万岁。"罗大佑说。

"友谊万岁啊。"我们说。

直到我和王鹿离开学校,才感到自己做了一场庞大的好梦。我们内心澎湃,无法平静,于是回到电台彻夜剪辑录音素材,最终剪出上中下三集节目。除了有罗大佑的采访之外,我们还将在台湾录制的素材也加入其中。那些素材里有大安森林公园里的演出片段,朋友们在排练房和露台的聊天记录,音像店里播放的二十世纪八十年代和九十年代的民谣,荒野里飞机引擎的轰鸣。等我和王鹿从剪辑室出来,清晨的马路上空空荡荡。我们在高架桥下走了一段路,没有车,工地的机器仍然在休眠中,王鹿大声唱着——

飘来飘去,就这么飘来飘去。
飘来飘去,就这么飘来飘去。

这期节目在全国广播大奖赛中获得了十佳节目的奖项。小皮将节目压制以后上传到论坛,在其他各个网站和论坛间被转载无数。有一间新成立的唱片公司因为从节目里听到台湾乐队的小样,通过我们联络他们,很快与他们签订了唱片合约。正好他们没能在那场重要的乐队比赛中获得头奖,与奖金失之交臂,于是干脆卖掉了摩托车,三个人搬到了北京，住进鼓楼附近的胡同，一边录制唱片，一边演出。正好我和王鹿要去北京领奖，便和他们说好在北京见面。

然而到了四月，SARS在北京全面暴发，学校停课，部分工厂停工，颁奖晚会取消了。接下来上海也受到了影响，政府借此对全市防空洞进行整治，扫除顽疾，驱逐了大量地下人口和设施。服装厂因为非法运营和劳工问题被整个端掉，一百台缝纫机一夜间消失得无影无踪。陈浩趁机用极其低廉的价格盘下服装厂被清空的几间房间，改造成排练房。他预言从现在起，直到奥运会，将迎来一场文艺复兴。

然而不久上海所有乐队的演出和排练都停了下来，不少俱乐部和酒吧因为生意惨淡而歇业，也包括潇潇工作的俱乐部。据说日本方面已经撤资，值钱的设备被连夜运走，之前签下的乐队除了预付款之外，没有拿到任何演出费用，滞留的员工也被拖欠了两个月工资。王鹿和其他几支乐队接连几天去俱乐部催讨演出费，但老板始终不见踪影。僵持几天之后，大家撬开了酒柜，合力喝空了那里最贵的几瓶酒。

我和王鹿也失去了原本说好的广告赞助机会，但电台领导依然重视节目所得到的奖项，几次找我和王鹿交谈，数个小时，讨论未来构想。我们做出一些计划，结果却并不理想。我想，在与商业和体制的冲撞中，我们完全暴露出最软弱和虚幻的部分。不久之后，电台做出决定。首先，加大投入，将节目打造成电台青春品牌。从暑期开始，每周一、三、五在黄金时段直播。其次，由广告部专门负责节目的广告合作和冠名。并且，与王鹿签署正式员工合同，接下来会有另外一位有经验和声誉的主持人与她搭档。与我的临时合约将在八月底节目改版前到期，之后我不会再参与节目的制作。在正式发布通告之前，欧老师将这个决定转述给我和王鹿。她的表达相当谨慎，不断停顿，但我感激她没有对我表现出遗憾或者同情，她的温柔和决断一如既往。

"我们其实早就讨论过关于结束节目的事情。但不是以这样的方式。"王鹿说。

我和欧老师都保持着沉默。我突然意识到,我们的节目凭借好运,横冲直撞,不知不觉已经穿过重重险滩。然而我们所以为的无畏无阻终究还是幻觉和扯淡。

"是因为钱的问题吗?"王鹿问。

"钱肯定是一部分原因,还有其他考虑。"欧老师说。

"什么样的考虑?"王鹿肯定不愿罢休。

"我和你一样,不认同这个决定。但我是站在节目的角度去思考这个问题的。电台想要打造的是一个青春品牌,却在决策的过程中切割掉了青春中重要的部分。摇摆,傲慢,对具体事物的漠视,还有自蹈死地的热情。这样是不对的。"欧老师说。

"那个切割掉的部分,你说的是我吗?"我说

"我说的是你们啊。但我想,对于你们个人来说,这样的决定无所谓好坏。你们可以再考虑一下,然后再做出你们自己的决定。"欧老师说。

"你们还记得那个得一等奖的西北男孩吗?"我问她们。

"记得啊。"王鹿说。

"有时候我遇见困难,便想象他去的地方,想象人生的其他可能性。风是怎么样的,草又如何翻滚成浪。但我现在觉得,我其实从没遇见过真正的困难。或者也有可能,最困难的时候确实已经过去了啊。"我这么说,想要安慰她们。

"你知道所有的事情都是阶段性的吧。困难啊快乐啊。"欧老师说。

"是的。我明白。"我回答。

SARS 的阴影消失殆尽之后,陈浩的预言得到应验。那段时间各地疯狂举办音乐节,新组建的乐队前赴后继,他刚刚改造完成的两间

排练房突然档期全满。排练房虽然装修简易，但设施齐备。一部分是京留下的，一部分是从 eBay 买的，都是便宜的二手进口乐器，对没有演出经验的年轻乐队来说已经足够。四十块钱一小时，学生有折扣，比在外面唱卡拉 OK 便宜很多。

小皮在论坛上开设了一个租赁板块，交换排练房的租赁信息，询问价格和设备。置顶的帖子里强调了排练房的规则，禁止吸烟，禁止明火，禁止私拉电线，禁止留宿。其实根本不管用。后来有昆山和苏州的乐队坐火车过来排练，一百块通宵。排练房里终日乌烟瘴气，留宿着各种流浪儿。防空洞的气氛很快变了，涂鸦覆盖了通道，更不用说遍地的烟头和啤酒瓶。有时候我们早晨回到指挥部，要穿过外面的呕吐物和烂醉的乐手。有过几次斗殴，最严重的一次从地下打到地面，招来警察和救护车。渐渐论坛里有人称陈浩为地下摇滚教父，后来大家见面都这么叫他，我们也跟着叫，觉得又好笑又讽刺。

后来有记者过来采访，拍了很多照片，让陈浩谈谈将来的规划。陈浩自嘲，说他不要做教父，他要做防空洞国王。记者也采访了其他人，但我们每个人都在扯淡。他问我们是否知道情境主义，没人听说过，以为是一种环保概念。他解释说在二十世纪六十年代的欧洲，年轻人放下各种社会关系，在城市和乡村中进行漂移实践的活动——"但这里的人不是什么主义，他们只是耗着，等待可能根本不存在的建议。"陈浩打断他。我能理解他在说什么。那段时间里我和王鹿始终回避说起与节目相关的事情，不断推迟作出决定的时间，并且不约而同地开始重听张宙的磁带。

采访接近尾声时，整片区域停电。外面哄闹叫嚣，大家打着手电，陆陆续续从防空洞里出来。我们送走记者，买了一个西瓜，坐在马路旁边吃。小皮提起她收到一份工作的录取邀请，我们都有些意外。应届毕业生受到 SARS 影响找工作都很困难，招聘会全部取消了，小皮其实已经有一段时间没有再投放任何简历。

"有几个程序员正在一起开发一个新的网站。如果真的做出来可能会非常了不起。所有音乐、书和电影，都能够在上面搜索到条目，也能够分享自己的感受。"小皮说。

"牛啊。你还迟疑什么？"陈浩说。

"因为办公在北京。过完暑假我就要去北京了。"小皮说。

"这样啊。"陈浩说。

"你还记得你和我们打的赌吗？冬天早就过去啦。"小皮对陈浩说。

"京嘛，这个浑蛋。"陈浩说。

"我也很想他啊。我们应该给他打个电话。"小皮说。

"俄罗斯现在几点？"陈浩问。

没有人知道，但我们还是给京打了电话，那头立刻就接了起来。

"×。"京骂骂咧咧。

"你在干吗？"我们问。

"我刚刚起床，在做早饭呢。"京说。

"你早饭吃什么呢？"我们又问。

"香肠、面包、腌蘑菇和酸奶油。"他说。

"那你吃完了要去哪里？"我们继续问。"我要和朋友去贝加尔湖，我们要去裸泳。"京说。

"有女孩吗？"陈浩问。

"废话。"京说。

"哈哈哈。吹牛。"陈浩说。我想象夏天的贝加尔湖，一道浪总是连接着另一道浪，感到心都要碎了。

录制最后一期节目前的一天，我和王鹿打电话给潇潇，约在人民广场见面。之后我们辗转几间大型体育用品商店，终于买到一艘充气艇，热心的店员询问我们要去哪里，又附赠了划桨和救生衣。我们从出租车下来，拖着充气艇，穿过一片建筑工地，来到苏州河拐弯处一小片杳无人烟的绿汀。时间还早，我们翻过桥到对岸踩点，观察水的流向，规划了线路，给小艇充气，然后等待天黑。水鸟也陆陆续续从四处飞回，扑进水里捕捉小鱼，站在树枝上吃，不久便纷纷消失在树荫里。

"今天的天气好像我们去紫霞湖的那天。"我说。

"是啊。我最近常常想起那天。"王鹿说。

"我告诉过你们，你们永远不会忘记那一天。"潇潇说。

"那天是我人生中第一次知道什么是高兴。"王鹿说。

"那竟然是你最高兴的一天。太可悲了。"潇潇说。

"不是最高兴，是从那一天起知道什么是高兴，知道了以后，就再也不想不高兴了。为了不要不高兴，我想我关闭了与其他很多人共情的通道。"王鹿说。

"你怎么会发现那么好的地方？"我问潇潇。

"紫霞湖吗？张宙带我去的，我没告诉过你们吗？"潇潇说。

"没有。你还有多少事情没告诉过我们？"我和王鹿说。

"张宙当时就住在距离紫霞湖两公里的地方，有一天我和防风林里另外一个人去他家里找他，忘记为了什么。晚上十一点多从他家里出来，他带着我们去紫霞湖游泳。也是现在的季节，风都是烫的。湖里就我们三个人，灌木丛里都是萤火虫，头顶能看到银河。另外那个人好像是诗人之类的，所以张宙一直在和他谈论诗歌。我一个人游泳，没有加入他们的对话。上岸的时候，我的一只鞋在草丛里找不到了，可能被狗叼走了。我光着脚走下山，坐公交车回到学校宿舍。你们说，经历过这样的夜晚，是不是会对人生造成一些影响？"潇潇说。

"当然了。"我说。

"我也希望夜晚再去一次。"王鹿说。

"别说过去的事情了,今天可能也是永恒的一天啊。"潇潇说。

于是我们在岸边等到晚上十点,直到对岸楼房里的灯渐渐熄灭,穿上救生衣,脱下鞋子,一起将充气艇推入河道。潇潇先跳了上去,然后是王鹿和我。小艇剧烈晃动,等我们调整好自己的位置。接着潇潇执桨,很快便找到了节奏和方向,带起有力的波纹,小艇笔直驶向河道。夜晚的水流相比白天更浑浊和湍急,我们三个的重量把小艇压得不堪重负,船舷紧紧贴着水面,小小的浪就能把外面的水灌进来。两岸是低矮的仓库和厂房,我们经过一座桥,被台风刮断的树还没有来得及被拖走,遒劲粗大的树枝卡在桥墩底下,一艘河道垃圾清洁快艇驶过我们身边,停了下来,甲板上堆着从河里捞出来的水草,堆成一个个小坡。工人蹲在船舷抽烟,招呼我们说:"你们从哪里搞来这玩意儿?"

"买来的。"潇潇说。

"可真不错。"他说着,驾驶员也探出脑袋,朝我们嘿嘿直乐。

"那边的人好像是在喊你们。"工人伸出手臂,左侧的岸边有人打着手电照向我们。但是光束太微弱,中途便消逝在黑暗的河面,只能看到两枚白色光点在灌木里舞动。有人朝我们喊话,但快艇的马达太响了,我们也得扯着嗓子彼此说话。

"他们在喊什么?"王鹿问。

"喊你们回去。可能是警察,那你们就惨了。"工人说。

"不是警察,是联防队的。你们得回去,河上不让划船。"驾驶员又探出脑袋来。

"我们也没看到告示啊。"潇潇说。

"你们要去哪里?"工人问。

"前面是哪里？"潇潇说。

"吴淞，然后从苏州进入钱塘江。但是你们这船不行，去不了远的地方。"工人说。

"我们没打算去那里，我们看看风景。"我们纷纷解释。

"晚上涨潮，你们当心。我们收工了。"工人弹出烟头。

"回见啊。"我们大声说。

快艇的马达轰鸣，拖出白色的浪，潇潇叼着烟，偶尔拨动一下桨。岸边的手电筒又多出几束光，但联防队员似乎也不再着急，只是在岸边跟着我们慢慢走。有时绕过棚屋和绿化带，消失片刻，又继续出现在前方。我们停下来，他们也停下来。我们抽烟，他们也抽烟。河面的风温暖湿润，远处有一些明亮的高楼，我们被蚊子和夜晚的水雾包围，忧心忡忡，像三个劫后余生的人。刚刚逃出一场灾难，休息着，毫不费力地顺流而下，直到前方出现一个荒凉的游船码头。水里立着褪色的罗马柱，栈板腐烂了，成为水鸟休憩的地方。

"靠岸吧。"王鹿坚决地说。

"这里吗？"潇潇问。

"明天我们不是还有一场派对吗。"王鹿回答。

于是我们奋力将小艇划向岸边，潇潇探身抓住栈板的缆绳。我们三个扔下充气艇，蹚过一小段柔软的淤泥，亮晶晶的，埋着易拉罐、硬币、树叶、死去的鸟。直到终于踩在结实的地面，我心里涌起感激，回头望向河的对岸，那里有十几束手电的光，照在水里，照在树叶上。我们朝他们挥手、吹口哨，我想他们什么都看不见，但其实我们都能听见那边，也传来欢呼的声音。

（原载《十月》第1期）

# 浮 图

葛 亮

## 一

警员走进来时,看到连粤名正给牛排浇上黑椒汁。他看到警员,并无意外,仍执刀叉慢慢切下一块肉,送到嘴里。

连粤名自认是个老饕。按常理,这刁钻的口味,多半是训练而来。而他却是浑然天成。自幼在北角住着,那里先是上海人,后来是闽南人排闼而来,便被称为"小福建"。

他们住过的地方,叫作"春秧街"。据说是因为一个姓郭的福建籍富商命名。这富商是印尼华侨,以制糖起家,致富后想在香港拓展业务。本来是打算兴建炼糖厂。不料填海造地后,海员大罢工和省港大罢工相继爆发,劳工不足,经济萧条,郭氏唯有改作住宅发展,建成四十幢相连的楼房,人们就以"四十间"指称该地,后来政府将"四十间"所在的街道命为"春秧街"。

连粤名搬出春秧街已很久。自打从南华大学毕业，他便想要离开这里。在澳洲读了博士，回到香港。娶了西半山长大的袁美珍，在薄扶林道买了一个小单位。他才觉得是给自己洗了底，做了真正的香港人。可他一年里，总有三不五时，要做回福建人。多半是因了九十多岁的阿嬷的召唤。每月初一、初八、十五及各路神佛圣诞。电话先打过来，要他回到乡会庵堂吃斋。这边稍有犹豫，便是劈头盖脸的一顿骂。有时他因事情去不了，下次见面，得被阿嬷念上十天半月。无非是长房长孙，不肖不贤，愧对先祖之类。直至数到上梁不正下梁歪，就是回忆和女人跑掉的阿公。眼睛一红，便是一把浑浊老泪。连粤名心里慌得直叹气。袁美珍一边敷着面膜，在脸上拍打，一边幸灾乐祸地说，你这才真是躲得了初一，躲不了十五。

　　这一天，袁美珍却也跟他来了。只因是大日子，观音诞。只见庵堂里热闹，人头涌动，犹如置身岁晚的黄大仙祠。香火愈来愈鼎盛，乡会数年前终凑够捐款，置下三个相邻单位，一千余呎（英尺），有了小厅和厨房，安好佛像和坛位，让神明在这寸土寸金的香港宜居，夜深出窍施法，亦舒适安稳。

　　"名仔！"他阿嬷来了香港近五十年，仍然是一口坚硬的乡音。这口乡音被她从福建带来了香港。人人都说入乡随俗。这北角的人，都有这么一段相似故事。二十世纪四十年代，连粤名的阿公和二叔公，跑到印尼讨生活，开理发店，每月寄钱回乡维持家计，和阿嬷相见相会只能约在香港。那时中国与印尼还没建交，香港是个中转站。二十世纪六十年代，阿嬷带了家当，携父亲和阿公团聚。阿公却没出现过，听闻是和一个外侨女人去了金山。好在有福建乡会帮衬，阿嬷人又争气。在春秧街开了一爿成衣铺，竟然就将几个子女都养大了。立业成家，各有所成。

　　可阿嬷就偏偏改不了这一口乡音，早年被人讪笑，如今上年纪倒得了气壮。偌大的庵堂，对着连粤名呼呼喝喝。旁人就说，连阿嬷，阿名好歹是个教授，不是青头仔啦。阿嬷便道，教授又如何，还不是我的孙！连粤名坐在乡会的小厅里，看阿嬷一头稀疏白发，露出了红色头皮，坐姿没有老态，竟是雄赳赳的，天然便是领袖模样。手脚竟比一众中年妇人更为麻利。一边包着䏣饼，一边和乡里谈笑。又因为耳朵有些背，说话声量就更大了些，洪钟似的。

每到观音诞，这些福建女人日出时分便来到庵堂，掀起大饭盖，准备下锅煮百人斋菜。太阳升起之时，乡里已穿起佛袍，与方丈住持，同赞佛颂文。中段休场，乡亲端上水果、甜汤。倒也有条不紊。

连粤名坐在缭绕的烟火里，看头顶悬着"巍巍堂堂"和"慈航普渡"的牌匾。功德箱上摆着供果和闪烁不定的莲花佛灯。如今都要环保，那灯里装的是电池，是真正长明的。连粤名好像又回到了儿时，跪在蒲团上被阿嬷摁下，纳头拜佛。那时的庵堂，没有现在排场。袁美珍坐在她身边，埋着头，只是一味地划着手机，也不说话。即使来了许多年，也并没有融入妇人的群体。不似连粤名的发小祥仔的老婆，早和老少查某（闽南语，女人）们打成一片，按说人家还是个茂名人。阿嬷和这个孙新抱（粤语，孙媳妇），表面上客客气气，再也没有多的话讲。既然当自己是客人，便宾主自在好了。

庵堂里竟也有一台电视，放着内地的电视剧，是部古装片。他是不看电视的人，里头的女明星他竟然也认得，因为偷税漏税，上了八卦报纸和网站的头条。在这个宫斗剧里，演的是个委屈的角色。眼神里却是藏不住的凌厉，不消说，还是要赢到最后的。其实也没什么人看。乡里叔伯，木然对望、闲坐。呆呆的眼神交流，以闽南语交谈，向对方借火，抽一口烟。

"莫再看咯，来啊，来啊，准备绕佛啦！"诵经最后，阿嬷出来对连粤名呼唤，如同命令。倒没正眼看袁美珍。袁美珍将手机收起，站起来，面无表情，跟着连粤名。在场男女老少都要在庵堂绕场数周，脸色端庄肃穆。这是旁人不甚理解的信仰和仪式，积年成俗。

连粤名走到了大街上，深深地呼了一口气。他的鼻腔里，残留着很浓重的香火味。自然，他手上还拎着阿嬷亲手制的腼饼和芋粿。走到了春秧街上，他觉得轻松了一些。袁美珍约了旧同学喝茶，他便也不急着回家。先到"同福南货号"买上一斤年糕，顺便问一问大闸蟹上货的档期。眼下香港市面上的蟹，都说是阳澄湖的，自然不可尽信。这间老字号，总还是靠得住。然后呢，便是到隔壁"振南制面厂"，买新造的上海面。如今卖地道上海面的铺头，越来越少。这街上，再有就是对面和"振南"打了数十年擂台的"双喜"。总也不分高下。连粤名是吃惯了"振南"。上海面软滑弹牙，和香港盛行的广东面是大相径庭。广东的碱水面硬而干，咬劲足，却不合北角人的口味。他和袁美珍，便吃不到一起去。创办这"振南"的人叫李昆，其实呢，倒是个地道的广东人。传说青年时曾追随北洋政府的国务总理唐绍仪任侍从官，故熟悉其喜爱的面食。后来在坚拿道东开设"振南"，吸引了一班居港的上海人，便将面厂搬到有"小上海"之称的春秧街，也养刁了后来的福建人的胃口。福建呢，本不是美食之乡，可是有先前上海人的讲究，加上东南亚华侨的诡异的洋派。这春秧街上的味道，是断不会寂寞的。上海南货店内有售的咸肉、火腿、咸菜、年糕，闽地有名的鱼丸、肉丸、蚵仔、芋粿、绿豆饼，也一应俱全。话说广东菜精致可观，连粤名在心里头，却另有自己的一番分庭抗礼。这是春秧街几十年的生活，给他锻造出来的。及至这里，他摇摇头，觉得是一条舌头，阻挠自己成为地道的香港人。

这样想着，连粤名一路踱到了马宝道，这里的排档后方兼卖印尼香料杂货。自有一些南亚人的土产。像印尼虾片、千层糕、自家制咖喱、沙嗲、辣椒酱、新鲜椰汁马豆糕等。掌铺的已是第三代，是个戴着苹果耳机的年轻人。看连粤名挑拣沙茶酱料,有些不耐烦,说,这些货都是过年时进的,没什么新鲜的了。从里间出了一个妇人,认出了连粤名,说,教授,多时没来了。妇人是印尼本地人,嫁给了这华侨家族,还保留了传统的装束。她絮絮地说着。连粤名自然是识趣的人,便问她生意可好。她便说,这种街坊生意,可谈得上好不好? 有口饭吃就是了。

这时候,天有些暗了。连粤名本来已经走到了地铁口,忽然想起了什么,就又折到了英皇道上,走到了一幢大厦前面。他抬头看到"丽宫"二字,晃一晃神,走进去。

## 二

南华大学,入了黄昏,另有一番热闹,是周末回校的学生们。又有各色的社团散落在校园里,派发着传单,招募新的会员。连粤名穿过黄克竞平台,看这些年轻人的脸上,一径是喜洋洋的,哪怕一些门前寥落的社团。一个武术学会的男孩子,穿着练功服,向着他跑过来,规规矩矩地鞠了一躬。他并不认识。一问起来,才知是大一的新生,上过他的高分子物理大课。正寒暄,旁边一只毛茸茸的金刚狼,手里拎着一大袋外卖的饭盒,急急匆匆地向cosplay(扮装)学会摊位走过去。人潮涌动的,是电影协会的,原来正在报名临时演员。听说国际大导演要到"南华"来取景拍戏,拍二十世纪四十年代的香港校园。自然要一班学生仔扮演大半个世纪前的好男好女。他想他读书的时候,也曾有过的临演的经历,是在一个著名品牌的广告里。那时青春无敌,他尚有一头茂盛的好头发。他禁不住摸摸自己的头顶,心里苦笑一下。

到了明伦堂跟前,他对着门口的落地玻璃,整理了自己的仪容。他做这里的舍监已经一年有余。因学生出出入入,以身作则已近乎本能。这时候，一个男孩推开门，趿着人字拖，从里头出来，一边打了个悠长的哈欠。抬眼望他，有些措手不及。旁边看更的陈叔便道：路仔，打游戏到成晚，刚刚困醒，这下正好给教授撞到。男孩哈欠打到一半收不回，脸上便是个茫然惊讶的表情。连粤名心里想笑，便也宽宏地说，唔好唔记得食饭。

　　他随电梯到顶楼，掏了许久找到钥匙，打开门。屋里响着叮叮咚咚的琴声。他知道是女儿回来了。《水边的阿狄丽娜》。他站在门边，略阖上眼睛，听了一会儿，不觉间在心里打着拍子。他想，当年思睿赢了全港钢琴大赛的青少年组亚军，就是这支曲子啊。一个硬颈的细路女，手指一触到琴键，就柔软下来了。她是有多久没弹过这首曲子。是的，升了中五，忙于考学，思睿就不怎么碰钢琴，由它蒙尘。最近又捡起来了。她去年刚刚做上执业牙医，连粤名托相熟的中介，为她在北角盘下了一个铺位开诊所。在渣华道，地段好，价钱也算公道。思睿说，做牙医好手势，要灵活。便又开始练琴，锻炼手指关节。她说，一样的轻重缓急，人口中三十二颗牙齿，就是两排琴键。

　　爸。琴声停了，他睁开眼，思睿站在他面前。女儿眼窝淡淡的青，看上去有些疲惫。收拾得倒很利落，是准备出门的样子。

　　连粤名说，晚饭不在家里吃？

　　思睿躬下身，将短靴的拉锁使劲向上拉，一面轻轻应一声。

　　连粤名将手上的东西放在桌上，说，和林昭？

　　思睿说，岳安琪回来了。

　　连粤名说，哪个岳安琪，是那个中学同学？不是全家移民去加拿大了吗？

　　思睿说，回香港来了。

　　连粤名愣一愣，说，嗯，吃完饭早点回。对了，给你买了马拉糕，还热着。吃一口再走。

思睿摇摇头，打开门，说，不吃了，太甜。

连粤名看着门带上，把买的东西一样样拿出来。高丽菜、红萝卜、豆干、芽菜、芫荽、冬菇、猪肉、虾米、蚵仔。

这时候听到门一阵闷响，继而听见高跟鞋重重落地的声音。他从厨房里出来，看见袁美珍一言不发，将手提袋扔到了沙发上。待她站起，又好像当他是隐形人，袁美珍径直走到房间，换了衣服就往浴室去。这时她倒看了连粤名一眼，说，又整䏌饼。连粤名说，系，观音诞，到底是个节。

浴室里响起哗啦啦的水声。连粤名想一想，从环保袋里拿出那双拖鞋，摆到了擦脚垫上。水红色的鞋，上面镶着花形的水钻，在暗处也熠熠地发着光。

他满意地看一眼，叹口气，回身去厨房。

待浴室里的水声停了，厨房里正逸出馅料爆炒的香气。因为后加了紫姜母，便有一丝清凛气，从满锅的膏腴中破茧而出，激得连粤名打了个喷嚏。他将馅料盛出来，摆到饭桌上。

好大阵味。袁美珍一边快步走过去，将客厅的窗户打开了，一边擦着湿漉漉的头发。她说，风筒时好时坏，唔记得落去俾师傅整。

连粤名说，买个新的喇。

袁美珍不睬他。他看见袁美珍，走到鞋柜跟前，在里头翻找。这才发现她赤着脚。所经之处，地板上是一串浅浅脚印，水淋淋的。

他想一想，说，我买给你新拖鞋哦。

袁美珍回身看一眼，说，几十岁人，着咁样嘅色，发乜姣。

连粤名愣一愣说，我系"丽宫"买嘅。

袁美珍的手停住，抬起头，眼神恍惚一下，说，丽宫？仲未执笠（粤语，今指商铺收摊，引申为倒闭）。

她又重新翻找起来，翻出了一双旧年旅行时从酒店带回的拖鞋，穿上了。

连粤名坐下,将腼饼揭开,包上了馅料。递给袁美珍。袁美珍不接,问他,你唔知我减紧肥?

说完,便回房间去了。连粤名望着妻子略臃肿的体态,消失在走廊尽头。过了一会儿,他听到了一个陌生女人的声音,从房间里传出来。他知道,袁美珍又开始直播了。

袁美珍走进房间时,没忘随手关掉客厅里的大灯。连粤名便坐在黑暗里头,只有房间四角射灯昏黄的光,聚拢在他身上。像个光线诡异的小剧场的舞台,他坐在台中央,抬起手,开始吃那块腼饼。炒得时间长些,馅料气息渗透,五味杂陈。他看射灯的一线光,正照在那双新拖鞋上。方才鲜艳的红,也在暗中收敛了。小颗的水钻,到底是棱体,挣扎着将一些光芒折射出来,微弱而锋利。

连粤名想,丽宫,还没有执笠啊。

那年,他回到香港,给袁美珍买的第一样东西,就是一双丽宫的拖鞋。

说起来,也是少年任气。彼时,他在墨尔本大学已拿到博士学位,便被曼彻斯特的一家汽车公司录取,做了维修工程师。一切都在往好的方向发展,唯有感情一无进展。连粤名是个心里坚定的人,可在男女的事情上,没什么主张。读研究所时,大约在域外的缘故,女人是不缺,澳洲的女子又豪放些。他的室友,是个内地富二代,风流子弟。带着他也算吃了几次"洋荤"。然而,不知是因家庭传统,在感情上是没有投入的,总以为非我族类。他家境又很一般,对讲求现实的华裔女子,也无甚吸引力。后来到了曼城,是个老牌的工业城市,人口众多,气息却阴冷。有凋落的古堡和废弃的仓库。他所住的公寓,是个纺织厂的旧厂房改建的。他住得高,从窗口望出去,能看见默西河与广阔的荒野，河水流得慢，也仿佛是凝滞的。这里的人际便更冷漠些，日常也有着不必要的客气。让他本拘谨的性格，在南半球火热的锻造后，慢慢冷却。对于女人，也一样。性似乎亦无可无不可。他满足于精谨且无聊的工作，就这样过去了两年。若说平日里有什么期盼，可能是公司出门的第一个街角右转，进入一条后巷，那里有一间中餐厅。老板是成都人，餐厅上写的是京川沪菜馆。对贪新鲜的外国人来说，中国的各式菜系，并无太大分别。但大约是原乡的缘故，这家菜的口味十分浓重。对讲究清淡的粤广人说，原本是南辕北辙，但在这冷却的城市，尤其是冬日，这菜馆火热的气息，渐渐让连粤名爱上了。一碗酸辣汤先暖了胃，麻婆豆腐、回锅肉和口水鸡，每一样都是让味蕾有记忆的。吃惯了，久了，他索性懒得自己做，便将这间叫"蓉香"的中餐厅当了食堂。渐渐和魏姓老板熟了，老板便也知他不爱热闹的性格。在他下班前，提前在餐厅最靠里的两人桌上，放上"留位"的牌子，等着他来。但到了节假日，如圣诞，西人举家团圆。因生意清淡，许多中餐厅便入乡随俗休了业。"蓉香"却还开着，连粤名婉拒了同事的邀请，没有地方去，仍来了。餐厅里只有两三位客，老板送他一个菜，又递给他一本书。书的装帧很粗糙。他翻开扉页，才看得出是本诗集。他抬起头，老板轻轻地说，是我写的。他脸上还未露出恍然神情，去迎接这个满身油烟气的诗人的新身份。对方已满面羞赧，对他使劲摆摆手，让他不要声张。他打开其中一页，上面有一句诗："思乡的火车开远了，再看不见，我哭了／是被空气中的辣椒味，熏的。"

多年后，他对袁美珍提起魏老板的这句诗，她说她已经记不得了。

他和袁美珍，初识在这间中餐厅。照常是热闹的工作日夜晚，他收工，默默地坐在餐厅最里面的小台，吃一碗钟水饺。吃到一半，老板太太走过来，抱歉地说，连生，这位小姐等很久了，都没有桌子空出来。能不能和你搭个台？他没说话，头也没有抬，只是将面前的碗盏，向后撤了一撤。就听见有人拉动椅子，然后坐下来。他闻到一种若有若无的香气，不禁仰一下脸。看对面的人，正将一条水红色的围巾取下，小心地叠起来。他听到一把女声，用广东话叫了红油抄手，临了轻轻说了"唔该"。声音明晰利落。这时候，他吃完了，一边叫老板埋单，一边将手绢拿出来，擦擦眼镜上的雾。站起来，余光看到对面客人。是个很年轻的女孩，眉目十分平淡，有粤广女生常有的黄脸色。留着这年纪女生常有的长直发，将眉目也遮住了一些。

　　过几天的晚上，连粤名正吃着饭。听到有人用英文问，先生，介不介意搭个台？他抬起头看，原来又是前些天的女孩。她将头发束成了一束马尾，戴了副金丝眼镜，穿身黑色套装，人看上去成熟干练一些。若有若无的气息，却还是先前的。

　　连粤名没有说话，只是将面前碗盏，向后撤了一撤。女孩坐下来，要了一碗宜宾燃面，加了个开水白菜。便开始叮叮当当地涮洗碗筷。连粤名心里暗笑，他想，这多此一举的卫生行为，全世界大约只有老派的广东人才会认起真。自己去国许久，早就忘了。没想到在异国他乡，会看到一个后生女这样。女孩收拾好，给自己倒上一杯茶。沉默了一会儿，忽然问，先生，你吃的是什么？

　　连粤名愣一下，闷声道，灯影牛肉。

　　女孩又问，好吃吗？

　　没等他答，对面竟然伸出一双筷子，夹起了一块牛肉。这突如其来的举动，让连粤名吓了一跳，他一抬眼，皱起眉头，看女孩正咀嚼着那块牛肉，嚼得很仔细。然后她用纸巾擦一擦嘴唇，喝口茶，说出了自己的结论，还不错，就是辣了点。

　　连粤名没来得及收回自己的目光。女孩说，听先生的口音，是广东人。

　　他正犹豫要不要答她。女孩却接口道，我来猜一猜，你是，香港人？

连粤名的眼里的一丝光,暴露了心事。女孩兴奋地说,我猜对了吧。

连粤名点点头。她说,香港人的广东话,才有这样的懒音。我大学时读的应用语言学,算是行家呢。

这一刻,她平淡的脸,忽而生动,泛起了红晕。就连脸上浅浅的雀斑,也有了生气。然而,很快,她的神情又似乎暗淡下来。这时,她的面来了,她用筷子将面和肉臊拌开,拌匀,拌了许久。却停下筷子,并没有吃。

连粤名吃完了,站起来去埋单。忽然听见女孩说,我也是香港人。

连粤名转过身,看一眼,对她说,你点这个牛肉,可以交代厨房少辣。

以后,连粤名再吃饭,便经常有这女孩和他搭台一起吃,即便是在客少的时候。有广东籍的老跑堂,打趣说,袁小姐,又来同连生撑台脚!

连粤名听到,脸上便使劲一红。倒是袁小姐,大大方方地答,系呀!

他便知道,女孩叫袁美珍。从香港到曼城大学读一年制语言教育的 MA 学位,读完了想要留下来,应聘却屡屡碰壁。用她自己的话说:"在英国教人英语,是要关公门前耍大刀吗?"

她第一次和连粤名说话,自作主张,吃了连粤名的菜,也知造次。那天她应聘了最后一家公司,做好了失败就回港的准备。却不晓得,第二天就收到了录取通知。她的工作,是为来曼城读大学的预科学生,培训英文。她说,连生,你是我的福将。好彩我那天晚上,吃了你的牛肉。

连粤名也知道,这是无根据的恭维话。但不知为何,心里却也隐隐地高兴了。

因是两个人吃饭,大家可以多吃一个菜。花样也就多了,搭配上也就花一些心思。若一个叫了牛佛烘肘,另一个便叫白油豆腐,荤上托素;若一个叫了水煮鱼,另一个便叫樟茶鸭,浓淡总相宜。两人收工的时间不同,若一个先到了,便等另一个,等来等去,总是时间不经济。便又自然留下了联系方式,先到的先点,说了自己想点的,等对方搭上一个。连粤名有时先到了,电话说了自己点的,估摸袁美珍要配上什么。等她说出来,跟自己想的一样,瞬间便生起孩童般的开心;若不一样,那刹那的失落,也是孩子的。

再吃下去,便是默契了。一个可以帮另一个点。晚来的那个,多是工作上有牵绊,便会说给先来的听。一个说,一个听,就着一筷子菜,一口茶水,说说听听,一顿饭也就吃完了。

到了埋单时,连粤名有时仍不惯西人作风,心里大男子主义些,觉得自己年长,又工作长些,推推让让自己给付了。女孩却坚持要和他AA制,一两次后,竟然发了脾气,将自己的一份钱拍在桌上,扬长而去。一次走得急了,留下了一副毛线手套。连粤名追出去,人已不见了。

晚上,连粤名就着光,看那副手套,已经很旧了,泛起了浅浅的毛球。他将右手伸进去,竟然能戴上,想袁美珍小小的个子,手却不小。只是在食指的指尖位置,有一个小洞,是脱线了。他看着自己的指肚,因为工作磨出的老茧,从这洞里透出来,硬铮铮的。

再一年的除夕,"蓉香"总算歇业了一天。魏老板却将连粤名请到店里,说一起过个节。连粤名说,唔好客气。我是一支公,你们两公婆团圆,我阻手阻脚。

魏老板说,我要回四川了,算给我们饯行吧。电话那头静一静,又笑笑说,你又知道只有我们两公婆?

连粤名走进店里，看见除了魏老板夫妻在，还有袁美珍。只在店中间摆了一台，袁美珍落手落脚，帮前帮后。倒显得只有连粤名一个人，是客。四个人，吃到一半，喝得也微醺。魏老板摇摇晃晃起来，唱"一条大河波浪宽"，又唱"我的中国心"。叫连粤名唱，他推托说不会唱，魏老板举着酒杯，不放过他。他只好也站起来，唱《狮子山下》，可真的五音不全，唱得席上的人都笑起来。袁美珍接着他唱第二段，竟是清亮的嗓，好像甄妮的原声。

魏老板忽然跑到厨房里，又跑出来，手里举着自己的那本诗集，上头都是油烟痕迹。翻到一页便念，恰好念到那句：

思乡的火车开远了，再看不见，我哭了
是被空气中的辣椒味，熏的。

这诗歌，被他的四川口音念出来，再加上几分醉意，其实有些滑稽。但忽然，就看见袁美珍的眼睛闪一下，伏在桌上哽咽起来，后来竟哭到失声。魏太太将手放在她肩膀上。魏老板止住她，说，别劝，哭出来，就舒服了。

最后一道菜，是魏老板亲自端上来的，说，这道菜是给我们，也是给你们做的。

连粤名一看，是一盘"夫妻肺片"。

## 三

这个除夕夜，袁美珍便随连粤名回了公寓。

在灯底下，连粤名看看女孩的脸，终于伸出手去。他先摘掉自己的眼镜，又摘掉女孩的眼镜。没有眼镜，眼前人其实有些模糊了。他捧起了女孩的脸，终于吻上她，唇舌碰上的那一刻，忽然有些热辣的味道，从味蕾渗入。他愣一愣，想起是夫妻肺片的余味。

待事了了，连粤名坐在床上，才觉得赤裸的肩膀有凉意。怀里的女人仍是真实温热的。

他回想，对于床事，袁美珍并不陌生，且相当主动。在身体交缠的细节间，往往知道自己努力争取快乐。待她高潮时，平淡的五官间，便焕发出异样的光彩。这让连粤名既惊且喜。他想，这个女孩好，懂得如何取悦自己，便省去了让别人取悦她的麻烦。

第二天清晨，他醒来，看见女孩穿着他宽大的睡衣，正坐在窗前翻看什么。他看了看，发现是他从家里带来的一本相册。带来了许久，他从未打开过，甚至不知放到哪里去了。但此时，他似乎并不怪袁美珍动了他的私隐，反而觉得她异乎寻常地亲近。他悄悄下了床，打开抽屉。将一副崭新的毛线手套递给了袁美珍。这副手套，上面绣着奔跑的麋鹿。每个指尖上，都有一颗圣诞果。其实他圣诞前就买了，时常放在包里，却一直不知如何拿给她。袁美珍接过来，戴上，将将好。她大概也看见了圣诞果，故意用凉薄的口气说，不知是哪个女人不要的，给了我。连粤名未及辩白，她却扑哧一声笑了，说，多谢。我这倒没有哪个男人不要的，送给你。

他们两个，便依偎在床上，继续看那相册。袁美珍看到一张，是他大学时拍的一个广告。那时青春澄澈，尚有一头茂盛的好头发。她伸出手，摸摸连粤名开始稀疏的头顶，他避一下。袁美珍说，怕什么，贵人不顶重发。又看到了一张，指着问连粤名。连粤名看着照片上面相严厉的老人，轻轻说，这是我阿嬷。

袁美珍仔细看了看，说，阿嬷的鞋真好看。

连粤名从未注意过阿嬷穿的是什么鞋。这时看看。是黑底的绣花拖鞋，上头镶着水钻。他看袁美珍看得目不转睛，笑笑说，你不嫌老土哦。

袁美珍静静地，半晌才说，老东西好，稳阵。

春节，连粤名第一次给袁美珍整了䐃饼吃。

料自然是东挪西凑的。两人走了几家超市，又跑去了市中心皮卡迪利花园，在唐人街里转了两转，才勉强凑齐了。只是石蚵唯有改用生蚝，桶笋则以佛手瓜勉强代替。

晚上，袁美珍看连粤名用面粉加水，使劲搅打，到了韧劲上来。这才烧上煤气炉，坐上一只小平锅。将那面团在锅底一旋，再一擦，便是一张薄如纸的饼皮。手势娴熟，魔术似的。袁美珍眼睛亮一亮，把他的手拿过来，放在自己膝头，说，没想到啊，连生，这手粗粗大大，倒巧得过女人。

连粤名笑笑，说，我跟阿嬷长大。我们福建人家常东西，自小眼观手做，哪有不会的。

袁美珍便道，坏了，那我要是学不会，将来怕要被你家里怪罪。

连粤名柔声说，我们俩，一个会就行了，另一个负责吃。

同居了一年后，连粤名才知道，袁美珍在西半山长大。待他知道时，她已经决定回香港。

袁美珍是家中长女，母亲早逝，父亲再娶。但辛德瑞拉的古老的桥段不适用她的人生。她早早从甘德道搬离出来，从此靠自己。上学跟政府贷款，留学一路打工。在旁人眼里，类似经历的，总代表对富有家庭的叛离，是所谓"作"。一番辗转，折腾够了，便是尘归尘，土归土。前面的种种，都是为最后的好日子做铺垫。可她并不是，她回到了香港，除了见了病危父亲最后一面，还放弃了继承权。

她对连粤名说，她始终没恨过父亲，也不恨后母。只是，她不理解，阿爸为什么在母亲死后，会娶一个和母亲性情截然不同的女人，并且安然走过这么多年。这是对她阿母的否定，也是对她人生的否定。

尽管，她有着和父亲极其相类的面目，这使得她作为女性，在相貌上从未有过优势。但她很确信，出身寒微的阿母在这个家中，已经了无痕迹。能证明阿母在这个世界上存在过的，唯有她自己。

她给连粤名看母亲的遗物。其中有一枚景泰蓝香盒，外头镶着金丝绕成的枝叶，覆盖着莫可名状的月白花朵。打开来，是张圆形小照。照片很老了，上面印着一抹胭脂。黑白界线已不分明，灰扑扑。但辨得出，相中人不是闽粤女子的面相。很圆润，清秀，倒有几分江南女子的情致。眼里含笑，有主张。

连粤名又闻到香盒里荡漾出一丝气味，和袁美珍身上的，竟是一样。幽远的花香。袁美珍说，这是素馨的气味。母亲一生只用这一种香，应时的花，插在鬓上。谢了，便攒起来，叫人焙干、磨粉，制成香。

如今用香的人，制香的人，都没有了。她要留着母亲的气味。好在 Gucci 推出 A Chant for the Nymph（仙之颂），前调正是素馨。她便一直用这款香水，用了很多年。

母亲是存在过的。她证明的方式，也包括让自己独立艰辛地活着。她说，母亲一生所有，都是她自己挣来的。

连粤名说，那你，愿意回香港了？

袁美珍说，以前，我不回去，是因为没有底。如今有了你，我就有了底。

料理完后事，两个人便在北角租了处唐楼，在明园西街。房子是阿嬷一个同乡老姐妹的，几十年的牌搭子。她老伴儿是上海的工厂主，二十世纪五十年代来香港。到老了两人整天吵架，不胜其烦。就买了两个相邻单位，除了吃饭，各安其是，省得相看两厌。三年前老先生寿终正寝，老太太隔壁房子便空着。如今租给连粤名，租金要得很便宜。说是两个年轻人，壮一壮阳气。

两个人住下来。家具都是现成的，虽是老派，酸枝鸡翅木，看着却有说不出的砥实与可靠。连粤名看袁美珍不嫌，便放下心来。他的履历很好，又有留洋经历，未几在母校南华大学谋到助理教授的职位。拿到工资当天，心里也踏实，他陪着袁美珍好好走了一回北角，沿着电器道，一直走到英皇道。一路走，一路讲。哪里是他读过的小学，哪里是他常去的戏院，哪里是他爱吃的大排档。袁美珍望着皇都戏院，斑驳的红墙和浮雕。她说，要说这里也是香港，前许多年，我住过的那个，倒不像香港了。

连粤名带她拐进一处暗巷。巷道悠长，走着走着，整个黑了下去。连粤名就牵上她的手，一片密实的黑里，辨认彼此呼吸的轮廓，向前走。走着走着，豁然开朗，竟是一片温黄的灯光。光里是一面墙，墙上五色纷呈的一片。原来是个单边的横门铺，整面墙都是柜，琳琅的都是鞋。高处四个字"丽宫绣鞋"。连粤名说，阿嬷自打到了香港来，拖鞋都是在这里买的。他拿出那张照片，给老板看。光头老板看一眼他，说，阿名，好耐冇见。都话你读番书唔翻来喇（粤语，好久不见，都说你去国外读书不回来啦）。

连粤名笑笑说，老板替我挑一对。

老板仔细辨认，说，带水钻嘅，阿嬷呢（粤语，这）款唔好揾，俾啲时间我。买多对？

连粤名又笑笑。老板看一眼袁美珍，醒目道，得！稍等。

半晌，老板出来，捧着一双说，小姐好彩，仲有一对。阿嬷嗰（粤语，那）对，鱼戏莲荷。呢对仲好意头，连理枝。

袁美珍脱了鞋，将这对鞋穿上，尺码刚刚好。水红色的缎面上，绣了葱茏的枝叶。将两脚并拢,鞋上的枝条便彼此相连,一体浑然。

从丽宫走出来,袁美珍说,你好嘢,先前送了我手套,如今又送鞋。我上下的手脚,都被你捆住了。

连粤名不说话,只是笑着望她。

回到家,两人心生默契,一拥一抱,便向床上走去。大得不合情理的宁式床,原本在卧室里是突兀的,这时却让他们如鱼得水。转转间,喘息都是炙热。其间起伏与攀升,有些硬的床板,硌着他们的脊背与胸腹,倒有些凌虐的快意。将到高潮处,连粤名忽而抽出身体。袁美珍不情愿地坐起身,看见他急灼灼,从包里拿出那对鞋,给袁美珍穿上。女人净白身体,脚上是艳红的两点。他的欲望顿时膨胀,冲撞间,有些不管不顾。动作猛了,鞋便落到了地上,"啪嗒"一声。他没有停,将女人抱起来。却踩到了鞋上,只一滑,鞋飞了出去。琳琅水钻脱落,撒了一地。他怔住,心神一恍,泄了力气,用抱歉的眼神看袁美珍。女人没说话,伸出手臂,只管紧紧揽住他的颈。

因为孙住在这里,阿嬷来得便勤。来了,先去探老姐妹,手里捧着一颗柚。

到了连粤名的屋里,看尚算窗明几净、企企理理。这天连粤名去大学教课,只袁美珍一个人。阿嬷含笑看她,温言软语。袁美珍看着这老太太,身腰朗直,样貌和照片很像,可又说不出是哪里不像。阿嬷说了一句,便站起来。一低头,看见床底下的绣花拖鞋,莹莹地,泛着水红的光。另有几星灿然,在最内的深暗处闪一下,又一下,是散落的碎钻。

她便回过头,对自己的老姐妹说,你就好喇。前些年牌桌上赢你的钱,几个月租金给你赚回了本。

老姐妹刚想为自己辩白。却见阿嬷改用了莆仙话,说,有手有脚,不出外做事,租金都是我孙一个辛苦挣来。

老姐妹愣住了,却看她脸上并无愠色,相反似是一种欣然神情,像在分享一桩可喜的事情。阿嬷满面含笑,继续说,淡眉眼,高颧骨,是个男人相。名仔命硬,将来少不了苦头吃。

老姐妹怔怔,偷眼望一下近旁的袁美珍,似乎并无反应。她便也以莆仙话,悄然说,不好这么说自己的孙媳妇啦。

阿嬷挑挑眼,微笑道,没过门,算得什么媳妇。

老姐妹看袁美珍笑盈盈,便也大起胆子,一瞥卧室里宁式大床,说,过门儿有什么要紧。我可是听得见,这日日夜夜的,怕是你要先得一个曾孙呢。

阿嬷回过身,用慈爱神情看着袁美珍,说道,我预备摆酒,怕是人家家里无人来。

袁美珍笑着牵起阿嬷手,敬一杯茶。自己捧起另一杯,将一种东西,在自己心底挤压,碾碎,然后就着茶水咽下去。

往后的几十年,阿嬷一直以为袁美珍听不懂她晦涩的家乡话,甚至当着她的面,和别人说些日常体己。那日,袁美珍当真希望不懂。连她都低估了自己的语言天分。回香港的第一个月,她有意无意,听连粤名和阿嬷的几通电话。那天阿嬷微笑看她,说出来的,她听得真金白银,一字一血。

两个月后,袁美珍在港大山下的坚尼地城,看定一个单位。面积很小,租金却贵上许多。二话不说,她便与连粤名搬了过去。阿嬷挽留道,何苦搬去那里。北角多好,一家人多个照应。

袁美珍笑一笑,柔声说,阿嬷放心,我会睇实你嘅孙。

## 四

这一晚,连思睿回来时,已近午夜。她看见父亲躺靠在客厅的沙发上,知道是在等她。等得久了,人已经睡着。半张着嘴,头发散下来覆盖在眉眼上。在焦黄的灯光里头,一动不动,让她心里无端紧了一下。这时,她看见父亲身体挪动,大约姿态舒服了些,轻声打起了鼾。她才舒了口气。

桌上摆着一盘䭔饼,还有已冷却下去的馅料。思睿拿起了馅料里的勺子,勺把也是冰冷的。

连粤名被自己急促的鼾声惊醒。他睁开眼睛,看见女儿坐在桌前,正大口地吃着一块䭔饼。再一看,思睿竟是泪流满面。他不禁一慌,将自己坐直了,问,女?

思睿这才发觉,父亲醒过来,忙拉过纸巾擦擦脸,笑笑说,阿爸,咸咗啲哦。

连粤名站起身,给她倒了一杯水。开一开口,还是问,怎么了?

思睿愣一愣,说,岳安琪在"小摩"找了份工。投行真是青春饭,人老得多了。

连粤名说,同佢(粤语,第三人称代词)见面,唔开心?

思睿看他一眼,站起来,说,阿爸,我去冲凉了,好劫(粤语,疲劳,累)。你都早啲困。

连粤名看她走进浴室,顺脚穿上门口那双绣花拖鞋。水红色的影,在暗处一晃。

连思睿出生在坚尼地城,但在何翠苑长大。何翠苑,是连家购入的第一个物业，那是一九九九年。"九七"那年，政府刚刚推出"首置贷款计划"与"八万五"，便遇金融风暴。香港楼价插水，两年后每况愈下，新推楼盘无人问津。然而，此时袁美珍却看中了薄扶林道上的"何翠苑"，港大毗邻。连粤名说，这是个豪宅盘，买了要是跌了怎么办。袁美珍看他一眼，说，都像你这么想，永远买不到楼。全球利率下降，有排跌，跌我都认。连粤名看妻子目光坚毅，便点点头。

然而即使市况淡，这楼银码大，首付款并不够。连粤名想去跟阿嬷想办法。袁美珍说不要，何必动人棺材本。她便一个人去了甘德道，回来说，借到，明日去银行办按揭。连粤名看她神情怅然，便说，既如此，当年又何必放弃继承权。

袁美珍抬头望他一眼，说，一码归一码。

他们买进望北小单位，三百八十呎，却有一个大飘窗。一家人坐在窗上，看到山下，目光越过德辅道，便望到海。天高海阔，远远地有船只过往，似听到汽笛鸣响。

谁料到往后几年，楼价攀升，一往无前。时过千禧，他们的房子，价格升过一倍。思睿长大，三口人住得逼仄。连粤名升职加薪，想换楼。袁美珍说，仲未得！连粤名以为她妇人保守，便说，地产经纪都话，高处未够高，愈高仲难买。袁美珍说，听我讲。

他们便等。二○○三年，SARS暴发，殃及楼市，香港再现负资产。何翠苑亦难独善其身。连粤名叹气，因物业价值缩水。袁美珍却说，出手，换楼。连粤名说，你知"淘大"暴疫情，现时两房单位，五十多万都无人接手。今日不知明日事，你又知几时轮到我们。袁美珍说，我知。听我讲，换楼。

他们换到了八百呎单位。袁美珍用尽积蓄，兼卖掉手上几只蓝筹股，竟又凑出首期，买了皇后大道上云若大厦一个唐楼单位，夫妇联名。连粤名前所未有与她争吵，说，我日做夜做，也供不了两层楼。

袁美珍看他一眼，一弹牙，掷出三个字："使你供？"转头便找了地产中介，将唐楼租了出去，以租养供。这样租了半年，疫情得控，楼市便回春。势如雨后新笋。两处物业，几个月内账面净升近百万元。身边知情的，纷纷向连粤名贺喜，说嫂夫人这份魄力，当真神勇。连粤名听了，笑笑说，佢啊，得个"勇"字！

以后隔开几年，储够了首期，便买一层楼，用的都是两人联名。连粤名自觉供得辛苦，但仍说，这样好，好似你对鞋，我哋总算是连理枝。袁美珍愣一愣，道，什么连理枝，这叫"长命契"。谁活得长，将来这楼都归谁。

买到第五层楼，搬到甘德道。她住过的家，如今只住着后母。两处房子，隔一个街口。连粤名说，干吗要买到这里，我们不开车，落去山下也不方便。

袁美珍打开窗子，用手使劲挥上一挥，像是要将夕阳最后的光线扫进来。她说，那女人住得，我阿妈都住得！

她说这话时，一把苍声，徐徐喑哑。不似她平日的开阔激越，倒如他人借她口发出。听得连粤名，后背生出一股凉。

明伦堂竞聘舍监，袁美珍要连粤名申请。连粤名初是不愿的。他刚刚评上了教授，论文与专著，加上教资委的科研项目，前几年殚精竭虑，终于可以松松骨。他便说，我们好不容易凑（粤语，照顾、抚养孩子）大仔女，如今又要凑别人的仔仔女女？

旁边的思睿也帮腔，我刚刚大学毕业，难不成又要住回大学去？

袁美珍不管。舍监可住在舍堂顶楼，几千呎的大单位，免费住。住进去，自己的家便可放租，每个月租金四五万进账，哪有如此好着数！

第二天是周末，连粤名起得很早。近些年，他对睡眠的需求越来越低。即使多晚睡，都会在晨光熹微中醒来。这时打开窗，能看见楼下的体育场，已有晨跑的人。天渐渐亮起，跑道上的人也多起来。自从大学对外开放，这体育场上便多了许多的日常烟火气。周末，甚至能看到举家出游。年轻的父母、年迈的祖父，或躬身，或蹲在跑道上，鼓励着正在蹒跚学步的幼儿。看台的一侧，成了菲佣们周末聚会的场所。远远便可以听到他们嘈嘈切切的谈笑声，以及丰富的肢体律动。在任何时候，他们都有难以言喻的欢乐。

这一点感染了连粤名，让他的心情好了一些。但他并未驻足太久，因为他要下山去。这成为他久长的习惯。即使距离他们最初搬来西环的生活，已有二十多年。但是每个周末的早晨，他都会穿过薄扶林道，搭西宝城的电梯，回到坚尼地城。那是他最初的住处。附近的一条暗巷里，有"炳记锅贴店"。

因为油锅架在靠门地方，还未走近，已闻到牛油膏腴的香气。门口排了小小的队，都是附近买早点的街坊。连粤名排到末尾，忽而听到有人唤他"教授"。一看，是"炳记"的老板。原先的老板炳叔年纪大了，已退休。生意传给了他儿子，是个精壮的中年汉子。老板当着众人面向连粤名招手，唤他，反让他有些不好意思。好在很快排到了他，老板说，照例八个牛肉锅贴、两碗酸辣汤？他点点头，拿出钱包。老板连忙一挡，说，教授，多亏你给我蕴仔写了推荐信，被圣彼得小学录取了。今日我请。说完，又夹起四个生煎包放进去。

老板顺口对后头的街坊说，你看如今什么世道，申请个小学，都要大学教授写推荐信，才得了一块敲门砖。连粤名一怔，嘴上道"恭喜"，心里也替他高兴，却不禁叹上一口气。近来在网上看到一个词叫"内卷"，才知比起自己半世竞争，如今一代是如何无望。

临了，老板说，教授，我哋做到下个月唔做了。

连粤名也不禁吃惊，因为"炳记"的生意，一直都很好，已成为西环的一块金字招牌。店里贴着复印的报纸，是城中哪个著名的美食节目来采访过；墙上又有数张照片，虽然都满是油烟，但清晰可辨是来帮衬过的明星。比如住在"弘都"的谢宝仪，都是常客。便问他为什么，他搔搔脑袋，说，铺租年年涨，如今银码好犀利，冇的赚啦。我阿姐开了间物流公司，我想去帮手。

连粤名脱口而出，这几十年的好手艺，不是可惜。

老板说，嗨，满汉全席都失传，我哋一行湿湿碎啦。

连粤名回到家，母女两个正在洗漱。连粤名将锅贴和生煎包摆在盘子里，在晨光中，是金灿灿的喜人颜色。酸辣汤也还热腾腾的。他倒上了两碟浙醋，坐下来，满意地叹一口气。

袁美珍匆匆望一眼，说，好油，我减肥。便去冰箱拿她的营养代餐。都是些菜叶和低卡的糙米。连粤名说，偶尔吃几口，再减不迟。

她摆摆手，用膝盖将冰箱一顶，自顾自就往自己房间走回去。

倒是思睿，一边戴隐形眼镜，一边嗅嗅鼻子，说，炳记？

连粤名点点头，看披散着头发的思睿，穿着睡衣，上面印着明黄色的皮卡丘，不事妆容。眼光有些散，不聚焦，像又回到孩提的稚拙样子。

连粤名见她用手拈起来便吃。本想阻止，但想想却终于没有出声，只看着她吃。女儿吃东西，随他幼时，也有儿童的贪婪相。没有了顾忌与矜持，而有知足独乐的一片天真。

他问，好吃吗？思睿喝了一口酸辣汤，腮帮鼓鼓的，不说话，只点头。

他想起那个遥远的冬夜，在曼彻斯特的偏巷里，叫"蓉香"的川菜馆。他坐在最靠里的一桌，独自吃一只火锅。在他用筷子夹起一绺冬粉，吃得呼哧呼哧。近旁传来一个苍老的声音，原来是邻桌的白人老妇。她用英文对他说，孩子，看你吃得这么香，我食欲都好起来了。

他想着，不禁微笑了。倒是对面的思睿停下了筷子，看着他，是忧心忡忡的样子。他这才回过神来。思睿问，阿爸，你今天有空吗？

他说，有啊。

女儿将手上纸巾团在一起，旋即又展开，再团起来，掷到了桌上，好像下定一个决心。她说，阿爸，岳安琪约我去看巴塞尔展。她今天有事去不了，要不你陪我去？

连粤名看看女儿，轻轻说，好。

父女二人到了会展中心，大约因为是周末，正是人头涌动。连粤名对各种展览，并不是很感兴趣。在英国这么多年，大英博物馆竟然仅去过一次，而且只看了东方馆。看完并无太多心得，只是感叹所谓文明的迁移。所以，他对经世致用的香港人，居然对现代艺术抱有如此之大的热诚，是有些惊讶的。

入口处巨大的白色机翼，覆盖着厚厚的羽毛，像是一片停驻在半空的积雨云，臃肿沉厚，仿佛随时会坠落下来。下面的鼓风机，喷出微弱的气流，有些羽毛便飘扬起来，随后又落回到了机翼上。但是有一些似乎偏离了轨道，在空气中凝滞瞬间，便游离到了一旁，一片正落在连粤名的脚边。那巨大的翅膀便有几处破败，暴露出了金属的光泽。某处折射了一束光线，正射到连粤名的方向，不经意刺痛了他的眼睛。

展位由不同的艺廊组成，以白色复合板隔断，犹如冰冷而洁净的蜂巢。一些人，是画廊经纪、策展人或驻场的艺术家。他们或坐或站，藏在色泽鲜艳或者晦暗的衣服里，脸上有冷漠得宜的微笑，如人均一张的面具。

他和女儿默默地走着。思睿似乎并无念头在所经之处驻足。但是，间或会有一两个男女，停下来与她打招呼。一个浑身披挂着鲜肉色服饰、戴着头巾的黑女人，以热烈的语气叫住她，拥抱、亲吻，开始热烈地交谈。连粤名有些不适应这种热烈，带着热带的未经修饰的礼仪。他不禁退后一步，这女人便更像一块满是经络的、正待入煎锅的菲力牛排。然而她却流利地说着广东话。因为她太大声，连粤名数次听到了林昭的名字。他看到思睿的眼神终于躲闪了一下，似乎对这场对话已经意兴阑珊，看了一眼父亲，并且压低了声量。

连粤名走开了一些，他站在一幅犹如教堂穹顶的画前。艳异的蓝与黄，一圈又一圈，从稀疏到密集，以一种难以名状的向心力，最内是深不可测的旋涡。这旋涡如一个核心，吸引他，走近去。这才发现，那是一只深蓝色的蝴蝶。他抬起头，忽而发现，整幅画都是蝴蝶。成千上万的黄色、蓝色的蝴蝶翅膀，被肢解、重组，按照颜色拼嵌成这穹顶一般肃穆的圆周。唯一完整的，是那只深蓝色的蝴蝶尸体，在圆周的核心孤悬。这个意外的发现，有些触目惊心。他不禁躬身，看见旁边的标签，写着 Blue Cube（蓝色立方）。

这时，他感到肩头被拍了一记。抬起头，看是个西装客。原来是"南华"的同事，音乐系的老李。他说，在这儿看到你，还真是"关公战秦琼"。连粤名被这个不伦不类的笑话，弄得不知摆个什么样的表情。说起来，老李可算是他的发小，自小也在春秧街长大，上同一间小学。祖籍上海，很早就移民，前些年才回流。便脱去了北角子弟的习气，变得洋派逼人。一年四季都是一身西装。但有趣的是，和很多"番书仔"爱在广东话里夹杂英文不同，他的言谈爱掺着一些普通话，还是卷起舌头的"京片子"。这多是拜他的北京太太所赐。据说这太太是一个相声世家的后人。所以昔日同学小聚，余兴节目便是老李的一段贯口。但连粤名并未见过李太太。此时老李身边一位女士，十分年轻。连粤名想想，究竟没造次。老李哈哈一笑，唔好乱噏（粤语，乱说，胡说）！这是电影系的周博士，跟 Professor Perry（里斯教授）研究伯格曼。

这位年轻女士对连粤名点点头，说，连教授，您好。

连粤名有点诧异。周博士笑笑，我有个学生，住在明伦堂，说自己舍堂的舍监先生，好得盖世无双。

这曲折而俏皮的恭维话，还是让连粤名心里熨帖了一下，同时佩服她的情商。周博士说，连教授也喜欢 Damien Hirst（达米恩·赫斯特）？

连粤名茫然了一下，刚明白过来。老李煞风景地说，他哪里懂这个。你家里空调坏了，跟他说就算找对人。还有，他煎牛排是一把好手，我们在英国时……忽然，他似乎也被面前的一片蓝所吸引，喃喃地说，你说，这么多翘辫子的蝴蝶，就没个环保团体来投诉？

这时，思睿走过来，看见他，便唤，李叔叔。

他先是愣一下，然后上下打量说，Tiffany（蒂芙尼）长这么大了吗？叫什么，女大十八变。继而眯起眼睛，用欣赏的口气说，还好，还好，长得既不随娘，又不随爹。

因这话突兀而尴尬，周博士脱口而出，打断了他，Leo（利奥）！

然而一刹那间，在场者都感到了一丝突如其来的暧昧。周博士自己先将声音矮了下去。一霎的安静后，还是老李哈哈大笑，说，看到没？怎么能叫李叔叔呢，活活把我叫老了。都要叫 Leo。

又说了一些闲话，无非是有关大学改制，以及下学期要换校长的传闻。老李与连粤名约了下周末打球，便各奔东西。周博士临走时看向他们，微笑了一下。连粤名和思睿，在这笑中，都捕捉到了些微歉意。父女两个，望向他们的背影，没有说话。

大约又走了一程，思睿忽而停了下来。连粤名先前的预感越来越浓重。他看着思睿，说，女女。

思睿面向一张黑白照片，照片上是一对背靠背的男女。他们的头发绑在了一起，紧紧地。连粤名想起家乡村口两棵枝叶交缠的榕树。某一个夏天，当他陪阿嬷回到莆田，看到其中一棵遭到雷劈，树冠已经焦黑。照片的旁边有一张卡片。阿布拉莫维奇 & 乌雷，Relation in Time（《时间关系》），1977。

但是，女儿的目光并不在这照片上。越过层层的白色挡板，与交错的人群，连粤名也看到了远处有个坐在轮椅上的女人。这女人的轮廓让连粤名感到眼熟。思睿看一眼父亲，说，阿爸，你陪我过去。

他们走过去，越来越靠近时，连粤名在空气中闻到了人们重浊的汗味。他渐渐屏住了呼吸，因为他终于认出轮椅上的人的面目，是女儿的男友林昭。

他确认是他。这个曾经常出入于他们家的孩子，与思睿青梅竹马，整洁与安静，有一种难以言喻的、让长辈们心疼的体贴与本分。中学毕业后，林昭去了日本留学，学习艺术管理。再回来时，人长高了。头发也长了，还是很安静。来做客，无很多言语，与思睿坐在一起，仿佛一幅画。是那种日常的、无须多言的画。若是旧人，会以"静好"来形容。一眼可望过几十年，是人近暮年的温暖和砥实。阿嬷也喜欢，说，这孩子的手上，有一根青蓝色的血管，莆仙话叫"老脉"，作为男人，是顶靠得住的。

然而，连粤名已经一年没见到林昭了。思睿说，他经常出差，往返于欧洲和中国香港两地的艺廊。聚少离多。

他确信他看到的是林昭。但是，面前的这个人，披着斑斓的披肩。脸上有浓重的妆，人极其瘦和单薄，虽然撑持精神，却看得出是疲惫的。说话间，头不由自主地耷拉下来，像是一片枯萎的树叶。连粤名看到了他的手，连着一个轮椅上支起的吊瓶。那条青蓝血管，在惨白的手上突起，是蚯蚓样扭曲的叶脉。

连粤名侧过脸，看思睿脸上抽搐了一下。她轻轻说，阿爸，你看得没错。他现在是个女人，就快要成功了，只差一小步。

她默默地收敛了目光。她说，他没法再继续手术了。排异并发症，医生说，他还有四个月的时间。

连粤名感到，女儿将自己的手放在他手里。这手温暖而绵软，同她小时候一样。当她进幼儿园、参加会考，第一次走向钢琴比赛的舞台。她都会将她的手放在父亲手里。但长大以后，她似乎很少这样了。这感觉如此熟悉，连粤名本能一般，将女儿的手紧紧握住了。手心薄薄的汗，发着凉，也因为他的握持重新有了温度。思睿说，阿爸，我有了他的孩子，我要生下来。

对于连粤名的爽约，老李自然是牢骚满腹。因为他一向是个守信的人。

在曼彻斯特时，某周末他们几个人相约远足。清晨下了瓢泼大雨，所有人都默认取消了这次活动。但唯有一个人冒雨到达了集合地点，并且等了将近半个小时，是连粤名。

他接到老李的电话，低头看了眼已经穿好的白色球服。一摊番茄酱，正浓郁地流淌下来。鲜红的，像是含氧量丰沛的血。他伸出手，想拿一张纸巾擦一擦，却没留神，嘴角有突如其来的腥咸，也是血的味道。他望向客厅里的落地镜。他脸颊上如此清晰地，有一道弯折的红。并不恐怖，更似万圣节模样荒诞的偶人。

他去厨房拿过扫帚，将地板上的番茄酱与玻璃碴扫起来。然后抬起眼睛，看一眼袁美珍。袁美珍手还停在空中，似乎因刚才那个投掷的动作而无处安放。她静止地站着，像一尊雕塑，也正望向他。目光也似雕塑一般冰冷，将连粤名对视的眼光冷却、折断。

那一边，是穿着睡衣的思睿。她侧过身体靠在墙上，身上也溅上了番茄酱。睡衣上的皮卡丘，因为一些仓促的褶皱，面目狰狞。

思睿选择了一个不太好的时机，与母亲摊牌。

对于女儿，袁美珍一直心事莫名。这一点在思睿成年后，才慢慢凸显。尤其将儿子思哲送去了英国读中学，她才发现女儿的性情开始显山露水。大概因为思哲鸣放的性格，成为这对儿女的代言。思睿太安静，像一条终日食桑的蚕，你只能听见匀静的沙沙声，却忽略了成长。并且也忽略了她在成长中自我消化了许多东西。待你发现了她的长大，她已经将自己织成了一只茧。这只茧经纬密实，让人无法进入。

在以后的数年，袁美珍将自己锻造如森林中的猎手。她拥有了若兽类的敏锐嗅觉。是那种成熟而敏锐的母兽，可以在气息复杂的空气中，捕捉到极其轻微的荷尔蒙分子。她精确地掌握了思睿的月事，每当某个时候来临，那游动在室内的些微腥气都让她兴奋。

而更让她警惕的，是女儿的脸。女儿在脱去了孩子相之后，长成了一张她熟悉的脸。这张脸，既不像她，也不像连粤名。这张脸柔美，有着似江南人的圆润。眼里含笑，有主张。这是她母亲的脸。

她想，隔了这么久。这张脸终于又从她的生命里浮现出来。如此出其不意，又顺理成章。出于某种本能，她开始想要去呵护。然而，思睿却显然地，对这忽然的接近，存有疑虑。尽管她见过外婆那张模糊的照片，却只当是家庭历史的残迹，更不可想象自己成为一个已逝去者的附着。

思睿对母亲的疏离，与对父亲的亲近与依赖，同奏共登。这日益成为某种默契。

此时，袁美珍充分地相信，丈夫已和女儿成为共谋。她舔一下干涸的嘴唇,扬了扬手中的验孕报告。这时,空气中不单有番茄酱的腥咸,还有另一种来自雌性的丰熟的气味。她觉得自己的手抖动了一下。

思睿转过脸,轻蔑地看了母亲一眼,开始说话,和盘托出。

袁美珍听着听着,不禁有些走神。因为那丰熟的气味浓重起来,对她构成某种威胁。她看着女儿的口形翕动,但似乎已没有声音。她的目光不禁游离到了很远的地方。厨房的窗户,有暗影掠过。她很确信,那是一只山鹰。他们住在顶楼,有丰满的气流。山鹰不必扇动翅膀,即可翱翔。一圈又一圈地在空中盘旋,远远地飞过去,又飞回来。

忽然,她看见女儿停住了。思睿捂住嘴巴,跑去了洗手间。洗手间里传出一阵阵干呕的声音。袁美珍与连粤名对视了一眼,迅速地走到洗手间门口,将门锁上,抽出了钥匙。思睿开始拍打着门,发出惊天动地的哭喊。袁美珍看着连粤名,用一种渗血的眼神。

连思睿是在第二天的清晨,离开舍堂的。晨跑的学生,看着舍监的女儿走出了大门。他们记起,上次见到她还是在舍堂的 High table dinner(高桌餐会)。当时她穿了一件宝蓝的晚礼服,仪态万千,坐在舍监的身边,对所有人亲切微笑。他们叫她学姐,因为她毕业于本校的医学院,据说已是令人艳羡的执牌牙医。此时,她低着头,拎着一只行李箱走出来,形容枯槁。在她上计程车的一刹那,他们看到她手背上有一块青紫。她拉下衬衫袖子,轻轻盖上了。

## 五.

连粤名是在百年校园的教员餐厅看到周令仪的。当时他正在吃一客咖喱饭。因为是上下午课程疲惫的间隙,需要这种浓烈的味道来醒神。他见周博士款款地走过来,身影在人群中闪动了一下,即时便不见了。

吃完饭,他走到了梁球琚大楼的平台上,竟然迎面又看见了周博士。她身后跟着几个学生,正在派发传单。这时的周令仪,把头发草草扎成个马尾辫,和学生们一样穿了件T恤衫,胸前写了个大大的"戏"字。人看起来便格外地年轻。她主动跟连粤名打了个招呼。连粤名低一低头,说,上次真是唔好意思,爽了约,屋企(粤语,家里)临时有事。

周博士摆一摆手,说,不过是打个球,你也知道Leo这人,惯爱虚张声势。

说完,她将一张传单放到他手里,说,下周的彩排,连教授没课就来捧个场。

说完了,利落地一转身。正离开,她忽微笑,轻说,我也喜欢吃咖喱。

连粤名一怔,瞬间便明白了,自己呼吸间残留着南亚气息。他一面有些愧意,却也知道是善意的提醒。因他接下来正要去一个校务委员会的重要会议。这间大学还保持着殖民地文化的某些遗风,些许势利,比如对礼仪的过分注重。

待周令仪走远,他举起那张海报看。上头写:"戏中戏——《情,鉴》临演彩排观摩会。"周五下午两点,地点是在陆佑堂。围绕着文字的,是个穿旗袍的女人简笔的侧影,虚虚起伏的轮廓,让他心神漾了一漾。

周五下午,连粤名本来身心俱疲,但还是准时来到了陆佑堂。

这座古老的爱德华式建筑,曾经是南华大学的主楼。自从百年校区投入使用,主楼已渐寥落,学系搬迁,只保留了部分行政部门。红砖和麻石墙上爬满了经年的爬山虎，盛夏时节，宛如一座绿幕。这里便成为本港婚纱摄影的热门打卡点。但因是法定古迹，出于文保的考虑，千禧年后，这些爬山虎便被从墙上除去。却留下了藤蔓的遗迹，深深地蚀进墙体。远看去，是一张错综而斑驳的网，将这幢建筑密实地包裹了进去。

他踏上了十几级阶梯，走到了陆佑堂门口，看见陆佑的铜像。面相庄严，眼眶深陷。百多年前，这个马来富商建立了南华大学。关于这座铜像，流传一则传说。有学生在深夜时，看到铜像的眼睛里默然流出泪水。大约每个有年头的大学，都有一些鬼故事。南华大学的尤多。比如某个本港富商，捐助一座大楼，电梯有上无下，据说是为了超度他莫名病故的太太。这些故事的基调往往是阴晦且恐怖的。但是，唯独陆佑的故事，却只让人怅然与伤感。

他走进门去，看见涌动的都是人。迎面的舞台上，正垂挂着厚厚的紫红色天鹅绒幕布。高大的舍利安那式拱窗，有午后阳光照射进来。一些正照在了眼前，可以看见光线中飞舞的尘。自他毕业后，其实很少来这里。但一切，似乎都没有变。他抬起头，看见战后屋顶修补过的痕迹。这里见证过许多历史的高光时刻。那一年，孙中山卸任了"中华民国"的总统，重临香江，便在这舞台上发表演说，谈及在此修业，"极望诸生勉之"。更多的人进来了，他想象着幕布后正在发生的事。他知道，这里将上演这个国际导演选秀的尾声与高潮。他将一位已故作家的小说情节，重现于她的母校。作家对香港，并无很好的念想。她对这里的一切回忆，与战乱相关。这座大楼曾被征为临时医院，而她不得不和其他女生担任看护，直面生死。他想，当年他选修中文系的课程，有位教授提及这段往事，看了看窗外。于是，他第一次听说了陆佑流泪的故事。

连粤名想象着这一切，在幕布后会有怎样的演绎。然后在礼堂里挑选了一个安静的角落坐下。幕布徐徐拉开，他第一眼就看见了周令仪。她穿了一件碎花的短衫，肩头打着补丁。梳着一条独辫子，脸上却夸张地印了两团胭脂。后面的布景也很粗糙，有着一种粗制滥造的假。纸板裁成的树干，开着一两枝俗艳的桃花，甚至假得有些不合情理。他不禁讶异。他看周令仪，以夸张的形体举止，对一个战士装扮的男人，喁喁地说着话。那男子被化妆得眉目粗黑，脸上也印着胭脂。台下响起了轰然的笑。然而，幕布后走出了更多的年轻人，村姑和战士，都如他们打扮，每个人脸上，都是凝重的表情。台下的人，渐渐也庄重了。随着对话，观众们渐渐明白，这正是导演的用心。这出戏中戏，是二十世纪四十年代的大学生，在母校的舞台上演练爱国话剧。而周令仪的角色，在正式拍摄时，将由女主角所取代。她的存在，是用来甄选适合拍摄的群众演员。然而，这话别的一场，其中的庄重乃至庄严，竟令台下的观众也感到了悲壮。

　　连粤名许久不看电影，更无从接触舞台剧。但此刻，舞台上的周令仪，却令他回想起了他的青春。那略懵懂的，在旁人看来可笑的青春。自己又何尝不是郑重其事地度过呢？这其中，也包含了恋爱。想到这里，他回忆起了那个微雨的除夕。他和袁美珍，依偎在狭窄的床上翻看一本相册。想到这里，他心里一阵酸楚。

　　演出结束，观众们散去。连粤名却觉得脚下如磐石，提不起来。他便索性又坐下来。渐渐地人走干净了。他这才发现，这礼堂前所未有地静和空。这时有人走过来，脚步声竟然远远地有了回响。

　　这人在他身旁停下。他抬起头，这人却坐下来。周令仪用一张卸妆棉使劲擦着脸上的油彩，一块胭脂突兀地蔓延到了嘴角。

　　她并没有说话，遥遥地看着台上，几个青年将那些貌似拙劣的布景抬下去。那株桃花斜躺着，枝条无力地垂下来。

　　连粤名轻轻说，周博士，难为你了。

周令仪侧过脸，看看他，笑问，怎么呢？

他说，这戏演得大智若愚，还得让自己先相信。

周令仪朗声大笑，笑完了，然后说，自己不信，怎么能让别人相信呢？

她开始在脸上拍爽肤水。油彩重浊的味道，渐渐褪去，代之以清凛的薄荷气息。

周令仪沉默了，她摘下那顶假发，将长长的黑色发辫，在手腕缠了一圈又一圈。许久后，她说，连教授，你还好吗？

连粤名微微地眯一眯眼睛，垂下头，将心中一些汹涌的东西按压了下去。他点一点头，说，谢谢。

他们都不再说话。那阔大的窗户，透过的光线也渐渐地暗淡了。但有一种红金色，穿过了这层暗淡，仍然稀疏地一点点地在地板上跳动。或许是远处院落里的棕榈树叶，又或许是花岗岩柱的反光。这光跳着跳着，也隐藏于更深的暗了。

下一周，连粤名出现在了课堂上，讲台上仍然放着那只硕大的保温杯。台下响起了剧烈的笑声。他说，同学们，我已经辞去了校委会的职务。非不能也，是不为也。

这时，校方的调查报告还未对外公布。在众人眼里，他这样做便有了挑衅的意味。他打开了保温杯，喝一口水，然后徐徐地将杯盖阖上。

自己不信，怎么能让别人相信呢？

他的口中漾起了枸杞与桂圆的香气，醇厚得很，让他的心也定了一定。从离家到穿过整个校园，罗汉果在茶里头载浮载沉，味道也渗出得刚刚好。这八宝茶，一清早，他先放上冰糖，除了上几味，还有党参、甘草、冰片和大红枣。用将不烫手的茶汤冲上，最后搁上两朵杭白菊。春用福鼎白、夏用安溪铁观音、秋用武夷岩茶，都是福建茶。

茶色不同，四时有味，一切都刚刚好。

就在上一周，校委会上，他也这样打开，饮了一口。这只水壶，被主席质询，是否装有窃听装置。在会议上，他的话向来不多。他张一张口，终于没有说话，只是打开水壶，饮了一口。他知道，这和一个月前校委会会议录音内容被泄露有关。理学院院长催谷副校长人选，唇枪舌剑、触目惊心。当晚，这段过程的录音被放上校网，连同全文发表。次日，校委会被学生会代表集结围攻。主席说，与会委员手机上交，请问录音如何泄露。

他在众目睽睽之下，打开水壶，喝了一口。铁观音的味道在口中漫溢开来，连同罗汉果的回甘。醇厚、微涩，一切刚刚好。

这只水壶，被学生拍摄下来，一并贴在了校网上。促狭地取了个标题："一片冰心在玉壶"。他看了看，木然想，哪里有什么冰心，只有冰片。

袁美珍竟然也看见了，与他吵，说，连粤名，我现在出门买餸都被学生仔指指点点。你长得好本事，今天搞窃听，他日就要影人裙底。不如我哋快点离婚，费事下次港闻版见！

袁美珍将水壶扔进垃圾桶。半夜里，他悄没声，将水壶翻出来，细细地擦干净，收了起来。

那天在陆佑堂，演员谢幕时，他忽然感到口干舌燥。下意识地，在脚边找那只壶，没有摸到。他咽一口唾沫，舔舔自己的嘴唇。

他想起周博士的朗声大笑。自己不信，怎么能让别人相信呢？

这天落了堂，他走在百年校园里。学生们看见连教授。他们想起上个星期，这人还是全校笑柄，为何此时笑不出来。想一想，才发现这男人平日略佝偻的身形，目下竟是挺直的。他直着身体，拎着一只硕大水壶，走在尚算清澈的阳光里头。

连粤名回到办公室，看到桌上有一封 campus mail（校园邮件）。没有寄件人，地址来自电影学院。拆开信封，里头竟是一本略发黄的杂志。上面贴着绿色便笺。他打开来，看到是一整页的广告。一个少年，穿着全身的白色网球服。这少年头发茂盛，微微卷曲。站在阳光底下，无拘束地笑，青春无敌。

## 六

连思睿到底还是回来，参加了阿嬷的丧礼。

阿嬷走得突然，但算得寿终正寝。前一天，连粤名还去看她。连粤名为她卷腼饼。她连吃得下五张，然后一边骂袁美珍半年没来看过她，越老越唔生性。

吃完了，阿嬷取下嘴上的假牙，说话就漏了风。骂人都用的气声，吟吟沉沉（粤语，指低声地喃喃自语），但中气也是盛的。

可就隔了一晚，人竟然就走了。菲佣姐姐都没有听见，走得无声无息。

阿嬷生前有交代，不在殡仪馆做追思会。她说如今北角红磡的"大酒店"，什么样的人都去烧。烧了活人都在一起哭。自己的孝子贤孙，都哭给了隔壁灵堂的人，好唔抵！

他们就在北角庵堂设灵，做一场法事。

来的都是相熟的乡亲，老少查某们，照例日出时分便来到庵堂，掀起大饭盖，准备下锅煮百人斋菜。太阳升起之时，乡里穿起佛袍，与方丈住持，同赞佛颂文。中段休场，乡亲端上生果、豆腐汤，有条不紊。乡里叔伯，木然对望、闲坐。呆呆地用眼神交流，以闽南语交谈，向对方借火，抽一口烟。自家老婆心不在焉，偷眼望手机，港股开市了。

一切都熟悉。连粤名坐在缭绕的烟火里,看着头顶悬着"巍巍堂堂"和"慈航普渡"的牌匾。木木然,依稀觉得阿嬷还在。阿嬷用莆仙话对她喊:"莫再看咯,来啊,来啊,准备绕佛啦!"

他眼神四围找阿嬷,却再找不见,不禁悲从中来。眼底一酸,却听见周围人轻声议论。他一抬头,看连思睿一身黑,走进来。他看着思睿,眼泪便忘了掉落。思睿走到了灵前,直接跪在了蒲团上。庵堂里一片静寂,连诵念经文的声音,都停下了。

思睿想弯下腰,对灵位磕头,可是太艰难。她于是一手支着身体,一手捧着隆起的腹部,轻轻弯一弯身子,口中说,太嬷嬷走好。你和这个玄外孙,一个太沉得住气,一个等不了。哪怕能见一面也好。

说完,便泪流满面。她也不擦,由着不停流,却一边护着肚子,就要站起来。膝盖却动不了。连粤名赶忙就要起身去扶,却被袁美珍一把死死拽住,用的是咬紧牙的劲儿。

还是旁边两个老妇人,见了便去将她扶起。思睿没有言语,转过身就往外走。这时,恰有一束阳光,打在庵堂里头。她便走进了那束光。身上起了一层毛茸茸的金色轮廓。本是清瘦的人,此时却是个圆润形状。小腿看得见有些肿,走得很慢,步子却笃定。

待女儿走出了庵堂,直到看不见,连粤名才收回眼光。袁美珍拽住他的手,也将将松开。他手腕上却还是生疼的。

四围旁人的眼睛,都长在他们两夫妇身上,针芒一样。


一个月后,思睿顺产了一个男孩。连粤名好说歹说,硬是将她接回了家里坐月子。

到了家门口,思睿和袁美珍,都硬着颈。眼神碰了一下,彼此撞得粉碎。思睿不愿进门。袁美珍咄咄地望着连粤名,不出声。

但那襁褓里的婴孩不知怎的,这时打了个哈欠,眼睛刚刚睁开,却对着袁美珍的脸，咯咯地笑起来。

袁美珍心神一软，便不再挡着门，转身回房去了。

连粤名将婴孩接过来，抱到怀里，自己都觉得抱得不舒适。孩子却不嫌，依然是冲他笑笑的。他一阵心酸，想自己的外孙，刚生下来，便已懂得讨好人了。

他亦知道，女儿在给阿嬷奔丧前一个月，才参加了另一个丧礼，是这孩子阿爸的。

连粤名和思睿，都没有带孩子的经验。

好在网上有的是教程，按部就班，亦步亦趋。怎么冲奶粉，怎么换尿片。未免有些七手八脚，半天算是有了一个囫囵。孩子竟然也一直没有哭。喝完了奶，径自睡去了。思睿将孩子轻轻放在婴儿床上。思睿的房，这大半年，还留着她走时的模样。是那种做惯了好学生的少女的房间。企企理理，除了一架钢琴，依墙摆的都是书，整洁紧凑，未有一丝逾矩与懈怠。此时房的正中，多了一张粉色的婴儿床，像是放在现实里的一个梦。连粤名看这婴孩，出生不久，便是一头丰盛乌黑的胎毛，微微卷曲。手长脚长。脸相不算丰腴，大约在母胎中营养都用来发育骨骼。眉目却很柔软，因为额的宽阔，天然是有些和泰的样子。耳垂也厚，不似思睿，也不似自己，是来自另一人的遗传。他见女儿慢慢伸出手，想在那耳垂上摸一摸，却旋即缩回了手。

思睿说，阿爸，你也累了，去歇一阵吧。

连粤名转身，却还是回头看一眼，恋恋地。看那婴孩轻蹙了眉头，嘴唇动一动，大概在发梦。他心头一软，暖暖地化了。思睿又轻轻说，阿爸，得闲为苏哈（粤语，指婴儿）起个名字吧。

他点点头。这是他的外孙，身上有自己的血，也有另一人的。他忽而生起些柔情，想要与她分享，一起为孩子命名。

思睿和思哲，是夫妇俩共同取的名。"思"字，是为纪念他未谋面的岳母。这对儿女，由袁美珍一手一脚带大。此刻，她匿在房里不出来。连粤名走到了房门口。

　　这间房，连粤名通常是不进去的。里面又传出了极其柔美的女声。连粤名知道，是老婆又开了直播。袁美珍在家做带货主播，已有一段时间。这声音出自变声器。袁美珍的声音原是很美的。他还记得，曼彻斯特那个微冷的除夕夜。袁美珍接着他五音不全的声音，唱那首《狮子山下》，清亮的嗓，好像甄妮的原声。如今老了，她的声音变得干涩而严厉，只能运用科技来拯救与改善。除了变声器，还有补光灯和开到最大的美颜。有一回，连粤名申请了一个账号，进入她的直播室。看到了一个面目陌生的女人，穿着和老婆一样的衣服，在推销一款脱毛器。那衣服是一件蓬蓬裙，袁美珍从海淘买来，质料粗劣。此时却焕发着华丽的丝质光泽。一样焕发光泽的陌生女人，年轻而鲜艳，长着挺秀细巧的鼻梁。连粤名想，真的是魔术啊。袁美珍最不满意的，就是自己扁塌的鼻子，曾经起意去隆鼻，终究被手术费所劝退。原来女人的愿望，如此简单就可实现。屏幕中的女人，用甜美而造作的声音在谢谢老板。他们为她刷着各种礼物，从火箭、游艇到玛莎拉蒂。连粤名想，这小小的手机屏幕，是辛德瑞拉午夜十二点前的城堡，是个迷你的仙境。他看着屏幕中的袁美珍，笑得如此由衷而满足。

　　连粤名曾经问袁美珍，为什么要做直播。袁美珍不屑地望他一眼，说，靠你那点工资过活，指拟你……揸兜都得啦（粤语，指望你……不如去要饭）。

　　对这言过其实的话，他习以为常。然而看着屏幕中的妻子，他忽然有些明白。他不禁伸出手指，按下右下方的红心，点了一个赞。然而，一分钟后，他就被踢出了直播室。

此时，房内安静了。他看一看墙上的挂钟，大约是直播结束了。他抬起手，想敲一敲门，但终于还是停下了。忽然，他听到剧烈的孩子的哭声，赶紧跑去了思睿的房间。他看到女儿抱着婴孩，惊慌失措。孩子正在大口地呕奶，刚才哭得声嘶力竭，此时却已有呼吸不畅的声音，气息在一点点弱下去。他也不禁有些慌，对思睿说，使唔使打999？

思睿机械地摇晃着孩子，眼神是乱的，望着外面正黑下去的天，张一张口说，BB唔好喊，唔好喊……

这时，忽然听到门"砰"的一声被打开了。袁美珍气势汹汹地走出来，道，使乜call白车？！

说罢，走到思睿跟前，一把抱过孩子，将他直起身体。对连粤名说，愣住做乜，快攞块毛巾过来。她叫连粤名将毛巾放在她左边肩膀，将孩子的下巴靠在肩头。然后托起孩子的屁股，将手弓起来弯成勺子的形状，开始在他背上轻轻拍打。上上下下，一边画着圆圈，同时身体轻颤，嘴里发出"哦哦"的声音。孩子渐渐安静了，忽然咳一声，打了个响亮的嗝，一边吐出一大口奶。袁美珍没有停止动作，用手刀一下一下地在孩子背上抚弄，为他顺气。一套动作行云流水。孩子仰起脖子，又打了个嗝，这才舒服地埋下头，靠在了袁美珍耳边。慢慢闭上眼睛，睡着了。

待孩子呼吸停匀了。连粤名对思睿眨一眨眼，轻轻说，睇到未，都是阿嬷叻（粤语，指有能力，有本事）啲哦。

听到这里，袁美珍忽而变色，大声道，一个野仔，谁要做他阿嬷？！

说罢将孩子往思睿怀里狠狠一塞道，戆鸠（粤俚，形容人蠢、智力底下）到咁，点做人阿妈！

孩子大约被这动作弄疼了，终于震天响地哭起来。思睿一时气结道，我嘅仔死活，都不要他人理。咁你又过来？

袁美珍冷笑一声，说，我不过来？佢死咗，我间房不是变了凶宅？

连粤名站在原地，愣愣的，一时没反应过来究竟发生了什么事。待他回过神来，听到"砰"的一声响。袁美珍已经将那边的卧室门反锁上了。

孩子还在大哭着。他干干地对思睿一笑，说，你都知你阿妈份人，就是这样……不待他说完，思睿终于也哭了起来，说，阿爸，你唔好再讲了。

思睿将他推了出去，也将门关上了。

连粤名一个人，站在客厅里头，黑着灯。他在黑暗中站了许久，这才慢慢挪动了步子，走到阳台上去。外头黑漆漆的天，有一两点星，闪一闪，便躲到夜霾里去了。他弯下身，在角柜里摸索了一下，摸出了一包"红万"。这包烟是几年前他在角柜里发现的。大概是上一任舍监无意的遗留，只剩下了半包。他没有扔掉，就一直这么留着。这时候从里头抽出一根，就着厨房的火头，竟然点着了。他狠狠地抽了一口。他本是不抽烟的，烟吸到了肺里，来不及吐出来，辛辣地一漾。于是剧烈地咳嗽起来。待咳嗽平息了，他不甘心，又抽了一口，缓缓地，让那温暖在胸腔里停留了一下，这才慢慢地呼出来。这时竟有月亮出来了，月光底下，他面前就出现了一团浅浅的蓝雾。在这缭绕的雾中，他闭上了眼睛。依稀还能听见孩子断续的哭声，可还有别的声音。他辨认了一下，是钢琴声，拉赫玛尼诺夫的《第二钢琴协奏曲》。在这家里，他许久未听到过。此时也是断裂的，将静夜裁切得七零八落。

他在沙发上和衣睡了一夜。第二天清晨，收到了二妹连粤南的短信，让他去收拾阿嬷老屋里的东西。

他走到春秧街上，整条街市刚刚醒来。店铺开了门，照例僭越将摊位摆到车道上，生果档、鱼档，都是新鲜而清凛的味道。赶早市的人也在车道上。电车叮叮当当地开过来，人流便自然分开两边，任由电车开过去，然后又重新汇集起来。并不见一丝慌乱，进退有据，有条不紊。

"振南制面厂"的机器又轰隆作响起来。有些金属的摩擦声音，如同年迈人胸腔的共鸣。往前走几步，就消失在市声中了。连粤名这才觉出了饿来，便在南货店里买了一颗芋粿，一路吃着，一路往楼上走。

打开门，是一股子尘土味。这屋子空了不过一个多月，竟像是尘封了几年。但有一股子腥潮气，证实不久前还有人住过。阳台上，晾晒着女人遗留的衣物。菲佣姐姐来不及收拾清楚，慌张结算了工钱便走了。临走多要了一个月人工，说和个死人老太太睡了整晚上，这笔钱主家要给她冲冲喜。

阿嬷走了，留下了一种气味，那是长年的福鼎白茶浇灌出的。阿嬷说，自己脾气躁，要用白茶平息心火。白茶清冽，所以直到米寿，阿嬷身上也从未有过那种不新鲜的、带着颓败气息的老人味。他一边收拾，一边想。老辈人都惜物爱囤东西，瓶瓶罐罐、胶袋纸皮，尽是多而无当。阿嬷也囤，摆得密密实实。但细看看，竟没有一样是可有可无的。阿嬷房中的大柜，除了衣物，便是六个柜桶。打开来，每只里头都清清楚楚，分门别类。打开一个，便是一满格的记忆。一格里头放着各种票证和存折，还有房契。一格中摆有只蓝罐曲奇铁盒，里头用橡皮筋捆成一沓。连粤名一张一张地看。有三叔公一九七六年抵垒，办的临时身份证。有任剑辉和白雪仙，在新光戏院告别演出的戏票。有一九九〇年从罗湖坐长途汽车去莆仙的车票，那是连粤名最后一次陪阿嬷返乡。还有一张，打开来是火化证，上头的英文名字如拼音：Lin Tong Bo。连同保。他轻轻念出来，依稀记得这个人的名字。火化证里还夹着一张照片。这照片他没有见过。照片上是一对年轻男女。男的是个文气的样子，五官净朗，笑得不太舒展。他看出了自己眉目的出处；女的一条独辫子，长及胸前。眼很亮，铮铮的笑模样。这张照片泛黄有年头，中间对折过，又展平了。可男女之间还是有一道密密的痕。

"如可赎兮，人百其身。"大柜深处，还有一个包袱。扎得很紧，他费了一些力气才解开。里头有一只襁褓，虽然颜色暗淡，但可以辨得出是自己的。上头绣着石榴与水仙，阿嬷亲自绣的。还有一顶虎头帽，眼睛是塑胶的琥珀纽扣，也还是炯炯的。压在最底下的，是一双拖鞋。宝蓝缎的底，鸳鸯戏水。鞋头上已经磨破了，用同色的线补过。大约又被顶开了，还是半个窟窿。连粤名将这双鞋捧在胸前，心里忽一阵锐痛。

待他收拾好了，背上包就下楼去。到了楼下，才发现外头已经下起了密密的雨。雨越下越大，伴着浅浅的雷声。香港的冬天，很少有这样的雨。他怔怔地看了一会儿，才想起来上楼避一避，却将钥匙忘在了屋里。他正在门口踌躇，忽然听到身后有人轻轻唤，连教授。

他回过头，看到一个女人。女人也没有带伞，正掸着身上的雨滴，手里拎着一只篮子，看样子刚刚买餸回来。连粤名认出来是个街坊，便笑笑说，看我大头虾，将钥匙忘在了门里头。

他往外看去，雨更大了，形成一道帘幕，外头竟然什么也看不清了。女人也看着外面的雨，说，连教授，要不要上我那里避一避雨？

连粤名转过头，想起这个女人叫月华。是个外乡人，却也在这楼里住了十几年了。

她大约是楼上大只荣的续弦。大只荣做鳏夫好多年，待略上了年纪，攒了些钱，就北上做生意。生意并不见得做得有多好，还赔了钱，却从四川带回了这个女人。带回来后，他也并没有在家里待着，考了个两地车牌，给人跑运输。有回在深圳湾遇到了车祸，没来得及送医，当场就死了。旁人都以为，月华要卖了房子回乡下去。她倒没有，守在这儿，十几年也没跟别人。白天给人当保洁，晚上给人看更。赚的钱，贴补给老人院里大只荣的老窦。只是近年，有一种传说，说她晚上不看更了，做起另一种生意。有一回，住在明园西街的老姐妹，就是连粤名当初的房东，来探阿嬷，说起这桩事，脸上鄙夷而暧昧地笑。没等她说完，阿嬷一拍台面，说："收声喇，你道是一个女人过得容易？要是你死男人，揸兜都冇人理！"按说，多年的姐妹，何至于此？对方脸上红一下白一下，拂袖而去。阿嬷也便横了一眼在场众人，厉色道，唔好系出边乱噏！听到未？

女人见他不说话，定定望着门里头，便细声说，阿嬷人善，一路好走。

说罢便转过身去，走了几步，听见连粤名却跟上了她。开了门，走进去。屋里头简素清寒，并无许多过日子的气象。月华走到厨房里，将餸菜搁下。出来，叫连粤名坐，却看到他的目光远远地扫过。那里有些莹莹的小灯泡正闪着光，粉红的、金灿灿的。她于是走过去，将卧室的门轻轻掩上了。她给连粤名倒上茶，自己拿过了一只很大的柚子，用竹刀斜斜砍一下，然后将皮慢慢地剥下来。两个人望着外头的雨，没有要停的意思。从窗口望出去，整个北角都模模糊糊的，陌生得很。连粤名喝一口茶，味道很熟悉，说，福鼎白。月华点点头，还是阿嬷俾我的，从去年中秋喝到现在。这些年，我吃的用的，多亏了阿嬷照应。连教授，你知道吗？我们自贡也产茶，叫"川红"。我们家种，最好的叫"早白尖"。我总想着，要回一趟家，给阿嬷带些来。可是，到现在也没回得成。阿嬷却走了。

月华说到这里，眼睛一红，低低头，沉默住。许久后，将手上剥好的柚子递给连粤名，手背在眼角上靠一靠。连粤名也不知说什么，过一阵，问她，你公公可好？

月华说，还好，就是身边离不开人。别人都不认识了，只认识我。大事小事，都叫"新抱"。老人院的姑娘，天天打电话叫我过去，说他不见我不肯吃饭。胃口倒很好，一个人能吃掉一大碗叉烧饭。

连粤名说，那很好。老不老，都是看胃口。吃不下饭，人才真老了。我阿嬷……

他终于没说下去。月华看出他的黯然，说，阿嬷是好福气的。教出了一个教授，教授又教出了一个医师。街坊多少人羡慕。平日里，阿嬷跟我们谈起你，中气都足了不少。

连粤名笑笑，说，可当着我的面，只是骂。

月华说，慈母多败儿。阿嬷是明事理的人。

这时候雨渐渐小了，连粤名说，我该走了。忙站起来，却碰翻了桌子上的茶，全倒在了身上。连粤名说，我借一下洗手间。

走进去，按一下灯，却不亮。

月华递过一块毛巾，说，唔好意思。坏了好久了，找了很多回师傅。师傅嫌活儿小，都不肯上门。

连粤名看一眼说，我来试试。

他就搬来一只板凳，一只脚踏在凳上。不够高，他便踩到了浴缸沿子上。将灯拧下来，查看一下，叫月华将电闸关上，说，小问题。过了一会儿，他说，好了。就从凳子上下来。这时碰到什么，是轻柔的织物，在他脸上擦过。有一种柔润的气息，让他脚下软了一下。

月华拉开了电闸，洗手间里透亮的。他看到，原来浴缸的拉杆上，晾了一只胸罩。在灯光底下，是温暖的米白色。

他见到眼前的女人，脸庞也是温暖的米白色。也是一样的气息，瞬间在他的鼻腔里放大了数倍。他跟跄了一下，女人扶住了他。忽而有一种力量，在他体内奔涌了一下，摧枯拉朽般。他一把抱住了面前的女人。

事毕，他仍有些晕眩，看着头顶忽暗忽明、五颜六色的灯仔，疑心是在某个不知来处的圣诞夜，如此虚幻与美好。他闭上眼睛，忽而睁开了。他下床，从包里拿出那双陈旧的丽宫拖鞋，给女人穿上。女人迟疑了一下，还是穿上了。净白的身体，唯有脚上，闪着一两点的珠光，若隐若现。他体会到自己的壮大，在壮大间冲撞着这女人，恶狠狠地，攻城略地。

待他终于彻底地疲惫了，嗅觉却冷静下来。他觉得这室内的气息，无端地有些卑琐。半晌，他问女人，你闻过素馨花的味吗？女人转过头，看他，不知该说什么。他一个人走到洗手间，看到镜子里的自己，有些惊讶。他许久没有这样好好看过自己。镜子里是个半老的秃顶男人，两鬓斑白，双眼无神，有优柔而颓败的表情和体形。刚才，就这样，在一具陌生的也近衰颓的女体上盘桓。甚至，他注意到下体也有了几根白色的毛发。他忽而感到一阵羞愧。

他穿戴整齐，准备离开。想一想，从钱包里掏出了两张千元钞，递给女人。

连粤名说，对不起。

月华说，对不起？本来就是关起门来做生意。不偷又不抢，谁对不起谁。

她将他的手轻轻挡开，说，这些年，阿嬷给我的恩惠，不止这么多。

这时外面的雨，忽而又大起来，伴随狂风呼呼作响，竟把一扇窗户吹开了。月华走过去，将窗子关上。冷冷看了一会儿，回头说，不是我要留你，是天要留。

连粤名便也坐下来，倏然，喃喃说，下雨天留客天留我不留。

月华说，连教授，我读书少，但懂你说的。教我们小学语文的先生，是个大学生，没回城的知青。可巧他给我们讲过这个故事。同样一句话，看怎么说，谁来说，意思就大不同了。既然天留客，也是个缘分，一起吃个午饭吧。

连粤名愣愣地坐着，听到月华在厨房开了火头。不一会儿出来了，端出来一盘白灼生菜，淋上蚝油，和一碗紫菜蛋汤。又从微波炉里端出了一份烧味饭，外卖烧鹅。饭菜是一个人的量。她取了一只空碗，放在连粤名跟前，拨了大半进去。肉也是整齐的肉，留些边角和骨给自己。她便低头吃起来。连粤名不声不响，终于也吃起来。鹅肉有点老，有些甜腻，但味厚而丰腴，令人满足。连粤名在家，许久未吃过这样的饭。他似乎打破了某种禁忌，大口地吃起来。胃里充盈起来，湿湿地暖。

他回到家，原本准备了一些说辞。但袁美珍并不理睬他，只望他一眼，给股票经纪打电话，又给发货商追款，声音山响。

他轻轻推开思睿的房门，看母子两个都在睡觉。孩子将手指塞在口中，忽而震颤了一下，大概是做了个梦。

晚上，一家人坐在一桌，都不说话。倒是思睿先开了口。她说，爸，我想好了。这孩子，以后就叫林木。

下一个周末，连粤名又说去老屋。袁美珍问，还没收拾完？

他说，阿嬷几十年的东西，一时半会儿怎能收拾完？

他敲开月华的门。月华看一眼，让他进来，说，教授，你落下了一双鞋。

她回里屋，捧出那双鞋。连粤名看到鞋头的窟窿，已经补上了。衬了一块同色的缎，针脚密匝匝。

连粤名看月华脚上，有莹莹的珠光隐现，也是一双缎面拖鞋。

他将手里的东西，放到桌上，说，上次你请我吃了饭，我要还给你一餐。

这狭窄的厨房，因气窗上的排风扇也坏了，前所未有地烟气浓重。

月华看连粤名，利落地将食材拿出来，分门别类摆在碗里。就对他说，看不出连教授，上得课堂，也入得厨房。

连粤名笑笑，我自小跟阿嬷长大，日日看，什么都是看会的。

月华说，那我帮你打打下手。

连粤名推辞。她顿一下，便说，其实做年节，我也帮过阿嬷。看这些食材，大概也知道你要做什么。这道焖豆腐，胡萝卜、火腿、节瓜都要切丁，我总是会的。

连粤名便由她去了。厨房逼仄，两个人就靠得格外近。都不说话，近得能听见彼此的呼吸。月华埋着头洗菜，这时极其微弱的阳光，照进了厨房里。有一道，正落在她的脸上。两个人都不说话，只能听见水声和切菜的声音。久了，竟然听出了一种抑扬顿挫。两个人手势间的默契，倒好像已是相处多年的感觉。顺着那道光，连粤名望见了她眼角浅浅的皱纹。不知怎的，心里漾起了一阵暖。于他而言，这暖意也是久违的了。

待菜摆上了桌，已经是一个多钟后了。因为有道扁食汤。扁肉皮要用刀背将猪肉锤打去筋，再混上番薯粉揉匀，极其考功夫。这一碗盛上来，连粤名让月华尝一尝。月华吃一粒，脱口而出，味道和阿嬷做得一模一样。

连粤名说，我今天做的，都是阿嬷的真传。

月华叹一口气，说，焖豆腐、荔枝肉、海蛎饼，我本以为，阿嬷走后再也吃不上了。

连粤名说，你要喜欢吃，我可以教给你做。

月华说，我别的还好，就是煮馃的手势不大行。说起来，我倒是最念阿嬷做的腒饼。我看着不大难，教授有空教教我。

连粤名心头无端地痛一下。他想起了二十多年前，他东拼西凑，因陋就简做了一餐腒饼。有个女人，定定看着他说，别的我不管。这腒饼一世你只做给我吃。

许久，他回过神，对月华说，叫我阿名吧。

## 七

这一年的春天，副校长的任命终于尘埃落定。国际导演也完成了在南华大学的拍摄。据说这部新的影片，将要成为坎城电影节的开幕片，并参与主竞赛单元。

大学于是前所未有地安静了下来。虽是春天，吹面不寒，校园里倒有了一种入秋的萧瑟。

连粤名收到一张婚礼请柬，来自周博士。新郎是个不认识的外国名字。

连粤名想了想，决定还是去。

婚礼在圣约瑟教堂举行，只有一个冷餐会。并没有铺张摆酒，这倒是符合周令仪新派的作风。他原以为，参加婚礼的还有大学的其他同事。然而举目四顾，并没有一个熟悉的人，并且以西人居多。他不禁有些拘束。

　　新郎新娘来向他敬酒，他立即站起来，说着百年好合之类的客气话。周令仪哈哈大笑起来。新郎显然没有听懂，但也是凑趣地笑，笑得十分憨厚。这是个很俊俏的年轻人，但瞧上去脸相很嫩，是没经过什么历练的样子。能看得出，很爱周令仪。当着连粤名的面，也并不掩饰他的爱。他含情脉脉地望着自己的妻子，并且深深地亲吻。周令仪抱歉地微笑，对连粤名说，意大利人。

　　然而，后来的仪式上，伴郎发表演说，才知道他们是在艺穗会认识的，在一个朋友的 farewell party（欢送会）。那不过是两个月之前的事情。

　　席间，周令仪单独走过来，看到连粤名又在张望。她敬他一杯酒，轻轻说，连教授，他不会来的，我们分手了。

　　她说得轻描淡写，如在陈述一个人所共知的事实。倒是连粤名不安起来，好像自己是个泄露秘密的人。周令仪望着他，眼神坦荡荡的。她说，我就要去欧洲定居了。方便的话，帮我跟 Leo 说一声。我用了一个月的时间，才教会我先生那段他教我的贯口。

　　说这些时，她始终在微笑。她望一望远处的太平山，说，香港多好啊。说起来，我还真有点舍不得呢。


　　这年前后，经历了一些动荡。虽未算尘埃落定，但先前的混沌，渐渐显山露水。

　　院长和连粤名谈话，关于高分子研究所的周年庆典，却问及下一任的系主任人选。他知道自己早已过了少壮年纪，别无所想，只是重复往年一些和事佬的说辞。但是，院长话里话外，却是提醒他老骥伏枥的意思。他笑一笑，说，我最近一个舍监，都当得左支右绌，何谈管一个系。学生来来往往，自然都传开了，我未嫁女儿，却做了外公。

屋企正是一地鸡毛。

院长自然是听到了风闻，但从连粤名自己嘴里说出来，心里还是一惊。他想这么个老实人，不声不响。如今不吐不快，却叫人骨鲠在喉。

连粤名从院长办公室走出，周身松泰，步履轻盈。路过教学楼外头的车道正在装修，几个印度裔工人突突地打着电钻，声音震耳。忽然停下来，他才听到一个工人正唱着支小调。大约来自家乡，音节简单，唱得如痴如醉。虽然一句都听不懂，这旋律却在连粤名耳畔萦绕不去。如同一句咒语，回环往复，他也不禁轻声吟唱。

在日复一日的日常里，思睿的孩子也长大了。连粤名未尝初为外祖父的喜悦，只觉自己无端地又老了一些。欣慰的是，家中隐隐地有一种和解的气氛。袁美珍开设了一个新的公众号，认证是"育儿专家"。订阅者寥寥无几。她将录制的短片链接发给了连粤名，不着一词。连粤名打开，看到了袁美珍抱着一个塑胶的婴儿，极其耐心地示范与讲解。短片中的妻子，不再有美颜。面色青黄，眼袋下垂，是这个年纪的女子，通常的老态与臃肿。但却有一种砥实与可靠，是他曾经熟悉的。那眼中的严厉，也柔软下来，甚而有一种母性。目光落在那婴儿公仔上，便是一层暖。

他终于醒悟，于是将链接发给了思睿。Whats App（一种用于智能手机的即时通信应用程序）并未回复，但显示已读。

这样许多次后，晚饭时，他看到思睿怀抱孩子的姿势，有了些微的改变。他抬起头，袁美珍的目光，也正落在女儿身上。紧皱的眉头，略略舒展。

在某一个下午，他回到家，打开门，便听到外孙的哭声。他看到思睿从浴室中出来，正慌乱地擦着湿漉漉的头发。他们同时疾步走到卧室里，却看到阿木已停住哭声，以柔软的姿势，窝在袁美珍的肩头。袁美珍轻轻拍着孩子的背，面容松弛，嘴角有一丝笑意。待看到父女两个,便恢复了一种不耐的神情。看一眼思睿说道,论论尽尽(粤语,形容人笨手笨脚,行动不灵活),点(粤语,怎么)做人阿妈!

然而,她说罢,并未将孩子塞到思睿怀里。倒是一边哄着阿木,一边向厅里走去。姿态熟稔而自然,像个平凡而怡然的外祖母。最终停在了露台前,指着露台外的鸽子,轻轻唱道,细路乖,睇鸽仔;上下飞,唔返来。

连粤名心头缓缓震动了一下,他回忆起,上次听到袁美珍唱这首童谣,已经是二十余年前了。年轻的母亲,粲然而略羞涩地对着自己第一个孩子唱。

过往的大半年,连粤名待在自己一手成立的高分子研究所。整合设备,建立团队,申请项目。虽然疲累,但却有一种淋漓与畅快,也是久违的了。他看着身边的年轻人,闻着仪器的金属味与隐隐的荷尔蒙混合的气息。依稀回到当年,虽无铁马冰河入梦来,但总也有些宏愿与抱负。这些抱负始终未曾与人分享,便逐渐蒙尘,连他自己看着都面目模糊。现在退休之前,院里允他远离政治,埋首这一处学术异托邦,竟让他有青春重回之感,只觉非殚精竭虑,无以为报。

某个黄昏,他穿过太古 Pacific Place(太平洋广场),看到中庭贴有一张巨幅海报,正是那个国际导演的新片预告。男主角是个华人影帝,女主角名不见经传。

谍战与浪漫,都非他兴趣。然而,他愣一愣,不知为何,鬼使神差,竟然买了一张票,走进去。在进入放映厅之前,他被要求查验。工作人员抱歉一笑,说是防止有人将摄影机放在包里偷摄。"毕竟是近三个小时的足本三级片",工作人员放他进去,却加上这一句。这句话并安慰不到他,反而让他有些心虚。

影片虽长,无冷场,见大师功力。其中必有内容,情事令人面红,谍战令人心跳。但是因为等待，似乎于他并未有强烈的触动。终于出现，是陆佑堂。简陋的舞台，桃花三两枝。他想起那个阳光尚好的下午。台上的人，生死离别，上演革命加爱情的戏码。女主角生涩而美丽的六角形脸庞，在想象中，不断叠合另一张脸。

在漠漠的黑暗中，他大着胆子，端详着银幕上的脸。无助而笃定，天真而勇敢。另一张脸，神情别无二致。但没有憧憬，眼里有光，瞬息湮灭。

他看一对男女真刀真枪，贴身肉搏，无端起了反应。黑暗也掩藏了潮汐的欲望。事毕，他看女主角点起一支烟，着睡衣站在窗前。睡衣上开着大朵的金色鸢尾，缓缓滑下，脊背青白，长而优美的颈。

他回到家，已是夜半。他悄悄开门。思睿房间黑了，照例是睡了。近来他早出晚归，已是常态。无人关心，也无人以之为怪。

卧室里倒有一盏灯。他推开，见袁美珍躺在床上，好像也睡着了。手边摆着一张强积金的宣传单。这灯便不知是忘了关，还是为他留的。

袁美珍睡着了，人便松弛下来。光的柔和，抚平了脸上的褶皱，还有嘴角的法令纹。这法令纹里，集聚的平日里的一点狠，也隐没了。许久未见这女人的脸上，呈现出了一种憨态。这憨态是对世界不设防的，在香港女人脸上尤其稀见。他心中莫名产生一股柔情，他悄悄地上了床，从背后拥住妻子。这背让他有些许陌生，坚硬而厚实。他犹豫了一下。但是，同时间若有若无的香气，从女人的头发间散出，并渐浓郁。是素馨花的气味。这气息，是女人与自己信守的诺言。如二十多年前，还是让他心驰神往，进而迷离。那已经退潮枯败的欲望，出其不意地泛绿。他将下巴贴到妻子的颈项间，让那气味离自己近一点。热烘烘的，丰熟的，让他有一丝痒。呼吸也重浊。袁美珍并未避开，反而感到一点隐隐的贴近。这对彼此也是久违的。不知为何，刹那间，他心里出现"相濡以沫"这个词。他不再动作了,只想维持这一个静止。

不知过了多久,他几乎昏沉睡去,忽然听到了急促的声音,是一阵杂沓有序的脚步声。这段西班牙踢踏舞者的舞步,被袁美珍用作手机铃声已经多年。

他看见袁美珍"腾"地坐起身来,神经质地将他推开。

她接通电话,旋即便也放下。她看着他,眼里有光。

"那个女人终于死了。"她说。同时紧张地搓着手。连粤名看她身体微微颤抖,双颊潮红。

在袁美珍后母的葬礼上,连粤名再次见到了她的家人。上一回还是二十多年前,出现在婚礼上的,只有她同父异母的大弟袁尊生。

尊生的样子似乎并无变化,那时已是个持重成熟的青年,代表家庭出席长姊的婚礼,于他如同与年龄并不相称的使命。然而,他做得很好。礼貌周到,举止言行均无可指摘。还有一种令人舒服的雍容大气。就连最挑剔的阿嬷,在婚礼结束后,都放下了成见,说袁家大弟"好得、好生性"。他的得体,令众人似乎都忘却婚礼上缺了一方高堂的事实。特别是他代表女方致辞,为连家塑造了一个他们所不熟悉的袁美珍。这个袁美珍,是个独立而低调的都市丽人,不袭家世,溯流而行。他甚至表达了对他已去世的大娘的敬重,完成了他所塑造的完美长姊其来有自的逻辑。听完了这段致辞,众人将目光投向了连粤名,仿佛他是那个入深山得珍宝而不知的樵夫。

在这个过程中,袁美珍只是浅浅微笑,并未对大弟表现出任何言语和神情上的呼应。但连粤名当时想,这或许会是一个节点,代表着她与家庭的和解。

然而,第二天清晨,袁美珍在敬公婆茶之前,对连粤名说,她没有娘家回门的环节。她放弃了对父亲的继承权,袁家便陪她将这场戏做圆。

　　事实上，袁美珍的确没再回过家。她最后一次与大弟见面，是在西半山附近的一处私人会所。那是一九九九年，袁美珍与他借款，为筹满"何翠苑"的首期。

　　在丧礼上，连粤名第一次与袁美珍的整个家庭会面。确切地来说，是一个家族。他并未预料，袁美珍拥有一个庞大的家族，并有如此广泛的交游。在过去的这些年，袁美珍除了间或提到尊生这个名字，甚至对其他的弟妹未有只字。而显然，除此之外，她还有至少两位叔父和一个姑姑。这时以一种矜持的神情和她说话，丝毫不理会她身旁的连粤名。对连粤名而言，这是一个完全陌生的环境，这个环境反而让他自在，无须敷衍。他获得一种特权，可以理直气壮地做一个旁观者，环顾周遭。

　　然而，这个情形未几便被打破了。他看到一个花白头发的男士向他走来。他一眼认出是袁尊生。他似乎没有变，除了头发白了些，脸上还如青年时般光洁红润。举手投足，是优渥生活造就的良好修养。连粤名无法对尊生陌生。因为后者城中名人的身份，每周六十点档——《港人说法》的常驻嘉宾。

　　他看到这张名人的面庞，穿过陌生的众人的脸，向他飘浮而来。尊生亲切地唤他，姐夫。然后，就近将他介绍给近旁的来宾。他说，姐夫是南华大学的教授，研究高分子物理。然后以征询的目光，看一眼连粤名，说，姐夫，我没有说错吧。这都是你们科学家的事情，平常人哪说得清。

　　连粤名愣了一愣，恍惚于长久缺席于自己生活的妻弟，昨天是否刚刚见过。他也感到了身上有一些灼人的眼光。意识到，这意味着头发半秃、黑西装上还有褶皱的麻甩佬，忽然被人刮目相看。尊生将他引见给其他人,一如既往的得体周到。他不禁也打量。时光荏苒,和这个男人的会面,漫长的空白,竟然是在一个婚礼和一个葬礼之间。那时尊生不过是一个法律系实习生,如今已是国际知名律所 KMC 的合伙人。即使作为袁家的长子,并未继承家业,但丝毫没影响他的地位。比起二弟正疲于应付商界往来,此时他倒有了一种游刃左右的超然。因为他,这个葬礼未显得过分沉重,更像是带有暖意的追思。

面对宾客致辞,尊生提到了自己的父亲,说到他与母亲的相识。连粤名禁不住看一眼袁美珍。她的神色倒是很平静,一如当年在她自己的婚礼。听的过程中,连粤名有些走神,因为在这致辞中,他感觉到了某种套路和圆滑。这或许是律师的职业品行所致,他想。尊生在致辞中塑造了他父母的婚姻,一如多年前塑造自己同父异母的姐姐。他忽略了这桩婚姻门当户对的功利实质,而凸显了父亲的一往情深。台下的宾客唏嘘。连粤名想,这是多么完美的因势利导的案件重现。

因为走神,连粤名将目光落在尊生身后的遗像。活在袁美珍口中的女人,今天的主角。这是张无法激起他人仇恨的脸,与尊生面目类似,但更为平和,平和至平淡,甚而眼神有些恍惚。连粤名不知道,这是因在袁老先生身后,经受了长年的抑郁症折磨所致。这一点,袁美珍一直未告诉他。她需要她生命中的敌手,始终是个强者。

在致辞的尾声。连粤名看着妻子缓缓站了起来,然后转身,在众目睽睽中离开。尊生似乎停顿了一下。或许并未停顿,仅是连粤名的错觉。致辞便走向了华彩一般的收束。

回到家里,袁美珍立即将自己关在了房间里。隔着门,连粤名听到了一阵号啕,继而安静。

思睿抱着阿木走出来,父女两个站在门口,对望了一眼。连粤名对思睿挥一挥手,让她回房去。在长久的寂然之后,传来极其细隐的啜泣声。

第二天清晨,袁美珍才从房里走出,竟还穿着参加丧仪的黑色套装。连粤名想,尽管袁美珍是个孤寒(粤语,吝啬,形容人过于节省)的人,却为了后母的丧礼定制了套装。这套装质地精良,剪裁得体,扬长避短。连粤名看妻子穿上套装的那一刻,双眼生辉,如同临阵的武士身着铠甲。

然而此时,穿在同一套衣服里的袁美珍,似乎整个人都坍塌了下去。套装皱巴巴地发着晦暗的黑。脸上的妆,被泪水冲洗得七零八落,冲出两道干枯灰黄的沟壑。她站在门廊处,发现了丈夫和女儿的目光。于是竭力将身形撑持,但似乎自己也感到徒劳,就放弃了。她用手背胡乱在脸上擦一把,掩饰已干涸的泪痕。在桌前坐下,她从连粤名手中抢过一块还未涂好果酱的面包,狠狠地咬了一口,咀嚼几下,然后用含混不清的声音说,佢点解(粤语,为什么)要死?

连粤名看着她。她将面包掷在桌上,大声道,那个女人,佢点解要死?

说完这些,她好像泄了气,再一次地失声痛哭起来。

这次回到房间,她没有将门关上。晨光初至,厅里的光线,渐渐亮了起来。一束光沿着露台,投到了餐桌上,桌上有远方在风中摆动的稀疏树影。这光线朗净,似乎划破了令人压抑的安静。让父女俩都松了一口气。

这时,思睿轻声说,爸,孩子大咗,我想回去上班了。家里请个保姆带阿木吧,钱我自己出。

还未等连粤名应她,房间里传出一嘶哑女声:使乜晒钱请菲佣,我来带!

# 八

研究所出事,是在两个月后。

旁人都说,早前就有征兆。这高分子研究所的风水不好,前身是嘉风楼的一处货仓。日据时被征用,囚禁过东江纵队的几个队员,在附近行刑,胡乱埋掉了。因为北向,四围寸草不生,是极阴之地。连粤名是不信这个邪的。但先前做过化学系的实验室,莫名发生了爆炸案,有史有据。虽说已是二十世纪六十年代的事情,至今未调查清缘由,炸死了一个英籍的管理员,是确实的。所以研究所挂牌那一天,听几个老同事的建议,还是点红烛、上高香,摆了切乳猪的仪式。

后来谈起,连粤名自己都好笑,说,上香拜祖师爷,倒该有个名目,是拜保罗·弗洛里,还是爱因斯坦?

可就算这么着,还是出了事。

连粤名接到医院的电话,听完,愣愣地一闭眼睛。

许栩是他带的第一个博士生。研究所成立时,已在多伦多大学拿到 Tenure(指"终身教授",是在美国和加拿大等地的大学里对教授职位的一种保障系统,大学教授通过考核期被正式授予终身教授后,没有正当法律上的原因其职位不会被终止),手中握有三项专利,前途大好。但听说导师需要人手,便毅然请辞,回来母校效力。连粤名看他毕业多年,还是那个白马轻裘的少年,毫无学院积习带来的圆滑和暮气,不禁欣慰。许栩加入研究所后,未负众望,短短一年间已申请到两个重点科研项目,发表了数篇 SCI 论文。长此以往,连粤名是有心让他接下研究所的重任。上回见院长,问及下一任系主任人选,连粤名当时未表态。但事后却专函推荐了许栩。按理说,这有违他低调的作风，但想一想，举贤不避亲。院长再见到他，便说，论学术，你这个学生是真好。但人事上，不怎么成熟啊。连粤名笑笑说，路遥知马力，多历练就好了。去年和威斯康星的研讨会，他操办的。办得如何，您有数。不像我，就不是管人的材料。

连粤名自然知道院长说的，是许柳张扬的个性，毫无乃师之风。因为恃才傲物，得罪了一些前辈。甚至博士论文答辩时，还被为难过。这些年在学术圈摸爬滚打，褪去了不少脾气，为人圆融了些。但一涉及学问，还是寸土不让的性格。

作为导师，连粤名明里暗里，也为他护航，当初是不想看到初出茅庐的才俊，便被汹涌的暗潮淹没。久了，其实心里有些羡慕，是为这孩子的不变。他总想，只要硬铮铮地硬下去，终有一日，能做那掌舵的人，立于暗潮之上，便无人可奈何了。

但他未免乐观。在周年庆典的前夕，院里的学术委员会收到一封实名举报信。举报人是美国一间社区大学的学者。举报的对象是许柳，直指他去年底发表的一篇 Tier 1 Journal（重要期刊文章）涉嫌抄袭，列出了十多处比对性细节，为证确凿。对方发表的刊物名不见经传，但发表时间比许柳的这篇早了三个月。因这篇论文是研究所去年立项后的重大科研成果之一。兹事体大，学术委员会便成立了调查组，专司此事。

一切发展得太快，连粤名来不及反应。一周之后便要召开听证会。早晨他收到了许柳的邮件，说已经准备好发给文学院的 appealing letter（说明函）。这十多处引证，有一半以上是来自他在夏威夷年会上发表的论文，他倒要问问这举报人的实验数据从何而来。

不等连粤名动作，院长已找到他，让他说服许柳，压下这封 appealing letter。连粤名道，别的好说，但自证学术清白，有什么商量的余地？院长说，这些都交给委员会。此时自己申诉，无异于飞蛾扑火。

见连粤名茫然，院长犹豫一下，叹口气，你以为这个举报人是什么来头。他是莫里斯以往在密歇根时的学生。

连粤名一怔，脑海中映出一张牛肉色的脸。莫里斯教授是系里的老同事，退休已有四年。据说未拿到荣休资格，和数年前那起风起云涌的学院政治相关。当时物理系的系主任，即是如今的院长。也就是说，此次来者不善，恐怕没那么简单。

院长说，他是冲着我来的。树欲静而风不止，何必殃及池鱼。按住许栩，要保证研究所的周年庆典如期进行。

院长想的是近在眼前的研究所的声誉，许栩想的是学术清誉，似乎都没有错。这时候，连粤名接到老李的电话。老李说，退休生活淡出了鸟来，约他出来喝一杯。

两个人在中环一间居酒屋见了面。老李似乎老了不少，大约是神情里少了许多的意气。但他一见面就嘲笑连粤名的外公相。连粤名看着他拿着酒杯的右手微微抖动，嘴角也有些歪斜。老李年初时小中风了一场，落下了后遗症。连粤名不确定，这是否与周令仪相关。但如今的老李，确不是那个洋气的、浑身散发着古龙水气味的 Leo 了。他身上是件讲究的黑缎唐装，白色袖口上绣了 L.&L., 是他与他太太姓氏的缩写。

连粤名说起近事。老李眯眯眼睛，说，本来我是写一幅字给你共勉："两只麻甩佬，一对老学究。"如今看，不对。麻甩佬是我，老学究是你。这几年，我还是比你看透多了。我们系里两只乌眼鸡，以往在乐团争首席，后来在大学里争讲座教授。争到一半，死了一个。另一个高处不胜寒，去年也死了。我送他们两个字："挚敌"。

连粤名说，我倒是无所谓。可是老辈的恩怨，应在年轻人身上，还是欠公平。

老李摇摇头，说，儿孙自有儿孙福。不聋不哑，不做翁姑。

连粤名叹口气。老李说，不如我给你讲段古。

连粤名说，我正愁，你仲同我讲古？

老李说，听听无妨。当年我老婆肯嫁给我。上门见家长，没说一句，我岳丈先用这一段来考我。是个单口相声《解学士》。里头说个明朝才子，叫解缙。出身寒门，细个时读书好叻。解缙家对面是曹丞相的后花园，门对丞相的竹林。除夕，他就在门上贴了一副春联：门对千棵竹，家藏万卷书。丞相见了，想他好大口气，就叫人把竹砍掉。解缙呵呵一笑，于上下联各添一字：门对千棵竹短，家藏万卷书长。丞相更加恼火，这回下令把竹子连根挖掉。解缙不动声色，在上下联又添一字：门对千棵竹短无，家藏万卷书长有。

连粤名会心说，这个才子，还真会搞搞震。老李说，我就问你，这才子蚀底没？

连粤名说，佢蚀底？分明占了人便宜。

老李又问，那他得罪了人没？

连粤名说，得罪了？好像又谈不上。

老李说，当年我丈人问我，在这相声里头看到什么。我那阵普通话都说不利索，听得半懂不懂，只好说，看到我亲事黄了。他呢，哈哈大笑。说这后生真老实，就把女儿嫁给我了。

连粤名笑说，你要是人老实，猪乸会上树。

然而接下来，他愣一愣，忽而懂了，说，这是个好故事。

连粤名终于没来得及对许栩讲这个故事。他看到了许栩将写给文学院的 appealing letter，电邮抄送给了他。他不禁有些光火，立即打了电话给许栩，但手机关机。

许栩的消息，是第二日清晨传来的。当时连粤名睡眼惺忪，立时间清醒了过来。当他赶到研究所时，空气中似乎还流淌着残余的乌头碱气味。在服毒之前，许栩给自己注射了肌松剂。这样在清洁工人发现他时，他嘴角上扬，脸上竟呈现出了柔美的微笑。

警方很快将凶案定性为自杀。因为在傍晚时，全校师生都收到许栩预定发送的邮件，是他的遗书。这封中英双语的遗书，遣词造句都非常准确，且文采斐然，令人不得不佩服许教授的语文造诣。更难得的是，其中颇有几分举重若轻的幽默，甚至用来陈述自己饱受抑郁症困扰已有六年的事实。

当然，这封信的后半部分，剑锋所向，是"南华"物理系多年的朋党之争，以及隐藏其下的学术腐败与利益输送。这是积重难返的卷裹，似乎少有人能独善其身。在这封信发酵一周之后，理学院院长与物理系系主任，分别递上辞呈。

信的末尾，他说唯一愧对的是自己的导师。

连粤名再见到许栩，是在一周后，又是个周五。那一天本来是研究所的周年庆典。

已成为植物人的许栩躺在床上，仍然微笑。这笑意或将永恒地凝固在他脸上。连粤名望着他，想，这孩子生前总和自己拗着劲，活得太紧张，总算让自己放松了下来。

他迅速地纠正并说服了自己，说许栩还活着，和他一样活在空气和阳光里头。只不过不用再为生活缠绕，如窗台上的一棵黄金葛。他看着许栩生动的脸，像是个装睡的人，嘴角憋着一股笑意，时时将要在他面前睁开眼睛。他看得很久了，看到窗外暮色苍茫。这张脸终于成了一张面具，不再是他的学生。与他同存于世，幽明两隔。

走出医院的时候，他遇到了月华。

女人手里拿着一个保温桶，看上去憔悴了些。她说，公公前两天进了一次ICU（重症监护室），抢救过来了。醒了，连她都不认了。

她遮掩了一下，他还是看到她眼角的伤痕。她的声音很轻，对他说话，神情与问候，也都是浅浅的。

他这才想起，已经许久没去北角了，便也未再见过月华。曾有那么半年的日夜，他们常坐在临窗的桌前，有时吃煲仔饭，有时是豉油鸡，都是味浓质厚的。窗外看出去，是万家灯火。由于楼距近，甚至能听到声响。父母责骂孩子的声音，年轻情侣的嬉闹。对面是新建的公屋，新移民多。这声音里便有南腔北调，共同积聚为浓重的烟火气。近在眼前，又恍若隔世，让他心里砥实。

不知为何，他不再去北角。不去了，便也好像从未发生过，留在了那一时、那一处。

月华于是对他浅浅点一下头，说，连教授，我先走了。

他听得一怔，定在了原地，看女人转身离开，走出了很远，消失在人群里头。他这才想起，她以往是叫他"阿名"。

## 九

四月时，连粤名送阿嬷骨灰回仙游县。

这是阿嬷生前夙愿。米寿时已经请定了佛塔的位，等着回去。

复活节假期，港人北上出行得多。高铁对面的男人，挈妇将雏，是不胜其烦的模样。那男孩哭闹够了，便看着连粤名。眼睛晶晶亮，又盯着连粤名手中的包裹。尽管连粤名将它包成礼盒模样，他眼睛却挪不开似的。终于问，里头装的是什么？

连粤名笑笑说，朱古力。

孩子便向他索要。

孩子爸爸呵斥，说，冇礼貌。一边对连粤名颔首致歉。

连粤名说，唔紧要。便从背包里真的拿出了一板朱古力给那孩子。

两下都算亲切，便攀谈起来。男人问他去哪里，他说，去仙游。

男人说，那我们同路。仙游一年一变，你回去怕不认得了。

连粤名说，我有三十年没回去了。

男人笑说，那是变得天翻地覆。我是以往的糖厂子弟，"文革"后跟亲戚去的香港。父母还都在，年年都回去。

连粤名依稀记得听阿嬷说起过糖厂，就问他还在不在。

他说，早就没有了。关了也好，污染得乌烟瘴气。你去看看，如今木兰溪的水，清回去了。

连粤名就印象深刻一些，想起了这条河。想起那回阿嬷急躁躁，颠着小脚，一路骂着他，在乡野小道疾走，走得比他快，终于太阳落山前赶到了坂头村。阿嬷站在大桥上，眯着眼睛向河水上望。河两岸都是成熟的荔枝，红彤彤的一道弧。那时甘蔗也熟了，溪上有木船，运的都是甘蔗。甘蔗绑得密匝匝，船吃水很深。阿嬷说，当年要有咁多甘蔗，无饥荒，你阿公就不用逃去印尼。

那一回，阿嬷买了许多莆田糖厂产的"荔花牌"白砂糖回香港。送遍北角街坊，还有许多存在家里。吃不完，招蚂蚁；雨季招潮，结成块，比砖都结实。还是不肯丢弃。谁要是动，她就骂，骂得震天响。

想到这儿，连粤名喃喃，怎么就关了呢？

男人跟上他的话说，产业调整呗。一九九八年停产，一千多个工人下岗。我阿爸办了内退。我让他到香港来，死硬颈，说不甘心，要做糖厂的鬼。就辛苦我们来回跑。

车到了莆田站。

连粤名和男人一家一起出了站，在站口道别。连粤名站在太阳底下，等了许久，这才拨了电话过去。电话那头气喘吁吁，说，表叔，我的车在高速上被人追尾了。你和祖阿嬷等等啊。

连粤名听到电话那头嘈杂得很，还间或吵闹声音。忽然间就挂了。

他愣愣站在原地，这时一辆比亚迪在他跟前停住，车窗摇下来，是方才的男人。男人对他说，教授，我载你一程。

连粤名犹豫，说，不用麻烦，我等等。

男人头往后一扬，说，上车吧。送老人回去，耽误不得。

连粤名恍恍惚惚上了车，想起男人的话，问，造次了，你点知嘅？

男人说，谁会这样毕恭毕敬，抱着一盒朱古力？

连粤名嗫嚅道，这怎么好。

男人摆摆手，唔好念多咗。我冇乜忌讳，当年我也是这样送舅公回乡的。

车到仙潭村，已是下傍晚。苍茫暮色。余晖里，连粤名认出村口那两棵枝叶交缠的榕树。他记得其中一棵遭到雷劈，树冠已经焦黑。然而在树干的中段，竟又生出了一丛旁枝，枝叶甚至已经粗壮葱茏。有气根曳曳垂下，已又落地生根。

村口有个黧黑的年轻后生，迎上前，怯怯问，堂叔公？

他茫然，后生说，我是阿胜嘅仔。

后生接过他的行李，道，阿爸的车拖去修，他接了你电话，叫我在村口迎着。

他才恍悟。打量下，后生说，叔公叫我发仔。您上次和祖阿嬷回来，我还没出生。

连粤名想，上次回来时，比这后生大不了多少。如今自己都是半老的人。

他跟着发仔，在村里走，周遭不认识。多了许多二层的小楼，都很排场，墙体用贝雕和蚝壳镶嵌作为装饰。好像也看不到什么田地。连粤名就问，还种不种甘蔗。

发仔说，不种了。我细路那阵时，糖厂就关了。种甘蔗做乜喔。

连粤名问，那还种什么？

发仔说，山上种茶叶，种蜜柚。大棚种巴西菇，都好过种甘蔗。

他们经过一处，门口写了"福胜工艺家具厂"，里头有宽绰的厂房，听得见隆隆机器运转的声音。发仔说，这是阿爸开的厂，我同老婆都在里头做工。

连粤名说，原来阿胜出息做老板了。

发仔挥挥手，谦虚地说，这样的厂，在我们村里有十几家。我们这个算小的。

说话间，就到了阿胜家。也是两层小楼，外头的院墙上也有贝雕装饰，镶拼成了醉八仙的图案，洋洋大观，一团锦簇。仔细一看，张果老却是倒坐在一架屁股喷火的飞机上，不知是谁的创意。

这时有个年轻女人，抱着孩子迎出来，是发仔的老婆招淑。

招淑灵秀模样，与发仔交代两句，便唤他叔公。这一唤，用的莆仙话。他才恍然想起，说，发仔，你先前同我说的广东话哦。

发仔摸摸头，说，我初中毕业，去东莞打工，学识讲广东话。怕叔公不会讲莆仙话了。

连粤名说，我怎会唔识？阿嬷日日夜夜同我讲。

他便改用莆仙话同俩夫妇交谈。倾谈过一阵，两下觉得有些词不达意。招淑说，叔公说的是老派莆仙话，这些说法，现今年轻人都不这样讲了。村里老人勉强听得。

连粤名说，阿嬷怎样讲，我就怎样讲。几十年过去，说话学成化石了。

他便跟着发仔上楼去。到了楼上,直进去了一间。里头竟然搭了一个很大的龛。发仔说,阿爸一早给祖阿嬷留了龛位,叫好师傅做了牌。今晚住一夜,明天就送她老人家去广胜寺。

连粤名在牌位前,恭敬放好阿嬷的骨灰坛。牌位上写着"连何氏秀英莲位"。

连粤名知道阿嬷娘家姓何。

何是仙游县的大姓,却来自异乡。传说仙游县以往叫清源,得名自安徽庐江何氏九兄弟为避淮南王刘安叛乱,陷居该县九鲤湖畔,炼丹得道,乘湖中鲤鱼羽化升天。以后就改叫仙游。阿嬷便总说自己是仙人后代。

发仔点上香,要和连粤名一齐拜拜。听到有人杂沓脚步,噔噔上楼来。听人叫他堂叔。回身一看,大头大脑的人,是阿胜。连粤名竟还记得他当年模样。除了老些,并未大变。阿胜不及和他寒暄,便叱责发仔。一边小心上前,将阿公牌位旁的另一牌位撤去。

连粤名看到那牌位上写的是:"连荣氏"。

记得阿嬷说,当年她嫁给阿公,旁人都说大吉之姻,莲荷得藕。所以连粤名的阿爸小名叫阿藕。"六七"那年,阿爸出街给英国人乱枪打死。以后家里人便不再吃藕。阿嬷买拖鞋,倒还是爱买"鱼戏莲荷"。可有年始,也不再买,断了念想,以往的鞋也都收埋。后来,连粤名在庵堂听乡党阿金婆说,阿嬷知道阿公回了仙潭,还带了他印尼的老婆。

阿胜连连说,小孩子不懂事,不周到。堂叔和祖阿嬷莫怪罪。

连粤名说,也没什么。都算是团聚了。

阿胜说,不好。至少今晚,让祖阿嬷和太阿公,自己两个说说话。

晚上,连粤名与阿胜一家人吃饭,又来了旁系几个亲戚。

招淑在旁头烧芋粿，包胭饼。将那面团在锅底一旋，再一擦，便是一张薄如纸的饼皮。手势很娴熟。

阿胜与连粤名喝酒，说，堂叔，我这个唷林姆（莆仙方言，指儿媳），是福安溪潭人。发仔打工认识的。来时上房活儿，蚵仔都不会煎，现在也做得似模似样。

他阿爹祥营，连粤名称堂哥。年近九十岁，耳朵半聋。大约听懂意思，便大声说，查某就要多做。

他对连粤名说，阿弟，你阿嬷当年在查某里是一等一，能做满堂流水席。你阿爸小我五岁，长在辈上。都还是小孩子，一齐玩到大。那年她刚嫁来，过年我磕头，叫她阿嬷。她笑笑脸就红，说哪来这么大个孙。我阿公长房，当年不放你阿公和四叔公去印尼，是看不得她年轻查某受活寡。多少人出去都回不来。那时还记得她眼湿湿，在屋檐下唤你阿爸回来吃胭饼。你阿爸吃，我也吃，往后许多年，没吃过这么好味的胭饼。

连粤名看他纵横老泪，混着醉态。亲戚们方才热闹，此时也就肃然。外头有溪声虫鸣，院落里头一株刺桐，花期将尽，间或簌簌落下，浅浅飘香。香味生涩，醒了醉饮者的心神。连粤名吃一口胭饼，细细咀嚼，也是五味杂陈。

月色朦胧，人散尽了。送罢了亲戚，连粤名回来，见招淑在堂厅里点一盏灯，上着绷架，俯身在飞针走线。连粤名不禁好奇，问发仔。

发仔说，我老婆是潭溪琴洋人。那整个村子，三百多户，没有查某不会织绣的。福安闽剧团，戏衣旦裙，八成都是这个村里制成。女仔从小眼看手做，绣桌围寿序，个个好身手。嫁给了我也闲不下来，你看这沙发巾、电视罩，都是她绣的。

连粤名这才打量那日常陈设，绣着花果百蝶，针线竟都十分精致。

招淑远望望他，笑笑，说叔公你先去歇着。明天还要早起身。

第二天清早，天蒙蒙亮，送阿嬷去广胜寺。

连粤名将骨灰坛由龛位取下。招淑从里屋出来，手里捧着一块织物，展开来，竟是金灿灿的一块织锦。

招淑两眼红红，有疲态，说从三个月前就开始织，织好了要上绣。可又有家具厂的工期，就耽搁了。其实只差了一面，昨夜赶工绣了出来。

连粤名端详那织锦，不禁心里一动。原来蓝色织锦正中是一尊金佛，面容慈正。周边是灿灿佛光，肃穆的圆中有圆。然而再仔细看，原来佛光里藏的全是佛手。佛有千手，各执法器，将金佛护于其间。他伸出手，摸那绵密针脚，只觉得这千手之佛，似曾相识。倏忽想起来，原来是早前在巴塞尔展上看到的那张巨大装置，如教堂穹顶。成千上万蝴蝶翅膀，艳异蓝黄，一圈又一圈如涟漪。最内深不可测，似旋涡，孤悬一只深蓝蝴蝶。

织锦正中的佛，面容忽而模糊，让他一阵眩晕。他问，这是什么？

招淑说，我听阿发说，祖阿嬷长年持斋信佛。我们村里的老人上路，都要由家里的媳妇手绣一块佛帐。叔婆是香港人，怕不会绣。祖阿嬷走时快百岁了，只有百岁人，才当得起这块"浮图"。

招淑静静地，用这块织锦，将骨灰坛裹起来，扎好说，按规矩，"浮图"送葬不入葬。叔公记得，送祖阿嬷入龛要取下来，带回家里挂上，可为生人添寿。

回途，没有了阿嬷伴着，连粤名孑然一身，却紧紧将背包端放胸前。里头放着那块"浮图"。

然而，他终于没有将"浮图"挂起来。

回到家里，灯黑着。卧室门反锁。

他敲敲思睿的门，也没有人应。轻轻一推，门开了。

房间里是空的。不是人不在，是所有的东西都搬空了。钢琴、家具、书籍，那些在思睿少女时代便严丝合缝地镶嵌于这房间中的陈设，都没有了。只留下一张床，空荡荡的，上面是一只不甚干净的维尼熊。

他想，这只熊是怎么出现了的？这是思睿当年获得全港钢琴大赛的青少年组亚军时，阿嬷送她的礼物。但中四时，已经找不到了。思睿因此哭了很久。它是怎么又出现在这里的呢？

连粤名退出房间，一点点地。恍惚间，他走到露台上。露台的窗开着，吹来一阵冷风，将他吹醒了。他这才想起，拨通了思睿的电话。

许久，思睿才接了电话。他说，女……你系边？

思睿的声音传来，冷冷地，像从很远的地方飘来。她说，唔使指拟我返去。

连粤名问，点解？

那边是漫长静默。久后，他听到了女儿哽咽的声音，阿爸，她要杀咗我嘅仔，你会唔知？

电话挂了，是嘀嘀长音。再拨过去，已经关机。

连粤名愣愣站在露台上。这时，他听到后面窸窣的声响。他回过头，看见袁美珍坐在黑暗中，正打开桌上他的包裹，从里边取出一块牛蒡饼，嚼食。袁美珍坐在黑暗中，发出咯吱咯吱的声响，平静、规律而细碎。像是一只昼伏夜出的啮齿动物。

他打开灯，看着自己的老婆，披散着头发，穿着已经陈旧发污的睡衣，正不紧不慢地咀嚼，两腮的肌肉机械律动。他走过去，看着她，问，你做咗啲乜？

她的目光落在桌上的一块饼渣上。她捡起来，吃掉，然后说，我困唔到，佢好嘈。

连粤名用颤抖的声音问，你给他吃了多少安眠药？

袁美珍看一眼他，说，我想困，困唔到。

她站起身，走出客厅，顺手将灯关上了。连粤名重将灯打开，他拦住了袁美珍，他握住她的肩膀，才发现女人脸上敷了厚厚的一层粉。他狠狠地说，你给木仔吃了半瓶药。你知唔知，你谋杀紧你嘅亲外孙。

他摇晃着她的肩膀，看她冷白脸上无表情，甚至皱纹都被白粉所掩盖。双眼的瞳仁却深不见底，空洞无内容。她在他的摇晃间，松弛无力，像一只破败人偶。

半年间，连粤名从未想过，要将袁美珍送往"青山"。

虽然他终于知道，袁美珍母系的精神病史，由来已久。他再次看到那个埋藏在景泰蓝香盒中的女人。所谓多年前的意外亡故，不过是用一条丝袜结果自己。

他打开香盒，看那张圆形小照。照片很老，上面印着一抹胭脂。外头镶着金丝绕成的枝叶，覆盖着莫可名状的月白花朵。不知为何，他忽而觉得此时袁美珍的面目，有些类似这张模糊照片。究竟哪里相像，说不清。

尊生望着他脸上的伤痕，有一种愧意的笑。仿佛是因为多年侥幸的欺瞒。他说，他可以将姐姐接回家里，雇专人照料。连粤名向他摇一摇头，说自己可以。

袁美珍在家中歇斯底里叫喊，终于被学生投诉。因思觉失调伴生脑退化，她数次从家偷跑出去，有次坐在舍堂门廊哭泣，引起校园围观。连粤名辞去了舍监的职务。一年后，又交了提前退休的申请。

他退还了买家订金，卖掉自己一处物业，清偿弟妹的业权份额，独自购下阿嬷的老屋。他和袁美珍搬进了老屋。

妹妹说，阿哥，要不要简单做个装修，去去老尘气？

他说，不用。

他如儿时，重新出没于北角。春秧街上，电车盘桓，两边的果档小贩，忙着收拾。街面上人潮分开，又聚拢。数次聚拢，一天便过去。

他去坚拿道东"振南面厂"买咸水面；去"同福南货号"买咸肉、火腿、芋粿、绿豆饼；他去马宝道，排档后在卖印尼杂货。老板娘为他留有自家制咖喱。他伸出手付钱。老板娘看他胳膊上有块瘀紫，关切问起。他笑笑，说，唔关事。

以后，他们便也不再问。他们熟悉这样一个连教授，微笑得宜，言辞恳切。总有一些或深或浅的伤痕，有时在脸上，有时在眉间。

他用新出的咖喱，给袁美珍做咖喱鸡。袁美珍安静地吃。吃了几口，笑了。他便也安慰。袁美珍掰下一只鸡腿，沾满了咖喱汁，脸上有孩童的颠顸神情。她拎起鸡腿，认真地看了一会儿，开始在自己的面颊上涂抹。姜黄色的咖喱汁，顺着她的脸颊流淌了下来。涂满了自己的整张脸，或许眼睛有些辣。忽然，她开始抓挠，同时剧烈嘶喊。连粤名知道，这时他才可以动作。他拿起毛巾，在袁美珍脸上擦拭。袁美珍想要推开他，并一口咬在他胳膊上。他皱了一下眉头，未停止动作。他看着自己的妻子，更深地咬下去。疼痛渐渐成为一种麻木。女人似乎也放松。声音渐渐低沉、细隐。喉头含混，如受伤的兽。

他更紧地抱住她，闭上眼睛。室内充盈着浓厚的咖喱气息，馥郁微辛，带一点难以名状的苦涩，不洁净，却有暖意。然而，久后，有另一种气息穿刺了这浓厚，一点点地进入了他的鼻腔。开始极其弱小，但慢慢清凛坚定。他睁开眼睛，才看到是近旁地柜上，有一束素馨花。

是他三天前买的,已经有些枯败,星状的花朵边缘,现出铁锈色的红。

及至九月,花期未过。北角街上还有卖素馨花。大约是错落在铺档前的走街小贩,多半是年迈阿婆,绑成一束一束在卖,自己便也在襟头或发髻上插一朵。他看了就买,插在一只"郎酒"的瓶子里。瓶子也是阿嬷留下的,白瓷,觉得好看,与花辉映。

袁美珍精神好时,看着花,也欢喜。将鼻子凑上前去闻。目光柔软。神志稍混沌时,便撕扯花束,将那花瓣一粒粒扯下。目光仍是柔软的。

他在旁看着,由她。这时,他觉得这是他们未相识前的袁美珍。目光柔软,清澈温存。

在袁美珍睡着的下午,连粤名请了护工,照顾妻子。然后去阿婆生前常去的庵堂。

他坐在缭绕的烟火里,看着头顶悬着"巍巍堂堂"和"慈航普渡"的牌匾。但他不再听到阿嬷的声音唤他,叫他绕佛。外面阳光朗净,堂内可看见青烟旖旎而上。随师父念《大悲咒》。念罢,又念《往生咒》。这时,庵堂信众,多是有年纪的虔静人。空间有回响,如耳语。

再念罢,他坐在厅廊的蒲团上歇息。身旁的人,便开始闲谈。谈家庭,也谈子女。烟茶传递间,谈股票,也谈国事。谈三千烦恼,也谈一念无明。因多用莆仙话,是阿嬷说的那种,古老而诘屈。但始终声调嘈切,底色还是世俗。就为清冷的庵堂,布上一层暖。

这时候,点传师走过来,谢他观音诞上为北郊莲净寺修缮捐赠的香火。因为寄付瞩目,可上功德碑留名。问他镌谁的名,他想一想,报了袁美珍。

他又想一想,打开手机,将他拍下的那幅"浮图"给点传师看。师父仔细看一看,说,收好,不宜张挂。

他再想问，点传师合十行礼，退身而去。

他回到家时，是傍晚。家门洞开，他看见袁美珍不在床上。那个护工也不见了，他心头一凛。

他走到了走廊，四处张望。从消防通道上下逡巡。这时候，却看到来电，是月华。

他愣一愣，还是接了。月华说，连教授，阿嫂在我这里。

他上了一层楼，看到那扇斑驳绿漆的安全门，门头上尚贴着已褪色的春联。已很陌生。住过来这么久，竟好像咫尺天涯。他伸出手，想按那门铃。门却开了。他的手还静止在门铃上。

他想起许多时日前，月华也这样提前为他开了门。她微笑说，认得他的脚步声。

此时，月华只是将他让进门里。他看到袁美珍，正坐在临门的沙发上。电视里翡翠台在播放六点档的卡通片。她目不转睛地看。袁美珍身上穿着一件粉红色的蓬蓬裙。他记得是许久前，她直播时穿过。是从海淘上买的，不知她如何翻找了出来。这件裙子质料粗疏，却是晚装的设计，紧紧裹在她身上，却暴露着肩颈，露出一截皱褶的、橘皮色晦暗皮肤。

连粤名忽而觉得一阵羞愧。月华说，我买菜回来，见阿嫂坐在楼梯口。我想是荡失路，就把她带回来了。

他向她致谢，却跟一句，你认得她？

月华点点头，说，阿嬷给我看过许多次，你们的全家福。

他这才看见，室内堆叠起一些纸箱，除了基本的日常用具，已经没有了多余陈设。他犹豫一下，问，你要搬？

月华依然点点头。他看一眼袁美珍的方向。这时卡通片结束了，在播一个厨艺节目。主持人师奶模样，教人做芋头扣肉，语调夸张、喧哗，眉飞色舞。袁美珍为她所吸引，也模仿她的动作，兴奋不已。

连粤名终于低声说，没听你说起过。

月华淡淡笑，说，你搬过来，不也没说过？

她走到袁美珍跟前，递给她一只剥开皮的广柑。一边说，上月公公过咗身，我无谓再留下。这里揾食艰难，还是回乡下去。

月华走进厨房，再出来，端着两杯茶。一杯递给连粤名。

教授，坐下喝杯茶吧。她说，我回了一趟自贡。家里还在种"川红"。这"早白尖"，阿嬷没喝上，你代她饮一杯。

连粤名便依窗坐下，喝一口茶。早白尖汤色浓亮，味也是醇厚的。窗外已发黑了，灯火渐成流光。他看到一个老妇，正将身子伸出卧室窗口，拍打窗外晾晒的被子。那被套的颜色灰扑扑的，应该洗过了许多水，也用过不少年头。老妇人用力地拍打。拍完了正面，拍反面，最后一使劲儿，将被子抱拢起，回到屋里。阖上窗子，顺手便将灯关上了。便是一片漆黑。

这一黑，似惊醒了连粤名。他放下茶杯，说，我该走了。

月华说，你等等。

她再回来，手里捧着一双鞋。鞋面暗淡，闪现莹莹珠光。上有经年老绣，是"鱼戏莲荷"。鞋头的窟窿补得巧。衬了一块同色的缎，针脚密匝匝。月华低声说，你每次来，都不记得带走。

连粤名想接过来，两个人的手，却碰在了一处。都迟钝一下。连粤名在女人手背上轻按上一按，说，保重。

<h2 style="text-align:center">十</h2>

那天从春秧街取道回家。连粤名其实是欣喜的。因为"鸿记"的老板，给他留了一块上好牛排。这牛肉经络分明，丰腴鲜嫩，有饱满的

汁水。

自袁美珍生病后，她不再节食，也忘记营养师的嘱托。她的口味变得浓厚而饕餮。这让连粤名的厨艺，重新得以施展。他在路上想着，这块牛排，即使原料鲜美，还是浇上黑椒汁，才更为惹味。

他为牛排码上海盐跟粗粒胡椒。胡椒要即磨，才能锁味。然后用手轻轻按摩。他闭上眼睛，感到指尖为滑腻的肉质卷裹，辛香冷冽，冰火两重。

这时，他听到了外面的声响。来不及洗手，急忙走出去。

他先看到袁美珍的背影。她在地上摸索一下，又重新举着一把剪刀，正在剪着什么。剪得十分用力。

他上前，看到是阿嬷的那双拖鞋。一只已经拦腰剪断。而另一只在袁美珍的手中。他见她微笑着，正在用剪刀尖，细心挑起那块补过的鞋头针脚。大约因为补得太密，她挑得艰难。脸上的肌肉也一同绷紧。终于被她挑开。一条跃然的锦鲤，从眼睛处断为两截，身首异处。

连粤名一动未动。此时才想起去阻拦，要从她手中夺过剪刀。

他不记得那一刻是如何发生。他的印象，定格于袁美珍的神情。那是怎样的一张脸？他只记得，当血从她的脖子喷溅而出时，他似乎听到了簌簌的声响。他看到自己的妻子，脸相松弛，如云雾散。

等到袁美珍不再挣扎，他将她摆成了平躺的姿态。但颈项上的缺口，让他觉得触目。他走到卧室里，看见大衣柜的柜桶都敞开着。放着这双鞋的柜桶深处，正安静地摆放着一块织锦。

于是，他将那块"浮图"，铺在妻子的脸上，也遮盖住了她的颈项。他叹了口气，坐在了地上。他看到还是有一些血渗透出来，沿着浮图的圆周，一圈一弧。纷繁的法器，闪现金红，熠熠生辉。靛蓝入紫，正中深不见底的旋涡，一佛孤悬。

连粤名在打通了999后，才开始煎那块牛排。煎至五成，他想已经可以。他粗略地估算过了，这样警察来到时，他刚好可以吃完。

（原载《十月》第3期）

# 化 蝶

哲 贵

## 一

讨论会开始了。

这个会议对剑湫来讲意义非凡，是她的"施政宣言"，也是团长价值的体现。"团长价值"是个比较笼统的概念，没有具体数字和指标。但剑湫不同，她是演员，有演员的出发点和标准，是艺术的，是自我的。简单地说，她当这个团长，就两件事：排新戏和出新人。在剑湫看来，排新戏和出新人是一体的，是相辅相成的 —— 将新戏排出来，成为经典名剧，名剧催生名角。反过来说，也只有名角才能将一个戏经典化 —— 名角身上的光芒可以照亮一个戏，让一个戏起死回生。

还是拿老戏做文章。当然也可以排新戏，新戏有新戏的好处，一张白纸，怎么画都行。但风险也是明显的，新戏缺少积淀，缺少历史感，缺少厚重感，显得浅，显得薄，显得仓促，压不住。排老戏当然也不容易，像《梁山伯与祝英台》这样的经典剧目，千锤百炼，千万人的心血结晶，每一个场景，每一个人物，每一句唱词，甚至每一个表情，都已印刻在观众心中，特别是那些老戏迷，心里都有一场自己的戏，改一句都不允许，那是犯上作乱，是欺师灭祖，要跟你拼命的。所以，如果要排老戏，必须出新，不出新就不能"出彩"，不"出彩"就没有表现力和说服力，就是"触犯众怒"，没有好下场的。问题是怎么出新？大家都想出新，都想把老戏排出新花样来，有谁做到了？谁能？

新排《梁山伯与祝英台》，剑湫有自己的想法。按照剧团惯例，先开会讨论剧本改编，这是第一步，也是最关键的一步。剧本"出彩"了，接下来就是演员的事。剑湫不担心"演"的问题。

这天下午，讨论会在剧团会议室举行，参加人员主要是这么几位：杜文灯和梅如烟是剧团顾问，重大的事，要邀请她们参加，她们的资历在那里，威望在那里，艺术修养在那里，舞台经验在那里，她们的意见至关重要；主创人员包括主要演员和编剧，主要演员是剑湫和肖晓红，再加一个编剧。好了，五位"首脑"到齐，可以讨论了。

剑湫是召集人，也是主持人，她先发言。剑湫保留了原剧基本框架，主要做了四处调整：第一，充实了第一场"思读"的内容，目的是突出祝英台的性格，她向往外面的世界，渴望知识，渴望自由，为后面情节的发展埋下"种子"；第二，拿掉"山伯临终"那一场，她不让梁山伯死，在戏里弄死一个人太容易，活下去才难；第三，她将"楼台会"和"祝父逼嫁"次序对调，"逼嫁"在前；第四，最后一场"哭坟"拿掉，梁山伯没死，哭什么坟？改成"私奔"，她要让祝英台和梁山伯私奔，剧名就叫《私奔》。

剑湫说，这次改编就一个目的：让这个戏现代起来，让年轻观众走进我们的剧场。就这么简单。

有问题吗？当然没问题，戏曲的没落是有目共睹的，让年轻的观众买票走进剧场是所有戏曲从业人员的梦想。多么美好的愿望。

剑湫说完，会议室有很长一段时间的沉默。

最先发言的是杜文灯。杜文灯其实不想先发言，她眼角余光一直注意着梅如烟。梅如烟是演旦角的，演祝英台是她的拿手戏，应该由她先开口。但梅如烟没有开口，手一直扶着脑袋，一副"摇摇欲坠"的样子。杜文灯狠狠地瞪了她一眼，最先"表达自己不成熟的意见"，她说：

"《梁祝》原本是悲剧，这么一改，成了喜剧，年轻观众能不能接受？老观众能不能接受？这个我们要考虑。"

杜文灯提的意见太有道理了，《梁山伯与祝英台》是经典悲剧，已经深入人心，改成喜剧，确实有风险，甚至是冒险。剑湫的"一根筋"体现出来了：

"这就是我要的效果，只有新，才能出其不意，才能险中求胜。如果还是按照老路子排，祝英台还是原来的祝英台，梁山伯还是原来的梁山伯。我要借这次改编，拿出一部不一样的《梁祝》，塑造出不一样的生角和旦角。"

杜文灯有点下不来台了，但她是"老艺术家"，是前辈，不会跟晚辈"一般见识"的，更不会争论，一争论就输了，她只是"微笑"——两边嘴角的肌肉微微往上拉。在很多时候，"微笑"是一种态度，也是一种武器。

在信河街剧团，剑湫演小生，肖晓红演花旦。在舞台上，生和旦是一个戏能够成立的两根柱子，是所有故事生根发芽的种子，也是所有故事生长的主干。可以这么说，生和旦是每出戏的魂魄所在，所有悲欢离合都因他们而产生。他们是《何文秀》里的何文秀和王兰英，《西厢记》里的张生和崔莺莺，《屈原》里的屈原和婵娟，《红楼梦》里的贾宝玉和林黛玉，《梁祝》里的梁山伯和祝英台。在剧团里，生和旦的关系是微妙的,不仅仅在舞台上,在生活中也是。很多时候,对于生和旦来说,特别是对于剑湫和肖晓红这样的演员来说,舞台和生活的界限是模糊的,甚至是混淆在一起的,是说不清道不明的。

大家都转头看肖晓红。剑湫说到这个份儿上,肖晓红的态度就很重要了。可是,肖晓红怎么回答?老实说,剑湫这么改,她接受不了,不"哭坟"了,不"化蝶"了,最经典的戏没了,还是《梁山伯与祝英台》吗?她知道剑湫说得没错,如果按照老路子演,自己还是自己,祝英台还是祝英台,观众还是老观众,很难说有更加吸引人的地方,只有铤而走险,才有可能出新。可她又不能直接说"我同意剑湫团长的改编方案",不能说的,她也不愿意说。刚才杜文灯已经说了,她说得很"委婉",只是问"年轻观众能不能接受?""老观众能不能接受?"意思很明显了,她是站在"年轻观众"和"老观众"的角度问剑湫。但是,肖晓红也不能说"我不同意剑湫团长的改编方案",她当然知道剑湫为什么要这么做,她是团长,要出戏,要出人,更要赚钱养活剧团,她需要"政绩"。但无论怎么说,演祝英台的人是她,她是旦角,从某种程度说,这次改编,是为旦角改的,变化最大的人物是祝英台,对她的挑战也是最大的。作为一个演员,遇到的挑战越大,内心越兴奋,这是无法拒绝的,也不会拒绝,明知前面是悬崖也要扑过去的。所以,肖晓红觉得怎么说都不合适,她用眼睛去看梅如烟,想听听梅如烟的意见。当然,也是转移"目标"。但梅如烟不看她,依然微闭着眼睛,谁也不看,又好像谁都看了。

还是杜文灯发话了,"微笑"着对肖晓红说:

"你是艺术总监,你谈谈感受。"

还有退路吗?有人拿"枪"顶着后脑勺了。肖晓红只能硬着头皮上:

"我觉得,剑湫团长的改编,人物性格发展的逻辑是对的,一开始加强祝英台追求自我、向往自由的性格，她能够女扮男装去杭州读书，为后来的私奔打下很扎实的基础。这么改编是出人意料的，又在情理之中。很讨巧，也很有新意。"

停了一下，肖晓红看了大家一眼，继续说：

"我觉得，杜文灯顾问说得也很有道理。将悲剧变成了喜剧，特别是对经典剧目的改编，确实既要考虑年轻观众的感受，更要考虑老观众的感受。"

肖晓红发言就到这里了，什么都说了，什么都没有说。"支持"了剑湫，也"支持"了杜文灯，谁都没得罪。这是她一贯的做事风格，既合情合理，又模棱两可。

接下来是编剧发言，编剧站在杜文灯一边。编剧的心态可以理解，改编剧本是他的事，剑湫将他的事干了，这不是砸他的饭碗吗？当然不干。

这就形成了对峙。如果说肖晓红属于中立的话，杜文灯和编剧形成了一个阵营。这个时候，梅如烟的发言显得尤为重要，她的态度不只是对艺术的讨论，而且是"站队"问题，是"政治立场"问题。

形成这个阵势，有剑湫和肖晓红的原因，但也不完全只是她们的原因。剧团的人都知道，剑湫和肖晓红背后，各站着一个人——杜文灯和梅如烟。

问题复杂化了。就拿谁来当剧团团长这个事讲，按道理，梅如烟肯定希望肖晓红当团长，肖晓红是她徒弟啊，是她一手带出来的。而且，梅如烟也看得出来，肖晓红对团长的位子怀有强烈的兴趣，几乎是跃跃欲试的。或许，正是肖晓红这种态度刺激了她，让她觉得肖晓红太不矜持了，太急了。还有一个原因，肖晓红并没有来找她。这是件很微妙的事。她想过了，如果肖晓红来找她，表达对团长位子的渴望，她会站在肖晓红这一边吗？会全力支持她吗？梅如烟不知道。但有一点，如果肖晓红这么做，自己会蔑视她。肖晓红没有来，招呼也没打，更不要说商量了，这是什么态度？这是忽视，是目中无人，是根本没把她这个老师当回事。岂有此理。所以，梅如烟在推荐表上，没有打肖晓红的钩。她也没有打剑湫的钩。剑湫是杜文灯的学生，杜文灯已经当了团长，难道还让她的学生接着当？天底下哪有这样的道理？梅如烟谁的钩都没打，她弃权了。文化局领导找她谈话时，她的话说得很好听：在人事安排方面，我听领导的。领导怎么安排，我都赞成。杜文灯也没有在推荐表上打剑湫的钩。不存在避嫌问题，站在她的角度考虑，剑湫确实不是团长的最佳人选。剑湫是自我的，是活在戏里的人，是按照戏中人物的性格和逻辑来做事的人，更主要的是，她也以这种方式来要求别人。这样的人，是不适合当团长的，当艺术总监也不一定合格。艺术总监也需要与人沟通，需要站在对方的立场考虑问题。杜文灯知道，剑湫在生活中做不到。其实，在杜文灯看来，这不是最重要的。她没有给剑湫打钩，最大的原因在于，她根本没想让剑湫当团长，不可能让她当。在她们这一行，可以毫不夸张地说，徒弟就是老师的天敌，徒弟就是用来取代老师的。多么不合理，多么心酸，多么残忍，多么可怕。还有谁愿意当老师？事实是，对于戏曲这个行当来讲，师承有时比天还大，而且，特别讲究。老师必须收徒弟，名气越大的角，越是要收，不收就是欺师灭祖。谁都是踩着老师走上来的，这是规律，谁也不能幸免。这个道理，杜文灯懂，她知道剑湫在艺术上胜过自己，在小生这个位置上取代了自己。自己那一页翻过去了，是被剑湫翻过去的，是被自己一手培养起来的徒弟翻过去的，翻得很彻底，剑湫在艺术上走得比自己远，比自己高。问题正在这里，杜文灯内心过不去的地方正在这里。她想，你剑湫已经拥有了艺术，得到了神灵的眷顾，难道还要争团长这个位子？你不能什么好处都要，世上没这么便宜的事。再说了，杜文灯还有一个小心思，如果剑湫当了团长,自己在生活中也将被她取代。杜文灯不愿意。杜文灯也没有给肖晓红打钩。肖晓红是梅如烟的徒弟,梅如烟没有坐上的位子,她的徒弟也不可能坐。文化局领导找她谈话时,她的态度跟梅如烟如出一辙,但表达方式跟梅如烟不同:我是一个即将退下来的人,我的态度不重要,重要的是剧团。推选上来的人要对剧团负责,而且有能力带好剧团。这一点,我完全相信组织,一定能选出好团长。

梅如烟的发言是谁也没有想到的,她"支持"了剑湫。她"醒过来了",脸上浮现着"微笑",说:

"我老了,退休了,头昏脑涨,本不该来开会和说胡话。"

她说的这句话,当然指的是自己,可是,在座的人都听得出来,也暗指杜文灯。她接着说:

"我这个顾问只是随便挂个名的,没做任何事,没起任何作用。剧团叫我来参加会议,来点个卯,现在唯一能做的是出个态度。我支持剑湫团长做任何事。我自己做不了事了,不能阻碍剧团做事,更不能在边上指手画脚。"

话说得不能再明白了。杜文灯听完,当即想离席,还想重重摔一下会议室的门。刚才梅如烟一鞭子打在她"要命的地方"了,梅如烟等于直截了当告诉她:这不是你的"地盘"了,你的"历史"已经翻过去,新的"历史"开始了。好或者不好,都属于剑湫,你瞎操什么心呢?杜文灯当然不会中途离席,离席就不是杜文灯了。她当然不会同意梅如烟的话,但也不会直接跟她发生"冲突",这么多年来,她们已经摸索出一套相处模式,不会当着大家的面"动手动脚"。她们是艺术家,是名角,是信河街名人,这是身份,也是自我要求,要体面,更要优雅。杜文灯脸上也泛出和梅如烟一样的笑容,对着梅如烟,更是对着肖晓红:

"我完全同意梅如烟顾问的话,更不会反对剑湫团长对新戏的改编。对于肖晓红来说，这也是一次全新的尝试，我只是提了一点不成熟的意见而已。"

这是典型的杜文灯方式。她不是一个话多的人，更不是一个将话说死的人，她是话里有话，是有所指的。

剑湫太了解杜文灯和梅如烟的风格了，两个人刀光剑影"斗"了半辈子，还没有"停战"的意思。有意思吗？当然有意思。剑湫觉得，这种"角力"，差不多成了杜文灯和梅如烟的心理需求和生理需要，是她们的生活方式。如果缺少了对方，缺少了这种"角力"，生活就失去了意义。

不能说这种方式独属于演员群体，剑湫想，其他职业群体也应该有，但是，对于演员来讲，这种方式更为普遍，更为猛烈。她们在舞台上是戏中人，悲欢离合，相爱相杀，这个时候，她们是一体的，是彼此交融的。当她们走下舞台，错觉产生了：舞台上的生活变成了现实，舞台下的生活反倒成了虚拟，两者混淆在一起了。反差出来了，不适应也出来了，必须有一个渠道来发泄这种不适应，必须有一个对立面来呼应这种反差。杜文灯和梅如烟如此，自己和肖晓红何尝不是如此？

剑湫是自信的，也是清醒的。她能够站在舞台中央，能够成为名角，能够成为头牌，首先是遇到了杜文灯老师，得到好的传承。如果一开始就把路走歪了，拐到歪门邪道上，是很难拉回来的。当然也跟她下的苦功分不开，刻苦很重要，但是，作为一个演员，理解更重要，理解是衡量一个好演员和差演员的重要标准，是进入戏曲内部的钥匙。只有学会了理解，演员才能想象，才能飞翔；也只有学会了理解，才能体现出时代气息，才能演绎出与上一代演员不同的品质，才能在舞台上找到自己，才能在角色中融进自己；更主要的是，也只有如此，才可能吸引年轻观众，才可能引起年轻人共鸣，年轻人才愿意走进剧场，戏曲才有未来，作为一个演员，才有更长的艺术生命。

这差不多是剑湫对戏曲的全部理解了。她还没有能力形成系统的理论，她的理解是从感性出发，是从实际出发，是从排练和演出中体会出来的。她这么想，也这么做。剑湫看了看会议室里的人，说：

"那就先排起来吧。"

团长"拍板"了，该说的话说了，该留的余地留了。散会。

## 二

剑湫和肖晓红的竞争波澜不惊，却又暗流汹涌。除了杜文灯和梅如烟，剑湫和肖晓红之间还横亘着一个叫尤家兴的男人。尤家兴是剑湫的戏迷，也是肖晓红的戏迷；他跟剑湫的关系暧昧不清，跟肖晓红的关系一言难尽。有一点是明确的，尤家兴在追剑湫，追得声势浩大，却又细水长流。

尤家兴追剑湫不是一天两天了。他无法忘记第一次观看剑湫演出时的情景。他以前看杜文灯和梅如烟的《梁山伯与祝英台》，为杜文灯和梅如烟着迷。所谓着迷，就是上瘾，两天没看她们的戏，吃不好，睡不香，脾气暴躁，心不在焉。剑湫的演出是突然而至的，打了尤家兴一个措手不及。

那天是农历冬至的晚上，是家家户户吃汤圆的节日。尤家兴到了剧场才知道，晚上的主演换成了剑湫和肖晓红。对于尤家兴来讲，已经习惯了杜文灯和梅如烟，他熟悉杜文灯和梅如烟的每一个动作、每一句唱词，可以在脑子里反复"放映"，他来看她们演出，目的不在"看"，是"温习"，是"验证"。从某种程度上说，他"温习"和"验证"的不是杜文灯和梅如烟，而是自己，是他在"表演"，至少是他和舞台上的她们"一起演"。这已经成了他的"日常生活"，成了他"日常生活"中的"程序"。当他知道晚上的演出换了主演后，委屈了，天大的委屈。

被杜文灯和梅如烟"抛弃"了，或者说，原有的期待落空了，惆怅了，忧伤了，哀怨了。他对杜文灯和梅如烟是信任的，而对两个新主演是陌生的，是忐忑的；他害怕失望，担心"程序"被打乱，因此，他的委屈是双倍的，无法言说，更无处诉说。怎么办？他不能要求将主演换成杜文灯和梅如烟，怎么演，谁来演，剧团说了算，他没有选择余地的。

他提心吊胆等待演出开始，好像是他在等待观众"检阅"。他能感觉到身体的颤抖，能感觉到气息的急促，舞台上的锣鼓声越来越急，他紧张得想逃跑，可他没有动，也不会逃，说白了，他的担心里有期待，可能期待大于担心。还有一种可能，他内心涌动着隐秘的兴奋，跃跃欲试，没头没脑，更是莫名其妙。

首先是肖晓红出场。看见肖晓红扮演的祝英台，尤家兴提着的心慢慢放下了，也可以说，更加紧张了。有点青涩，有点拘谨，眼神、动作、唱腔，都是对的，是灵动的，她扮演的祝英台就是祝英台，她是"入戏"的，也能带领观众"入戏"。这很难得，一个新演员，往往是人戏分离的，往往是不顾观众死活的。意外，也不意外，她一开口，尤家兴听出来了，是另一个梅如烟，是一个刚刚发芽的梅如烟，也是一个具有更大可能的梅如烟，无论是扮相还是唱腔，她都脱胎自梅如烟，她学了梅如烟的优点，也继承了梅如烟的不足。尤家兴能接受，完全能接受。他有点高兴，又有点忧伤，为肖晓红高兴，为梅如烟忧伤。纠结了。但他来不及纠结，他被肖晓红牵引着，被肖晓红扮演的祝英台牵引着，不能自已了。

第二场是"草桥结拜"，梁山伯出场了，剑湫扮演的梁山伯出场了。先是祝英台和丫鬟银心进了草桥亭，然后，舞台上的灯光一转，梁山伯从幕布后转出来，右手拿着纸扇，迈步走到舞台中央。当梁山伯在舞台上站定时，抬着的右手慢慢下压，左手上升到脸颊，偏左侧着的脸转向舞台正面，抬起眼睛做了一个"亮相"。尤家兴坐在舞台正下方的第六排，剧场座位是有坡度的，第六排差不多与舞台持平，他被剑湫的"亮相"吓住了：剑湫在抬眼之际，眼睛一瞪，射出两道金光，一下将剧场照亮了。一个优秀的演员，肯定明白一个道理，不只是"眼睛一瞪"那么简单，那是一个演员内心世界的呈现，是与观众的沟通，甚至是与观众的"角力"。能不能将观众镇住，能不能建立作为一个演员的自信心，"亮相"是至关重要的。尤家兴不知道其他观众的感受，那两道金光与他眼睛相遇的瞬间，立即照亮他全身。那一刻，他透明了，被控制了，失去了自我，也失去了整个世界。他全身麻痹，恍恍惚惚，飘飘荡荡，不知身在何处，似乎在舞台之下，似乎在舞台之上，又似乎在草桥亭之中，他是梁山伯，是祝英台，是丫鬟银心，是书童四九；他是草桥亭，或者是草桥亭边上的那棵枫树。剑湫站定后，张口唱道：

离故乡，别双亲，
求学上杭州。

这句唱词尤家兴很熟悉，就像熟悉自己的声音。可是，这一刻，他却感到那么陌生，就像聆听自己的声音。尤家兴没想到，剑湫会发出这样的声音。这声音跟杜文灯不同：杜文灯是纯正的生角声音，是低沉的，浑厚的，深情厚谊的；剑湫的声音也低沉，也浑厚，同时又是高亢的，嘹亮的，最主要的是，她充满雄性的声音里有一种无法言说的妩媚，有一种说不出的妖娆，勾人魂魄了，心驰神往了。那是一种魔力，是晴天霹雳，是呢喃细语，是宣告，更是叮咛，尤家兴从剑湫声音里感受到了复杂而又纯净的气息。在尤家兴看来，舞台上的剑湫，是雄性的，是醇厚的，是深沉的，是洒脱的。她的嗓音是那么沉着和辽阔，她的眼神是那么温柔与坚定，她的动作是那么优美和潇洒，谁能想到，剑湫是个女儿身？无法想象的。尤家兴被剑湫身上这种反差吸引住了，这种反差给了他无穷无尽的想象，这种想象如一股旋风，将他卷裹其中，让他如痴如醉，欲罢不能。完蛋了，剑湫第一次"亮相"、开口唱了第一句，尤家兴"沦陷"了。从这一刻开始，他的魂魄被剑湫勾走了，再也回不来了，也不愿意"回来"了。

从表面看，尤家兴是剑湫的追求者，是剑湫的崇拜者，剑湫也接受他的追求和崇拜。在外人看来，他们是恋人关系，这点是确定的。但是，尤家兴对肖晓红的态度也让人产生遐想，他是不是在追求肖晓红？外人不知道，不过，外人看得出来，尤家兴迷恋舞台上的肖晓红，差不多到了痴迷的程度：凡是肖晓红的演出他都会捧场；凡是肖晓红的戏，他都会唱，连动作都学得惟妙惟肖。这就微妙了，很难说得清了。尤家兴从来没有挑明这种关系，剑湫和肖晓红也没有说，但谁都可以感觉得到，因为尤家兴的出现和存在，三个人构成了另一个舞台，那是属于他们的舞台，演绎的是另一个剧本和另一场戏。这种关系，剑湫和肖晓红是心知肚明的，她们没有任何语言和动作上的表示。不会的，她们是演员，是优秀演员，不会点明的，不会说破的，那是艺术，是美，是力量，是令人神往的；同时，那也是一种动力，一种状态，一种境界。她们无比煎熬，又无比享受。

对于剑湫和肖晓红来说，团长职务的竞争和任命，是她们关系的转折点，也是突破点。在她们之前，杜文灯是团长，梅如烟是艺术总监，她们到年龄了，剧团需要新的领导。职务任命与舞台无关，与艺术无关，是现实和坚硬的，是不能摇摆和无法模糊的，你死我活了，火焰熊熊，要爆炸了，吓人了。

就在这个要紧关口，剧团接到一个任务：参加华东六省一市汇演。说是汇演，其实是比赛。表面上是各个剧团在比，实际参与竞争的是各个省，比的是戏曲，也是文化，当然也是经济和政治。文化局领导给杜文灯和梅如烟下了死命令：当前第一任务是汇演，团长的事以后再说。

杜文灯和梅如烟心里清楚，汇演只能依靠剑湫和肖晓红。剧团成立了攻坚小组，杜文灯任组长，梅如烟任副组长，成员包括剑湫和肖晓红。剧目当然是《梁山伯与祝英台》，这一点没有任何不同意见，这不仅是剑湫和肖晓红的保留剧目，也是剧团的保留剧目。进入剧本调整和排练时，剑湫提了建议，主要是两点：第一，将《梁山伯与祝英台》改名《化蝶》。剑湫的理由很简单，既然要参加汇演，就要创新，先从名字开始。名字一改，这个戏的立意和重心调整过来了，更开阔，更有时代意义；第二，由原来十三场调整为十场，拿掉第三、六和第十一场，增加"山伯临终"那场的内容，唱词不动，只动旋律，既表现梁山伯临终前的神志模糊，又体现梁山伯对祝英台爱情的坚定。

剑湫的意见合情合理，没理由不按她的方案执行。不过，也没看出什么特别之处。但是，第一次彩排下来，杜文灯就知道，剑湫无论对戏曲的理解和表达都远远超过了她。

肖晓红的表演几乎无可挑剔，但杜文灯看出一处瑕疵，这瑕疵是无法弥补的："哭坟"那一场，祝英台来拜墓，刚出场，就是一句："梁——兄——啊——"内行人知道，这是一句高音，是穿云破雾的高音，是异峰突起的高音。只有高入云霄，才能直抵人心，才能肝胆俱裂，才能表达祝英台当时的震惊和悲伤。这是呼唤，是信号，是生与死的转折，是祝英台对梁山伯的呼唤，更是祝英台与人间的决裂。这句高音是那么重要，可以这么说，如果没有这句高音，"化蝶"是不成立的，至少缺乏足够的合理性和饱满度。可是，肖晓红的高音上不去，至少不能立即拉上去，很遗憾，太遗憾了，她只能在低音部位酝酿和徘徊，只能迂回着上升。不够的，力量不够，高度不够，穿透力更不够，震撼人心的力量出不来，缺乏摄人魂魄的力量。这是肖晓红嗓音的问题，也是表现力的问题，是致命的，是无可挽回的。

同一个舞台，同一场戏，再看剑湫的表演，在"山伯临终"那一场，还是那个场景，还是那三句唱词：

> 爹娘啊，儿与她，
> 生前不能夫妻配，
> 死后也要成双对。

原来的剧本，三句唱词，梁山伯只唱一遍，那是梁山伯临终前的哀叹，老双亲陪伴床前，白发人送黑发人，气氛萧瑟，草木含悲。梁山伯唱得婉转凄凉，唱得肝肠寸断，唱得石破天惊，"死后也要成双对"，多么悔恨，多么无奈，又是多么斩钉截铁。问题正在这里，对于一般演员来说，唱一遍已经是巨大挑战：梁山伯僵卧病床，身体不能动，只能依靠声音传达那种悲凉，传达那种不甘，表达要和祝英台"在一起"的决心，那是无望的决心，在不可能中寻找可能。这对演员的要求是很高的，既要表现出梁山伯临终时的癫狂，又要表现出他垂死前的清醒和坚决，很难拿捏的。剑湫要唱三遍，杜文灯是演梁山伯的，她知道，这个难度系数不是乘以三那么简单，而是从一个空间上升到另一个空间，不是量的问题，也不是演员理解和表达的问题。杜文灯以前没想过这个问题，对她来说，这是无解的，她做不到，她无法想象梁山伯如何连唱三遍，更无法想象剑湫会怎么表达。她充满期待，也充满幸灾乐祸的担心。这是剑湫给自己挖的坑，看她怎么跳进去。杜文灯清楚地记得，听剑湫演唱"山伯临终"是在傍晚，是在剧团专门用来排练的小舞台，肖晓红和梅如烟都在。肖晓红在候台，她和梅如烟站在台下。随着音乐响起，幕布拉开，舞台呈现出来了：梁山伯卧在床上，额头上包着一条白色纱巾，双亲陪伴两侧，窗外草木呜咽，梁山伯张口唱道：

爹娘啊，儿与她，

不一样了。剑湫一张口，杜文灯身体一紧，所有汗毛竖了起来。她知道要坏事了，剑湫的声音里并不全是悲伤，恰恰相反，杜文灯听出了隐约的欢乐，听出了向往与期待。那是对生的绝望和对死的希望，交融在一起了。当剑湫唱第二遍"爹娘啊，儿与她"时，杜文灯知道，这是对爹娘唱的，他对不起爹娘，不能服侍双亲，不能给他们送终，他是愧疚的，更是无奈的。那是人间亲情，是天伦之情，是弥漫的，是悠长的，是无法言喻的。谁没有父母？谁对父母没有愧疚之情？人同此心，平淡却动人。杜文灯的眼泪一下涌出来了。丢人了，相当丢人。作为一个演梁山伯起家的小生，不应该哭，不能哭。可是，她哭得那么真心实意，哭得那么彻底放肆。那一刻，她内心是服剑湫的，甚至生出了骄傲——剑湫是我的徒弟，是我一手调教出来的。她知道，剑湫改动的不只是旋律，也不只是戏份，剑湫改动的是她作为一个演员和戏中人物的关系，他们如何成为一体，如何无缝地融合在一起。更主要的是，剑湫改动了戏中人物和观众的关系，她的三次重复，每一次重复都将观众的感情拉升一个浓度和高度，到第三遍，两种感情交融在一起了，纠缠在一起了，那是火，是风，是雷声，更是雨声，那是病人垂危的呻吟，更是婴儿落地的哭声。毁灭了。重生了。杜文灯号啕大哭，而且，她看见，站在她边上的梅如烟哭得更加悲惨，摇摇欲坠了，连候台的肖晓红也将妆哭花了。

剑湫将梁山伯演绎到这个地步，还有什么好说的？

果然，《化蝶》获得了华东六省一市汇演一等奖，剑湫拿到了最佳表演奖。

对于剧团，对于信河街文化局来说，这是天大的事。好了，扬眉吐气了。

领导交代的任务完成了，谁来当团长的事又重新摆上议事日程。不过，已经明朗了，《化蝶》得了一等奖，剑湫拿了最佳表演奖，为剧团和信河街赢得了荣誉，为省里争了光，除了她，还能有谁？她来当，名正言顺。

剑湫也是这么想的。

这个时候，梅如烟"站"了出来，她主动找了文化局领导，说了两句话：一、她不否认剑湫为信河街争了光，但是，剑湫也得到了应得的荣誉，她站到领奖台上了，名利双收，光芒万丈；二、她不否认剑湫的戏演得好，剑湫拿奖是对她付出的回报，实至名归。但是，《化蝶》这个戏，不是只有剑湫一个演员，剑湫是鲜花，后面有一大片绿叶衬着呢。

梅如烟一般不主动找领导，她是表演艺术家，艺术上的事，有自身规律，是用艺术手段解决的。她这次找领导，看似站在肖晓红这边，她是肖晓红的老师嘛。但她不这么认为，她是站在"道理"这一边，不能所有好事让剑湫一个人独占了。凡事得讲道理。

文化局领导找杜文灯谈话了。杜文灯是团长，又是剑湫的老师，让不让剑湫当团长，杜文灯最有发言权。当然，领导也谈了梅如烟的意见，梅如烟的意见在理嘛。杜文灯一听，心里不乐意了。说心里话，剑湫拿了奖，够了，这个团长应该给肖晓红。但是，梅如烟"唱了这么一出"是什么意思？是针对谁？杜文灯突然改变主意了，她并没有表明自己的意见，只是向领导抛出一个问题：剑湫为咱们省里争得了荣誉，自己也拿了奖，如果将团长让给别人当，会不会有人说我们不重视人才？

虽然只是轻轻一问，却问到领导心里头去了。是啊，这个"帽子"扣得太大了，这个罪名谁也担当不起。

好了,就剑湫了。肖晓红当艺术总监。启动干部考察程序吧。

想不到的是,剑湫这时主动找了杜文灯。她到杜文灯办公室说:

"团长给肖晓红当吧。"

杜文灯看着剑湫,既感到意外,也不感到意外:

"为什么?"

剑湫说:

"我拿了奖,肖晓红没拿。"

紧接着,她又补充一句:

"肖晓红比我更适合当团长。"

杜文灯一听就生气了,但她不会表现出来,声音更平静,更不带感情色彩:

"谁当团长更合适,是领导考虑的事。有一点我要告诉你,团长不是你和肖晓红的衣服和化妆品,更不是你们之间可以让来让去的小礼物。"

剑湫点点头说:

"这点我知道,我只是表达我的态度。"

杜文灯点点头说:

"你的态度我知道了。当不当团长,你的态度不算,我的态度也不算。"

话是这么说,杜文灯主意已定,这个团长就给剑湫。她越是不想当,就越是要她当。

剑湫和肖晓红是同时考察、同时公示、同时任命的。杜文灯和梅如烟办理了卸任和退休手续,但没有离开剧团,剧团聘请她们当顾问。她们还有任务,要扶新任的团长和艺术总监一程,要帮助团长和艺术总监排新戏,更要推新人。这是剧团的传统。传统是不能随便更改的。

在聘请梅如烟当顾问时,遇到一点麻烦。梅如烟提出来,自己身体不好,最近总是头晕,以为是高血压,去医院检查,没查出具体问题。头昏脑涨,走路跌跌撞撞,自身难保,没能力"顾问"了。肖晓红找她商量,让梅老师再"带她一程",她没有梅老师"不行",心里"不踏实"。梅如烟不为所动。新任艺术总监肖晓红束手无策,只能请新任团长剑湫"出马"。在肖晓红的提示下,剑湫自掏腰包,买了一束百合花,由肖晓红带领去梅如烟家"拜访"。梅如烟"态度"相当好,没有"摆架子",更没有"给脸色",对新团长的到访表示"衷心感谢",对百合花表示由衷喜欢。她说百合花好,颜色好,干干净净,清清爽爽;香味她也喜欢,清淡的,却又是不屈不挠的,没有侵略性,但无法忽视它的存在。梅老师称赞剑湫"有心",让她"破费了"。但是,一说到担任"顾问",她立即装出头晕欲倒的样子,手扶着脑袋,话也说不出来了。事情僵住了,没有回旋余地了,百合花白送了,传统要被打破了。当然,如果真破了,也不是什么大不了的事。杜文灯老师倒是很爽快地接过剑湫递给她的聘书。当然,剑湫有经验了,也给她送了一束花,不是百合,是康乃馨。杜老师喜欢康乃馨,她以前对剑湫说过,她喜欢康乃馨的浓烈、奔放,康乃馨一点都不扭扭捏捏,多么豁达,多么大气。剑湫谈到梅如烟不接聘书的事,杜文灯老师很果断,几乎是以团长的口吻说道,那不行。沉默了一下,她让剑湫给梅如烟带一句话,是一句唱词,杜老师命令剑湫说,你唱给她听。剑湫不清楚老师为什么让自己给梅如烟唱这句唱词,老师没说,她也没问。她又一次敲开梅如烟的家门,说杜文灯老师让我给您带一句话。梅如烟诧异,但没有问。剑湫不再说什么,打开嗓子唱了起来:

生前不能夫妻配,
死后也要成双对。

梅如烟听完，脸上没有任何表情，默默从剑湫手中接过顾问聘书。

## 三

新戏很快排起来了，这就是剑湫的性格，她是寸步不让的。依然是剑湫和肖晓红搭档，也只能是她们搭档。但是，剑湫发现，她原本最不担心"演"的问题，现在成了最大的问题。

肖晓红不在状态，很不在状态。她演的还是原来的祝英台，还是悲剧的祝英台。她依然在老路上横冲直撞，"轨道"不对，"跑"死了也是白死。这一点，剑湫原本是应该想到的。她高估肖晓红了。

剑湫的不满意是从第一场开始的，是从根开始的。第一场是"思读"，是祝英台的戏，每一个细节都在展示祝英台的性格，也是她命运的伏笔。经过剑湫改编后，祝英台还是追求知识、向往自由的女性，但她的追求和向往里有了更丰富的内涵，说得直白一点，祝英台女扮男装去杭州城读书，就是一次"私奔行为"，是胆大妄为，是异想天开，是无中生有。在剧团排练厅里，剑湫是这么给肖晓红"讲戏"的：

"在当时的社会环境中，祝员外不可能让祝英台去杭州读书，女扮男装也不行。这是辱没家门的事，是伤风败俗的行为。再说，女孩子读书有什么用？那是女子无才便是德的时代，以祝员外的认知，祝英台想在祝家庄读私塾的可能性也不大，祝员外不可能同意她去杭州读书。那么，祝英台只能瞒着祝员外出逃。对于祝英台来说，离家出走当然是天大的事，是离经叛道的，是大逆不道的，她内心肯定纠结，肯定犹豫，肯定彷徨，肯定思前想后，肯定患得患失。但是，祝英台又是决绝的，她向往知识，向往外面的世界，最主要的是，她是个豁得出去的人，她的性格有极其决绝的一面，是个敢想敢做的人，是个奇女子。所以，从一开始就要将祝英台的纠结和决绝表现出来，这是祝英台的'核'，是她的精神状态,也是她行为的内在动力。这是第一场,也是祝英台性格的确立和生长,有了这一场,基础扎实了,定位准确了,才有后来的私订终身,才有最后的私奔。一切都是顺理成章的。"

照理说,剑湫不应该说这么多,她凭什么给肖晓红"讲戏"?虽然是她主导改编这个戏,但是,肖晓红是艺术总监,按照分工,"讲戏"是肖晓红的事,即使她是团长,也不能大包大揽,忌讳的。这一点剑湫知道不知道?她当然清楚。可剑湫是这么想的:状态出不来,你是艺术总监又如何?我还是编剧呢,还是导演呢。剑湫焦急,她替肖晓红焦急,张嘴咬下肖晓红身上一块肉的心都有了,但她没有"表达"出来,不能。她们是什么关系?在生活中,她们是朋友,是姐妹,是相互帮扶关系;在工作上,一个是团长,一个是艺术总监,是同事和搭档关系。更主要的,是在舞台上,一个是生一个是旦,那就更说不清楚了,是情侣?是夫妻?是冤家?是仇敌?什么都是,又什么都不是。她能对肖晓红有什么态度?什么也不能,只能忍着。其实,剑湫也知道,戏不是"讲"出来的,只能通过一场又一场的表演,只能通过一点一滴的"悟"。别人"讲",只能提供一个方向,是外力;而"悟"才是内在动力,通过自己摸索出来的,才属于自己,才是结实的,才是独一无二的。剑湫知道,"讲戏"是没用的,"示范"也是没用的,肖晓红只会更加茫然无措。谁也帮不了,只能依靠肖晓红自己左冲右突,只能将肖晓红扔在水深火热之中,只有如此,肖晓红才有可能找到自己的方向,才能走出自己的路,才能演绎出一个全新的祝英台。剑湫心急如焚,表面上只能波澜不惊。

事实确实如此。剑湫说的,肖晓红都懂,她能理解剑湫对祝英台的性格分析,也能接受祝英台的变化,但是,她表达不出来,一抬眼,一举手,一迈步,一张口,以前的祝英台又回来了,不是"回来",而是从未离去。肖晓红知道剑湫不满意自己的表现,她对自己的表现也不满意。从学戏开始，她一直是自信的，她对理解能力自信，对表现能力也自信；她知道如何分析人物性格，更懂得如何表现人物性格，差不多一点就通。可是，这一次"见鬼"了，卡在最拿手的"祝英台"身上了 —— 老版的"祝英台"阴魂不散，新版的"祝英台"若隐若现，她被吊在半空了，迷茫了，不知何去何从了。进退两难，张口更难，似乎连戏也不会演了。

改变很难，要在熟悉、舒服的环境里做出改变更难。老版的"祝英台"，已经和她的身体合二为一，成了她的本能，可以这么说，老版的"祝英台"主宰了她的身体和灵魂，所以，这种改变需要改弦易辙，需要脱胎换骨。这一点，肖晓红当然知道。像她这样的演员，对舞台有自己的认识，对剧中人物有自己的理解，拥有自己的表演风格，更有一大批戏迷追随，她的内心已经建立起一个小宇宙，是坚固的，更是顽固的，很难改变的，连影响都很难。肖晓红更知道，最大的问题不在这里，自己的问题不是新戏和老戏的问题，也不是悲剧和喜剧的问题，甚至不是谁来当剧团团长的问题。到底是什么问题？肖晓红似乎是清楚的，可又似乎不是很清楚，但她知道，这个问题不能跟剑湫谈，不想谈；也不能跟梅如烟和杜文灯谈，无法谈。她想来想去，只有尤家兴。

当然不是找尤家兴谈问题，尤家兴不是用来谈问题的，而是用来解决问题的。她知道尤家兴将工厂的一个旧仓库改造成木偶陈列室，陈列室中间搭建了一个戏台。她在剧团的排练厅找不到感觉，想换一个"不一样"的环境试试。她突发奇想了，要找尤家兴演戏。

尤家兴当然是仗义的，是有求必应的，二话没说，立即带她去陈列室。

一进陈列室，不一样了，四周密布的木偶活起来了，手舞足蹈，挤眉弄眼，神态各异地从橱柜里跳出来，排山倒海地向肖晓红拥来。

陈列室沸腾了。她听到锣鼓声响起来,听到所有木偶的演唱声,那些声音汇聚在一起,又各自散去,既遥远又亲近,既庞杂又清晰。肖晓红对那些木偶不陌生,对他们的演唱更是熟悉,那是她置身其间的世界,也是她心醉神迷的舞台。肖晓红再看中间变得缥缈的戏台,身体发热了,发软了,轻盈了,飘荡了。她情不自禁了。

尤家兴将她带到后台,其实也不需要尤家兴带,她早就摩拳擦掌了。到了后台,尤家兴问她:

"要不要化装?"

无所谓了。对于这时的肖晓红来说,最主要的不是化装,而是登台。她要成为祝英台,她就是祝英台,火急火燎了。但是,肖晓红按捺住了,她在化妆镜前坐下来,有条不紊地化装。尤家兴播放了音乐,是《梁山伯与祝英台》里的"十八相送"。肖晓红觉得尤家兴这场戏选得好,这段音乐也好,既欢乐又伤感,既是相聚,又是别离。肖晓红很喜欢这种氛围,很迷恋这种状态,这是戏曲的氛围和状态,真实又虚幻,快乐又悲伤。肖晓红化完面妆,一丝不苟,每一个环节都没有省略。每位演员都知道化装的重要性,不只是酝酿的过程,不只是进入角色的过程,而是一个演员自我修炼的过程,更是自我塑造的过程。在化装过程中,一点一滴描绘和确立心目中的角色,也在这个过程中,将原来的自己一点一滴抹掉,让心目中的角色像雕塑一样凸显出来,立体起来,奔跑起来。

只差穿上戏服了,肖晓红转头去看尤家兴。这是她第一次看见尤家兴化装。原来的尤家兴不见了,肖晓红见到的是梁山伯,一个熟悉又陌生的梁山伯。

对于化装,尤家兴不陌生。

他的感受是,"化"跟"不化"是不同的。"不化"的梁山伯是"无限的",是"全知的",是超越时空的。然而,"不化"的感受却是单一的，他可以成为戏中之人，也只是戏中之人。他想到的只是梁山伯，只是和剑湫扮演的梁山伯合二为一，只是和剑湫合二为一，他忽略了其他，忽略了整个世界。"化"了之后，他的感受是复杂的，是犹豫的，他发现，戏中不止他一个人。当他和肖晓红完成了化装，尤家兴和肖晓红不见了，世界呈现在他面前，有祝英台，有银心和四九，有山川树木，还有古道凉亭，他和他们是一体的，是不可分离的。没错，他们丰富了他，也触发了他，让他变得立体，变得饱满，让他真正成为一个戏中人，成为戏中的梁山伯。这个梁山伯的认知和视觉是"有限的"，他只能看到所看的东西，只能想到所想的东西。这是真实的梁山伯，是现实的，是可以触摸的。所以，他这时看对面的肖晓红不一样了，不，是祝英台，是同窗好友祝英台，是贤弟祝英台。这就对了，他的感受跟人物同步了，情绪表达准确了。好了，音乐重新开始，他们在后台相视一笑，尤家兴做了一个邀请的姿势，嘴里念道：

"英台请。"

肖晓红也做了一个邀请姿势：

"梁兄请。"

肖晓红一开口，尤家兴就觉得不同了。这不是以前的肖晓红，也不是以前的祝英台。尤家兴说不出不同在哪里，却能感觉到，这个肖晓红和祝英台比以前热烈和主动，比以前难以捉摸。

音乐里响起四句唱词：

> 三载同窗情似海，
> 山伯难舍祝英台。
> 相依相伴送下山，
> 又向钱塘道上来。

这四句唱词很重要，时间、地点、人物、事件都在里面了。当然，对于演员来说，特别是对于即将上台的演员来说，最重要的是感情。

两个人的关系，祝英台在暗处，她了解梁山伯的一切。梁山伯做梦也不会想到，跟他"同窗"三年的贤弟是女儿身。最主要的是，此时，祝英台心思已定，她"芳心暗许"了，她爱上了梁山伯，自作主张要嫁给梁山伯。所以，一路走来，祝英台都在暗示梁山伯，指着路边一棵树说，喜鹊满树喳喳叫，肯定是向梁兄报喜来。意思很明白了，祝英台提前向梁山伯道喜了 —— 梁兄你交桃花运了。梁山伯是个书呆子，根本没听出祝英台的弦外之音，他很认真地对祝英台说，从来喜鹊报喜讯，恭喜贤弟一路平安把家归。祝英台无奈，只能继续往前走，"过了一山又一山，前面到了凤凰山"。这时，祝英台又开始"敲打"梁山伯了，说，凤凰山上百花开，独缺芍药与牡丹。梁兄你若爱牡丹，与我一同把家归。我家有枝好牡丹，梁兄要摘也不难。差不多是赤裸裸地示爱了，我们祝家庄有鲜花，只等你梁兄来摘，现在就可以去摘。梁山伯读书把脑子读直了，拐不过弯，或者说，他的心思根本没有拐到这上面来，他对祝英台说，你家牡丹虽然好，路远迢迢怎来攀？世间还有比梁山伯更笨的男人吗？至少在祝英台看来是没有了，她生气了。当然是又爱又恼，女人在这种状态下是要撒娇的，这是她们的专利。刚好经过一座古庙，对面过来一头牛，牧童骑在牛背上，唱起山歌解忧愁，祝英台指着梁山伯说，只可惜对牛弹琴牛不懂，可叹你梁兄笨如牛。梁山伯根本不懂什么是撒娇，他不解女人心啊，而且，他生气了。他是读书人，是好学生，成绩优秀，老师青睐，连师母也特别照顾，这样的学生最容不得别人说他笨，更不能说他"笨如牛"。他的书生脾气上来了，或者说牛脾气上来了，表情严肃地对祝英台说，非是愚兄动了火，不该将牛比着我。意思就是说，你把我比作牛一样笨，我生气了，不理你了。真是一个又呆又憨的书生，可爱又可叹。

不过，祝英台爱的就是"这一口"，爱的就是他的憨劲，就是他的不世故不圆滑，这样的人不会三心二意，不会见异思迁，不会朝三暮四，哦，值得托付终身。所以，祝英台放下身段，对梁山伯说，请梁兄你莫动火，小弟赔罪来认错。有憨劲的人有两种，一种是只会钻牛角尖，不会拐弯，一钻到底，至死方休，那是死心眼的憨；另一种是会拐弯的，心大，拐个弯，一个结打开，豁然开朗了。梁山伯的性格，介于两种憨之间，他的心时大时小，弯也是时拐时不拐。但对于分别在即的祝英台贤弟，他只是假装生气而已，见祝英台认错赔罪，他觉得玩笑开大了，赶紧笑着说，好了好了，路途遥远，贤弟你快快赶路吧，前面就是长亭了，愚兄就送到这里，咱们后会有期。

背景音乐这时响起来了，有一句唱词：

十八里相送到长亭。

连唱两遍，一遍比一遍轻，一遍比一遍慢，一遍比一遍悠扬，那是不舍，是哀伤，是两情依依，是无可奈何。送君千里，终须一别，两人在长亭外作揖，祝英台转身回祝家庄。

到了这里，这场戏就算结束了。下一场是"思祝下山"。可是，今天不同，今天的音乐是循环播放的，也就是说，只要音乐没停止，这场戏不会结束。当祝英台转身离去之际，梁山伯还站在长亭外眺望，他要看着祝英台离去的背影，直到完全看不见为止。按照剧情安排，这个过程，祝英台没有回头。

音乐再一次响起来时，祝英台回头了。不仅仅回头，祝英台又回来了，风驰电掣，飞奔而来，双手拉住梁山伯，举到胸前，眼睛闪亮地看着梁山伯，嘴里喊了一句什么话，因为有背景音乐，梁山伯没听清楚，祝英台用更大的声音喊：

"你是谁？"

"我是梁山伯。"

祝英台很高兴，祝英台也很伤心，继续问：

"你到底是谁？"

"我是尤家兴。"

祝英台指着自己鼻子问道：

"我是谁？"

"你是肖晓红。"

祝英台说：

"我到底是肖晓红还是祝英台？"

"你也是祝英台。"

"你再大声说一遍？"

梁山伯高声念道：

"我是尤家兴，是梁山伯。你是肖晓红，是祝英台，是小九妹。我就是你，你也是我。"

祝英台突然"哇"地哭了起来，一把抱住梁山伯唱道：

"梁兄啊，榆木疙瘩能开花，你终于明白小妹的心。"

尤家兴觉得肖晓红今天的表现很不正常，仔细想想，也很正常。

## 四

剑湫没想到，肖晓红会和尤家兴走到一起。也不是没想到，她知道，他们三个人之间，什么事情都可能发生，不足为奇的。但她对肖晓红的做法持保留意见，肖晓红选择的时机不对，她现在首要任务是排戏，要尽快进入角色，要"在状态"，要找到新版祝英台的感觉，都火烧眉毛了，还有心思谈男女私情？肖晓红是个职业演员，应该拿出职业演员的精神，遇到问题不能逃避，能逃到哪里去？最终还得回到舞台上来，必须面对新版的祝英台，逃不掉的，没人帮得了忙，没有人。

让剑湫更生气的人是尤家兴。肖晓红是个演员，只要上了舞台，是什么事情都做得出来的，怎么任性都可以的。这一点，剑湫能理解，也能谅解。她不能理解和谅解尤家兴，尤家兴不是职业演员，他是冷静的，也应该保持冷静，不能由着肖晓红"胡来"。但是，尤家兴没坚持住，他跟肖晓红"演了同一出戏"。剑湫很失望。

算起来，尤家兴也是个"艺人"，他们家演木偶戏，同时制作木偶。到了尤家兴这一辈，才转行办起玩具厂，刚开始只是木偶玩具，后来拓展到塑料玩具，再后来做起了教具，工厂从一家发展成三家，他从尤厂长变成了尤总。身份和财富发生了变化，尤家兴"艺人"基因没变，并且开始"发酵"。他喜欢越剧，以前喜欢看杜文灯和梅如烟的戏，后来迷上剑湫和肖晓红，只要有剑湫和肖晓红的演出，他都看。剧团的人都知道，尤总是剑湫和肖晓红的戏迷，更是剑湫的戏迷。因为剑湫和肖晓红的关系，他成了剧团常客，成了剧团的"尤总"。

有一点是肯定的，尤家兴是追求剑湫时间最长的人，他的追求是一以贯之的。但是，尤家兴对剑湫的追求又是隐晦的，甚至是若有若无的。他的追求是付诸行动的，却没有实质性内容。

这么说有点绕，有点纠结，但这正是尤家兴的状态，正是尤家兴对待剑湫的方式。可以这么说，他喜欢舞台上的剑湫，那个雄姿英发的剑湫，但尤家兴知道，那是舞台，是戏，是不真实的。他更喜欢生活中的剑湫，回归女儿身的剑湫。这种喜欢源自他的想象，源自剑湫在舞台上和生活中的反差，更源自他对剑湫女儿身体的向往。问题正在于此，这种向往让他害怕，这害怕来自两个方面：一是剑湫的拒绝；二是对现实的失望。

剑湫从来没有拒绝过尤家兴，因为尤家兴从来没有真实的"举动"。

他的追求里，"追"是显性，是主题，是明目张胆和锣鼓喧天的；"求"是隐性，是时隐时现和似有似无的，甚至是形而上的。他到剧团来，或者到剧场看剑湫和肖晓红演出，好像只是一种宣告：这是老子的地盘，闲人勿进。

尤家兴不是没有和剑湫单独相处过，剑湫带他回过单身宿舍。剑湫不是随便带男人回单身宿舍的人，她这么做，是态度，也是默许，等于承认尤家兴对"领土"的圈定。

尤家兴在剑湫单身宿舍是随意的，这种随意源自剑湫。他们可以说话，也可以长时间不说话；可以各做各的事，也可以各自发呆，好像他们是两个独自运行的星球，互相吸引，也互相排斥。他们在一起，看似平淡，却又亲密；看似危机四伏，却又相安无事。

他们见面一般在晚上，尤家兴白天要去工厂，剑湫白天要排练。晚上又分两种见面方式：一种是剑湫在舞台上，尤家兴在舞台下；另一种是在剑湫宿舍。尤家兴没有带剑湫去过工厂，他隐隐觉得，剑湫对工厂是排斥的，至少是冷漠的，是隔膜的。对于尤家兴来说，两种见面方式，两种状态，一种激烈，一种温和。他渴望激烈，也享受温和。他想，剑湫大概也是这种心态，所以，他们才能安然地交往下去。

在剑湫的单身宿舍，他们也曾有过身体交集。那天晚上，剑湫靠在床上看剧本，尤家兴坐在宿舍唯一一张桌子前画玩具草图。当他抬头看剑湫时，她不知在什么时候睡着了，剧本散在胸前，手停在脑袋上边。尤家兴静静地看着熟睡中的剑湫，他从来没有如此长时间地看着剑湫。舞台上的剑湫是流动的，是目不暇接的，是变幻无穷的；舞台下的剑湫，尤家兴从来没有认真看过，也不需要，他只需要跟剑湫在一起的气息和感觉，只需要那种不真实却又实实在在的氛围。这是他第一次端详舞台下的剑湫，他觉得，这个时候的剑湫，既是静止的，又是流动的。但是，有一点是可以肯定的，他的内心是宁静的，他的身体是安静的。但他还是站起来，走到床前，走到剑湫身边，弯下腰，更加仔细地看着剑湫的脸，差不多是脸贴着脸了。他不知道要从剑湫的脸上看出什么，也不知道自己为什么要这么做。就在此时，剑湫的眼睛突然睁开了。那是一双经过专业训练的眼睛，是一双戏曲演员的眼睛，一双小生的眼睛，无论在不在台上，她的第一反应肯定是"在台上"。剑湫的眼睛一瞪，射出两道光芒，这光芒不仅击穿了尤家兴的身体，也击中了他的灵魂。他没有动，也不能动。剑湫这时动了，伸出停在脑袋上边的手，缓慢而又敏捷地勾住尤家兴的脖子。尤家兴的脸跟剑湫的脸碰到一起了，不对，是他们的嘴撞到了一起。剑湫咬住了尤家兴。

触电一般，尤家兴的身体没有任何征兆地跳了起来，他将剑湫的身体带了起来，又重重摔在床上。尤家兴没有惊慌失措地逃走，他还站在原地，诧异地看着剑湫，好像不认识她。剑湫依然保持着被摔在床上的姿势，她的眼睛看着尤家兴，又好像没有看着尤家兴。她的脸色是平静的，似乎早就料到尤家兴会有这种反应。整个过程，两个人没有说过一句话，一切都是寂静的，似乎发生了什么事，又似乎什么事也没有发生。

确实是什么事也没有发生。此后，两个人再没提起这件事，他们还跟以前一样交往，尤家兴还去剑湫单身宿舍。但是，心里都知道，不一样了，他们对自己的认识不一样了，对对方的认识也不一样了。

尤家兴当然知道这一点，同时，他又是迷茫的。他的迷茫在于如何处理和剑湫的关系，他的迷茫更在于如何理清自己对剑湫的感情。很难，太难了。他觉得自己是喜欢剑湫的，他无法想象离开剑湫自己将如何生活下去，意义何在？难道仅仅是多开几家教具工厂吗？有意义吗？当然有意义，多开几家工厂，就能赚更多钱，他当初放弃家传的木偶戏，选择做生意，不就是为了赚钱吗？但是，他也知道，钱是赚不完的，是没有尽头的。如果从这个角度讲，多开几家工厂又是没有意义的。有时候，尤家兴觉得自己并不喜欢剑湫，对她的身体没有强烈的欲望，他觉得这是不对的，甚至是不道德的。他为那天晚上自己不得体的行为深深自责，他认为自己是吓坏了，剑湫是他的神，怎么会动剑湫身体的念头？他更没想过剑湫会主动亲吻自己，吓死人了。

有过上一次的经验后，尤家兴终于"开窍"了：剑湫是可以"动"的。剑湫是人，而且，是个女人。女人有的，她"都有"；女人需要的，她"都需要"。剑湫回到"凡间"了。这是尤家兴不愿意见到的，但他必须面对这个"现实"，因为剑湫不可能永远在舞台上，她的人生必须由舞台上和舞台下两段构成，只有这样，她才是完整的。

尤家兴必须正视这个现实，他已经错过一次，接下来不是补救的问题，而是如何面对的问题。他不能回避，更不想躲避。他必须有所行动，既是对剑湫的试探，也是对自己的确认。

是尤家兴主动带剑湫到陈列室的。剑湫不想去他的工厂，她对工厂没有兴趣，尤家兴说不是去工厂，是去他的木偶陈列室。尤家兴对剑湫说过木偶陈列室，也说过陈列室中间的戏台。剑湫对木偶戏有兴趣，对陈列室里的戏台也有兴趣。好吧，那就去。

尤家兴发现，进入陈列室，剑湫的眼神就变了，迷离了，飘忽了，隐约了。走路姿势也变了，她"走"的是生角的步伐，是风流偶傥的，又是步步为营的。说话的声音和节奏也变了，变雄性了，抑扬顿挫了。当他们站在戏台上时，剑湫已经进入表演状态，呼吸也变了，既急促又舒缓，既沉重又轻盈，既真实又虚幻。戏台上充满了她的气息，阳刚又阴柔，温暖而湿润，上下翻腾，无孔不入。

尤家兴紧张极了，手脚发软，鼻子发酸，他想瘫在戏台上呼呼大睡，更想抱着剑湫大哭一场。尤家兴不想再错过机会，他提出来，用木偶跟剑湫配戏，一起演一场《梁山伯与祝英台》。这个时候，剑湫还会不同意吗？不要说有人跟她配戏，她一个人也愿意演，也能将整座戏台撑满。

尤家兴选了"草桥结拜"，是他第一次见到剑湫的那场戏。

剑湫一开口，尤家兴就知道，自己做了一件蠢事，怎么能跟剑湫演对手戏呢？剑湫在戏台上一亮相，尤家兴就感觉到一股山呼海啸的压力，那是来自剑湫身上的气势，一种凌厉的气势，咄咄逼人，气势汹汹，让人畏惧，又让人敬佩。当剑湫一开口，情况变了，不是咄咄逼人的问题了，整个戏台都属于剑湫，都在她的控制之中。尤家兴发现，这个时候，想象中的剑湫回来了，自己的身体有反应了，膨胀了，虚空了，真假难辨了，恍恍惚惚了。但是，这一次的恍惚与以前不同，他跟剑湫演上了对手戏，有互动了。有互动是不一样的，是有对等交流的，是纠缠的，是不分彼此的。

尤家兴感觉得到，自己是被剑湫带着前行的，是被剑湫包裹着的。他一开始担心跟不上剑湫的节奏，其实不是，在这一点上，剑湫掌握得很好，在戏台上，她是王，她掌控着整个空间，也把握着前行节奏，不会让任何人落下。优秀的演员就有这样的魔力。尤家兴很愉悦，从未有过的愉悦，他觉得，无论是身体还是精神，都已经和剑湫结合在一起了，飘起来了。

可是，尤家兴又是清醒的。这是在陈列室的戏台上，是和剑湫在演戏。也就是说，这种愉悦是不真实的，是空虚的。然而，对于尤家兴来讲，这种愉悦又是如此真切，如此身临其境。

戏台上的演出是打破时空的，短短一个选段，就是一生一世，就是万水千山，是整个宇宙，也是漫长无际的时光长河。对于尤家兴来讲，这一段"旅程"既漫长又短暂，他似乎与剑湫早就交融在一起了，忘记了开始，也永远不会结束。可是，他又觉得，这个过程稍纵即逝。他希望继续被剑湫推着，希望继续被剑湫包裹着，希望永远跟剑湫融合在一起,将两个人变成一个人。

尤家兴意犹未尽,他不满足。戏虽然结束了,但他没有离开戏台的意思。他看着剑湫,是的,眼前的人分明是剑湫,可是,也是梁山伯,她是剑湫和梁山伯的综合体。她是雌雄同体。这正是尤家兴需要的,他不能自拔了,眼前的剑湫是那么真实,又是那么虚幻;是那么触手可及,又是那么遥不可攀。不管了,尤家兴豁出去了,他扔下手中木偶,一把抱住剑湫。他抱住了一团滚烫的火,又像抱住一汪柔软的水,但他确信,自己抱住了剑湫,是戏台上的剑湫,是想象中的剑湫,是热气腾腾的梁山伯,是奔腾不息的梁山伯。是的,尤家兴意乱情迷了,喃喃地叫道,剑湫,剑湫。接着,又情不自禁地叫道,梁兄,梁兄。干什么?剑湫一把将他推开,很突然,很猛烈,推了他一个趔趄。他有点清醒过来了,依然站在戏台上,眼前依然站着剑湫。是生活中的剑湫,是没有化装的剑湫。剑湫冷冷地看着他,目光像一把寒光闪闪的剑,那是一道白光,尖利地刺进他的脑子。这一下,他完全清醒了。剑湫依然看着他,没有开口,但那眼神分明已经开口了,那是疑问,更是质问。可是,尤家兴无法回答,怎么开口呢?他惶恐而悲伤,不知接下来该说什么,更不知该做什么。

戏台暗了下来,世界也暗了下来。

走下戏台,剑湫已经恢复常态。脸色是冷淡的,跟平常没有任何区别。她没有再提陈列室戏台上的事,好像根本没有发生过。她依然跟尤家兴保持来往,没有比过去更热烈,也没有比过去更冷淡。

接触越多,越深入,尤家兴越是看不懂剑湫。他理解不了剑湫,或者说,无法走进她的内心,也无法靠近她的身体。剑湫的身体时而开放时而紧闭,没有任何征兆和规律。这当然有他的原因。面对剑湫的身体,他是犹豫、纠结、彷徨和举棋不定的,同时,他也感受到,剑湫的态度是不稳定的,是无法捉摸的。

## 五

剧团的人都认为，剑湫不会参加肖晓红和尤家兴的婚礼，毕竟和新郎有过一段说不清道不明的关系，忌讳是肯定的，尴尬也是肯定的。但是，也不能十分肯定。谁也摸不清剑湫的性格，摸不准她的行事方式，她做什么事，只看她想不想做，没有该不该做。

请柬是肖晓红送到剑湫办公室的。尤家兴没来，尤家兴也可能是"不敢"，他心虚，他内心是"怵"剑湫的。肖晓红送来请柬的同时，还有一个礼包和五百元礼金。肖晓红说，要来参加婚礼哦。剑湫接过礼包、礼金和请柬，表情平静，她对肖晓红说了一句"恭喜"，没说参加，也没说不参加。

结婚那天，剑湫准时出现在华侨饭店的婚礼现场，她跟剧团同事一样，包了两千元礼包，回礼是一百元红包和一包硬壳中华香烟。剑湫被安排在主桌，和杜文灯、梅如烟老师坐一桌。虽然是晚辈，但她是团长，完全有资格同桌，名正言顺的。

一切都很顺利，一切都很融洽。男方来的客人大多是老板，财大气粗，声音此起彼伏，是喧闹的，是热烈的，是生机勃勃的，是变化多端的。女方来的客人以剧团同事为主，都是文化人，文化人的热闹是暗流涌动的，是意味深长的，是山高水长的，是意会多于言说的。

婚礼主持人是剑湫的戏迷，没有人知道他是自作主张还是事先和尤家兴串通好，婚宴中途，他突然邀请剑湫来一段越剧，给新娘和新郎送上"特别的祝福"。

老实说，剑湫没"准备"，她是来"吃喜酒的"，不是来"唱戏的"。她可以拒绝，以她的性格和行事风格，拒绝是理所当然的。但剑湫是演员，演员是不会拒绝表演的，特别是在人多的场合，特别在"群情激昂"的时候,表面不动声色,内心早就蠢蠢欲动了,身上所有的肌肉都在跳跃,喷薄欲出了。不唱是不可能的。

剑湫接过主持人递过来的话筒,站了起来,大方地说,那就清唱一段吧,唱《梁山伯与祝英台》里的"楼台会"。她的话音刚落,主持人喊了一声"好",掌声迫不及待地响起来,大家也跟着叫好,跟着拼命鼓掌。掌声停息后,剑湫提了一个要求,她想邀请新娘一起唱,她唱梁山伯,新娘唱祝英台。这一次,主持人还没反应过来,带头喊"好"的是新郎尤家兴,他带头鼓掌,将新娘推上台去。新娘肖晓红虽然觉得这种场合不适合唱戏,特别是唱"楼台会",但她是演员,唱戏是她的本能反应,特别是跟剑湫一起唱,即使尤家兴没有"推",她也会上去;即使心里不想"上",身体也会"上"。

肖晓红上台后,先对剑湫做了一个邀请动作,用了一句念白:"梁兄请。"

剑湫也弯腰做了一个邀请动作,对肖晓红说:"英台请。"

立即就进入角色了,剑湫拉开嗓子唱道:那一日,钱塘道上送你归,你说家有小九妹,长亭上面做的媒,愚兄是特地登门求亲来。

肖晓红唱道:梁兄啊,你道九妹是哪一个? 就是小妹祝英台。

剑湫和肖晓红上台后,杜文灯没有去看她们。对于她们的表演,杜文灯不需要"看",她的眼睛用来盯尤家兴。当剑湫唱"那一日"的时候,尤家兴"不对劲"了,身体明显颤抖了一下,然后僵住,一动不动,好像失去了生命,怅然若失了。当剑湫唱到"久别重逢应欢喜,你因何脸上皱双眉"时,尤家兴身体随着唱词开始晃动,脸上的神情也随之变化,好像丢失的东西找到了,欣喜,却又不说出来。当剑湫唱到"纵然是无人当它是聘媒,我与你生死两相随",尤家兴身体和脸部表情转变成了悲伤和无奈。当剑湫唱到"贤妹妹,我想你,哪日不想到夜里"时,台上的剑湫强忍泪水,台下的尤家兴却满脸红光,那红光几乎照亮他的身体，充满了力量和斗志。

自始至终，尤家兴的眼睛都围绕着剑湫，剑湫在哪里，他的眼睛就跟到哪里。他眼里没有肖晓红，肖晓红仿佛是透明的，不存在的。除了剑湫，整个世界都是不存在的。当剑湫最后唱到"我死在你家总不成"时，杜文灯发现，尤家兴眼里有一束光，一束柔和的光，似乎将剑湫笼罩起来，保护起来，不让她受任何伤害。他眼里还有另一束光，是凶狠的，是残暴的，也是贪婪的，似乎要将剑湫一口吞没。杜文灯从尤家兴的眼光看出来，剑湫是独属于尤家兴的，这事没得商量。

心惊胆战了。杜文灯知道尤家兴一直和剑湫"纠缠不清"，但她觉得只是青年男女的恋爱，是"剪不断理还乱"，是"一团乱麻"。现在看来，不是的，情况很复杂。现在，肖晓红成了尤家兴妻子，而尤家兴眼里没有妻子肖晓红，他眼里只有剑湫，只痴迷剑湫。三个人结成解不开的结，错综复杂了。这事怎么弄？杜文灯觉得没法弄。

演唱是成功的。当然，剑湫的演唱不可能不成功。选的"戏"有点小问题，跟婚礼的气氛不太协调。不过，没关系，剑湫的演唱能带领大家飞离现场，去一个熟悉又陌生的地方。确实如此，剑湫将大家带到了祝家庄，带到了祝英台的楼台。大家看到梁山伯兴冲冲来，来兑现诺言，来跟小九妹提亲，跟小九妹喜结连理。可是，哪有小九妹，只有祝英台，只有名花有主的祝英台。小九妹是个"骗局"，祝英台也将成为马文才的妻。一脚踩空了，失落了，心痛了，伤心欲绝了。这日子没法过了。楼台相会，成了诀别。祝英台想留他多坐一会儿，可是，再坐下去有什么意义？不能改变现实的逗留就是折磨，就是摧残，叫人肝肠寸断，叫人生无可恋。走了。

谁的人生没有经历过波折？谁的人生没有经受过挫折？谁的人生没有被爱情拥抱又被抛弃？谁的人生不是起起伏伏？剑湫的演唱唤醒了沉睡在大家心底的感情，"百般滋味涌上心头"了，剑湫演唱的不仅仅是梁山伯,也不仅仅是她自己,而是所有听她演唱的人,她把所有人"带进去"了,触动了所有人的感情。这是剑湫了不起的地方。难怪她有那么大名气,难怪她有那么多戏迷,难怪她能得奖,难怪她能当上团长。她站在台上,就是主宰。她将舞台变成所有观众的舞台,所有观众成了主角。这是她的厉害之处。唱什么内容不重要,是不是悲剧也不重要,甚至连肖晓红和尤家兴的婚礼也不重要。剑湫这么一演唱,喧宾夺主了,不合适了。

有一点是可以肯定的,有了剑湫的演唱,肖晓红和尤家兴的婚礼变得"与众不同"了,艺术含量高了,内涵丰富了,给所有参加婚礼的来宾以艺术享受和情感冲击,那么,这就是一次成功的婚礼。不虚此行了。

没人会在意剑湫演唱的是悲剧,没人会注意尤家兴身体和精神的变化。

杜文灯注意到了,梅如烟也注意到了。她们互相对视一眼,没有说话,心照不宣。情况不妙,很不妙,她们也遇到过类似的事。那时候,她们刚刚成为信河街剧团的台柱子,刚刚"红"起来。她们是剧团"双姝",是冉冉上升的明星。也就在那个时候,她们同时喜欢上一个男人,是文化局一个处长。那时候的"喜欢"是不及物的,所谓"在一起",顶多去瓯江边散个步,再就是去大众电影院看一场电影。那个人约杜文灯看电影,又约梅如烟去瓯江边散步。这就是大事件了,就是脚踩两只船,就是花心,就是陈世美。要死啦,不可原谅的。

杜文灯和梅如烟谁也没有开口提这件事,不能说的。她们的表达方式在舞台上,通过戏中人将想说的内容表达出来。她们做得到,也只有她们才能领会。在演出《梁山伯与祝英台》中"山伯临终"一场戏时,杜文灯在舞台上悲凉地唱道:

生前不能夫妻配，
死后也要成双对。

在后台候场的梅如烟一听，泪流满面了。她听懂了，杜文灯这个时候是梁山伯，也是杜文灯，这句话是唱给梁山伯的，是唱给梁山伯爹娘的，是唱给祝英台的，更是唱给她梅如烟的。她突然有种奇怪的感觉，这种感觉突如其来，暖暖的，凉凉的，有点刺，有点痒，既迅猛，又舒缓。她不由自主打了个颤抖，是个很大很大的颤抖，随之，全身一阵发麻，一屁股跌坐在地上。

从那之后，梅如烟再没有跟那个男人去散步。她发现杜文灯也是，她们不约而同地、委婉而坚决地拒绝了那个男人。

梅如烟和杜文灯没有任何口头上的约定，没有。在那之后，她们还是似友似敌的关系，还是你追我赶的关系，有时几乎水火不容，就差势不两立了。但她们从来没有发生过正面"冲突"，无论是语言，还是肢体，从来没有。梅如烟既害怕又享受，她想杜文灯也是如此。这种害怕与享受，成了她们之间的纽带，成了她们之间的默契，成了她们之间特殊的关系，一种既疏离又胶着的关系。她们谁也不需要谁，可谁也离不开谁。

后来，她们各自成立家庭，都老大不小了，没有家庭就是孤魂野鬼，去不了"封神台"的。特别是对于她们这样身份的女人来说，没有家庭会滋生出无穷是非，滋生出无尽的闲言碎语。

那就嫁了吧。

是梅如烟先成立家庭的，她没有选择追求她的人，没有选择与戏曲有关的人，而是嫁给一个政府机关办事员，一个从来不看戏也不知道她名字的人。紧随她之后，杜文灯也成立了家庭，没有嫁给众多追求者，她嫁给了一个军官。结婚前跟军官约法三章：她不随军，她是演员，根在信河街，在信河街的舞台上。

梅如烟觉得，她的家庭生活是幸福的，甚至是美满的。至少在外人看来如此。她从来没有对家庭表示过不满，当然，也没有表示过赞美。她从不对外谈论家庭，她发现杜文灯也是。外人从她们的穿衣打扮、语言神态、对生活的态度可以看出来，她们的家庭生活是和谐的，是安然无恙的。这就好，有什么比"安然无恙"更值得珍惜？但是，有谁知道她们内心的苦楚和失落？她和杜文灯都没有子女，不知道杜文灯怎么想，她是不想有。她从来没想过用身体生育出子女，她不能接受跟一个男人共同生育子女，那是不可想象的。她的子女在戏里，在舞台上，在塑造的角色中，那些角色既是她自己，也是她生育的子女，是独属于她的。在机关办事员委婉而坚韧的劝说下，梅如烟去医院做过妇科检查，没有查出不能生育的"问题"，这不是她的"问题"，至少不是"生理问题"。机关办事员也没问题。梅如烟清楚，"问题"在她这里，在"心理"上，如果她不主动"化解"，是没办法解决的。杜文灯和军官的婚姻维持了十二年，最终还是"友好而平静"地"解体"了。军官想让杜文灯去部队，在部队也可以唱戏，部队也有舞台，舞台更大，空间也更大，为什么非要留在信河街？杜文灯不走，她对军官说，我们有约在先的，你不能逼我离开信河街。十二年后，军官选择了"放手"，从那之后，杜文灯就"一个人过"了。梅如烟有时很想去找杜文灯说说话，她有许多话要跟杜文灯说，可以在办公室，可以去她家，或者来自己家，还可以去茶馆。可是，无论这个念头多么强烈，她都没有付诸行动。她不知道杜文灯是不是也是如此，杜文灯比她沉默、严厉。她知道，杜文灯是不会主动来找自己的。

只有梅如烟知道，她的家庭生活并不和谐，更谈不上美满。她不关心自己的丈夫，一点也不关心。她不愿意跟他做爱，不能接受，不愿意接受。她对丈夫说，你去外面找个女人吧。说出这句话后，她显得很轻松，甚至有无耻的感觉，好像从此之后再无义务，"两讫"了。她想过跟丈夫离婚，她对他说，这样过下去，你痛苦，我也不快乐。他想也不想说，不，我不会跟你离婚的，这辈子都不可能。

她的家庭只是表面看起来和谐、美满而已，在这一点上，她羡慕杜文灯。杜文灯做事比她坚决，比她干脆，从来不拖泥带水。但是，有一点她是知道的，无论是她，还是杜文灯，她们的人生都不完美，她们不会拥有世俗的幸福。她们的完美和幸福在舞台上，她们确实找到并享受了，不配再享有世俗的欢乐。

从自己和杜文灯的人生，梅如烟看到了肖晓红和剑湫的人生。肖晓红和剑湫的人生肯定和她们不同，选择空间更大。但有一点可以肯定，她们的感情生活和婚姻生活注定不会平静，也不会完满和幸福，她们的完满和幸福在"彼岸"。梅如烟相信，尤家兴在婚礼现场的表现，肖晓红也是"看到的"，她不知道肖晓红怎么想，更不知道肖晓红接下来会怎么做。这可能就是代沟，是差距，是她这一代人和肖晓红这代人的差别。同是演员，扮演的是同一个人物，差别却是那么明显，那么巨大，她们有她们表达感情和对待感情的方式，外人是无法理解的。

## 六

对于肖晓红来说，和尤家兴结婚的念头是骤然而至的，她从来没想过要嫁给尤家兴，从来没有。这是不可能的，尤家兴不是她的"菜"。肖晓红不能确定自己想要什么样的"菜"，但肯定不是尤家兴。她要的巍峨，要的不可一世，要的汹涌澎湃，要的气吞山河，要的酣畅淋漓，尤家兴身上都没有。尤家兴身上有犹豫，有徘徊，有辗转反侧，有当机立断，也有运筹帷幄，这些都不是她想要的，她从来没想过跟尤家兴"在一起"。不过，她也在心里问自己：为什么不能嫁给尤家兴？谁规定自己不能嫁给尤家兴？没有嘛，她是自由的，跟谁结婚是她的事。肖晓红没想明白的是，当时在陈列室的戏台上，自己为什么要那么做？为什么会那么做？肖晓红到现在还是恍惚的，演完"十八相送"之后，她应该离开戏台。演出结束了，她不是祝英台了，她是肖晓红。可是，她又返回了戏台，她不是以肖晓红的身份回去的，是祝英台；尤家兴也不是尤家兴，是梁山伯。可是，肖晓红似乎又是清醒的，她知道自己另一个身份是肖晓红，或者说，她这么做时，两个身份是混淆在一起的；而尤家兴也不是单纯的尤家兴，他和梁山伯合二为一了。她可以对天发誓，此事没有"预谋"，她去找尤家兴，要在陈列室里演戏，可能是事先想好的，或许，她曾经想过在戏台上与尤家兴建立某种关系，但那只是一种试探，一次放飞，是艺术的，是形而上的。在戏台之下，她从没动过嫁给尤家兴的念头，她从没想过成为"尤总的夫人"，那是不可想象的。

真正的问题是，完成结婚仪式后，她将如何面对尤家兴？如何"生活"？肖晓红茫然了，悚然了。结婚之前，她的所作所为，带有表演性质，她找到了舞台上的感觉，有创造的快乐，既写实又夸张，很爽。特别是在婚礼现场，她和剑湫演唱的那一场"楼台会"，剑湫的每一句唱词都是别有深意的，都是饱含深情的。她当然感受到了。她从那种深情里得到了力量，得到了进入另一个通道的动力。她既热烈又冷静，既充实又虚无，落地生根却又飘荡无依；她是新娘肖晓红，又是新郎尤家兴；既是旦角肖晓红，又是生角剑湫；既是祝英台，又是梁山伯，似乎什么都是，又似乎什么都不是。她感觉身上有一种摧枯拉朽的力量，有一种一往无前的勇敢，她觉得自己长出了三头六臂，翻江倒海，上天入地，不就是演个私奔的祝英台吗？没问题，放马过来便是。那一刻，肖晓红觉得自己是无所不能的，祝英台也是无所不能的，整个天下都是自己的。

搬进尤家兴的别墅后,肖晓红发现他们有一个巨大的卧室,有巨大的卫生间和换衣间,还有一张大床。肖晓红从来没见过这么大的床,哪里是床? 分明是一个舞台。她要和尤家兴睡在这个舞台上,没有任何退避机会了,身体接触回避不了了。可是,她不知道如何与尤家兴"短兵相接",也不想。她想象的人不是尤家兴,不能接受尤家兴。这个问题有点大了。

让肖晓红稍稍心安的是,尤家兴没有"碰"她。她裹一床被子,尤家兴也裹一床被子,各睡各的,相安无事。这就太好了。

肖晓红心里还是不踏实,太匆忙了,从戏台上的"演出"到举办婚礼,只用三天,好像她赶着上前线,一切都是急吼吼的。婚礼本身也像一场战争,一场轰然而至的战争。双方情绪还没到位,还在酝酿,还在发酵,还在犹豫,还在试探,战争"打响"了,很快进入"阵地战"。仪式完成了,轰轰烈烈的场面已经结束,接下来就是"赤膊上阵""拼刺刀"了。尤家兴暂时没"动静",谁能保证他一直"按兵不动"? 他有理由的,他是丈夫,"动"自己的妻子天经地义。肖晓红想,那就惨了,怎么对付? 她能拒绝尤家兴吗? 拒绝有用吗? 尤家兴会不会使用"武力"? 会不会"乱来"? 会不会"来硬的"? 肖晓红每晚提心吊胆,尽量把身体缩起来。她基本功练得扎实,身体柔软性好,身体的优势这时体现出来了,躺在床上,侧身而卧,面朝里边,手臂抱住双膝,几乎缩成一个圆圈。这个圆圈像一座"城堡",让她找到一点安全感。但是,这种安全感是那么脆弱,肖晓红怀疑,只要尤家兴的手指头轻轻一碰,她苦心建造起来的"城堡"便会轰然坍塌,场面便会"失控","城池"必然失守。她像一个孤军奋战的将军,面对围攻已久的敌军,虚弱而坚硬地死守在城墙之上,做出奋力一搏的姿势。她明白,只是虚张声势,只是一个仪式,只要"敌军"发起进攻,城墙便应声而倒。她的防守形同虚设。

在忐忑之中，肖晓红并没有等来想象中的"惨烈"战争，没有，尤家兴"风平浪静"，他只是和肖晓红睡在一张大床上，肖晓红在左，他在右，只是两军对垒，并不"进犯"。肖晓红没有掉以轻心，她不敢脱了衣服睡觉，相反，她从剧团带回了演出打底服，白色、紧身那种，每晚临睡前，她将演出打底服穿在睡衣里面，将身体裹得密不透风，裹得自己也无从下手。她保持高度戒备，时刻警惕，提防尤家兴"突然袭击"。

一个月过去了，两个月过去了，尤家兴依然按兵不动。第三个月，尤家兴突然不见了。肖晓红夜里左等右等，不见尤家兴踪影。肖晓红产生了微妙心理，居然期望尤家兴出现。当然不是期望尤家兴的身体，她期望的是作为"符号"的尤家兴，他是她的丈夫，是"睡在同一张床上的人"。肖晓红差不多已经习惯了尤家兴作为"符号"的存在，她接受了这种存在。当尤家兴凭空"消失"之后，肖晓红有一种失落感，有一种被人抛弃的感觉。这种感觉很不好，让她产生了怀疑。是的，她不自信了，对自己的"魅力"不自信，对自己的吸引力不自信，对自己作为一个女人产生了动摇，最主要的是，对自己作为一个旦角演员产生了动摇。这一点是致命的。可以毫不夸张地说，判断一个演员好与差，自信心是一个重要标准，甚至是最重要的标准。一个好演员，首先是自信的，自信相当于演员的骨架，只有骨架立起来，演员才能在舞台上站得住，才能表现出独特的气质，才能拥有自己的气场，才能吸引戏迷。从这个角度说，自信不仅仅是一个演员的骨架，还是灵魂，是演员能够飞翔起来的重要依据。肖晓红发生"危机"了，作为"丈夫"的尤家兴不翼而飞了，没有任何商量，没有任何预兆。那只能说明一个问题，作为"妻子"的肖晓红的失败，也是作为"名角"的肖晓红的失败。无论是作为"妻子"还是"名角"，都没有对"丈夫"尤家兴构成吸引力，成了可有可无的"摆设"，虽然同床而眠，他却无视她的存在，这个打击是摧毁性的。肖晓红不能不对自己产生怀疑。

一个星期后，尤家兴出其不意地回来了。他那晚回到卧室时，肖晓红正在换衣间里穿演出打底服，即使尤家兴不在家，她也没有放松防护。她知道，最安全的时候，可能是最危险的时候。可不是，尤家兴破门而入了。当她看见穿衣镜里突然多出一个尤家兴时，双脚一阵乱踩，好像地上有一只飞蹿的蟑螂，她双手捂住胸脯，喉咙发出玻璃破裂的声音。

尤家兴没有进换衣间，他的眼睛直直盯着肖晓红，好像不认识她似的，又好像见到久别的亲人。他的目光突然迷离起来，似乎一直看着肖晓红，又似乎眼里什么也没有。

那天晚上，肖晓红睡得极不踏实，刚要入眠，便觉有双手摸到她身上来，双脚一蹬，立即醒来。醒来之后，不敢转身看尤家兴，只能竖着耳朵听，她似乎听见尤家兴的呼吸声，又似乎没有。

真是心力交瘁的一夜，虽然有惊无险，对于肖晓红来说，她和"城堡"外的敌军进行了无数次殊死搏斗。她是演员，"感受"比一般人灵敏：这一夜，尤家兴跟以前是不一样的，他的身体没有动，甚至连呼吸也似乎停止了，但肖晓红"感受"到尤家兴在动，他的心在动，气息在动，汹涌澎湃地动。可他的身体依然静止，依然保持"沉默"。这就可怕了，这是蓄势待发，这是等待时机。完蛋了，最后的"总攻"终于要来了。肖晓红心惊胆战，她害怕那个时刻的到来，对于她来说，那就是毁灭。同时，她又怀有一丝厚颜无耻的期待，在某一刹那，甚至到了迫不及待的程度。她觉得那一刻就是"燃烧"，对她来说，既害怕燃烧成灰烬，又期盼烧成青烟之后的轻松。她就在这两难的选择中熬过了一夜，浑身酸痛，筋疲力尽。

接下来的那个晚上，尤家兴又消失了，他没有回到床上来。这一次，肖晓红很肯定，尤家兴很快会"去而复返"，而且，尤家兴再也不会犹豫了，他要"出手"了。肖晓红觉得真正的"死期"到了，没得救了。

她想到过逃跑，逃回剧团，逃回单身宿舍。念头闪了一下，消失了。她不想逃。她不喜欢即将到来的那个时刻，也不能接受，可是，她居然做好面对的准备。这是为什么？她想不通。没人会阻拦她逃跑，只要她想离开，没人拦得住，但她没有离开。

那个白天，肖晓红记不得在剧团做了什么事，好像和剑湫开了会，也好像去排练厅参加了排练，又好像什么事也没有做。

到了晚上，她在剧团食堂吃了晚餐。回到家后，第一件事就是洗澡，然后将演出打底服裹在身上，她预感今天跟以往任何一天都不同，特意比平时多穿了一件。

尤家兴跟平时回来的时间差不多，不同的是，手里多了一个包袱，他直接进了换衣间，将包袱放在化妆台上。肖晓红看清楚了，是演出的化妆用具和化妆品，还有就是戏服。她诧异地看了尤家兴一眼，不知他葫芦里卖什么药。尤家兴对她微微笑了一下，肖晓红觉得他的微笑很诡异，似乎在掩饰什么，似乎怀有巨大阴谋。被他这么一笑，卧室里的气氛突然变得柔软和浑浊，变得暧昧和可疑，空间似乎被扩大了，变得虚无缥缈起来。尤家兴用手指着打开的包袱，命令肖晓红：

"你，化装。"

肖晓红心里想，难道要在这里演戏？身体却像听了指令，坐到了化妆镜前。这一切太熟悉了，她入行十几年，几乎每天都要化装，只要坐到化妆镜前，所有动作成了自然反应：第一个大步骤是头部和面部。她先用发带将头发向后拢起来、往脸上涂凡士林底油、拍面部底色、拍腮红、敷定妆粉、刷桃红、画眼圈和眉毛、抹口红、涂脖子和双手。第二个大步骤还是头部和面部。先是贴片子，从眉心中上方开始贴，然后一左一右地贴。接下来是勒头。勒头很关键，从某种意义讲，勒头是戏曲演员化装中最关键的一步，演员状态好不好，演得出不出彩，跟勒头有很大关系。勒头就是用物理手段让演员进入半眩晕状态，进入似人非人状态，进入如梦如幻状态，通过勒头，将现实和虚拟打通。勒头还有一个作用，可以将演员的眼角拉上去，行话叫吊眉，使演员的眼睛更加有神，更加勾魂摄魄。再接着是戴头面和压鬓花。旦角有旦角的头饰，耳挖子是少不了的，顶花也是少不了的，具体头饰根据戏中人物而定：林黛玉有林黛玉的头饰，那是官宦人家的小姐；祝英台有祝英台的头饰，她是财主家的女儿。出身不同，身份不同，头饰上的区别，外行人是看不出来的。第三个大步骤是穿戏服。这就简单了，肖晓红已经穿好了打底服，等于做好前期功课，只要穿上彩裤，系上裙子，戴上护领，披上霞帔，套上彩鞋。行了，生活中的肖晓红变成了舞台上的祝英台。肖晓红看了一眼镜子里的自己，轻移莲步，出了换衣间，轻轻一跃，跳到床上，开口唱道：

　　问梁兄，今朝别后何日来？

　　不一样了，突然就不一样了。也算不上突然，尤家兴的不一样是从肖晓红化装开始的，从头发开始，到脸，到脖子，到最后穿上戏服，肖晓红不见了，他见到的是祝英台。他也在变，从头发、脸、脖子，最后到全身，不是尤家兴了。他看着祝英台跳上了舞台，不对，舞台上不只是祝英台，还有梁山伯。对，祝英台一分为二，化出了梁山伯，他们一起在舞台上演唱《梁山伯与祝英台》中的"送兄"。或者，舞台上的梁山伯不是祝英台幻化出来的，而是他，他就是梁山伯，正和祝英台对唱。

　　"送兄"唱完了，梁山伯要离开祝家庄，回他的会稽胡桥镇。梁山伯没有回，也没有走下舞台。尤家兴也是，他突然扑向祝英台，一把将她摁倒。

当尤家兴将她摁倒在床上时,肖晓红的内心是挣扎的:拒绝还是接受? 其实也算不上挣扎,只是一个念头闪动而已,她很快就放弃了拒绝的念头。当尤家兴的手伸进她身体时,因为练功服裹得太紧,尤家兴的手显得毫无头绪。她想坐起来,将戏服和练功服脱了,尤家兴急忙按住她说:

"不不不。"

尤家兴让她一动不动地躺着,替她重新插好头上撞歪的凤钗,理正被压皱的霞帔。肖晓红想脱去彩鞋,也被他制止了。尤家兴喃喃而坚定地说:

"就这样,对,就这样。"

他将戏服整理得纹丝不乱,然后,钻进去,进入她的身体。

肖晓红没做任何抵抗。事情的发展完全出乎她的想象。这么长时间来,她一个人排兵布阵,一个人抵御千军万马,一个人坚守孤城,最后,尤家兴却是以这种方式进入她的"城池"。她意外又茫然,仿佛还在舞台上,仿佛她依然是祝英台。可她知道,这一刻,她不是祝英台了,趴在她身上的人不是梁山伯,而是尤家兴。她不敢睁开眼睛,她想象还在舞台上,想象自己还是祝英台,想象进入她身体的人是梁山伯。没问题,想象是演员的基本功。她确实做到了,她就是祝英台,对方就是梁山伯。这就对了,这是情之所至,这是水到渠成,这是两情相悦,这是鱼水之欢。这么想后,她放松了。面对梁山伯,她不需要紧张,更不需要僵硬。她只需要放开,只需要温柔,只需要接受,只需要迎合。是的,她打开了自己,梁山伯长驱直入了,找到了归宿,成了城堡里的王,对她发号施令,又对她俯首称臣;对她残暴鞭挞,又对她奉若异珍;对她风狂雨骤,又对她春光明媚。

一切都是陌生的,却又是那么熟悉。一切都未曾经历,却已过万水千山。这是漫长的旅程，又是转瞬即逝的历程。这是一场惨烈悲壮的战争，又是一场把酒言欢的宴席，异峰突起，峰回路转，飞瀑万丈，溪水缓流。

开始了。结束了。那么粗暴，那么温柔。那么难堪，那么美妙。一切都不同了，一切似乎依旧。

整个过程结束后，肖晓红才从想象中清醒过来，才睁开眼睛。难受，太难受了。她的身体一动没动，似乎不会动了，失去了知觉。不是的，只是不会动而已，她的知觉比任何时候都灵敏，比任何时候都清晰。她依然穿着戏服，她觉得再也不会脱掉戏服了，不能，也不敢。她感觉到，戏服里面的身体已不属于自己，那是一具千疮百孔的躯体，是一具毫无美感可言的躯体。不完整了。不完美了。她感觉到被撕裂的疼，不是身体，而是精神。她感到恶心，想呕吐。可她的身体没有反应，只是精神上的恶心。她厌恶自己的身体，包括精神。想哭，却没有眼泪。她不能接受自己这时流出眼泪。

躺在右边的尤家兴已经睡着了，发出远在天边却近在咫尺的鼻息，沉着，均匀，心满意足，志得意满。肖晓红睡意全无，她错了，大错特错，她原以为可以借戏服和对戏中人物的想象转移感受，她想"移花接木"，想"狸猫换太子"。太想当然了，这种伤害是双倍的：一种是身体上的伤害，当祝英台离开她的身体时，她"回归"成了肖晓红，但她已经不是肖晓红了，与此前不同了，破损了，不洁了，一去不返，无法修复；最大的伤害还是精神上，她感到深深的羞辱，觉得自己一文不值，她被尤家兴"那个"了，尤家兴却认为"那个"的是舞台上的祝英台。必定是如此的，否则，尤家兴不会让她穿着旦角的戏服，不会将戏服整理得那么平整。最主要的是，尤家兴在"最后时刻"的喊叫，他"喊叫"了一个人的名字，不是肖晓红，不是剑湫，而是"英台"。多么大的羞辱啊，她不仅作践了自己的身体和灵魂，也无法面对舞台上的祝英台。她"出卖"了祝英台，"玷污"了祝英台，有何颜面再饰演祝英台？不配。

## 七

剑湫惊奇地发现，仿佛一夜之间，肖晓红扮演的祝英台，与以前不同了。祝英台显得纠结，显得迷离，同时，又决绝，又孤注一掷。这就对了，这就是表演，这就是艺术，这就是剑湫心目中新版的祝英台。这是不一样的祝英台，一个既传统又现代的祝英台。剑湫疑惑的是，肖晓红是怎么做到的？她"开窍"了？这种"开窍"与她的婚姻有关？与尤家兴有关？那么，尤家兴到底用什么"魔法"让她"开窍"？

只有肖晓红知道，她为什么会有这种状态，那不是舞台上的祝英台，不是戏中的祝英台，而是现实中的自己。她在演绎自己。

没想到，人生会走到这一步。更没想到，和尤家兴会把这种方式维持下来。她无法接受，却欲罢不能。

第一次后，她觉得此生再也不会有第二次了。那种懊恼、耻辱和羞愧，几乎将她身体撕成碎片，可以听见每块肌肉被撕裂的嘶嘶声，那不是疼的声音，而是羞辱的声音，是咒骂的声音。可是，到了第二天晚上，尤家兴还没有将戏服递过来，她已经坐到化妆镜前。每一次结束后，那种被撕裂的嘶嘶声总是加倍地响起来，那种懊恼和羞辱感也在成倍增加。到了第三天，她发现，身体的渴望也在成倍增长。有几次，尤家兴故意迟点回家，而她居然迫不及待了，她骂自己：

"你是个贱货。"

她停不下来，身体不允许她停下来，她的身体在蠕动，每一块肌肉都在蠕动。没错，无论是身体还是精神都像在溃烂，无法制止。肖晓红也不想制止，她觉得自己处于癫狂状态，渴望被燃烧，渴望一次次化为灰烬。也只有成为一缕青烟时,她的身体和精神才能得到短暂的安宁,才能进入短暂的睡眠。

溃烂继续在恶化。一段时间后,尤家兴让肖晓红化装成生角。尤家兴做得小心翼翼而又理直气壮。肖晓红知道他要干什么,更知道他为什么这么做。肖晓红没有拒绝。她以为会拒绝。应该拒绝。必须拒绝。可她没有,反而没头没脑地兴奋,手足无措地激动,浑身在颤抖,几乎要哭出声来。

当尤家兴进入身体时,她终于哭出声来了。她知道,那是宣泄的哭声,也是快乐的哭声。终于把身体放空了。

当一切结束后,那种隐藏在身体里的耻辱感涌上来了,像潮水一样涌上来,无边无际,无休无止,一下子将她吞没。这个时候,肖晓红想到了死,像梁山伯与祝英台一样,以死来结束,也以死来重生,但心里立即冒出一个声音:

"你能获得重生吗?你配吗?"

这当然是个问题。梁山伯和祝英台是为了爱情,为了自由,为了挣脱封建婚姻制度的枷锁,他们的死是"正义的",是"有意义的",是"崇高的",是让人同情和惋惜的。而自己的死,只是为了挣脱耻辱,为了摆脱不堪的生活,没有任何"光彩"可言,怎么可能重生?怎么可能化蝶?自己会像臭虫一样死去,没有任何意义。

她没有问过尤家兴为什么愿意和自己结婚,她想,尤家兴必定有他的目的和理由,他不说,也不需要问。肖晓红倒是问过自己,老实说,她没想明白为什么,好像有无数个理由,好像所有理由都不成立。

她设想过和尤家兴婚后的各种可能性,唯独没想到,尤家兴会以这种方式和她相处。这种方式未必是尤家兴事先设计的,但肯定是他内心的某种反映,是他生理和心理的某种呈现。她能感觉到,尤家兴在羞辱她的同时,也羞辱了他自己。他不快乐,或者说,他的快乐是扭曲的，是变形的，像烟花刹那间的绚烂，然后就是死一样的黑暗和寂静。肖晓红能够感觉到，这种羞辱感在他心里不断加强，而他在现实生活中，却无法停止下来，只能用更加强化的方式覆盖不断涌上来的羞辱感。他没退路了。

那么，自己还有退路吗？谢天谢地，剑湫给她排了新戏，她将舞台当成了退路，将所有屈辱感释放在舞台上，释放在祝英台身上。已经不是以前的肖晓红了，也不是以前的祝英台了。这个祝英台是"非常态的"，是矛盾的，是混沌的，是纠结而决绝的，是半人半魔的。

这倒是符合了剑湫的口味，所以，肖晓红进入"状态"后，排练进行得很顺利，剑湫想到的地方，肖晓红都表达到位了，更主要的是，肖晓红的表演给了剑湫一连串意外。她势不可当了，不管不顾却又另辟蹊径，无法无天却又合情合理。她找到了一条独属于自己的通道，她拥有独属于自己的表演方式，她的表演既大刀阔斧又精雕细刻，既完美又残缺。剑湫知道那是一个演员梦寐以求的境界，肖晓红涅槃了，脱胎换骨了，羽化成仙了，她达到了"我就是戏，戏就是我"的境界。她抛弃了自己，也找到了自己。肖晓红感觉到剑湫的惊讶，以前在舞台上，都是剑湫带领她往前推进的，这次不一样了，很多时候，是她推动剑湫朝前走，是她主导着舞台。感觉很好，爽极了，她主宰了舞台。可是，她知道，舞台上每进一步，她的生活就往下深陷一层。她知道两者的关系，也知道最后的结局，可她无法阻止两者"各奔前程"，或者说，她想阻止，却无能为力。

不管了，燃烧吧。

《私奔》的正式演出是那年农历冬至晚上，日期是剑湫定的。老实说，剑湫不担心能来多少观众，她有一大批老戏迷捧场。但这次不同，她想要的不是老戏迷，而是年轻观众。剑湫还是扮演梁山伯，还是主角。然而，她清楚，这一次的主角不是她，不是梁山伯。在新编的剧本里，梁山伯的形象有很大改变，他依然被动，依然深情，依然书生意气，依然憨态可掬，但他的软弱里有了坚强，他的犹豫里有了坚定。他不再寻死觅活了，在祝英台的鼓励下，在爱情的召唤下，他不再逃避，不再寄希望于"死后也要成双对"；他不再哀叹，他选择与祝英台共同面对，共同奔赴不可知的未来。可以这么说，他和祝英台选择了爱情，为爱情而生，为爱情而活；为爱情，不惜与家庭决裂；为爱情，敢于跟整个社会对抗。梁山伯这种变化是了不起的，是石破天惊的。更主要的是，梁山伯这种变化体现了现代性，呼应了当下年轻人的价值观和世界观。这正是剑湫改编剧本的要旨所在，她要让年轻的观众有共鸣，要打动年轻观众的心，激励他们面对和追寻美好生活。她是这么改编的，也是这么演的。剑湫觉得自己做到了，她和梁山伯都做到了。

这次演出，也是一次试探，剑湫想看一看，到底能吸引多少年轻观众进剧场。剑湫有信心，只要年轻观众进入剧场，只要看完她和肖晓红的《私奔》，他们不会失望的。她会让他们喜欢上越剧的。

演出开始前，剑湫看见杜文灯和梅如烟来了，文化局领导来了，尤家兴来了，剧团编剧也来了。剑湫知道，他们是来捧场的，也是来评判的，评判《私奔》的成败，也评判剑湫这个团长的能力。剑湫还注意到，剧场所有座位都满了，遗憾的是，年轻的观众不多。剑湫想，这可能就是现实，是大环境，是戏曲目前的境遇。话也说回来，这可能正是她存在和当这个团长的价值，更是她改编、排练、演出新戏的意义。

音乐响起来了，剧场暗下去，舞台亮起来。

第一场是"思读"，是肖晓红的戏，是祝英台的戏，也可以说是肖晓红和祝英台的戏。肖晓红的表演很有层次感。刚上台时，祝英台的状态是收敛的，是正常的，其实已经不正常了，一个正常的妙龄女子，怎么可能想外出读书？这是不现实的，是痴心妄想，"想多了"。她居然郑重其事地请求爹爹，让她带着丫鬟银心去读书。只有"非正常"的人才会有这样的念头，才会有这样的行为。祝员外是正常的，他不同意，毅然决然地不同意。他不可能同意。遭到拒绝的祝英台，开始"走极端"了，性格的另一面体现出来了，执拗了，钻牛角尖了，也就是说，她下定决心想做的事，谁也拦不住。向爹爹请求，是礼数，是程序，也是信号，同意不同意，不重要了，阻止不了。她要"离家出走"，非走不可。祝英台将自己的想法告诉银心，小丫鬟吓坏了，这一步跨出去，算是犯了天条。但是，银心是理解小姐的，她知道小姐是个什么样的人，小姐下定的决心，想做的事，是不怕犯天条的。最主要的是，银心的心也飞出去了，她想去杭州逛西湖，长这么大，她的脚还没有迈出过祝家庄呢。祝英台当然知道跨出这一步意味着什么，那就是决裂，就是一刀两断，她不再是祝家庄的小姐了，她成了祝英台，独属于自己的祝英台，前途渺茫的祝英台，更是前途艰难的祝英台。但她不管，她要出去，要离开祝家庄，离开这个生她养她却令她窒息的地方。她要飞，要自由自在地飞。不管了，女扮男装，趁着夜色，偷偷逃离祝家庄。

剑湫站在后台，她一边看着肖晓红的表演，一边在想，如果让自己来演祝英台，会怎么演？剑湫想象不出来，可以这么说，她想象不出比肖晓红更清醒更癫狂的表演。肖晓红的表演很到位，她将祝英台的新和旧融合在一起，这个祝英台是饱满的，是新颖的，既是旧小姐，又是新女性；既保守，又开放；既让人提心吊胆，又让人充满希望。

当祝英台和丫鬟银心女扮男装逃出祝家庄时，剑湫发现，自己的心也跟随她们出发了。她开始为祝英台未来的命运担忧了。

演出很成功，也可以说争议很大。这正是剑湫想要的，她要的就是这个效果。赞美和批评都没有超出她的预想，还是传统和创新之争，还是悲剧与喜剧之辩。她看到杜文灯和梅如烟鼓掌了，文化局领导鼓掌了，剧团编剧也鼓掌了。尤家兴没有鼓掌，他显得失魂落魄，显得无所适从。剑湫带领演员出去谢幕时，发现尤家兴的座位空了。

剑湫觉得肖晓红的表演超过了自己，也超过自己对她的期待和想象。这是肖晓红第一次在表演上超过自己，她为肖晓红高兴，同时又心有不甘。她失落了。她不能接受有人在表演上超过自己，哪怕只有一次也不行。她的心情是复杂的。

从剑湫的角度看，肖晓红好就好在全力以赴，好就好在浑然不顾，好就好在如痴如醉，好就好在如癫如狂，豁出去了。同时，肖晓红扮演的祝英台又是冷静的，坚定的。虽然也犹豫，也彷徨，可她最终是决绝的，是义无反顾的。特别是"私奔"那一场，是重中之重，是改编后的"灵魂"。那是专门为肖晓红改编的，无论是唱词还是唱腔，特别是她最拿手的低音部，她在低回盘旋中坚决推进，从容不迫，同时，不容置疑。她的声音浓烈中蕴藏着幽香，沁人心脾，让人陶醉，更让人心碎。那场几乎是祝英台的独角戏，梁山伯只是最后才出场。肖晓红在舞台上，剑湫在候台，她的眼睛一刻也没有离开肖晓红，不，不只是肖晓红，也是祝英台，她们合二为一了。剑湫看着她从祝家庄一路飞奔而来，向约定的胡桥镇桥头奔来。她是那么孤单，好似世间只剩下她一个人。她的孤单还在于，离开了祝家庄，便是众叛亲离，人间再无容身之地了。但是，她毫无退缩之意，奔走得那么坚决，好像与山川万物融化在一起了。是的，包括她的演唱，悲伤而又喜悦，忐忑而又坚定，既有不舍却又决绝。她的低音发挥得极其出色，缠绵悱恻，意味深长，山高海阔，鸟语花香。她是那么投入，那么专注，那么行色匆匆，那么独自彷徨。剑湫心疼，她不能让肖晓红独自承受那么大的孤单，不能让祝英台一个人背负那么重的负担。这个时候，必须和祝英台站在一起，承担这份两个人的"约定"。但她不能，这是肖晓红的戏，是祝英台的戏，必须由她一个人承担，必须由她一个人面对。剑湫的心疼正在这里，她眼睁睁看着肖晓红在尘世奔走和挣扎，明知祝英台需要她，她也确有此心，可是，不行，这时的舞台属于肖晓红，属于祝英台，她必须一个人承担下来，必须一个人面对整个世界。

这哪里是喜剧？还有比此刻更悲壮的祝英台吗？还有比此刻更悲伤的梁山伯吗？不可能的。剑湫没有注意和观察舞台下观众的反应，她哪里有时间？哪里有心情？她的心被舞台上的祝英台紧紧牵引着，她的魂魄都在舞台上，舞台就是整个世界。世界充满了哀伤，可是，又充满希望。她在等待祝英台的到来。她相信，祝英台此刻也是同样心情，无论多么悲痛和哀伤，她必定是满怀希望的，对前方抱有坚定的信念，也对即将到来的人生无比自信。这个信心显得那么一意孤行。

剑湫站在幕后，此刻的她，早已泪流满面。同时，她又满怀期待，看着肖晓红向自己奔来，看着祝英台向自己奔来。她早早张开双臂，敞开怀抱，她在等待，既在等待即将的到来，也在准备，随时准备冲向共同的未来。锣鼓声终于响起来，该上台了，她像一头蓄势待发的狮子，沉稳而又疾速地冲上去，一把将长途奔波的祝英台抱在怀里，紧紧地抱在怀里，融化进身体里。

# 八

肖晓红当然知道自己演得好，她塑造了一个新的祝英台，一个神魂颠倒的祝英台，一个不顾一切的祝英台。她让这个祝英台在舞台上立起来了，也在观众心目中立起来了。肖晓红知道，老版的祝英台也是一个勇于追求知识与自由的女性，是个敢于表达自我的女性。但是，她的勇敢是欲说还休的，是遮遮掩掩的，是迂回的，是踌躇的。她对梁山伯的爱不敢用行动表达出来，对祝员外安排的婚姻不敢正面反抗，即便是最后的"化蝶"，也是以"死"的代价换来的。老版的祝英台依然没有跳出当时社会设置的框架，她的悲剧是注定的。说到底，祝英台是软弱的，她只能选择"死"作为抗争。"死"当然也是一种勇敢，可是，何尝不是一种懦弱？新版的祝英台是个全新人物，"新"在哪里？"新"在思维，"新"在行为，她不会用"死"作为抗争，她要的是爱，要用实际行动去爱。不需要死，也不能死，活下去的爱才有现实意义。肖晓红觉得，新版的祝英台因此有了"划时代"的意义，她的表演也具有"划时代"意义。她对自己的表演很满意，无懈可击，不敢说后无来者，至少前无古人。

这些都不重要，肖晓红更在意的是，她终于摆脱了剑湫，找到了自己，成了真正的祝英台，一个一骑绝尘的祝英台，一个勇往直前的祝英台。她飞翔起来了，包括身体，包括精神。

问题也正在这里，她发现自己停不下来了。她是祝英台，是一个飞翔的祝英台，她不想停下来，也不可能停下来，身不由己，无能为力。肖晓红消失了，只剩下祝英台，一个舞台上的祝英台，一个无休无止的祝英台。世界变成了她的舞台，她的舞台就是整个世界。这个世界只有一个主角，便是祝英台，演唱的只有一个剧目，就是《私奔》。她一遍遍地演绎，一遍一遍地"捋"，一句一句地"捋"，一个词一个词地"捋"，一个音一个音地"捋"，从第一场"思读"到第十场"私奔"，一遍又一遍地唱，从剧团唱到家，又从家唱到剧团。睁着眼睛唱，吃东西用鼻子哼，睡梦中都在演。她停不下来了，也不想停下来。

剧团的人都说，肖晓红走火入魔了。

尤家兴对此另有见解，这是一种修炼，是成为一个优秀演员的必经之路，当然也是危险之路。这是一种状态，通过了，便会上升到另一层境界，犹如有了神灵附体，成为剑湫那样的演员。如果没通过，就会停留在"通道"里，成了"戏疯子"。不过，尤家兴没有担心，恰恰相反，他很喜欢肖晓红现在的"状态"，着了迷地喜欢。他喜欢看着肖晓红一遍遍地演唱，喜欢看着肖晓红旁若无人地表演，特别是她演唱"私奔"那一场，完全看不出肖晓红原来的样子了，那是祝英台，又不是尤家兴认知里的祝英台。尤家兴喜欢这个时候的肖晓红，比任何时候都喜欢，他喜欢看肖晓红表演的每一个动作，喜欢听她的每一句唱词。他陶醉地欣赏肖晓红，在肖晓红的表演中，他的身体一点点"粉碎"，变成一颗颗尘埃，飘散在空气之中。他忘记了身体存在，整个人在飞升，在蒸腾，化成虚无，无影无踪，无处不在。

尤家兴知道自己的"状态"有问题，肖晓红的"状态"也有问题。他应该带肖晓红去医院"看一看"，该吃药，该打针，甚至住院，他应该这么做。但尤家兴不想这么做。他知道肖晓红的"问题"在哪里，肖晓红的"问题"是只想唱，不停地唱。如果想解决肖晓红的"问题"，不能阻止她唱。如果不让她唱，她的"问题"会更大，她必须唱，不停地唱，将身体里翻滚的念头唱出来，只有唱出来，翻滚的身体才有可能平息，"问题"才有可能解决。反过来看自己，何尝不是如此，他必须看着肖晓红的表演，必须听着肖晓红的演唱，只有在肖晓红的演绎中，才能消解身体里的"问题"，才能获得平衡，才能回归平静。这是他的病，可他不承认这是病，这是他的"生活方式"，是他的精神追求。

他从来没说为什么娶肖晓红，肖晓红也没问。肖晓红不需要问，他也不需要说。对于他和肖晓红来说，此事心知肚明，心照不宣。对于他来说，娶剑湫还是娶肖晓红是有区别的，也是没有区别的。当然，剑湫和肖晓红是不同的，剑湫的"气场"比他大，他"驾驭"不了。正因为"驾驭"不了，他对剑湫的想象更旺盛，对剑湫的渴望更猛烈。或者，换句话说，在他心里，对剑湫更"珍惜"，更"宝贝"，他会"让"着剑湫，不敢"放肆"。相对来说，肖晓红没有对他构成任何"震慑"，这是没有任何道理可言的，是无法解释的。对于肖晓红，他可以肆无忌惮，可以为所欲为，他在思想上没有任何负担，在行为上不用任何收敛，肖晓红对于他来说，犹如囊中取物。事实也确实如此，在肖晓红身上，尤家兴"势如破竹"，攻城略地，迎刃而解。

遗憾了，失落了，没有难度就没有想象，也就缺少了刺激和兴奋。但尤家兴也不是"无视"肖晓红，不是的，这一点，肖晓红是能够"体会"的，也是心领神会的。他们有自己的沟通方式，有自己的交流密道，或者说，他们是用特殊的形式各取所需，也用这种方式互相取暖。他们是自愿的，是默契的，是心意相通的。这也是尤家兴没有送她去医院的原因，他知道肖晓红不需要。尤家兴知道她需要的是什么，在这个时候，尤家兴是无能为力的。那是肖晓红的事，或者说，是她和剑湫的事，只能由她独自面对。

尤家兴将肖晓红带到陈列室，让她在陈列室的戏台上唱《梁山伯与祝英台》，唱《私奔》。尤家兴特意将戏台做了布置——多了一座布景坟茔，那是一座有三个墓碑的馒头形坟茔，左边墓碑上写着"祝英台肖晓红之墓"，右边墓碑上写着"梁山伯剑湫之墓"，中间墓碑上写的是"梁山伯祝英台尤家兴之墓"。

这是尤家兴的"即兴之作"，也是神来之笔，他是在观看了剑湫和肖晓红的《私奔》后设置的。尤家兴能不能接受改编？当然能，只要是剑湫和肖晓红演的，怎么改都能接受。对于肖晓红和剑湫这样的演员，她们无论做出什么事，尤家兴都能接受：她们有资格。一个好演员，是可以在虚拟和现实之间自由穿梭的，是可以为所欲为的。她们有自己的行为逻辑。但他有点"失落"，有点"抑郁"，不能让"哭坟"就这么"没了"，他觉得自己需要做点什么。在戏曲方面，他不能也不敢对剑湫和肖晓红"指手画脚"，没资格。但陈列室是他的"私人领域"，在这里，他想怎么胡来都行。

肖晓红的"非正常表现",剑湫看得一清二楚,肖晓红这种状态,她有过。剑湫的办法是将自己分化成两个人,一个生,一个旦,不断对戏,将每一个动作和每一句唱词拆开,重组,不断演绎。不同的是,剑湫只在脑子里演,她的身体没动,嘴巴也没动,一个人一动不动地坐着,脸上没有任何表情。她属于"文疯"。这可能跟剑湫的性格有关,跟她平时的言行有关,她是个"自我"的人,一直"不正常"。肖晓红属于"武疯"。她一直"正常",一直循规蹈矩。反差出来了,剧团的人不能接受了。剑湫知道肖晓红站在"悬崖边上"了。剑湫并不着急,这个时候的肖晓红也是最安全的,她"活"在自我世界里,没人伤害得了她。应该让她在这个状态中盘旋,盘旋得越久,对表演的认识便越高,对表演的领会也越深。这事急不来的。

三个月后的一个下午,剑湫突然造访陈列室,尤家兴惊慌失措了,他陪剑湫站在戏台下,一句话也说不出来。戏台上,肖晓红穿着便装,旁若无人地"演出"。剑湫在台下看了一会儿,什么话也没说,转身出去了。尤家兴默默跟到陈列室门口,剑湫也不看他一眼,用命令的口吻说:

"别跟着,我去去就来。"

剑湫果然很快就"来"了,她带来了梁山伯与祝英台的戏服,也带来了化装道具和《梁山伯与祝英台》的伴奏带。尤家兴这时已经猜出剑湫想干什么了,这个猜想让他激动,让他手足无措。

尤家兴能感觉到,剑湫是善意的,是来帮助肖晓红"出戏"的,虽然他不知道剑湫会用什么手段。尤家兴知道,"入戏"是可以带的,就在这里,就在陈列室,就在这个戏台上,他被剑湫"带"过,差点"走火"了。也是在这里,他也被肖晓红"带"过,肖晓红将他"带"偏了,到了另一个轨道,他顺水推舟上去了。但是,"出戏"能"带"吗?他不知道。他喜欢"不知道"。他相信剑湫和肖晓红,不,是迷信,愿意被她们"带"去任何地方。他愿意。

剑湫将肖晓红带到后台,尤家兴也跟到后台,他担心剑湫不让跟,剑湫没有制止,也不看他。出乎尤家兴意料的是,剑湫将肖晓红化装成了小生——梁山伯,她化装成了花旦——祝英台。明白这一点后,尤家兴不只是激动了,是蠢蠢欲动,手心开始冒汗,头皮开始发烫,身体开始肿胀,迅速变大,大得无边无际,大得看不见自己。再看剑湫和肖晓红时,她们显得很不真实,很遥远,很虚幻。最主要的是,他已经分不清谁是剑湫谁是肖晓红了。

伴奏音乐响起来,梁山伯与祝英台站在戏台上。尤家兴站在戏台下,又不像站在戏台下,似乎他也站在台上,他既是梁山伯,也是祝英台。她们演的是获奖的《化蝶》。还是从"思读"开始,从英台女扮男装离开祝家庄开始。第二场是"草桥结拜",梁山伯首次亮相。完全不一样了,这是肖晓红扮演的梁山伯,跟她以前扮演的祝英台不一样,跟剑湫扮演的梁山伯也不一样。肖晓红以前扮演的祝英台是清晰的,是简单明了的,是我见犹怜的。她扮演的梁山伯,清晰和简单明了依然在,但又不只是清晰和简单明了。她扮演的梁山伯,没有剑湫洒脱,也没有剑湫嘹亮,可肖晓红扮演的梁山伯是风流倜傥的,是温文尔雅的,既刚强又脆弱,让人欢喜又叫人惋惜,是叫人可叹又叫人可怜的。"山伯临终"那一场,还是那三句唱词,肖晓红唱得跟剑湫完全不同,剑湫演唱得那么潇洒,潇洒中裹挟着巨大悲伤,风狂浪巨,催人泪下,让人不能自持。这是剑湫的魅力,也是她的艺术感染力。没有人看到这里不掉泪的,特别是剑湫唱第三遍时,天地间已是一片皑皑白雪,肝肠寸断。肖晓红不同,她演绎的梁山伯也是悲伤的,她的悲伤是内敛的,即使死也是温文尔雅的,是得体的,是体面的。这是书生的骨气,也是书生的无能。此时,梁山伯的死是弱者之死,是代表天下爱情之死,也是你我之死。这种死如此之近,又如此遥远,如此切肤,又如此麻木。这种悲伤是哭不出来的,是欲哭无泪。这是肖晓红和剑湫最大的不同,她们走向了两极,也表现出各自的天赋和个性,当肖晓红的梁山伯唱最后一遍:

> 爹娘啊,儿与她,
> 生前不能夫妻配,
> 死后也要成双对。

唱完之后,戏台上寂静无声,戏台下的尤家兴呆若木鸡。难受,说不出的难受。他愿意替梁山伯去死,仿佛死去的正是自己。他悲从中来,可又无处发泄。忧郁了,惆怅了,身体和灵魂原地不动却又四处飘荡。

到了最后一场"哭坟",这是祝英台的戏,也是剑湫的戏。剑湫还没有出场,一声"梁——兄——啊——"就将陈列室撕裂成了两半,她演唱得缠绵悱恻又急转直下。这是剑湫的风格,却又不是剑湫的风格。没人见过剑湫演花旦,更没人见过她演祝英台,这是剑湫的祝英台,是狂风暴雨的,是柔情似水的,是一往情深的,是一言九鼎的,更是视死如归的。她演唱的节奏很缓慢,却又如此急速,她是那么悲伤,却又有抑制不住的欢乐,当唱到最后一句:

> 梁兄啊!不能同生求同死……

电闪雷鸣了,狂风骤起了,天崩地裂了,光线似有似无,戏台影影绰绰,戏台与现实的世界模糊了,浑然一体了。

尤家兴想哭又想笑,哭不出来,也笑不出来。他觉得身体在猛烈生长,超过戏台,超过陈列室,升到空中。又觉得身体在缩小,小成一颗微尘,飘飘荡荡,酥软无力,随时会化为无形。他觉得自己是梁山伯,同时也是祝英台。似乎都不是,是个说不清道不明的结合体。

一声巨雷炸响,将戏台上的坟茔劈成两半,祝英台大喊一声"梁兄",水袖甩到两肩,纵身扑向坟茔。与此同时,正在后台的梁山伯冲出来了。出来了,或者说"进去了",确实是剑湫"带"的,合情合理,身不由己。站在台下的尤家兴灵魂出窍了,想喊,喊不出来;想动,动弹不得,但他能够感觉到,另一个尤家兴已经跃上戏台了。

(原载《收获》第3期)

# 白釉黑花罐与碑桥

迟子建

## 楔 子

又来了个姓赵的。

他四十岁上下，黑红粗糙的脸，平头，额头有颗斑驳的黑痣，穿一身不大合体的藏蓝色西装，红领带，紫袜子，黑皮鞋。为来鉴宝特意刮过胡子吧，唇髭间泛着收割后的青光。他怀抱一个半尺来高的三足龙纹云鼎，说这是西周的青铜器，当年宋徽宗被金人所掳带到三姓的，他的远祖是宋徽宗后人，所以这宝贝在他家传了好多代了。

我懒得多看一眼那明显造假的玩意儿，鼎上的龙纹张牙舞爪，粗鄙不堪，这可不是西周的线条，我毫不客气地对他说："东西不必放下了。"

他细长的眼立刻瞪成圆眼了，半是威胁半是乞求地说："您不仔细瞧瞧？也不问问我姓啥？"

"你当然姓赵了。"说完这句话，我见他手上毕露的青筋，瞬时瘪了下去，而先前它们血脉偾张，像一条条奔向猎物的蛇。

我眯起眼，享受南窗送来的金子般的阳光，这是西周的阳光、北宋的阳光，也是今朝的阳光，无须鉴定，千秋万代。

那人咳嗽一声、叹息一声，再咳嗽一声、叹息一声，最后"唉——"地长叹一声，绝望地走了。他走得深一脚浅一脚的，脚步声杂沓不堪。一个人泄了气，腿脚就不利落了，再加上他穿的新皮鞋，与那身别扭的西装一样，显然是急就章，与他的脚怎能合拍。

我从哈尔滨到依兰两天了。退休这五年，我驾驶一台越野吉普车，在黑龙江各地寻古探幽，也发挥专业优长，免费给人鉴宝，渐渐地在民间有了些名气。因为经我鉴定为真品的一些私人藏品，得到了国家级文物专家的认可，拥有宝物的主人一夜暴富。

我不做文物贩子，虽说利润空间很大，这倒不是怕违法，而是我资金不够雄厚。我只收藏经济能力承受得起又令我心仪的器物，比如金代的双鱼花枝铜镜、明代的青花瓷碗、清乾隆年间的粉彩山水画盘以及民国的各类酒壶。

当收藏成为一种热潮时，各地的古玩市场也悄然兴起，抱着捡漏心理的收藏爱好者成为这里的常客。但摊主们兜售的器物，十之八九都是赝品。而之前在穷乡僻壤，有些宝物真的不为人识。有农人用明代万历年间的花鸟漆盘去盖咸菜坛子；还有人把辽代的上马酒壶给小孩子当尿壶。细究起来，这样的人家祖上没有不发达的，而后辈又没有不落魄的，以为自家不曾拥有稀罕物。

爱好收藏的，最痛心的就是逢着心爱之物却无力纳为己有。比如我曾在阿城乡下一户人家，见到一个盛黄烟叶的罐子竟是金代的白釉黑花罐，其器型端庄古朴，色彩典雅高贵，釉面似有月光隐隐浮动，就像个穿着丝绒旗袍的气质美女，在勾人魂魄地望着你。罐身的牡丹与枝叶勾勒得富贵又妖娆，像是要从罐子中飞出来爬上谁家的窗棂，为这罐子平添了一份浪漫，让人怦然心动。见我要出高价收购这个罐子，老乡顿悟此非浊物，连说这是他心肝，陪他大半辈子了，不卖。几个月后我再去，房屋还在，但主人已不知所踪。

我已是第三次来依兰了。因为北宋的赵佶、赵桓二帝曾被囚于此，这当年的五国头城里，不仅流传着很多关于他们的传奇故事，前来鉴宝的人里标榜赵姓的也不少。仿宋徽宗赵佶的书画作品，一如陈年枯叶，有点收藏风就飞出来了。

还记得我第一次来，有个酒气熏天的男人，拿着一页泛黄信笺，愣说是宋徽宗写给金高宗的密信，价值连城，给他两万他就出手。见我不理，他抖着信笺说，瞧瞧这有筋无骨的瘦金体，只有他妈的不爱江山爱花鸟的徽宗才写得出来啊，你看走了眼，可别后悔呀。我抢白他，花鸟不是江山吗？而我第二次来，有个肥胖的自称姓赵的艳服女人，袖着一方褪色的粉绸，说这是徽宗皇后韦贤妃用过的。而这次竟有人仿造西周的鼎蒙我，委实让人不爽，这分明是嘲弄我的专业才能。

其实我这次来还是有收获的，得了一盏曾任依兰镇守使的抗日名将李杜将军的台灯，要知它照亮过多少黑暗的夜晚啊。李杜因尊崇李白、杜甫，把原名李荫培改为李杜。他的二夫人王者培在东北很有名气，是个舞刀弄枪的女侠，传说她爱上了李杜将军，但李杜有夫人，于是刁难她，说除非你打下城门塔上的鸽子，才会考虑。王者培手持双枪，砰砰两声，一双鸽子自塔顶坠下，成了她婚礼的爆竹。此行我还得了一幅曾任依兰道尹的莫德惠的字。日本侵占东北时，莫德惠正在苏联，他闻此消息，放声大哭。清末依兰城门上"东北重镇，中外通衢"的横额，就是莫德惠题写的。

依兰山岳环抱，多有庙宇。这里水系纵横，除了浪漫汇合的牡丹江和松花江，还有散发着竹笛般清音的倭肯河和巴兰河。来这儿的游客，看山有山，观水有水，寻古有古。依兰在金朝设路治，称胡里改路。乾隆年间，这里就是著名的通商开放市场，有大码头，商户林立，贸易繁荣。光绪年间设依兰府，后为依兰县。它别名"三姓"，源自满语"依兰哈拉"，满语中"依兰"为"三"，"哈拉"为"姓"，当地不少百姓还习惯叫它的老名字。而不管历经了哪朝哪代的风云变幻，依兰最为世人所知的，还是徽钦二帝在这里"坐井观天"的囚禁岁月。

送走最后一个鉴宝人，我正打算出旅馆寻个吃杀猪菜的地方，林蓓来电，也不问我在哪儿，张口就发脾气，说："你快滚回来吧，我可受不了你妈了！"

林蓓比我小九岁，是我现任妻子，已是一家企业的副总了。她年薪比我高，长相不俗，自我们结婚，母亲一直看她不顺眼，觉得我找了个跟王姝同路的女人，好不到哪里去。

王姝是我前妻，貌美如花，性格活泼，在一家医院做护士，女儿十岁时，我发现她和一个有家室的官员有染，于是提出离婚，王姝欣然同意，我们平分财产，女儿共同抚养，也算分得寂静和体面。

被戴过绿帽子的男人再找女人，总觉是走夜路，有姿色的都觉得是鬼，让人脊背发凉。

我是在一个朋友的聚会上遇见林蓓的，她鹅蛋脸，黑黑的眼睛，剑眉，红唇，一头秀发，身形高挑，衣品极好，举止得体。朋友说她刚离婚，前夫是搞动力学研究的专家，出轨女博士，林蓓一怒之下离了婚。我想我们有相似的情感经历，再组家庭，定会彼此珍惜。但母亲见她第一眼就不喜欢，说："你当自己是拎着金箍棒的孙猴子啊，怎么又招了个妖精来家？"但我迷上林蓓，不顾母亲反对再婚了。林蓓那时是企业的中层干部，常陪老总出差，母亲说她一准是跟别人撒野去了。婚后林蓓才跟我说，其实她是个丁克，前夫本来也是，说好了不要孩子一起走到底的，可婚后他就改主意了。前夫出轨，也是想刺激她主动离婚，好再婚生子。林蓓说她之所以没婚前说，是因为坚信我这样有襟怀的文人学者，不在乎这个，再说我有孩子了。林蓓虽然给我戴了人格的高帽子，但我依然不爽，觉得她心机重。母亲知道林蓓不想生孩子的坚定意志后，气得大病一场，尽管不喜欢她，但还巴望着再得个孙子呢。

林蓓性格强势，业务能力强，人脉广，一路升至副总，风光无限。我们在经济上各自独立，她的钱主要消费在奢侈品店、美容院、高端餐厅和海外游，而我乐意把钱用于收藏、购书和国内自驾游。林蓓过了五十岁后，气质大不如从前，也许是企业复杂的人际关系给折磨的。她打电话时，我常听她对张三说李四的坏话，转而又对李四说张三的不是，简直是个面具女王。还有她近年睡眠差，大把掉头发，黑眼仁少白眼仁多了，她跟我说话翻眼珠时，我感觉她眼里堆着肮脏的雪。

母亲一直怀疑林蓓在外面有人，所以只要我离开哈尔滨，她就把保姆打发走，要林蓓回她那儿住，名曰陪伴，实则监视。这不林蓓控诉大中午的，母亲让她回去喝人参乌鸡汤，说是入秋后得补了，不然缺营养，头发掉光了，人家还以为她儿媳妇要去当尼姑。我明白母亲并不是真的关心林蓓的身体，她就是要占领她的午休时间，因为母亲跟我唠叨过，她听说出轨的上班族，通常是利用午休时间，在快捷酒店或办公室鬼混，晚上回家跟没事人似的。

无论是前妻王姝还是现任林蓓，我都无感了，相信她们对我也一样。我现在的家，就像一个开放的码头，为着利益，什么船都可以靠港。王姝退休后常带女儿过来，她鼓励我收藏，不是欣赏它们独有的文化价值，而是为着我们的女儿着想，说这是软黄金，能做女儿的传家宝。这话对自甘放弃生育后代的林蓓来讲，字字诛心，所以林蓓喜欢挥霍钱财，反正无人继承。林蓓一身名牌地走出家门时，我总觉她像稻草人一样，身上没有血肉。

挂断林蓓的电话，我没心情去寻杀猪菜馆了，想着旅馆斜对面有一家砂锅豆腐店，随便对付一口算了。

依兰晚秋的风儿与哈尔滨一样，由润而滑的丝绸感，蜕变为凉而硬的金属感了。没有都市高楼的层层阻隔，风儿更自由也更凌厉，吹得人睫毛忽闪。小城依山傍水，草木气息浓，汽车尾气少，空气清冽干净，让人神清气爽。我进了小店，点了一个排骨豆腐砂锅、两张葱油饼，全部消灭掉，只觉身体动力无穷，很想出去撒撒野。刚好有食客在讲巴兰河，说这段时间去那儿看五花山的人不少，我便想去巴兰河景区转转。

主意已定，我赶紧回去退房，驾车奔向巴兰河。

我的背囊中备有常用的急救药品，还有指南针、防水火柴、手电筒、望远镜、搪瓷杯和水果刀等野外生活工具，以及瓶装水、食盐、糖果、压缩饼干等。对爱读书的我来说，包中还少不了一两本书籍。

出了旅馆向西不远，是一条商业街，城镇化改造中，很多地方的房屋被粉刷成一个颜色，比如土黄色，依兰的这条街就是这样。这颜色在我记忆中，仿佛火车站专有。好在土黄色的建筑物上，有五颜六色的牌匾，无论冬夏都绚丽夺目。超市、银行、浴池、药房、烧烤店、冷面馆、渔具店、鲜奶吧、佛事用品店、理发店等依次排开，这生活的花朵，即便是在新冠疫情中，也不凋零。

快出城时，见到一处建筑工地上，两台挖掘机正在作业，一个工人在瓦砾中叼着烟撒尿，他旁边站着一只摇头摆尾的黑狗。这路段大货车和摩托车明显多了起来，它们体积不同，气势却一样，跑起来蛮气十足，这都是路上的祖宗，我小心翼翼避让着，到了哈肇公路才松口气。而上了依兰旅游公路，那就是走上幸福大道了，路况很好，车少人稀，风景也美，我把车窗摇下，听着原野的风声。

依兰旅游公路有三十多公里长。中秋和国庆将近，正是游客青黄不接的时节，往来车辆极少。夏候鸟大都迁徙了，偶尔从草丛飞起的一两只禽鸟，也都飞不高。它们有的是因出生晚，体力不行，难以展翅高飞，有的则是因伤或衰老得飞不动了，还在北地苦熬。命好的在落雪前挣扎着南飞，或是被候鸟保护站收留，命差的就葬身于寒流，那丝绸般的羽翼就此在天空消失。当我放慢车速，贪婪地呼吸着山野清风的时候，一只成年苍鹭忽然从水边半青半黄的草中拔头而起，它栽棱着翅膀，飘飘摇摇地跟着我的车子飞翔，随时随地要栽倒在地的模样，一看就是受了伤。

我最不喜欢的鸟儿就是苍鹭了，不是因为它嘴长脖长、细脚伶仃，一副刻薄相，而是因为母亲常把我跟它类比。苍鹭捕食时会像岩石一样，待在一个地方久久不动，静待猎物，所以当地人也叫它长脖老等。它不挑食，撞上什么就吃什么。母亲说我在婚姻上就是个长脖老等，不知道四处寻觅好姑娘，傻呵呵地撞上王姝就娶了王姝，撞上林蓓就娶了林蓓。所以每次路遇苍鹭，我都会加快车速掠过，仿佛是甩掉了母亲的嘲笑。

我到巴兰河景区时是午后三时，太阳已向西了。在一座挂着红灯笼的山庄停下车，我跟庄主说想租条橡皮艇漂流巴兰河，留着一撮小胡子的他瞪着我说："兄弟这是啥时候啊，都快下霜了，还上水里整啥浪漫！"

我说："那你还守着这山庄干吗？"

他又瞪了我一眼，说："收秋啊。"

我以为他在附近种植了庄稼，再交流才明白，这两年因疫情，山庄一关再关，游客锐减，生意难做，就巴望着中秋和国庆假日时，来看五花山的人带来个小高潮，收个游客的秋。我问他这两个节日的客房预订情况好吗，庄主害了牙痛似的抽着嘴角说不咋样，预订中秋节的只有四间房，还都是普通间。国庆节的稍好一些，两个小套房都订出去了，普通间也有五间。他说要是搁前些年，这儿的客房闲的时候少，可现在整座山庄，只有五个客人。三个年轻的是来拍五花山的摄影爱好者，一对老夫妻是银婚旅行，他们消费都不高，实在没啥赚头，勉强维持员工开支。

我好说歹说，庄主就是不肯租橡皮艇给我，说早过了漂流季了，今年水又大，后天就是中秋节了，万一我有个闪失，他们踩了假日游安全的地雷，那可就遭殃了。他建议我住下，可以出去转转山，看看奇峰异石。他说当年跟宋徽宗发配到依兰的九个侍女，因不堪金兵凌辱，在巴兰河投水而亡，魂灵化作秀丽的山峰，离这儿不远，日落前可探寻一下。有人说男人看了这九女神峰，会交桃花运呢。

我没有好气地说："交桃花运的男人哪个不被桃花水淹死！"

庄主哈哈笑着拍着我肩膀说："兄弟这是蹚过桃花水受过伤哇。"

见我对九女神峰不动心，庄主又说这附近还有蘑菇，可挎个篮子采山，用自己采来的蘑菇，去厨房做个鲜蘑炒白菜片，再弄个清炖细鳞鱼，来上一壶老酒，这个夜晚就是仙女来陪，咱都不干！

巴兰河景区的山庄还有不少，可是日色渐暮，我还想趁亮出去转转，再说庄主是个有趣的人，所以不想再寻别处，先办了入住。

我肩挎背囊出门的时候，庄主嘱咐我注意野兽，天黑了就回来，别往密林中走，万一碰见黑熊，这家伙冬眠前正要储存能量，我这么大块的优质蛋白，它是不会放过的。

秋风是大自然的调色师，巴兰河两岸的山峦和原野，被它点染成了花园。杨树的叶子黄了，但它黄得参差，土黄、鹅黄都有，不像白桦树跟个富翁似的，披挂着满树金币似的金黄叶片。柳树叶子的颜色最丰富了，半青半黄的有，半红半粉的也有。最红的要数柞树了，它那蝙蝠似的叶片油红油红的，像上了蜡。落叶松的松针就两种色，落地的是深褐色的，还在树上的是浅黄色的。只要一阵风吹过，你看林间吧，简直是天女散花，斑斓的秋叶满天飞。但这样的绚丽，是大自然的回光返照，因为秋叶终归飘零，褪掉颜色，成为腐殖土的一部分。我踩着林地厚厚的落叶，感觉是踏着油彩前行，脚下流光溢彩的。

庄主诳我，这时节哪还有蘑菇啊，我不止一次以为发现了榛蘑，可凑近一看，总是落叶，榛蘑和落叶在长相上酷似。兜兜转转了一小时，只找到几个半干的桦树蘑。我爬到半山坡时，太阳开始下沉了，夕阳仿佛一个气韵饱满的歌者，一旦它开嗓，晚霞就缕缕飘出了。我掏出望远镜回望山庄，想看看沐浴着夕阳的它，是否成了金殿，这时我意外地发现了一条船。

这条船停泊在山庄东侧的一棵大杨树旁，面向巴兰河。船是木船，不是那种为游人预备的橡皮艇，也许是山庄员工用来捕鱼的。要知道住进这里的游人，谁不渴望灶上的河鲜呢？这条黑黢黢的船，在我眼里比任何一道晚霞都绚丽，再次点燃了我漂流巴兰河的热望，而我有数的几次漂流，都是在日光里。想想太阳落了山，避开庄主和游人，悄悄推船入水，来一个月夜的漂流，独享一条河，听水声、风声和落叶声，该多享受啊。

锁定了船的方位，我不再登山，而是席地而坐，目送夕阳。秋天的太阳落得就像疾驰的车轮，滚滚向前，一刻钟左右，大半个身子沉下去了，再七八分钟，夕阳完全不见了，它在最后时刻留下了对天空的热吻，玫红与金黄的晚霞弥漫在西边天。但这是黑夜最觊觎的吻，用不了多久，它们就会被吞噬。

山庄客人少，不必在意会撞上花前月下的人。所以太阳一落，我就起身下山，一直到巴兰河畔，只碰见几只忙活着往洞里藏松子的松鼠和几只被我惊飞的苏雀。晚霞消散，夜色渐起。那条船半新，还有腥味，看来是打捞河鲜的船，船桨不像我想象的怕客人乱用而藏在别处，桨就在船舱贴心地放着，而且船舷接近水面，我毫不费力地推船入水，开始漂流。

入水后我才发现船在山庄的下游，所以更不用担心庄主会看见我了。我摇船离岸时，感觉是个成功逃学的孩子，直想放声歌唱。山庄灯火旺盛，可等我划了一段，在河流转弯处回身遥望时，山庄的灯火就像一团渔火了。

　　巴兰河是由山泉水汇聚而成的，非常清澈，虽然夜色迷蒙，但在水浅处，还能隐约看见河底的卵石。河道初始宽阔，大约十五六米宽吧，但转了两三个弯之后，它忽然收紧了心，河面变得狭窄起来，也就六七米的样子，伸出手臂能抓到岸边的柳树探过来的枝条。水流变得湍急，我努力保持着平衡，不让船过于摇摆。

　　船行七八里后，月亮升起来了，照得巴兰河像大地的闪电似的，瞬间亮了起来，猛然间觉得河上鱼群飞舞，仔细一看，却是形形色色的落叶。落到水里的叶子，不甘命运的，可以随着巴兰河汇入松花江，心性更高的，没准还能汇入黑龙江呢！

　　月亮初始光华满面，但它在夜空没骄傲多久。当船行至一处宽阔的水域时，天突然阴了起来，月亮被云彩遮住了。先是片状云像羽毛似的撩拨月亮，也顺带给它们点染了春心，令片状云红了脸庞。但随着铅灰色的块状云堆积而上，月亮逐渐沦陷，挣扎着发出微光，最后被浓重的乌云彻底埋葬了，河面骤然黯淡了，风也起来了。山里的天气就是这样，几分钟前还云淡风轻，转瞬却是狂风暴雨。

　　先前漂流时，我还嫌夜晚太过恬静，波澜不惊，少了刺激。现在狂风一起，两岸的树疯狂摇曳，呼啦啦作响，像一颗颗手榴弹，要炸毁这暗夜似的，再加上野鸟惊叫，暴雨如注，河面雨雾蒸腾，波涛翻卷，小船剧烈颠簸，我立刻兴奋起来。

　　可这激情没有持续多久，雨越下越大，河面一片模糊，分不清哪儿是岸，身上阵阵发冷，我打算结束这冒险的夜漂了。我吃力地辨认着方向、寻找上岸之地时，船被一个大旋涡击打得侧翻，船舱进水了，这让我分外紧张，因为我并不会水，如果没有了船，我在河里就失去了心脏。

我渴望闪电的出现，这暴雨的先遣军，是天空的手电筒，会让我在瞬间辨明哪儿适合靠岸。可是闪电是夏天的轻骑兵，到了秋天就偃旗息鼓了，不再亮剑。我睁大眼睛仔细观察，发现眼前是墨色和灰青色交织的色团，我判断出大面积的墨色是岸，而呈带状分布的灰青色，则是河流。只要朝着墨色方位，感觉船不太颠簸时，说明那是水流相对平缓的河段，就可靠岸。

然而船侧翻时涌进的河水与持续的暴雨倾入，使得积水已没过我脚踝，船开始渐渐下沉。当我意识到不妙时，也不管身处什么样的河段，赶紧朝着浓重的墨色划去。

在我努力靠岸的过程中，船又雪上加霜地"咣当"一下撞上了什么，这让我肝肠欲裂，头晕眼花，跟着似有一只大鸟掠过，它的翅膀扫着我的额头，像是重重地给了我一拳，生疼生疼的。我想鸟儿飞去的方向一定是山，山就是岸，而那是墨色区域，我判断的方向应该没错。可是风越来越大，船像是被撞傻了，原地打转，剧烈摇摆，只两三分钟，就彻底倾覆，把我抛入冰冷刺骨的巴兰河。

## 上半夜：白釉黑花罐

救我上岸的是个四十多岁的男子，他相貌平平，刀条脸，八字眉，小眼睛，扁平鼻，目光黯淡，面无血色，穿一身铁灰色的衣服，黑胶鞋。我睁开眼睛时，已在他的窝棚中了。松木杆搭起的窝棚像个大斗笠，扣在巴兰河畔，一团月亮似的火，在窝棚中央发光发热，像一颗勃勃跳动的大心脏。

他对我说的第一句话是，"来了。"

我躺在一堆干草上，问坐在火堆旁的他："这是哪儿？"

"巴兰河啊，"他说，"你在河里翻了船。"

我说："知道这是巴兰河，可这是哪一段呢？"我说出了投宿的山庄名字，问这里离那儿有多远。

他说巴兰河就像一个人的身躯，缺了哪段都没好活的，所以河流是不分段的。至于我提到的山庄，他从未听说过。

我说："看来你不熟悉巴兰河景区，你是过路的渔人？"

他告诉我他是个窑工，祖上就是干这个的。

我说："依兰这地方还有烧窑的吗，我怎么没听说过？那你是给建筑工地烧红砖的了？"

他用看待俗物的眼神，同情而又失望地扫了我一眼，说他是烧瓷器的。

我想他这是守窑场的了，刚想打听这里几孔窑、烧窑的土黏性大从哪儿运来、成品的瓷器又销往何处，窑工站起来，或者说从我面前升起来。我不算矮，但他比我还高出一头呢，似乎要把窝棚给戳破了！他走向一个草编的箱子，取出一套藏青色衣服，嘱我换上，说要出去看一下窑火，一会儿回来给我煮点吃的。

我望着窝棚顶那个苹果大小的圆孔，它既可走烟，也可瞭望天光。看得出夜色沉沉，雨还没停，因为火堆时常发出吱吱的叫声，那是圆孔坠下的雨滴，牺牲于烈火的声音。

我脱下湿衣服，换上他给我的那套。衣服叠得整整齐齐，散发着淡淡的香味，好像由女人打理过。上衣是对襟的，裤子是散腿的，料子像棉又像麻，轻极了，软极了，干爽又妥帖，穿上很合体，像是专为我准备的，因我没窑工那么高，也比他胖，显然不是他的衣服。我从脱下的上衣闻到淡淡的盐味，从裤子嗅到了令人沮丧的臊味，看来我拼命挣扎时没少流汗，而且吓尿了裤子。

那条翻了的船漂哪儿去了，我该怎样跟庄主交代？夜漂时我将背囊搁在舱里，船出了事故，它自是不保，里面的救急物品，此刻已成了河里的怨鬼。我记得只有手机不在背囊，放了上衣口袋，连忙将手伸向那儿，可是我没摸到硬的东西，却摸出一条柔软的小鱼，因为上衣的布料密闭性好，兜里还存着一汪水，尽管小鱼气息奄奄，尾巴却还像将尽的烛火一样，吃力地摇摆着。想想这条莽撞的小鱼误入口袋的网叫人怜惜，窑工救我一命，我理应救它一命，我捧着小鱼走出窝棚，顶着细雨，把它放归巴兰河。

窝棚搭在岸边的柳树丛中，距巴兰河也就八九米，如果没有那团火透出的微光，我可能没有勇气走向巴兰河了。河对岸是黑魆魆的望不到边际的山，哗哗的流水声听起来像野兽发出的饥饿的叫声。

我给小鱼放生完，回去时窑工已坐在火堆旁的木墩上，专心致志地煮着什么了。窝棚里弥漫着一股奇异的香味，像肉香鱼香又像花香果香，总之是复合香味，强烈撞击人的嗅觉神经。

我坐在窑工对面一截磨掉了皮的圆木上，望着火堆四周那圈不规则的青石，说："你围挡这圈石头，是怕火蔓延烧了窝棚吧？"窑工点点头。我又问："这些石头是从巴兰河取来的吗？"窑工说："河里的石头不适宜围火，它们被河流冲刷后会有空隙，遇热可能爆炸，所以这些石头都是从山上采来的。"窑工这样说让我心安许多，巴兰河的石头，在我眼里已是地雷了。

窑工煮好了吃的，拿出一只粗瓷新碗，说是单为来客预备的，先给我盛上，又拿出一只旧碗，给自己盛上。他端给我，说："趁热吃吧，你这一路过来，也是辛苦。"我端起那碗像汤像茶又像糊糊的东西，迫不及待地喝起来。怎么形容它呢，它不像食物，而像凝聚的光，入口后身上立刻暖了不说，先前灰暗的心，忽然间明媚起来，人在瞬间变得愉悦。我对窑工说："我从未吃过让人这么高兴的东西，它是酒吗？"

窑工说:"你说它是啥就是啥。"

我问他有手机吗,我想借用一下,给家里报个平安。

窑工意味深长地看了我一眼,说:"你到了这儿,还用报平安吗?"

我说:"倒也是,现在家里很少用固话了,我妈和我老婆的手机号码都存在手机里,你就是借给我手机,我也拨不出号,只知道她们一个是移动的,一个是联通的。不过我还能记起我妈的手机号尾数是99,她想活得长久嘛,我老婆的号码尾数是88,她这个做企业的,身上每个细胞都做着发财梦。"

发完牢骚,吃完东西,我觉得身上暖洋洋的,有股说不出的幸福感,特别想听听窑工的故事,我问他祖上从何时开始烧窑的。

他放下瓷碗,双手合十,循环摆动,做出后浪推前浪的手势,说他曾祖的高祖、高祖的高祖、再高祖的高祖、再再高祖的曾祖、再再再曾祖的曾祖,是相州很有名的窑工,他烧的瓷器,整个相州都在用。

他这连环套似的高祖和曾祖,简直是迷魂阵,立刻把我绕迷糊了,我说:"那得好几十代了,不是干到古代去了吗?"

他没理我,说就这么说吧,他远祖是给宋徽宗烧瓷器的,你总该知道这个喜欢写字画画的皇帝吧?

我说:"黑龙江人谁不知道徽钦二帝——赵佶和赵桓呢?依兰是他们当年'坐井观天'之地啊。"

我好为人师地跟他说:"提起坐井观天,并不像后世有人理解的,徽钦二帝被金人投进井底囚着,实际上这个'井',是地窨子,地窨子知道吗?是半地下的窝棚,这里大半年的冬天,冒烟泡儿一刮,人会被冻僵的,地窨子北面封堵,南向开矮窗,能见天光,抗风抗雪,那时老百姓多住这样的屋子。而到了夏天,徽钦二帝住的是四合院。"我说这番话时,显然把窑工当成了外来的。

窑工用手指弹了一下瓷碗,它发出一声明丽的叫声,让我疑心瓷胎中藏着一只夜莺,他说:"地窨子谁不知道呢。"窑工问我,"你知道他们是怎么到的五国城吗?"

我说:"徽钦二帝从汴京被俘北上,先抵达的是燕京,就是现在的北京,之后再到上京,也就是如今的阿城,最后又从上京被发配到胡里改路的五国头城,人们习惯叫它五国城,就是依兰了。"我说在上京,金主竟让徽钦二帝穿孝服,拜祭金人祖庙,封赵佶为昏德公,赵桓为重昏侯。

窑工叹息一声说:"宋太祖灭了南唐,不是也封李煜为违命侯嘛。"

我说:"是的,还有传言说宋徽宗是李煜转世的呢,两个皇帝结局惊人相似,且艺术成就都高。不过颇具讽刺意味的是,把侮辱性封号送给徽钦二帝的金熙宗,最终被自己的堂弟完颜亮刺死,也被降封为东昏王。完颜亮篡位为帝,他骁勇过人,才华盖世,我喜欢他的两首咏雪词,'天丁震怒,掀翻银海,散乱珠箔。六出奇花飞滚滚,平填了,山中丘壑',气象浩茫不是?还有'锦帐美人贪睡,不觉天孙剪水,惊间是杨花,是芦花',又柔肠百结不是?但《金史》对这个海陵王评价不高,他嗜杀好色,说他'三纲绝矣'。一般人能够记得他,是因他将国都从上京迁到燕京,成为入主北京的第一个王朝,不过完颜亮结局也不好。"

窑工对我欣赏完颜亮的词显然不忿,他先是说:"这样的人哪有好结局呢?"之后吟哦,"春花秋月何时了,往事知多少""问君能有几多愁,恰似一江春水向东流",说这才是千古流芳的句子。窑工谈吐不凡,我怀疑他并不是干力气活的。他用木棍拨弄了一下火,很奇怪的是,他的脸庞遇到火光,不是红了,而是青了,像抹了一层水泥。他说:"徽钦二帝被俘到北方的路线,你说得不差,但你知道他们到了五国城,还剩多少人吗?"

我说:"那时行路靠的是车马和步行,据说一行三千多人从汴京出发,最后到了五国城,只剩几百人了,被金兵打死的,以及冻死的、饿死的、病死的、自尽的都有。就说这巴兰河吧，传说宋徽宗的九个侍女，不堪金人凌辱投河了，她们死后化作了秀丽的山峰，我要是去看九女神峰，还不至于在巴兰河翻船吧。"

窑工说："那是传说吧，能活到五国城的，哪会轻易就投河呢？"

我说："倒也是啊，嫔妃们随着徽钦二帝被押解到这儿，谁人不是庶人？她们自知来后没有好命，想死的在汴京就死了。史载徽宗帝到了这儿，除了被金人霸占的嫔妃，他依然拥有皇后和妃子，徽宗一生有八十多个孩子，在五国城不是也得了六子八女吗？"

窑工说："是啊，要说金人对徽钦二帝也算优待，虽然他们失去自由，但吃喝不用愁，也有杂役侍奉着。北宋亡了，徽宗第九子赵构建立南宋，金人可拿徽宗钦宗做人质，要挟南宋割地。"

我说："是啊，女真人可是绝顶聪明的。"

"你是女真人的后代？"窑工问时，目光泛着寒光。

"女真人，那是多少辈子之前的事儿了，我是满人。"

"祖上是，就是。"窑工这样说的时候撇着嘴，似乎对我不认祖有些不齿。

"那您祖上来自中原，一定是汉人了？"

窑工说他祖上从汴京跟徽宗帝到的五国城，自然是汉人了。他说这话时，眼睛忽然变得明亮、清澈和温柔，他也开始回归正题，给我讲祖上烧窑的故事。

跟着徽钦二帝来到五国城的，除了他们的皇后、嫔妃、杂役，还有道人、僧人、石匠、花匠、画工、织娘、窑工等等。宋徽宗钟爱艺术，他所藏的字画和历朝文宝，被俘时多为金人劫掠，这对徽宗来说，跟失去江山一样令他痛心。徽宗钦宗被俘，史称"靖康之耻"，而能忍下奇耻大辱的人，自不是凡人。窑工说徽宗的不凡在于，他这颗心是肉做的不假，但滋养这团肉的血脉，是笔墨纸砚，是五色斑斓的颜料，是能让泥坯脱胎换骨为精美瓷器的窑火,甚至是花香鸟鸣和月光星光。他带来这些身怀绝技的匠人,就是带来了血脉。尽管他不再享有锦衣玉食的日子,但有了这些,还能活下去。

我插言道:"其实金熙宗和完颜亮,包括他们的叔父金兀术,也都崇尚汉人文化,他们押解徽钦二帝北上,从中原带来这些匠人,也有借鉴他们优良技艺的意图吧。"

窑工说:"那是自然,好东西谁不稀罕。"

窑工说他祖上到了五国城,因是匠人得到优待。与其他男性俘虏被编入兵籍、集中在巴兰河畔不同,他和徽宗、钦宗以及皇室的人,住在靠近胡里改江的地方。

那时金人所用的瓷器,多来自现在的河北和辽宁一带,以白瓷、黑瓷和酱釉瓷为主。这些碗盘、瓶罐、灯盏等瓷器的胎骨较为笨重,杂质多,瓷化一般,釉层较薄,不够均匀,是日常所用的粗瓷,跟北宋官窑的那些精美瓷器相比简直天壤之别。金人喜欢汉人的瓷器,勒令被俘的窑工烧瓷。就在巴兰河畔,当年有七孔窑。烧窑用土,一部分取自巴兰河畔黏性较大的滩地土,一部分取自东山北角矿化的灰土。从中原来的窑工,在瓷器的刷花和刻花上,技艺高超。汉人相对比较喜欢花鸟人物的装饰,金人虽也对植物情有独钟,但偏爱描画动物,窑工说他祖上烧过一窑的碗,专为金兵用的,碗壁描画的都是奔腾的马。

我说:"那你祖上烧的瓷器,徽钦二帝能用上吗?"

窑工说他祖上是窑工的头领,每年总会有那么一两次机会,见到徽宗,当然金人不会让他主动拜见的。金人从皇帝到小卒,都知道被俘的这个亡国之君懂艺术,所以对他也算宽待。

窑工说他祖上有时故意烧坏一两窑的瓷器,说是只有徽宗明白症结在哪儿,求见徽宗,加上给通融此事的金人一点贿赂,事情也就成了。窑工说他祖上觐见徽宗时,总要带两三件烧坏的瓷器,以示请教,见了徽宗长跪不起，徽宗也不唤他起来，因为除了跟他一起被俘的人，没谁跪他了。

金人崇尚黑白色，罐子和瓶子白釉黑花的居多，但无论材质还是纹饰，都不够精良，而汉人窑工烧制的白釉黑花器物，在保持金人瓷器古朴粗犷的基础上，施以温润的釉色和细腻灵动的纹饰，所以巴兰河窑烧制的瓷器，那时很为人们喜爱。窑工说他祖上携带烧坏的瓷器时，总要夹杂一件私藏的精美器物，徽宗见了，欢喜又怅惘。欢喜的是饱了眼福，怅惘的是这样的器物，必须尽快砸烂毁掉，以免引起麻烦，因为金兵一直看守着他，他只能留下那些有缺憾的器物。

窑工说他祖上说徽宗曾慨叹金人也是懂得美的，黑白色是万古不朽的颜色。

徽宗曾让窑工的祖上偷着给他烧过三件器物。一个是带老虎图案的瓷枕，因为他总做噩梦，据说虎能辟邪，远离噩梦。窑工说他祖上烧虎枕时，为了让徽宗能用上，只得往残次了烧，枕窝凹凸不平，釉色深浅不一，老虎的样子倒是栩栩如生。徽宗枕了这虎枕，据说睡得踏实了些，噩梦少了，但境遇的噩梦却是无法摆脱了。

我说："那个噩梦他怎能摆脱？宋徽宗一直幻想南归。'彻夜西风撼破扉，萧条孤馆一灯微，家山回首三千里，目断天南无雁飞。'这是徽宗在五国城写的诗，有研究者依照'破扉'二字，说徽宗的住屋四处漏风。其实这是与汴京皇宫东京城做的一个心里比较，在富丽堂皇的宫殿面前，柴门小院无疑是破的。"

窑工说这倒也是，徽宗忘不掉东京城，唤我祖上烧的第二件器物，就是在一只梅瓶上给他呈现皇宫的建筑。我祖上说这可难坏了他，虽说他几次进宫，但那一重又一重的殿堂，他又不是都去过，只能凭印象勾画。徽宗那时爱去的是延福宫，写字、画画、赏舞、弄琴、夜宴，延福宫的东、西门上"晨晖"和"丽泽"的名字，也是徽宗起的。但徽宗跟我祖上说，梅瓶上不可缺垂拱殿，至于延福宫之类的，皆可省略。而垂拱殿是听政之地，他以前并不醉心的地方。窑工说他祖上最后以大庆殿与垂拱殿为主体，在一只青灰的梅瓶上再现了昔日皇宫风貌。为了使它留得下，只得往瑕疵品上做，最终瓶身歪斜。徽宗看到那只梅瓶，见殿堂倾斜，老泪纵横。这只梅瓶他送给了儿子，钦宗看到熟悉又摇摇欲坠的殿堂，也是泪水沾襟。

我说："是啊，金兵南渡黄河时，徽宗匆匆禅位于长子，可是钦宗在位仅一年零两个月，就亡了国啊，也不知徽宗传的是皇位还是火坑。"

窑工似乎对这句话很反感，蹙了蹙眉。

为了缓和气氛，我说："其实您祖上应该烧一对梅瓶，除了皇宫，再描绘一下徽宗在位时建的大花园，据说园子亭台楼阁，奇花异草，鹿鸣呦呦，水声潺潺。但金兵打来，这座花园成了宋兵抵抗的营地，他们拆屋烧火，杀鹿为食，大花园就此毁了。"

窑工说："你还嫌他们流的泪不够多吗？"他起身出去，我想他这是又去看窑火了。

一刻钟后窑工回来了，我小心翼翼地问："这窑里烧的什么器物，何时出窑，我能否一饱眼福？"

窑工冷冷地说："该让你看的，一定看得到。"

我明白他没说出的下一句是，不该你看的，就别惦记着。

窑工接着讲他祖上给徽宗烧的第三件器物。说他祖上最后一次见着徽宗，是徽宗驾崩前一年的春天。徽宗大约明白称帝的九子康王赵构不会全意与金人斡旋，让他和钦宗归乡，虽说赵构的生母韦贤妃也被掳，但他是无用的了，而钦宗是徽宗长子，康王还是忌惮的。徽宗开始筹谋后事，他悄悄交给窑工祖上一把牙齿，有六七颗，这都是他来五国城后掉的。严寒的冬季少见果蔬，再加上心情沉郁，未老先衰，他掉齿很厉害。窑工说那些牙齿残缺不堪，有的发黑，有的发黄，虫蛀蛇咬一般，但徽宗视若珍宝，这是他唯一能牢牢在握的骨肉啊。他请窑工祖上研磨了这些牙齿，施釉时兑进去，烧制一只白釉黑花罐，还特别叮嘱，这只罐子不能落入金人手里，他的骨头难以归乡的话，有朝一日这只罐子回到汴京，也算归乡了。

我知道北宋官窑瓷器，在色彩调配上，有时为彰显皇家富贵色，会将上好的玛瑙、翡翠和玉石，研磨成粉入釉，烧出的瓷器釉色温润明亮，艳而不俗，尤其那花朵般绽开的开片，若是釉里含了这样的成分，有玛瑙成分的开片像是夕阳下的山谷，有翡翠的像是一池荡漾的碧水，而如果那玉石是白色的，开片仿佛就有月光浮动了。但在釉料里添加牙齿粉末，前所未有，或许只有徽宗想得出来。

窑工说牙齿粉末兑在白釉里，烧制白釉黑花罐，一定是徽宗深思熟虑的。一是这罐子大抵是金人所用器物的形制，在五国城不招人眼；二是黑白色高贵肃穆，适宜安放灵骨；三是牙齿粉末兑进白釉不显眼，能完美地融合。

徽宗将那把牙齿给了窑工祖上后，还说他未登基时曾到过相州，见过窑工祖上一家，他父亲是窑工，母亲是远近闻名的织娘，貌美如花，都是身怀绝艺的人，所以他得了天下后，下旨将他们一家从相州迁到汴京，专为皇室做事。可惜这个令人惊艳的织娘，生子不久就死了。徽宗嘱咐这只罐子烧成后，不可再来，要把白釉黑花罐当命看着。如果他薨了，他能够回到汴京，就把它埋在汴河畔，此外，嘱咐他不可与女真人结亲。

我说看过史料，当时跟着徽钦二帝北上的汉人，有不少与女真人通婚的。人们说这一带的姑娘漂亮，与基因改良有关呢。

窑工没搭理我，继续讲故事。他说也怪了，他祖上在石头上研磨徽宗那几颗糟烂的牙齿时，空中不断有鸟儿飞过，那正是夏候鸟北回时节，鸟儿多也自然。但有一只天鹅，却把叼着的一只蚌壳丢了下来，恰好落在石头上，蚌壳张开后闪闪发光，里面竟有一颗圆润的珍珠！这颗珍珠不是纯白色的，而是微微泛粉，仿佛浸了血。窑工的祖上喜极而泣，他将这颗珍珠和牙齿一起研磨了做釉料。

白釉黑花罐进了窑后，几乎每天一场雨，雨后必现彩虹，横跨窑上，就像给这泥壶似的窑加了一条七彩的提梁。七天之后，这只罐子同其他器物一起出窑了，罐子没有瑕疵，白釉润泽，釉色均匀，泛着微光，似乎能照亮黑夜；黑花枝繁叶茂，细腻油亮，每朵花蓬勃得似乎带着响声要从罐子中飞出来，实乃绝品！窑工说他祖上珍藏起这只罐子，遵照徽宗嘱托，没有和女真人结亲，但徽宗第二年归天后，他祖上也无法南归了，永久留在北地，白釉黑花罐只得代代相传了。

我说："徽宗不是魂归故里了吗？宋高宗赵构最终和金人议和，南宋以割地和处死抗金名将岳飞为代价，让羁留北地的赵构生母韦皇后得以护送徽宗棺椁离开五国城回到他朝思暮想之地。金人也给徽宗改了封号，追封为'天水郡王'，钦宗为'天水郡公'。"

窑工"哼"了一声，又拨弄了一下火，火光跳跃，可他的面色却越发青了。而且让我惊异的是，我并没见他往火里续柴，可这团火一直在燃烧，好像拨火棍隐藏着一座柴山。

窑工说："看样子你是个文化人吧，应该知道金人虽不像后人说的那样，在宋徽宗晏驾后，把他炼成了灯油，用于金兵营地的照明，但他确实被火烧了，韦皇后护送的棺椁，其实只是几截烂木头，并无灵骨。"他慨叹徽宗圣明，他的灵骨就像他的字画一样，最终还是以艺术的方式流传。

我问："那只白釉黑花罐去了哪里？"

窑工晃了一下身子，看一眼火，再看一眼我。

如果窑工所述故事不是虚构的，我大胆揣测，他那不知多少代前的祖上，那个由美丽织娘生下的孩子，跟着徽宗来到五国城的窑工，是徽宗的骨肉。宋徽宗是个风流皇帝，与李师师的传说自不用说，如果当年北宋的相州真有那样一个美丽织娘，叫徽宗动了心，他又怎么可能不揽美人入怀呢？徽宗一生有八十多个孩子，除此之外，没纳入宗室的子女也有，窑工所说的远祖，如果不是徽宗与织娘的儿子，徽宗不会把自己的牙齿给他，也不会嘱托他将来把这只罐子埋在汴河旁，更不会要求他不可与女真人通婚。

我不敢把这种揣测说与窑工，怕他羞愤。

窑工沉默片刻，忽然把目光移到我身上说："你真的想看那只白釉黑花罐？"他说这话时，带着颤音。

我迫切地站了起来，拱手作揖，说："实在太想看了！"

窑工起身示意我坐下，让我闭目片刻，说如果我擅自睁开眼，非但看不到白釉黑花罐，很可能就此失明。他这话把我吓得不轻，再顶级的文物，也抵不过拥有一双凡眼，感知这大千世界的色彩。

我坐下后紧闭着眼，就像一只长脖老等，雕塑似的一动不动。我感觉身前的火更旺了，有炙烤的感觉。听不到窑工的脚步声，但感觉他离开了，因为有一股微风从耳畔拂过。大约一刻钟后，我的耳畔再次感到微风拂过，跟着传来窑工的声音，说："睁开眼吧，只许看，不许问。"

我是个胆小鬼，怕眼睛瞎了，窑工说完这句话，我又等了十几秒，才缓缓睁开眼。窑工坐在我对面，隔着一团火，默默举着白釉黑花罐。可人的火一定懂得我的心意，火苗瞬间收回金红的舌头。

那个罐子怎么说呢，第一眼看，我就有眼熟的感觉，无论器形还是花朵和枝叶的纹路，都像刻在记忆中似的，可一时又想不起在哪儿见过。在火光的映衬下，罐身的白釉仿佛巴兰河水在如歌流淌，梦幻般的黑花牡丹则如振翅的蝴蝶。白的白出了水似的，黑的黑出了油一样，真是摄人心魄。什么叫一眼千年？你看了这只罐子就懂得了。遵照窑工说的,我不敢发声,目不转睛地看,可最后我越看越朦胧,原来泪水已盈满眼眶。

窑工可能察觉到我无声地哭了,他捧着罐子走到我面前,轻声说:"你闭上眼,闻闻它吧。"

我再次合上眼,闻到了罐子泛出的一股淡淡的黄烟味,这味道立刻唤醒了记忆,怎么与我在阿城乡下看到的农人家的白釉黑花罐一个味道啊。我很少为美而打寒战,因为世上让人惊悚的美罕见,但这次我打寒战了,而且一发不可收。

窑工在我打寒战的时候,捧着罐子走了。等我再睁开眼睛时,他手中的白釉黑花罐不见了,它从哪儿来又去了哪儿,我一无所知,而窑工又坐在了我对面,就像我刚见到他时一样。火光龙蛇一样起舞,可他的脸仍是青的。

窑工对我说,除了白釉黑花罐,徽宗帝还有一件宝物在民间流传,这个故事的专有权不在他这儿,如果我想听,得去下个渡口。

我问:"是什么宝物?"

窑工没告诉我是什么,只说能讲这个故事的人,离窑场也就三里路,他可以带我去,问我是否愿意。

我说:"当然了。"

窑工说:"那你去那儿,要换回自己的衣裳吗?"

我说:"自己的衣裳被火烤干了,当然要换回了。"

窑工又问,那你带着这只碗过去吗,你已经用了它。

我说:"天下何处无碗,留着给来这儿的人用吧。"

窑工说:"那我先出去,等你换完衣裳,咱就上路吧,记得路上不要和我说话,以免惊着夜鸟。"

我换回自己的衣裳走出窝棚时,雨已停了,月亮悬在中天,莹白光洁,丰腴动人,照亮了巴兰河。窑工在前引路,我跟在后面,我们沿着巴兰河畔的蜿蜒小路，走了大约半小时，终于看见一座透着光影的棚屋。

窑工说："到了，你自己进去吧，我回去看窑火了。"

就在窑工转身踏上回程之际，我忍不住在他背后问了一句："您姓赵是吧？"

窑工像被雷击似的摇晃了两下，没有回头，也未回答，继续走他的路。他踉跄的步态，使他的背影看上去就像变幻的音符，在深秋的夜晚，弹着迷离忧伤的旋律。

## 下半夜：碑桥

一进棚屋，先闻到一股浓烈的腥气，一个女人正坐在火炉旁用刀刮鱼。听见我进来，她漠然抬了一下头，懒懒地扫了我一眼。

她看上去个子不高，圆脸，淡眉，细长的眼睛，微塌的鼻子，嘴大，龇着两颗大板牙，可以说有点丑。棚屋中央吊着一盏油灯，她手上的鱼鳞闪闪发光，好像手在下雪。她的年龄难以判断，看她半白的头发，你可以说她五六十岁了，可看她的脸，额头和眼睑无一皱纹，双颊也不塌陷，皮肤紧致，像二三十岁的女子才有的。尽管她看上去很健康，又有油灯和火光映着，但脸色发青，倒像个陶俑。

她对我说的第一句话是："你没带碗来，拿什么吃饭？"

我说："碗放在窑工的窝棚中了，我怕有人像我一样落水，上岸后没个喝热汤的东西。再说了，手掌合起来就是一只碗。"

她发出一阵奇怪的笑声，说："你还穿着自己来时的衣裳？"

我说："你怎么知道的？"

她再次发出一阵奇怪的笑声。这笑声怎么说呢，有点像看穿谜底后得意的笑声，又有点像走投无路、茫然四顾的苦笑。

我说:"窑工叫我过来,是来听故事的。"

她继续刮鱼,垂着头说她知道的故事比巴兰河底的石头还多,不知我想听的是哪一块。

我说:"想听宋徽宗的故事,窑工告诉我除了白釉黑花罐,徽宗还有一件宝物在民间流传。"

女人"噢——"了一声,说:"这个故事很长,都后半夜了,你既来了这儿,天亮前得把你渡到对岸去,这个故事能不能讲完两说呢,你能接受没尾巴的故事吗?"

我点点头,说:"快十月份了,天亮得不早了,现在是下半夜,什么故事四五个小时也讲完了吧?再说我没想渡河啊,对岸是哪儿我也不知道,我去那儿干吗。天亮后我去寻公路,在公路上截个方便车,回我投宿的山庄。"

女人说:"你不想渡河,来这个渡口就是为了听故事?"

我说:"当然了。"

她说那得等她刮完了鱼再说,有两个要渡河的等着吃鱼呢。

我问他们在哪儿。

她抬了一下头,淡淡地说:"还不是渡口?"

我说:"夜半三更的,怎么还有人渡河?"

女人不语,加快了刮鱼的速度。我仔细看鱼,发现它们是一个品种,身形粗短,圆脑袋,黑眼睛,蓝鱼鳍,红尾巴。我叫不出鱼的名字,它们看上去肉质肥厚,想必味道一定鲜美。

我环顾棚屋,发现它与野外搭建的棚屋只开两扇窗的不同,它在东南西北各开了方形小窗,北窗和东窗有些黯淡,但南窗和西窗透着朦胧的月影,让我以为镶的是毛玻璃。待走到南窗,用手轻抚,才发现这是鱼皮窗。鱼皮虽薄,但韧性十足,它纹理细腻,手感滑润,感觉浮在上面的月亮流着蜜。

女人见我对窗子感兴趣,问我:"见过这样的窗吗?"

我说:"只在书里见过,据说宋徽宗冬天住在五国城的地窨子里,所用的窗纸就是鱼皮做的。风雪夜夜吹打,发出的声音就像瓷器碎了,加深了徽宗的漂泊感和孤寂感。"

女人说宋徽宗住的屋子,最初窗纸用的不是鱼皮,后来他到五国城的第三年涨大水,住屋进了水,不得不暂时迁到巴兰河畔的一个高冈上,她曾祖母曾曾祖母的曾曾祖母、再曾祖母的曾曾祖母、再曾祖母的曾曾祖母的曾祖母,总之好几十代前她的祖上,是胡里改江流域鱼皮工艺高手,她做的鱼皮筏、鱼皮衣、鱼皮碗、鱼皮箱、鱼皮窗远近闻名。徽宗在她那儿初见鱼皮窗,爱极了它。水灾过后,徽宗带回鱼皮窗纸,镶嵌到窗上。

说起水灾,女人慨叹那时的五国城没什么堤坝,三年五载就会涨场大水,她说:"你不是读书人吗,没在书里看到过这事儿?"

我说倒是知道东北过去流传着"狗咬奉天,火烧船厂,风刮卜奎,水淹三姓"的谚语,这个三姓说的就是五国城。这里是三江汇合处,四周高,中间低,人等于住在釜底,夏季雨水旺时势必遭殃。

"啥叫狗咬奉天?"女人饶有兴致地问我。

我走向她说:"说是努尔哈赤逃难时被围困在草丛,追兵放火烧他,这时一只黄犬,突然冲入草丛,它吸足了河水,将水吐在努尔哈赤身上,熄灭火焰,使他得救。可努尔哈赤得了天下后,封赏时落下了黄犬,奉天城的狗都为它鸣不平,夜半狂吠,搅得努尔哈赤不得安宁。他想来想去,原来是忘了黄犬的救命之恩,赶紧封它为守护神,自此努尔哈赤才睡上了安稳觉。"

女人看来不相信这个故事,她嘀咕一句:"进了狗嘴的东西,吐得出来吗?"

她的话对这类传说可谓是一针见血的批评,我暗自笑了,赶紧给她讲火烧船厂的故事，目的是引她如此臧否。我说吉林在旧时称船厂，做工的都是流放犯，受尽了监工的折磨。有个不堪凌辱的流放犯，有一天杀了监工，官府便砍了流放犯的头。工友们把流放犯埋在船厂的高冈上，当夜风雨大作，电闪雷鸣，流放犯的坟，忽然蹿出个大火球，飞到船厂，将它烧了，传说是火神爷为流放犯鸣冤。

女人终于刮完了鱼，她用一把干草擦了刀，缓缓起身对我说："火神爷要是打抱不平，不该烧船厂，那是人活命的东西，该烧的是还活着的黑心监工和官府里治流放犯死罪的人。"

她这一起身，我发现她比我想象的还矮，也就一米五的样子。她把刮好的鱼放进一只大瓦盆，转身舀了水缸的水，洗净鱼，把它放进灶上的锅里，再将洗鱼的污水泼到棚屋外。她做这一切的时候干净利落，甚至有点愉悦，因为她轻轻吹起了口哨。

女人泼了污水回来，看了看锅里的鱼，复又坐下，指着她对面的一只草蒲团，唤我也坐下，说现在可以给我讲徽宗留下的另一件宝物的故事了，起头还得从鱼皮窗说起。

徽钦二帝被囚五国城的第三年夏天，不是涨大水了嘛，他们的住屋淹了，墙壁湿淋淋的，像是挂满了泪，火炕的灶眼儿浸在水里，也没法生火，只得转移。女人说她那几十代前的祖母，就叫她舒氏吧，那年十七岁，刚好和她父亲游猎到巴兰河畔。

我插言道："那他们是女真人了？这一带曾有海西女真和野人女真，他们是哪一支？"

女人用刀子似的目光扫我一眼，似乎带着"嚓嚓"的响声，我感觉脸皮就像她先前刮着的鱼鳞，生生被揭掉了，疼极了！她直言："你这是哪辈子的说法？"

我意识到那时应该还没这说法，连忙说对不起。

女人说："你们这些肚子灌了墨水的人，就是好画圈圈，咋分你能让谁少胳膊缺腿?"女真就是女真嘛。奚落完我,她气顺了,接着讲故事。

女人说舒氏母亲早亡,她自幼跟着父亲过着居无定所的渔猎生活。他们春夏秋季打鱼,冬季上山打野兽,他们用制作的鱼皮制品和获取的名贵兽皮换取生活日用品。虽然风来雨去,日子过得也还不错。徽钦二帝因水灾转移之地,刚好是那年他们打鱼之地。

打鱼人夏季住得很简单,就是这种用松木杆和树条子搭建的棚屋,外面抹一层混合了干草的泥,防风防潮又防雨。棚屋南向开一扇小窗,用鱼皮做窗纸,东向开一扇小门,野兽就是靠近,也伤害不了人。而他们夜晚用来照明的,是青石凿就的熊油灯。

徽钦二帝喜欢五国城的春夏,因为熬过冬天,他们不必穿那膻烘烘的羊皮袄,也可去院子走动了。但因为有金兵把守着,他们也走不远,只能看看院子的树和花草,还有飞来的蝴蝶和鸟儿。风和日暖的时节,他们就更梦想回汴京,那里的日头暖和的时候多,有暖日头的日子才好过啊。

这场大水让徽钦二帝转移到一处金兵营地,这里没有院墙,面临巴兰河,徽宗给了金兵看守一些酒钱,获得短暂的自由,能到树林走走,还能到河边和打鱼人说说话。

据说徽宗遇见舒氏,是个雨后的黄昏,天空出现了双彩虹,看守他的金兵因为打了一只野兔,正吃野物纵酒狂欢,根本顾不上他。

徽宗走出营地,到了巴兰河畔。他发现河边有个蹲伏着的梳发辫的女子,穿着月光一样颜色的长衣,紧裹臀部,正在洗着一大张银白的东西。那时双彩虹已有一道隐遁了,另一道依然像条彩带环绕着,仿佛给天下所有女人预备的发带,所以徽宗觉得这个女子很美。待他走到近前,舒氏听见脚步声回过头来,徽宗看见了他在宫中从未见过的女人的脸,首先是肤色,不是那种没有血色的白腻,而是黑红色的,像熟过头的李子,而她的嘴唇跟红牡丹一个颜色,格外娇艳。她的额头有点鼓,所以眼睛显得幽深,鼻子微塌,像一片开阔的浅滩。她五官平凡,但眼睛闪烁着与众不同的光,焕发着一种特别的美。

舒氏见了徽宗问他是谁,但徽宗没听懂,她说的是本族语。舒氏意识到他是汉人后,改用汉语问他是谁。徽宗说他住在高冈的营地,从城里来躲水的。舒氏笑了,露出一口密实雪白的牙齿。徽宗没见过牙釉质这么好的女人,闪着丝绸一样的光泽。徽宗暗自感慨,这姑娘的嘴里燃烧着怎样的窑火啊,才冶炼出这比瓷器还要精美的牙齿。

舒氏站了起来,徽宗除了为她的气质所动,还喜欢她穿的及膝长衣,它色泽微黄,质地柔软而光亮,袖口、襟口、托领上镶嵌着花朵纹路的图案,前胸和后背则是大团大团的云纹图案,徽宗想,怪不得刚看到她时觉得云彩落在了她后背上。后来徽宗知道,这是鱼皮衣。

舒氏在河水中洗的是桦树皮,她说要给自己做条桦皮船。徽宗不知这种树皮能当造船的材料,很是吃惊。舒氏说经过处理的桦树皮,不仅能造船,还能写字画画,当纸用呢。徽宗正要问她有没有现成的桦树皮可让他写字,一只黑狗远远跑来,对着徽宗狂吠,跟着黑狗急急走来的,是个手握鱼叉的老汉。

他是舒氏的父亲,长方脸,宽额头,眼睛不大,头发稀疏,脸颊的皱纹就像泥地的车辙一样深。他满怀敌意地看着徽宗,大声跟女儿说着什么。舒氏先是喝住狗,然后告诉父亲,这人是来躲水的,住在高冈的营地。当然这是之后舒氏告诉徽宗的,当时他们的对话他一句都听不懂,舒氏的父亲只会讲几句汉话,凡是他肯定的人和事,他只会说个"好",反之则是"不好"。

舒氏的父亲望着头发稀疏花白、缺了好几颗牙、目光浑浊、一脸倦怠的徽宗,说了句"不好",吩咐女儿回去做晚饭。

舒氏带着黑狗走了,最后那道彩虹消失了。舒氏的父亲接续着洗桦树皮，徽宗问了他很多话，他们从哪儿来住在哪儿？巴兰河的鱼哪一种最好吃？山上那种像蓝色铃铛的花儿，多长的花期？还有那一个姿势立在水边的长脖子大鸟，叫什么名字？舒氏的父亲对所有的问题，只回两个字："不好"。

徽宗帝什么女人没见识过？可那个夜晚，他想了舒氏一夜。她笑起来露出的那口雪白的牙，是他来到五国城后，看到的最明亮的景象。跟着徽宗一起被俘的嫔妃和宫女，有病死的，有给金人做奴的，还有被金兵霸占的。更令徽宗痛心的是，有的被投入了"洗衣院"，那跟进妓院没什么两样，能留在他身边的没几个女人了。随徽宗来的郑皇后，受尽折磨已殁，好在还有韦贤妃伴他左右。但在躲水的那段日子，韦贤妃得了湿疹，最怕见风，整日待在营帐中，徽宗难得一个人出去透气。

金兵知道徽宗是插翅难逃，但生怕他万念俱灰，万一在树林用裤腰带勒死自己，或是投了河，他们损失了这个可以从南宋赵构手里争取最大利益的至高法器，等于丧失土地，自己也会掉脑袋，断不敢掉以轻心了。徽宗再出营帐时，他们就监视着。但看押他的金兵很快发现，徽宗去巴兰河畔，不过为了看舒氏，这让他们又松懈了。而舒氏的父亲得知徽宗是个亡国之君，再见他时，又总有兵卒尾随，自家女儿是安全的，对徽宗再无敌意，反而和舒氏一样，对他多了一份同情。他们请徽宗来棚屋喝茶，吃刚捕捞上来的鲤鱼做的杀生鱼，当然还有酒。就在舒氏父女的棚屋里，徽宗看到了令他无比动心的鱼皮窗，他说那是上天赐予的纸，太阳和月亮是这纸的天然画笔，把最美的影子印在上面了。

讲故事的女人铺垫了很多，还没进入徽宗留下的另一件宝物，可我不敢贸然打断她的话。她讲到这里时，起身看了看煮的鱼，从两只摆在灶台的碗中取出一只，说其中一人喜欢吃嫩的鱼，火候到了，先端一碗给这人送去。我注意到那碗和我在窑工那儿用过的一模一样，无论形制还是色泽，应该是一孔窑烧出来的。

女人出了棚屋送鱼的时候，我很好奇锅里的鱼，因为敞锅煮着，却没有蒸汽旋起，好像锅底的柴始终没把它煮沸。待我起身凑到近前，发现锅里的水，竟像丰水期的巴兰河水，喧嚣沸腾着，那些鱼却没一条离骨脱刺，依然头是头、尾是尾的，在沸水中自由地游弋，这令我吃惊不小，难道它们还活着？

我以为女人送一碗鱼，十几分钟也就回来了，可是半小时后，鱼皮窗上的月影位移了，她才神色黯然地两手空空回来。我问："那只碗呢？"她说："渡河的人不带碗过去，拿啥吃饭？"看来她已把一个人送到对岸了。

我很想问她，是什么人在后半夜渡河，那人去的地方没人烟吗，为什么要带一只碗？但我转念一想，黑夜发生的事情，往往是不可言说的，何况我还期待她快点切入正题，不然天亮前就听不完这个故事了，我还想在太阳升起后回到山庄呢。

不等我催促，女人坐下来，我也坐回草蒲团，故事又像星星一样在黑夜中闪烁了。

舒氏见徽宗随手折根柳枝，就能在巴兰河畔的沙地上，画出栩栩如生的花鸟，便把熟好的桦树皮裁成画纸，用鹿筋串起来，送给徽宗。

其实涨水转移时，即便一片混乱，看守徽宗的人没把别的东西带来，纸张笔墨砚台却是一样不少呢。因为都知道徽宗是书法和绘画的天人，他的字画不仅金熙宗和完颜亮欣赏，军中将领也视若珍宝，求之不得。看守他的金兵随便求徽宗写个字，描画一朵花或一只鸟，都能去市面换钱。所以监管他的人也形成恶习，手上不宽绰了，就想方设法讨要字画，得到了两眼放光，待徽宗和和气气，有求必应；得不到就百般刁难，春光大好却限制他出门，把三顿饭减为两顿，不给他烧开水泡茶，污损他的衣物，将鸟粪撒在纸上，夜半砸铁惊扰睡眠本不好的徽宗等等。

自古以来好人的好心眼，多半是相似的，可恶人的恶点子，却是五花八门。徽宗喜洁，爱惜字纸，被逼无奈，只得硬着头皮，潦草写上几个字，或是画上一只呆头呆脑的鸟、一朵傻里傻气的花儿。

话说徽宗得了舒氏送他的桦树皮本子，如获至宝，金兵带到营帐的笔墨，也就派上了用场。徽宗为了换取更大的自由，给看守他的人都画了一枝花，所以徽宗再去看舒氏时，只有一人远远跟着。

舒氏的父亲哀怜这个曾经的人上人，所以见着盯梢的金兵，总会以酒肉款待，这样徽宗可以看舒氏怎样做两头尖中间宽的柳叶形的桦皮船。徽宗很吃惊桦木做成的船架上，将桦树皮一张压着一张覆盖上，只用木钉和鹿筋线连缀，再刷上一层松脂，船就做成了。这船轻巧极了，有股桦树皮特有的清香气，徽宗特别想乘它下一回水，但它是舒氏为自己量身定做的，只容一人，所以徽宗只能眼巴巴地看着舒氏驾着桦皮船在巴兰河捕鱼，感觉她仿佛骑在了一条大白鱼的背上。

徽宗还喜欢看舒氏用染色的鹿皮给鱼皮衣的下摆和领口镶上花纹和云边。而她用的染色颜料，都来自山里，是花花草草和植物浆果的汁液榨取的，这让徽宗佩服得不得了。

徽宗就用舒氏制作的颜料，在桦树皮本子上画画，他把在山上见到的花草和野鸟都画上了。舒氏父女看了，赞叹他长了一双神手，好像能读懂花鸟的心思似的。

舒氏调制的颜色令徽宗无比喜爱，那朱红色艳而不俗，是野草莓和红百合混合成就的；金黄色明亮而不刺眼，是由金莲花和黄花菜榨取的；淡紫色温暖雅致，它用的是马莲花和蓝靛果的浆汁；墨绿和浅绿是最养眼的，它们是从各类青草和树叶中提取的。

最神奇的是什么呢？徽宗说他在汴京时，可用玉石和珍珠粉做颜料，舒氏说这有何难，巴兰河有玛瑙石，把它研磨了还不是一样？还有山上风化的石头，有赭黄色的、鹅黄色的，还有深青色和淡绿色的，打成粉末，不都是好颜料吗？

徽宗一听高兴极了，可舒氏的父亲不高兴，女儿为了给徽宗做植物颜料，总是贪黑，觉也睡得少了，如果再采石做颜料，更别想睡囫囵觉了。父亲埋怨她时，舒氏说水灾过后，这个浑身捆扎着无形绳索的人就会走了，看他衰老成这样了，估计也熬不到回汴京的那一天了。这个夏天宁可少打些鱼，也要满足一个爱写字画画的老人的愿望，舒氏的父亲感动于女儿的善心，便不再说什么了。

舒氏父女养了一条狗，还养了一匹栗色马，迁徙时用于驮运物资。舒氏的父亲心疼女儿，亲自骑马上山，采来可以做颜料的石头，日夜帮着研磨。徽宗得了这珍贵的颜料，就在桦树皮本子的花朵和河流上，再点缀上石粉，那画就仿佛有了光，更加美了。

徽宗感念舒氏父女，说桦树皮本子上的画，他们随便选，想留多少张就留多少张，这个拿到集市上，比打鱼换的钱多。舒氏说这画好是好，但桦树皮是引火材料，遇火就着，哪怕画中有千万条河流，也救不了花鸟，逃不出灰飞烟灭的命。

徽宗立刻联想到纸上的字画，感慨说纸也是火的俘虏，金兵打入汴京，最令他痛惜的，是他珍藏的历代字画，有的被卷走，有的被焚毁，说到这儿徽宗满眼是泪。

舒氏安慰他，说她倒有个主意，他们的祖先，把画都用斧凿，刻在岩石上，将泥土和兽血混合的颜料涂上，再涂上天然植物胶。岩画不怕烈日暴雪，不怕火烤雷击，上面的鸟儿都拥有铁一样的翅膀，花朵也拥有铜铸似的花瓣，日月就跟天上的一样了，万古长青。

徽宗就跟舒氏父女上了山，先观摩了两处岩画。他发现岩画中动物图形居多，再就是日月、花草和作法的巫师。说来也是奇，徽宗四处寻找他中意的岩石时，一天日落时分，在西山半山腰，他发现了一块特别的岩石。它不像其他岩石连成一体，而是独立着，从乱石中凸起，颜色也和周围的不一样，不是赭色和浅灰色的，而是深青色的，像是被谁切割过，看上去像书也像碑。

徽宗一眼相中这块岩石，他仔细看它的纹理，发现它本身就是一幅画，从中看得出云海、江河、房屋、动物和花鸟。徽宗觉得这是上苍赐予自己的一块身后可立在墓前的碑，他说看到它，自己的骨头可能要扔在五国城了。

接下来的日子不用说了，只要不是刮风下雨的日子，徽宗就跟着舒氏上西山，这里离金兵的营地也不远。那块青石能看出图形的地方，舒氏帮着徽宗，只是用凿子加深印痕，保留它们天然的纹理，云彩还是云彩，花朵还是花朵，河流也还是河流。最终徽宗只在空白处描画了一枝蓝铃花、一棵松树、一只大鸟，然后精心雕刻出来。蓝铃花是巴兰河寻常的野花，蓝紫色，像一串小铃铛，风吹它时，仿佛花儿在铃铃响，徽宗喜欢这花儿。松树和大鸟是咋来的呢，那段涨水，江河水浑，自古浑水好摸鱼啊，鸟儿一群一群地飞到巴兰河，吃得那叫一个美，羽毛都跟缎子似的，光光亮亮的。可是有一只大鸟落单，它不和其他鸟一起在河边捕食，而是独自待在西山。徽宗当时发现那块青石时，它就站在侧向的一棵松树下，面向落日，好像夕阳是它的美食。之后徽宗每上西山，它总像侍卫似的，在那棵松树下立着，一动不动，也不怕斧凿的声音，徽宗就把松树和鸟，刻在青石上。"你知道那是只什么鸟吗？"

女人讲到这儿问我，起身去看锅里煮着的鱼。

我说："能像岩石一样立着的鸟儿，是苍鹭，这儿的人都叫它长脖老等。我这次来依兰的路上遇见一只，它侧棱着膀子跟着我的车，一看就是受了伤，迁徙不了了。"

"你没停车救它？"女人歪头问我。

我摇摇头，告诉她因为母亲嘲笑我在爱情上像只长脖老等，逮着什么吃什么，所以对它有怨恨，没搭理它。

女人扫我一眼，说："不救生灵的人，要是生灵救了他，岂不白活一世？"说完拿起另一只碗，说火候和时候都到了，她得把另一人渡过去。女人盛了鱼往出走的时候，叮嘱我不要偷腥，她很快就回。

人的好奇心能产生无穷的创造力，造福苍生，但有时好奇心也是万恶之源，容易把人引向深渊。

女人不让我偷腥，可我偏偏在她出了棚屋后，起身走向灶台。锅里剩下的几条鱼，依然跟它们下水时一样姿态优雅地游着，而且它们变了颜色，蓝眼睛，绿鱼鳍，鱼尾则是明黄色的。最让人抵御不了的诱惑是，这鱼散发的奇异香气，撞击心扉，麋鹿被烹制的香气也敌不过它。没有筷子没有碗，我眼疾手快地在一条鱼将尾巴摆出汤面的时候，拽着鱼尾，将它从滚沸的汤里捞出，站在灶旁享用美食。我先吃头，继而掉过来吃尾，最后吃鱼身的时候，感觉它已经成了一块软糯的蛋糕，我甘之如饴。

这条鱼吃得我想哭，它美得无法形容，而且我没吃到任何一根刺和鱼骨，没有遇到抵抗的鱼肉，沦陷的注定是食客。我意犹未尽，正犹豫着是否偷吃第二条的时候，女人突然回来了，她跟窑工一样，走路几无声息，我赶紧手忙脚乱地坐回去。

"您这么快就把客人送走了？"我有些结巴地说。

女人说："外面月色正好，巴兰河风平浪静，渡船好撑，客人又急着走，所以顺风顺水过去了。"

她像上次出去一样，没有带回碗来，想来把碗给了乘船的人。我觉得这碗颇为诡异，这是船家推销给客人的碗吗？是不是加在船费和饭钱里了？我刚想委婉问她，女人俯身看了看锅里的鱼，说："你偷吃鱼了？"我不好意思地抿嘴笑了，这是我上岸后第一次笑。小时候我偷吃糖果被母亲发现时，也是这样笑的。

女人说："你偷吃了东西，更得把你送走了，你也没碗，送不送得过去两说了。"

我说："我不渡河，听完故事等天亮了，我就回山庄去。"

女人看了一眼鱼皮窗上的月影，说："时候不早了，得抓紧给你讲故事。"

那块青石有了自然的山河和云影，又有了刻上的松树和花鸟，徽宗觉得它既是能经风雨的作品，也可做他的碑了，所以在青石背后，刻了个不大不小的瘦金体的"佶"字。他称霸天下时人们避他名讳，谁敢称"佶"？所以徽宗即便不刻"赵"字，汉族人看到这块青石，也会想到他。徽宗画的桦树皮画，他只留了一张，余下的都送给舒氏父女了。除此之外，他还多写了几幅字赠予他们。徽宗唯一的请求是，看护好这块青石。

秋天水撤了，徽宗离开营地。舒氏父女送给他两张鱼皮窗纸，徽宗回去后就使上了。传说有月亮的晚上，徽宗从上面看得见月影，还能从月影里，朦胧瞅见舒氏的脸。徽宗喜欢上了舒氏，要搁在汴京，他相中的女人，哪个敢不从？可是在西山，他和舒氏单独在一起，想轻抚一下舒氏的脸都没可能。传说有一回他丢下凿子，手刚伸出，那站在松树下的苍鹭，就飞起来落在他和舒氏之间，像一堵墙挡着，徽宗再不敢造次。

舒氏能骑马，懂狩猎，会打鱼，独自穿行在山河间毫无惧色。女人说徽宗离开时，站在巴兰河畔仰天长叹，一个女人都如男人般英武的王朝，那股凛然决绝之气，岂是沉迷于花前画坊的他所能抵御的，蒙受靖康之耻，似也是必然的。

徽宗死在五国城后，巴兰河边的西山上，这块碑就像不倒的月份牌，岁岁年年矗立着。从舒氏这代开始，家族一代又一代的人，无论游猎到哪儿，不忘护卫这块碑。几百年的风霜雨雪，让青石上的天然纹理和雕刻痕迹都减淡了，但你仔细看，还是能看出山水花鸟，看出瘦金体的"佶"字。直到清咸丰年间，有一年巴兰河涨水，把一座木桥冲毁了，复建时人们想造一座稳固的石桥，石匠去山上采石时，发现它是天然的桥墩，就把青石搬运到山下。

从那以后，依兰这地方，别的河流到了夏季，三年五载的，像松花江、牡丹江、倭肯河，该涨大水还是涨大水，但这块青石碑做了桥墩后，简直是定海神针，巴兰河风平浪静的，别的河流遭遇枯水时，它也依然丰满，融冰后永远利于灌溉，两岸庄稼丰收，牛羊肥壮，人丁兴旺。更奇的是，这块青石碑的桥墩，月亮好的夜晚会发出光亮，夜航的船家都把它当作灯塔。人们认为这是祥瑞之光，所以求婚求子求财的人，恶疾缠身渴望起死回生的人，为讨吉利，都爱在月圆时分划船穿越这个桥墩朝拜。那个"佶"字因为刻在青石下方，终年浸在水中，亲吻这个字的，是游鱼和水草，这个字得了清流，也算脱了俗。而那些山河和花鸟图案，也大都处于水面下。只有雕刻的鸟的翅膀，完全浮出水面，有人说那是自由的象征，也有人说是飞黄腾达之意，所以服刑者亲眷和求官的人，也来朝拜。

女人停顿片刻对我说："听说品行不端的人朝拜这个青石桥墩时，船到近前会突然起漩涡，让你不能靠前，甚至把船掀翻，但心地善良的人，尤其那些淳朴的相貌如舒氏的女子经过桥墩时，它会泛着温柔的光，流水也会发出悦耳的声音，像是谁在抚琴而歌。"

我按捺不住，急急地问："这座桥在哪儿？叫什么名字？"

女人说："这座石桥就在巴兰河上，离这儿不远，一百多年了依然稳固，人们还在用它。因为传说这块青石桥墩是徽宗给自己刻的碑，所以人们都叫它碑桥。"

"能带我去碑桥看看吗?"我热切地说。

"你已经看过了,"女人起身说,"你不记得自己在巴兰河撞上青石碑了吗?"

"难道是我犯了错,所以桥墩没发光,才翻了船?"我这样问她的时候,忍不住浑身哆嗦,因为我意识到眼前这个看似活生生的人,拿着无形的绳索,要把我捆绑到另一世界。

女人比我矮,可她突然起身,往棚屋外拽我的时候,力大惊人。我顺从于她,没喊饶命,只问她舒氏最后怎样了。

女人说:"天的黑脸皮就要变白了,不能再给你讲了,你要是能渡过去,见着舒氏自己问吧。开头我问你能不能接受没尾巴的故事,你不是点头了吗,你说哪个故事不残缺呢?"

我机械地跟着女人到巴兰河畔时,意识到死神降临,血液仿佛凝固了,身体像木头一样僵直,任她摆布。女人把我带到一条幽蓝的船上,将我戳在船头,就像稻草人一样。她则在船艉,低沉地说着我完全不懂的话。之后船像是被岸给烫着了,"嗖"的一下,离岸而去。我见巴兰河就像一张巨大的鱼皮窗纸,颤颤地印着最后的月影。

我不知自己将被渡往何方,岸越来越远,水越来越长。

## 还是楔子

我苏醒的时候,首先感知世界的不是眼睛,而是耳朵和鼻子。也就是说,我的听觉和嗅觉依然敏锐,并驾齐驱冲在前面,视觉神经也许倦怠了人间风景,尽管我想努力睁开眼睛,可眼皮沉重得就像棺盖,怎么也掀不翻它,我就在枕头上晃悠脑袋,希望能助我拔出视觉的泥淖。我听到"哗哗"的雨声,看来外面雨下得很大,还闻到来苏水的气味,证明我此刻在医院。

有脚步声盖住了雨水,想必是个壮汉进来,那脚步声"咚咚"的,像在擂鼓,铿锵有力。跟着是"咣咣"的跺脚声,好像谁要在地上刻上一连串的惊叹号似的,一个男人惊喜地叫骂着:"妈的你个死人,脑袋能动弹了,我就说阎王爷见你岁数不大,饭没塞够呢,不会要你吧!你还算甜和人,醒得正是时候,今儿八月十五,我能轻松喝口酒吃块月饼啦!"他接着"大夫大夫"地叫着出去了。

脚步声弱了,雨声又像春日的青苗似的,喜人地冒了出来。急雨转小雨了吧,雨声"沙沙"的了。

这人出去不久,我终于睁开了眼睛。开始感觉到的是白花花的一片,好像世界撒满了盐,又像铺遍了雪,更像飞满了谎言。很快这白色被身体的阳气给驱逐殆尽,视线中的东西逐渐变得清晰,我能看见自己躺在泛黄的白床单上,盖着浅蓝色的被子,穿蓝白条纹的病号服。左侧床头柜上摆着一台心电监护仪,右侧立着白色点滴架,上面吊着一个空瓶。窗子在右侧,努力望去,可见窗台摆着两盆茂盛的绿萝。而当我努力坐起来,发现窗外雨中的树,还挂着几片枯黄的叶子,好像在告诉我你还阳了,我们却要去了。

我住在一层,从水磨石地面、陈旧的窗户以及斑驳的墙面上,看得出这是一所简陋的乡镇卫生院。虽然未见阳光,但这是人间无疑。

两个男人一前一后走了进来,前面的五十岁上下,中等个儿,不胖不瘦,黑红的脸,小眼睛,头发乱蓬蓬的,右耳吊着一只松松垮垮的白口罩,穿一件很旧的棕色单皮夹克,皮面磨得多处泛白,像是长了牛皮癣。他叼着一支没冒火的烟,指着我说:"这么快自己能坐起来了,真行!"听他熟悉的声音,我明白这就是先前进来的人。他身后跟着一个穿白服、戴白帽和浅蓝色医用口罩的医生,他又矮又胖,走路呼呼直喘,谢顶,看上去年纪不小了,他指着穿皮夹克的男人问我:"认识他吗?"我摇摇头。

穿皮夹克的男人说:"大夫,我昨儿把他送来就说了,我不认识他,可你们不信!妈的这世道救了人,咋这么爱遭怀疑!"男人长舒一口气,对我说他叫王骏,"骏马"的"骏",不敢说是我救命恩人,因为是一只受伤的长脖老等,先发现的我。他先嚷着让我赔他名誉,再嚷着让我赔他烟钱,说我昏迷的这十几个小时,他在卫生院外抽了四包烟,自己都快被熏成腊肉了。他说很想现在抽支烟庆祝一下,但在病房抽烟会被罚款,所以只能干叼着过过瘾。

原来这是中秋节的早晨了。

医生问我:"你是哪儿的人?"

我说:"是哈尔滨人,退休后没啥事,前几天驾驶一辆越野吉普车出游,先是到了依兰,然后去了巴兰河景区,入住一个山庄。过了漂流季,可我想下水,庄主不同意,我见一条船停泊在岸边,便偷船夜漂,后来下了雨,我在河上什么也看不清,模糊中仿佛撞上桥墩,之后被一个窑工救上岸,他在上半夜给我讲了一个故事;下半夜出了月亮,窑工又把我送到摆渡人那里,听了另一个故事。窑工是男的,摆渡人是女的。"

王骏害了牙疼似的"嘶嘶"叫着说:"依兰过去是打狐狸部的天下,你这是遇见狐狸精了吧,这一带哪有烧窑的?还有现在公路铁路这么发达,谁还走水路啊,多少年都没有摆渡人了!"

我激灵了一下。

王骏告诉我,他是大货车司机,常年带着媳妇跑运输。昨天上午他们拉着一车秋白菜去哈尔滨,途经巴兰河时,他老婆发现一只长脖老等跟着车,好像腿脚不利落,飞得颤颤悠悠的,没过多久跌落在公路上,他老婆说它一定是受伤了,于是喊他停车。

王骏说这只长脖老等,是我真正的救命恩人。他老婆快接近它时,它突然又哆嗦着低飞了几米,把她引向河边草丛。她过去一看,除了长脖老等，还有一个人躺在那里，虽然我脸色灰青，一动不动，但她用手在我鼻子下一试，还有气呢，于是喊他过去。王骏背着我，他老婆抱着长脖老等，回到车上。

他们先救人，把我就近送到一个镇子的卫生院。王骏说他没想到我身上没有任何可证明身份的东西，没有手机和身份证，没有一分钱，裤兜只有湿透后干成一团的纸和两根牙签。他们判断我是溺水后被冲上岸的，医生怀疑我是自杀或是被害，先报了警，派出所来人对王骏做了讯问笔录，在我没有苏醒前，他不得离开，住院押金都是王骏垫付的。而那车秋白菜，只好由他老婆一人运往哈尔滨。

王骏说好在他老婆能干，驾驶技术不错，跑长途时他们经常轮流开。但万分倒霉的是，她平安抵达后，刚卸完货，就赶上哈尔滨有了疫情，现在城区全员核酸检测，老婆和车被困在那里，住在小旅店，今年中秋节只能望月团圆了。王骏苦着脸说天公不作美，这阴天下雨的，估计月亮也难见。

我连声对王骏说对不起，先前他嚷着我赔他名誉和烟钱，那是他的幽默，我更应赔偿他爱人因疫情人车被困在哈尔滨的间接损失。我表达这样的心愿时，王骏一撇嘴说："我要是接受了你这样的赔偿，我老婆还不得骂死我！她心眼好那是出了名的。我刚才打电话告诉她你醒了，她刚排队做完核酸，喜得直说今晚要多吃一块月饼！"

我愧疚地说："都是我害得你们中秋不能团圆。"

王骏说："团圆又不在这一日，明年不是还有八月十五吗？你知道我老婆最担心啥吗？她怕你醒来后会失忆，我一会儿得告诉她，你知道自己姓啥、住哪儿、开啥车，脑袋一点都没短路！嗨，老天爷真是保佑你，让你遇见她，遇见长脖老等，万一我一脚油门过去了，你遇着这样的天气，没吃没喝的，在野外失了温，就得玩完！"

夜漂时我卸下背囊，这是最大失误，里面准备的一切急救物品，想必都付诸东流了。王骏掏出手机，让我给家里报个平安，可亲人的电话都存在我手机里，没有一个号码我能记全。而我离开手机绑定的银行卡，也无法偿还王骏帮我垫付的医疗费。一部手机不见了，生活居然半停摆了。

医生让护士给我送来一份白米粥和一碟咸菜，嘱咐我少量进食，我来自哈尔滨的话，可是属于疫区来的人，院长不在，他有责任督促我把十四天内的行程回顾一下，做个登记。

王骏说我醒了，派出所也解除了对他的怀疑，他本应赶到哈尔滨去，老婆一人开着辆大车在外面，他还是不放心。只是现在进哈尔滨要持二十四小时内核酸阴性报告，这乡镇卫生院做不了，他还得去依兰做，最快四五个小时出结果，再加上去哈尔滨的路程，估计折腾到那儿，也得后半夜了。

王骏长叹一声说："算了算了，一个人过个清静的节也不赖！还有老婆把受伤的长脖老等托付给我了，我一直守着你，顾不上这只鸟，现在得打听一下，附近哪儿有野生动物保护站，早点送过去。"

王骏出去了，医生也出去了。

吃过粥和咸菜，我感觉身上有了力气，可以下地走了。虽说腿依然发软，感觉像踩在棉花堆上。

我住在抢救室，对面是医生办公室。我一出来，就见那位医生敞着门，正给一个干瘦的佝偻腰的男人看病。他见了我摘下听诊器，先是嘱咐我戴上口罩，说是病房床头柜的抽屉里备有一沓，然后问我："写完十四天内的行程了吗？"我说："没有纸笔，请帮我提供一下，我到院子转转回来就写。"

医生说："王骏在太平房看鸟呢，你得好好感谢他，真没见过这么好心肠的大货车司机呢。"

我反身回抢救室取了口罩戴上，走向院子。

太阳还没露头，但雨停了，空中堆积着深灰浅灰的阴云。太阳怎会死呢，可阴云一直妄想着做它的裹尸布。

卫生院是栋长方形的砖瓦结构的平房，院子也是长方形的，栽种着七八棵杨树和柳树。院子东侧有个花圃，花儿多半枯萎，只有两株黄色菊花，挂着几朵将落未落的花。菊花的边缘像被烧焦了，已然惨淡，花心强撑着，但颜色也不鲜亮了。花圃前有个破烂不堪的长椅，还有两个污渍斑斑的圆形石凳。

院子西侧是座砖木结构的小房子，人字形屋顶下，有一块白地黑字的匾，上面的"太平房"三个字，居然是瘦金体的。这房子清灰水泥涂抹的墙面，对开的铁皮门，矮矮趴趴，像个门岗。门开了一扇，我进去时，王骏正在喂长脖老等。

太平房大约五十平方米，正中央有两张光亮的木板床，大概是停尸的地方，床前各置一个黑黢黢的瓦盆，看来是烧纸用的。因为屋子只开了一扇西窗，窗口很小，天又阴着，所以里面昏暗不堪。

受伤的长脖老等蜷缩在西窗的墙根下，见到我伸了伸脖子。我不确定它是不是我没有救助的那只，如果是的话，它的善行对我来说，是卡在我喉咙的一根永久的刺。我不知是否应该感激它，因为在医学意义上我失去知觉的那个夜晚，我的思维从未有过的活跃，我在上半夜看到了精美绝伦的白釉黑花罐，在下半夜听到了凄美的碑桥故事。如果夜能更长一些的话，我也许还能见到更绮丽的风景。

我不知眼前的长脖老等是不是宋徽宗刻在青石上的那只，它的眼神仿佛活了千年的样子，是那么笃定安详，好像深藏着高山和大河，我和它四目对视时，被它的气质打动了。

王骏依然是把口罩吊在一只耳朵上，他说："你刚缓过阳，不该戴口罩，本来气就不够使。"见我走路有点哆嗦，他以为我除了身子虚，也是因为进太平房有点恐惧，便安慰我说医生告诉他了，这太平房利用率很低,因为附近乡镇的老人死了,亲属们习惯在家停尸,然后再送火葬场。进太平房的,大都是活到中途出意外而没抢救过来的,一年没几个。所以昨天没地方安置长脖老等,医生就想到了太平房。王骏说:"在医生眼里,太平房和产房没啥区别。"

这只长脖老等伤在右腿,裸露的伤口像片玫瑰花瓣。王骏说这不像在岩石上擦伤的,倒像是中了偷猎者下的铁丝套,它奋力挣脱时伤及皮肉。王骏说它实在聪明,知道跟着人类的车子求救。而它不仅自救了,还救了你。只是它将来被送到保护站后,虽能保命,但一个冬天被迫做了留鸟,明年即便伤好了,野外生存能力降低,秋天能不能南迁,成不成老鹰嘴里的食物,也两说呢。

王骏慨叹完,他手机的视频铃声响了,王骏说:"是我老婆,你刚好认识她一下。"他说着接通视频。

透过手机屏幕,我见一个穿红花毛衣梳齐耳短发的圆脸女人,笑微微地面对我们,她问王骏:"你干啥呢?"

王骏笑呵呵地说:"你救的人和鸟都在太平房呢,我先给你看看长脖老等吧。"他把画面切到鸟身上。

女人说:"看上去不精神啊,得早点送到保护站。"

王骏说:"是了,我刚打听好了,下午就送走。"然后将画面切到我身上。

女人看着我说:"人比鸟精神啊。"她笑了起来。

我刚说了一句"谢谢",女人就说:"有啥谢的,你得感谢长脖老等,不是它发现你,你早没命了。"女人说王骏告诉她了,我家人的电话都在手机里,想不起来了,她说如果我愿意,可以把家地址告诉她,她上门报个平安,反正做完核酸也没啥事。我心想林蓓哪会像她这样,时刻惦念自己的丈夫,我就是失踪一周她也未必感知到。而母亲则不一样了,只要是传统节日,我在哈尔滨都会陪她,在外地则必给她打个电话问安。要是今晚她没接到我电话，再打过来无法接通，非得急死不可。我也不客气，拜托女人去南岗邮政街我母亲家一趟，报个平安。女人说刚好她住在海城街的一家小旅馆，离那儿很近，让我把详细地址给王骏，他微信给她，她即刻出发，到时让我们母子视频一下。

四十分钟后，我和王骏刚要离开太平房，他爱人发来视频信号，说已到我母亲家。八十多岁的母亲防疫意识真强，武装到牙齿了，不仅戴着口罩，还戴着一个护目镜，这使她看上去怪里怪气的。她见着我先骂了一句"瘪犊子"，说疫情期间她本不该让外人进的，可听说我漂流翻了船，手机不见了，只好冒险给人开门。她警惕性极高，见王骏在我身边晃悠，问他是谁，我是不是遭绑架了？我说当然没有，这两个人是夫妻，我的救命恩人。

我让母亲把医疗费帮我先给女人，母亲斩钉截铁地说："没门儿，你肯定是遇到诈骗的，受到要挟了，我给你报警，你告诉我在哪旮旯？"真让人哭笑不得。

我只好退而求其次，让她把林蓓电话给我，母亲又骂我一句"瘪犊子"，说："你就知道惦记媳妇！"母亲说林蓓一清早给她打电话，她今儿出不来了，因为小区有确诊患者的密接者，人都给圈在家里隔离，两天才能出来买趟菜。

母亲教训我说："你一天就知道在外逛游，还有心思玩水？也不知林蓓是不是一个人隔离在家？她给我打电话时，我咋听见好像有男人的咳嗽声呢？"

我说："真有男人代替我在家咳嗽，我情愿在外当个散仙。"

母亲撇着嘴，再骂我一句"瘪犊子"，说："你不怕绿帽子压扁脑袋呀。"王骏和他老婆听后，齐声笑了起来。

母亲年轻时是演驴皮影的，也就是皮影戏。行当使然吧，她爱操控人，喜欢发号施令，父亲唯命是从，他也是因迷恋母亲塑造的角色而爱上她的。所以父亲去世的时候，母亲在殡仪馆给他做告别仪式，就是请她的几个老伙计演了一场父亲最爱的皮影戏《鹤与龟》，因为这是出动物寓言轻喜剧，参加葬礼的人被剧情感染，笑声不时泛起，父亲就踏着母亲为他营造的笑声上路了。

父亲走后，考虑到母亲年事已高，我请保姆前去服侍，可母亲很快给打发了，说她能走能蹽的，屋子本就不大，不能再多个放屁的人。待到近几年她记忆力衰退，几次忘关水龙头和燃气阀，她哀叹着岁月不饶人，自请了保姆，声言要在有生之年，花掉自己所有积蓄，不给后人留半个子。唯一带不走的是房子，她早已更名到我女儿名下，为此母亲还刺激过林蓓，说："你要是养活个儿子，这房子我就留给孙子了！"林蓓嗤之以鼻地说："哪座房子最后不是坟墓呢？"母亲气得直捶胸，讥讽道："照你这么说，你妈就不该生你不是？"我永远记得林蓓听后非但不恼，还动情地拥抱了母亲，说："您真是我妈，我就这么想的。"

母亲见王骏和登门报信的女人一脸忠厚，说的不像是排演过的，而我状态自然，终于相信他们不是骗子。问清他们帮我垫付的医疗费数额，她即刻付给女人，还多拿出两千，让她通过王骏转我，说一个大男人在外身无分文，寸步难行，不过她声明这钱我得还她，看在我是她亲儿子的分上，利息她就不要了。

钱的事情交涉完，母亲说她早晨接到一个陌生男人来电，他说你儿子的电话怎么打不通，只好找您了。他手里有件宝物，人都说是金代的，好像跟宋徽宗有关，想请你鉴定一下真伪，他出鉴定费。母亲责备我不该把她电话告诉给外人，未等我解释我从未泄露过她电话，母亲又说，别以为宋徽宗当年在咱这儿被囚了几年，就谁都能捡着宝贝，做梦去吧！

母亲对宋徽宗的画不屑一顾，收藏在辽宁博物馆的《瑞鹤图》和北京故宫的《芙蓉锦鸡图》她都看过，说那画中品而已，布局乏力，也不脱俗。尤其是《瑞鹤图》，群鹤弯着脖子飞翔，缺乏气韵。而且群鹤之下的宫殿看不到底部，等于失去根基，颇不吉祥。她说要说那时期的画儿，还得是王希孟和张择端的。但宋徽宗的书法她认为绝了，空灵深邃，每一笔都含着泪似的，像是一出生就活了一辈子人的笔力，笔笔如柳又笔笔如钢，旷世难得。

母亲叮嘱我与所谓的持宝人打交道要小心，这里骗子很多。

与母亲视频通话结束后，医生见我状态不错，准我出院。这样中秋节午后，我和王骏带着长脖老等离开卫生院。

王骏说："你死里逃生，大过节的，天又这么凉，咱得吃点好的和热乎的。"这样我们寻了一家小馆，吃热腾腾香喷喷的羊蝎子火锅。刚踏进店门时，店主见王骏抱着长脖老等，以为我们是来私卖野物的，两眼放光，说正愁八月十五没野物下锅呢，连问多少钱。王骏瞪着眼说："我看你像野物！"店主再不敢提这茬儿。

王骏酒量一般，只喝了二两烧酒就兴奋异常，我遵照医嘱滴酒未沾。酒是话篓子，大多数人喝多了话就多，王骏也不例外。他告诉我他老婆是后找的，他总跑长途，前个老婆在家太寂寞吧，跟一个开杂货铺的好上了。王骏说老婆的私人领地被别人侵占，他这辈子不想再碰了，立马离婚，他们唯一的男孩归他，由他母亲照看。

王骏说现任老婆比他小五岁，极其善良，本来许了一户人家，但快结婚时发现得了子宫癌，虽是早期，但得摘除。手术后恢复不错，但她没了"育儿袋"，那家解除了婚约。王骏说他有儿子了，不在乎传宗接代，就娶了她。婚后她一直跟他跑车，车上备有炊具，在各个高速路服务区，老婆给他做饭的情景，是大货车司机最为羡慕的。王骏说人也真是怪，他跟前个离了，但她日子过得不如意时，他也心焦，毕竟她是孩子的生母啊。再说他和她婚内时，在外有时十天半个月见不着老婆，也曾在高速路服务区的小旅店接受过找上门来的服务。王骏慨叹说生为女子不易，好像女人天生就得是贞节的，男人胡来后只要对家好，一切可以忽略不计了。王骏说现任和前个老婆处得不错，两人一起赶过集呢。唯一让他难受的是已上初中的儿子不认后妈，她对他一万个好，也换不来一个好，她常偷着哭，这两年也常咨询做试管婴儿的事情，让他心惊肉跳的。因为他这岁数不想再要孩子了，再说做试管婴儿遭罪又烧钱。

我苦笑着说："我现在的老婆也是后找的，我也被戴过绿帽子。"

王骏哈哈笑着拍了下我肩膀，说："难兄难弟啊。"

从小馆出来，我雇了一辆破烂不堪的私家车，先和王骏送长脖老等。这家野生动物保护站在山中，规模不大，有两头黑熊、一头驼鹿、几只狐狸和狍子以及形形色色的鸟。它们非瘸即瞎，或是伤了翅膀，看了让人难过，是极难回归大自然的动物了。

接待我们的人六十岁上下，一嘴黄牙，说话南腔北调的，不像本地人。他按照惯例做完登记，动员我们认领这只鸟，支付饲养费，他们可定期把长脖老等康复的图片发给我们。见我们犹豫，他聒噪说断掌的黑熊，是某某老板认领的；那只瞎眼的狐狸，是个患癌的女士认领的。他们认领了这样的动物，发财的发财，康复的康复。

王骏问："那一个月得多少钱啊？"

工作人员说："这只长脖老等伤在翅膀，相当于一辆汽车马达坏了，治疗和饲养费，一个月少说得四百块。它今年就得在黑龙江过冬了，你们可以先捐半冬的钱，三个月，一千二百块，我可以开收据，还能盖红章。"

王骏表情复杂地看了我一眼，先给长脖老等拍了段视频，再拍了几张照片，说是留个念想。

母亲借给我的两千块，因我手机和银行卡未恢复，王骏只得给我现金，我在羊蝎子小馆花掉二百三十元，雇车用了四百元，如果再支付一千二百元，所剩无几了。我跟工作人员说："我先捐六百，余下的看它的恢复情况再说。"

工作人员大喜过望地说："六百也中，我一眼看出你是个好人！"

我数出六百块钱，递给工作人员时，王骏突然拽住我，说他需要现金，让我串给他，他用微信转账给对方。工作人员眼巴巴地看着那六百现金，虽不情愿，但还是加了王骏微信，接收了六百块。谁想他开完收据，却说忘了公章在另一个同事那儿，锁在抽屉里，这人回城过节了，他也不好撬锁，所以无法盖章了。我嘴上说着没关系，但心里觉得六百块钱事小，可他的言谈举止，让人对这家保护站缺乏信任了。我要来他的电话号码，说未来会和他联系的。

出了保护站，我和王骏仿佛参加完好友的葬礼，有股说不出的沉痛，上车后并排坐在后面，彼此无话。偏偏赶上我雇的司机是个直筒子，他嘲笑我们："你们也算吃了半辈子的盐了，咋这么幼稚？把长脖老等送到这儿，等于献上了八月十五的大餐，我敢保证，你们前脚走，后脚人家就会拿刀抹了它脖子，炖了下酒！"

王骏轻轻拍了一下我的肩膀，说他也有这个担心。一般的保护站，是不会强求爱心人士认领野生动物的。所以他留了一手，给它拍了视频和照片，还用微信转账，留下捐款记录。

王骏说人没有长得一个模样的，鸟也一样。隔个十天半月的，他会和工作人员视频一下，看它是否活着。见我不语，王骏又说："你先捐了六百，眼下它的命是没问题了，保护站得留着它，继续让你捐钱。可是如果你一直捐，我最担心的是，明年它伤好了，可以南迁了，也未必给它放归自然。最让人不敢想的是，万一没伤再给它弄伤，继续钓好心人的钱，我们反倒是让它受折磨了。"

我说："先别把事情想那么坏，这一带我常来，如果这家做事不规矩，我会把它解救到另一个地方，我会承诺尽快。"

王骏说："那就妥了。"

但司机听后不悦，说："你们给一只鸟随便撒六百块，我这一趟往返，少说也得两百公里，大过节的谁爱出车？我最开始要五百，你们非砍下一百，难不成我还不如那只鸟？"

我可不想司机中途撂挑子，赶紧说："师傅咋也比鸟金贵啊。"忙从口袋抽出一百，探过身子，把它放到副驾驶座位上。

司机歪头看了一眼粉红色的百元钞票，像看着一块可人的蛋糕，眼神立刻温柔了，说："那就谢谢大哥了。"

送完长脖老等，我又把王骏送到一家服务区旅店，他说和老婆约好了，她拿到核酸阴性报告后，明早驾车离开哈尔滨，去那儿接他。想起他刚跟我说过的在高速路服务区做过的龌龊事，他下车时我忍不住在他肩上狠抓了一把，有点警示的意思。

王骏一脸坏笑地说："抓我啥意思，不想让俺好好过节不是？"他嘱咐我手机恢复后，别忘了加他微信，他会把长脖老等的消息发给我。

与王骏分手后我倦意袭来，一路昏睡到山庄。

暮色渐浓，雨又来了。我走进山庄时，庄主正和一个客人搭讪，他见了我像鹅一样"啊啊"大叫："老天爷啊，你可回来了！"

原来，我当夜未归，他还以为像我这种自驾游的人，去别处耍了，并没在意。第二天上午还不见我影子，而他发现我的车子却还在停车场，感觉事情不妙，于是调取山庄外的监控录像，发现我去了河边，而那儿的一条渔船不见了，断定我是偷船漂流了。想着我在哪儿平安上岸后，就会回来的，所以没有报警，一直等到现在。

我跟庄主连声抱歉，说那条船撞散了，我会赔偿的。我没回房间，而是要了一把伞，先去了停车场。我的越野吉普与我相依为伴，在外就是我流动的家，我迫切地想看到它。可是停车场的几台车，全都是陌生的,我反身去问庄主:"我的车怎么不见了?"

庄主瞪大眼睛说:"这咋可能呢,昨晚我还看到了呢。"

我说:"那你看看监控,谁动了我的车子?"

庄主一龇牙说:"真是不巧,昨天我调取完监控,系统就失灵了,这大过节的,杂事一堆,还没顾上修呢。"

庄主的话让我觉得自己的车子跟我一样出了事。

我要求庄主报警的时候,他提出来可以让保安先带我在附近找找,说是以往也发生过类似的事情,有时附近村镇淘气的半大小子,会趁人不备潜入山庄,撬了客人的车子开出去,耍够了再扔在山庄附近,这样客人找得到,除了浪费点汽油,也没啥损失,所以都不会报警,而我驾驶的越野吉普车,是他们爱下手的目标。

庄主的话更让我觉得他知道我的车在哪儿。

在庄主的安排下,山庄保安嘟嘟囔囔的,很不情愿地骑着摩托车带我去寻车。天已黑了,雨还没停,风起来了,我的雨披被风掀起,脊背阵阵发凉。摩托车灯照着前方的雨,亮闪闪的,仿佛大把大把的伤心泪。车行四公里左右,在一片开阔的杨树林中,我发现了自己的车。车门和后备箱均被撬了,那盏我收来的李杜将军的台灯被砸烂了,莫德惠的字也被撕碎了。见我痛心不已,保安鄙夷地说:"一盏破灯和一幅破字,有啥稀罕的?"我骂他:"你懂个屁!"想着他没有拐弯,一路径直把我载到这儿,我认定他和庄主是损害我车的同谋,怒不可遏,一把将他按倒在地,骑在他身上,威胁道:"你不说实话,我就让你过不去八月十五!"保安吓得嘴都哆嗦了,连说:"大哥对不起,这一切可都是庄主让我干的。"

原来庄主发现我偷船失踪后,很快有人在下游发现了那条被撞坏的船,还有人陆续发现河面的漂浮物,手电筒、药品等。就在山庄附近的柳树丛,也发现漂来的一本被泡烂的书,庄主由此断定我是死了。

一个入住的客人在他这儿发生意外,无论如何都是灾难,会面临意想不到的官司和赔偿。这两年的疫情本来就让从事旅游业的人难挨,再不能雪上加霜了。因我不是网上订房的客人,所以庄主只要把我入住登记的纸页撕掉,再把近三天来山庄的监控删除,将我的车神不知鬼不觉地移出,我的死就跟山庄无关了。

保安说车子是庄主让他撬锁开出来的,庄主许诺他,车上有啥值钱物就拿着,算是报酬。结果他一分钱也没找到,只发现了一盏旧台灯和那幅看起来像从废纸堆找出的字,他一时冲动,拿它们撒气了。保安说他可以赔我一盏新台灯,至于那幅字,他可以求他儿子的书法老师写幅新的给我,我要啥字就给我写啥字。

我松开保安,欲哭无泪。那本漂到山庄柳树丛的书,是宿白先生新版的《白沙宋墓》无疑了,这是此行我带的书。

保安瘫在泥水里,瑟瑟发抖。我将他拉起,说:"你回去吧,就跟庄主说我找到车,直接开车回哈尔滨了。"

保安站起来,摇晃了几下,乞求我不要告发他,他若丢了这个饭碗,一时还没有好的去处,家里老人看病和孩子上学的钱,都会成问题。我答应他此事到此为止。

我踏上自己的越野吉普车,待保安驾驶摩托车远去,才缓缓启动。

后半夜雨停了,月亮却没出来,我本想开到依兰,可是走到中途,燃油耗尽,只得停在半路上。其间有车辆经过,我也下去求救,但没有车子停下来,这更让我觉得遇见王骏夫妇是多么神奇和温暖的事情。

两日后我回到哈尔滨,因所居小区还没解除封闭,便去了母亲那儿。母亲见我憔悴不堪,赶紧让保姆给我煲鸡汤。她说这岁数的人了,以后就长点记性吧,别心血来潮做危险运动了。当晚我还和林蓓通了电话,讲了此去依兰的遭遇,她却当神话来听,建议我去看一下精神科医生,说她可以帮我网上预约。

半个多月后，我身体完全恢复，身份证、电话、银行卡等信息也恢复，于是驾车第四次来到依兰。

参观五国城遗址的这天雨雪交加，几无游人。园内的靖康之变历史展室和仿造徽钦二帝生活的地窨子，都不是我感兴趣的。

五国城遗址围墙一角，有两方躺倒在荒草中的二龙戏珠石碑，也叫九孔透龙碑，这才是我此行最想看的。这是四年前从老牡丹江大桥水下打捞出的两块石碑，属于官至三姓副都统、二品大员的墓碑。据史料记载，从一七四三年开始设立三姓副都统后的近一百七十年间，历史记载的副都统就有五十位。凡副都统退休后，会被召回京颐养天年。能在地方立墓碑的副都统，都是任期未结束就故去的人，或病或是意外。据说二十世纪六十年代末牡丹江大桥初建，工人在就地采石时发现的。那年代的碑都被当作"四旧"，无人保护，所以他们就拉下山，做了建桥材料。而拥有这种墓碑的人，通常是任职期间功勋卓著者。

望着这两块面貌苍苍的石碑，想着它们曾做了牡丹江大桥的基石，半个世纪来在波涛中渡着往来的人，我不由得想起女人给我讲述的宋徽宗碑桥的故事，感慨万千。细雨夹杂着斑驳的雪花，落到二龙戏珠石碑上，是那么地美，又那么地凉。就在此时，王骏通过微信，转给我一张照片，是野生动物保护站的工作人员发给他的。

救了我的长脖老等，在铁丝网围起的棚屋里，如灰衣骑士，站在一根像是被熊啃得齿痕斑斑的枯木桩上，醉心地望着什么。它的黄嘴巴比之前娇艳了，肩上的棕栗色蓑状长羽也格外有光泽了。我想知道它如此痴迷地在看什么，将它目之所及的角落局部放大，竟在墙角的一堆干草中，发现一只眼熟的白釉黑花罐。

（原载《钟山》第3期）

# 糖 霜

计文君

## 一

今天，是个平常的周一，也是我三十岁生日。

与不是三十岁的昨天，并没什么不同：活着，醒来，去卫生间，洗漱，梳妆；在脱掉睡衣之后，穿上出门的衣服之前，称体重……

我出门了。

夜雨过后，空气潮湿，腮上有蓬松的发梢和穿过发梢的风，凉爽的天气透着一丝寒意，秋天要过去了。街上已经能看到蓝黑色的羽绒服，那团臃肿的暗色缓慢地移动着，应该是位老人。很快，我便把他丢在了身后……

红灯。

站下。主干道上被截断的车流开始流淌，由明黄的冬日冲锋衣与宝蓝的电动车防风组成的一团亮色，从我眼前飞驰而过。不远处是通向地铁站的过街天桥，步履匆匆的行人形成了移动的队列，快速，无声,连绵不绝;不过一百多米的距离,他们的服装在我眼里就都消弭了颜色,成了一个个黑点……

绿灯。

继续走。厚厚的抓绒卫衣里,身体温暖轻盈,踩过白色斑马线的脚步,甚至有了几分雀跃。——不必去挤高峰期的地铁,不必把自己的肉身塞进沉重的保暖装备,放上速度骇人的机车,我只需穿过这个十字路口,走到马路对面去。

马路对面,穿过绿化带,是随着节令和赞助商改换的室外景观;景观的后面,是我工作的"梦之都"文创园区。庞大的建筑群沐浴在晨曦中,金属花体字"Dream Land(梦之都)"如皇冠般拱在入口建筑顶上,与玻璃幕墙一道,闪着晶亮的光。

柔软蓬松的白色云朵似乎低到了那"皇冠"之下,"Dream"的首字母像只巨大的不锈钢咖啡匙,插进了厚厚的奶油拉花里,微笑从我的唇边投到了湛蓝的镜子般的天上,空气里满是拿铁咖啡的混沌香气。

带有魔力的香气中,身后的现实世界正在消融,对面晃动着无数瑰丽奇幻的影子,无数细小的暧昧的声音诱惑地叫着我的名字;只是我的肉身,还需要穿过这条马路……

## 二

Why did the chicken cross the road?(为什么小鸡要过马路?)

To get to the other side.(因为要到那边去／因为它们要去死。)

这个老旧的英文冷笑话,忽然从记忆里浮了出来。——有时候,穿过马路,真的就会去了"那边"。

二十四年前,妈妈在过马路的时候,死了。

妈妈三十岁,我六岁。奶奶跟我说:"你妈被车撞了。"说完她叹了一口气。

我愣愣的,没有哭。

"真是个憨子!"她抱住了我,"这是啥命啊?!"

她抱得我很不舒服,胸口的塑料扣子硌着我的脸。这罕见的拥抱是安慰,也是郑重威严的暗示:巨大的不幸和恐怖的命运,像她一样,用粗壮有力的双臂,抱住了我。我抽泣起来,糊里糊涂地害怕着,不敢挣脱……

好在奶奶以后再也不那样抱我了,她要抱继母生的弟弟,总是抱着。一个暑假,那小东西就在她的臂弯里变大了好多,她的喘息越来越粗,把小东西放下时,她会带着笑说一句:"死沉!"

那死沉的小东西仰面躺着,划动四肢,哇哇哭,她只好再把他抱起来。

弟弟总在哭,很烦人。奶奶在厨房做饭,弟弟又哭起来,我放下正在看的书,走进卧室,用被子压住他——

安静了。

安静只维持了很短的时间,从厨房进到卧室的奶奶像被烫了似的叫起来,直到弟弟的哭声再度响起,她才不再叫,抱着哄他。我坐在小塑料凳上继续看已经看过很多遍的《长袜子皮皮》,奶奶嘴里嘟嘟哝哝地说着什么,我没有去听。浓浓的焦煳味从厨房里散出来——锅里的米粥潽在了煤气灶上——我喜欢闻这种味道;抬起头,奶奶一脸惊恐地瞪着我,仿佛我头上长出了角。

奶奶没有再去做晚饭,一直抱着弟弟,直到爸爸下班。爸爸把我拎到卧室里打,我发出尖厉的哭喊,以为他会像平时那样停下来,瞪着眼睛问我还敢不敢了,我就闭着眼睛哭着说不敢了。

然而相似的情形并没有出现,爸爸只是埋头打我,我渐渐麻木起

293

来，喊变成了哼哼。他停下了，喘着气，听外面的动静——奶奶在跟继母说话，父亲开门出去了。

我也不再哼哼，在地上趴了一会儿，闻到了饭菜的味道，爬起来，打开门。爸爸扭脸看到我，吼起来，像他那次吓跑街边的狗一样，用力跺脚。那狗被他手里拎着的卤肉吸引，一路跟着。爸爸站下，狗也停下，嘴里呼呼噜噜，似叫不叫的，抽搐般露一下牙齿。爸爸把卤肉提到了胸口，吼了声滚，又用力跺脚，狗才夹起尾巴跑走了。

我没有那条狗为了食物和他对峙的勇气，赶快关上了门。

趴在床上继续看《长袜子皮皮》，胃里"咕噜噜"，有些揪着疼，屁股和后背都火辣辣的，脸上哭过的地方紧绷着……很快我就忘了这些。我坐在了皮皮家前廊的台阶上，喝热咖啡，吃椒盐饼干，那里阳光充足，让人觉得舒服，院子里的花散发着清香。

奶奶开门进来，我抬起头，她表情古怪。我平时和她睡一头，那天她让我睡到了床的另一头。平时她睡得很沉，呼噜很响，但那天她睡着睡着忽然坐了起来，我正举着手电在看书，晃动的手电照到床单上，那里有一块用力抹也抹不去的油渍。——皮皮的椒盐饼干不会留下油渍，但也无法让肚子不叫，我就从厨房摸了块凉油饼来被窝里吃。

我住到楼下储藏室去，并不只为这两件事。我时不时就会犯一些错，偷吃东西，偷拿钱，不停说谎；说谎非常可耻，但我和皮皮一样，经常会忘了。皮皮说："一个小孩子，她的妈妈是天使，爸爸是黑人国王，她一个人漂流在大海上，你怎么可以要求她总是讲真话呢？"

我不像皮皮那样有充足的理由说谎。我不确定是不是所有死了的妈妈都会成为天使，但我爸爸显然不是黑人国王。他是一个在楼上拥有两个卧室一个客厅、楼下还有一个储藏室的工厂会计。

这是工厂的住宅楼，在我的记忆里，它从来都是旧的，暗红色的楼梯扶手油漆开裂，楼洞黑黢黢的真的就是一个洞。储藏室不在地下，在楼洞的对面，矮矮的一排红砖平房，我经常看到有人在水泥平顶上晒玉米、辣椒、红薯干……储藏室里原本放着爸爸的摩托车和继母的玫红女式自行车，以及舍不得扔的各种包装纸箱。纸箱被整理成了隔断，外面放他们的车，里面几块木板搭在两张条凳上，铺好褥子和床单，便是我的床。来路不明的十几本书按照喜爱程度很仔细地排在床内侧，放衣服的木箱子是我的床头柜兼书桌，我在上面铺了张干净的报纸。爸爸在我的床上坐了一下，吱嘎乱响，我很担心他把床坐坏了，但忍着没说。他坐了一会儿，没说话，我也低着头，偷偷瞄他，他站了起来，说了声"睡吧"，走出去，带上门。门"吧嗒"锁上了，他似乎还在外面推了推。

坐在被窝里的我，心里慢慢溢出了喜悦：粉色小熊水壶里有奶奶给我灌的热水，书包里藏着我从厅柜里偷拿的朱古力饼干和话梅糖。我从同桌那里借来了崭新的《哈利·波特与魔法石》，橘黄色的灯光洒在书页上，我咬了一口饼干，在巧克力的香气中，跟着那个大难不死的男孩儿，到了女贞路四号……

我被一声压低的断喝惊得浑身血液冰凉，从枕上抬头看到爸爸站在隔断旁边。他从楼上看到储藏室的灯一直亮着，就下来了，我根本没听到他用钥匙开门！我被他拎起来，看着朱古力饼干的碎渣纷然飘落，印满白色雏菊的浅蓝被罩和枕套有了点点褐色污渍，我的嘴里还含着一颗尚未融尽的话梅糖。

第二天去上学的时候，我的脸颊还有些红肿——不肯吐出那颗话梅糖的代价。我喜欢上学，班主任对我很好，她是语文老师，看到我又带了伤，说要找我爸爸来谈话，我不想让老师知道我在家干的那些不好的事情，就拼命求她说："不用了，只要我不犯错爸爸就不会打我了。"她叹着气摸摸我的头。我觉得很开心，在作文里写："老师的掌心里有暖，微笑里有光，她摸我头发的时候，我想起了小时候，妈妈给我盖上晒过的棉被，棉被上有股太阳香……"

老师在班上读我写的作文，读到最后一句，她哽咽了。我低着头，高兴，也有一丝担心——我又说谎了。我并不记得妈妈给我盖晒过的棉被，那是我从电视上看来的画面，画面明亮鲜艳，所有的东西都被太阳勾出了带芒刺的光边，动人的琴声里，优美和缓的女声旁白念出"太阳香"三个字，听得我浑身麻麻的。老师摸我头的时候，我浑身也有点儿麻麻的。——这是真的，念头转到此，我就安心地高兴起来了。

说谎，并不总是能找到这样安心的理由。但只要不被发现，不安过去，也还是会高兴的。我就想尽办法不被发现。

储藏室的小窗户用牛皮纸糊起来，我说是要挡外面的风，其实是想挡屋里的灯光。——我总是看着故事睡着，让灯亮上一夜。

我像仓鼠一样在小窝里积攒着四处偷来的零食——楼上客厅饼干桶里的点心，邻居家晒的花生，院门口水果摊的苹果，杂货小店大玻璃罐里的薄荷糖……；店主抓住了我，没打我，反而给我了一颗玻璃纸包的柠檬糖，让我走了。晚上我握着柠檬糖，没有吃，心里酸酸甜甜，沉甸甸的，浑身一阵麻，一阵热。我把被子裹紧，意识昏沉起来，我想是被谁抱在了怀里，温暖又舒服，那人在我耳边轻柔地说着什么。——我想哭，也想笑。

第二天我还是挨了打：店主跟奶奶说了，奶奶跟爸爸说了。

奶奶戳着我的头说："小闺女好吃嘴，长不好你！"

奶奶讲了个馋嘴女孩子最后被狼吃了的故事。我托着红肿的手掌，听完这个粗陋的改编版《小红帽》，回到我的小窝，把那颗柠檬糖塞进了嘴里，从书包里摸出《汤姆·索亚历险记》来看。随后的一段日子，这个内陆小县城变成了加勒比海中的神秘孤岛，作为厮杀后唯一幸存的海盗，我在岛上游荡，寻找那埋着成箱金币的山洞，找到宝藏，就此过上幸福的生活……

日子似乎就是分配给不同故事的，现实世界就像是存放不同故事的容器，背街路沿儿上的青苔，锈迹斑斑的锁着的大门，都存着故事。当然，最多的故事存在书里，还有电视里；眼睛盯着那神奇的屏幕，人就进到故事的世界里去了……

可惜会被打扰，奶奶总是急着赶我下去。平时我被催几次，也就下去了，但那天电视里放的是秀兰·邓波儿演的《海蒂》，我正在阿尔卑斯山麓上跟着山羊皮特奔跑呢……奶奶的骂声从天外传来，我听见了，又没有听见。

她把我从小塑料凳上拖到地上，我就抱住茶几腿，大声叫喊："不走，我不走！"

继母说："妈，算了。"她也看得着迷，不想被打扰。影片结束时，海蒂胖胖的两只小手十指相扣："希望天下的孩子都像我一样幸福快乐。"我带着巨大的满足和她一起绽放笑容，那笑存留了很久。奶奶愣愣地看着我，叹了口气说："多大了？还这么憨——咋办呢？"

后来楼上的电视，晚饭后不开了，刚上学前班的弟弟有作业了，做个作业难为得继母跟他一起哭。我又是生气又是不解——作业不是课间就该做完的吗？

但也无可奈何，好在书是我能做主的事。中学图书馆让我彻底摆脱了"故事饥馑"。满足之后，人会变得挑剔，有些书没什么意思，翻翻就还掉了，有些书很有意思，像《红与黑》。心被故事揪着，人掉进了密密麻麻的词语编织的世界，真切得能看到白墙红瓦展布在山坡上的美丽小城，听得见人物因为激动而急促起来的呼吸和加速的心跳……现实世界就消失不见了。

已经开始上课了，是我喜欢的英语课，老师已经在讲测验卷子了，但手里所剩无几的书页告诉我，故事就要完了，于连命悬一线……书被老师收走了，她并没有批评我，只是腋下夹着那本书，回到了正在讲的"阅读理解"上去：

"Why did the chicken cross the road（为什么小鸡要过马路）？

"To get to the other side（因为要到那边去）。

"注意这里的 the other side，有双关的意思，既指路的对面，也指'那边'，另一个世界，结合上文，Tom 说这个笑话，是在讽刺朋友不自量力，无异于找死……"

我突然哭了起来，肆无忌惮，泪水滚滚而下，我哭得无法自制，或者我根本就不想控制。

老师让我出去，我就哭着跑下教学楼，冲到了操场上。很快我听到同桌和老师在叫我的名字："刘小红，刘小红……"

老师拉着我，安慰我说："老师不知道你妈妈的事情。"

我渐渐止住了哭泣，向老师认错，老师把书还给我，说读名著是好事，但要课下读……从老师办公室出来，我跟同桌说谢谢，她笑笑，挽起我的胳膊。

## 三

同桌叫佟心雨。

小学我俩就是同桌，初一刚开始我们没坐在一起，后来她跟老师说了，特意调的。——她爸爸是高中部的数学老师。

佟心雨有很多课外书，《长袜子皮皮》就是她的，我太喜欢了，看完还想看，就一直没还她。她似乎也没有什么课外的时间来看书，总在上课。——学校里有的课，语文、数学、英语、计算机；在外面还要再上一遍，外加钢琴课、舞蹈课、绘画课……

她喜欢趴在桌上听我讲那些从课外书上看来的故事。

她喜欢听故事，我喜欢讲故事，她开心，我也开心。但有些时候，我碰上不好的事儿，很难受，更愿意赶快躲进故事里去。躲进故事里，那事儿也就过去了，我不大会记得。但要是佟心雨在，那事儿就还在，就算过去了，也会记得很清楚，譬如小学时我被咬伤的那次。

不知道被什么咬了，疼醒的，食指关节在流血，我跑上楼去敲门，奶奶给我涂了紫药水。爸爸也起床了，过来看了我的伤口。我吃早饭时，他们低声说话："是那东西咬的吧？得打狂犬疫苗吧？""就破点儿皮儿，打啥疫苗？不碍事……"

我吃完早饭，照常去上学了。

我到学校之后，就用佟心雨的《新华大词典》查"狂犬疫苗"和"狂犬病"。课间我俩继续讨论可能咬我的东西，她吓得尖叫着抓我的胳膊。我笑了笑，她说我笑得很吓人。我说也许我会死。

到了下午，手指肿得很粗，胀着疼，手背也鼓了起来，我拿圆规扎了一下手背，冒出了血珠，刺痛反而舒缓了那胀和麻的难受。

佟心雨哭了，拽着我的胳膊说："你别，你别……"

放学了，佟心雨要到学校对面的绘画教室上课，我在教学楼下站了一会儿，朝操场走去，佟心雨追上我，问我要干吗。我也不知道要干啥，只是不想像平常那样走出校门，穿过半条街，推开小区铁栅栏门上的小门……

她见我不回答，就陪着我走，我让她去上课，她说不上了。走过小卖部的门口，她去买了两包干脆面，我俩坐在操场边高高的裁判台上，嘎吱嘎吱地吃完了。

天黑透了，月亮升起来，是满月。月光是白的，亮的，像融化的雪水，干净，清凉。

"皎洁"原本是语文书上的一个词，现在眼睛和皮肤都能感觉到了，只有故事里的人，才能有这样神奇的感觉吧？也许我是被这月光从别的世界送来、暂时放在那个红砖储藏室里的，现在它要带我离开了……

佟心雨轻声问我在想什么。我说你快回家吧。她摇头，我就只好和她以及自己疼痛的左手一起待在这个世界里。

佟心雨的父母在操场上找到了我们俩。我黑紫的左手让佟妈妈停止了对女儿的呵斥，立刻带我去了医院。那晚他们送我回家，送到了楼上。我爸刚从学校回来——他也去找我了。他再三向佟老师道谢，问花了多少钱，他忙忙地进卧室去拿钱包。奶奶嘟囔着抱怨我："咋不回家说呢？麻烦老师多不好意思……"

佟妈妈给我吃消炎药。奶奶递水的时候，习惯性地戳了一下我的头："偷饼干，偷饼干，不偷吃也不会招来那东西咬你！说也说不听，打也打不改！死性没成色，败家惹祸，早晚你也是作死自己拉倒！"

我没吭声，用水冲了药片下去，奶奶又递给我一颗牛轧糖，我没吃，右手攥着，我想等一会儿回到自己床上看故事时吃。

佟妈妈说："你们不能让孩子……"

奶奶没等她说完，就点头笑着说："好好好……"又看着佟心雨夸她文静听话，干净漂亮，说我一点儿都不像女孩儿，"邋遢，懒，还一脖子犟筋"。

佟妈妈抬高了声音："你们连孩子的安全……"

卧室里咚的一声响，是什么沉重的东西倒了，奶奶在外面开始拖着腔叫我爸爸的名字，爸爸应了一声，卧室门开了，爸爸的身体刚探出一半，又被拽进去，撕扯半天他才挣出来，笑着把钱塞给佟老师。

佟妈妈大声说："你们不能让孩子再住储藏室……"

继母在卧室屋里带着哭腔喊："姓刘的，你自己做事自己当，别拖累我背坏名声，我好好的姑娘又不是没人要，为啥要找你啊……"继母的哭声盖过了佟妈妈的声音，又有东西摔碎了，像是玻璃杯，弟弟的哭声响起来，盖过了所有的声音……

佟心雨一家要走了，爸爸送下楼，我也要下楼，佟妈妈不让，把我推到奶奶怀里，奶奶也就搂住了我，不过很快松开了，关上门就跑进卧室，把哭着的弟弟领出来，搂在怀里给他抹眼泪。

我拎起书包，拉开门下楼了。满月升到了天心，月光皎洁。

我能感觉到的词，当然不只"皎洁"一个。越来越多的词都从书里落进了周遭的现实，像春雨从天上落到地上，地就萌出了草芽；词落进现实，现实也长出了茸茸的故事须毛，可亲可爱，可以在心里反复抚摸。

和那些须毛摩挲久了，心会痒痒的，有时候还会无缘无故地发紧，涌出近乎疼痛的渴望。

读悬念丛生的故事时，也会有这种渴望，接下去会发生什么意想不到的事情呢？

这种神奇的感觉，不知道是从什么时候开始出现的。更早的时候，我就能听到"孤单"这个词，那是铎铎的梆子声，从无人的县城背街里传过来，我从未真正见过那个终年戴着草帽的淘粪人，都是远远地看，上学后再没听见那铎铎的梆子声。接替它的是一个男人录在扩音器里的叫卖声："香——兰花豆⋯⋯"前面那拖得长长的一声，很长时间我都听成了"香"，或者我想当然地认为就是"香"，直到有一天，我和那辆卖兰花豆的三轮车猝然相逢，车头的纸牌上写着"下岗"两个红字，下面是"兰花豆"三个黑字。骑三轮车的男人扳下了刹车，呆立在车前的我，对他露出了恍然的笑，他愣了一下，带着不解摇头，也笑了。

淘粪的，卖兰花豆的，还有我，都是孤单的。那个"都"字，像一声梆子，也像那人刹住三轮车时"吱嘎"的一声。

我再次想到的时候还会笑。为什么会笑呢？

好多事儿都不经想，不想还没什么，一想就觉得像谜。

譬如初三英语课上的大哭，真是因为小鸡过马路的冷笑话吗？妈妈被车撞死这件事不是禁忌，奶奶时不时就提一嘴，骂我蠢笨、没眼色是娘胎里带的改不了，早晚我也会像我妈那样自己笨死。

我从来没哭过。书被老师收走之前，我就有点儿想哭，因为于连·索黑尔刚刚在书里死去，马蒂尔德在黑纱马车里坐着，膝盖上抱着爱人被砍下的头颅……但我并没哭出来。

我哭着跑出去的时候，早忘了于连，满脑子想的怕的，都是英语老师，后悔，惭愧。—— 为什么要上课看课外书呢？英语老师肯定要讨厌我了。

多年之后我还想到了另一种可能 —— 身体在那段时间内正经历着剧烈的激素水平变化，从而刺激了我的脑神经元异常放电。

那天，我的月经初潮来了。

不值得大惊小怪，身边的女同学都来了，佟心雨前年就来了，我是晚的。我和她一起上厕所的时候发现的，她跑出去帮我在学校小卖部买了卫生巾，下面那节课我们俩一起迟到了，不过老师并没有多问，我们俩跑到座位上坐下，带着分享秘密的亲热，相视一笑。

我像是又得到了一颗柠檬糖，心底酸酸甜甜，沉甸甸的，不知道该怎么疼爱自己，双臂交叠趴在桌子上。—— 是自己抱着自己了，想哭，也想笑。

心雨用口型无声地问我疼不疼，我笑着摇头。

晚上肚子疼了，不太分明的疼，撕撕扯扯的感觉。晚饭后我跟奶奶要钱还给佟心雨，她给了，还灌了个暖水袋让我抱下来。隔了衣服抱着那团温厚的热，想着正在流血的身体，我默默地流出了眼泪，但那眼泪不是难过，而是一种无法言喻的珍惜，觉得自己很珍贵，像一颗宝石，在黑暗的匣子里默默地发着光。

小小的，却璀璨。那光更是神奇，照到什么地方什么东西，都会变得很美好，那美好是因我而在的，为我而在的。

"美好"这个词，是晴好的春天，星期日上午十点半出现的一筐芹菜，水灵灵的，长得不老不嫩正正好。阳光没有颜色，风没有形状，一切都是澄明，只有那筐芹菜，弥散着独特的香气，有着完美动人的颜色和形状。我抱着菜筐，抱着所有的好季节和好年纪。

我帮奶奶把那筐芹菜拿到楼上厨房，放在棕红色的枣木案板上，那是一幅图画，十二岁的手指进了那幅画，淡粉色的指肚触碰绿茵茵的叶，碧莹莹的茎……我收回手，呆呆地看着自己的手指，闻一下，果然有芹菜的香气，我珍惜地握住柔软的手指，笑了。

这样的时候，奶奶会半是困惑半是嘲笑地看着我说："这闺女真是怪，也没人娇惯，不知道咋那么会自己娇自己！"

奶奶所谓的"娇"，包括使用卫生巾。头天晚上给了那五块钱，第二天吃早饭的时候又嘱咐我以后不能再买了，家里有卫生纸，她们以前都是用炉渣灰……

我惊得松开了咬了一半的油条："怎么用？"

奶奶喊了声："没羞没臊的，啥都问？反正不能为了这破事儿花那么多钱……"她嘟哝了很多，出门我就丢开了。

初三的星期日上午，也要上课。我走得比平时慢，隔着毛衣用掌心的热暖着自己的肚子；奶奶的嫌弃并不影响我继续"娇"自己。

中午的时候我还佟心雨钱，她说不用。我们俩决定用这钱到校门口去吃麻辣豆腐串。还没走到门口，佟老师大步流星地赶了过来；佟心雨下午的钢琴课因为老师有事，只能提前到一点钟。他领我们去快餐店里吃了套餐，然后带着佟心雨走了。

佟心雨羡慕我没人管，我想她是不敢一个人住到我的小窝里去的。我也羡慕她，想象着住进她的卧室，睡在那么软的床垫上，靠着奶油色花瓣形状的床头，会做很美的梦吧？

也许不会，我想我会紧张。

我害怕佟老师，却并不害怕我爸爸。我也肯定不能像佟心雨那样，成绩每门都是第一，钢琴考过十级，连学校的冬季越野跑都是年级女子组冠军。我开始还能混在人堆里，很快就落在后面，跑不动了，走一段，旁边没人，悄悄溜掉。更不要说我有那么多坏毛病……想到这儿，我也就不羡慕佟心雨了。

我背着书包慢慢走在街上。去影碟店蹭着看没头没尾的片子？还是到街心公园把书包里松本清张的那本小册子再"复习"一遍？……漫天飞着柳絮，太阳很暖，那阳光像蜂蜜，金色，有甜甜的香气，黏黏的要把人的眼睛粘起来。

我在街心公园的长椅上盹住了，很短的时间，忽地又醒了，那一刻不知道自己是谁，也不知道在什么地方，嫩黄浅绿的柳条在眼前晃，一蓬白色的柳絮落向浓绿的草地，一个打扮奇特的人缓缓地踩着草走过来。

他穿着黑色的中式夹袄，一字盘扣的那种，戴着白袖套，围着白围裙，花白卷曲的头发从白帽子下面翻翘出来；除了医生，只有新街口卖烧鸡煎包羊头肉的那些人戴这样的白帽子。他有很少见的连鬓胡子，长到胸口，也是花白卷曲的，像电影里的人。他用胳膊挽着一个奇怪的东西，像篮子一样的拱形提手是木制的，下面是一个平底大托盘，盘边和提手漆得棕红油亮，雪白的笼布盖在托盘上，不知道盖了什么。

一块小小的带红色穗子的木牌拴在提手上方，木牌随着他站下，渐渐停止了单摆运动，我也从恍惚中完全清醒了，看见了那上面的两个红字：焦枣。

那个"焦"字让我闻到了喜欢的焦煳味，甚至看到金黄浅褐乃至炭黑的颜色，我还未说话，那人仿佛就明白了，掀开了白色的笼布，露出码得整整齐齐带着白霜的枣子。——那意想不到的白霜迷住了我。

白霜很薄，薄得像那些微寒的清晨出现在叶片上的霜，似有似无，触手消融，自然遮不住深红色的枣皮，每个枣子的核都被去掉了，留下一个小小的洞，露出浅褐色的枣肉。

他给我讲述制作焦枣的工艺，烦琐且困难：拣枣，洗净，捅去枣核，挑选木炭、炉子、烘烤……每一步都有很多讲究，都要恰到好处。

"枣木炭自然好，但别的果木炭会有不同的香，不同的味儿，这炉枣就是苹果木炭烤出的……"

我听入迷了，果木炭燃烧释放的香，枣子里水分蒸腾带出的甜……想着想着，我忽然明白了那层白霜的来历。——饱满的红枣里的枣汁在炭火的炙烤下渗出果皮，成了晶莹细密微小的露珠，露珠蒸发，果糖留在了枣子表面，出炉后冷却的过程凝成了薄薄的糖霜。

我向那人求证我的想法，柿子做成柿饼也会生出白霜，他听着"呵呵"地笑起来，说小姑娘懂得真多，"要不要买一点儿尝尝？"

我口袋里有五块钱，于是点点头。那人拿出一张白纸，卷成号角般的小包儿，小包儿反过来就是铲子，沿着内边轻巧地铲满了一包枣子，枣上的白霜都还好好的，托盘里的枣也纹丝儿不乱，他精准小心的动作更加衬托出了那枣子的贵重。

那枣真的很贵。他给我一小包焦枣，拿走了我的五块钱。但它的昂贵，似乎可以成为珍稀的明证。我看着那卖枣人，呆呆地想。

他解释了一句："不是卖得贵，这东西烤完，很轻……"

我没说话，挪开目光，他盖上笼布走开了。

我捏起一颗焦枣，郑重地放进了嘴里。

## 四

那个春日午后，我吃完了纸包里的最后一颗焦枣，舔干净指尖上的糖霜，它就成了我奇遇故事里偶得而不可复见的宝物。我每次路过街心公园都会留心，甚至还去新街口找过，却再也没遇见那卖焦枣的人。

从初三到了高三，我和佟心雨都是同桌。前排李珺的亲戚带来外地特产：醉枣。午休时她拿出来让大家吃。那枣只比苦楝子略大，玛瑙珠子一样，有浓郁的酒香，很好吃。吃着别人的醉枣，自然就说起了我的焦枣。

佟心雨早就听过这个奇遇故事。去年我过生日，她用零花钱请我去新街口吃了炒凉粉、炸肉合，还有一大串糖葫芦，我们吃着糖葫芦，沿街寻找卷胡子的卖枣人……但那天，她却捏着颗醉枣，笑说："你又开始瞎编了。"

她的声音很轻，落在我头上却像炸了个雷。我是经常说谎，但这件事是真的。我急了。——卫生巾，五块钱，麻辣豆腐串，汉堡套餐，钢琴课，街心花园，太阳光……我细节严密地还原了事发当日。

"去年你还陪我去新街口找过……"

说到最后我的声音抖抖的，听上去有些怪。她白净的脸皮涨红起来："我是陪你去了，也没找到呀。我不是怀疑你，可你编得也太玄了——是吧？"她笑着望向旁边的人，李珺她们就应和地笑起来。

我呆住了，头一直嗡嗡的，脸滚烫，怒气顶到喉咙，整个胸腔都要被撑爆的那一刻，却噗地破成了伤心，前所未有的伤心，伤心得身体四分五裂地散开了。

我没有哭，坐下，低着头一言不发，大家也就讪讪地散开了。

我一下午都没和佟心雨说话，傍晚也没有去食堂买饭。李珺跑回教室，对我说："佟心雨在操场哭呢！你也是！她说什么了，你就生气？"

我抬头说："该哭的是我吧？"

李珺笑起来："你俩真奇怪！莫名其妙，跟谈恋爱一样。"

眼前练习卷子上的字迹模糊起来，我放下笔，晚自习的铃响了，我逆着进教室的人流去操场找她了。她坐在压篮球架的条石上，仰头看着天，本来不哭了，看见我，又抹起了眼泪。我觉得有点儿可笑，叫她，她哭着对我喊："刘小红，我讨厌你！"她用力抹了把泪，说，"你怎么能活得那么自在啊？"

被她一问，我觉得还真是个问题，心里浮出一种又残酷又滑稽的感觉："是啊，我妈死了，爸爸娶了后妈，没人喜欢我，住储藏室，偷吃的，被老鼠咬，卫生巾都是借你的……"

"别说了！"她冲我喊，满脸都是恣肆流淌的眼泪。

我傻站着。这情景不像是真的，像小说或者电影里的情景——真的是在故事里了；我却是个没看过剧本的蹩脚演员，完全不知道该怎么办。

我又羞愧又害怕，想跑。

佟心雨哭着让我走开，我就跑掉了。

撑了半天的难过，消失得无影无踪，反而觉出饿来，但是除了食堂的饭票，我身上并没有钱。我怏怏地走回教室，在座位上呆坐到下第一节晚自习，捅了捅前面的李珺，向她借了两块钱，跑去买了包干脆面，嘎吱嘎吱地嚼着，浸满油脂和香料的淀粉团混杂着旺盛分泌的唾液，充溢口腔，滚下喉咙，进入空空荡荡的胃，胃牵拉着裂开的身体，再度闭合。我站在黑漆漆的教学楼的阴影里吞食着干脆面，吃得贪婪狼狈，心慌意乱。

我噎着了，打嗝，冲回教室喝水，还打，一下一下，教室里有人轻声笑起来，我揪住自己的耳朵，憋气，才注意到旁边佟心雨的书桌已经收拾过了，书包也不在了。

憋了半天的我，打出了一个大而响亮的嗝。

第二天我跟奶奶撒谎，说老师要我们买整套的高考真题卷子，十六块钱。——两块钱还给李珺，剩下的够我支撑一阵子了。

骗到手一笔巨款，我却并没有往常的喜悦，走去学校的时候反而失魂落魄的。刚进校门，听到佟心雨叫我的名字，我扭头，她在我身后笑着，额头的碎发在晨光里变成了金色——安稳的世界回来了，眼睛酸涩起来，我却傻乎乎地笑着说："你不哭了？"

佟心雨笑得有些忧伤，但她这样笑，更好看了。

佟心雨很好看，很多男生喜欢她。可是她爸爸就在学校盯着，没人敢有所动作。佟心雨喜欢隔壁班的一个男生，我实在看不出混在一堆人里追着皮球跑的那个男生跟旁边的男生有什么不同，都跟翎翅刚扎了一半的仔鸡似的，介于毛茸茸的鸡崽和羽毛鲜亮的成年公鸡之间，一副丑样子。佟心雨却愿意在球场边站着看他，就像我盯着李宇春海报时一样，不舍得把视线挪开。

佟心雨看了半天还舍不得走，我有些无聊，抬头，天空正在失掉白天的湛蓝，依旧充满明亮的光线，西天的霞光皴染了稀薄浅淡的流云，一条瑰紫金红的带状的云从天上垂下来，几乎垂到校园的红砖围墙上。

秋天来临的时候，球场上的草都会安静地缓慢地变黄。等到深秋，草茎中的水分变得更少，那黄就会变浅，浅成半透明的白色，整个操场会显得异常洁净，此时的黄下面还有暗绿的底子，草叶上有沙沙的声响，那是时间迈着透明的脚步，匆匆走过十七岁的初秋的黄昏。我心里涌起了近乎疼痛的渴望：接下去会发生什么意想不到的事情呢？

然而一切还是顺理成章地发生着。

毕业，高考，佟心雨依然是第一，考上了一本。我们学校考上一本的只有俩人。我考上了所教师进修学校升成的二本师范学院。奶奶和爸爸高兴得如同中了头彩，没想到我能给他们这么大的惊喜。——学费便宜，舅舅家的表姐，师范毕业考上了县聘教师，对女孩子来说，当老师是好工作。

　　佟心雨和我都去了省城，她学经济，我学中文，不过我们俩的学校隔着大半个城，见一面不容易。我跑去找她了一次，见识了正经的大学。校园里有一百多年前的民国礼堂，树龄超过半个世纪的法国梧桐遮蔽出林荫道，暗红色的塑胶跑道围着绿茵场，新建图书馆的造型是本打开的书……校园这么漂亮，佟心雨看上去却比高中时暗淡委顿了很多，似乎没有那么漂亮了。

　　佟心雨没有来找过我。我们学校只有几栋旧楼，连一个像样的操场都没有。睡我下铺的张琳从入学开始就立志考研，天天早起跑步背英语，我跟着学了几天，天冷起来，她还是五点半起床，我学不下去了。

　　不得不承认，佟心雨说我"自在"，奶奶说我自己"娇"自己，是对的。不管在什么地方，我总是尽力让自己舒适愉快起来。学习总是要费点儿劲的，但也不会太过费劲，二等奖学金我就满意了。

　　我拿到奖学金立刻去买了部二手手机。爸爸接到我的电话，劈头骂了我一顿，说要从给我的生活费里逐月扣除这笔钱。我挂了电话懊悔不已；说谎会被惩罚，说实话，会被更严厉地惩罚。

　　我去申请勤工俭学，但有限的工作机会要先给那些贫困生。辅导员拿了一摞手写的电视剧剧本问我，看得懂吗？字潦草却不难辨认，基本能顺下来，打前几页的时候时不时要停下来问，后来就不用了。我每天去辅导员办公室打剧本，都是十几页的样子，熟悉了，打得快了，我也不着急，先用她办公室的电脑上网看一集美剧，打完了还能再看一集。就这样打了一学期。

　　放寒假前，那位写剧本的老师腰扭伤了，只能躺着，要找个人听他口述打字，剧本赶时间完成，春节期间也要工作。辅导员问我想不想干，我立刻答应了。辅导员让我和家长商量，我打给我爸，他不相信，问我到底要干啥。我羞恼地说："不用你管，反正我不回去过年了。"

辅导员接过电话，缓声细语说明了原委，才把电话又递给我，爸爸在那边嘱咐我听老师的话，在别人家要懂事……

那个寒假，在老师温暖舒适的家里，我参与了一个故事的诞生。因为太有参与热情，常被老师骂闭嘴，但丝毫不影响我对这份工作的喜爱。他收藏有数千部电影史上经典的影碟，休息的时候，我可以看古今中外的好故事。以前我没想过，那些写出好故事的人，可以得到什么。老师起来工作的时候，都是将近中午了，所以每天上午，我都比较空闲。我就待在客厅的沙发上戴着大大的耳机看影碟。换片的空当，见阳光落在红酸枝厅柜的雕花门上，旁边的青花大罐里插着几个卷轴；餐厅墙上挂着大幅油画，远远望过去，能看到波涛翻滚的大海与云蒸霞蔚的天空，一个小小的模糊的人形在斜伸出的一角岩石上……

餐桌上有个大大的水晶玻璃缸，每天都装着各色水果，像幅色彩艳丽的静物油画，面前的茶几上，九宫格的红漆盒子里堆满各类坚果、糖和小点心……师母总是催着我吃，开始我有点小心翼翼，有天看《天使爱美丽》，吃光了一格巧克力曲奇饼，师母不仅没有说我，还笑了，说能吃是福气。

离开老师家的时候，我带走了三千块钱工资和藏在衣服下面满满一箱底的零食，还有一个念头——也许将来我也能写出好故事，挣到很多很多钱。

我把工资存了起来，把零食分给张琳吃，把念头压在了心底。

我汲取教训，在爸爸询问工资时撒谎说只有五百块钱。即便这样，爸爸还是在给我的生活费里减少了相应的数额。直到大三结束，我一直在为老师打剧本；他腰好了，却延续了口述打字的工作方式。我下午基本没什么课，而老师的一天，本来也是从中午开始的。北京一家影视公司为老师成立了工作室，他走前送我了一本书，扉页上写着"钱途远大",还说毕业了要是想来北京,可以去找他。大四了,班里好多人都报名考研,只有张琳一个人过线了,她考上了北师大。我则报名参加了县里正式编制教师和县聘教师的考试。

考前我去找表姐,她已经从县聘转正了,正在家休产假。她一边给孩子喂奶一边跟我说话。正式编太难考,当初她爸爸找了人,直接让她考县聘,虽然待遇低点儿,但不出意外都能转正。现在都摸到了这个门路,县聘也难了,初试全凭成绩,试讲就靠关系了。成绩关系缺一不可。表姐让我去找舅舅,问问当初那个关系还在不在。舅妈拉着我问长问短,留着吃饭,说起我妈妈还抹眼泪 —— 没两年姥姥也走了,我就再也没来过 —— 我想起七岁那年过年,姥姥用沙子在锅里炒花生,表姐给我讲恶毒后妈的故事,姥姥扬起锅铲吓唬她……

舅舅一直没说话,最后跟我说:"让你爸来找我。"

正式、县聘的初试我都过了,参加了两次试讲,都没有过。奶奶照例骂我败家没成色,又说舅舅跟人合伙坑我爸的钱,我只是茫然,继母则揪着爸爸撕打:"几百块钱的鞋不舍得给儿子买,好几千的浪钱倒是舍得旷花(方言:浪费钱财)……"

不知道接下去要做什么,我不知道,爸爸和奶奶也不知道。心里的茫然荡漾开来,成为一片波光粼粼的自由,那光让人不安,也让人生出了渴望,压在心底的念头浮了上来,我想起了那幅油画,大海与天空,海边岩石上那个眺望的小小人形。我的神游天外触怒了父亲,他挣脱了继母的撕扯,给了我一耳光,满腔悲愤地指责我:自私、恶毒、狼心狗肺,挥霍着父母的血汗,不思进取,不懂回报,鼠目寸光,除了吃喝享受啥也不会想,肥墩墩一脸蠢相,成心要啃得父母骨头都不剩……

我捂着脸。—— 疼却不在脸颊,而是后背,那些雨点一样落下来的辱骂,带着腐蚀性,蚀穿了衣服,蚀透了皮肉……疼得久了,就麻木起来，后来甚至有些心不在焉了，以至于爸爸疲惫地扬手让我"滚"，我都没有反应过来。

回到楼下储藏室，我坐在床边，握着电话，深吸一口气，拨通了编剧老师的电话；心跳到了嗓子眼儿，几乎在接通的瞬间挂掉，我结巴着说自己的情况。他"啊啊"地应着，似乎还跟身边的人说了句什么，我不抱希望了，近乎赌气地大声说我想去北京跟老师工作。

老师说："来吧！"

把手机捂在胸口，隔着衣服和皮肉都能感到自己的内脏在燃烧——被那两个字给点着了。但我没跟家里人说，第二天回到学校，只告诉了张琳，我也要去北京了。她已经拿到了录取通知书，毕业典礼后先回家过暑假，开学后去北京。我没回家，直接买了张火车票。到了北京，换了新的电话卡，打给张琳，打给爸爸，想了想，我又打给了佟心雨。

毕业之前，我本想去和佟心雨见一面，她说有事儿，就没见成。不知道是不是因为陌生号码，她没接，我就编了条信息发过去。

我到的当天就开始工作了，老师正在做一部大剧，他还要做导演。我的工作也不只打字这么单纯了，工作室很多日常的杂活儿慢慢都落到了我身上。

两个月过去了，张琳去学校报到后来找我，我们俩开心地走着去吃饭，我给张琳说这里就是《武林外传》里的"左家庄"。我们俩笑了半天。张琳回学校去了，我忽然想起佟心雨，她一直没回我电话，我又打给她，停机了。

那部剧在两年后的春节前杀青。两个春节我都没回家，老师给我发了个大红包，还让人给我买了春运车票，我只好回家过年了。进家门，奶奶上下打量我，说："真是人要衣装，你看这打扮打扮也不丑……"我从行李里拿出两盒稻香村的点心，爸爸坐在沙发上，用略带审视的目光看着我，问我工作情况。我说忙，但很有意思，老师还鼓励我一边工作一边准备考研。我指着电视里正旋转巧笑地为洗衣液做广告的女星，说她去过我们工作室，好几个明星都去过……

爸爸问我工资多少，养老保险、医疗保险、住房公积金缴多少……我说基本工资三千，后面那些都没有。爸爸的眉毛拧起来："劳动合同怎么签的？"

我说没有。爸爸认为我的谎言挑战了他的职业尊严。

我说的是实话。影视公司的财务是比他厉害得多的高级会计师，我不是影视公司员工，基本工资是从编剧工作室办公预算里出，我等于是工作室租用的一台打字机。

爸爸哼了一声，说："这哪是什么正经工作？"

我被他一激，不服气地分辩起来："我还有从剧本项目费用里出的津贴，建组之后，老师还会让我做统筹和场记，也有钱，而且我免费住在工作室里，餐费都在组里报销……"我突然停住了，心底有些懊悔。

爸爸"哦"了一声，"那还不错。你大了，得知道存钱，我给你开个零存整取的账户，你每个月……"

我忙说："钱不是按月发，我不会乱花的。"

爸爸沉默了，奶奶则关心我有没有男朋友，我摇头说："没有，不想。"奶奶哆嗦着手戳我的脑袋："憨死你算了！佟心雨去年就结婚了，嫁得好，接亲的轿车二十二辆，从后街一直排到咱们院门口……"

我没应声。我和中学同学联系得也不多，但至少我还在同学群里，大家反而都来问我佟心雨的近况，没人确切知道她如何了。老家的同学也没人受邀参加婚礼，没人有她的联系方式。有同学在街上看到过她，穿着检察院的制服，也可能是税务的制服，同学当时骑着电动车，停下来，隔着绿化带叫佟心雨，她扭头，笑着跟同学挥了挥手，钻进停在旁边的一辆奥迪车里去了。

佟心雨就这样消失在了三十公里外的市区。

初三那晚，高中同学约了聚会，去了深圳的李珺笑着问我想不想"破案"，把佟心雨给找出来，问问她是咋想的。她也对佟心雨的早婚感到惊讶，即便在我们这样的县城，二十二岁也有些早。李珺也就是说说，并没真的打算顶着寒风去当侦探，而我则订了次日回北京的车票。家里没有暖气，太冷了。

消失的佟心雨和那再也找不到的焦枣一样，成了我人生里的谜团。对我是谜团，讲给别人，特别是在北京，很容易就得到了解答：多半是说，回忆给那枣加上了美颜滤镜，少数人会喟叹手工时代的消失，接着说起如今米面水果，味道都变了……至于佟心雨的消失，听的人会把我的困惑理解成惋惜、感慨，他们好像也都有一个留在故乡做了公务员后再不联系的女同学。

容易的解答太粗糙，粗糙得把那谜团外面生出的茸茸须毛都磨掉了。

## 五

刚到北京时，我还能感觉到那些生着茸茸须毛的词，譬如"惊艳"。——那是老师工作室涂着红漆的铁艺楼梯，二楼的地板是同色的金属框架镶嵌玻璃，刺目的鲜红方格间是让人心惊的一片含混透明，仿佛踩着似融未融的冰块，会滑倒，会跌落，会磕伤。

"惊艳"触目，身体就感到了冷、硬和疼……

那天引我上楼的是大师姐——大家都这么叫她。她笑着说："最好别在这儿穿裙子，不然楼下的人能看尽'裙底风光'。"

楼下的绿植和来往的人，像影影绰绰的水草和飞快的游鱼。

很快我也成了步履匆匆奔上奔下的一条"游鱼",不穿裙子,也没什么生着须毛的词摩挲我的心了。这里每天有大量的词语被打磨成清晰的台词,结构出精致的情节,容不得那些暧昧氤氲的须毛存在。

我有一天忽然想到:精致原来是粗糙的一种方式。

我把这话告诉了大师姐,她颇为意外地看着我笑说:"你想出来的?"

大师姐是戏文系毕业的,很受老师器重。她不仅写剧本,还写小说。和她熟悉之后,我曾大着胆子把自己写的不伦不类的小说给她看。她说我的文学感觉很好,文字也不错,但是没有故事才能。

我那时已经读过罗伯特·麦基的《故事》,知道大师姐说的是什么。不靠故事支撑的小说,要求所描写的感觉有原创性,后面有对生活和世界的洞见和想象力。

她说:"原创性,很多时候是一种幻觉,要学会自我质疑 —— 就连我们自己最隐秘独特的心理活动甚至身体感觉,都可能是'二手'的,是下意识的模仿。自传性质的写作,更要警惕这一点。明明是真的,写出来就成了假的,甚至是抄的。"

我那篇东西里,太多的地方让她觉得"似曾相识"。她挑出佟心雨在操场上对着我哭喊的那一幕。无论是人物关系,还是情感基调,包括台词结构,都能在很多校园青春片里找到类似的情景;她随口举出了几个例子,我都看过,果然很像。—— 真事儿,写出来却成了蹩脚的模仿。

大师姐说这个问题在写作初学者中很常见,不怕看上去"像",关键在于我没写出"是" —— 那场冲突到底是什么?

她说:"佟心雨为什么会一反常态攻击你?会不会是她在情绪危机中求救?抑或只是压力太大借你发泄情绪?也许她真的妒忌你,或者你一直在伤害她,她终于发出了反击……"我被这一连串的"会不会""或者""也许"逼得连连倒退,困惑地看着大师姐。

"我怎么会伤害她?"

大师姐笑着说:"你当然不是故意的,有种情况很常见却并不为人觉察:一种人生态度的选择,实际上是对另一种不同选择的否定,特别是别人为这样的选择还付出了痛苦和代价的时候,你的怡然自得,就是对别人的伤害。是不是这样?"

我不知道。

大师姐意味深长地笑着说:"你的'不知道'也说明问题,你并不真的了解佟心雨,甚至,你并不真的关心佟心雨,你看不到她的痛苦……"

要是不借大师姐的慧眼,我不仅看不到佟心雨的痛苦,我都看不到自己的痛苦。我给她讲自己的经历:奶奶戳我的脑袋骂我好吃嘴。大师姐说这个细节里包含了一个女孩需要面对的多重歧视、规训与伤害……

所有的记忆都在我说给她听之后,开始发酵、膨胀、变形,颜色、质地、气味都不一样了。直到有一天,我在过马路等红绿灯时,突然落下泪来,大师姐理解且同情地揽住了我的肩。

记忆改变了,人也就改变了。我不再怡然自得,胸口纠缠着说不清的愁苦与愤懑,当我试图呈现时,词语却成了一堆玻璃球,碰来碰去滴溜乱滑,越用力越抓不住。

沮丧之后,我还会混乱地怀疑起来:那些感觉是真的吗?

很长一段时间,我都被当作工作室"生活真实"的测试仪。他们指责谁写的情节不够生活、悬浮、不接地气时,就把我拉出来:"问问小红,底层草根会不会这么想?"

我的改变显然影响了作为测试仪的准确度。我把自己代入剧本情景,如实说出了自己想象的感受。大师姐他们笑,老师也笑,叹气说:

"小红也中了文艺的毒。"我被他们笑蒙了。笑完之后,老师却得到了启发,角色性格设定中增加了条"多愁善感"。

"就是要憨丫头说林黛玉的台词,才是喜剧!"

原来生活里,每个人也有自己的人设和台词,说了别人的台词,会很可笑。我并不总是能很准确地揣摩出自己的台词,于是就尽量不说话,或者说不知道。但被老师问到了,不得不说,我就附和着他的意思说,有时候是真话,有时候是假话;老师总会说,"你们听听生活真实的声音"。

生活真实的声音,太过复杂,就算听到了,也未必一下子就能听懂。

快到年底的时候,爸爸给我打了好几次电话,让我回家过年,这是前所未有的事情;奶奶也在旁边说话,说想我。生日的时候,我还收到了弟弟寄的生日贺卡;他和继母从来都拿我当空气对待的。

接下去好几天,我忍不住拿出那张卡片看,困惑不解。老师看到了问我,我就说了,不知道怎么想起小时候很多事,委屈涌上来,低头抹起了眼泪。老师叹了口气,说:"回去吧。与创伤和解,是人很重要的成长。"

我抹掉了眼泪,摇摇头,说:"回去没地方住。奶奶的房间让给了上高中的弟弟,她在客厅里铺了张小床……"

老师让我在家附近订个快捷酒店,住宿费工作室给报。师母还给我准备了礼物,羊绒围巾给奶奶,别人送的名牌腰带,老师嫌俗气,师母让我带给爸爸。我自己又去买了些点心,心里有些惴惴的渴望。

除夕中午到了市里,打车回到县城的时候,心里忽悠一下,眼眶一热;这也是前所未有的事情。

我在酒店办好入住,稳了稳心神,带了礼物回家。

奶奶亲热地说我回来了就跟她通腿儿睡,跟小时候一样,还问我:

"就带了这么个小包啊?"我有些慌乱地笑笑,解释了。奶奶"哦"了一声,看看爸爸。爸爸说:"单位对你还不错啊。"他示意我坐下,亲切、严肃地谈起了自己对中国电视剧发展的看法。我只是听着,揣摩不好自己的台词,就不说话。继母跟我打了招呼,她也没什么话,只是推弟弟和我进屋聊聊学习。我在他那味道不甚好闻的房间里尴尬地站着,他一屁股坐在了床边,一声不吭。——那个哭闹不止的小东西,怎么就变成了这个耷拉着脑袋的瘦高男生?

忽然回忆起小时候用被子压住襁褓中的他……我是真的想闷死他吗?似乎并没这么想。

找不出话来的我,竟然跟他说了这件事。他抬起满是青春痘的脸,说:"姐,那时候,你真要把我闷死就好了。"

他又低下头去,不说话了。弯下去的颈椎在皮肤下骨节分明,那弧度勾出的沉重甚至让我感到了疼痛。

我帮不了他,只能扭开脸,不看……

除夕夜,一家五口挤在客厅里,幸好有电视里的人载歌载舞、说说笑笑地热闹着,免了看电视人的负担。奶奶带着如释重负的满足,时不时拍拍我的手。继母似乎失去了我熟悉的那种矜持的距离感,有种蠢蠢欲动的不安和焦灼,她也只是眼神转动,并不曾说什么,最大的动作,就是递给我了一个橘子。弟弟不看电视,蜷在沙发角落玩手机。爸爸则要了继母和我的手机,加上他自己的手机,投入地跟着晚会的互动提示抢红包,时不时发出庆祝的欢呼……

虽然并没有说什么,但我慢慢放松下来,心里有了真实的愉快,当《难忘今宵》的歌声响起来时,我竟然有些留恋的感觉。但我还是站起来,穿上羽绒服,奶奶用抱怨表达了不舍得,但爸爸把手机递还给我,说好好休息,明天早点儿回来。我走了出去,在冬夜寒冷的空气中,心里有种混杂的说不出是伤感还是快乐的感觉,回到温暖的酒店房间,躺在舒服的床上，抱着那一腔酸酸甜甜的感觉，睡着了。

次日一早回家拜年，给弟弟了一个红包——奶奶嘱咐我的。吃饭，看电视，再吃饭，还是没什么话，气氛却是欢乐的。晚饭后我帮奶奶洗了碗筷，虽然追的美剧当日更新，但还是在家陪着看了会儿电视，我才说要回酒店。爸爸说明天初二，他带着弟弟要陪继母回娘家，让我回来陪奶奶。我满口答应。

第二天上午，家里只有我和奶奶，一起择菜，她絮絮地跟我说话："早上你爸扎上了新皮带，说去丈人门上拽拽（方言：炫耀一番）……"她笑完叹了口气，"你弟弟前一阵子都不想去上学了，同学笑他住在没有暖气的破楼里……你爸已经交了新房的定金，他年纪大了，能贷的少，首付交得多……你也挣钱了，多少帮帮你爸，这是你的家。就算嫁人了，也是娘家，女人没有不顾娘家的，娘家人亲……"

我一下一下揪着手里的芹菜叶子，没有抬头，僵硬从脖颈开始，渐渐蔓延到了后背、腰腹、四肢……感觉自己正在石化。

我像小时候积攒零食一样积攒着挣到的每一分钱，原本是为读研做准备。张琳已经毕业了，她建议我辞职报班全力准备，不然只会这么一年一年拖下去。我拖，的确是因为工作室很忙，杂事多，但钱挣得也多，张琳毕业之后的艰难处境，也消减了我考研的动力。但我继续攒钱，并没想过做什么。

唯一没有石化的，是胸口翻滚的一股情绪，说不出是委屈还是气愤，但很快发现这滑稽又残酷的情景似曾相识。我自嘲地笑了一下，那股情绪也跟着凝固了，胸口也变得坚硬起来——我彻底成了一块石头。

奶奶的话在我耳边滑过，就像水流过石头。

我听见了，听懂了，像小时候她给我说任何我不愿意做的事一样，听着，被追问得紧了，就"嗯"一声，反正我也不会去做。

下午爸爸他们回来，奶奶就欢天喜地地宣布家里买房我要掏钱，然后指着我的手机说:"这个点一下,钱就过去了。"我忘了,奶奶了解我的习性,知道我的"嗯"不算数,得摁着我做。猝不及防的我握着手机笑,另一只手伸向自己的包,夺门而逃这个念头一闪而过。爸爸坐到了我的旁边,笑着说:"那我把卡号发给闺女啊……"继母推了一把弟弟,似乎要他和我说话,他看了我一眼,什么也没说,就进屋里去了,继母朝我笑笑,我脸上应该还挂着傻乎乎的笑……

我很长时间没有说话。

爸爸问:"你有手机银行吧。"我说没有 —— 当然是谎话,爸爸伸手来拿我的手机,我本能地躲了,爸爸愣了一下,继续要拿我的手机,我把手机藏到身后去了。

我想他是被惹恼了,他开始拽我的胳膊,我扭着身子,弯腰,把手机护在胸前 —— 我们争夺得无比真实。

奶奶过来帮忙:"别跟你爸闹着玩儿了……"

我没有闹着玩儿,又急又恼地拍打着奶奶伸到我怀里的手,爸爸站起来,伸手抓住我的头发,一巴掌打在我脸上。

"打奶奶,你还是人吗?!"

我的头嗡嗡地响着,弟弟房间里传来继母愤怒凄厉的喊叫:"玩儿手机!还玩儿手机!"弟弟走出来,厌烦地扒拉着追在他后面拍打他的妈妈,奶奶过去挡着继母,弟弟扭脸进了卫生间,砰地关上了门。继母跌坐在地上,大哭起来,拽着奶奶的手,叫着:"妈啊妈啊,我这辈子可太冤了,我不活了……"奶奶拖着腔一声一声叫着她的名字……

左脸颊火辣辣的,右手依旧在胸口紧紧地护着手机,爸爸站着,我坐在沙发上。这种熟悉的高低视线对峙,增加了他的信心和我的恐慌。继母的哭喊和奶奶的劝慰声停下来,屋里很安静,我的视野里出现了三张脸,爸爸用力跺了一下脚,我本能地往后一躲,奶奶过来搂住了我，嘴里嚷着："别打，好好说……"爸爸和继母一起上前，掰开我的手，把手机抢了过去……

我发出一声号叫，用力挣脱奶奶的双臂。我太用力了，或者她的双臂已经不再有力，奶奶被搡倒在地上，发出痛苦的呻吟。

爸爸把我的手机递给继母，忙去搀扶奶奶，我也有点儿被吓住了。奶奶被搀扶到旁边的床上，一直"哎哟哎哟"的。爸爸竭力维持着他的愤怒："你真是个白眼儿狼啊！看看你干的事儿！摸着良心想想，奶奶有多疼你，养你这么大，你也就给她买过两块糖！你往家里拿过一分钱吗？怎么养出你这么自私自利的孽种……"他的声音还是不由自主地落了下去，继母拿着我的手机跑进卧室里去了，爸爸最后带着哭腔说了句："你好好想想，对得起谁？！"

他也进了卧室，关上了门，过了一会儿继母出来，敲卫生间的门。弟弟拉开门出来，也不理她，走回自己卧室去了。继母进了卫生间，一会儿抽水马桶响了，接下去是洗漱的声音，半天她才出来，伸手关了客厅的大灯，进了卧室。

我呆坐在暗影里，盯着墙上粉红色的玉兰壁灯。

奶奶躺着，不再"哎哟"，拖着腔一声一声地叫我的名字。我脑子里盘算着可能的损失；爸爸除夕晚上抢红包时知道了手机解锁密码，用身份证号和验证码很容易修改微信支付密码，但手机银行的登录密码他不知道，需要银行的预留支付密码……

客厅里大灯再度亮起，爸爸走出来，把手机放在餐桌上，坐下，敲着我的手机壳，义正词严地审我："这个张琳是谁？"

我不吭声，盯着手机，浑身的肌肉绷紧—— 我在做准备。

"宁肯被别人骗，也不愿意给自己家人，你是个什么东西？！"爸爸的愤怒又起来了。

我蹿起来，扑上去，抓到了手机，因为用力和笨拙，我摔倒了，

321

随即就站了起来。我背过身查看，果然，爸爸通过微信转走了我卡里全部的钱——三万零四百一十八元一角六分。我急出了眼泪，嚷着："微信绑的那张卡上的钱，不是我的，是工作室的费用……"

爸爸说："你可不止这三万块钱！——还买理财产品！工作室的钱，你补上不就行了？我当了一辈子会计，这还不明白？"

我抓起包和外套夺门而出，下楼时一边穿衣一边查看自己的手机银行，账户被锁了。爸爸显然猜测着密码尝试登录过，他没能成功，但还是看到了银行发的短信交易通知和余额。

走到楼下，昏暗的路灯照着那排红砖的储藏室，我住过的那间门上，贴着一个颠倒的"福"字。冷风吹在火辣辣的脸上，心里有难过，但也有些庆幸；就像那次爸爸冲进来搜走了我枕头下的牛轧糖，但床下鞋盒里还有一小包杏干和半袋子棉花糖安然无恙。

我连走带跑地回到了酒店，身子暖过来了，才觉得腿很疼，反锁了房门，挂上安全链，依然很不安。同学约的初三聚会也顾不上了，改签了明天一早回北京的车票。

我不敢夜里出门。但也没敢睡着，熬到七点多，退房打车，上了高铁身体还是紧张的，几个小时之后，我走进了长假期间乘客寥落的北京地铁，才松了口气。

回到空无一人的工作室，打开电脑，开始放《澡堂老板家的男人们》。这部八十七集的长剧，我已经记不清楚看过多少遍。八年前，在老师家工作的那个春节，我发现了这部剧的影碟。当时就看了两遍，后来我下了一套央视国语配音版，这些年只要是一个人待着，通常是节假日，我就放这部剧。金福童老爷子家，每个房间的小饰品我都清清楚楚。有时候看，有时候只是放着，家里的大嫂打扫房间，我也打扫工作室，听着大嫂抱怨女儿再嫁不出去就挖个洞钻进去不出来，嘴角还是会不自觉翘起来，那微笑早已不是觉得好笑了……

我准确挑出了他们家腌辣白菜的那集，安置行李，洗完澡出来，正好赶上金家不修边幅的胖姑姑福姬，精心打扮了出现在家人面前，看着屏幕上全家人愕然的神情，我再一次笑了。

外卖就点韩餐吧，酱汤米饭，辣白菜炒五花肉，还有一小瓶烧酒……我坐在桌边等送餐，那一刻觉得温暖，安全，放松；腿上的疼痛和脸颊的肿胀，也在这份舒适里得到了呵护与轻抚。

这是家的感觉啊！

我忽然明白了：金家的故事给了我家；《天使爱美丽》给了我爱情，那个在巴黎快照亭搜集撕碎快照的尼诺，是我多年的男朋友了，虽然偶尔我还会心猿意马地喜欢别的故事里的男人；《欲望都市》给了我朋友……

自我感觉丰盈、辽阔的世界，被这道"明白"的光一点点扫过去，变得空空荡荡。我依旧住在"储藏室"里，所能拥有的除了虚拟的故事，还有几颗好不容易积攒下的、随时会被抢去的"糖果"。

这样的"明白"，有点儿像人说的"顿悟"。可是，按我的想象，顿悟，应该是进入昏暗的房间，啪地打开了灯，霎时雪亮，原来看不到、看不清的东西，现在看到了、看清了，人也就豁然开朗了。我那点儿"明白"也是光，但照上去，原本存在的东西，消失了，原本变化了的世界，又恢复了原初的样子，那一刻不知道什么是真什么是幻，人更糊涂了——似乎该叫作"顿迷"。

"顿迷"的时刻，酸软沉重的无力感遍布肢体，仿佛骨骼正在遭受缓慢的腐蚀，内脏因为恐惧抽搐，大脑中各种念头像窝里被喷了杀虫剂的马蜂，嗡的一声腾空而起，飞得无影无踪，吧嗒吧嗒落下几只，细小的虫足无力地动弹几下，成了尸体。

身心安静，注定的结局必然降临，等着就好，那冰冷的安静从头顶慢慢渗透全身，恐惧与疼痛也就感觉不到了——我被封在了冰下。

# 六

　　我能想到的自救方法，是把斯皮尔伯格的《AI》和尼尔森的《我是山姆》找出来再看一遍。像仿生人大卫一样升天入海地找妈妈，陪着露西坚持不离开有智力缺陷的爸爸，为她那句"只要有爱就够了"，哭得滚倒在地板上。

　　靠着虚拟影像带来的安全距离，我把充沛、强烈的情绪感受变成石块，狠狠地砸向冰面；冰面破碎，在幻觉制造的真实泪水中，我再度恢复了呼吸。哭完了，重回"澡堂老板家"，让温馨轻松的情景故事和美味食物包围着自己，我被抚慰了，渐渐竟觉出了愉悦，剩下的几天春节假期，我一个人过得舒服又开心——只要不朝心底去乱摸。些许"碎冰"已经落进了那里，小小的透明的碎片，混在幽暗的意识之水里，偶然摸到，猝然缩手，依旧冷得彻骨……

　　节后工作室再度热闹起来。当时正在做一部又"燃"又"爽"的都市青春剧。最初大纲讨论时，大家和老师就有明显的分歧。

　　小伙伴儿们认为："草根逆袭，女主不开挂，怎么燃怎么爽？过一关明白个道理——谁刷剧是为了听道理啊？想听道理的都去买知识付费的课程了。"

　　而老师理解的"燃"和"爽"该是精神能量与青春荷尔蒙混合的喷射与爆发，不是"灰姑娘奇遇记""麻雀变凤凰"的胡编乱造。

　　"没有百亿身家的大老板，没有仙人指路的行业大佬，就是你们自己的故事啊！"老师激动起来，摁灭了烟蒂，"你们为什么不能给自己写曲颂歌呢？非得成功吗？再说，什么是成功？人生赢家？青春本身就值得歌颂啊！"

　　小朋友们沉默，大师姐开口说："老师，我们比较擅长笑话自己，不擅长歌颂自己。"

大家笑起来，老师也笑了，开始谈他的青春："二十世纪七八十年代，在座的大部分人还未出生……"

他的话告一段落，大师姐把话题拉了回来："老师讲的往事，对我们来说，是史前传说，老师是成了神的上古英雄，打个不恰当的比喻，关键词都是'奥林匹克'和'英雄'，那时候英雄还能屠个龙杀个牛头怪，跟宙斯叫板，跟仙女谈恋爱，我们现在是参加运动会，有规则、有跑道、有教练、有裁判、有兴奋剂检测，不是一种游戏了。"大师姐顿了一下，看看我，"小红的教育背景比女主还要好一些，您觉得不开外挂，她在职场竞争中能走到哪儿？参赛资格都未必能拿到。"

我在剧本讨论中被无数次间接论证过人生无望，早不会再受刺激。

这是大师姐联合署名的第一部剧，她很拼，和老师分歧的时候，会比以前坚持，老师很多时候都让步了，顶多充满叹息和质疑地说上一句："如今的年轻人都这么通透吗？我这老家伙倒是显得又傻又天真啊！"

大师姐笑着说："我们只是很明白——留给我们的机会不多了！不能瞎叛逆，想成功首先得遵守游戏规则。"

春节过后，讨论剧本初稿，老师没提太多意见，只是叹息说："最后只剩下了'职场'和'原生家庭'，你们的世界好小啊。"

职场部分主要靠前期采访，工作室的小朋友们真正有职场经验的不多，但说起"原生家庭"，人人都有一本血泪史。

大师姐曾用万字长文写她十二岁时养的小狗被父母卖给了狗肉铺，而且还告诉她："不用闹着去找，早杀了，好好学习，啥也别想！"她至今看到黑白花的小狗还会流泪，还在看心理医生，永远不会原谅父母的残忍……

我当时都看哭了，哭完羞愧地想：自己失去妈妈，都没有这么深的创痛！大师姐写得真好，我怎么就写不出这么浓烈的感情呢？

老师认为我爸爸抢手机转钱的事儿，可以放在女主身上，他还往下虚构了一段更强的冲突：女主逃出家立刻报警，爸爸被警察教育，他的行为可以被认定为抢劫，最后和解了，女主要回了钱，让读研究生的哥哥去申请助学贷款，她要对无底线盘剥女儿的原生家庭说"不"……

女主流着眼泪发表独立宣言，老师认为这是主角成长的高光时刻，他颇为感慨地对我说："总算替你出了口气！"

老师自己也出了口气。我补上了工作室的钱，但当老师问我回家怎么样时，我还是低头掉了眼泪。问清了原委，老师很生气，给我爸打了电话。我爸听着老师的指责，憨厚地嘿嘿笑着，客客气气地跟老师道谢、道歉，说没教育好孩子，让老师操心了……老师挂了电话，原地转了一圈，摊开手，告诉我说：他不敢相信他听到了什么，憋出一口老血又咽了回去。老师听到的，才是生活真实的声音，只是很难听懂——猛一听毫无逻辑，只是因为内里的逻辑太复杂了，就连当事人也未必全能明白。

剧本加入了这段情节，负责执笔的大师姐单独找我来聊，她皱眉说写完怎么看都觉得场面太过荒诞滑稽，写好了是黑色幽默，现在看就是狗血。她质疑人物的心理动机、情感状态、行为的合理性……我一点点还原事发当时的细节和心理来应对她的质疑。大师姐听完疲惫地推开电脑说："是我的问题，我把真事儿给写假了！"

独具慧眼、拥有深刻洞察力的大师姐，竟然也会像我一样把真事儿写假了。她自嘲地笑着摇头，说："是我想得太浅薄了。"

大师姐说，我和爸爸之间争夺的驱力，是彼此的无情与绝望，这荒诞冷酷的真实一幕要是放进剧本里，全剧温情脉脉的布尔乔亚情感伦理就破产了，整个故事也就不成立了。大师姐说服了老师，把"明抢"

替换成了"苦肉计",发现被骗的女主,依然流泪发表了"独立宣言",说这是最后一次……

她私下跟我说,"苦肉计"对我肯定不起作用。她叹了口气:"我们这些声嘶力竭哭诉童年创伤的,本质上还是在肯定父母之爱,不过是爱得不充分,爱得方法不对,我们都深信不疑关于家和亲情的那些老故事,你是不信的。"

我愣了。我很想反驳她,但却说不出什么来。

大师姐接着说,她以前跟我谈写作,说我写东西不动人,没有写出那种由皮到骨的创痛感。她曾经以为是技术问题——我还不能使用文字很好地描述自己的感受,但她现在发现不是,是我根本没有那种创痛感!这次我回溯被抢时的平静,她开始觉得不可思议,想通了又觉得冰冷彻骨:要么这是一种摆脱符号系统控制的自由,要么就是创伤导致的倒错与病态……

工作室的书架上堆着福柯、拉康、齐泽克的书,这几年我在她的指点下囫囵半片地读了,不然我都未必能听懂大师姐的两个"要么"。高中语文我还学得不错,知道她的修辞方式等同于构词法中的"偏意复指",重点在第二个"要么"——她在说我是个无情的变态。

我低了头,心里涌上来羞愧和难堪,仿佛做了坏事被抓现行,说谎被当面拆穿,嗫嚅了两句:"我不是,我没有……"泪出来了。

她连忙过来拥抱我:"对不起对不起对不起,我们小红红内心多么温暖柔软啊!捏捏小胖脸儿,不哭不哭啊!"她手指夹住我的脸颊轻轻揪了一下,我也就抹去眼泪,破涕为笑了。我知道她后面的话是在哄我,她对我的看法不会变,我也可能真就是个无情的变态,眼泪不过是遮掩难堪;难堪过去了,泪也就收了。

剧本完成后的研讨会,从下午开到了晚上,还未结束。在咖啡机磨豆的噪声中,我看着不断从与会者口鼻间出来、在房间里升腾缭绕的浓白烟雾，突发奇想：云雾笼罩的神庙里有一群神祇，他们在讨论一个即将出生的人的命运。每一个设定都用心良苦，寓意深远，理由充足……在他们或高或低的争执声中，那人的命运左右摇摆，悬而未决。

我把咖啡端了过去，在旁边的椅子上坐下，认真听"神祇"们的争论："理想主义可以有，但你要给她一个具体的理想。你能给什么？升职加薪吗？还歌颂奋斗？优绩竞争还不够残酷吗？卷成什么样啦？女性独立就是个伪问题！霸道总裁爱上我，就独立了？展现社会责任感，只能想到跑去救助流浪狗吗？抛开矫情不说，至少是很幼稚的想象。社会是什么？你的目标受众是哪个阶层的？他们能在主人公身上找到认同吗？女主的爱情选择，从来都是作品的价值立场，你现在是让林道静绕了一大圈，最后选了余永泽——怎么是卢嘉川？卢嘉川代表的是进步力量，这咱得承认吧？谁代表进步？前男友怎么是卢嘉川呢？你就是选穷人！这是个更拙劣更媚俗的设定，观众不会买账的……"

大师姐站了起来，拽了拽我，我们一起去了楼下的卫生间。洗手的时候，她狠狠地舒了口气，说："我他妈快疯了！《青春之歌》都出来啦！我倒是想给这帮爷宏大叙事，可我拿得出让人相信的大故事吗？！他们拿得出来吗？"

她忽然迸出了眼泪，我默默地扯了纸巾盒里的纸巾递给她，她接过来擦了泪，拽着我又回去了。

第二天我在整理速记员发给我的录音稿时，又想起了大师姐说的"大故事"三个字。我曾经以为，每个人都可以有属于自己的意义充足的故事。我想起自己看过的很多故事，以前从来没有想过，那些故事背后，都有各自的大故事，大故事才是意义的来源。

我整理了完整的录音稿，又按照老师的要求摘录出主要意见。那些"神祇"们一场厮杀之后，各自给出的大故事，差不多都被别人的炮火轰成了废墟。我问自己：有什么大故事，是我可能拥有的吗？

无数过去的记忆碎片像被狂风吹起的落叶，那落叶其实也是幻影，缤纷落下时，消失了。这似乎可以解释，我的人生剧本为何如此潦草，很多事无缘无故地发生，毫无意义地结束，情节前言不搭后语，颠倒错乱……我不可能拥有一个意义充足的人生剧本了。

又一个"顿迷"时刻。

但我并没有什么强烈的反应，安静得泰然自若，把打印好的研讨会录音稿和修改意见摘录拿去给老师。他让我坐下，告诉我，弄完这个本子，工作室就要撤销了，让我考虑考虑今后该怎么办。二十七岁了，也该有个长久的打算。

他似乎还想宽慰我几句，但我近乎木然地听完，应了一声，就站了起来。老师叹了口气，让我走了。

没什么可说的，这就是我的命运剧本，跟着走吧。

我从第二天就开始求职了。影视公司都在裁人，我形象学历皆不佳，更没有什么过人才华、傲人成绩，自然没机会。文旅公司、商场酒店我都投了简历，面试了几次管理岗，都说我专业不对口，能找到的工作只有餐厅服务员或商场收银员，我也就不急了。

半年后工作室撤销，我在剧组待到拍摄结束，从会计手里领了报酬，回到酒店收拾行李。这几年我在工作室的东西，三个纸箱子就装完了，进组之前送到了张琳那里，我因为没找到工作，也就没租房子。

回到北京，我直接去了张琳那里。她也算名校毕业的硕士，竟然只在一家职高当了个聘任制的临时老师，薪酬可怜，付了房租都撑不到月底。有几个月她都在跟我借钱吃饭，等了两年也没能等到编制，还和校领导起了冲突，解聘了。我到她那里的时候，她已经一周没下楼。这几年我听了、见了太多的抑郁症，工作室有一个算一个，人人都有情绪问题,挖掘了我内心病态的大师姐,自己每天一片来士普……

我立刻逼着张琳起来,陪她去看病。她在家吃药,我在附近连锁便利店里打零工,不上班的时候,就上网为我们俩求职。我没找到合适的工作,但张琳找到了,学历还是管用的。她开始去一家线上教育机构上班,薪资优厚,她的精神状态也焕然一新了。我则如旧,去便利店打工,没轮班的时候就窝在家里刷剧、吃东西。

又到春节了,张琳回家过年,走的时候掉了眼泪,我握着她的手说:"坚持服药。"

她抹着泪被我逗笑了,说:"刘小红,你真强大。"

我不强大——或许彻底的逆来顺受、随遇而安,看起来和强大很像。

我现在觉得自己倒不像仓鼠了,像花栗鼠或者松鼠,这个城市是我的森林,要是上早班,耳边常常会有啁啾的鸟鸣,感知到清晨到来的我耸动着细嫩的鼻子出洞觅食了……黄昏的时候,路灯亮起,高峰期的车流像迁徙中的兽群,我在路边抱着食物,看着一排排迁徙动物的"红眼睛",有些疲惫和不安,渴望赶快回到不远处自己那小而幽暗的洞口。

回到家里的饭桌前,打开平板放视频,把吃的一样一样地摆开,我会根据当晚要看的内容准备好味道和调性相辅相成的食物:《神秘博士》很配烤鱼或者排骨,迪士尼当季新片配甜点冰激凌,重温宫崎骏的话就点一碗地狱拉面,文艺片适合水果和茶,一般综艺则归坚果小零食……

张琳也像当年佟心雨那样问我:"怎么可以活得这么自在?"她当然没有哭,歪着头带着真实的疑惑。

我咧嘴笑笑。

张琳有了男朋友，是她的同事，搬走了，房子留给我继续租。我们见面变得不容易，她很忙。我在第二年春天找到了一份可以交五险一金的工作。公司很远，通勤时间将近两个小时。我和她只能偶尔视频聊天，周末我没力气出门了，只想窝着。

那个春天，我觉得辛苦，孤单……

我不知道怎么有意去交一个朋友，佟心雨，张琳，大师姐……都是自然而然成了朋友。而在公司里，没人愿意和我多说话。特别是办公室主任，每每让我想起奶奶，她咂着嘴嫌弃地看着我的表情，让我想起奶奶，她连法令纹的角度、形状都和奶奶一模一样。

奶奶给我打电话了，视频通话，用弟弟替换下来的手机。我半天才辨识出来，笑眯眯地举着手机跟我说话的奶奶，是在红砖储藏室里。她说五楼太高，爬不上去了。说着说着，我渐渐听出了真实原因。职专毕业的弟弟把女朋友带回家同居了。奶奶看不惯俩人躺到中午不起，说了一句，女生哭着要走，弟弟抱着她哭，继母抱着弟弟哭。爸爸就把储藏室收拾了，刷了墙、床铺、柜子、煤气灶、电视机，还联了网，奶奶平时自己做自己吃，楼上做了好吃的，爸爸和继母也会端下来。

奶奶说我继母就是软弱，天天跟伺候娘娘似的捧着弟弟的女朋友。"都在咱家跟你儿子睡半年啦，"奶奶嗤笑着，"你还怕她？！那是个不值钱的货，她娘家妈还敢张嘴要一套房，写她闺女的名儿！也不想想你闺女还有谁要……"奶奶接着就盘问我，我说不想找。

她急了："也不想想多大了，赶紧找！找是找，你心惇，别啥都信，不来咱家下礼，你不准跟去他家！"

我"嗯""啊"地应着奶奶，结束了通话。自此半年，奶奶每周跟我通话一次，催我嫁人。我也就听听，"嗯""啊"地应着，她的话还是像水流过石头。有两周奶奶没有打来，我打过去，爸爸接了，说奶奶住院了，脑血栓。又过了两天，爸爸打来电话，说奶奶去世了。

我们公司虽然不大,但严格执行《中华人民共和国劳动法》。只是《中华人民共和国劳动法》并没规定祖父母去世给假,我哭着讲了妈妈早丧、我被奶奶养大的悲情故事,才从办公室主任和人力资源总监那里讨来了三天事假。

我的悲伤都用来请假了,回到家里,再也没有了眼泪。

那是奶奶去世的第二天,爸爸和继母忙着照应亲戚,我被指派的任务是守在灵前,香不能断,有亲戚来,我要帮着一起烧纸。我在灵前熬了一夜,次日弟弟才出现,继母用孝布把他包裹起来,四个人一起送奶奶去火化,骨灰寄存。回来的路上爸爸要带我去看新房子,我说不看了,继母说:"那是家,得看!三室一厅,你弟弟说,得给姐姐留个房间……"

我笑笑,看来女生娘家要的那套房还是得买呀。

我措辞含糊地说:"刚办完事儿,新房子嘛,换个日子……"我充满暗示的笑容唤起了属于死亡的禁忌感,他们不再提了。晚上,我坚持住到了楼下。躺在那个改造后的红砖储藏室里,我觉得躺进了一个无形的能量场,穿过我的身体的波,看不见,却能感觉到,内脏和肌肉都在跟着它微微震动。

我想了很久才想出来,那波的能量来源,是死亡。

死亡,可能待在漫长 —— 其实也并不漫长 —— 的几十年后,也可能蹲在任何一个瞬间,一跃而起扑过来抓住你。那难以名状的能量波,从死亡那里辐射而出,带来的震动却让每个细胞都意识到了自己是活的。我从未如此清晰地感觉到了自己身体的轮廓、质地、温度……

靠着这波的抚摸,我甚至感受到了内脏的律动:肺叶像蝴蝶的翅膀,轻轻扇动;心脏像汩汩的泉眼,血液不断涌出,带出了潜在心底的"碎冰"。

"顿迷"瞬间带来的绝望，不会消融，用力握住，依旧冰冷彻骨。我没有畏缩，细细地感觉着那份冰冷，很久，撒手，任由它们落回心底，冻硬了的手捂上自己的胸口，那原本温温的血肉，此时却变得滚烫……

消失多年的珍惜感竟然出现了。不再有小小宝石的幻觉，没有光，但这仓鼠般不美丽、不强大的身体，和待在这个身体里只存在一次的我，依然是珍贵的！

这是我真实的生命经验，写不成好故事，甚至都不值得告诉别人，但我有了点儿朦胧的渴望：握紧那"冰冷"、体味那"滚烫"之后，再度与门外的世界相遇，会发生什么意想不到的事情呢？

我着急去确认，次日天不亮我就醒了。带上那间红砖储藏室的门，我发了条微信给爸爸，说一早去赶火车。

我又撒谎了，车票是下午的，我拉着行李箱去了新街口。

那里的住户不好惹，整条新街一直没能拆，已经名不副实地成为县城最老的街道了。记忆中的店铺大都还在，我挨个儿逛着，炒凉粉、炸肉合、糖葫芦，一路吃过去，十六岁生日那天的街道叠加到了眼前真实的街道之上，我身边走着佟心雨，同样举着一串糖葫芦，沿街找着那卖焦枣的卷胡子老人……

我找不到焦枣，但应该能找到佟心雨。本来也是要去市里坐高铁，路上我开始打查询电话。不需要成为福尔摩斯，几个电话之后，我就打通了她在市国税局办公室的电话，中午的时候，我在国税局附近的咖啡厅里见到了佟心雨。强求的重逢让我有些忐忑，佟心雨落落大方地笑着，说我没变。

她丰腴了很多，有了两个孩子，二胎还是男孩。

"想要女孩儿才生的。"佟心雨笑了笑，好奇地看着我。

接下去的谈话"意想不到"的无聊，她说孩子的吃喝拉撒，问我剧组里的人和事，我回答着，心底涌起难过，甚至有些焦躁——这么宝贵的时间为什么要说这些呢？但我却始终无法扭转谈话，吃完简餐，她笑着说得回去上班了，我直不棱登地问了出来："高三那回，你为什么哭？"

佟心雨愣了，随即笑起来："记不清了，青春期嘛……"

谈话就这样结束了，我默默地和她一起走出咖啡厅。

我很快就知道她在说谎。分手前她笑着问了我一句："这么些年，你又碰到过那种焦枣吗？"

我忽然释然了，微笑着摇摇头，说："没有，但那焦枣是真的，我吃过。"

焦枣不是什么罕见珍馐，十几年间，我见到过各种焦枣。有一种就是烘干的红枣，没有白霜，枣核去掉了，也是脆的，但那脆是干的、硬的，咬一口嘎吱嘎吱。记忆里的焦枣是酥脆，轻薄的果肉只会发出些微的破裂声，像冬夜里枯枝断裂，略一恍神就听不到，听到了，只觉得天地安静……

还有的焦枣，会在去除枣核留下的空洞里塞上花生米或者核桃仁，烘干的红枣在浓甜之后本就会泛出苦味，花生红衣和核桃内皮则会再添一份涩。记忆里的焦枣，是萃取过的纯净、柔和的甜，毫无杂质，细腻如泥……

我也见到过蘸糖的焦枣，但那是给枣裹了层厚厚的糖衣，浓白、生硬，像冻雪，而非清霜。这种糖衣枣子入口，总让人先嚼一嘴砂糖，粗鲁简陋的甜彻底霸占了枣肉的味道。记忆里的焦枣，糖霜与枣肉，松萝共倚，相辅相成，那份香甜明艳丰盈，幽微曲折，即便咽尽了，还会从喉头泛出余音袅袅的回味……

我只能用否定的方式说着记忆中的焦枣：不是这样，也不是那样……言辞越来越复杂，越来越精密，越来越多的形容词，越来越多的类比物、喻体和意象。但否定的描述只是接近、再接近，永远无法抵达那个"是"。

覆着糖霜的焦枣，成了谜团后面的真品，而现实世界中所有具体的焦枣，都沦为粗糙拙劣的赝品与仿品。

## 七

三十岁生日的清晨，这一切掠过了我的意识，只用了八十七秒。

我穿过马路，走到了斑马线尽头。交通协管员手里的旗子伸过来，拦住对面那些在绿灯最后两三秒冲向斑马线的行人，也拦住了我。

被拦下的那一刻，意识中的"糖霜"拖着谜团定格了瞬间。

我绕过那旗子，跳上道牙，意识却迟滞了，没有跟上脚步，还定在那个谜团上……

郁郁青青的小叶女贞丛中，偷懒的人走出了一条小"路"，脚步轻巧地踩过去，站在了"Dream Land"前的小广场上，难得的空空荡荡。中秋、国庆的装饰已经拆了，圣诞、元旦还早……脚步被迟滞的意识带累得停了下来，呆立在小广场中央的我，解开了谜团！

我笑了，强装镇定地笑，浑身却在微微颤抖，仿佛等来了一个至关重要的命运裁决；就像两年前我站在尹玉面前求职时那样。

尹玉是我做文员时公司楼下一家咖啡店的老板，店不大却在附近有些人气。尹玉和我妈妈的年纪差不多——如果我妈妈活着的话。但她丝毫不会让人联想到母亲，从发型到穿着都十分波西米亚，弥散着巫气。她没有确定的年龄感：不是年轻人，也不是老人，更不是中年人……

她听完哈哈大笑："你干脆说我不是人好了！"

我们就这样开始了聊天。每天午休的时间，我都到她的店里去，买杯咖啡，聊会儿天，她和服务生忙不过来的时候，我也会伸手帮忙。尹玉的年纪，父母不在也算正常，但她单身没有子女，哥哥和妹妹也不怎么来往，她说自由自在，可也孤孤单单。我却由衷地羡慕着她。

孤悬在常态的各种关系之外，也就孤悬在了时间之外。

她身上叠加着各种情态：皱纹清晰可见的侧颜，半抹红唇，是忧伤的女子，漠然的老人，也是认真期盼的孩子……

我有时看着她乱想，一个人也可以活成祖孙三代，四世同堂……我不知道，自己慢慢活下去，会不会和她一样？

我给她讲了糖霜的故事，她眯起眼睛听，听完根本没和我讨论那神奇的焦枣，反而若有所思地说："你很会吃，也很会说，这是本事。"

我扑哧笑了，是真的觉得可笑——这算什么本事？

她刚做好一盘柠檬派，放进展示冷柜里。我说不要用白色的骨瓷碟，看上去很酸；用磨砂面的黑瓷碟，看上去更加新鲜柔软……

她比较了一下，笑起来，说真有意思。

尹玉店里除了常卖的那些咖啡，还有为资深咖啡客准备的各种风味的豆子。我出于好奇，会按照名字买来尝，墙上有块装饰用的黑板，用粉笔四散写着咖啡的种类名称。我就在自己喝过的那些种类名称后面，加上风味注释："意夏：水洗豆重度烘焙，根据冲泡浓度，香气从细微的焦糖味渐变为浓郁的黑巧克力。哥伦比亚：水洗豆中度烘焙，黄糖、杏脯温厚甜香夹杂白巧克力的香气。蓝冬：日晒豆轻度烘焙，焦香与果酸的微妙平衡中弥散出葡萄柚与蓝莓的果香。罕贝拉花魁：埃塞俄比亚豆日晒，醇厚的咖啡香之中仿佛混杂了热带水果果汁般奇妙的风味，使得这款来自东非杜库庄园的寂寂无闻的咖啡豆，成了二〇一七年世界咖啡冲煮大赛的新科冠军，击败了垄断多年的'瑰夏'……"

我越写越多，她看着看着笑起来："你快写成小说了。"

我意犹未尽地说："咖啡本就是豆子在水里讲出来的故事。"

中午那一小时的快乐时光，多少抵消了上班的辛苦。奶奶的葬礼后我回到北京，埋头在电脑前处理积压数日的文件，突然涌起深深的厌恶感，强烈到想呕吐。我站了起来，走出公司大门，下楼，在楼下站了片刻，等到反胃的感觉下去了，走进了尹玉的店里。

我站在她面前，握着拳头低着头："我能不能来给你打工？我可以去考咖啡师资格证……"她开始说了些什么，我耳朵里嗡嗡的，没有听清，等她叫着我名字，我才抬起头。她笑着说："我不招工，养活不起！"

她把正在看的材料推过来："一起开店，给自己打工，怎么样？"

那是"梦之都"文创园区的招商文件，旁边的纸上写着"咖啡故事"四个字。我并没真的理解，却没有丝毫犹豫，在嗡嗡的耳鸣中，说："好。"

尹玉做事精细，边界清晰。平时连一杯清咖、一牙松饼也不会给我免费，但下雨的晚上，没带伞的我一个人待在店里等雨停，她很大方地请我吃了西班牙海鲜烩饭。我们自然有一份严谨周密的合作协议。我和尹玉一起弄品牌文案，首先改了名字。——虽然"咖啡故事"是她受我的话启发想出来的，但我觉得"咖啡说"更好一点。尹玉拍手称赞，接下去是一步步的申报手续。

申报材料里有一项内容是"品牌故事"的视频。我弄好脚本，在尹玉的店里拍了原始素材，用剪辑软件混剪进一些电影画面。我联系了以前工作室的小伙伴曼叔，他的影视解说视频和播客的全名叫"伯格曼的后院"，专职做了一年半的时间，已经能接到广告了。

"够'恰饭'。"他笑着说。他还顺便告诉我，去年那部剧播的时候，评分一般，老师挨了骂，大师姐想让曼叔做期节目带带节奏，曼叔给婉拒了："不给钱，剧好也行，现在这样我想夸都不知道咋下嘴！不骂已经是我对老师念着旧情了。"曼叔对我倒是仗义，不要钱，很认真地帮我把视频重剪了一遍，混好音轨，质感好了很多。我带了一包咖啡豆给他，是他喜欢的日晒耶加雪啡。在工作室他自己弄手冲咖啡，老师说他成天弄这些小情小调，埋头"小确幸"，永远不会得大欢喜。他有些感慨地笑说："老师喜欢'大'，结果被人笑话拍了部二代目'小时代'，算是得了个'大惊喜'！"

我是感激老师的，若没有他那声"来吧"，也就没有后面"咖啡说"的剧情了。我去定制打印"咖啡说"宣传名片的时候，才真正意识到，自己拿着全部的积蓄，投入了一场前途未卜的冒险！我浑身一阵冰冷一阵滚烫，仿佛回到了奶奶葬礼之后在储藏室度过的那个夜晚。意想不到的事情，真的发生了！

我从公司离职的时候，挨着工位发"咖啡说"的名片，不少同事此时才知道我的名字。办公室主任最后一次朝我露出嫌弃的神情，我竟然觉得无比亲切。

我办完离职手续才跟爸爸说，他暴怒不已，听到我要跟人合伙投资开店，气得没了声息。我挂了电话，他又打过来，说我一定是被人骗了，他要来北京，要打110报案……

悲剧重复一遍，就是喜剧；重复两遍，就成了闹剧。闹得时间足够长，还会再转成悲剧。

爸爸到底也没闹到北京来，他和我之间唯一的联系就是那点儿由特定号码维系的电磁信号，只要不接电话，我就从他的世界里消失了。

尹玉笑着说我："真是个无情的小东西。"

她当然支持我拿钱来做店而不是赞助弟弟给女朋友买房，这是句玩笑，不过我对她说，就算她真的批评我无情，我也不会像被大师姐说的时候那样羞愧得掉眼泪了，我会承认，然后沉默。我并不觉得自己理由充足，但"无"的时候，何必假装"有"？虽然无情不好，就像说谎一样不好。

但一个小孩子，她的妈妈是天使，爸爸是黑人国王，而她一个人漂流在大海上，你怎么能要求她总是讲真话呢？

我把这段长袜子皮皮的话念给尹玉听，她说好悲伤啊。是很悲伤，但同时也欢乐有趣，带着朱古力饼干的味道，就像那已经在现实世界里被拆掉的红砖储藏室，是冰冷可怖的被弃之地，也是温暖迷人的童话小窝。

爸爸不再一天发几十条语音谩骂、威胁、诅咒我，也没有报警寻找我，根本原因还是旧楼拆迁了。沉寂一段时间之后，他发来了新家的照片，问我咖啡店的情况，我也给他发了几张园区给我的店面效果图，我们又恢复了正常联系。

我心理上把尹玉当成了编剧老师，我的角色还是打字，这种错觉很快就消失了。拿到园区入住许可证之后，我在附近租了房，按照园区管理中心的要求进行工商注册，提供装修主题内容和经营需求，配合装修进度购进各种设备……

尹玉做大的决定，我来执行，但执行的过程中有无数的小决定需要我做。街区开业那天，我愕然发现自己瘦了十五斤。

那是我成年之后体重最轻、责任最重的日子。

尹玉还要管原来的那家店，日常我一个人在"咖啡说"，使用的是园区统一的收款系统，报税的各种账务，有委托的专职会计，我只做店里的台账。刚开业的时候，忙了一天，盘点下来发现还亏了，那种沮丧和恐惧，难以言说。尹玉很淡定，说客流没上来，当年能持平就是赚。没人用手指戳脑袋，却更加紧张，每天都会出娄子，晚上躺着想东想西，懊悔没处理好很多事，担忧还会出现什么意外，什么都不可控……

一头看不见的猛犸象坐在了我的胸口上，吸不进气，眼看着胳膊上一个个红疙瘩冒出来，奇痒无比。

我上网查症状，走去街边的药店买药，抬头，天上是满月，月光——不,不是"皎洁",那光不是雪水,是水银,有着金属光泽,底子里的一层灰反而逼出越发闪亮的白。

似乎有部科幻或者玄幻的电影,里面有种可以通过皮肤赋予人超能力的外星物质,就叫作"月光水银"。水银般的月光提醒了我,我原本拥有一项"超能力"——自在地活着,无论在什么情况下。

我走进了路边的蛋糕房,在"黑森林""红丝绒"和"提拉米苏"之间无法取舍,于是都买了,也不再去药店,走回住处,搜出那位德国女导演拍的《美味情缘》,就着治愈的故事和满屏的意大利美食影像,吃光了三块蛋糕……

我第一个上传的店铺视频讲的就是这件事,标题为《荨麻疹与三块蛋糕》。"Dream Land"的线上平台,每家店铺首先生产的是故事,那些产品都是从故事里掉进这个现实世界里来的神奇之物。

远远地隔着手机屏幕看着,我的日子很美。前同事会给我发的"咖啡说"视频点赞,还有人给我留言,说她也有开家咖啡馆的梦,我把她的梦变成了现实……我在她眼里成了故事,但我知道,那是她的故事,不是我的。

爸爸会转发与我和咖啡店相关的消息,继母会在下面点赞。他和我通话的时候,用转述的口吻表达肯定:"佟老师也去了,他们家的老楼也拆。说起你和心雨,大城市生活压力大。我说是啊,我们家小红,从小就爱读书,爱做梦,奋斗嘛,没办法……"

我没有惊讶,也没有欢喜,这是剧情进行到这般时候爸爸的台词。台词不是谎话,如果是,那也是角色和剧情的要求。

爸爸接替了奶奶,时不时也催我一下,谈恋爱结婚。我只管应着:遇上就谈,谈好就结……

我总觉得结婚是很久以后才需要去想的事。比起结婚,死亡好像是更需要操心一下的,更为现实而紧迫的事。我在网上加入了一个互助小组：互相送医、收尸。我在小组里还算年龄大的。尹玉听了哈哈大笑，说："你们这些小东西太搞笑了。"我很难向她解释，我们彼此约定的郑重，严肃，以及随之带来的安心。

尹玉知道我二十八岁了，依然是"母胎 solo（单身）"，很是惊讶。我有些尴尬，也有些后悔跟她说这个。

在工作室的时候，大师姐给过我一个小 tips（提示），别上去就说是"母胎 solo"，男孩子会觉得你乖僻，容易七想八想的，有了基础和感情之后再说。可惜我并没有机会用上大师姐的恋爱小 tips。

我在故事里经历过无数恋爱；当然，最爱的还是尼诺。但在现实世界里，从来没有遇到对我有过丝毫兴趣的男人；当然，我也没有喜欢过谁。无论是文字还是影像，都有关于女性强烈的爱欲冲动的描摹，无数悲喜血泪都和性欲有关，我似乎还是只能靠着虚拟和想象制造的安全距离才能感同身受，如同感受别的情感和欲望一样。

但我并没有因此觉得欠缺或者匮乏，我喜欢这样自足的状态，也许还会被人说是病态和倒错吧。那些"绝望之冰"的碎片依然在跟随血液运行，我不会热血沸腾，体温升高，但这让我存留在现实世界里的肉体，平静且安全。

尹玉劝我还是要勇敢地试一试，别受她影响；她是命不好，遇人不淑。我笑笑。我肯定不是因为害怕失败才不去试，没有真实的愿望，我不想假装有。也许那愿望就像糖霜的真相一样，有一天，忽然就出现了。

## 八

我握着关于那糖霜的"真相"，伫立在小广场上，慢慢平复心绪。

建筑壁墙的阴影里，有个女子摇摇地走过来，逆光，只看身形轮廓，也认得出是绵绵。她朝我招手，披着的大衣从肩头滑落，露出里面的汉服。今儿穿的是宋代的，绯红的大襟半臂襦和金红色长褙子，下面是藕荷色千褶裙，发髻上插着花开满枝的海棠步摇，下垂的珠子璎珞颤颤巍巍地晃着……

绵绵是本行走的"历代女子服饰图鉴"，与她为邻的这两年让我长了不少见识。胖乎乎矮墩墩的我还被她用唐代服饰打扮起来，举着团扇跟她拍了一组"丽人行"的照片，挂在她的甜品店里。绵绵披好大衣，和我并肩走着，亲热地凑过来，在我耳边低语："昨儿那个'大病'发神经，你也看见了吧？"

绵绵说的"大病"，是面包房的李岩。李岩只用一个字代指绵绵——"茶"。去年李岩看了"丽人行"的照片，过来跟我嘀咕："那是个'绿茶心机婊'，这回看清楚了吧？故意捉弄你！发型头饰衣服裙子，手里的扇子，不懂也一眼能看出来，她是贵族小姐你是侍女丫鬟……"

我笑笑，我是剧组出来的人，主角配角还分不清吗？其实拍照时我挺开心的，自己从没那么好看过。绵绵店里的客人，不时有人说照片里的我可爱，像唐三彩陶俑，绵绵就招呼我从半截假墙上探过身子，给人家看活的。

进了"Dream Land"的大门，绵绵拿掉了大衣，顺手递给了我，我也习惯性地接了过来。她一路走着，笑语盈盈地总结了李岩为了争取补贴的各种"骚操作"，上蹿下跳，先礼后兵，黑白两道都上了，白忙活，昨天公布结果，他是D档。文创园区的年度补贴对我们这些小店来说是一笔不菲的纯收入，去年我就是靠着这个才算没赔钱。

说小店都有些高抬，摊位或者档口更准确点，但与一般超商、市场不同，这里是由充满设计感的景观搭出的店铺门面，一家连着一家，构成了一片文化风情街区，走在里面，像梦境，也像片场，时间空间叠在一起，真的假的也掺在一起。

绵绵晃着花满枝的海棠步摇，摇过了黛瓦粉墙，红砖洋房，摇过了玻璃橱窗里瞪着眼睛、真人大小的胡桃夹子士兵人偶，摇过了终日藤帘不卷、沉香袅袅、仙乐隐隐的内观流瑜伽室……

"你今天有点儿怪，一声不吭，想啥呢？"绵绵拽了我一把。

我们到了，面包房的展示橱窗里还摆着万圣节的南瓜，吊着的骷髅面具晃晃悠悠，门外停着配送车，李岩和送货师傅说笑着一起从店里出来。

昨晚关了店，出来碰见他在门口疯狂踹着纸箱子，我立刻退到墙边阴影里去，站着不动。他的电话响了，骂了一句，又狠狠踹了一脚，他才接起来，声音立刻变得欢愉起来："作业写完了？妈妈说的？——那就玩儿到爸爸回家好不好？好，真乖！"他收起电话，冲着已然暗了灯阴沉沉的街区哑着嗓子吼了句："我×你妈！"

正是关门离店的时候，街区却没人出来，谁知道监控后面什么人在看？

上周，管理中心主任在李岩的店门口，把这个街区的经营者集中起来发表了一通训诫讲话："创业不易，园区支持你们也不易，"他看看李岩的面包店，"帕里斯的选择。人人都得选择，你们要选正道，得道多助失道寡助……至于补助评分，公平、公正、公开……送礼，我们上缴，你们扣分；威胁，我们报警。别整这些没用的，好好干事业！"

虽说我们这三家店在街区的尽头，但选在"帕里斯的选择"门外，只怕不是偶然。李岩耷拉着脑袋，不打自招似的，所有人都觉得这个会就是开给他的。接下去两周，别人对他的态度是否异样，我不知道，但他对谁都别别扭扭的，直到昨晚打雷闪电地发泄了一通。今天倒是雨过天晴了，他看见我们就笑着说"早"，夸张地学着绵绵的东北口音和她开玩笑："小妹儿咋那么美呢？！"

绵绵从我手里接过大衣，笑着说："那咋能不美呢！仙女下凡啊！"

两人哈哈笑着进了各自的店。甜蜜的左邻右舍之间，是我的"咖啡说"。我没有进去，街边对着店门有我放的几个"露天座"——只是露在了园区终年晴好的天幕之下，我在其中一张桌边坐下。绵绵的店里飘出了琴曲《平沙落雁》，我望着黑漆匾额上"糖霜谱"三个隶书红字，那字的笔画，像燃烧的红烛蜡油凝成的纤细烛泪……

绵绵在拍视频素材，早上这会儿妆容明艳，周遭也安静，琴曲里她对着镜头的声音软糯了许多，没了东北腔，间或有些平、翘舌不分的发音，像普通话讲得很好的潮汕人："青青河边草，绵绵思远道，大家好，我是你们的绵绵，有心的同学会发现，今天这套衣服你们在春天见过，当时配的是条丁香紫的披帛，残秋将尽，天气转寒，我就加了件金红色的褙子……"她的视频由介绍汉服服饰和中式点心构成，应季或随心，最后加上点儿小感悟；白天拍素材，晚上回去剪辑、上传，每周至少更新两回，实在勤勉得很。她不仅上传到园区线上平台，还在两三个平台用同名媒体号同期更新。我最初计划周更的"咖啡说"，现在变成了月更，除了上传到园区平台，也就标题加链接发发微博和朋友圈。

绵绵不只勤，而且慧。她原本是卖奶茶、烧仙草之类的糖水甜品，去年园区增加了一项"新国潮"专项补贴，都是"百工坊""非遗"之类的店铺有了创新转化项目才会想着申报，餐饮类店铺申报的只有她。她把糖水店改成了"糖霜谱"，项目是研发中国传统文学经典中的甜点，从《诗经》里的甘棠到《红楼梦》里的枣泥山药糕，逼着我和她一起想。我觉得有些异想天开，但还是推荐了《金瓶梅》给她，没想到年底她竟然申报成功了。

今年三月份的时候，园区的补贴规则做了调整，改成了评分分级，按照收益同比发放，奖优罚劣。"新国潮"并入总体补贴，成了加分项。咖啡和西点都是舶来品，我根本没想过拿这项的分。能评到C级，和去年持平，我就心满意足了。绵绵给我出主意，让我跟她联合，中间的假墙一半换成架子，我的茶叶配她的茶食，项目文案要弄得漂亮。我熬了两夜，沿着中国古典文学史的脉络，编着创意花草茶的名称："商时风，唐时雨，荷上露，梅心雪，洞庭万顷，西湖一痕……"昨天公布结果，有了这个"茶语"的加分项，我竟然拿到了B级的补贴，等于整年利润高了五个点！

　　李岩从店里踱出来，笑着对我说："你这小丫鬟没白当啊！她跟管理中心那死胖子真有一腿，监控室有我哥们儿，进去出来看得真真的。早知道我也去抱那'婊姐'的大白腿了！对了，我以后改称呼了，她不'茶'，纯'婊'。"

　　绵绵的确说过可以去跟管理中心的人打招呼，昨天公布结果时我谢她，她说："瞎客气啥？还是文案写得好。"—— 我帮她弄的茶食文案，加上她自己的主营项目升级文案，她拿到了餐饮类店铺唯一的一个A级补贴，她还要谢我呢……

　　李岩与绵绵的话孰真孰假，我不知道也不想知道，自然不会应声。

　　由昨天的这个好消息带来的愉悦，到了此刻，也不知不觉褪去了，那感觉像汗下去了，身上有点儿微微地凉。

　　李岩叹了口气，说："我不是笑话她 —— 笑话人不如人，那死胖子要是要我，我也愿意跟他睡！"他说得认真，我些微走神，竟没立刻明白那话，愣了。短暂的安静过后，我才跟着他笑了出来。我站起来，准备干活，李岩把他橱窗上卷了边儿的"烘焙培训"广告贴好，絮叨着跟我说，进园区之前，他开赔过两家店，今年园区的客流上来了，明年会更好的，补贴只能拿三年，还是得靠自己……进店前他举起拳头："一起加油！"—— 他又变成满满正能量的老大哥了。

"糖霜谱"的配送也到了,桃花酥配成了荷花酥,配送员不管,丢下冷冻点心坯就走了,绵绵打电话到调配中心,让他们查昨天的单子。她连荤带素、半真半假地挖苦、谴骂、抱怨,一个人吵成了百鸟朝凤,间或还能听到回旋播放的《平沙落雁》那清泠空旷的琴声……

绵绵售卖的"原创纯手工中式点心",大部分是成品配送,回来自己包装。每日店里新鲜出炉的,用的是冷链配送的点心坯。但也不好说她作假。毕竟是她亲手把起酥面坯放进了烤箱,也是她把点心一块一块裹上印有《金瓶梅》绣像画的油纸,放进艳粉色的盒子,才变成了吴月娘吃的果馅椒盐金饼。

中式点心坯的冷链配送非常成熟,质量口感都有保证,能吃,好吃,她亲自创意研发的,不好吃,甚至不能吃。去年夏天按书上说的方法做了"衣梅"——中药蜂蜜滚在新鲜杨梅上,外面裹上薄荷叶。第二天掀开罐子,药气混着腐烂水果的气味扑出来,闻一下,就连罐子都扔了。

但视频剪辑出来还是很美,前面的腌制过程接最后的加工过程:陈皮与干薄荷叶打成粉末,加盐,用细箩筛撒于购进的蜜渍杨梅之上,裹上薄荷绿的糯米纸,放进绘有折纸花卉底纹的包装盒嵌孔中,盖上透明油纸,精美的花笺。花笺上用行草小字印着出处原文,包装盒内外印着书中人物绣像图……这香艳无比的"金瓶衣梅",她也只在杨梅上市前后限时限量卖三百盒,要预订,卖多了就破了手作的神话,绵绵在视频里解释限量的原因:"杨梅不是稀罕物,只是实在是搭不起那琐碎工夫……"也算是实话实说。

我记忆里的焦枣,应该类似于这种"衣梅"。

焦枣故事中,有一个关键的漏洞,这些年讲述的我和听我讲述的人,都没察觉。——糖霜的成因,是我的臆想,是比附着柿霜的想当然。实际上,柿子成为柿饼要经过较长的晾晒过程,果糖缓慢析出形成柿霜,而短时烘焙的焦枣不可能出现那样的霜。让我着迷的糖霜,应该也是蘸糖,不过做得极薄、极精、极细,就像绵绵给蜜渍杨梅做的那层"衣"……

记忆里那个卷胡子卖枣老头儿的笑脸浮出来,他听我说着对糖霜的臆想,笑里有略带惊讶的肯定;十七年前我还看不懂这笑,原来谜团的答案就在这样的笑里。

绵绵常常会对顾客露出这样的笑,别人问她什么,她就会这样笑:"真是眼光独到,这款'冷月清霜'用了茯苓,有些清冷的气韵,不是很讨喜的……"若对方略知一二地说了什么,她会微微颔首。店里十元一袋寥寥数枚的青梅蜜饯,叫作"和羞走",客人见了说出李清照,她定会这样略微吃惊又欢喜释然地笑起来。来这里逛的多是年轻人,有点儿文艺的,十有八九会在她这样的笑里拿上一袋"和羞走",或者同时以八折优惠尝一尝与之配的"露浓花瘦"茶。

绵绵那边一声招呼,我很快就隔墙递过去一个托盘,上面放着一个盛满沸水的玻璃鹅颈壶,一个仿汝窑钵子。一朵金丝皇菊在半钵热水中舒展绽放,沉在水底的冰糖如真冰入水,几不可见。静置片刻,绵绵素手执壶,细丝花瓣跟着注入的水流舞蹈,浮浮沉沉,融化的冰糖糖液在淡黄色的茶汤中如舞者抛向空中的绸带,晶莹透明。更多李清照的句子呼之欲出,她的笑更加充分,满是期待,期待你加入这场戏剧,一起创造个故事……

我想得出神,拉着自家店门又不动了。挂了电话的绵绵咳了一声,说:"咋回事儿啊? 一早上恍恍惚惚的,谈恋爱了?"

我笑笑,打开了店门,胳膊有种失力的酸软,仿佛刚刚经历过剧烈的运动,好在力量很快就回来了,早上的例行打扫很简单,为了不再发愣,我还有意加快了手脚的动作,收拾好一切,把店里的宣传册页和座号牌拿到店外街边的桌子上,我才停下喘了口气。

透明天顶穿下来的晨光，落在店铺的门头上。门头设计并不是规则的牌匾，而是展开一半微微卷边的黄褐色的羊皮纸，上面深咖色的"咖啡说"三个花体汉字，被浅咖色的花体英文"coffee story"托着，汉字笔画和英文字母都有着夸张的圆弧和勾连卷曲的甩尾，像藤蔓植物花叶间生出的嫩须……

我此刻才察觉到心底的变化，糖霜"真相"的出现，并没有给我带来又一个"顿迷"时刻；那明白的"光"照下来，实在的依然还在，且有了更为复杂灵动的光影……

## 九

所有的日子都会过去，十二岁春日的星期天上午会过去，十七岁初秋的操场黄昏会过去，三十岁生日也不例外；所有的日子都会过去，好的日子会过去，坏的日子会过去，二〇二〇年也不例外……

今天，是个普通的周三，也是我三十一岁生日。和还是三十岁的昨天一样，活着，醒来，去卫生间，洗漱，梳妆；发型没变，体重没变，但我知道，不可逆的变化已经发生了，还在继续发生。

我挽着张琳，出门了。

她高高隆起的肚子里，五个月的胎儿像泡在水里的豆芽一样天天长大。这个胎儿在六十天前，差点儿变成了医疗垃圾。

七月份她发现自己怀孕，正好赶上疫情反复，在家封闭了近一个月。等到恢复正常了，他俩供职的那家培训机构彻底倒了，夫妻同时失业，她当时就跟我说不该要这个孩子。丈夫的同学在深圳做得不错，愿意帮他，她和丈夫商量，做掉孩子一起去。丈夫很为难，那边的具体情况不确定，但留张琳一个人在北京，他也不放心。张琳为做手术去检核酸的时候，情绪崩溃，我接到电话跑到了医院，她搂着我哭说

"舍不得孩子"。

我说:"舍不得就留着啊!谁不让你要这孩子啦?"

"你说得轻巧,怎么养啊?"她哭得更厉害了,丈夫的眼圈儿也红了。

"咱俩一起看《我是山姆》,露西说'只要有爱就够了',你当时说……"我替她抹泪,慢慢哄。

"可那是电影 ——"她抽泣着说,"是假的呀 ——"

哭声跟着"呀"字的尾音彻底放了出来,她哇哇大哭,引得路过的人纷纷侧目而视,我搂着她,招呼她丈夫叫车。三个半人一起去了店里,慢慢掰扯到晚上。最终的决定是,她丈夫去深圳,她带着肚子里的孩子留在北京和我待在一起。

张琳自责得厉害。我陪她去做产检,要关半天的店,她对我抱歉;丈夫自己吃苦,挣的钱都给了她,她对丈夫抱歉;自己情绪不好,对肚子里的孩子抱歉;自己动不动就泪如雨下,又为泪如雨下抱歉,抹着泪说"对不起"……

我捧给她一盏丁香橘皮乌梅茶,她当时还有孕吐,我让她试试,然后说如果可以,我打算给这茶起名叫作"雨巷 —— 丁香一样,结着愁怨的姑娘"。

她被我逗笑,随即又哭了 —— 哭着问我:"你怎么能活得这么自在呢?"

这种残酷又滑稽的场景里,我的台词只能很"水",我抱着她笑笑说:"躺平啊!顺其自然,随波逐流……"忽然又觉得这话并不是敷衍。不这样又能如何?波涛动荡之中,能浮在水面上,全身每块肌肉都要用尽全力,时刻不能放松;但那酸痛和疲惫却在提醒着你的幸运 —— 比起那些溺亡者……

能在前浪后浪中翻滚的"弄潮儿",听说过,没见过。目之所及,皆惴惴如我，随波逐流但也心知肚明，自己随时会有溺亡的可能。

这一年，都很难。"十一"长假期间，园区恢复了点儿人气，突然又有了疫情，闭园，等通知。通知到了，发现街区开门的店又少了几家。李岩的店在七月份那次闭园后就再没开，听说有三分之一店铺要和园区解约。尹玉和我商定了个亏损红线，熬不过去，谁也没办法。

我每天睁眼想的就是"六十五杯咖啡"——那之后才有得赚——就算加上外卖平台接单，十天有八天也卖不到。

无奈且无聊的冷清中，从那杯"雨巷"开始，我研发了"茶语"的现代文学系列，同时也给张琳找了个活儿——在纸质杯垫上抄那些茶品所涉及的内容。每天早上，我们俩就这样穿过马路，一起到店里去工作。

绵绵店里也没人，她踱过来，赞叹张琳的字好，张琳停住笔，眼泪掉下来，打湿了刚写下的几个字"翡冷翠的一夜"。

绵绵吓得吐了一下舌头，摆手示意，"走了"。我也笑着摆手，眼角余光扫到了进店的那个人。连着第三天了，我猜他不是游客，应该是园区的店主，或者工坊的设计师之类的人；瘦高，戴着黑框眼镜，佝偻着腰，戴着黑色口罩，还低着头，浓黑粗硬的头发四处翻翘。

果然，他又点了"希望"。

在我烧水煮茶的时候，张琳挑出写好的杯垫，递过来。他的手指抹过那上面的句子："绝望之为虚妄，正与希望相同。"

酽酽的黑茶茶汤里，有两颗雪白的鲜桂圆、一颗糖渍青梅和几粒鲜红的枸杞。他昨天向我求证：桂圆是指"肉搏空虚的暗夜"，青梅是指"身外的青春"，枸杞是指"体中的迟暮"……

我一时语塞。被说中了反而不好意思承认，这些附会似乎太过直接。他端着茶走到外面街边的座上慢慢喝完，没有带电脑或书，没有看手机，甚至都没翻桌上的册页，只是喝茶。

我远远地看着他，忽然生出了交谈的愿望。脑中小剧场已经开演了 —— 我走过去，说："昨天你问，我没有回答，是因为无法回答，茶不是诗的比喻，就是诗本身……"接着，我开始讲糖霜的故事，用侦探小说的结构讲：十三岁的我，是委托人，三十岁的我，是侦探，抽丝剥茧破解陈年"焦枣谜案"……最后我笑着说出糖霜是假的，但这并不是全部的真相；真相之为虚妄，正与谎言相同。

　　二十分钟后，他放下茶杯，走了。我在吧台后站着，一动未动。

　　昨天没有说，今天会说吗？

　　煮茶壶里的黑茶茶块儿正在翻滚的沸水中散开，茶汤正在从金红色变成深褐色，店里很安静，汩汩的煮茶声清晰可闻……

（原载《青春文学》第 4 期）

# 棣棠之约

孙 频

一

多年前，我们三人经常一起结伴去看黄河，就像去看望一个很古老很古老的祖先。

黄河当初从青藏高原上下来便决心去往大海，于是一路东行，经过了黄土高原和河套平原，经过高原、沙漠、绿洲、草原。漫漫时光里，它大部分时间匍匐着走，偶尔会忽然站起来，大概是孤独得太久了，它会以瀑布的姿势大声喧哗几句，唾沫四溅，然后继续匍匐赶路。在水草丰茂的草原上，它会把自己折叠成优美的九曲蛇形；在黄土高原上，它会凶悍磅礴地甩出一个巨大的"几"字形。一条大河孕育出了城邦、村庄、古渡，孕育出仰韶文化中诡异的旋涡花纹和古老的羊皮筏子，还有幽寂绚烂的黄河壁画。

我们三人就在黄河边的峭崖上发现了一处黄河壁画。在绵延几里的赤色峭壁上全是被黄河水冲出的天然石画像，像人在天上，又像神降人间，人、神、花、鸟、兽、山、水，似乎全聚在一起了，分不清哪里是天，哪里是地，哪里是河，只见众神同欢，万物生长，天地间一片混沌。峭壁下是奔流而过的黄河水，再往前便是大石遍布、暗礁林立的碛口，水深浪急，船走到这里就不敢再往前走了，于是很早以前这里就形成了一个黄河古渡头，叫碛口渡。古时，那些从黄河上游满载着毛皮、油料、粮食、盐碱、中药的大船走到这里便无法再前行了，船上的商人们只得弃船走陆路，用骆驼和骡马把船上的货物运出去。所有的商人和驼帮都要从碛口唯一一条青石板路上走过。石板路的另一侧就是黄河，大河日夜不息地流淌，夕阳坠入河中的时候，河水会变成炫目的金色，有月光落在河里，河水就变成了银色，闪着霜一样的清辉。

　　我和戴南行、桑小军每次都是吃了午饭从学校出发，步行到黄河边的时候，往往夕阳已经开始落山，从两山之间穿过的黄河被染得通体金黄。从山顶上看过去，寸草不生的黄土山，金色的大河，天火般的落日余晖交织在一起，共同构筑成了天地间一座恢宏壮丽的城邦，一座只属于我们三个人的城邦。在这座秘密城邦里，我们观赏过落日焚烧着山河，等待着明月从山间升起，当月光乘着浩荡长风，大河也变得冰清玉洁。到了夜里，有时候我们借宿在碛口渡的窑洞里，有时候干脆躺在河边的巨石上，石上尚有阳光的余温，我们沐着星光，枕着碛声，彻夜聊诗歌、聊文学。

　　还有的时候，我们会沿着黄河北上，一直走到乾坤湾，那是一段黄河古道，越弯曲的河流便越古老，这种古河道的河岸都是夹心的，一层一层纹理清晰，中间有一层黑色的鹅卵石，而一百多万年前黄河刚形成的时候，这层鹅卵石就是黄河的河床。准确地说，让我们感到震撼的其实是时间，那么古老又苍茫无际的时间，居然被封存在一块块石头里。爬到山顶往下一看，一个形似太极图的大河湾赫然在目，那是真正的鬼斧神工。我们惊叹河流在大地上竟可以行走得如此优美壮阔，只是久久呆立在山顶上，全然忘记了时间和归途。

那是一九八四年，我们正在读师专。我们那所师专可以算是全中国最偏僻的一所师专了，藏匿在黄土高原深处的褶皱里，向西步行半日就到了黄河边，黄河的对岸就是陕西，两岸的人会划船去对方的地盘上赶集、娶亲。我们师专所在的那座小山城，在汉代曾是匈奴的国都，旁边还有大戎、小戎、西落鬼戎、奔戎这样的部族，所以当地人多有少数民族血统，喜欢吃牛羊肉，喜欢大碗喝酒。就在我上师专的时候，小城街头还时常能看到骑马当车的人。

初到师专的时候，我感觉自己一下被放逐到了时间的尽头，文明的尽头，华夏文明到此为止，再往前一步，就是异族的文明了。同学里面，如我一般的失落者其实不在少数，居然被贬谪到这样的深山里来上大学，简直去上个课都得骑骆驼，真够复古的。但就是在这样的深山里，在文明的断层处，我居然也结交到了两三知己，戴南行和桑小军就是那时候认识的。

戴南行其实比我们高一届，他本来上的是物理系，因为热爱文学，执意要转到中文系，为此不惜留级一年，于是和刚入校的我们成了同班同学。初见此人是在宿舍里，报到完之后我心情不佳，正在上铺躺着发呆，忽见门里飘进来一个男生，又高又瘦，一头长发，穿着喇叭牛仔裤，尖头皮鞋，巨大的黑框眼镜遮住半张窄脸，这么时髦的打扮在学生中绝无仅有。来人把一卷被褥轻飘飘地扔到了我下铺，逡巡四周，发现上铺还躺着一个人，立刻来了兴趣，他扑到我床边，向我递过一只细长白净的手来，我半天才弄明白，原来他是要和我握手。这么隆重的礼节我还是第一次见。握完手之后，他便把他的头搁在了床边，他个子又高，正好能把一颗头完整地搁在我床边。从我的角度看过去，便觉得是他把自己的头摘下来摆在那里，正喋喋不休地和我说话。那颗头兴奋地问我，你喜欢读谁的诗？我正在思忖是说北岛还是舒婷，那颗长发飘飘的头已经很得意地说，你肯定准备说朦胧诗吧？我喜欢穆旦的诗，他把西欧现代主义和中国传统诗歌结合起来，节奏美、音乐美、建筑美，在穆旦的诗里都能找出来，他是真正的雪莱式的浪漫诗人，我来给你背一段吧：你的眼睛看见这一场火灾 / 你看不见我，虽然我为你点燃 / 唉，那燃烧着的不过是成熟的年代 / 你的，我的。我们相隔如重山 / 从这自然的蜕变的程序里 / 我却爱了一个暂时的你 / 即使我哭泣，变灰，变灰又新生 / 姑娘，那只是上帝玩弄他自己。

那是我第一次听说穆旦，心中惊异，连忙从枕头下面抽出自己的几页诗稿递给来人，嘴里说，那你也写诗吗？看看我写的诗怎么样？

我从高中开始悄悄写诗，并经常为自己经营的这片秘密花园感到得意。此人用极为细长的手指接过诗稿，飞快地扫了两页，然后把长发使劲往后一甩，露出眼睛，不屑地对我说，你这也能叫诗？就算是诗吧，一看就是你硬找诗，不是诗来找你，我老家有个老玉匠曾经对我说过，玉石与其他石头相比，里面含有更多的阴气，但玉石认主，愿为其主人舍身破命。好的诗也是这样，会前来认主。

我心中一阵羞恼，忽地坐起，赤脚从上铺跳到了地上，只见来人比我足足高出一头，两条腿像蚱蜢一般又细又长，再加上喇叭牛仔裤的效果，更显得全身上下只有两条腿。我不服气地嚷道，你以为就你懂诗？他的长发一垂下来就把眼睛遮住了，他便又用力把长发往后一甩，让眼睛露出来，他并不厌烦，好像还很享受这个过程。只见他两眼放光，直着脖子说，里尔克说过，如果写得太早了，我们应该用一生之久，尽可能那样久地去等待，为了一首诗，我们必须去感觉鸟怎样飞翔，知道小小的花朵在早晨开放时的姿态，我们必须能够回想异乡的路途，不期的相遇，逐渐临近的别离，回想那还不清楚的童年的岁月，想到父母，想到儿童，想到寂静、沉闷的小屋内的白昼和海滨的早晨，想到许多的海，想到旅途之夜，在这些夜里万籁齐鸣，群星飞舞。可是这还不够，如果这一切都想得到，我们还必须回忆许多爱情的夜，一夜与一夜不同。

那也是我第一次听到"里尔克"这个名字，我被镇住了，头耷拉下去，心想，没想到在这山沟沟里，居然也能遇到这等异人。便问他道，你叫什么名字？他龇着牙说，戴南行。我说，怎么起这样一个奇怪的名字？他又笑道，我那父亲一辈子没有去过南方，心之所向，便寄托到我身上来了，结果我不但没去南方，还干脆进这大山里来了。不过，我发现在这大山里也没什么不好，你不要以为这里是边地，这偏僻的地方其实是多种文明的交汇碰撞之地。这山里曾经生活过匈奴、鲜卑、突厥、契丹、吐蕃、回鹘、粟特，至今有蒙古族、独龙族、藏族、东乡族、普米族、锡伯族、哈尼族等民族，在这里能看到文明积淀下来的清晰纹理，所以，这蛮荒之地其实是一座民族博物馆。这么一想，你不觉得这光秃秃的黄土山也很有意思吗？

我惊讶地问，你是怎么知道的？他仰起头，得意地说，如果你无法发现美，那你在哪里都会很痛苦。我断定他的家庭一定和我的不同，便有些羡慕地说，可见你父亲也是文化人了？他像没听见，或者是故意回避这个问题，头发又一甩，把两只眼睛扒拉出来，目光炯炯地看着我说，你除了舒婷还知道谁？你看过聂鲁达的诗吗？我来给你背几句：我喜欢你是寂静的，仿佛你消失了一样／你从远处聆听我，我的声音却无法触及你。

我有些羞愧，赶紧把话题岔开，说，到饭点了，我都饿了，我们去吃饭吧，我还不知道食堂在哪儿呢。他的长发掉下来，复又把眼睛埋起来，不满地说，什么食堂，还没盖好呢，连张桌子都没有。我说，那怎么吃饭，你已经去过食堂了？他忽然又凑过来，有些讨好地说，吃饭不着急，我们还是聊聊诗歌吧。我不高兴地说，你不用吃饭？你不吃我还要吃呢,你不去我去了。

于是他在前面带路,我俩结伴去了食堂,一看,果真还没盖好,只有一个窗口供应面条,打了面条的学生就蹲在食堂门口吃,蹲了黑压压一片。我这才知道戴南行已经在这里上了一年物理系了,因为喜欢文学便留了一级,执意要转到中文系。也是后来才慢慢从别人口中得知,他的父母都是大学老师,在省城的一所大学里教书,他是在省城长大的,却跑到这深山里来上大学。不过他对自己这样的家世只字不提,甚至厌烦别人提起,事实上,他对所有精神性之外的事物都只字不提,自动与世俗绝缘,他像一团庞大坚固的气体,一种精神性的存在,而并没有真正的肉身。我时常觉得他属于无形之物,与鬼神、灵魂、时间属于同一物种,它们游荡在难以被肉眼看到的一重神秘领域里。越到后来,这种感觉越强烈,后来,他的肉身彻底委顿,他渐渐变得像幻影,像巫,像宗教。

我们各自打了一碗面条,也蹲在食堂门口的空地上吃了起来。我把脸埋进碗里呼噜呼噜吃面条,戴南行却捧着面条只扒拉了几口便放下,又兴致勃勃地对我说,我觉得吧,写诗还是灵感最重要,柏拉图这样说过,灵感是灵魂在迷狂状态中对于天国或上界事物难得的回忆和观照,没有这种诗神的迷狂,无论是谁,都将永远站在诗歌的门外。

他说话的时候,嗓门特别大,神情又夸张,还辅以各种手势,自带舞台感,所以,无论他在何时何地说话,哪怕是在说悄悄话,也像正在剧场里做演讲。他穿着上鹤立鸡群,我们清一色的中山装和布鞋,个个灰头土脸,只有他一人穿着喇叭牛仔裤和尖头皮鞋,全身上下亮闪闪的,越发像他一人站在舞台的灯光里,而我们都坐在观众席上。他在我旁边若无其事地大声演讲,这既让我感到羞耻,又有几分奇异的荣耀;再加上他读过很多我没有读过的书,又让我一边钦佩他,一边在暗地里还有些怕他。

身边有戴南行这样的人，我生怕被他笑话了，便发奋读书，连初入学时的沮丧也渐渐淡忘了。戴南行很喜欢看书，晚上宿舍熄灯之后，我们躺在床上卧聊一会儿也就各自入睡了，他才点起蜡烛开始郑重其事地看书或写诗，烛光把他的影子投在墙上，石像般庄严，还略带诡异之气，宿舍里每晚萦绕着蜡烛燃烧的香味，以至于我每次半夜醒来，都有一种置身于寺庙里的恍惚感。后来宿舍里有人有了意见，说半夜点着蜡烛睡不好觉，还有人担心他点着蜡烛就睡着了，哪天一把火把宿舍给烧没了，八个人烧成一堆骨头，谁是谁都分不出来。这时戴南行又发现了一个新的去处，他发现阶梯教室是可以不熄灯的，于是晚上便跑到阶梯教室，通宵达旦地待在那里看书写诗，等到第二天早晨，我们洗把脸正匆匆往教室赶的时候，他悠然晃回宿舍睡觉去了。他已经发现有些课讲得实在是索然无味，便干脆逃课，并嘱咐我，如果有老师问起，就说他重病在身，没法去上课。我说，你得具体点，你这病到底有多重，我又不会编。他咧开大嘴，很快乐地说，老赵，我就喜欢你这点，连假话都不会说，老实得可爱，你想怎么编就怎么编，半身不遂啊，病入膏肓啊，奄奄一息啊，都行。

　　后来我又发现，晚上他也不是彻夜待在教室里看书写诗。有一段时间我失眠得厉害，每每睡到半夜醒来就再睡不着了，听着宿舍里此起彼伏的鼾声，只觉得自己独自沉入了一片水底，别人却都在我头顶兴致勃勃地划着船。在床上翻来覆去又怕把别人惊醒，于是，刚刚挨到窗户里的天光泛起一点点青色，我便赶紧穿戴好衣服溜出了宿舍。整个校园还在沉睡，没有一个人影，天地间一片阒寂凛冽，似乎整个世界都变成了废墟，只在东方的尽头燃烧着些微的猩红色。我感到一种前所未有的孤独，正漫无目的地在校园里瞎溜达，忽见明冥交界的晨光里似乎孵出了一个人影，我顿时觉得我和这个人是这世界上唯一的幸存者了，便加快脚步向那个人影走去。

晨光一寸寸地被点亮了，对面的人影也渐渐长出了眉眼、长发、长腿，甚至长出了一副巨大的黑框眼镜。我心想，这人怎么长得这么像戴南行。待到几步之遥的时候，对面的人影忽然伸出细长的手指要和我握手，老赵，你也在漫游啊。除了戴南行还会是谁？！我说，老戴？你大半夜去干吗了？他站定，把长发往后甩了甩，昂首说，漫游去了。我惊异地说，你大半夜去哪儿漫游了？他指了指学校外面的后山，我昨日去山上赏落叶，真是好景致，无边落叶萧萧下，因舍不得离去，不知不觉到了天黑，就在山上的那座庙里躺了一宿，真正是好，躺在庙里就能看到月光，身上盖的也是月光，可谓表里俱澄澈，那可真是赏月的好去处啊，再带上一壶酒就好了，可以举杯邀明月。

我倒吸了一口凉气，后山上确实有一座破庙，不知道是哪个朝代留下的，几近坍塌，又紧靠坟地，据说时常有狐妖在庙中出没。我皱着眉头说，就你一个人？也不害怕？他诧异地说，害怕？那么孤绝美好的月光，怎么会害怕呢？我昨晚在月光下还想出两句诗来：我是大地的守夜人，孤独地守护着大地上的梦。

说到诗歌，我也来了兴致，很想卖弄一下自己最近所读的书，于是两个人便站在半青半白的晨光里谈论起了诗歌。山上入秋早，早晚时分已经有了些寒意，我忍不住缩起脖子，把两只手笼在袖子里，戴南行虽然衣裳单薄，又刚刚在山上冻了一宿，但看起来却仍是器宇轩昂，长发在风中飘扬，挑在细长的脖子上，像面旗帜。他一手插裤兜里，另一只手比画着，一边慷慨激昂地谈论诗歌一边把唾沫星子喷了我一脸。我则一边对答一边不时掏出手帕来擦脸。事实上，在后来的很多年里都是这样，他一边旁若无人地大声演讲，一边把唾沫星子喷到我脸上，喷到我面前的酒杯里、碗里，我则镇定地从口袋里掏出手帕擦脸。后来手帕这东西基本已经绝迹了，我却仍然保留着几块文物一般的手帕，并随时随地携带在身边，以至于我一掏手帕便有人惊呼，你这是手帕？哪儿来的古董？

我俩站在那里足足争论了有两三个小时，竟不知道天光何时已大亮，直到夹着课本去上课的学生陆陆续续从我们身边走过去，我们才意识到时间，但仍然没有争论出什么结果，谁也说服不了谁，最后戴南行冲我大喝一声，老赵，我要和你绝交。我也大声回应道，好。虽然我们两个人怪模怪样地横在道路中间，戴南行的嗓门又是十里之外都听得清清楚楚，但路过的学生却并不多看我们一眼。因为那实在是一个属于诗歌的时代，走在校园里，迎面而来的每个人都像饱含酒神精神的尼采，即便是校门口卖烧饼的小贩，也能随口和人谈论几句诗歌，以至于到了后来，我们把那个时代神话了，总是动辄缅怀。

过了很久我才慢慢想明白，一个所有人都在谈论诗歌的时代其实并不正常，但像二十世纪九十年代那样，所有的人都在谈论下海经商显然也不正常，二〇〇〇年之后，网络加入人世间，社会变得更光怪陆离了一些，却又连八十年代那点可爱的土气也荡然无存了。而戴南行的过人之处就在于，八十年代他是个诗人，九十年代还是诗人，二〇〇〇年之后仍然是个真正的诗人。

他喊完绝交之后就回宿舍睡觉去了，我则跑到教室里去上课。第二天他便忘记了昨日说过绝交的话，站在高低床前，他把一颗乱蓬蓬的脑袋搁在我的床板上，得意地把一首新诗递给我看。我说，老戴，咱俩不是已经绝交了吗？戴南行惊讶地看着我，有吗？什么时候的事？我怎么不记得。过不了几日，我们再次因为诗歌发生争执，仍是各执一词，于是他又隆重地向我宣布，老赵，我一定要和你绝交。第二天又颠儿颠儿跑过来找我。如此反复多次，到下一次又发生争执的时候，不等他开口，我就主动先替他说出来，老戴，我要和你绝交。也算为他省下了二两力气。

## 二

不觉就到了新年，刚刚下过一场大雪，放眼望去，整个黄土高原被白雪覆盖，那些干渴的黄土山好像忽然之间燃尽了所有的金色，只剩下一种骨灰般的白，洁净冰凉又无比盛大，连灰蒙蒙的小山城都变得晶莹剔透起来，像童话里的宫殿。在这黄土高原深处，能属于我们的颜色实在太少了，除了黄色就是黄色，于是连冬天都成了我们的节日，因为它会把洁白的大雪馈赠给我们。

新年的晚上，我们八个人聚在宿舍里，从食堂打了一脸盆饺子来，又拿出一包炒花生，一瓶劣质高粱酒，两张破木桌往起一拼，八个人便围成一圈吃喝起来，有的坐床上，有的坐椅子上，眼看还是坐不下，我便干脆坐到了上铺，由他们下面的人给我运输饺子和酒。大家正狼吞虎咽地抢着吃饺子，戴南行忽然起身，像变魔术一样变出了一个铝饭盒，然后打开饭盒，单手托着，一边展示给众人看，一边得意地说，这是戴某人献给大家的新年礼物，人人有份，不能多也不能少。我居高临下地往那饭盒里一瞅，只见饭盒里躺着八个饺子，看起来和脸盆里的没什么不同，心想他又在搞什么鬼。

戴南行给每人分了一个饺子，我也分到一个，也没多想，顺手就塞到了嘴里。一口下去，我在上铺呆住了，下面的几个人也都呆住了，整个宿舍出现了一刹那的冻结，接着就是戴南行的一阵狂笑，他一边笑一边使劲拍着桌子。原来他悄悄把这八个饺子掏空了，把一块巧克力塞了进去，做成巧克力饺子送给我们当礼物。巧克力是我们平时根本吃不到的稀罕物，每个人含在嘴里都不忍心咽下去，我把那块巧克力在舌头下埋了很久，直到它完全化掉。那是我第一次体会到什么叫礼物，在收到礼物的那一刻，忽然有种被点亮的感觉，被自己身体里的蜡烛。这使我感受到生活竟有它精巧和奇妙的一面,只是那一面不会轻易被人看到。也许别人的感受也和我相似吧,因为多是农家孩子,家境贫寒。出于掩饰,几个人一起动手把他按在了床上,我也从上铺跳下去,一边回味着巧克力的余香,一边喊着,快罚他酒。众人七手八脚地灌了他几杯酒才作罢,半醉的戴南行站起来,站在宿舍中央,使劲把长发往后一甩,仰着头说,还有一件礼物要献给我们的新年,献给节日,因为节日本身就代表着虔诚的祭祀。法国诗人瓦雷里曾这样说过,上帝无偿地赠给我们第一句,而我们必须自己来写第二句。这首诗的第一句正是来自黄土高原,所以我把它也献给黄土高原:

从北上灌木的枯枝
从空无一人的土窑破碎的窗纸
黑色的风呼啸而过
横卧于荒芜之床
承受着时间的鞭刑
我若愚若昏
未来的未来
我的灵魂不断消融
而我的肉身则是一只埋进时光的杯子
期待着载来初春之雨的一朵云

朗诵完毕,他对着我们庄重地鞠了一躬,我们只觉得头皮发麻,便使劲鼓掌。这时候他忽然穿起棉衣,脚步跟跄地往外走,我追了出去,问,老戴你这是要去哪里?戴南行头也不回地说,去看书,天黑了,我的生活才真正开始了,我是大地的守夜人嘛。我在他身后说,你喝了这么多酒还看什么书,快回宿舍睡觉吧。他已飘然而去,只让北风给我捎来几个字,能有什么事。我看着他的背影渐渐消失在黑暗中,忽然觉得这一幕有些似曾相识,确实,我不是第一次见到他这样了,毫无征兆地,忽然从热闹的人群中把自己拔出来,掷向清冷孤独之处。

到了晚上十一点多,宿舍里的其他人因为喝了点酒,基本都睡下了。我喝得最少,躺在床上忽然想起戴南行,心里总觉得有点不踏实,思谋一番,还是穿衣下床,悄悄出了宿舍。月亮高悬在夜空,伴着几颗疏朗的寒星,银色的月光照着地上厚厚的积雪,积雪反射着冷冷的宝石一样的光华,把夜晚照得如同一种白昼,一种很奇异的白昼,更像是白昼落在晚上的一个梦境,一切都发着光,一切都是邈远温柔的。我先是去了阶梯教室,教室里亮着灯,有一个学生在看书,但不是戴南行。我心里咯噔一下,心想他能去哪儿呢,不会是踏雪去后山的破庙里赏月去了吧。我一边在校园里漫无目的地走着,一边到处找寻他的踪影,走到图书馆前面的空地上,就着月光忽然看到前面似乎躺着一个人,我赶紧跑过去一看,果然是戴南行。

我连忙拉他起来,他不肯,还要躺在雪地里,我有些急了,说,老戴,你躺在雪地里不冷吗?他眼睛仍望着夜空,语气很平静,倒不像是喝醉的样子,只听他说,不冷。我说,你大半夜躺在这里干吗?他虽然能听到我的声音,但似乎并不是在和我对话,仍然对着夜空,温柔平静地说,我在仰望星空,我在寻找那些古老的星座。我说,你快拉倒吧,在这里躺一宿非把你冻死不可。说着又伸手去拉他,他的手已经冰凉,但还是执意不肯起来,一定要坚持躺在雪地里仰望星空,我便连拉带拽地把他硬拖起来,拖回了宿舍。他一边踉踉跄跄地被我拖着走,一边还在严肃地向我抗议,为什么不让我看星星?你说,为什么不让我看星星?星空辽阔灿烂,宇宙的秩序优美而永恒,而我们,我们又算什么? 我一想到这里就觉得无比悲伤。

我说，你先不用悲伤，等着明天感冒吧。

果然，第二天戴南行便开始发烧，我请了假在宿舍照顾他。我说，老戴，要不是我半夜三更地出去找你，估计你现在已经变成鬼了，等你好了得请我喝顿酒。

那时候想喝点酒真是不容易，酒都是凭票供应的，也只有在过年的时候才能供应一瓶。为了解决喝酒的问题，戴南行曾试图给我们酿过各种酒。他跑到柳林的黄河滩上，那里种着很多枣树，摘了红枣回来，把枣捣碎，放在一个坛子里，坛子里加点酒曲，然后密封起来等枣发酵，半个月之后，把果汁滤出来再进行第二次发酵，再过个把星期，一坛红枣酒就酿好了。除了红枣酒，他还酿过杏子酒、沙棘酒、山梨酒、野葡萄酒，甚至还把一种叫龙葵的野果采来酿酒，酿好的龙葵酒色如墨汁，蘸着都可以写字，让人望而生畏。戴南行不管，先自斟自饮起来，几杯酒下肚之后，嘴唇和舌头都被染成了黑色的。他乘着酒兴演讲的时候，黑色的舌头在嘴里一闪一闪的，吓得我们都往后退了一圈，空出一个微型广场来。他独自站在广场的中央演讲，黑唇黑舌，激情澎湃，附带着一点果酒的芳香，像一个骄傲而邪恶的国王。

不管怎样，在那个连酒都喝不到的年代里，因为有了戴南行，我们却尝过五光十色的酒，那些酒，有的鲜艳到了恐怖的地步，像毒药。有的具备致幻的功能，因为里面加了曼陀罗花，喝下去之后忽然发现猫变成了老虎，室友都变成了巨人，只有自己变成了小矮人。有的具有强大的麻醉功能，喝了之后可以连睡三天三夜不醒，以至于让别人误以为都可以抬出去下葬了。这些美丽邪恶的酒均出自戴南行之手，到了后来，他手艺越发纯熟，可以把任何一种植物或果实酿成酒，有时候我会觉得，他像个巫师，躲在自己阴暗的城堡里，守着一堆瓶瓶罐罐，配置出各种神奇的魔药，光那些魔药的颜色便足以照亮我们贫寒的师专生涯。

戴南行躺在床上，鼻涕横流，却还是一脸鄙夷地说，我躺在雪地里仰望星空是为了灵感，为了能从宇宙里觅得几首好诗，你坏我的诗兴还没找你算账呢！不过酒还是要请你喝的，我父亲手里还存着两瓶老白汾呢，下学期我拿一瓶过来请你喝。我说，你要偷你老爹的酒啊。他立刻拉下脸来，拧着眉毛说，喝酒是何等风雅的事，怎么能说是偷呢，充其量就是擅自拿出来。等有了好酒，我们拿到后山上，就在那破庙里，你不知道，那真正是个好地方，清静自在，可以在那里一边喝酒一边赏月。

　　我说，那破庙旁边就是坟地吧，你也不害怕？他淡淡一笑，用纸擤了擤鼻涕，说，所有地方之外的地方，像图书馆、坟地、破庙、半夜的阶梯教室，都是很神奇的地方，我把这些地方统称为是异托邦。乌托邦并不是真实存在的，但异托邦却是真实存在的，异托邦其实就是一道有魔法的门，从这里还能去往别处，和别处的别处，但到底会去往哪里，有时候连你自己也无法知道。

　　我想了想，补充了一句，还有月光下的雪地里。

　　他拊掌笑道，老赵人虽无趣，但悟性是很好的，又呆又聪明，就像是一种组合动物，比如鸭嘴兽，比如麋鹿，再比如半人马。

　　我抗议道，你才是鸭嘴兽。

　　转眼就到了下学期，返校的时候，戴南行果然带来了一瓶瓷瓶装的老白汾，我让他把酒先藏起来，这么珍贵的东西，还是要等到什么重大节日再喝。只见他牛仔裤上突然破了一个大洞，他却浑然不觉，我好心提醒了一下，他却哈哈大笑起来，说，这是我故意剪的，不知道了吧？这是今年最流行的乞丐服。我惊讶道，省城现在流行这种衣服？那直接穿点破衣烂衫不更省事？他不屑再搭话，从包里抽出一个厚厚的信封递与我，我一看，里面装着一沓信，便诧异道，这是给我的？他有些不好意思地说，老赵，这都是寒假里写给你的信，我想和你说话的时候就给你写信,只是没有给你寄过去,现在觉得还是物归原主比较好,这些信一旦写了就是你的了,还给你,不过你看的时候一定要一个人躲起来看,信也是属于魂魄的一种,要护好它,不能让别人看到了。

等他出去了,我才拆开信封,一看,里面共有五封信,清一色用毛笔写的小楷,字体苍劲而不乏秀气,通篇都是在谈论文学、艺术和哲学问题,丝毫不提及他的寒假生活。在最后一封信的结尾处我看到这样一句话:崇高的经验提升了人类精神,使其变得高尚,也巩固了我们作为有道德的生物的尊严。

至于那瓶酒,我们迟迟没有商量好什么时候把它喝掉,主要是因为太珍贵了,实在不舍得轻易喝掉。他又怂恿我和他步行到杏花村去喝酒,说那里的酒多得可以泡进去洗澡,而且每一种酒都美得像诗。不仅有老白汾,还有玫瑰汾、白玉汾。玫瑰汾是把玫瑰花放在汾酒缸中浸泡数月而成,白玉汾则是在汾酒中加入龙眼和紫油桂。还有一种极赏心悦目的酒,叫竹叶青,色泽翠如碧玉,是在汾酒中添入了竹叶、紫檀、公丁香、陈皮、广木香,所谓"兰羞荐俎,竹酒澄芳",说的就是竹叶青。那里方圆十里全是酒香,人们往往还没走到杏花村就醉倒在半路上了。说得我跃跃欲试,但杏花村属于汾阳,地处平原,我们背着凉水和石头饼,光出山就得出几天。

就在这个时候,学校里忽然又冒出一名诗人,叫桑小军,此人刚刚在某文学刊物上发表了几首诗歌,一时在校园里名声大噪。最可气的是,这人还是个理科生,分明是在欺负我们中文系没人。戴南行把那几首诗找来看了,又递给我看,他用一根细长的手指使劲敲着那本杂志,鄙夷地说,你看看这诗写得比我好吗?写诗就写诗,还一定要发表出来,如此张扬,我写那么多诗,你见我发表过一首吗?

我没吭声,因为我知道他偷偷给好几家文学刊物投过稿,只不过都是泥牛入海罢了。我后来想，戴南行一生磊落到了明月刀雪的地步，唯独投稿这件事是背着人做的，可见他对此事的在乎与恐惧。

然后他硬要拉着我一起上门叫阵，我推辞道，我笨口拙舌的，还是你去和他单挑吧。但他不由分说地把我从上铺拽下来，穿上西服，郑重其事地打了领带，又在身上背了个书包，把那本杂志塞了进去。我们俩便来到数学系的宿舍楼下叫阵，因为无从知道桑小军到底住哪个宿舍，戴南行便在楼下用八字步站定，两手做成喇叭状，扯着嗓子往上喊，桑小军，那个叫桑小军的，你给我出来。

正是中午时分，学生大部分都在宿舍里，戴南行叫阵之后，窗户里哗地探出了一大片脑袋，夹杂在挂在窗外的内衣袜子里，纷纷朝着我们张望，我们不但不觉得丢人，反而觉得很荣耀。因为那种弥漫在校园里的酒神精神，我们这些言必谈诗歌和文学的学生倒像是奥林匹斯山上的众神。我们正仰着脑袋往上瞅，楼门的阴影里忽然走出一个男生来，晃着膀子走到我们面前。只见此人个头不高，但体格敦实，上身穿一件洗得发白的中山装，下面是肥大的绿军裤，两只宽肩膀上扛着一颗方形脑袋，面孔黢黑，短发根根竖起，一脸悍气，怎么看都不像个诗人。此人嘴角斜叼着一根纸烟，歪着脑袋打量了一番戴南行身上的西服，劈面问了一句，你他妈谁啊？

戴南行十分气愤，像他这等风流人物，校园里居然有人不认识他？他把那本杂志从书包里抽出来，在桑小军面前晃了晃，倨傲地说，足下的诗我已经拜读了，并不十分欣赏，值得商榷，对诗歌我正好也有点陋见，所以想找足下辩论一番。这时候我们周围已经围了一圈学生，有的拿着空饭盒，有的一边围观我们一边站着吃刚从食堂打来的饭，刚来的不知是怎么回事，探进脑袋来询问可是有人在打架，挤不进来的就在外围拼命踮起脚尖往里瞅，还有的人跳起来往里看。一时人山人海好不热闹。桑小军两口把半根烟抽完，又把烟头踩灭，至此都不曾正眼看过我们，他把两只粗壮的胳膊抱在胸前，环视周围一番，冷冷地说，这里人多，不方便说话，找个安静的地方去。戴南行把长发往后一甩，忽然露出了很天真的笑容，他对桑小军说，我想到一个极好的去处，后山上的一株桃树开花了，我前两天刚去赏过花，世上还有什么事情是比桃花盛开更美好的？在桃花下谈诗岂不是人生一大快事？

桑小军斜眼看着他说，你是吃什么长大的，这么阴阳怪气的？戴南行笑道，我们要谈的是诗歌，和吃联系到一起可就俗了。于是我们三人冲出重围，从学校后门出去，上了后山，爬了一段山路，走着走着，光秃秃的山路上忽然杀出了一树桃花，像一大团粉红色的火焰，燃烧得温柔热烈，树下已铺了一层厚厚的落花，深山空谷，花香侵人。桑小军站定，大喝一声，果然是好地方。戴南行得意地做了个邀请的姿势，似乎是到他家门口了，我们三人便盘腿坐在了桃树下。正好一阵山风经过，花瓣像雪一样纷纷扬扬落下来，几乎要把我们埋葬在这里。戴南行先发制人，开口便道，《文心雕龙》里有这样一段话：是以执术驭篇，似善弈之穷数；弃术任心，如博塞之邀遇。故博塞之文，借巧倪来，虽前驱有功，而后援难继。少既无以相接，多亦不知所删，乃多少之并惑，何妍蚩之能制乎。若夫善弈之文，则术有恒数，按部整伍，以待情会，因时顺机，动不失正。

桑小军抽着烟，简短地插了一句，你他妈能不能讲点人话。戴南行不为所动，继续往下说，古人论述文学时讲的道是天地之道，诗更接近于道。桑小军喷了串烟圈，一边欣赏着烟圈套着烟圈一边说，不管是天道人道，好的诗歌都应该是恢复人的尊严，如果连点尊严都没有，还写什么诗。

戴南行立刻打断了他，便滔滔不绝地说，想从人境里找尊严怕是难之又难，依我看，真正的道还是在天地之间，在破庙里，在月光下,在这棵桃树下。别看你今天发表了几首诗,就觉得自己是诗人了,真正的诗人可不是这样的,真正的诗人应该用一生去等待,去采集有光芒的诗句,也许最后能写出十行好诗,也许一辈子连十行都写不出来……

午后的阳光十分煦暖,发酵过的花香产生了一种类似于酒的效果,人闻多了便有了微醺的感觉。我不知不觉躺在桃树下睡着了,等一觉醒来,那两个人还像两个入定老僧在对弈,话题已经从诗歌说到小说了,他们正在讨论阿城的《棋王》、张承志的《北方的河》。显然戴南行是主讲,正说得唾沫飞溅,嘴角还挂着白色的唾沫星子,也顾不得擦,估计已经喷了桑小军一脸了,但桑小军显然并不介意,方形的脑袋微微前倾,貌似正听得津津有味。我便枕着胳膊又睡了过去,再醒来一看,那两个人的姿势动都没有动一下,已经从小说跳到美术了,他们正在说星星美展、罗中立的《父亲》、陈丹青的《西藏组画》,甚至还说到了超现实主义。我听了片刻,再次昏睡过去。

等到再次醒来的时候,是被戴南行叫醒的,他在我耳边大声吆喝着,老赵,快起来喝汾酒。听到"汾酒"二字,我猛地从地上跳起来,一看,可不,那俩人还是相对而坐,只是中间多了一瓶酒,正是那瓶珍贵的瓷瓶老白汾。我惊呼道,老戴,你怎么舍得把这瓶酒拿出来了!戴南行盘腿而坐,长发上落着一片花瓣,目光似古井,很深很静,他说,我早算好的,今天就是喝掉这瓶酒的好日子,没有下酒的,我们就用这桃花下酒吧,也体验一下《楚辞》中夕餐秋菊的洁净。我真是喜欢这棵桃树,看到桃花落下的时候,我能感觉到,这是植物对大地的一种祭礼,多么隆重优雅的仪式啊,我们有幸参与这样的仪式,应该先向桃树敬杯酒。

把珍贵的酒在桃树下洒了一点,然后我们开始喝酒。没有酒杯,于是我们三人在落花中相对而坐,轮流把一瓶酒传来传去,轮到谁了,便就着瓶口闷一口，用来下酒的，也只能是那些桃花了。直喝到月上中天，山谷积满清辉，遍地桃花似雪，我们三人才相互搀扶着，摇摇晃晃地下了山。

## 三

没想到的是，桑小军不光会写诗，还会打架。我们在桃树下喝完酒才没几天，桑小军就动手打人了。缘由是戴南行又在校园里与人辩论文学，越来越激烈，直至变成争吵，引来不少围观者。戴南行自己倒是拂袖而去了，反正他成天与人辩论，已经是一种享受，辩赢辩输他也不以为意，但桑小军不干了。他在宿舍楼下黑沉沉地蹲了几个钟头，抽了半包烟，等那个和戴南行争吵的学生终于露了头，他一声不吭地跳起来，把对方打了一顿。我们这才知道，桑小军在考上师专之前，在山阴一带的牧场上放了好几年的牛。那里已是亚高山草甸，属于苦寒之地，广袤荒凉，几个月都见不到一个人影。他与牛相依为命，经常骑在牛背上看书写诗，有的牛老了就被卖掉了，牛被人牵走的时候，他步行十几里，一路跟在后面为牛送行，手里握着一柄匕首，如果看到买牛的人在路上打牛，他手持匕首就冲过去护牛。我这才有些明白，他身上的悍气是从哪儿来的。但他的神奇之处在于，他身上的凶悍之气越重，你便越容易触摸到他裹在里面的那颗心脏，纯净，透明，有点像小孩的心脏。

又过了些时日，戴南行决定带头罢食堂，他认为食堂做的饭是用来喂猪的，简直就是把学生们当猪养。主意一定，他便扛着一条舌头开始四处游说，在校园里拉个人就不放过，直说得唾沫飞溅，鼓动学生们都不要去食堂打饭，饿上两顿又饿不死，况且饿死事小，失节事大，我们要的是食堂对学生的尊重，我们是大学生，又不是猪。在整个罢食堂的过程中,桑小军虽然一言不发,状如黑塔,却起了很关键的作用。每天中午放学的时候,桑小军早早就守在那条去食堂的必经之路上,他阴沉地横在路中间,嘴里叼着烟,一只手上戴着一只破旧的拳击手套,不知是从哪儿弄来的。学生们走到这里便不敢再往前走了,纷纷掉头而去,有不信邪地坚持要往过走,桑小军吐掉烟头,一拳就挥了过去。坚持了几日,罢食堂小有成果,伙食多少改善了一点。此后,戴南行和桑小军便越走越近,有一段时间二人简直能同穿一条裤子,成为校园里一道新晋的风景,前面走着长发飘飘高谈阔论的戴南行,后面跟着打手保镖一般沉默的桑小军。

周末的时候,我们三人就一起去黄土高原的褶皱里游荡,从一座塬走到另一座塬,从一道梁翻到另一道梁,或者,一直走到黄河边去看黄河。我们还商量着做一条小船,然后随着黄河顺流而下,过临汾、运城、三门峡、洛阳、开封、泰安、济南,最后从东营入海,我们就最终到达大海了。不过我们更好奇的是黄河的上游,仿佛上游才有黄河真正的身世之谜,那些雄壮神秘的雪山、峡谷、沙漠、草原都聚集在黄河的上游,又纷纷把影子投射在黄河当中,让黄河把它们带入大海。所以当我们在下游看到黄河的时候,不仅看到它变得衰老平静,还能从河水中看到它昔日的容颜,看到那些雪山、峡谷、沙漠、草原依稀模糊的影子。

在干旱荒凉的黄土高原上,黄河是唯一经过的大河,只有在河流经过的地方才可能孕育出村庄和城邦,所以黄土高原上的人们,无法不崇拜这条大河。有一次我们正坐在黄河边看着河水流过,戴南行忽然说,如果有一只大雕能把我带到半空中,我敢保证,我一定会看到一幅奇景,因为黄河上布满了各种神奇美丽的漩涡和花纹。你们看这河面,它其实并不是静止的,到处是涡流、回旋、鼓水、漩涡,那种大的漩涡像个黑洞,能把一切吸进去,这要从空中俯视,是何等壮观啊。怪不得那些出土的新石器时代的彩陶上画的都是旋转纹和漩涡纹，我们的祖先多聪明，他们其实是把黄河画到陶器上了，所以盯着那些彩陶上的花纹看久了，就会被吸进去，一直吸到远古时代去。

黄土高原上很少能看到高大的树，却能在沟壑的缝隙间看到一些零散的窑洞，有崖窑，有箍窑，在光滑的黄土峭壁上，会看到窑洞一层摞着一层，像九层宝塔一般。有时候在一块平整的塬上正走着，前面忽然就有一个大土坑从天而降，坑里竟有几孔窑，那是土坑窑。还时常会看到路边有一些很小的窑，那一般是羊窑和柴草窑。戴南行说，窑洞在《诗经》里有一个很优雅的名字，叫陶穴。确实，窑洞在气质上更接近于古典的陶穴，而不是房子，这让黄土高原有一种独立于时光之外的沧桑与神秘。

在行走中，满目都是无边无际的黄土，在吸饱阳光的时候会变成一种纯度极高的金色，近于炫目。我尤其喜欢日落时分，那个时候爬到最高的梁上一眼望去，广袤的黄土高原有一种宫殿式的恢宏壮丽。

我也喜欢文学，也写过不少诗，但性格温和软弱，随遇而安，并无太多野心，平素虽然常和他们俩一起玩，但自觉更像他们的陪衬。他们二人，一个浪漫，一个沉默，却都是自恃能在时代中有一番作为的人。他们二人的性情虽然迥异，却如榫卯结构，居然也能奇异地咬合在一处，而我和他们在一起的时候，觉得自己就像被塞进了两个大柜子里，经常处于隐身的状态，但我喜欢这种隐匿感，可以在幽僻处静静俯视着人间。

转眼就毕业了，我们三人都留了校，我留在中文系代课，他们两人则都被分配做了行政工作。戴南行的痛苦就是从那时候开始的。他很厌恶那些琐碎无聊的行政工作，他说他无法从中找到美感和愉悦。所以偶尔让他去讲一节课的时候，他总是分外珍惜，早早就候在教室里，讲课的时候从头到尾连口水都不喝，抓住每一分每一秒，直讲得口干舌燥唾沫四溅,下面哪怕只坐着一个学生,他也像正站在座无虚席的大剧场里,面对观众激情四射滔滔不绝。多年以后,我每次回想起他当时上课的样子,总觉得他并不是在讲课,包括他极喜欢和人辩论也是如此,他其实是在布道。他是一个有天生的使命感的人,接近于神父,急切地要把他发现的关于这个世界的秘密告诉别人,一来可能是因为孤独,二来则是因为他身上那种与生俱来的宗教气质,他迷恋一切形而上的、精神性的事物。这也是他后来沉迷于《易经》的原因,当他发现与人的对话终究无法解决孤独的问题,便转而开始与天地对话。

下了课他还要给学生布置作业,让学生们写诗,交上来之后他一首一首仔细批改,还把他认为写得好的几个学生叫出来,请他们在校门口的小饭店里吃饭,我们当年把这种奢侈的行为叫"下馆子"。他那点工资不是请学生吃饭就是买酒叫我们一起喝,几乎每个月都是分文不剩。喝酒的时候就在他的单身宿舍里,一张单人床、一张桌子,像个蜗牛壳,我们在蜗牛壳里或坐或卧或光着膀子,自在得很。戴南行极喜欢喝酒,而且几乎不需要下酒菜,可以干喝。事实上,他对吃的兴趣始终是淡漠的,即使是在那个食物并不丰盛的年代里,他对吃也保持着一种奇异的淡漠。我后来想,他之所以喜欢酒,是因为,酒是由粮食的精魂所化,虽貌似液体,但在本质上还是精神性的,也就是说,他喝的其实并不是酒,而是精神。不唯如此,酒精还能帮助唤醒潜藏在他身体里的更多冥想,他曾对我说过一句话:冥想就是对更高级食物的直接摄取。

确实,喝多酒的戴南行会呈现出一种轻盈的悬浮感,暂时离开了大地。他会在月光下给我们跳舞,光着脚,没有音乐,没有节拍,只是踩着月光很随性地跳,有时候会跳整整一个晚上,想怎么跳就怎么跳,就像一个古老的巫师。可能因为月光的磁场与酒精属于同一物种,都具有招魂的功能，都能唤醒住在人身体里的魂魄，而他比常人更容易被唤醒。再或者，喝多之后他就去漫游。

事实上，在后来，我认为他是可以被称为漫游家的。在这世界的角落里散布着一些独特而纯粹的族群，即使在无人的角落里，他们也会散发出灿烂而幽寂的光芒，比如孤独家、梦想家、炼字家、爱情家，还有像他这样的漫游家。他的漫游分两种，一种是纯精神性的漫游，在他的蜗牛壳里也可以神游八方，他会滔滔不绝地谈论文学和哲学，从柏拉图到贺拉斯到海德格尔到聂鲁达到尼采到黑格尔，他坐着谈，站着谈，躺在地上谈，不时往后甩着长发，两只手使劲比画着，唾沫四溅，可以不眠不休地谈论整整一宿。而我和桑小军睡了醒、醒了睡、睡了又醒，有时候轮流和他辩论，有时候两个人不小心都睡过去了，又被他叫醒，反反复复直至天亮。另一种漫游是大地式的漫游，他用他强大的精神携带着肉身，就像在身上绑了两只巨大的翅膀，又像坐在一只独木小舟里，可以在深夜里身轻如燕地游过山河。他喝多了会去往任何一个可能的地方漫游，校园的各个角落里，后山上的破庙里，坟地里，黄河边，或干脆跑到黄土高原的任意一道沟壑里，跑到荒原上灯光到达不了的地方。他说那种地方的月光最为盛大，不像人间，更像神的宴会。

因为夜晚耽溺于漫游和冥想，所以只能白天睡觉。上学的时候，人家去上课了，他一个人回宿舍去睡觉；工作以后，没那么自由了，再加上对琐碎行政工作的厌恶和对抗，他便抓住一切能睡觉的机会来睡觉。在办公室的椅子上睡，在开会的时候睡，在领导讲话的时候睡，只有这样，晚上他才能复活过来。我经常在学校的会议上看到他正以各种姿势在睡觉，趴着睡，歪着睡，仰着头睡，或者背挺得直直的，眼睛却闭着。最神奇的是，每次他被校长从睡梦中叫醒发言的时候，他居然还是能口若悬河滔滔不绝，若没有人打断他，他就能一直演讲下去，他一边演讲一边鄙夷地扫视着周围，好像他在睡梦中也能轻而易举地知道他们刚才都说了些什么。

在一起喝酒的时候，他不止一次对我说过同样的话，老赵，我想把这工作辞了，我真的不想干了，你说辞掉工作行不行？我慌忙阻止他，语重心长地说，你可千万别，你说你辞了工作还能干什么？吃什么喝什么？你爹妈都老了，都要靠你养，再说了，你若连个正经工作都没有了，和社会上的盲流有什么区别？

他不吭声了，继续喝酒，几杯酒下去便像换了个人，又开始眉飞色舞地谈论文学和哲学问题。

实在心情不好的时候，他会使用一种很奇特的办法来排解，他把自己反锁在办公室里，任是谁来敲门都不开，就是校长在他门口敲上两个小时的门，他都在里面一声不吭，也不开门。他的最高纪录是把自己关在办公室里三天三夜，那三天三夜里谁都找不到他，包括我和桑小军。我白天晚上地去敲他办公室的门，没人开门，甚至里面连一点动静都没有，后来我怀疑他其实根本不在办公室里，他白天晚上躲在办公室里，吃什么喝什么？但桑小军坚持认为他一定在办公室里，而且说得很笃定。其他老师也都找不到他，后来大家都有些慌了，觉得他是失踪了，商量着要不把门撬开，桑小军挡在门口，坚决不同意，他厉声说，你们是强盗吗？不是强盗凭什么撬人家的门？门都随便被撬，人还有什么尊严可言？其他人只好作罢，还有人去派出所报了案。

三天三夜之后，他办公室的门忽然从里面打开了，戴南行蓬头垢面地走了出来，昂首挺胸地从人们面前走了过去，连个招呼都懒得打。也不知道那三天三夜里他是靠吃什么活下来的，或是根本什么都没吃。我觉得他的真正神奇之处在于，他是确实可以脱离物质，而只靠着啃噬精神存活一段时间的。也是在这个事情之后，我开始意识到，桑小军对他的了解其实要比我更深，不仅是深，还到达了目光到达不了的某种幽微之处，这种幽微之处与月光的场域相似，只供魂魄和精神往返其中。

到了二十世纪九十年代初，我们仨先后都结婚了，但戴南行的婚姻只维系了两年就离婚了。他对于为什么离婚绝口不提，一时之间，众人纷纷揣测，有的说是因为两人性格合不来，有的说是因为戴南行不想要小孩。我们也不问，但我猜测，像戴南行这种依附于精神而存在的人，很容易被婚姻中的庸常琐碎伤害到，不得不早早退出来。与此同时，我们都感觉到了，时代变了，忽然变得和二十世纪八十年代不一样了。二十世纪八十年代那种逢人谈论诗歌和文学的酒神精神正从山城上空悄然消退，所有人忽然集体转向，抛弃了不久前的价值观，转向了一种新的价值观，这个过程发生得如此之快之迅速，简直让人措手不及。人们在一起谈论最多的话题是怎么当官和挣钱、怎么炒股和下海。连我们中文系当初留校的一撮老师也耻于再谈论文学，谈得最多的话题是工资太低了、物价又上涨了。一个说，一个大学老师一个月一百多块钱，还不如街上摆摊卖衣服的小贩。一个说，马上又要涨价了，你赶紧多囤点东西啊，可以半年不用进商店。另一个说，几年前我家光小米就囤了十口袋，现在小米都长虫了，爬得满屋子都是，过几天虫子都长出翅膀来到处飞，那就更好看了。明明是同一群人，却忽然之间就面目全非起来，一时竟难以辨认谁是谁了。

多年以后，我回首往事，想起我们在二十世纪八十年代对文学的热情与真诚才发现，其实那种热情误导了我们，让我们以为会写诗的自己很有用，甚至可以引领一个时代，到了二十世纪九十年代发现并不是那么回事的时候，又心生恐慌，唯恐跟不上时代，唯恐被时代抛弃。在这个过程中，我可以想象，戴南行和桑小军的痛苦要比我更甚，因为，他们比我自视更高，比我更有抱负，对诗人的荣誉更为看重。从某种程度上讲，我的平庸与随波逐流缓解了我的痛苦，其实也是一种自我保护。

　　作为反抗和自卫，桑小军不再写诗，也不愿再与任何人谈论诗歌。我想，还有一个原因，他是学数学的，这种并不浪漫的科学在师专时代就教给他一个道理，数学与人们的欲望、志向、痛苦，与人们是否善良是否高尚没有任何一点关系，它告诉人们的只是那些永恒的必然性，这些必然性与时代也没有任何关系，比如日出日落，比如生老病死，再比如，万物都要顺应于必然，顺应于时间。而诗歌却远没有这样的理性，所以当它无法给人慰藉的时候，就会给人带来痛苦。

　　戴南行也感觉到了时代之变，也开始自卫。他的方式是，坚决不和任何人谈钱，谁要是敢和他谈钱，他一定会指着对方的鼻子，唾沫四溅地迸出两个字——庸俗。如果对方还要不识趣地继续说下去，他一定会跳起来再补充一个字——滚。所以愿意和他一起吃饭一起聊天的人越来越少，他越来越孤独，有时候他买好酒叫几个朋友过来一起喝，最后来的只有我和桑小军。甚至有时连我和桑小军都来不了，因为我和桑小军先后有了小孩，每天忙上班忙家庭，可以自由支配的时间越来越少，有时候真是分身乏术。

　　随着与朋友的聚会越来越少，戴南行对说话的渴望也越来越强烈，只要逮到说话的机会就不肯放过。我们偶尔聚一次，他一定是从头说到尾，一分一秒都不肯浪费，说到激动处会站起来，一边来回踱步一边手舞足蹈地说话，根本不给我和桑小军任何插嘴的机会；也基本不吃东西，只是不停喝酒不停说话，话就是他下酒的东西。我和桑小军自知根本插不上话，也就默默放弃了，于是，从前的辩论彻底变成了他一个人的演讲。当一场演讲终于落幕的时候，我赶紧找个缝隙插进去一句，老戴，你还是少喝点酒吧。他把眼睛一瞪，对我说，你凭什么管我？刚才说到哪儿了？然后用手帕擦擦嘴角的唾沫，又开始下一场演讲。

半夜，等到我们再次提出该散场的时候，他的演讲终于缓缓刹住，眼神落寞，一只手捧着瓶子里剩下的一点酒，另一只手对我们挥了挥，表示要赶我们走。我们走后，他把剩下的酒喝完，然后便在校园里四处漫游，有时候还会漫游到后山上，在坟地边的破庙里躺半宿，数数星星，有时候还会写首诗出来。等天亮了，别人都开始上班了，他晃回宿舍睡觉去了。

当我后来回首往事的时候，我觉得，戴南行早期的那些漫游其实多少还是带一点表演性质的，一来是自视甚高，不屑与凡俗妥协，二来可能是出于对魏晋士族名士气的仰慕和效仿。但到了二十世纪九十年代，出于酒神精神的消亡，也出于孤独，于是他又独自向着真正的漫游靠近了一步，而他所有的诗歌皆来自漫游，漫游成为他诗歌的成长与栖息之地。我想，这与莱昂纳德·科恩把诗歌比作灰烬有异曲同工之处，漫游代表着精神的飘逸，代表着由精神反射成的诗歌最终会像灰烬或雪花一样消散。

大约是为了缓解孤独，但我认为更多的是为了抵抗孤独，戴南行开始研究象棋，并以棋士自居。他说，以棋师自居不敢当，若称棋人对自己也是一种辱没，下棋本是雅事，何须摆出一副卑微的姿态。他在象棋界以白丁出身，但对博取功名并无兴趣。开始的时候他只是热衷于观棋，为了多观棋路，他经常在上班时间大摇大摆地晃出校园，出没在山城的各种犄角旮旯里，只要看见有扎堆的人，他就往里凑，里三层外三层的人夯成人肉墙，墙里包着的，百分之九十是两个正在下棋的干瘪老头儿。他像蜜蜂采蜜一样，一个人堆一个人堆地凑进去，一局一局地观摩，吸收招数，有时候一天能把大半个山城踏遍。

晚上在宿舍摆开棋谱，在自己对面摆个啤酒瓶子，自己走一步，替啤酒瓶子走一步。好不容易躺在床上了，忽然发现天花板也变成了棋谱，于是躺在床上接着下棋，好不过瘾。如此一段时日后，自觉棋艺大长，便开始挑衅学校里几个善弈的老师。他经常打上门去，不管三七二十一，霸住人家的桌子，昏天黑地地厮杀几盘，最后被人家老婆轰了出去，两个人只好携带残局落荒而逃，复又在校园里的大柳树下厮杀起来。路过的老师学生纷纷驻足观望，一时里三层外三层，摇旗呐喊，地动山摇，好不壮观。我猜测，一定是孤独许久的戴南行忽然在棋局中又找到了当年做风流人物的感觉，又有了站在剧场中央为众人做演讲的尊严感。所以戴南行此后每日就在大柳树下摆擂台，称只与贤人雅士下棋，人品不入流者概不奉陪。

一日，学校里一名姓石的老教师上前叫阵。石老师下棋三十余载，棋风缜密沉稳，极善长考，据说他一长考就是两三个钟头，一个钟头更是家常便饭。开始的时候，石老师气势夺人，棋子拍得啪啪作响，戴南行身轻如燕，棋风细腻。半局之后石老师开始频做长考，果然一个长考就是一两个钟头。两人从上午开始，一直下到太阳落山，都是滴水未进，观众换了一拨又一拨，源源不绝。天黑下来之后，有好事者还在旁边为战事打起了手电筒。下班之后，我也跑过来观战，只见老石已汗流浃背气息奄奄，戴南行则悠然叼着一根烟，跷着二郎腿，一副行到水穷处坐看云起时的自在。我心想，敢和老戴比不吃饭，真正是不想活了，他是能三天三夜不吃一粒米的人，谁能和他比？我观战半日，看出些门道，又希望他们早些结束战事，便在戴南行耳边悄悄说，所谓长考其实就是磨时间，只要他不落子，从今晚磨到明早，你也赢不了！何必呢，快快结束了吃饭去吧。戴南行吐了个烟圈，笑眯眯地说，如果今天输给这等无赖棋术，那我戴某人还活着干什么？不如买块豆腐撞死算了。

一直下到后半夜，只有零星几个观众还在挑灯观战，其他人都回去睡觉了，我在旁边为他们擎着手电筒，几欲站着睡着。正在昏睡之际，忽听啪的一声，老石终于被自己三个小时的长考耗尽，甘愿败下阵来。戴南行跷着二郎腿，仍然笑眯眯地说，急什么，日本最长长考记录是十六个小时，你这才几个小时。老石跌跌撞撞地扶墙遁走。回宿舍的路上我埋怨道，下个棋而已，就是个娱乐，你何必这么较真呢？

在黑暗中我也能感觉到他正瞪着我，果然，只听他愤怒地说，对弈是小事？这等风雅的事是小事？投机耍赖可是小事？还要不要一点节操了？这时正好走到了宿舍楼下，我哈欠连天地说，耗了一天神，你赶紧回去睡一觉吧，我也回去睡了。他一把拉住我，不让我走，只见他双眼发亮，两根手指夹着半根烟，神采飞扬地对我说，老赵，我和你说几句话，我现在是越发悟到天人合一之道了。无论是下棋还是写诗，都是要合乎天道才好，真正的棋士当弃术任心，术有恒数，心则可遨游八方；写诗也是如此，弃术任心，不要被那些所谓的技巧拖累，才可能有几句好诗不远千里过来找你。

我困得眼睛都睁不开了，只好说，老戴，我们明天再聊吧，我站着都要睡着了。但戴南行还是不肯放我走，他牢牢抓住我的一条胳膊，怕我跑了，一边喋喋不休地说，老赵啊，下棋其实是伪装起来的数学和哲学，就像大地上的建筑物一样，都是伪装起来的音乐。把数学和哲学叠加起来的游戏，不仅显得高贵，其中还沉淀着一种很深很深的宁静。

说到这里，他又使劲摇晃我的胳膊，让我抬头看满天的星斗，他说，你看那些星辰，在我们头顶组成了一幅地图，在这幅星河地图里，同样有山川河流，有草原荒漠，可能也有你我这样的人生活在其中，和我们头对着头，如果我们做了什么可笑的事，他们都看得到，还会笑话我们。有时候我会听到那些星星在和我说话，它们用的是它们星球上的语言，但我居然也能听明白它们的意思，可见，宇宙之内皆为邻居。

他有时候像个神秘的术士，可以把万事万物轻易唤醒，每条河流、每块石头、每片树林，到了他这里通通都长出了灵魂。

对下棋上瘾之后，他会在开会中间借口去上厕所，然后便跑到大柳树下摆擂台；有时候为了不让领导看到，他办公室的门紧紧关着，人家都以为他在里面办公，他却早已跳窗逃走（他的办公室在一楼），撒开两条长腿跑到大柳树下摆棋摊。每日定要厮杀几盘，加上他对精神性事物的迷恋，棋艺日益精进，一时大柳树下血雨腥风白骨累累，再无人敢上前应战。在这种情形下，戴南行成功招安了桑小军，桑小军调到了财务科，更是琐事缠身，但每天晚上一下班他就跑到戴南行的宿舍里，两人一边吞云吐雾，一边挑灯夜战，我每次进去了都找不到人影，只在大雾中听到有棋子敲落的声音，好半天才看清，烟雾里还浮动着两个鬼魂一样的人影。我又是咳嗽又是开窗户，两个鬼根本不为所动，继续猫腰苦思鏖战，我旁观一会儿觉得无趣，给他们打两份炒面做夜宵，便回家睡觉去了。

不料那两个鬼却一直厮杀到东方既白。一夜战事自然辛苦，戴南行拉上窗帘开始睡觉，桑小军却还要按点去上班。三番五次之后，桑小军的老婆半夜打上门来，冲过去把棋盘打翻，把棋子从窗户掷出，然后揪着桑小军的耳朵把他给揪回去了。但过不了几日，桑小军又在晚上偷偷跑出来，为了迷惑敌人，戴南行让自己的宿舍彻夜亮着灯，伪装成现场，然后两人悄悄转移了阵地，跑到大街上，找了盏路灯继续下棋。路灯悲悯地俯视着他们，一束昏黄的灯光里扣着一高一矮两个人影。

其实作为一个旁观者，我认为桑小军并不是真的迷恋上下棋了，他的理性不允许他轻易迷恋上任何事物，包括诗歌，因为对他来说，那意味着一种软弱。他和戴南行下棋只是为了能陪着他，不至于让他觉得太孤单太落寞。事实上，自从桑小军弃绝写诗之后，他对戴南行更是添了一层爱护，有时候近于宠溺。我想，其中的原因应该是，他抽身退出后，就把对诗歌的感情转移到了戴南行身上，他认为戴南行不只是为自己，也在为他桑小军写诗，戴南行一个人身上其实背负着两个诗人。只要戴南行还在写诗，他桑小军就也还在写诗。

为了能与天下高手下棋，戴南行开始向学校频繁请假，时不时外出下棋，他坐着绿皮火车，漫游到内蒙古、河北、山东，到处找寻棋友。在一个地方厮杀上几天几夜，不吃饭，不睡觉，然后不管输赢，换个地方再战。就这样一路漫游一路下棋，最长的一次居然出去了两个月才回到学校，浑身晒得漆黑如炭，愈加枯瘦，只有眼白和牙齿更白了，在阳光下咧开嘴大笑的时候，那牙齿更是白得惊心动魄，倒像亮出了一种武器。

好在学校的领导在过去多是我们的老师，如今的同事又多是昔日同窗留校的，大家都知道他行为疏狂、桀骜不驯，对他多有担待，所以他一年倒有半年在外下棋，别人也只是睁一只眼闭一只眼，由着他去，只是像提拔啊涨工资啊这类事情压根儿与他无缘。我估计他刚开始的时候也在乎过，尽管他嘴上总说不在乎，但到了后来，我觉得他是真的不在乎了，我能感觉到他离世俗的一切正越来越远。

## 四

就这么东游西逛地下了几年棋，转眼就到了二〇〇〇年。过了二〇〇〇年的新年，人们发现昨天的太阳又升起来了，傍晚又从西边坠下去了，与往昔并没有任何差别，于是关于世纪末的恐慌很快烟消云散，照样日复一日地活着。但不久之后人们又发现，二〇〇〇年以后和二十世纪九十年代终究还是不同了。二十世纪八十年代的热情和真诚像一个饥渴太久的人忽然找到了泉水，于是轰的一把大火把自己烧了，二十世纪九十年代的商业大派对又像一个穷疯了的人忽然捡到了一沓钱，于是又一把大火把自己烧了。到了二〇〇〇年，二十世纪八十年代的那把大火和二十世纪九十年代的那把大火已经先后熄灭下去了，灰烬似记忆中的大雪覆盖一切，整个大地上忽然变得寂静而斑斓，虽然饭店和超市如雨后春笋般冒得遍地都是，整个社会却不复再有二十世纪八十年代的庄严，甚至也没有二十世纪九十年代的欲望，诗歌凋零，诸神撤退，个体重归于尘埃。与此同时，新的物种开始侵袭人类，电脑和网络如外星人降落山城，人和人对弈渐少，人和电脑下棋开始风行一时。

戴南行不愿和电脑下棋，他说电脑冰凉冰凉的，没有棋味，下棋就要有闲敲棋子落灯花的恬淡温裕，再不然，就是有老石那样的死皮白赖也是一种棋味，一个长考就是一夜，好歹也是有些趣味的。但和他下棋的人还是越来越少，棋人们都跟电脑下棋去了，后来他干脆在宿舍里摆起棋盘，自己和自己下棋，他时而坐在左边，时而又跑到右边，一晚上腾挪跌宕，把自己活活分裂成两个棋手，外加一群评头论足不时喝彩的观众。

这些年里，和戴南行一起留校的人都评了职称涨了工资，只有戴南行拒绝评职称，嫌这种烦琐之事浪费他的力气。没有职称，工资自然是最低的，他也无所谓。那种无所谓，刚开始的时候还有点遮遮掩掩，到了后来，却渐渐变成了他个人的独特标志，就像在身上佩戴了一枚亮闪闪的徽章。再到后来，不知是不是自己和自己下棋让他感觉到了某种精神分裂的恐惧，他对棋的痴迷渐渐收敛，转而开始迷恋《易经》了。

有一次，他把我拉到他宿舍里，神秘地给我看一本书，我一看，是《易经》，便说，你又转向了？他立刻正色道，你一定要看看，写得真是太好了。怎么说呢，这本书就像在写一种伟大的谜，天地间的谜，人世间所有的秘密都在其中了，读这本书的时候就好像真的触到了天地,你见过天地是什么样子的吗? 老赵,读这本书的时候,我真是太快乐了,一半是拼命在破解谜的快乐,一半是无法破解的快乐,而且这种着迷,你知道吗,是最纯粹最典雅的那种着迷,和那些低级信仰不同,人活一世要是没有点真正的痴迷……

我抢着替他把话说完了,那还不如买块豆腐撞死算了。

此后他便日夜研究《易经》,不仅研究,还给自己算卦,连出门吃饭前都要先算一卦,据说他有一次骑着自行车出门,在路上给自己算了一卦,结果是此行不利,他便立刻掉头又回去了,不一会儿工夫,天色骤变,忽然下起了暴雨。他很得意地把这件事告诉了别人,这么一来二去他渐渐开始名声大噪,陆陆续续有人上门请他算卦,还有生意人愿付重金来请一卦。来人若是还有几分风度,不算俗气,他便不推辞,欣然为对方算一卦。但对那些掏钱来算卦的他一律轰走,他鄙夷地对我说,还真当我戴某人是个算卦的? 居然还掏钱,笑话,简直是对我的侮辱。我开玩笑道,现在人家都在搞副业,你就那么一点死工资,快连活都活不了了,把算卦当个副业也不错嘛。他瞪起眼睛,愤怒地说,赵志平,我今天一定要和你绝交。

对他痴迷于《易经》,我倒不是很奇怪。只要细细一想就会发现,他早年在月光下星空下的漫游与他对诗歌的热爱,后来对下棋的着迷,再后来对《易经》的兴趣,其实都是一脉相承的,根本上是一回事,都是在试图追寻天人合一之道,只不过这种追寻越来越清晰罢了。当月光的磁场主宰人体的时候,其实是人类触摸宇宙的一种方式,而无论是写诗、对弈,还是研究《易经》,其实都是人类在窥视天地间的某种秘密,在汲取来自天地间的能量。在与天地交流的过程中,人难免会现出一些神性,这也是戴南行在某些瞬间里看上去不大像人类的原因。

因为没钱,他一年到头就那么几件衣服换来换去,领口磨得起了毛边儿。想起他当年穿破洞牛仔裤引领风尚,第一个在校园里穿西服打领带,忽然觉得恍如隔世,唏嘘不已。长发早已剪掉,一头短发因为洗得不及时,看上去总有些油腻。诗歌仍然在秘密地写,但写完只给我和桑小军看,并像个特务一样,嘱咐我们看完即焚。我明白他的意思,文字烧成骨灰,只留下一缕诗魂,才是真正的长存。

他彻夜研究《易经》、写诗、独自下棋,白天则在办公室里打瞌睡。学校的领导换了两茬,原来教过我们的老领导基本都退休了,新领导多是外来的,不了解也没心思多了解老师们的个性,见戴南行这般行为疏狂,便对他多有不满和排挤,于是他的岗位被调了又调,越来越边缘化,眼看就要被调进食堂做保管员了。我和桑小军劝他给领导送点东西,并打算去校长那里为他说情,结果被他指着鼻子痛骂了一番,我和桑小军只好作罢。

后来他真的被调到了食堂,但他看起来并不在乎,依然器宇轩昂地出入在校园里,开会的时候依然在领导眼皮子底下打瞌睡,叫他起来发言,发完言继续再睡。每个月的工资倒有一大半用于请朋友们喝酒,他点一桌菜,几乎一口不吃,别人吃菜他喝酒,一边喝酒一边唾沫飞溅地演讲。他无比珍惜这为数不多的演讲机会,别人知道他喜欢讲,便由着他唱独角戏。我坐在他旁边,一边吃菜一边镇定地掏出手帕擦脸上的唾沫星子。轮到我们叫他出来喝酒的时候,他总是以奇快的速度立马答应,连个考虑的缝隙都没有,好像生怕别人反悔了一样。挂了电话我一阵心酸,几乎落下泪来。

学校分了一次房,自然是没他的份,他不奇怪,别人也不奇怪,有他倒不正常了。过了几年又分了一次房,这次戴南行居然分到了顶层的一套小房子,六十多平方米,小虽小了点,但那毕竟是自己的房子。再和刚毕业的年轻教师们挤在单身宿舍里,多少都有点像远古文物了。

后来我才知道,戴南行这次之所以能分到房子,是因为桑小军揣着菜刀在校长办公室门口守了一天一夜。

这些年里桑小军再没写过一首诗,他说话倒还是那样,极尽节俭,能用一个字说完,就绝不用两个字。和戴南行在一起的时候,经常是戴南行唾沫飞溅地说九十九句,他简短地补充一句,好像就为了凑个整数。他被提拔之后工作越发忙碌,但有时候还是三更半夜地跑到戴南行的宿舍里下棋,两个人挑灯夜战直至天亮。戴南行开始研究《易经》之后,他便时不时找戴南行给他算一卦,至于他到底信不信,那就只有他自己知道了。除此之外,平时他基本都是隐身的,呈一种藏匿的状态,像条巨鲸一样静静地蛰伏在戴南行身边的水域里。但一旦嗅到危险,他会忽然跃出水面,手持利刃,像侠客一般,吐出封存在他身体里的刀气。

我不知道戴南行是否知道分房的真相,我假装什么都不知道,桑小军则再次沉潜下去,又恢复到木讷寡言的常态。他搬家那天,我和桑小军过去帮忙,发现他的东西少得可怜,除了被褥和几件衣服之外就是书,堆得像小山一样的书。书背在身上很沉很硬,有一种背着骨骼的感觉。他所有的用品都追随着他的性情,肉身陨落,精神畸形的庞大,神秘地参与着天地人之间的能量转换。

搬完家的那天晚上,我们仨在他新家里喝酒一直喝到半夜。都喝得有些醉了,我们便下了楼,踏着月光,脚步踉跄地在校园里漫游,戴南行在月光下作诗一首,并为我们大声吟诵:

> 天之不公,兄弟你何以理解?
> 箫声咽咽。一列火车呼啸着穿过村庄。
> 凡你我生命中最尊敬的人,比如你我的父亲
> 都在这人间遭遇了苦难。
> 兄弟啊,你们还年轻,我们老了,无所谓了。

伞下的老人悲伤而平静，目光炯炯
雨水打在他身边无数青年的脸上。
遥远的地方另一个老人执笔成诗
一滴热泪无声落入一杯凉茶。

不觉就又是大半年过去了。这天黄昏，我正在阳台上看书（好不容易有了个阳台，恨不得吃饭睡觉全在这里），忽听有人敲门，开门一看，是桑小军。只见他脸色异样，进了门连拖鞋都不换就一屁股坐在了沙发上。他就那么呆呆地在沙发里足足陷了有五分钟，目光呆滞地盯着茶几上的一个杯子，但显然他根本就没看到这个杯子，因为他的目光是空的。我连忙给他泡茶，小心翼翼地把茶杯摆在他面前，他好像忽然被惊醒了，猛地抬起眼睛看着我，目光似刀，锋利异常，吓得我倒退了两步。他舔了舔嘴唇，忽然开口说话了，声音里有一种奇异的沙哑，好像很久很久没喝过水了。他说，老赵，我来问你借点钱，顺便和你道个别。我大惊，问，你要去哪里？他这才把原委粗略地讲了一下，原来他所在的财务科最近在一笔账上出了问题，学校认为是他的问题，怀疑他私下里动了那笔钱。

他又舔了舔并不干枯的嘴唇，阴沉沉地盯着茶杯说，我是有口难辩，这种钱上的事情，怕是跳进黄河也洗不清，我的嫌疑怕是摆脱不了了，所以我准备逃走，去天涯海角躲起来，让他们都找不到我。这下连工作都没了，前路未卜，所以走之前得问你和老戴借点钱，不过我有言在先，如果我日后还能混出个样子来，就把钱还你，如果后半生落魄潦倒了，这借的钱我就不还了。

一听这话，我连忙把家里仅有的一张存折翻出来，只觉得脑子里乱糟糟的，便在屋里来回踱了几圈，方对他说，走，找老戴去。我们二人又去敲老戴的门，老戴正好也在家，憋了满屋子的烟，桌子上摆着棋盘，他在对面摆了个酒瓶，正吞云吐雾地和酒瓶下棋呢。桑小军塌陷在简陋的沙发里，把刚才对我说过的话又对戴南行说了一遍。戴南行听罢，点了一根烟，并给我和桑小军各递了一根，我们三人相对无言，像三根烟囱一样，默默地抽了会儿烟。半晌，戴南行终于问了一句，小军，你给我说实话，你到底动过这钱没有？桑小军冷着脸答了一句，不是人的才动过这钱。戴南行一拍桌子，大声说，好，我信。桑小军深吸一口烟，用烟圈裹着头脸，冷笑着说，你信管屁用，我现在就算浑身是嘴都说不清了，我还是赶紧找个地方躲起来吧。不行的话，我今晚就走，你借我的钱我日后要是能还，一定会还，万一要是落魄了，你也不要怪我。

戴南行摁灭烟头，伸手就去拉桑小军，桑小军慌忙往后躲。戴南行使劲把他拽起来，说，就这屋里的东西，你想拿什么拿什么，包括这房子，随便拿，不过你得先和我去公安局自首去。桑小军使劲挣脱出胳膊，冲戴南行喊道，我又没做犯法的事，凭什么要去自首？戴南行又一把抓住他的胳膊，唾沫飞溅地说，就因为你没犯法才要去自首，我陪你去，清者自清浊者自浊，还自己一个清白日后才能正大光明地做人。你要是找个地方躲起来，一来坐实了你做过不光明的事，二来一辈子躲在暗处和鼠类有什么区别？你觉得这种痛苦就比坐牢好？

经过戴南行一番劝说，最后桑小军同意去公安局自首，我和戴南行一起把他送到了公安局。没想到的是，桑小军居然被判了两年半有期徒刑，并被开除了公职，就在山城边上的第二监狱里服刑。

桑小军进去大概三个月的时候，戴南行去家里找我了，当时我正在备课。这三个月里我俩谁都没有提过桑小军一个字，每次快碰到"桑小军"三个字的时候，我们就赶紧小心翼翼地绕开。没想到，戴南行开门见山地对我说，老赵，我们俩去监狱里看看小军吧。我想到当初正是我俩把桑小军送到公安局自首的，情何以堪，便摇了摇头，说，我不去。戴南行听罢，把手里的半根烟一甩，疾步走到窗前，用力把窗户打开，然后指着窗户外面，高声对我说，你快从这里跳下去吧，快跳啊。我哭丧着脸说，别人得意的时候我不想凑过去巴结，别人落难的时候我也不想凑过去，免得让人觉得我是在怜悯他，伤人的自尊。戴南行厉声打断我，放屁，无情无义，你就是在给自己找借口。

最终，我和戴南行一起去监狱探视了桑小军。一见桑小军，我吓一跳，他瘦了一圈不说，脸上左一道右一道的伤口，胳膊上还有个很深的牙印，已经发炎了。原来桑小军一进去就受到了里面几个老犯人的欺负，以桑小军的性格哪受得了这个，于是他三番五次和那些老犯人厮打起来。更没想到的是，桑小军见了戴南行，第一句话就是，等我出去了，第一件事就是先杀了你。

我也是后来等桑小军出来才知道的，他进去以后因为不甘被欺侮，几次和一个老犯人打架，把对方打得还不轻，因此受到了惩罚，至于到底是怎么被惩罚的，他只字不提，我当然也不敢多问。

那次我和戴南行回去之后，又是几个月都不敢提桑小军一个字，"桑小军"三个字成了横亘在我俩中间的一口深井。事实上，那几个月的时间里，我俩连见面都很少了，因为熟知戴南行的作息时间，我便有意把时间错开，就是为了能躲着他。从桑小军进去的那天起，我们这个三人团体便残废了。我很久不写诗，也不愿读诗，只日复一日地把自己埋在论文里、琐事里，偶尔拉开存放诗稿的那只抽屉，也只是看一眼就赶紧关上了，心里疼得慌，后来我干脆给这只抽屉上了把锁，因为觉得这抽屉就像一座收留我们三个人的坟墓。在一个空间里，起初只关着物体，慢慢地，物体变成了凝固的时间；再慢慢地，那些凝固的时间会完成向幽灵的转化。也许我哪天再拉开这抽屉的时候，发现里面竟然已经空了。我、戴南行还有桑小军早已遁形而去。

这天晚上，戴南行忽然给我打来电话，叫我去他家里喝酒，说还准备了下酒菜。我犹豫了片刻，还是答应了。然后我起身到校门口的卤肉店里切了两只猪耳朵，又买了一包五香花生米，我对他说的下酒菜不敢轻信，因为他所谓的下酒菜不是两首诗就是一番清谈，最多加一盒香烟，都是形而上的。就着诗歌喝酒，迟早要胃穿孔的。没想到，他居然真的准备了具备肉身的下酒菜，一碟卤牛肉，一碟拍黄瓜，旁边是一瓶三十年的青花瓷。见他如此大宴宾客，我心里暗叫一声不好，估计他这是又要出什么大招了。

果然，两杯酒下去之后，他一边抽烟一边笑眯眯地对我说，老赵啊，今天我也和你道个别，我打算进去陪小军去，免得他在里面太孤独，毕竟是个诗人，只怕在里面连个说话谈诗的人都找不到。我大惊，手里的酒杯差点摔到地上，我连忙说，老戴你，你要干什么？戴南行用两根细长的手指夹着香烟，高高端在嘴边，继续笑眯眯地对我说，我想好了，想进去还不容易，杀人放火的事就算了，强奸太猥琐，抢劫太暴力，偷窃个东西当回贼总可以吧。说是偷其实就是借来一用，反正还要物归原主的。我这辈子虽然没偷过，但可以现学啊，反正横竖就这一次嘛，技艺差点也不至于被人耻笑了。只是，偷什么倒是个问题，做贼也要做个雅贼，有点风骨才好，你觉得偷什么最合适？我思来想去，窃古籍最为合适，不仅风雅，还显得我品位不俗。

我从椅子上跳了起来，倒退几步，指着他大喝道，老戴，你是不是喝多了？胡说些什么呢？戴南行悠然往嘴里倒了一杯酒，然后抹抹嘴，又理理头发，庄重地说，我昨日夜里刚作了一首诗，读给你听吧：

    如《易经》中的坤卦
    凝神倾听乾卦的召唤
    如身体里的血液
    倾听心脏的搏动

浸入晨光的温泉
融入无限的循环
肉体化为乌有
意念归于自然
与山间小道边的野草
与河流上翻飞的鸟群
与林中小亭、亭中远眺的人
一起，跃入真相涌动的深渊

## 五

　　我以为他不过是酒后胡言乱语，并没有放在心上，没想到几日以后，这厮真的从学校图书馆窃了一本古籍出来，是光绪年间的桐城吴先生全书《尺牍补遗》。他还抱着古籍，兴冲冲地跑到我家中向我展示他不俗的品位。他小心翼翼地在我面前翻了两页，咂嘴道，老赵你看看，精写刻字体，字体奇特，有北朝隶楷古韵，开本宏阔，镌刻古拙，有金石味；且吴汝纶的文章既得桐城整饬雅洁之长，又矜炼典雅，意厚气雄，我这段时日里先后对比了《昌黎先生集》《红雪楼九种曲》《顺天府志》，还是最喜欢这本。末了，他又得意地问我，怎么样，我戴某人的品位还是可以的吧？

　　见他真的偷出了古籍，我急得脸色都变了，催促他赶紧还回图书馆去，现在去还也许还来得及，等到图书馆发现去报了案就麻烦了。他不再多说什么，收起古籍，仰天大笑着出了门。我没想到的是，他并没有去图书馆还书，而是直奔公安局自首去了。因为盗窃的是珍贵古籍，他被判了两年有期徒刑，如愿以偿地进了监狱。

　　我第一次去监狱探视他的时候，给他带了一条烟、一盒巧克力，我们很简短地说了几句话，他不说他在里面过得怎样，也不提有没有见到桑小军，只说他在这里已经写了好几首诗了，都写在烟盒上。我也不知道该说点什么，沉默片刻才安慰他道，那你多写点，等以后出去了就可以出本诗集了。他倨傲地说，你让我自费出本诗集？简直是羞辱我。我想说，你不是一直想有一本自己的诗集吗？但最后只是对他笑了笑。

直到后来桑小军出来后给我讲了个里面的故事，我才知道了我那盒巧克力最后派上了什么用场。桑小军生日那天，在监狱里忽然收到了一份生日礼物，摆在他床铺上，也不知是里面的犯人送的还是管教送的，是一个用报纸叠起来的纸盒子，里面放着十几个洁白精致的饺子，饺子皮是用大米饭做成的，里面包的馅儿竟然是巧克力。听桑小军讲这个故事的时候，我立刻就明白了，这是戴南行的手笔，当年我们读师专的时候，也吃到过一次巧克力饺子，就是出自戴南行之手，当时他想把那盒巧克力分给我们吃，又怕我们自尊心受伤，就想出了那么一个办法，瓜分了那盒珍贵的巧克力。

我猜测，戴南行在里面一定是绞尽了脑汁，最后才想出了这份生日礼物。而且，人难免会模仿自己当年最为得意的手笔。他从自己的伙食里偷偷扣下了大米饭，用这些米饭捏成饺子皮；至于我送给他的那盒巧克力，他没舍得吃，一直留着，留到了桑小军生日那天，做馅儿包进了饺子里。

桑小军出来没几天，学校就给他平反了，说上次财务上的事情已经搞清楚了，不是他的责任，同时把他的工作也恢复了，通知他可以去上班了。我得知这个消息的第一时间就跑去找他，我说，我们得祝贺一下，我请你喝酒吧。他同意了。黄昏的时候，我俩走出学校，找了个僻静的小饭店，在一条巷子里。我点了一大桌菜，点完又有些后悔，这样的补偿方式着实有些拙劣，与他那两年多受的苦相比，更是不值一提。

　　果然，他对那些菜看都不看一眼，只是大口喝酒，简直像戴南行附体，只差没有唾沫飞溅地演讲了。我便也只是默默陪着他喝，我俩很长时间说不出一句话来，都有相对如梦寐之感。那两年半的时间好像并没有真实地存在过，只是一个梦境或者是比梦境更稀薄的东西，我和他一起喝酒仿佛就是昨天的事情，但我又多少感觉到，他到底还是和从前不同了。倒不是因为他脸上添了两道伤疤的原因，而是，他身上原来封存着的那点刀气忽然被放出来了，这使他整个人身上散发着一种森冷的气息，在那么一两个瞬间里，就着灯光的反射，我甚至能看到他眼睛里闪过的寒气。

　　后来，我还是小心翼翼地把话题绕到了戴南行身上，我试探着说，再过半年，老戴就也该出来了吧。他不吭声，独自喝了两杯酒，又往嘴里塞了一根烟，一根烟几口就吞下去了，最后他用手指摁灭烟头，终于说了一句，那个二货，谁让他进去的？！我小声说，他进去是为了陪你。他忽然猛地一拍桌子，对我喊道，我说过我需要别人进去陪我了？

　　我们走出小饭店的时候，夜已深了，居然是满月，银白的月光流了满满一巷子，像一条发光的河流，我俩慢慢蹚着月光往前走，不知是谁家门口，几枝夹竹桃从墙里探出头来，一身妖气地朝着我们张望，粉色的花瓣飘落到我们身上，我们像鱼儿一样在水面上啜食着花瓣，连门口的石礅都在月光下闪闪发光，如水底的贝壳。我忽然觉得，二十世纪八十年代的漫游之夜在这月光下又复活过来了，那些夜晚，我们在月光下星空下在雪地里漫游、吟诗、冥想。用戴南行的话说，冥想和漫游就是人在不断向神靠近的过程，这个神格化的过程多少可以减轻人的痛苦。

　　我向桑小军提议道，月光这么好，不能浪费了，我也好久没上后山了，咱们去山上看看吧。他欣然同意，于是，我们俩披挂着一身银霜，抄了一条歪歪斜斜的小径上了山。山上没有一点灯光，月光亮得有些惊心动魄，所到之处，万物度化为安详的银色，如涅槃之境，而在照不到月光的地方，万物又退向了幽暗的深渊。仿佛整个世界只剩下了明暗两种色调，如一只巨大的钢琴，黑白的琴键上甚至能听到天体的音乐。戴南行曾和我说过，我们平时听不到天体的音乐，是因为杂音太多了，但在绝对的寂静中是可以听到的。他就听到过月相盈亏变化时发出的竖琴般的音乐，流星划过夜空时发出沙锤般的音乐，他甚至听到过地球转动的音乐，他说，地球就像一只巨型的木质音乐盒，会发出嘎吱嘎吱的音乐声。

　　桑小军走在我前面，他时而消融于黑暗，时而又在月光中浮了出来，像个魂魄，又像是他留在梦中的倒影，不真实中带着一点诡异之气，如果他此时回头看我，大约也会有这种不真实感。我们沿着山路一直爬到了山顶，明月高悬于群山之上，离我们如此之近，似乎一步就可以跨进月亮里去。我和桑小军屏息站在山顶上望着月亮，月光净化着一切，万物归于慈悲寂静。我们像是真的又回到了二十世纪八十年代的月光下，但我和桑小军一句话都没有说，就那么静静地站着。月光从我身体里流过时，我能感觉到体内的血液正像潮汐一样涌动，我忽然明白戴南行为什么喜欢在月光下漫游了，因为，这来自宇宙的光亮本身就是人类肉身的一部分，人与月光其实从不曾真正分离，所以人才会在月光下得到治愈，或发疯、痛哭、或变成狼人。而戴南行只不过先我们一步窥视到了这种宇宙的秘密。

　　戴南行出狱的时候，是我一个人去接的，我没让桑小军去，他被平反，又恢复了工作，而戴南行出来了连工作都没了，他又是极讲尊严的人，如果这时候见了桑小军，怕他心里多少还是会有些不舒服吧。去监狱的路上，我一路都在盘算，没了工作，像他那种手不能提、肩不能挑的文弱书生还能做什么,一分钱难倒英雄汉,总不能到大街上给人算命去。

我把戴南行接回他家里,又帮他收拾了一下屋子,犹豫一番才对他说,老戴,我晚上叫上几个熟人,一起给你接风吧。他正坐在椅子上抽烟,看上去很是枯瘦,坐在椅子上就像一堆干柴架在那里,跷着二郎腿,但裤管里空荡荡的,好像里面什么都没有。他一听我这话,慌忙摆手,别别,千万别,我很久没有一个人待着了,晚上睡觉都是多少个人挤在一起,我就想一个人清静几天,你们谁也别烦我。我也点了一根烟,抽了两口,小声说,那个,小军比你早出来几天,也就早几天,要不就咱们仨一起喝点酒?我刻意不提桑小军平反和恢复工作的事,我现在要是提这些,简直像在向他炫耀了。他两只手指捏着一根烟屁股,马上就烧到指头了还舍不得扔,他吸着烟屁股,咧嘴笑道,你忘了?他当年说,出来第一件事就是先杀了我,我哪敢见他。我夺过他手里的烟屁股扔了,他嘴里哎呀一声,连忙起身又把烟头捡了起来。我的眼泪差点下来了,我又蛮横地抢过烟头,扔到地上,用脚使劲踩灭了。他静静站在我身后,忽然不再说话了。

过了几日,我想他应该也适应得差不多了,便上门去找他。却见门上贴着一张纸条,上面写着"本人去天地间漫游去了,勿来寻我"。我敲门,不开,又使劲敲了半天,里面无声无息的,不像有人在的样子,只得走了。第二天第三天我又来敲门,一连敲了七八天的门,里面都是静悄悄的一片,我心想,莫非这厮真的又去漫游了,他现在连工资都没有,从前也没多少积蓄,能去哪里漫游?

我把这事和桑小军一说,他皱着眉头说,身无分文地去漫游,那和讨饭的叫花子有什么区别?说罢找了一张纸,用毛笔在上面写了几个斗大的字,隔着几里地就能看到:"戴南行你给我出来,老子还没和你算旧账呢。"他一定想着,以老戴的性情,哪见得了这样的挑衅,即使正藏在火星上也会嗖的一下蹦到他面前,唾沫横飞地对他说,我戴某人进去陪你两年,虽说时间不长,但图的就是"情义"二字,你当戴某是进去逛公园呢?

我们去了戴南行家门口,又敲了半天门,里面依然毫无声息,桑小军刷上糨糊,啪的一声把白纸黑字贴在了门上,然后信心满满地对我说,放你的心,不出两天他肯定去学校里找我决斗。

一下又过去十来天,戴南行不但没去学校找桑小军,连他门上贴的那张纸都完好无损。我心想,看来他还真的出去漫游了。又考虑到一个身上没有钱的人不可能走多远,我一有空便在山城的大街小巷里寻找他,看见街上有讨饭的叫花子或摆摊打卦的算命先生,就一定要凑过去看个仔细,唯恐是由戴南行变化而成的。我又把后山上那些他爱去的地方,破庙、坟地、桃树下挨个儿寻了一遍,也不见他的任何踪迹。后来我又去了黄河边,把碛口渡、乾坤湾都找了一遍,也没有他的影子。

这天晚上,我坐在台灯下整理他那些写在烟盒上的诗,这些诗都是他在里面时写的,他一出来就都送给我了。其中一首这样写道:

> 大雪之中的木槿花树在寒风中战栗
> 冻僵的月光如冰块般砸到它的身上
> 父亲暗夜出去,为木槿花树祈福
> 我在暗夜起来,默默为父亲祈福
> 夏天,木槿花盛开。父亲告诉我
> 一朵木槿花,晨起盛开黄昏颓败
> 这是最高意志给出的象征
> 它的时间自成轮回,它对此安之若素

我久久看着最后一句"它的时间自成轮回，它对此安之若素"，忽然有种奇异的感觉，感觉他在里面的时候，心灵并不痛苦，起码不像我想象的那样痛苦。我甚至觉得，在里面那两年时光也许也是他的漫游之一种，与他在雪地里、破庙里、桃树下、黄河边的漫游，本质上并没有多少区别。因为他所有的漫游都是精神性的，空间对他来说并不是真正存在之物，它们只是一种不停幻化的背景。而且，在越是逼仄的空间里，精神越容易被唤醒，甚至，所有精神性的同类也会被一起唤醒，神灵、鬼、巫、魂魄、幻想、诗歌，逼仄的空间变成了歌剧院，变成了神话世界，斑斓、奇幻、辉煌、庄严。我想起他曾在办公室里待了三天三夜，任是谁来敲门都不开，那何曾不是他的一种漫游方式。

想到这里，我脑子里忽然闪过一个念头，会不会是他又故技重施，而事实上他根本就没有离开他的房子。他喜欢把自己的一些经典桥段第二次、第三次拿出来使用，就像巧克力饺子一样，再次拿出来使用的时候，他会像个导演一样偷偷坐在观众席上，饶有滋味地看戏。看看表，已经半夜一点多了，妻儿早已睡下，我披了件衣服，轻手轻脚地推门出去了。我走到戴南行住的那栋楼下，仰脸一看，果然，他的窗户正孤独地亮着灯光，而其他窗户都黑黢黢的，猛一看，好像他住的那间房子正像鸟窝一样悬浮在半空中。我爬上六楼，桑小军贴上去的那张纸居然还在，只是旧了一点。我横下心来开始敲门，敲了足足半个小时，快把整栋楼里的人都敲醒了，他屋里还是一点动静都没有。我便对着门骂道，姓戴的，你就在里面装死吧，有本事，你就一辈子像蝙蝠一样躲着，算什么英雄好汉。

我骂完片刻，门嘎吱一声开了，一缕灯光泻了出来，灯光里立着一个面目不清的瘦长人影，是戴南行。我进去一看，戴南行顶着一头乱蓬蓬的长发，倒像是回到了他读师专时候的发型，只是白了不少。地上摆着一箱方便面，估计他这段时间就是靠吃这个为生的。桌子上摇摇欲坠地摞着一摞书，几乎顶到了天花板上，简直像在玩杂技，地上、桌子上、椅子上到处是横七竖八的稿纸，我捡起一张看了看，上面龙飞凤舞地写着一首诗。茶几上摊着的棋刚走到一半，好像有两个隐形人正在对弈。

戴南行并不招呼我坐下，自己先坐在了椅子上，背挺得笔直，跷着二郎腿，像从前那样把长发一甩，露出两只眼睛，倨傲地看着我说，老赵，你凭什么说话那么难听？我在自个儿家里漫游，碍着别人什么事了？吃你的还是喝你的了？

我上下打量着他，只见他虽然枯瘦，但是穿戴还算整齐，起码没有在身上胡乱披个麻袋。我走过去，冲着他说，你老这么关着自己，也不怕发霉了？你每天在屋里干吗呢？他往后仰了仰，好像要躲开我的声音，他敲着桌面说，我要做的事实在太多了，漫游、看书、思考、参卦、下棋，有时候一盘棋就能下两天两夜。我说，这屋里除了你连个鬼都没有，谁和你下棋？他用手理了理头发，傲然说，我的影子和我下棋，不可以吗？我愤怒地说，下棋能当饭吃？他把背挺得更直了，昂首挺胸地说，何须吃那么多，吃，本就是个存活的手段，多了就是累赘。

忽然他像想起了什么，眼睛在枯瘦的脸上燃烧起来，倒吓了我一跳，只见他跳起来，从一堆稿纸里刨出一张皱巴巴的纸递给我，说，老赵，忘了给你看这个了，知道这是什么？河图，这可是远古星空啊，你想想，地球上连只猴子还都没有的时候，这远古的星空就已经挂在那里不知道多少年了，你不觉得这才叫伟大吗？我第一眼看到这河图的时候，就觉得这图里有一种奇特的力量，会让人沉下去，沉到很深很远的地方去，是不是很奇妙？你来看，这河图的黑白点必是由昼夜演化而来，就是阴阳二爻，中间的这个点就是太极，两仪居中，动而辐射四方，故三八居东为少阳，二七居南为老阳，四九居西为少阴，一六居北为老阴。观河图之形，四象既生，两仪乃立，则知两仪之生气未尽，必继续生化出八卦，八卦既生，天地定位，山泽通气，雷风相搏，水火不相射。先天之理，五行万物相生相制，以生发为主，后天之理，五行万物相克相制，以灭亡为主，这就是一生一死。老赵你看明白了吗？我们所有的文明其实都是由远古星象繁衍出来的，我们其实不是大地的子孙，而是星空的子孙，古人祭极星，因为极星代表永恒，现在呢，还有人祭祀明亮与永恒吗？有，热爱文学其实就是一种祭祀，而祭品就是那个作家或那个诗人。

我也被震撼到了，把那张河图铺到桌上，久久地看着。看久了果然会产生一种错觉，这远古的星空从天上掉到了地上，离我咫尺之遥，我可以真实地触摸到它的光芒，可以触摸到宇宙间最古老的秘密。然而，我很快就清醒了，我把目光从河图上移开，走到窗前打开窗户，看着窗外黑黢黢的夜晚说，老戴，你不能一直这样逃避下去，再这样下去，恐怕你连买袋方便面的钱都没了。人在这世上活着，有些事是躲不过的，你还是得找个谋生的事情做，你自己得好好想想了，我也帮你想着这事，现在不是清高的时候了，现在没人稀罕清高。明晚一起去喝酒吧，我叫上小军，就咱们仨。戴南行仰头大笑起来，说，我可不敢，桑小军不是说出来第一件事就是先杀了我吗，哈哈哈……我打断他，瞪着他说，他要是想杀你不是早就杀了吗，你要是怕被他杀了还会在这里干等着？

说完我走过去，不等他开口就把口袋里的几百块钱加零头全掏了出来，放到桌子上，然后迅速朝门口走去，唯恐被他抓住。我正在下楼梯，忽然见一架纸飞机从上面飞了下来，一头撞在了地上，纸飞机是用百元大钞折成的。随后就是第二架、第三架、第四架，几架纸飞机在我头顶乱飞乱撞，像一场混乱的战争。最后飞过来的是戴南行傲慢的声音，请你们不要随便可怜我，我过得很好，不，是非常好。

## 六

我把见到戴南行的经过和桑小军说了一下，他大惊，说，那货居然一直就躲在屋里？他要实在不开门，不行就把他的门撬开吧。我听了这话不禁大吃一惊，想起当年戴南行躲在办公室里不出来，我们要撬门，桑小军坚决不同意，他说，你们是强盗吗？不是强盗凭什么撬人家的门？门都随便被撬，人还有什么尊严可言？

真有恍如隔世的感觉。我只好说，快别，我现在觉得老戴其实也不是完全脱俗的，他现在不愿见人，可能因为多少还是有点自卑吧。别人都有正经工作，就他没有，还平白无故地戴了顶刑满释放的帽子，你想如今这社会这么势利，没钱没势的本来就被人小看，再加上刑满释放，人们会怎么看他？他当年进去的时候就是出于哥们儿义气，想着进去陪你两年，大不了到此一游，如今他心里有没有后悔还真不好说，只有他自己知道了。下棋、参卦、写诗、漫游都不是问题，关键是，他一直这样下去，那还不就是等着饿死了？

桑小军咧嘴笑了笑，说，你太小看老戴了。

我忽然像想到了什么，犹豫一番，还是盯着桑小军问了一句，小军，你呢？你为什么也不愿意去看老戴？莫非你心里真的对他有了怨恨？

桑小军冷笑一声，你也太小看我了。

过了几日，我下课后正骑着自行车往回走，忽然看见桑小军远远朝我跑过来，在阳光下面孔放光，好像有什么喜事急着要告诉我。他跑到我面前，一把抓住自行车的龙头，像是怕我跑了，然后兴冲冲地对我说，老赵，今晚请你喝酒。我说，有喜事？他一笑，说，我从学校辞职了，目前正在办离职手续。我差点从自行车上摔下去，明白他这是为了陪老戴，心里不免一阵感慨。还不等我开口他又抢着说，你可别以为我是为了老戴啊，是我自己早想辞职了，就那么点工资，还得一天到晚看人眼色，他妈的像施舍叫花子一样，说赶你走就赶你走，说收留你就收留你。他们主动给我恢复工作的时候，你猜我为什么要答应呢？就等这一天了，老子主动辞了工作还多少显得有点风度，以为老子就那么稀罕这破工作？

我叹道，像我们这样的穷书生，又没有谋生的一技之长，离开学校还真的不知道能干什么，老戴还能给人算命打卦，像你我又能做什么？总不能去大街上卖凉粉去。桑小军笑道，那是你还没想明白，自在最重要，大不了我再回山阴放牛去。

我推着自行车，他一定要陪我走一段，走了一段路，却又两个人都沉默着，忽然无话了，只是默默地走。明知道他即使辞职后也还在山城生活，在烧饼大的山城里，见面还是很容易的，我却忽然生出一种生离死别之感，不胜伤感。他一路送我，大约也是因为有同样的伤感吧。

一直走到我楼前的柳树下，我说那我上去了，他却还是不走，拽住我的自行车，一边玩着我自行车上的铃铛，一边慢条斯理地说，你急什么，再说说话呗！这些天我一直在琢磨一件事，老戴对工作的厌恶比我更甚，以前他不止一次和我说过想辞职，说这工作琐碎磨人毫无意义，人际关系也让他受尽折磨，我每次都劝他，总得有个饭碗吧，辞了工作干什么去？要饭去？我能感觉到，越到后来他对工作的厌恶越重，因为这种工作完全背离了他的本性，再加上换了领导之后他不断地被边缘化，已经没有什么尊严可言，但他可能也有点害怕，害怕真的没工作了如何生存下去，总不能去大街上摆摊吧？于是工作完全成了鸡肋，他又是那么高傲的一个人。后来他主动把自己送进监狱，一方面确实是想进去陪我，一个心理上的陪伴，另一方面，你觉不觉得，也许老戴正是趁这个机会故意让自己丢了工作，他以前就想辞职但一直下不了决心，这样一来，他就被外力推着达到了辞职的目的。你想想他是何等人物，怎么可能因为没了工作就自卑到羞于见人？

万千柳条披拂下来，如烟似雾，把我们二人笼罩在其中，像一座泊在这里的孤岛，周围来来往往的人声都被推到了远处，桑小军按铃铛的那只手也忽然停下，一切在瞬间归于寂静。我愣了半天才问他，那你觉得他到底是因为什么不愿意见人？桑小军仰脸看着柳树倒垂的头发，脸上有一种罕见的温柔，我听见他说，我觉得是因为，他本来就不喜欢人，只是他从前自己都不明白，现在，他想明白了。

深夜，我独自枯坐在书房的台灯下，回味着桑小军白天说过的话。台灯里流出来的橘黄色灯光，在黑暗中圈起了一块小小的牧场，牧场里生长着文字、书、钢笔、笔记本电脑，还有一块黄河石，是多年前我在黄河边捡到的。方寸大小的牧场之外，就是巨大的黑暗，在这窗户的外面，则是更加无边无际的黑暗，好像全世界就只剩下这盏孤灯了。我忽然想起多年前戴南行提到过的一个概念，异托邦。异托邦是所有地方之外的地方，是世界之外的世界，通过它还可以去往别的地方。那可不可以说，这盏孤灯也是一处异托邦，通过这里，我可以去往更深邃幽暗的时光深处，甚至可以去往戴南行的世界里。

莫非，监狱对他来说，也是一处异托邦？同图书馆、破庙、坟地根本没有什么不同，时间在这里忽然中断，分岔出多条小径，状如迷宫，而走上其中的任何一条小径，都可能来到另外一个时空里。也许，时空本身就带有随时可以变形的魔法，它可以幻化作不同的形式，但无论形式如何变幻，内里的东西却是无法改变的。那么，戴南行在监狱里的时候，照样可以漫游、写诗、思考、参卦、和自己的影子下棋，所谓囚禁对他来说只是个形式，并不能真正困住他，和他坐在桃树下是没有什么区别的。那他现在到底是因为什么不愿意见人？真的是因为，他从来就没有真正喜欢过人？

我想起读师专的时候，每次在人最多最热闹的时候，戴南行就会忽然抽身离去，一个人去山上的破庙里躺着，或者干脆躺在雪地里数星星。我又想起他短暂的婚姻，传说离婚的原因之一是他不想要孩子，因为孩子是一个新生的人。我又想起他坐在一桌人里高谈阔论的孤独与凄凉，想起他对于人际周旋的厌恶与痛苦，当他没有办法消化这种痛苦的时候，就把自己关在办公室里，不见任何人。又想起越到后来，他越发与人疏远，却越发与草木鸟兽亲近，每认识一种新的植物，都要兴致勃勃地把名字告诉我，还要给每种植物写首诗。

从我们认识的那天到现在，居然已经过去二十多年了，从二十世纪八十年代对乌托邦的狂热，到二十世纪九十年代对商业的狂热，再到二〇〇〇年之后对网络的狂热。二十世纪八十年代在一起讨论文学和诗歌的同学，如今有的升官有的发财有的成天在电脑前搞网恋，在网上聊一段时间就去见面，见光死之后又回到电脑前，找下一个目标继续聊。狂热其实从未消退，只是变换了颜色和方向，于是时间变成了一种奇幻的怪兽，每往前奔跑十年，便变幻出一副新的模样，而自始至终其实就是那一只兽。

我纵使随波逐流，紧跟随时代，还时常被老婆斥为无能，因为每月只会拿一份死工资，又因为要评职称而不得不对人低三下四，时常觉得在人世间饱受伤害。我也时常在想，到底什么样的人在这人世间才能不被伤害？如果有的人站在原地不动，只任凭时间像河水一样从他身边流过去，那就会产生一种奇特的效应，这个人的周围就会形成一个黑洞，这个人就变成了一个被包裹在黑洞里的人，时间对于他来说就是失效的。无论时代如何更新更迭，他都岿然不动地站在他自己的浪漫与尊严里。

想到这里,我只觉得唏嘘不已,便关掉台灯,只枯坐在一团巨大的黑暗中。那抔橘黄色的灯光倏地消失了,牧场般的异托邦也随之消失,融化在黑暗中。我忽然明白了,一个人是可以创造异托邦的,它们不同于乌托邦的虚幻,它们是实实在在存在于大地之上的,甚至可以成为一个人真正的居所。

又过了几日,我拎了些水果吃食去看戴南行,一路上想着该不该把桑小军辞职的事告诉他。到了他门口只见门上贴了一张新的纸条,上面仍是写着"本人去天地间漫游去了,勿来寻我"。我把纸撕了,开始乒乒乓乓地敲门,不开,又敲,还是不开。足足敲了有一个小时,我实在没有耐心了,脑子里又闪过一个念头,那厮会不会是饿死在里面了?连最后一包方便面也吃完了?想到这里,我心里竟有些紧张,最终还是决定打电话让桑小军过来撬门。没想到,这门最后还是被撬了。等到门撬开后,我俩一拥而入,准备惊骇地发现戴南行正倒在地板上或床上,没想到,屋里是空的,别说人,连个鬼影都没有。门后也贴着一张纸条,上面写着一行字:"借用结束,房子还给小军,家具和书一并送给小军。"我和桑小军看着那张纸都半天说不出一句话来,原来他早知道桑小军为他要房子的事。桑小军走过去,把那张纸条撕了。

什么东西都没少,那些书和诗稿也都放在原处,我拿起最上面的一页诗稿,只见上面用俊秀挺拔的钢笔字写着一首诗:

  悬浮于你的头顶
  只见翼,不见翼上的鸟身
  一片灰羽缓缓落下
  覆盖大地上的灵魂

孤独之茧包裹骨脊山

破壳的声音传遍四野

你的心日益被落羽填满

悬浮的灰翼是如此沉重

　　桑小军把散落在桌上、地上的那些诗稿都整理起来，居然有厚厚一摞，他坐在沙发上一边抽烟，一边一首一首地读那些诗。我则在这套不大的房子里游荡着，从一个角落游荡到另一个角落。因为戴南行的离去，这房子忽然产生了一种失重的效果，房子里的一切器具，锅碗瓢盆、书架上的书、窗台上的花盆、衣架上的衣服，好像都长出了翅膀，几欲飞翔，它们都在寻找戴南行。由于戴南行过于庞大的精神性，使他离开的时候都无法把自己的灵魂全部携带走，多少还留了一部分在这屋里，我能感觉到他的那部分灵魂还在这屋里写诗、下棋、参卦。我打开窗户，一阵穿堂风立刻从我身体里奔跑而过，也像个幽灵。这房子简直像座中世纪的城堡，住满了各种灵魂。包括我自己，在这里竟也变得像个灵魂，脚步无声无息，可以与一切无形之物交流。

　　我站在窗前迎着风，心中忽然升起了一种隐秘的快乐，他到底还是漫游去了。这次，他离开他熟悉的那些角落，图书馆、破庙、坟地、桃树下，终于去往更广阔之处漫游去了。也许他从前就下过不止一次决心，但这次，总算是实现了。

　　我下楼买了啤酒、花生米和卤菜，我和桑小军说，我们应该为老戴庆祝一下，庆祝他终于获得自由。等我回到房间，看到坐在沙发上的桑小军正满脸是泪，我有些惊讶，心里似乎明白了什么，但还是问了一句，小军，你怎么了？桑小军抹了一把脸，对我笑道，还没来得及和你说呢，我准备贷款买辆大卡车，跑焦煤，听说这个容易赚钱，以后我不是诗人不是大学老师，我就是个货车司机了。你看，我和你和老戴走着走着就走散了。可是我和你说句实话，我一想到我至今还有老戴这样的朋友，我心里就有一种骄傲。

转眼就是一年。在这一年里，我再也没有到处去寻找过戴南行，在街头看见算命打卦的，我也不会凑上去看个仔细，而是远远躲开。我心里有一种奇异的笃定和踏实，一定不会是戴南行。他就是某一天忽然再次出场了，也不会是以这样的方式，他是何等傲慢的人物。某些时候，我会把他和挂在夜幕里的那些星星联系起来，好像那张古老的河图才是他最终的归宿。

这一年里我和桑小军也只见过一次，他果然开始跑货车了，他大部分吃住的时间也都在货车上，车上带着电饭锅、煤气炉甚至洗衣机。堵车是家常便饭，最长的一次堵车长达一个星期，他就一个星期在车上住着，每天早晨下车做早操洗脸，上午还被人叫过去打会儿麻将，中午逮着什么吃什么，最贵的时候，路边的一个鸡蛋能卖到二十块钱。渐渐地，我们三个人好像真的走散了。

春天再次来到了山城，我站在窗口看到黄土山上栖落着几团粉色的云霞，就知道，是山上的桃花又开了。我找了一个阳光灿烂的午后，独自沿着窄窄的山路往上走，一直走到了那株桃树下。桃花开得正好，有一种沉穆野逸之气，我在桃树下独自赏了一阵桃花，然后便枕着煦暖的春阳睡着了。等醒来的时候已是下午，这才发现自己身上盖了厚厚一层桃花，地上也铺着一层桃花，微风过处，桃花像雪一样漫天飞舞。我脱下外套，包了一包桃花，心想，用这些桃花酿酒就能留住这个春天，储存一坛桃花酒给戴南行留着，这些天地之物与戴南行有着天然的亲缘关系；又想到许久没有他的任何音信了，他的电话早已停机，我甚至不知道他是不是还活在这个世界上；但又想到他是追逐本性而去，终究去了他该去的地方，心里便又生出一种奇异的安宁与稳妥。

# 七

这天,我正坐在书桌前看书,忽见窗前站着一只鸽子,过了一会儿一抬头,它还站在那里,没走。我有些好奇,便打开窗户看个究竟,却发现那鸽子腿上居然绑着一封信,竟是一只信鸽。现在居然有人用这么古典的方式给我送信,除了戴南行还有谁。我连忙把信打开,果然是戴南行的字迹,那厮如今连个手机都没有,也只能用信鸽送信了。

老赵,见字如晤。我如今是一名大地上的牧民了,但不是放牛也不是放羊,而是放蜜蜂。因为蜜蜂多数时间都在空中飞行,所以说我是大地上的牧民也不见得合适,但说我是空中牧民更不合适,我毕竟没有翅膀。但放牧蜜蜂和放牧牛羊的差别并不大,除了蜜蜂的性格比牛羊更自律更强硬,它们不放过自己更不放过同类,且不怕死,它们其实更像勇士,千万不要被它们的小个子所迷惑。我一年中的大部分时间都在天南地北地追赶花期,你想想这是一件何等浪漫的事情。而花期其实就是一个变种的时间,追赶花期就是追赶时间,所以在这个过程里,我看到了形形色色的时间。二月份是油菜花,三月份是桃花和杏花,四月份是梨花,五月份是黄刺玫和枣花,六月份是丁香和石榴,七月份是椴树花和槐花,八月份是桂花和向日葵。花蜜的品种也是绚烂至极,花蜜的颜色是在同一个谱系中繁衍出了无数种金色,把它们摆在一起的时候,就会看到,金色在琴键上优雅地流动着。桃花蜜、梨花蜜、槐花蜜、百花蜜,还有一种神秘有趣的花蜜,是花蜜里的女巫,会让人产生幻觉,这种花蜜叫曼陀罗花蜜,哦,它的花粉还能制作蒙汗药。对于我和我的蜜蜂们来说，这些花期就是我们的节日，隆重、盛大、热烈，所以我和蜜蜂们一年到头都奔赴在去往节日的路上，喜气洋洋的。即使换场的时候，亲爱的小蜜蜂们也不会走丢，我赶着马车拉着蜂箱走在大地上，蜜蜂们则在我头顶跟着我飞，我走到哪儿，它们就跟到哪儿，蜜蜂要比人类更忠诚勇敢。

等我再抬起头来，那只前来送信的鸽子已不见了踪影，灰蒙蒙的天空里倒是掠过了几只飞鸟的影子，但到底哪只是它就无法知道了。戴南行居然训练了一只信鸽，这信鸽居然还能找到我家，简直有点像魔法世界里的猫头鹰信使，这让我觉得戴南行和我已经不在同一个时空里了，而是在和我平行的另一重古典时空里，那里不用手机，不开汽车，至今人们还在使用马车和信鸽。我又想到了桑小军，他此时可能正拉着一货车焦煤奔跑在千里之外。他和戴南行，一个开着货车拉焦煤，一个驾着马车追赶花期，貌似形式有别，但本质上却十分接近，他们俩其实又成了同一个品种，都属于漫游者的族群。而像我这样终日往返于学校和家中，多数时间坐在书房里的笼中之物反而被他们抛弃了。

本来我想打听一下附近哪里有养蜂人，又觉得我这种寻找，对于一个四处追赶花期的人来说，完全是一种多余，便作罢了。但以后，不管在哪里，只要见到有鸽子飞过，我就要盯着看半天，直到它的身影完全消失在天空里。我在猜测，到底哪一只鸽子是戴南行的？那鸽子平时不送信的时候都在做什么？可它给我送的信如此之少，它会不会觉得闲得发慌？

就这样又过了大约一年，那只鸽子再次来到了我的窗前给我送信，一年不来，它居然还记得路，真是天生的信使。我送走鸽子，连忙打开信。

　　老赵，见字如晤。我在黄河入海口给你写了这封信，请大鸢给你带过去，大鸢是我信鸽的名字。我不再放牧蜜蜂了，我卖了蜂蜜买了几张羊皮，做了一只羊皮筏子，我敢说，世界上实在没有比羊皮筏子更可爱的船了。吹起来的羊皮就像一只只羊形的气球，把这些羊形气球赶下水的时候，我感觉自己就像在水上牧着一群羊，看来我真是做牧民做出感觉来了。一群羊共同驮着一只木筏，木筏上再驮着我。而且羊皮筏子极轻，轻得根本不像一条船，倒像一根羽毛漂在黄河上，有时候它驮着我，有时候风浪大了就我背着它。羊皮筏子是黄河上最古老的船只，少说也有几千年的历史，我坐在这样的船上，有时候觉得自己要去的不是大海，而是时光的源头。你是否记得，当年我们总是猜测黄河的上游是什么样子的，让我来告诉你吧，黄河的源头在巴颜喀拉山，我从卡日曲河开始漂流，经过了星宿海、鄂陵湖，看到了红嘴野鸭和灰天鹅，我还在甘南州的黄河边上看到了峭壁上的苦行僧，他们在黄河石壁上凿洞静修，一苦修就是几年。我还闯过了拉加峡、羊曲、野狐峡，九死一生，又走过了李家峡、盐锅峡，从兰州穿城而过，然后过乌金峡、黄河石林、黑山峡、黄石淤、青铜峡、塞上江南、河套平原、十二连城，来到晋陕大峡谷，过壶口瀑布，进入黄河下游。黄河在下游无比温顺，像位真正的老母亲。

　　一路上，我和羊皮筏子绑在一起，黄河站起来，我和筏子也一同站起来，黄河躺下去，筏子和我也躺下去。我准备了一麻袋干馍馍，带了只小煤油炉，我一边在河里走一边放网捕鱼，捕到黄河鲤鱼就煮了鱼汤。有时候岸上人多，我就白天睡觉，晚上走。晚上有月光的时候，整条河都是银色的。你想想看，在黢黑寂静的夜里,一条光灿灿的大河独自在赶路,世界上所有的高山大川都隐匿于黑暗,只有这大河又辉煌又快乐,口袋里装着月亮、星辰、鲤鱼、黄河大铁牛、河神、羊皮筏子、河底的尸体,还有我。如果是满月,那天地间会变得静穆而神圣,大河会与天体对话,会生出更湍急更诡异的漩涡,月光就是它们之间的语言。这群羊形的气球驮着我,越走越开阔,大河在渐渐变宽变胖,最后,就像变魔术一样,大河忽然消失了,我发现我已经进入大海了,果然,在大河消失的地方就是大海。

又过了一年,那只叫大鸢的鸽子给我送来了第三封信。

老赵,见字如晤。到达大海之后,我又回到大地上继续漫游,因为我意识到自己终究不是海洋生物。这一年里,我见到了很多岛屿,不是海洋里的岛屿,是大地上的岛屿,它们散落在大地上,却与大海里的孤岛没有本质上的区别。我曾在一片白桦林中看到了一小片红桦,它们鲜艳得如同雪中红梅,像点燃了一样。我不知道它们是怎么来到一片白桦林中的,又孤独又美艳,它们是森林中的一座孤岛。我在山中行走的时候,曾经过一个村庄,村庄里有几间快要坍塌的房子,有一个盲眼的老人正在河里洗土豆,整个村里就住着他和他的狗。他看不见却什么都能做,他记下了从房子到河边要走几步,到自己地里要走几步,他会生火做饭,会晒地里的玉米棒子,会躺在河边的草地上晒太阳,他一点都不觉得孤单,甚至很快乐。他一个人就撑起了一座孤岛。我曾漫游到南方的一个小山村里,那里住着十来户人家,村口有一株十几个人都抱不拢的大香樟树,少说也有一千多年了。我发现村人的方言里有一些很古老的发音,他们把"筷子"叫"糜箸","晚上"叫"暝","故事"叫"古","他们"叫"伊人","忘记"叫"无忆","钱"叫"纸",不仅古雅,还自有一种清旷的风度,视钱为纸,与芸芸众生背离,多好啊。这个小村庄是一座语言上的孤岛。

我还在途中见过形形色色的孤人,补锅匠、换铁掌的、采香椿的、做火纸的、绞面师、弹棉花的、耍猴的、拉纤的、守墓人、修伞匠、磨刀匠、放排工……他们是人群里的孤岛。大地上的岛屿实在太多太多了,它们藏在大山里、森林里、村庄里、月光里、人群里,藏在语言的尽头、社会的边缘、民谣的褶皱里。大地的斑斓性并不仅在于山川大河,只这些陆上岛屿便足以成为大地上的一种奇观。它们由封闭、自卫、弃绝、怀念和某种傲慢组合而成,主动或被动地远离时代与社会,它们可能最终消失,化为大地上的一把尘土,也可能在最幽暗偏僻的角落里生生不息,繁衍子嗣。无论如何,陆上孤岛的奇异和可爱一点也不亚于大洋里的那些岛屿。写到这里,我忽然发现我落下一个人,我自己,一个漫游者,也是一座孤岛。

转眼之间六年就过去了,在这六年时间里,戴南行每年会给我写一封信,都是让他的鸽子给我送过来的,然后,大鸢连口水都不喝就转身飞走了。那只鸽子看上去一点都没有变老,估计,给我送信就是它毕生的使命。我想,就为了让这只鸽子不迷路,我也不能搬家。我并不想搞清楚他信里写的到底是真的,还是只是他的想象,这一点不重要,因为我本来就把那些信当诗歌来读的。

这几年时间里,山城的变化很大,扩建了很多街道,盖起了很多高层楼,我们原来分的房子已经显得老旧了,很多老师都搬进了新的楼房。山城像被吹起来的气球,体积一下膨胀了两三倍,又因为四面被山包围,无论有多少高楼,还是让人觉得在大山里。我经常想,如果站在周围最高的山顶上往下一看，群山之中忽然长出来一丛水泥高楼，终究还是很怪异，山间万物看到了，会不会觉得那像一丛毒蘑菇？学校也盖了新校区，比老校区大了十倍都不止，简直有些浩浩荡荡，我在校园里骑自行车已经骑不动了，改成了电瓶车。过于浩大又过于整洁的校园，使我走在半路上时经常会心生迷惑，怀疑自己是不是走错了地方。

一切物质都在以惊人的速度繁衍，所以看上去周围全是物质，密密麻麻的物质，几乎要把人埋葬起来。手机的屏幕越变越宽，宽得把电脑装进去，把电视装进去，把人装进去，把魔鬼装进去，身上装着一部手机就感觉像扛着一只巨大的口袋，一旦把它丢下又感觉像失了魂魄一般，这才明白，手机那只大魔袋里还装着无数魂魄。

有些东西在加速繁衍，有些东西正渐渐绝迹，一圈人围在一起喝一瓶劣质酒吃一脸盆饺子的时光再没有了，通宵达旦讨论诗歌的时光再没有了，用巧克力和大米饭为对方做一盒饺子的时光再没有了。正因为这种大雪无痕一般的湮灭，和物质太多造成的冰冷与拥挤，我加倍珍惜那只鸽子一年一次的到访，我觉得这是我能拥有的一个最古典最浪漫的秘密，而且这个秘密的另一头牵着戴南行，无论他漫游到何处，我都觉得他像一只风筝一样飘在那些书信的尽头。

偶尔，我和桑小军也会去巷子里的那家小饭店喝点酒，那是真正的喝酒，因为话已经变得很少。我们不谈文学，不谈改成学院的师专，也不谈他的生意，只是默默陪伴着对方，一杯一杯地喝酒。他跑了三年多货车，攒下一点本钱就不跑了，开始与别人合伙开焦煤厂，焦煤的利润惊人，不过几年时间，他已经跻身为山城的富人阶层。数学系的功底再次发挥了作用。听别人讲，刚办焦煤厂的时候，他年底出去要债，身上别着两把大菜刀，进去二话不说就先砍掉对方一根手指，那手指还在桌上蹦了半天。他坐在我对面，身上镀着一层寒光，脸上没有任何表情,话变得比从前更少,多少让我觉得有些害怕。好在他每次叫我喝酒的时候,去的都是从前的那家小饭店,而没有去那些新开的高档酒店,这又让我觉得心安。我每次收到戴南行的信,都会带给他看,他就着灯光把信看了一遍又一遍,然后放在桌子上,倒三杯酒,我们各喝掉一杯,剩下一杯被他倒在了地上。我说,给死人的酒才往地上倒,老戴还活着呢。他撇撇嘴,不以为然地说,他那种人,半人半仙,给他倒天上和倒地上,有什么区别吗?

这种时刻变成了我们三个人之间的一种秘密约会,而与戴南行的约会又让我感觉是在与自然和宇宙秘密约会,在我们周围拥簇着大地上绚烂的花事,满载着月光的大河,燃烧的红桦树,高山峡谷间的小村庄,散落在大地上的古老方言,来自宇宙间的天体音乐,一切变得神秘、辽阔、悠远起来,使我们三个人之间仍然维持着一种无法言说的友谊。只有一次,大约是喝多了,桑小军使劲拍着我的肩膀说,老赵,你给老戴写封信,让那鸽子捎回去,告诉他,什么也别怕,等他老了我养他。我心里一阵发酸,嘴上却奚落道,你敢对老戴说这种话,他不把唾沫星子喷你一脸才怪。

某一天,桑小军忽然拿着一本刚出印刷厂的诗集来家里找我,我一看,竟是戴南行的诗集。桑小军把这些年里戴南行写的诗全部搜集整理出来,自费出了一本诗集。山城中学有个退休老教师就自费出了一本诗集,印了一千本送亲朋好友,日夜送人,连我都送了一本,结果怎么送都送不完,垛在家里又嫌占地方,烧火做饭还被老伴嫌弃不禁烧。我一边翻着诗集,一边叮嘱他,以后千万不能告诉老戴,他的诗集是自费出版的,不然他肯定要和你拼命。桑小军把鞋脱了,躺在我家的沙发上,看着天花板说,不自费?不自费谁给你出诗集?想都不用想。老戴早在上师专的时候就想有一本自己的诗集了,他不说就以为别人不知道?我倒是有个设想,我想办一座诗歌博物馆,给咱们大学时候那拨人，你想那时候写诗的人有多少啊，几乎是人人都在写诗，我给他们每人出一本诗集，肯定都是自费的，然后摆在诗歌博物馆里，供人瞻仰凭吊那个诗歌时代，你说好不好？

我笑道，你这就是有两个钱烧的，再说了，大学时候的那些诗人们早都不写诗了，现在你把人家早就作古的诗翻出来，还要出成诗集供起来，你觉不觉得，你说的这诗歌博物馆有一种阴森森的感觉，好像一本诗集就是一座墓碑。凭吊，你这个词倒是用得好。

桑小军往嘴里塞了一根烟，点着了，抽了一口，若有所思地说，那只鸽子，叫什么来着，最近没来给你送信？等它再来了，给它腿上绑一本诗集，让它捎给老戴，不行，太重了，挂脖子上？也不行。要不，在它身上背个背包吧，我动手缝一个，把诗集装进去，给老戴捎过去，让他也高兴高兴。

我说，小军，有个事情我一直想问你，你说为什么老戴从监狱里出来之后就再不愿见你了？我原先以为，是因为他从监狱出来后既没了工作，也没了身份，而你出来后却被平反恢复了工作，他心里多少有些不平衡了，可到后来，我又觉得事情并不是这样的。

桑小军盯着天花板吐了两个烟圈，淡淡笑道，你连这个都没想明白啊，老戴一半是因为我进去的，为了进去陪我，另一半是为他自己的自由，他想要的真正的自由，老戴是何等人物，他怎么会愿意让我为他感到愧疚和不安呢？我知道，他不想让我看到他后来的样子，他觉得自己不够体面，怕我见了他会难过会不安，所以我也就尽量不去找他，这才是给他自由。

我站在窗前看着远处的金色山峦，久久说不出一句话来。

转眼又到了夏天，这天，大鸢真的又来到了我窗前，捎来了戴南行的一封信。信里画着一张手绘地图，地图上有山峰有河流，河流上标注着碛口渡和乾坤湾，我认出来了，这不是黄河吗？又在河岸上画了一座亭子，旁边标注着"鹤亭"二字。地图背面写着一句话："老赵，邀你来鹤亭喝茶，独自前来便好，勿叫小军。"

我大惊，莫非是戴南行回来了？只是那黄河边一片荒芜，没有人烟，更没有见过什么亭子。我没有告诉桑小军，只把那瓶桃花酒背在身上，便独自前往黄河边赴约了。地图上画的，是位于碛口渡与乾坤湾中间的一片河滩，我印象中，那里只长着几丛沙棘树，此外就是无边无际的黄土还有旁边的黄河，别的什么都没有了。我没有坐车，而是像年轻时候一样步行到了黄河边，以作为一种对往昔的缅怀和致敬。爬到最高的一座山梁上往周围一看，夕阳已经开始西下，群山波澜起伏，层层叠叠，山的外面还是山。在群山之间，一条雄壮的大河奔腾而过，一直伸向无限远的地方，夕阳就在那水天交接之处，真正是长河落日圆。不一刻，夕阳的余晖就把西边的天空，把沟壑纵横的黄土高原和九曲蛇形的黄河通通都染成了金色，天地间一片辉煌的肃穆。

我终于找到了，金色的河滩上居然真的孤坐着一座小棚屋，简直像沙漠里的龙门客栈，莫非这就是鹤亭？我慢慢走到那棚屋跟前，心里一阵激动，又疑心这只是一个梦，疑心这棚屋并不是真实存在的，有时候梦境太逼真的时候，我就不愿醒来，情愿在梦里待着。在梦里，总有已经消失的人和事从远方赶来，已经去世的父亲、奶奶、姑姑，穿着喇叭牛仔裤的戴南行，纷纷从远方赶来，不是坐车，不是坐船，他们乘着风，乘着雨滴，乘着梦貘，乘着一切无形之物进入我梦中，与我相会。有时候我觉得，梦境真是人类的一大发明，供无处可去的人们藏身之用。

只见这棚屋很是简陋，是用一些木棍和木板搭建起来的，四处透风，看上去摇摇欲坠，说是"亭"真是有些牵强了。仔细一看，木板上有洞，竟是船木，门口挂着一块木匾，上面刻着两个字"鹤亭"。我走进了屋子里，里面更像一个梦境。没有人，中间有一张桌子，也是用船木做的，桌子上摆着几只陶土做的茶杯和碗，还有一只陶土烛台，有点返回到了石器时代的感觉。除了这一张桌子和两把树根做的凳子，就再没有一件多余的家具了。

一天当中最后的余晖正在迅速消散，屋子里也跟着暗了下去，我这才注意到屋里还是有活物的，墙角有一团蓝色的火苗正在跳动。只见角落里放着半截破陶罐，里面燃着几截木柴，吐出了蓝色火苗，正好当成炉灶，灶上架着一只茶壶正在烧水。借着火光，我看到墙上的木板上有字，是用毛笔写成的王羲之的《兰亭集序》："此地有崇山峻岭，茂林修竹，又有清流激湍，映带左右，引以为流觞曲水，列坐其次。虽无丝竹管弦之盛，一觞一咏，亦足以畅叙幽情。"字体越发俊朗飘逸。又见地上摆着几只歪歪扭扭的土罐，里面种着些花草，我拿起那土罐细细端详，土罐十分粗糙，但自有几分野性之美，我心想这些拙朴的陶器莫非都是戴南行自己烧出来的？他简直变成了一个神奇的吉卜赛人。光线越来越暗了，天火烧尽，群山熄灭下去，整座屋子也向大地深处坠去，与此同时，那团蓝色的火光越发澄净明亮起来，像一种可怕的笑容。

我正盯着那火光发呆，忽然有一个人影飘了进来，我吓了一跳，还未开口，就听见那影子稳稳地叫了一声，老赵。戴南行的声音倒是未老去，我激动地朝那影子扑过去。但戴南行只简单地和我握了握手，然后拿起桌上的半根蜡烛，凑到火光旁边点着了，插在了陶土烛台上。烛光立刻在黑暗中挖出一个洞来，我和戴南行面对面地坐在洞中。我们像退回到了几百万年前的大洪荒时代，正坐在原始人的洞穴里。

只见他苍老了不少，眼窝深陷，颧骨突出，眼角已经有了明显的皱纹，顶着一头胡乱剪过的头发，一大半是灰白的，估计是他自己剪的。不过大体还是七年前的样子，只是老了些，枯了些，比我想象的要好，我以为我会看到一个穿着树叶的野人或者看到一个人留着一个托尔斯泰式的大胡子,又嫌大胡子碍事,便用橡皮筋把这个巨大的胡子扎成辫子。其实老了的何止他一个,这些年我也开始变老了,想起十八九岁刚上师专的时候,我们就以老戴和老赵相称,唯独对桑小军却一直以小军相称,有时候,他越是彪悍,我们就越想把他当小孩子对待,一个戴着面具拎着花锤的小孩子。如今,却是真正的老戴和老赵相对而坐了。

这时候炉子上的水烧开了,咕咚咕咚地响着,倒有了些红泥小火炉的意境。他起身提起水壶给我沏茶,茶倒在我面前的陶土杯里,我有很多话想问他,又不知道该从哪里说起,问他都吃什么喝什么,又唯恐被他嫌恶。只听他很平静地说,老赵,这茶杯和茶壶都是我自己做的,不太美观,凑合着用,来,尝尝我的茶吧,这茶叫月空茶,我曾在福建的深山里寻到一棵千年老茶树,这么老的树其实已经不是树了,已经步入妖的行列了,物老就会成精,这是自然界的规律,我在老树上采了些鲜嫩的叶子,又采了些千里香焙进去,千里香是只在月光下才会开的花,花香吸足了月光,有一种极致的阴柔,喝这样的茶就像喝月光一样静美,让人心里能生出纯白色的光辉。还有这种寒香茶,待会儿也尝尝,是用雪中芭蕉和红梅焙成的,我记得那天行走在江南,积雪初霁,红梅次第开放,雪光中芭蕉掩映着红梅,寒香阵阵,我忽然想到,天下之大,万物之美,什么不可以用来沏一杯茶呢?何必一定要拘泥于某种形式。所以我后来又做了风竹茶、生云茶、冰壶茶、四照茶——四照取义于《山海经》中的那句:招摇之上,其花四照。

他说话的语气实在过于平静,没有伤感,也没有激动,好像我们俩昨天才刚刚面对面喝过茶,但我一个人痛哭流涕地怀旧显得也很滑稽。我喝了一口茶,一股土味,我便问,你用什么水泡茶?他咧嘴一笑,仍然是多年前的那种笑容,近于天真,他说,当然是黄河水。我说,黄河水那么浑，也能喝？他说，黄河的源头本是雪山，纯净的雪山水从卡日曲和约古宗列曲发源后，形成一段极美的河道叫孔雀河，孔雀河向东流淌进入星宿海，再经星宿海流到扎陵湖，是后来经过了沙漠和黄土高原才有了泥沙，再说了，有泥沙怕什么，沉淀一下不就行了，黄河之心其实仍在雪山之上。

我又环顾了一下这间棚屋，说，没有床，你晚上住哪儿？他又一笑，往门外的黑暗中指了指，说，天地之大，哪里还没有个睡觉的地方，黄河边的石头上、废弃的窑洞里、树上、月光下，或者想在哪里睡了，随便往哪里一躺就是，躺在大地上的时候，人的神经会像植物的根系一样向大地深处生长，所以我能听懂来自大地上的各种声音。我能听到大地上流浪着很多古老神秘的方言，有的方言里飘着雪花，有的方言里落着雨，有的方言从北方一直迁徙到海边，有的方言正在死去，一种方言就是一首诗歌。我能听到黄河走路的声音，听到它在唐乃亥发出的喘息声，听到它在河套平原悠闲地打着口哨。我还能听到群山对话的声音，昆仑山用的是吐蕃语，喜马拉雅山用的是梵语，祁连山用的是蒙古语。

我打断他说，老戴，你这些年到底过得怎么样啊？你终于想起回来了。

他说，我这些年的生活都已经在信里告诉过你了，至于为什么要回来，我想回来看看黄河，看看老朋友。

我说，那你怎么住这里啊？你都吃什么？没水没电的，和原始人差不多，还是回城里住吧。

他说，那天我走到这里的时候，正好看见岸上搁浅着一条老木船，龙骨都断了，早没人要了，我就把它拆了，用船木做了这鹤亭，又做了张桌子，我可以用这桌子喝茶、参卦、写诗。老木船和鲤鱼都是黄河送给我的礼物，我收了它的礼物自然就在这河边住下了。再说了，住在哪里不一样呢？就是睡在床上，床是用树木做的，那同样也是受了大地的馈赠。

我想起他多年前半夜躺在破庙里倾听自然之音，或者躺在雪地里数星星的行为，竟与现在一脉相承，没有半点出入。我想，这也是这么多年里，无论他行为如何疏狂怪诞，我和桑小军都以认识他为骄傲的原因。听到他说还在写诗，我下意识地摸了摸装在身上的那本诗集，犹豫了片刻，还是没敢掏出来。烛光在过于庞大的黑暗中跳动着，赋予这张桌子一种奇异的舞台效果，以至于我们说的话都具有了一种歌剧般的庄重。我努力想打破这种庄重，便笑着说，你这个人哪，又不是没有房子，为什么不回去住呢？回去住多少舒服些。

戴南行起身走到炉前添了把柴，壶里又加了些水，他静静看着火苗舔舐着壶底，对着火光说，你记不记得多多的那首《入屋》，诗里写道："但屋在何处，如无终极，就不必寻找。"诗的最后一句是，"再次入屋，不为居住。"那套房子本来就不属于我，我迟早要把它还给小军的，那是他牺牲自己的尊严换来的。

往事在黑暗中一幕幕掠过，我有一种沧海桑田之感。又听到他终于提到桑小军了，心里有些高兴，便赶紧趁机说，老戴，哪天我把小军也一起叫来吧。你可能还不知道，他后来从学校辞职了，开了几年货车，拉焦煤，后来自己又做了点小生意，我们仨好多年没一起聚过了，哪天一起聚聚吧。

我故意避开不提桑小军现在的经济状况，怕伤他自尊，但转念一想，戴南行要是在乎这种事，那还是戴南行吗？他背对着我又往炉子里添了几根柴，守护着那团小小的火光，好半天才说，老赵，有时候，不见的意义甚于见过，只要我一直还在他想象中的远方，还在写诗，对于他来说，就是一种心灵上的安慰。我知道，自从他不写诗之后，他心里就认为，我写的每一首诗都有一半是属于他的，我不光在为自己写诗，也在为他写诗。如果我再写不出一首诗了，那就是诗人桑小军的死亡之日。可是，我希望那个桑小军活着，那个从他内部分裂出来的桑小军，纯净、柔软、忠诚。尽管，死亡就栖息在所有的诗歌当中。

　　我想起桑小军和我提到过的那个设想，建一个诗歌博物馆，去祭奠和凭吊那些在岁月里消逝的诗人们，原来他自己也位列其中。只是，自己凭吊自己的时候，会不会陷入一种恍惚，究竟哪个自己才是真实的？我的手再次伸进口袋里，摩挲着那本已经被我焐热的诗集。忽然，我心一横，像拔剑一样把那本诗集拔了出来，用力甩到戴南行手中，语气很快地说，这是你的诗集，是桑小军帮你找出版社出的，你写了这么多年诗，也该有属于自己的一本诗集了。说罢，怕他问我是不是自费出版的，赶紧又说，有本自己的诗集总不是坏事，也算是一种对岁月的见证，我们这些人从二十世纪八十年代走到二十世纪九十年代又走到现在，就像坐着过山车一样，一路上什么风景都看过了，现在我们都不年轻了，总要有点见证才算没有白来这世上一趟。

　　他并没有说话，只是就着火光，认真地翻了几页诗集。这时候桌子上的蜡烛燃尽了，烛光化为一缕青烟，只剩下炉子里的那团火光。我看到火光里的戴南行专注地看着诗集，像一个远古的巫师，而火光照不到的地方则是深不见底的黑暗。忽然，戴南行做了个动作，他把诗集塞进了火光里。红色的火光猛地蹿了起来，在那一瞬间，我看到我和戴南行的影子都被投在了船木上，斑驳阴森，像被沉在水底的魂魄。黑色的纸灰飞起来，又纷纷扬扬落下去，是诗歌们的亡灵。戴南行看着火光说，老赵，其实我早已经有自己的诗集了。你还没有想明白，到底什么才是真正的诗集，春日的雨滴、夏日的蝉鸣、秋日的凉风、冬日的雪花，把这无法留住的一切做成标本，就是诗。每一株植物是诗，每一个星座是诗，跳动的烛光、炉子里的火苗、茶杯里的新茶都是诗，蜜蜂采的蜂蜜是金色的诗，夜是黑色的诗，友谊是血红色的诗，所有的这一切放在一起就是诗集。其实，诗集最古老的定义，就是关于植物的合集。一定要把诗关在这样一本薄薄的册子里，反倒是不给它们自由了。

火光渐弱，我和戴南行走出鹤亭，来到黄河边，坐在一块巨石上，我掏出那瓶桃花酒，我们像多年前一样，一人抱着酒瓶子闷一口，再传给对方。黑色的夜空倒扣在大地上，大地上没有一丝光亮，连河水都是黑色的，从我们脚下流过的时候，带着一种可怖的幽冥之气。而古老的星座像神话一样悬挂在我们头顶，就连我们脚下的巨石也散发出某种精神场域，仿佛天地之间的一切都拥有了自己的灵魂。

不知不觉间就把一瓶酒喝完了，我和戴南行躺在巨石上看着星星。我说，老戴，你记不记得上师专的时候，你躺在雪地里数星星，你真是个天生的诗人。半晌，他说，老赵，其实我年轻的时候也不是不想成名成家，也有英雄主义，但我现在已经不想成为什么诗人了，因为，一旦你想成为某个人物，你就不再自由了。我漫游了这么多年才明白了什么是真正的漫游，就是不急着找到终点，也不想快快到达哪里或急于让自己变成什么。而漫游与自由永远是一体的，真正的自由就是，我坐在这河边，看着河水，看着黑夜，数着星星，发现万物静美，内心里温柔宁静，没有一丝恐惧，对我来说已经无所谓得到和失去，现在任何人任何事都勉强不了我。你不要觉得我是因为在人类社会中混得不好，一无所有，所以羞于见人，也不要觉得我是在刻意避世隐居，你这样想都是对我的侮辱。你还没有意识到吗？其实我就坐在某个坐标的正中央，就沉在自我的最深处。

我看着满天星斗，心里忽然感受到一种巨大的纯净与悲怆，差点落下泪来，却一句话都说不出来。

我们就那么躺着，直到月亮从天地相扣的地方升了起来，是一轮有些残缺的下弦月。随着月光涌向大地，河水开始发光发亮，然后，渐渐变成了一条银色的大河，蜿蜒在一片混沌的天地间。银色的波光反射在石头上，还有我们的手上和脸上，好像我们来到了一重奇异的水晶空间里，一切看上去都晶莹剔透。我又想起了戴南行多年前发明的"异托邦"，在所有时间中断的地方，它就出现了，通往神秘和安宁。

戴南行看着河水，忽然对我说，老赵你看，河水开始由阴而阳了，到了明天日落时分，它还会由阳而阴。天地之间，阴阳是随时都在转化的，也就是说，失去的时间其实并没有真正失去，古代和现在就是一回事。我原来以为二十世纪八十年代的酒神精神和理想主义到了二十世纪九十年代以后就彻底消失了，为此经常怀念那个时代，后来我想明白了，它们其实并没有消失，只是由阳而阴了，只要时光不灭，人类一息尚存，它们就还会由阴而阳。天地大化，阴阳相合，本就无生无灭，所以，老赵，要是有一天我不再给你写信了，你也别以为我是死了，天地之间本就没有生死，只有过客。还有件事我得嘱托给你，我这几年陆陆续续写了一些诗，有个三四十首吧，我把这些诗留给你，你每年给小军一首，就说是我的鸽子给你送来的，这样，我就能再陪你们几十年。你们活到八十岁，我就能陪你们到八十岁，你们要是活到一百岁，那我就陪不了你们了，剩下你们两个白胡子老头儿，下下棋也挺好。

我在黑暗中愣了半天才忽然明白过来，他这是在和我道别了。我猛地从石头上跳起来，一把将他拉了起来，他轻得吓人，我只一只手就把他整个人提了起来。我就着月光端详着他的脸，我刚才怎么没想到呢，他这么多年在外风餐露宿，居无定所，根本吃不到什么像样的东西，身体怎么可能好呢。我有些语无伦次地说，你是不是病了？你得了什么病？走，跟我回去看病去，有病就治，这里治不好还有省城，省城治不好就去北京，总能治好的，我们现在就回去。

然后我拖着他就往前走，在乱石堆里踉跄着走了几步，我们都摔倒了。他倒在地上哈哈大笑起来，说，老赵，你真是白认识我这么多年了，你为什么一定要把我想象成是死了呢？你可以想象我就存在于这黄河中，想象我存在于一朵桃花里，一只蜜蜂身上，存在于太阳从黄土高原升起之时，存在于风中、月光下、夕阳里，存在于一切可能的地方。不要怕看不见，就是无形无相的东西，想得久了便也成了真的，真与假也是相互转化的，一面是时间的阴面，一面是时间的阳面，在你看到那个阳面的时候，那个阴面也是同时存在的，你可以认为一个人死了，也可以认为，他只是存在于一切可能存在的地方了。

我的眼泪哗地流了下来，戴南行和我一起立在河边，只是笑而不语。

那晚，我们就睡在了黄河边的大石上，像多年前那样，枕着碛声，沐着月光，聊着文学和诗歌，聊到后半夜，不知不觉就睡着了。早晨我被淙淙的河流声叫醒才发现，周围已经没有戴南行的影子了。于是我一边沿着河流走，一边四处寻找他。我发现河边的一些大石头上长满了诗歌，有的是完整的一首，有的只有一句，显然是戴南行写上去的。从这些石堆中穿行而过的时候，会产生一种奇妙的感觉，仿佛我不小心又走进了一处异托邦，这里介于图书馆、坟墓、歌剧院和博物馆之间，静穆、安详、神秘。

我沿着黄河走了很久都没有看到戴南行的身影，便又折了回去，鹤亭里是空的，炉火早已熄灭，茶壶里的水尚有余温。然后我看到桌子上放着一沓参差不齐的纸，有信纸、稿纸、包装纸、烟盒、餐巾纸，还有从小学生的田字本里撕下来的纸，每一页纸上都写着一首诗，或长或短。我一页一页地看下去，其中有一首诗名叫《棣棠》。

## 棣　棠

一滴雨珠
又一滴雨珠
因与棣棠花有约
从遥远的晴空
长驱直下
轮椅上的母亲
不让我为她撑伞
她说，她忆起了谁的诗句：
"因为花朵的渴望，
人间才有了春雨。"

　　从此以后，那只叫大鸢的鸽子也再没有来过我窗前送信。有时候我觉得我再也不会见到戴南行了，还有的时候，我觉得我每天都在和他见面，在夕阳里，在月光下，在每一朵桃花里，在每一片金黄的落叶里。

　　后来，我自己也养了一只鸽子，和戴南行那只如同孪生兄弟。我训练它送信，只给一个人送信，桑小军。于是，它每年只送一封信，每一封信都是一首戴南行的诗歌，写在信纸、稿纸、包装纸、烟盒、餐巾纸，还有从小学生的田字本里撕下来的纸上。他从没有回过信，只有一次，鸽子回来的时候，腿上绑着一张小纸条，我打开一看，是桑小军的字迹，上面只有一句话："老戴，你在诗歌的尽头等我。"

（原载《钟山》第 4 期）

# 霞满天

王 蒙

## 一

在王蒙上小学的时候，看到一拨男女大学生从大街上走过，不知道为什么，我替他们觉得焦躁：他们年纪这样大了，还在一堂一堂地上课、做作业、考试，我从他们身上，看到的是急迫与不安，是期待与得不到，是成长带来的或有的腻歪与疲劳，闹不准还有点空白，就这样上学呀学上呀六七千昼夜，老天。

我是急性子，一辈子催促自己和亲人，被说成是"催人泪下"。我觉得人生的最大痛苦和冤枉，是徒然等待，推迟进行，一些操作与发生耽误了点、分、秒。

在我满三十岁的时候，吓了一跳，怎么噌不棱登就三十了呢？哪儿来了个三十而立？果然三十？我什么都没准备好，无缘无故、无着无落、无声无色地三十岁矣！三十功名桌与椅，八十里路门与户！我还有一肚子青春的烦恼与火热，诗情与故事，大志与大言，大心与大胆,还有点滴的露珠儿似的才华,像一位可敬的老师说的,我并没有做没有写也没有弄出什么瓜果李桃儿来呢。

四十岁,一九七四年,五七干校刚毕业,我已经老大。少小才刚老大悲,喁喁未罢踽踽归,人生奋力拼八面,不可空空走一回!

安徒生的一个故事,一个坟墓碑文上写着类似如下的文字:

逝者是一个作家,但是作品尚未动笔。

逝者是一个画家,尚未来得及准备画布。

逝者是一个政治家,亟待首次竞选演说。

逝者是一个运动员,梦里获得了世界冠军。

大意如此,不是原文。

二十世纪七十年代,我觉悟了,不能只知道等待。我开始正式动笔,《这边风景》的花与叶绣将起来。此前,五七干校休假期间,已经试写了一些段落。其中有一段写伊犁农民春天大扫除,还有俄罗斯族妇女擅长以石灰水兑蓝墨水把墙刷成天空的淡蓝色。我提道:这是当地的习俗,也是爱国卫生运动的实践。一位老夫子式挚友,听了"爱国卫生"四字,笑得岔气。没有办法,我有我的底色,我的童子功,我的不同路子。

曰:革命。

## 二

四十二三岁以后,日子正常化、顺当化了。我对五十岁六十岁七十岁八十岁……的反应日益淡定,活进深处意气平,当然必须稳住阵脚。淡定也是晚近时兴起来的词,此前,我更习惯的是燃烧、激越、献身、豁出去,英特纳雄纳尔,让暴风雨来得更猛烈一些吧。

嘲笑爱国卫生运动一词语的挚友体格极佳,在新疆,冬季零下三四十摄氏度,他户外步行半个多小时来我家做客,帽子都不戴,他的鼻子与耳朵都呈现出胡萝卜色，不以为意。现在却说成不以为然，"为意"与"为然"都分不清，咱们这个中国的认字儿情况到底是咋啦？我的挚友喜欢喝酒，喝多了走出房门，找一个墙角把迷魂汤子与已经咽下的食物倒逼出来，呕吐干净。回来坐到小饭桌前再吃再喝，谈笑风生，面不改色，同时用普通话、陕甘方言、维吾尔语、俄语掺杂上英语、德语说着笑话。同桌的朋友，都称颂他是"铁胃人"。

他吸烟，又买不起好烟，他吸的香烟又臭又辣，并于吸吐过程中时有小规模爆炸叭儿叭儿叭儿叭儿出现。

更奇特的事是他的儿子看了一个极好的影片，《大浪淘沙》，学上面的自缢镜头悬梁，就这样离开了人世。为此，我们全单位的人，他的众多的好友，制订了劝慰他与安排大侄子后事的精细方案，做了，了结。

他喜欢读书，喜欢研究比较语言学，向我传授，遇到特殊情势，可以用背诵书页或外语单词的方法，稳定情绪，心理治疗，利用一不小心就会白白浪费的时间，有所长进，自然入定，百毒不侵。他认为苦学也是气功，在被一批中学生死缠烂打不可开交的时候，他背诵普希金的长诗《叶甫盖尼·奥涅金》而意守丹田，进入情况，完事以后，他一个人弯腰练功立在台上，泥塑木雕，拽也拽不下来。

老夫子定力如山。

我让他给我背诵"叶"诗，他只说了一段，说是普大喜奔的金子一样诗人的诗句里说："走遍俄罗斯，找不到一个女人长着美丽的脚板。"

提到俄罗斯女人的脚，带来的是阔大感与生命力度，自然令一批中国亲苏中老年知识分子开怀畅阔不已。

我们当中有的人，有的为普希金的诗作中出现了这样的低俗面露憾色与痛惜，老夫子突然独树一帜：

"你们怎么这样不懂、不通、不解呀！酸溜溜的小男人才会发生为普天才改诗的冲动！普希金有多么体贴，多么亲切，多么含情，美丽中饱含生猛！再温暾他也是俄罗斯！"

讲到俄罗斯，他用俄语原发音（Россия），元音 o 发类似 a 的音，像是说"嘞儿阿斯衣"，味道果然不一样。

是吗？你又觉得老夫子他体贴了普诗人，超越了诗，超越了最最可笑的小布尔乔亚与风雅，超越了文学与儒学的呆气，超越了传统，更超越了爱情、失恋、追求、懊悔、挑剔、肝肠寸断、要死要活。他的本真天性小小子劲儿可以与普希金、莱蒙托夫、杜牧、李后主、贾宝玉，也不妨加上唐璜比肩。

他还讲过由于一段时间夫人回内地探亲，他把家里弄得乌七八糟，夫人回家后大怒失态，对他又骂又打，又哭又喊，又抡又跳，小施家暴。观察着夫人的声像，他想起了"酣歌醉舞""珠歌翠舞""燕歌赵舞"……一串串四字成语，他觉得非常幸福，比世界许多地方许多历史时期许多人要幸福得多多。

"语言啊语言，学那么多种语言，为什么不会为自己的生活细节做出最佳命名呢？"老夫子说。

为此，他含蓄地写了新诗，登在那一年本自治区文学期刊"批林批孔"专号上，大意是他们想破坏人民的幸福，我们仍然是载歌载舞，莺歌燕舞，快乐欢欣，声色琳琅。

他说自己的老婆发起脾气来，堪称声色琳琅的啊。

我离开边远地区后不太久，传来他患咽喉病症的消息，之后急剧恶化离世。我始终感觉他在离去的那一刻，可能脸上露出了一个轻松却不无诡异的笑容。

他是个大好人，后来，他在世时对他歌舞交加的夫人告诉我，老夫子已经预感到了改革开放快速发展的好时候，他临别时说："你们会有非常好的生活。"

愿他安息。

## 三

另一个北京油子老乡,也差不多同一个时期,咽癌去世,他一直闹腾移民国外,靠已经移民到澳洲的俄罗斯族艺术家友人帮忙,终于实现了移民梦。出发前患病住院,迅速走了,他的故事我写在一篇小说《没情况儿》里。我的感觉是他离去时说了一句京腔话:"齐了,您。"

后来访问澳大利亚墨尔本时请他妻子、舞蹈家——曾经是谢芳的同伴、一位心直口快的女性,吃饭,她说到自己的移民梦,她希望拥有一艘自己的游艇。

流光匆促或堪哀,四海五湖运未裁,游艇白帆卿且觅,碧空银浪鹭鸥来。

后来见到的是与他们同事的另一家老北京,他们移民海外后回京探亲,我请他们吃饭,他们为北京面貌改变之迅速而极不习惯,甚至啧有烦言,意思是说他们此次回来,找不到自己的老家了,北京变得让他们不认路了……我不知道说什么好:一日千里好,还是妥留故迹好?发展变化、旧貌换新颜好,还是平和保守、一切大体照旧好?

而他们的在本土上过体育学院打手球的闺女,则埋怨老朋友见到他们只知道请吃饭,说得我尴尬惭愧。据说小朋友曾经心仪一个残疾人,被父母劝退了。

心灵、心理、心愿、心病、心犹不甘。出国生活、定居、归化,滋味究竟何如?

是的,陈寅恪大师说过,去国移居,恰如寡妇再醮,不可总是怀念前夫,更不可再叽叽咕咕抱怨前夫。

还有两位对我极尽关心帮助照拂的老领导,老河北人,打死他们他们是不会反认他乡作故乡的啦。他们在我最艰难的时候对我伸出援手。二位都离世于口腔癌。他们都是河北人,都爱吃刚出锅的热饺子,都在包饺子时评论面要和得软硬合度,筋道弹性,得心应手。他们俩都爱说"打倒的媳妇,揉倒的面"。其实他们是最最良善的爱妻主义者,是媳妇面前的五好丈夫。我想念他们,感恩他们,绝对不能辜负他们。

## 四

三十多年前,我一度因颈椎病而狼狈不堪,那时我发狂地写作,又被通知参加许多会议,接待各种来访友人,国籍不一。一旦病起来,旋转性晕眩,天旋地转,深感恐怖。在一个海边的中等城市文艺之家,我看病疗养了一个多月,认识了一位海滨城市比我大五岁的朋友。

他姓姜,是该市政治协商会议领导人。面相很好,尤其是目光明亮,他每天注意看报,皱眉思索,还与我不断切磋讨论苏联在斯大林去世后的变化与埃及、伊拉克的政局,直至赤道与北极南极。他有点驼背,有点秃顶,还有点东张西望。他很健谈,既谈市、省、北京的领导干部的升降前瞻回顾,也谈吃喝玩乐与半荤半素的笑话与谜语。麻烦的是他的口音比较重,说话大舌头,发不出"儿"音来,该发"儿"的时候,他发的是"哦",这样他的说话至少有三分之一我听不清原文,但自以为能猜出他的话语里的百分之八十的原意。

我们有时和另外两位年轻人一起打麻将牌,年轻的"手哦"胡乱出牌,但是常常和(读胡),市政协主席就点评说:"傻小子睡凉炕,全凭火力壮。"

那里是革命老区,他父亲是抗日烈士,他小时候当过儿童团长,抓过地主还乡团的探子,在北京的革命大学学习过一年,在省委所在城市的党校学习过两期。他的老区少年积极分子与根正苗红的来路,使我觉得十分亲近。

分别后不到一年,听到了他因病去世的消息,我十分震惊,兹后又屡屡听到他的故事,更是令人嗟叹。

说是他老家有一个不无精明却又不务正业的小伙子,乘上了发展市场经济的东风,开头是崩苞米花,后来卖煎饼馃子,再后来加上包子、老豆腐、烧鸡、炒肝,置备了流动餐车,成了小财主。小老板还经营社会政治,不但当了政协委员,还取得了有关部门给予组织保安公司的批件,成了家乡一个能人。

说是此位能人以当地眼光中的高薪,聘用了一位练硬气功的保镖,保镖在自己左臂上刺青,上书"恩公姜勇"四字。他与我的牌友同宗,都姓姜,论辈分儿他应该叫主席爷爷。

姜主席到了年龄,下岗了,人们议论说,小老板事业与财力的飞速发展,使姜同志艳羡有加,出招帮助他多方发展,并且抵押了房产,贷款投资,与小老板亲密合作。

小老板傻(精)小子睡凉炕,火力越来越壮,被鼓动睡上了从未与闻的"期货"市场大炕。已经一步登高的傻精小子,"成功"得太顺利了,他还要一步登天,冲天,超越太空,他还要拉上已经退休的大官与他一起飞天高冲:结果上当受骗,不但赔得精光光,而且负上了债。

傻精小子也是接纳了旁的坏小子的主意,早早花钱办下了太平洋一个岛国的护照,突然间消失踪迹。而我们的姜主席,就这样地跟随着傻小子,从热炕上一直跌入无底深潭。

此事闹得沸沸扬扬,省纪检委与检察院来到此地进行立案调查,老姜突然死亡,正式说法是心肌梗死,也有人说,说不定是人设自尽的。详情不好过问。

是个惨痛的愚蠢与白痴的悲剧故事。我们会奇怪志士与贪官、艰苦高尚与蝇营狗苟、有板有眼与全无常识、可敬可亲与无耻无赖之间怎么会这样近在咫尺。而在主题新闻纪录片中听到大贪腐分子佟谈什么三观缺陷、为人民服务的方向不够坚定、崇高伟大的信仰缺失的时候，我完全不能相信我的耳朵，他们明明是刑事犯罪啊，他们是蛀虫、是骗子、是利欲熏心、是无恶不作、是社会主义与人民利益的死敌！

同时我又回忆起二十世纪改革开放初期，万事起头难，万事起头鲜，万事开头美，万事开头欢；春潮正澎湃，春风涨满帆，春意暖人心，春花喜人襄，春气大浩荡，春雨润万田；一番风光，透着可乐、可为、可笑、可奇，新鲜芽苗，破土出长，什么都有可能，什么都不一定，摸石头，湿布鞋，飞越彼岸，节奏翻一番。讲的是思想更解放一点，胆子更大一点，步子更快一点，是抓住机遇，是呼唤是号召是杀出一条血路，是奋力变动力，是无商不活，无工不富，无农不稳；是各种商品等待着出入产销，各种人才等待着发财致富。只要你干，三十天就成事，三百天就成精，三千天就完蛋……伟大的中国，古老的中国，镇定的中国，机遇满满的中国，大风大浪小花小草摇摇晃晃时有新变的中国啊，你的生活是多么有趣，你的机遇与政策誉满四海啦哇！

看官，以上是本小说的"楔子"。您知道什么是"楔子"吗？中华传统小说与戏曲，常常要有个帽儿戏、帽儿段子。比如听戏，刚开幕，戏园子不像现在的剧场那么有秩序：找座位的，招呼亲友的，递手巾把儿的，卖孝感酥糖的还在闹腾。需要台上先蹦跶蹦跶，渐渐聚起观众的注意力。读小说也是一样，开个头，对世道人情、生老病死感慨一番，显示一下本小说的练达老到、博大精深，谁又能不"听评书掉泪，读小说伤悲？"

## 五

该说到正题上了。

随着市场经济的发展与计划生育规范的推进，养老事业养老产业渐渐发展、壮大、升级、攀高。长者之家的名称,有的人从《易经》《诗经》《楚辞》《汉赋》上找词儿,唐以后的都嫌俗浅。长者之家的工作人员,个个受过专业训练,持有民政部门颁发的从业执照。医疗、康复、饮食、娱乐、心理抚慰、绿化、环境都有专业团队机构与责任部门,会客、剧院、舞厅、书画、棋牌、球馆、卡拉OK、酒吧、咖啡、书报……各种不同性质与规模的餐饮、琴室都有专门房舍、设备、服务人员。入住要有会员卡,购卡费五十万至百万元,月服务费还要收万元左右。VIP型的更高。

我的一个老友人的孙女名叫步小芹,争取到了民政部门的指导支持,创业兴办了一个称为"谙赟"的敬老院,"谙"读"案",熟悉之意,"赟"读"毕",是说美丽,你认不得与读不准,她的命名就更算成功了。

两年后对这个长者之家名称,说是反映不佳,又赶上民政局长问小步起这样的名字,又要立"案",又要枪"毙",究竟是想跟谁过不去?她顺势立即改名为通俗易懂的"霞满天"三字。

这个过程令我想起历史演义小说对于武将阵前对打的描写,常说是"卖一个破绽"然后如何如何,以退为进,以破绽求机会。绝了。

"霞满天"以后,果然前来联系入住的老人增加了百分之四十,收费在各种压力下减少了百分之十六。步小芹是明白人,明白人不较劲办糊涂事儿。这加强了有关部门对于步总"听招呼"的好印象。

我应邀到她们的六万平方米建筑面积的地盘上看了一下,并听她讲了前所未有的奇葩故事:

二〇一二年,"霞满天"这里入住了一位七十六岁的女性教授,她曾经受到过举国公认、大名鼎鼎的某学界泰斗的夸奖,她号称懂十余种外语。她入住的时候有大学的三位年轻工作人员陪同前来,提包推箱,还有一位男士十分谨慎地专为她推着一小车贵重物品,包括工艺瓷器、镜框照片、一幅油画和美国原装戴尔电脑与DUO无线蓝牙音箱。资深美女教授的名字叫蔡霞。奇怪的是她自己拿着一个专用网兜，内装一个篮球。进入了房间以后，她首先做的不是打量门窗、采光、生活设备、洗手间，也不在意窗口看到的风景与建筑。她做的第一件事是从手袋中拿出一个粘钩。把平滑的底片紧紧贴在同样平滑的床头墙面上，摩挲摩挲，使粘钩底片与平滑墙壁之间完全吻合，无胶胜胶，真空零距，然后稳稳当当地把篮球网兜挂到了上面。她眼眶含泪，面带笑容。自语说："你陪着我呗。"

莫非她曾经是知名的国家女子篮球队的体育明星？ 个头却不像啊。

以蔡老师的身材、风度、举止、穿着和笑容，更不用说她的知识学问经历名气，来到"霞满天"长者之家，可说是春雷滚滚，春风飒飒，春雨潇潇，春花灿灿，一举激活了高端昂贵、似嫌过于文静的疗养院，引起了"霞满天"的浪漫曲高调交响。一批男生休养员，特别是单身男生休养员，最小的六十岁，最大的一百零三岁，为之换了心情、换了发型、换了领带与裤缝、换了英国衣料、意大利裁缝、法国围巾，和不但是法国而且是戛纳附近的世界第二小国、面积二点零八平方公里的摩纳哥公国出产的三件套男用化妆品和德国亚马逊电动剃须刀。

还有说是焕（不仅是换）了三观的。

然后出现了一些如果是如今，实应上网的文学戏剧小品抖音：有的男士由于望蔡兴奋眉目呆痴，受到夫人痛斥。有的男生由于从蔡教授出场以后再也听不清夫人的问话也延迟拉长了与夫人交谈的节奏，被夫人察觉。不止一家提出了在本院开展"反带"（节奏）的口号。同样，女士中也有对于蔡老师的眼神的质疑，她们说女性品德主要看眼睛目光，水汪汪、眉目含情、娇媚弄姿、过于灵活生动、迹近勾引卖弄的眼睛眼神眼白与瞳眸，是各国各地各民族淳风良俗所不可允许不宜接受的，对于白骨精、画皮、蜘蛛精、玉面狐狸的眼光，一定要警惕，不能去看，不可回应，不准对视，严禁眉来眼去。

同时本所管理团队，一致认定，这些话语只是老年寂寞性的自我调笑、自寻安慰、自作多情、自解心宽，类似歇后语："管丈母娘叫大嫂子——没话找话儿。"

蔡老师的高雅与美丽是磁石，也是刀刃，是温情，更是尊严，是暖洋洋，同时是冰雪的凛然不可造次；只消比较一下蔡老师的亭亭玉立，与一帮子酒肉穿肠、大腹便便、口气臭浊、举止鲁拙的俗物蠢男的风度观感，也就没有人再说什么了。

更不要说舞会上的情景啦，每个周末，这里都举行一次舞会，下场跳起来的不超过休养员的百分之十，但是多数人都会前来，坐在软椅上，喝杯小桌上的茶水或者软饮料，听一听半生不熟的探戈舞曲《彩云追月》《鸽子》，华尔兹《中国圆舞曲》《青年圆舞曲》《皇帝圆舞曲》与《蓝色的多瑙河》……

每次舞会之前已经有不知多少关于蔡教授将要、会要、可能要、大约前来或者不来、迟到或者早退或者准时，起舞，或者只看，或者未定，或者随机下池的消息。蔡老师已经成为传播与猜测的话题，成为舞会的兴奋点，舞翁之意不在舞伴，不在蓬猜猜，不在灯光乐手清咖果盘，而在蔡霞一人。有佳人兮女神之光，下舞池兮温雅淑良，万般风韵兮似隐步态，鸽子探戈兮展翅飞扬。

而老男生们随之浮想联翩、自作多情、忽然豪放、时而沉郁、希望失望、期待成空，增益了对于生命与爱情的品尝想象、回味反刍，也许更美好的说法是想入非非，爱存不存，若尽不尽，罗曼蒂克，余音袅袅。最喜应为耄耋时，春光阅尽心犹痴，轻盈一笑天光丽，桃李春风舞未迟。

一位级别与教育程度俱佳的男生对太太说："进了长者之家，难免烦闷，所有的人告诉你好好休息，休息休息休息，人生只剩下了休息，那就等待最好的休息吧。然而，我们不能不承认，凡是没有死亡的人都是活人，凡是活人都有人生的权利和义务，欲望和文明，向往和期待，还有那么一点点'坏'劲儿。苏教授，噢，你看我连人家的姓都记错了，人家姓蔡，姓蔡？菜彩材采猜揌，一个提手，一个思想的思，它念'塞'，也念猜，你说好不好？为什么不让寂寞的单调的等死的老年变成随缘一笑、且歌且舞的幸福老年呢？"

好的，道行已经突破纪年、岁月、加减乘除，若再无想入非非，痴心依旧，其悲切更欲何如？否定之否定之否定即肯定之否定之肯定，更是肯定之肯定，其乐无穷，其乐连连！乐天乐地，乐山乐水，君子饮酒，神仙抱朴，遨游天外，蓬嚓击鼓，玄之又玄，善哉妙舞！

百年不过小歌舞，汇入了时代大歌舞，康姆尼（公社）式的大歌舞！

## 六

蔡霞老师进院两年即二〇一四年，七十八岁，她跌了一跤。

对于"霞满天"这样的高级长者之家来说，这是严重事故，这个事故几乎使业内部分股票崩盘。

所有的讲养生与医学常识的人都宣扬老人勿摔，摔人无老。伤筋动骨一百天，老人平躺三个月又十天后，内衰五脏六腑神经肛肠，外废四肢五官筋骨皮肤，并从头脑开始衰弱颓唐迷茫荒凉，只能从骨科病房直奔骨灰美罐。

不好理解的是跌了这一跤，蔡老师身体损伤有限，大腿轻度骨裂与肌肉瘀伤，卧床三周后可在护理协助下下床行动，生活自理，康复进展大大优于寻常，金刚不坏之身。瞧人家！

但她的风度形象与精神状态出现了一点变化，开始显出过去未有过的刹那迟钝呆滞，怔怔忡忡，与原来的神仙风韵开始脱离。跌跤时下颌与口唇也有撞地与擦伤，好了以后似乎微微有一点天包地的上下齿的不吻合。

她的跌伤惊动了她所在的大学，新来大学担任校党委书记的一位领导邵教授带了院系负责人前来看望。步小芹等长者之家的行政与服务与医疗负责人也都陪同大学领导进到蔡的宽大的住室。他们发现，蔡老师的说话风格产生了一些变化，说话比摔伤前声音小，速度快，口型不到位，口齿有些不清，但她的声音低沉立体、脉脉含情、如歌如诉，感染动心。

随行的外国语学院院长没话找话儿，指着网兜问道："您这样喜欢篮球吗？床上躺着，还能拍打一个大篮球？"

蔡霞翻了一下眼珠，一瞬间显出了那么大的眼白，把别人吓了一跳。

也许是长期当老师当的吧，过去蔡老师说话非常注重交流、互动，只一说话，她的目光一定注视着听话的对方，与对方的表情相互呼应。对方听得入神，有首肯与关注的表情，她会显出满意、津津有味，益发要讲精彩讲生动讲透彻；对方没太在意或者有点没听明白，她会立即反思自己可能讲得不够清晰，是不是第三人称人家可能听不出是指谁，或有其他疑点，同时她也会自省是不是讲得无味，需要生动；人生一世，时时刻刻离不开的是生动二字；她会立即予以必要的补充、强调、变更语词与语气，吸引对方的注意，推进对方的理解接受。

现在呢？为什么她的说话增加了自言自语的韵致？她的说话平添了几分低垂眼帘、忧郁温存、自恋自怜。过去说话是显然的对唱，现在呢？是自我中心的独唱咏叹调。

而在听到随行院长的问话以后，她的表情是何等诡异！

停了一会儿，十秒钟，看望她的人与她自己，双方失去话题线索。

又过了十秒钟。

询问篮球的老师觉得尴尬，有一点不对劲。

蔡霞目光里出现了几许火星，她随意一笑，念念有词："谢谢书记，党委的报告批下来了，教育部决定给我授荣衔，给我发国家科学与教育奖金，还有香港的学术基金会说要支持我千万元人民币。我非常感谢，我请求不要奖励我个人，我喜欢的是低调行事。"

她讲这几句话的调子像是在念稿，如果不说是祭祀词与祈祷词的话。

她的话使大学的探视人员吃了一惊，教授怎么了？天啊！她产生了幻觉，她无中生有，白日说梦！

## 七

告辞后，邵书记与院长等到"霞满天"长者之家的主持人、王蒙老同事的孙女步小芹院长的办公室，共同探讨。当然，将获巨奖是幻想中事，而蔡教授在大学从来没有过幻听幻视胡言乱语的记录。步小芹找来了本院心理医生，回答是他也略有所感。他说摔跤的那一天是蔡老师拿着自己的篮球到体育馆投篮，投了好多个，累得气喘吁吁，一个球也没有进，她神态失常，平白无故地跌了一跤。后来，出现了一点意外的变化。但蔡教授的想象型谈吐，与精神病学所认定的幻觉、幻听、妄想，尤其是迫害狂，全然不同；她绝无与不存在的对手争论纠结，感觉到某种危险、恐惧紧张压抑……这些负面的情绪与心理病态。相反，她有时的低声含笑自言自语，更像是一个美好的假设，一首诗，一个温馨的微笑，一次巧遇，一种闲暇中的自慰，文静中包含着一点悲哀，与悲哀一起，还有几分得意——她的温存、春风、细雨……还有学历，她怎么可能不自得自诩？那种平缓与自美自赏的想象是正面的、丰富的与深情的。心理医生甚至认为，蔡霞老师的幻觉是文学性、诗学性、教育学性、养生学性质的，她太聪明了，提提神就想说一说，怎么说就怎么像。虽然她此生遭遇过重大的不幸，现在孤身一人，但是她仍然充满对于生活、对于他人、对于自己的光明与善良的爱抚与信念。她不像最近一位颇有名气的文学人，却要匪夷所思地隐身离去。另一位山呼海啸的大家，绽放了令天地增辉的鲜花，又向珍爱的一切泼遍了腐臭毒辣的脏水……禀赋超人的女性，钻起牛角尖，吓唬人。

心理医生还说，在医学课堂里没有听导师讲解过类似的病例，医学研究档案与学理假设上也没有这种说法，但是根据他近二十年的临床经验，他认为蔡霞的横空出世的授奖婉拒说，其实是一种语言训练、交际经验回顾、思维培育、世情重温，也是一种老龄存盘过期乱码的智能补偿。老来失去多，不失又如何？幻想宜美妙，美妙自快活。仍然多谦逊，俯首先谢过，彬彬有礼处，教养育亲和。

蔡霞其后一天给十几个熟人打电话，说到自己将被授奖而坚决谦辞的故事，这相当令人惊骇。但总体上说，蔡老师的情况无恙，预后甚佳。那些接到了她的辞谢奖项故事电话的友人，开始或有一怔，很快便是恭喜恭喜的笑声，而听到了她谦辞坚辞的态度之后，也都一律表示理解和赞扬，认为蔡老师做到了著名人物、教授、清雍正九世孙爱新觉罗·启功先生所题的北京师范大学校训八个字，"学为人师，行为世范"，启功体书法，温良恭俭，精纯沉静。

此后大学的同事们来探望教授，她的授奖说、谦辞说有些发展，说是收到了外事部门信息，将要授予她菲尔兹国际数学奖，她强调自己的专业是语言学，但是加拿大的专家坚持要发奖给她，指出她关于语言的符号学论述适用于数学的符号理论。她学的当然不是数学，她岂能接受数学奖欤？不仅是数学奖，甚至于纽约方面试探着与她讨论，要给她颁发基泰精神病学奖。

"遗憾的是，世界上只有精神病学奖，没有精神病人奖。"

她与客人们都忍俊不禁，多人赞佩她的幽默与机锋。

说得多了，听者就接受了。人们对她的辞奖说闻怪不怪，点头称是。美丽的荒谬，也比疯婆子怨怼的卖弄好一点，要知道，她已经退休二十九年，到本长者疗养院也两年了。本院的休养员长者显示某些心理不平衡不稳定的记录，并非少数。

慢慢地，她的倾诉不断发展，可以兴，可以观，可以群，可以戏嬉喜怨了。她加上了新的节目，她开始对人说她将晋升级别与军衔，先是少将，可以称她为蔡将军了，最近又说是快要获得中将军衔了，她也坚决请辞。一个多月后，在她的生日，校长来看望她的时候，她说她受到印度宝莱坞、美国好莱坞、韩国希杰娱乐公司，还有伊朗的电影人阿巴斯的热邀，希望她写作与出品一部关于中国的故事片电影剧本。

莫惊奇，事事有来历，凭空不会兴灾异，幻梦也非凭空至，悲到尽头应是喜，牛到极处又无趣，与时俱化是实际，努力努力再努力，未成大器仍优异，总还是，勤勤恳恳，爱怜众生，脚踏实地，嘿嘿，嘻嘻，她是有、一点点、个人的脾气。

# 八

更离奇的是二〇一三年本地民政部门干部前来巡视检查，收到一封休养人员郦女士的举报信，说是郦女士的先生、著名朗诵艺术家、六十三岁的美男子宋春风受到了蔡霞的吸引乃至骚扰，写信人的家庭完整受到威胁，要求将蔡某人请到本院其他分支院所去。

高龄长者能出此等事情？他们本应该万事看透、宠辱无惊、色即是空，古井无波？不，那可能是古代，是血压、血糖、血脂与胆固醇四低的时代。全面小康、总量第二、购买力量世界第一、拥有百分之二十以上中产阶层人口的时代，高龄长者们有可能渐成为终其一生、老而不衰、飘风骤雨、石破天惊、爱爱仇仇、永远的激情飙客。怎么能提前消停，过早瞑目，早早退避三舍？

稍稍打听了打听，观察了观察，民政巡视组做出结论：并无此事。巡视员找郦女士沟通，郦女士主动撤诉，此话带过。

又过了一年，蔡霞的自慰自语，有所压缩，只有最亲密的访客来时，她才压低分贝，感叹这么一回，而且不要求任何回应，不怕你是微笑、疑惑、点头称是或者摆手劝阻。她说完了她的，如同宗教信徒做完了早课，立即回到现实生活世俗杂务之中，谈论房价、SARS、气温、晴阴、湿度、狗不理包子铺、快递网购、垃圾分类与厕所革命，防止便秘与生理病理诸事务。长者们普遍认定，对于他们，排泄远重于摄入，小康以降，三天辟谷，有益无损，三天不走动，大难临头。

## 九

二〇一五年来了蔡霞教授的闺密，送来了一批唱盘与U盘新款，她的房间从此音乐涌动。她很快迷上了新疆的《十二木卡姆》，像哭，像笑，像呐喊，像调情，像婚礼，像乡愁，像怒吼，像赏花，像暴风大雪，像相思苦恋，像胡杨也像大漠，像甜瓜也像坎儿井，更像千年不倒不死不烂的大漠胡杨。蔡霞随而起舞，有两次感动得哭湿了枕头。她还引用新疆维吾尔族舞蹈家的名言："一天没有起舞，便觉得辜负了人生。"

有五六个老头儿受到了这风情浓重的声乐与器乐的吸引，他们走近蔡老师住室，门外蹭听，他人走过，他们赶紧走远一点，等人少了他们再回来蹭。蹭蹭蹭，人生须蹭足，蹭天蹭地蹭音乐，生活即歌舞，人生如老虎，虎虎生威大志竖，一日寻它千百度，真善美无数，大美在身旁，大美在己手，大美在此处，大美在前何庸怵？

后来听得多的是莫扎特的《加冕弥撒》，蔡霞听这部作品的时候脸上是含泪的微笑，她轻轻点着头，既有欣赏，又有认同，还有赞叹，连连伸出大拇指。她告诉步院长说："你听这个女高音独唱，她是一个非裔歌唱家。"

她听舒曼也听《茶花女》，听日本演歌也听腾格尔。听十九世纪出生的拜恩戈尔德的歌剧《死城》，听着听着会从椅子上站起来，行立正礼敬，她说，无怪乎人们说是德意志通过这部歌剧，从战争的黑暗与崩溃中开始走出来了。

她也听"文革"中的红太阳颂歌，特别是张振富与耿莲凤对唱的藏族歌曲："您是灿烂的太阳，我们像葵花，在您的阳光下幸福地开放。您是光辉的北斗，我们是群星，紧紧地围绕在您的身旁……"她听得满眼热泪。她小声说："早春最爱唱这个歌……"这里，没有人知道她说的是什么。个别人以为蔡老师说的是春寒料峭的清明前季候。

二〇一七年，蔡霞八十一岁，大年三十头一天晚上的本院联欢会上，蔡霞用俄语、英语、法语、波斯语朗诵了普希金、拜伦、艾吕雅、哈菲兹的诗，再用汉语做了翻译，她重新显示了风度与聪敏，良好教育与自信，饱经沧桑与活力坚韧。

"霞满天"长者之家的心理医疗主任医师说，是时间与音乐，或者是音乐与时间，治好了她的精神疾患。反正音乐是时间的艺术，旅游是空间的求索与发现，它们的医疗作用都是很大的。

为什么提到了空间的旅游？也还少有谁知道情况。"霞满天"并没有旅游业务，小步他们还不敢组织古稀耄耋群体的大空间活动。

第二天晚上她看中央电视台的春节晚会，边看边有议论与不甚满足,不甚满足也仍然津津有味地从猴年末尾看到了除夕夜的子时三刻。

从此,蔡霞渐渐恢复了初到"霞满天"的最佳状态,没有发音不清,没有天包地,没有念念有词,没有幻觉奇谈,没有走路时的身体摇摆。八十一岁的她更加从容、成熟、尊严、体面、清晰、克己、多礼。她提升的是人境、圣境,也许可以说是佛境,她离开的是言语的迷失,她清醒地告诉步院长:"我知道我有点胡言乱语,对不起,我有点憋闷,我不服我的倒霉噩运,我想着我应该有点幸运、福气、彩头,我相信我的生活里会有许多美好的东西出现。没有也会有,没有当作有,心里有,念里有,想着有,话里也要有。我要快乐,我要幸福,我不信我会常常不幸,我要的是高雅与幸福,不是炫耀,不是撞大运,我又不愿意显摆显摆。我想撒撒气儿,我要坚持我是福星,不是灾星。当年胡风是主张自我扩张的。后来扩张到笆篱子里去了。太有好意思了。"

王按:后来,步院长说,这些一时露头的偏失,全部自动清零,冰雪洁净。王说:"我感觉到的是一种痛苦与对痛苦的反击宣战。她,要表达的是成功与胜利,她本来应该胜利和成功。"

王按:侃侃而谈,念念有词,这就是岁月积蓄,逝者有声。是反刍与消化,是遗忘与淘汰雪藏,是珍惜与告别,又是永恒的安宁与纪念。人会消失干净,仍然有话语留存。笔补造化天无功,病里微言意不穷!

渐行"渐远",可以用五线谱上的五个表示"渐弱"的"P"符号来表示,一年一年,不愉快的记忆渐行渐远。蔡霞有不愉快的记忆,步院长注意履行为休养员的私生活保密的规则,还没有告诉王蒙。

   青春百样美,老态P般甜,活到惊人处,苍天变蔚蓝! 爱情耽热火,歌赋醉华年。香蚁(酒)得佳贮,举杯叹月圆。

   老泪思早先,新诗记变迁,春秋酿深意,广宇惊鲜妍,惜爱愁应忘，欢欣乐未眠，此生多感触，何日不缠绵？

谁无不称意？谁有金刚身？敢历八番苦，乃游四海新。悲哀怜楚楚，喜乐忆津津，受用天人趣，清流洗净真。

唧唧得与失，恨恨谁人知。开阔艰难后，清纯困苦时。少年多激越，成长渐矜持。灿烂容光焕，丰饶岁月痴。

亲爱的读者，王蒙从小就想写这样一篇作品，它是小说，它是诗，它是散文，它是寓言，它是神话，它是童话，它是生与死、轻与重、花与叶、地与天，它不免有悲伤，有怨气，有嘲讽，有刻薄与出气，有整个的齐全的祸福悲喜。同时，尤其重要的与珍贵的是刻骨铭心的爱恋与牵挂，和善与光明，消弭与宽恕，纪念与感恩，荡然与切记，回肠与怀念。

高尔基说过陀思妥耶夫斯基的作品像是狼写出来的。高不喜欢陀。我没有感触到陀的狼性。而且，某种情势与条件下，我们固然不可以请狼先生放羊，但不妨容许狼写两篇小说试试，同时注意防护，注意狼的利爪与獠牙。

珍惜文学，珍惜生命、生活、生机、生长、使命、运命、受命、人生。不能接受对生命一词的一分钟猜疑与敌视。病态、冷漠、敌视与仇恨生命批判生命的人怎么能算人呢？我们珍惜的人又是什么人呢？且请读下去再读下去。

十

当步院长告诉蔡教授她的爷爷是王蒙的好友，她说我也与王爷爷谈得来的时候，蔡霞说她愿意让王蒙了解她的经历。

说是蔡霞对步院长说：

你不可能信服我的命运，我的遭受，我的不幸，我的噩耗。屋漏再遭连夜雨，船迟偏遇打头风。走平路落马，进高厅撞墙。躺平偏中十分准，低头巧遇二把刀。绊跤星点石子，砸头颗粒流星。

我敢问，谁见过比我更倒霉的老姐？

我生于一九二六年，一九四五年十九岁赴英留学，不必说我出身于资产阶级，我知道我的原罪。我在剑桥大学学法语、西班牙语与俄语，当然前提是先学好英语。我结识超拔英武的中国留学生篮球队队长、比我大两岁的薛建春。我俩在剑河边牵手行走，我们谈论民国的徐志摩和校园皇后陆小曼，梁思成和林徽因，以及为林小姐终身不娶的逻辑学家金岳霖。我们欣赏两岸的秀美，听醉了教堂的钟声悠扬，忧虑着抗战胜利后国内形势的严峻与危难，我们感到了中国即将大变，这又使我们心跳加速，全新的国家与前景在向我们招手。

……一九四九年新中国成立前夕，我们赶回北京，我们俩参加了大中学生的暑期学习团，我们听了大诗人艾青的讲演，听到对于徐志摩和他的诗《别拧我，疼》的嘲笑，惭愧极了，也兴奋极了，革命改变着一切，我们也见到了周扬与丁玲。我分到四川大学的外语学院，他分到文化部的外事局。一九五四年，我们二人结婚，两地分居，好不容易确定了我调来北京，与建春团聚。

一九五六年，建春作为随团外语干部随中国艺术团去拉丁美洲演出两个月，中间在瑞士德语区苏黎世市休整排练。那时美国对新中国采取封锁政策，赴拉美阿根廷、巴西、智利三个大国与遥远陌生的乌拉圭、巴拉圭唱京戏、耍坛子、跳红绸舞与唱陕北民歌，是一件突破局限、扬眉吐气、走向世界的大事。那时当然没有中国直通拉丁美洲的民航航班，我们的人员分两批，走莫斯科、布拉格、苏黎世、墨西哥，再到拉美其他国家，这是个辛苦麻烦的航程。回程从苏黎世到布拉格一段，本来建春是坐第二班飞机的，临时与另一位在瑞士遇到亲戚的团里的同志报批以后换了航班……想不到头一班飞机出了事故，建春三十岁，与我结婚两年，死于空难。我哭了三年，患上角膜炎、结膜炎、青光眼直到鼻炎。为什么，这究竟是为什么呢？不为什么，不为什么，为什么这样的不幸会降临到我的头上？我，我的祖上，究竟造了什么孽，犯了什么罪，害了什么人，让我受到这样的天谴！

或者说，有天大的不幸者，也就有天大的福气，有池鱼之祸、无妄之灾者，也就有天上掉馅饼，地涌醴泉，穆清祥和，符瑞天相。

我说的是建春有个弟弟，比他小六岁，比我小五岁，名叫逢春。他没有建春的苦学勤勉，也没有哥哥的高大英俊，但是他极其聪明伶俐，而且有一副意大利的澎湃与俄罗斯多情男高音的好嗓子，毕业于苏联莫斯科柴可夫斯基音乐学院声乐系。在他哥哥去世三周年，一九五九年十一月，我三十三岁的时候，他来找我……

命，这都是命。他唱了一晚上怀念与爱恋的歌曲，唱了格林卡的《北方的星》，唱了柴可夫斯基的《连斯基咏叹调》，也唱了刘半农诗赵元任曲的《叫我如何不想她》。前者表达了年轻稚嫩痴情的连斯基在与叶甫根尼·奥涅金决斗丧命前的心情，"啊，青春，你在哪里？"这样的歌词令人销魂。而"不想她"呢，就像后来李谷一的《乡恋》一样，推动开始了一个新时代。

连斯基的歌，本应该由铜管与大提琴奏出序曲，我的这位小叔子逢春，以闭嘴的鼻音模拟序曲与过门的伴奏，他一个人变成了一个乐队，管、弦、弹拨、吹奏、打击乐器齐全，而主要是自己的男高音独唱；再有他说在苏联，他的俄语名字就是连斯基·谢尔盖，他在苏联姓谢尔盖，是因为谢尔盖的发音最接近薛，而俄语里难以拼出汉语中的 uē 这种复合元音。与此同时，他拿出递给我看的是一九四九年的日记，他写到了我与他哥哥回国，十七岁的逢春见到我后受到了什么样的震撼。他写到他一夜不眠，只想着我这位"天使"与"圣女姐姐"。

"我决定自杀,我已经见到了,听到了,想到了也融化了,我已经活到了这样一个熔断点。与蔡姐姐见了面,可以了,满足了,确实是生存过了也飞翔了失事了,我已经变为彩霞和礼花,变为奏鸣和独唱,变为跪在蔡霞姐姐面前的一块永远的石头。我还需要什么呢?"

……不用说别的了,我嫁给了建春的遗弟逢春,也可以说是另一个建春。原来,我与建春的婚恋是一个建构一个寻觅,后来与建春的胞弟,是一个巧遇一个偶然,是幸运之鸟大难以后立即栖落到我的霉运的额头,甚至于是我从人生中坠落,撞上了逢春,撞成了我们俩的满怀爱恋。我嫁给了中国式加意大利兼俄罗斯式的歌声,嫁给了他的疯狂的对于嫂嫂姐的恋情,嫁给了永远的我与剑桥、苏黎世、布拉格、意大利与俄罗斯的缘分与灾难,嫁给了《太阳出来喜洋洋》《教我如何不想她》《啊,你冰凉的小手》和《今夜无人入睡》,嫁给了《青春,你在哪里?》《黑桃皇后》,嫁给了一个无论怎么说,有哥哥的脸型、有哥哥的嘴角、有哥哥的笑容更有哥哥的口音哥哥的眨眼的另一个男孩子。

## 十一

蔡霞继续说:是的,出嫁在一九五九年,似乎也可以说,同时是一九五六年,还同时是一九四五年与一九四九年的重版,是时间的多重叠加,是人与国与家,还有我正在逝去的青春的情与梦的热遇……当然,你算得出来,一九四五年,我十九岁,一九四九年,我二十三岁,一九五六年,三十岁了;而建春三十一岁之时,逢春二十五岁。一九五九年,三十三岁的我与二十八岁的逢春在北京结婚。各种机缘,我们举行了盛大的婚礼,在北京颐和园听鹂馆,五桌婚席。

结婚十三个月,一九六一年,我们得到了一个儿子,起名叫早春。早春更是建春的几何相似形制图,是建春再世,是我的与建春、逢春、早春三春的生活，从儿子呱呱坠地重新开始。

奇特的是，早春在幼儿园就是拍皮球的冠军，小学三年级他长得个子很高，他喜欢球类运动。高小他已经开始打儿童篮球，初中一年级他就被选入了中学的篮球校队。父与子两代打过的篮球，是我的命根子。

对不起，猖狂，与逢春结合，我又觉得我是世界上最幸运的一个人，大恸反得喜，深埋又还阳，得了儿子后，何事再牵肠？我，我正是陷入大悲哀大痛苦，哭泣成病的准寡妇当中，康复得最快乐最完美最称意的唯一一个特例。我被命运砍了一刀，养好伤，受用了命运带给我的新的可能，新的机会，新的补偿，是痊愈的快乐，是康复的成功，是另一回新生，是咸鱼翻身，是命运碾轧后直起腰，爬起来，起跳，一米八，超过了打破世界纪录的郑凤荣，她是一米七七。

我想的是什么呢？你必须活着，活好，活着就有爱，活着就有情，活着就有戏，活着就有天空和太阳，活着就是春天，花开，叶绿，水流稀里哗啦，鱼戏南北西东，鸟也滴滴里里地叫，虫也变蛾变蝶升空，虫儿们组成了绿色的夏天的夜夜室外乐队。

乐观是不是轻薄？佛家讲究大悲、慈悲、悲悯，应该怎么样去感应和体悟？

我的罪，我的罚，我的悲，远未做好准备。这是幼稚，更是浅薄。

# 十二

蔡霞继续说：

一九八一年，学校暑假期间，逢春出国演出。我们的儿子参加完高考，信心十足去上一本。快要满二十岁的早春，回到他爹他大爷老家，一个著名的旅游景区 N 市郊区农村。山川壮丽的农村在改革发展中开始兴旺，民居发展开放，接待八方来客，吹海风、洗海澡、吃海鲜、坐海船，躺在海滩上穿着泳衣晒太阳，外加登山爬山看日出采野菜、戏弄松鼠，偶尔看到五颜六色的山鸡。一九八一年的八月六日，是阴历七月初七，是鹊鸟搭桥，让牛郎与织女相会的七夕，是中国的情人节。在N市模仿国外新建成的一个游乐场，早春赶上去玩翻滚过山车，突然过山车的钢缆机件出了问题，几名游人坠落。幸亏那天游人不多，斯地斯时人们的购买力还相当有限，游乐场式的地方，只有部分人问津。就这样也遇难两人伤七人。我的早春离开了我们，提前会他的伯伯建春去了。

请问，你们谁能相信，这样的十年不遇、百年难遇的事儿，像一颗流星在太空坠落，两次坠落不偏不倚，全都瞄准到我蔡霞灾星的脑门子上了。

我到现在也不能相信，不，这太夸张，这不真实，这不是真的，是编的，是胡思乱想的走失。如果是真的，这就是不可能的。如果说这也可能，那就只能是假的。是的，我在一九八一年一九八二年集中力量思考与研习的是概率论，我的遭遇出现的概率绝对近于零。这应该也是一个数学悖论，如果一切都是可能出现的，那么就是必然等于，一切的不可能也都是可能的；如果不可能也是可能的，那么不可能就和不可能相悖，如果可能中包含着不可能，可能就与一切不可能是相通与相等的。那么不可能究竟是可能还是不可能呢？可能＝不可能？不可能≠不可能？不可能是可能的还是不可能的呢？

我的遭遇让我几乎得了菲尔兹国际数学奖。"="这个等号本身就是剑桥大学十六世纪时候开始使用，然后普及到世界的！

那一年我五十五岁，逢春五十岁，早春是永远的十九岁。

你说什么？作家王蒙？他比我小八岁。他对长者之家的生活很关心？好的，你可以把我的故事告诉他。

## 十三

蔡霞说：是的，我是白虎星，我是扫帚星，我是《圣经》里传递天谴信息的约拿，我是"Estrella dedesastre"（西班牙语：灾星），我是魔鬼撒旦，我怎么成了妖孽？底下的事更难于启齿……

步小芹后来把蔡霞的奇异的经历背景继续讲给王蒙。

年已半百的歌唱家薛逢春的声乐事业正当日益兴旺，儿子的事让他突然衰老，儿子的死亡使他失声，他糗到了家里。

过了一年半，蔡教授由于她的外语专长，随着改革开放与对外关系的发展，仅仅顾问、评委之类的名衔就获得了十几个，应联合国秘书处的邀请她带着学生访问了纽约与日内瓦的联合国机构以后，又担任了中国对应机构的顾问职务。五十二岁的逢春不但声带痊愈上台演唱了，而且被邻省的一所艺术院校聘请为声乐教授。

如此这般，薛逢春与她，原来就风风火火，人五人六，虽遇大难，合法兼职化以后他们的名声与添加的收入飞跃增长。他们常常体会与称道本土的敬老文化传统，时间使得有专长的长者价值不断升级，岂止小康，岂止中产，他们决然地进入了高收入阶层。一九八三年，他们买了三百多平方米的独套别墅商品房，从蔡霞家乡雇用了沾亲带故的家政服务员，称蔡霞为表姨的李小敏。

李小敏二十一岁，读过高中，上过两年烹调培训班，她已经参加过两个年度的高等学校入学考试，未能够得着分数线，为维持生计愿意做家政服务，并在下一年再试一次高考。

李小敏浓眉大眼，瓜子脸庞，上唇丰厚，下唇稍稍兜起，言语清晰，口齿伶俐，眼里有活计，手里有灵巧与气力，表现的是新农村的无限希望。从来了以后薛家清爽整齐，顺风顺水，深合蔡霞心意。得机会她就辅导小敏高考应试，特别是小敏的弱项外语，得到蔡师指点引领以后，突飞猛进，二人对她次年夏季的考试，信心大大提高。

一九八四年，李小敏考取了一类大本，学外语。蔡霞挽留她周末或其他自由度大的时间依旧住在她与逢春定居的别墅房里，适当帮助家务。他们也在日常零花方面给小敏以慷慨的资助，又给了小敏大批她这里用场有限的各式服装鞋帽。她与逢春常常出差在外，而几年来超市的供应越来越方便，家务劳动大大减轻，有个小敏（干）闺女，生活走向圆满无忧。

蔡老师喜欢这个孩子，心想，有这样一位亲情打工妹、莘莘学子，有这样一位有志气的本乡本土本家的年轻人，使他们的家庭产生了新的活力新的感觉新的希望，她决心资助她学好功课，直至毕业就业。她决定等小敏毕业后把她正式认作己出，后继有人，也是缘分。

小敏进入大学三年多，一九八八年，蔡霞陪学校邀请接待的一位国外的教育专家到西部少数民族地区几所大学交流。恰好此时逢春感时令小恙，减少了出差，回家休息。等蔡霞回到家，发现诸多蹊跷。

真正的，挖心丢命吞噬蔡霞人生的大难横空出世！

## 十四

王蒙想：没有比她这里发生的事更简单、更麻烦、更无耻、更自然、更无话可说、更丢人现眼的了……

伟大的恩格斯在《家庭、私有制和国家的起源》中讲过："如果说只有以爱情为基础的婚姻才是合乎道德的，那么也只有继续保持爱情的婚姻才会合乎道德。"这就是说，以不爱了为理由解除婚姻关系是天经地义的。还有说是："如果感情确实已经消失，或者已经被新的热烈的爱情所排挤，那就会使离婚无论对于对方或对于社会都成为幸事。"这话十分精彩，尤其对于长期的封建旧中国，曾经有那么悠久的岁月，常常被剥夺了自主求偶、享受生命所不可或缺的情爱的人们，得知了上面的两句话，振聋发聩，幡然新生，山呼万岁。

但王蒙还是想说一句，正像没有爱情的婚姻其实很不道德一样，没有道德的爱情，也绝对不会是有可靠的幸福和前景的，更不会是有保障、有责任，执子之手，与子偕老的生命一个温暖的重大方面。人际关系，包括性爱关系、家庭关系、亲子关系、夫妻关系，岂能有太多太过分的失道德非道德反道德缺德缺阴德！没有道德的盲目爱情，可能表现的是人类性格与个性中原始、自私、乖戾、粗鄙、野蛮、丑恶、矫情、挑剔、嫉妒、诽谤、怨怼、仇恨，没有丝毫人文意识的这一面。从相爱得要死，到相互攻击伤害仇恨毁灭、不共戴天，使家庭成为绞肉机，使情侣成为仇敌，这中间只有一步之遥。不讲任何道德的爱情带来的多半不是幸福，而是烦恼灾祸，不是浪漫，而是自欺欺人，不是健康，而是变态、疯狂、折磨、毒辣，是从千言万语的美丽，到千头万绪的丑恶狰狞。

没有道德的婚姻，还可能是阴谋与骗局，是桎梏与牢笼，是虚与委蛇的伪爱情；爱起来千姿百媚，不爱起来千疮百孔；经营起来红利滚滚，表演起来曲极其妙；恶劣起来流氓无赖，冷热软硬暴力俱全。

有多少人享受着充满爱情、高尚情怀、受到社会肯定、法律保护、道德提升的婚姻！有多少人从来没有享受过、没有知道过、没有试验过人类的文明使男女能够如此和合相悦幸福！也有多少人受到了受够了如梦如痴、乌烟瘴气、要死要活的歇斯底里，还不断地出来什么家暴、冷暴、杀妻、杀夫、肢解、转移、隐匿尸体的……报道，使人想到恋爱结婚成家不寒而栗。

在电视节目里，从《社会与法制》节目中频频看到的是情人夫妻间刑事犯罪案件，让爱情与婚姻彻底摆脱道德，让爱情绝对排他地诗化流行歌曲化，也许就难免同时进入民事至刑事案件的法学范畴啦。

## 十五

蔡霞说：我明白了人生的某些好与坏，生与死，成与败，在没有发生以前它们只是不可思议的偶然，是不一定有因果链、报应循环、预兆预警的。一旦发生，就是绝对，就是必然，就是宿命，就是无暇张嘴咀嚼更无暇思考拿主意，你已经，你必须，你只能生吞活剥、原原本本地咽下去！

那么，哼哼，稳稳地给我站好了，敲起小鼓，要的是你给阎王爷跳一场独舞！要的是你给命运一个回应，一个决心，你不用怕，从拔舌地狱始，剪刀、铁树、孽镜、蒸笼、冰山、油锅……各式地狱多灾海都不妨走一遭，然后你挺起身形，鼓起勇气，你不能垮，你要死马活医，置之死地而后生；你还要再学十种外国语言文字，再走百个千个美丽的风景，你还要欢欢实实地给我活、活、活！再做千种万种有益的好事，也许你还要遨游太空，登月球，移民另一个天体……

至少给人们留下你的灵魂的记录与痕迹。

荒唐的痛苦正像一种病毒，摧毁生命的纹理与系统，同时激活了生命的免疫力与修复功能。我明白了，我不可能更倒霉更悲剧了。已经到头，已经封顶。我蔡霞反而坚定了一种信心。生活呀，你敢荒唐，我就敢坚决，你能狠毒，我就能消化排泄，也许是满不在乎，你下损招辣手我反而觉得小意思而已而已；老天爷完成了男男女女，相恋不已，相乐不已，礼义不已，也永远有厚颜失态不雅出轨不已，对此事的态度，可以做到愈益坚毅清明，云开日出，演到哪一出就算哪一出。人只能以善求礼义，不可能以暴行礼义。

蔡霞说，在她最痛苦的时候逢春安慰了她、爱抚了她、填补了她，她冷静全面地评价了逢春。她知道，逢春是个好男人，作为不拒绝不轻视通俗唱法，时而与通俗歌星有所合作的美声歌唱家，作为被许多女生评为有"女人缘"的男生，他多次被异性同行和粉丝青睐，被出自高官大款名门以及工农兵杰出人物的娇养女孩儿们招手入梦，他对蔡霞"嫂子"讲过十几个堪比柳下惠坐怀不乱的故事，逢春说，十九世纪以后，已经没有这样的人与事了。他自尊自爱自强，他爱妻敬妻护妻，对于"娱记"们来说，对于粉丝们来说，他已经是太严肃太正经，"正经"到影响票房的程度了。但是他也有把持不住的时候。他开始老了，他意识到他已经快用不着把持什么了。

何况这里还有一句话，没有人挑明过，但是蔡霞清清楚楚：薛家优秀的两兄弟，都以她为妻为指望，不孝有三，无后为大，中华文化注重传宗接代，香烟永续，这是血脉深处的基因，除不净的。

蔡霞是逢春的爱妻，但她也忘不掉，她是嫂子，长嫂如母，这又是一句传统老话，这样的嫂叔文化使她益发幸福温暖，陶醉疼爱，却又有所不安、含羞、不好意思，一直觉着未必撑得到永远。还有年龄，那时候有哪个国人知道其后十五年才有的法国总统马克龙与小丽的婚配年龄范式？这应该也算是法国对爱情文化的一个贡献。

早春的游乐场事故，甚至使她反思自身对于薛家的凶险，"雪灭于菜"，她在噩梦中看到了这么四个字，梦中大喊大叫，把走南闯北的歌唱家吓得也变了声儿。虽然饱受西洋文化的浸淫，也仍然具有洗不清的古老中华的集体无意识根脉。

## 十六

小敏悔恨至极。逢春与小敏，在蔡霞面前，争着骂自己，逢春说：

"我没出息,我下作,我糟蹋了外甥女,我可以去自首,我犯了罪……"

小敏说:"我贱,我没见过这么好的男人,我该死,我当时想的真是就这么一回,死了也不冤枉了。我把薛先生拉下了水……"

蔡霞敏感地注意到,一直称薛逢春为姨父、"叔叔"的李小敏,已经坚定地称比她大三十二岁的薛逢春为先生了。已经先生了,还说什么?在我们的传统里,未婚女生上了床,这是比天大的事儿啊。人生路途上,女生比男生更勇敢、更决绝,更以命相搏,女生可以比男生更清醒地走上不归,女生比男生更经得住事儿。

何况,他们生活在爱情婚配也处于前所未有的变局的时代。

某种意义上,蔡霞告诉步小芹说,痛苦在于发生了这样的丑闻,然后一切由她做主,她必须,她成了决定三个人,不,加上后来得知的小敏腹内胎儿,共四个人的命运的主宰。逢春与李小敏是两个罪人,胎儿等待出世,无辜无恙,无声无息无能。生活与命运的主动权,集中落入蔡霞手心。

她可以选择驱逐李小敏。李小敏表示接受,不找"先生"任何麻烦,同时拿出了医院的尿液与血 HCG 检查证明,她已经怀上了薛逢春的孩子。

蔡霞还提出可以认李小敏为干妹妹,孩子她俩同抚养,承认李小敏是孩子的生母。他们可以给小敏付高额损失赔偿金。李小敏可以另寻配偶,他们支持她的正当婚姻,光明前途。

听到这话,逢春几乎想给嫂妻下跪,蔡霞手一挥,眼圆睁,阻止了他。

小敏断然拒绝。她决定立刻告辞,回大学住,不对任何人透露胎儿的父亲是谁,她独自一人承担未婚先孕的历史责任。她要求的只是为她的人工流产手术提供医护帮助。

逢春歌唱家痴呆呆地注视着小敏,泪流如注。

就在此时，蔡霞嘴角一撇，略略一笑，这是这个大节点上她唯一闪过的一次冷笑。她用了不到两秒钟，她大声用俄语喝道："разводиться（离婚）！好的，我决定了，我说了算。我以建春原配，早春儿子加我的名义说话：连斯基·谢尔盖，咱们俩准备好身份证、结婚证，明天就去民政局婚姻登记处办理离婚手续！"

然后她用中文又说了一次。

她感觉连斯基·谢尔盖这个俄语名字，现在用着比较容易接受得多。她在剑桥学过俄语，逢春在苏联留过学，除了汉语外，俄语是他们两人的通用语言。从逢春的俄语名字讲起，像是讲一个俄国留学生的远东西伯利亚故事——история。对于她本来没有任何意义的、有点可笑的名称，存在的就是合理的，这个名字就这样活起来了，派上用场了。先用俄语沟通一下，非常必要，这是离婚的决定，也是两人共同度过了共和国初期中苏友好时代的一个纪念，有始才有终，有终并不忘始。

蔡霞遇大难而更清楚明白决断，临大事有静气，她一丝一毫犹豫与为难也没有，立即做出决定。正是由于冥冥中蔡霞自觉灾星的铁帽子向她死死地扣下来了，她必须以身阻击，必须发力千钧，决不哭天抹泪，那样只会是携手崩溃灭亡。她这样的噩运万里挑一，百千年一个，那么概率论告诉她，她必须迎上。她与薛建春、薛逢春、薛早春世俗缘分已尽，她爱他们，她感恩他们，她仍然想着他们，她留下了当年建春、后来早春玩过的篮球，作为她的圣物和出嫁薛门的永远纪念，陪伴她一生不会孤独，不可寂寞，不会怨天尤人。她要栽种别处的生活奇葩。生活在别处，因为生活无穷，你的 N 经历对于生活的 ∞ 来说，近于零。你永远有需要追求与摸索的崭新的生活领域。你必须忘记逢春与小敏的尴尬低俗，你可以换位思维，理解与原谅一切。清醒的原谅比清醒的复仇有意思。她感谢自己最痛苦的时候得到了逢春小叔子、后来是正正经经丈夫的保护。她此时，愿意全力保护逢春与小敏的名声和未来。

她毅然决然，她脑洞大开，突然感觉这不一定就是坏事。她创造了家庭变故中以最小的伤害与痛苦、最大的和平与好意、克己复礼地免灾除咎的稀有样板范例。

不幸唤醒了她的高雅、宏毅、豁达，不幸使她更加慈悲、宽恕、担当。人生几十年，得失俱有限，善恶一念间，但愿心如莲。她认定，逢春可以在二十七岁时如痴如梦地相思尚无人知道即将大难临头的嫂子，那么他也有可能，出现某种冲动，感应一个崇拜他、迷恋他的事业与英俊的，这样一个鲜花怒放女子，她蓦然以蛾扑火、以身饲虎。正是迟迟未谢春，骊歌一曲感郎君，荒唐本是寻常事，迷惑一双孽障人。毕竟本无猜，事情做出来，查无大恶意，或显凡俗胎，事本无可恕，情或有侧歪，吉凶凭卿意，罪赦任卿裁。且在不测中，找出欢喜来！

各有各的遗憾与安置。人生谁无憾？生活谁无灾？咬住牙关后，导出金玉来！可称妥善，难以无缺，求仁得仁，差强人意。

关键在我。

亲爱的建春、逢春，薛家兄弟，我爱你们。

亲爱的早春儿子，当亲朋好友强烈反对我与你爹分手的时候，我回答他们："早春给我托梦了，儿子他说：'妈妈，你做对了，好妈妈。'"

儿子的话一言九鼎。儿子仍然与我在一起。没有人敢于再说什么庸俗低级的话了。

果然早春那时节频频入梦，鼓励了我，安慰了我。梦中见到早春的时候，我听到了建春的声音，只有音频了。啊，坠落于苏黎世 — 布拉格的航线上。再没有梦到过建春，因为建春不想打扰她与逢春的生活。在梦里听到建春的话语声音的同时，响起了斯美塔纳的交响诗《伏尔塔瓦河》。布拉格的河流，流逝于迷人的交响，四溅的水花，还有捷克斯洛伐克的一去不复返的记忆。

那也是一种国家记忆,已瓦解了的国家的记忆。

后来,离异了,捷克与斯洛伐克。

人间有离异,正如有集聚,捷克斯洛伐克,蔡霞逢春亦。

亲爱的小敏,祝你幸福。

蔡霞说:一对新人结婚的时候,我们祝福他们爱爱一生,白头到老。那么假若祝词没有完全兑现,不是爱爱一生,而是半生多半生少半生若干年月,如果头发没有全白,如果是半白、灰白、略白,然后,你们拜拜,你失去了他,他失去了你,这是可能的,这是人们尤其是女生应该有所准备的。

罗曼·罗兰的话是:"凡是不能兼爱欢乐与痛苦的人,便是既不爱欢乐,也不爱痛苦。"何况是为了逢春弟弟。也可以为小敏小丫头。这丫头不是那鸭头,头上哪有桂花油?曹雪芹就能原谅与包容她们,包括袭人、小红、彩霞、彩云……

陀思妥耶夫斯基说过,他害怕的是辜负了自己承受的痛苦。天!陀氏当真写出了沉甸甸的痛苦,没有烧包,没有矫情,没有小题大做,更没有一点点个人鼠目寸光的怨毒。你可以摇头叹气,你可以抹一抹眼角的咸泪,你可以苦笑嘲笑耍笑怜悯悲悯大赦天下,两人的事归两人,自己的良心只有自己知道怎么安置。

什么?嗯,不是灾星,这不是我的选择,而是我的巧遇。要与我的巧遇拼到底,拼到骨灰罐,拼到成为一张遗像挂墙。已经连连承受了灾祸,但并非注定了要承受灾祸,更要使劲减少灾祸。有灾难可以,认灾星不必。死者常已矣,生者犹于戏,命运孰得悉,大数据哪里?家破人犹存,情了心未寂,以善良待人,以善良惠己,修福福得以,秀善善永志,为人须得体,好好活下去!

蔡霞心平气和地解决了她面对的尴尬与难题。号啕大哭的是逢春,捂着脸涕泣，叩头如捣蒜的是李小敏。

最后，蔡霞与逢春双双自愿离婚。

离婚以后第一件事，她到了布拉格然后维也纳。她乘坐了伏尔塔瓦游艇，听着乐曲美美地大哭一场，这才到了她要哭的时间与地点。如果在家里包括老家的建春与早春墓地哭，只能刺激逢春与小敏。在布拉格当晚，她梦到了长着马克思式大胡子的捷克古典音乐奠基人贝德里赫·斯美塔那来见她。甚至到了维也纳听《蓝色的多瑙河》了，她还挂牵着水声叮当如铜铃的《伏尔塔瓦河》。

蔡霞哭建春、哭早春、哭自己的泪水，从北京流到了布拉格，从黄河长江，流到伏尔塔瓦河，然后流进易北河，向着德国的文化古城德累斯顿，然后是德国海港第二大城市汉堡，最后与泰晤士河一起流到北海去了。

## 十七

小步说长者之家里的奇葩太多了，九十岁以上寿者，都是奇葩。不寿而能奇乎？不奇而能寿乎？不寿不奇能算好好地活了一世一遭一回乎？

奇葩逢奇葩，奇葩创奇闻。悲哀即功课，快乐绽缤纷。生老与病死，苦乐与悲欣。何物愁与恼，何得乐与欣？何事罚与罪？何为丑与损？反身求诸己，光明日日新。

一九九一年秋天，小敏生下了逢春的又一个儿子。逢春给小儿子起名"又春"。逢春毫无斟酌地几乎给蔡霞留下了他们所有的房产与积蓄。李小敏千恩万谢蔡霞的宽宏，臊眉耷眼地接受了逢春的求婚，断然否定了自家父母关于彩礼的要求，并声明推迟二十年再正式举行婚礼，以表达对表姨的尊重，随时等蔡姐回来她就滚蛋。她与逢春领了结婚证，目的是为了孩子。但对于家乡人，不举行婚礼，等于结婚仍待完成。

直至二〇〇八年九月二十日，斯年的中秋节后第六天，得知蔡姐去了不可思议的远方，七十七岁的逢春与四十五岁的李小敏，带着二十多岁的儿子，回老家聚集李家村亲友吃了一顿自称地方全席的流水席，算是新婚喜筵。

那么，请猜猜，薛逢春与李小敏婚宴的时候，蔡霞在哪里呢？

什么？猜不着？我告诉你，二〇〇八年整个九月下旬至十月份，八十二岁整的蔡霞，人在南极。

逢春与小敏离开蔡霞以后，蔡霞也趁退休机会辞去了部分社会兼职。第一步，她添置了乒乓球案子网子球拍黄球白球，她与一批同事同学在她那里赛起了乒乓球，而且，与众不同的是她喜欢打削球，她心仪的是二十世纪五十年代的球星林慧卿，她的削球下旋动作舞蹈感非常强烈优美。她认为她的打球，美比胜不胜利更重要。第二，她以七折至三折的低廉价格购置了哑铃、拉力器、动感单车等健身器材，坚持锻炼身体，并以这些健身器材招待欢迎来客。第三，更加牛气冲天的是她报名参加了民间办的话剧表演培训，并且自行与本校学法语的研究生，排练了法国文学作品改编的舞台剧《八美图》，前后演过五场，全部用法语，至少是高调震撼了外国语大学、法语留学生与在京讲法语的各类人士。她说，她可以好好做一些自己想了多年没有做的事情了。

她说，与《八美图》中八个女人一个大男人的丑恶毒辣故事相比较，她只能说自己的生活幸福。

一九九二年秋天一过，"十一"国庆，她自驾出游新疆天山南北，去的时候走北路，张家口、大同、呼和浩特、包头、银川、兰州，整个河西走廊，哈密、吐鲁番、乌鲁木齐。在新疆她又走了伊宁、新源、库尔勒、喀什、和田。她前后走了两个月，尽看了雪峰、云杉、胡杨与白桦林、高山湖泊、戈壁长河、草原、马场、牧民毡房、高昌遗址、交河古城、喀什噶尔清真大寺、十二木卡姆、沿叶尔羌河两岸的刀郎木卡姆,还有维吾尔族加蒙古族风味的哈密木卡姆。

尤其难忘的是天山北麓中果子沟的哈熊。从乌伊公路走,在兵团经营的五台公路服务区住一夜,第二天她经过了可克达拉——绿色的原野,走到隶属博尔塔拉蒙古自治州的沙地中的绿洲精河县午餐,还享受了"抱着火炉吃西瓜"的奇妙经验。饭后到达了高山湖泊——当地人称作三台海子的巨大的高山咸水赛里木湖,走过狭窄的峡谷果子沟。那里长满了野生小苹果,进入秋冬,苹果落地,发酵变化,获得了芳香酒精成分。由于当地长住的多是哈萨克族牧民,那里的大个子熊只,也被称为哈熊。可喜的是蔡老师亲眼看到了吃了太多的酒香野果的哈熊摇摇晃晃的酒仙步态。

凭借果香化酒仙,哈熊醉舞亦奇观,微醺更觉身轻雁,飞越天山一顾间。

屡遭磨难女儿身,教授多灾祸患临,自从峰下观熊舞,能不怡然笑煞人?

亲亲别后是新疆,游罢天山岂断肠?驿路遥遥情最切,匆匆歌舞是家乡。

回京时候,南路,经过细长的甘肃,她走陕西西安、河南洛阳三门峡郑州、河北邯郸石家庄。回来以后,她整理新疆记事,改来改去,念念不已。

天山南北自驾游以后,蔡霞对自己的旅途留影颇觉遗憾,北疆草原,那拉提山谷,喀纳斯天堂,尼勒克长廊,库车杏花村,阿城镇苏河口,喀什大寺,她硬是没有留下配得上轰轰烈烈的此行的照片。于是她购买了摄影用直升机，学会了全套操作本领，回到了航模比赛的学生时代，她从天地，从山河，从城乡，从东西南北，寻求与开拓着恋恋难舍的美丽。她留下了人见人爱，人人赞美艳羡的摄影图片。

次年，她又自驾车去云南，滇池、洱海、玉龙雪山、丽江古城、崇圣寺、三塔、石林，到处是花朵，到处是树木，到处是奇瑞山水路程。回程外加偌大四川省与重庆市。

## 十八

又过了一年，她五月份自驾再游西藏，甘肃的敦煌令她神往赞美，青海西海（青海湖）令她沉醉流连，进入西藏，零下一摄氏度，然后二三四五六摄氏度，渐生暖意，蓝天白云雪峰伸手可触、藏羚羊、牦牛、经幡，新奇开眼，令自诩"光杆司令"的蔡霞教授平添生机。从海拔不到一百米到五千米；越过十几座山岭关隘；穿过金沙江、澜沧江、怒江三江并流的壮丽景色；经过泥石流群，经过了不知多少次寒温易貌，也是日日经四季，天天历人生，终于到了西藏拉萨，布达拉宫、大昭小昭寺、八角街，住进最初是与外资合作的拉萨拉威国际酒店。

干脆说，蔡霞虔诚而又嘚瑟，她拜了布达拉宫的观音菩萨化身白度母——卓玛嘎尔姆或妙音天女。她学会了梵语六字真言唵、嘛、呢、叭、咪、吽。她喝了青稞酒，她请了唐卡药王法相，这里不可叫购买。关键是，拉萨五昼夜，她东跑西颠，没有吸过一次氧，海拔再高，没有她的心气高，心脏再吃力，没有她的精力健，倒霉倒霉，疾风知劲草，事故事故，事乱见忠良，祸大激神力，灾多好转身！苦难到了极点，她只有快乐，只有起兴加油，只有抵抗到底，只有祝福惜福信福求福……再无其他选择。

心知肚明，不选择快乐与爱恋，难道能选择哭啼啼、怨狠狠，家乡的话叫"一头撞煞"吗？不，不，不，不！

她不想那样。永远不会，绝对不会。

一九九六年，她进入古稀，后来她觉得不如叫作"鼓戏"之年。她觉得进入新生活新年代以后，不妨用革命样板戏《沙家浜》上胡司令的名言："（这茶）吃出点味儿来了"，来形容自己的心态了。

理应是京剧里正经高贵的韵白，锣鼓点节奏，花旦问："茶饮可还中意？"净行（花脸）答："吃出点味儿来了！"其中"味儿"二字，声调突然提高八度，音量也大大增加了分贝。而"了"读"燎"，大声，起伏曲折，行板如歌。

她还去了俄罗斯伊尔库茨克、贝加尔湖、北中南欧洲名城。去了突尼斯、尼日利亚、南非的好望角、伊朗的四十柱宫、埃及的卡纳克神殿。

她乘坐了各线游轮，旅行社则写邮轮，大概是为了避讳落水而游的"游"字吧。蔡霞连死都不怕，还避讳游游水吗？

# 十九

二〇二一年，在"霞满天"院里，王蒙终于见到了九十五岁庆生的蔡霞"院士"。

步小芹的"霞满天"长者之家事业有成，她已经在全国建立了三家分院。她说蔡教授自从二〇〇五年春节联欢会上做了多种语言的朗诵以后，立刻被全院称为院士，其实她是教授，并不是科学院院士。还有人说是香港的浸会大学与北京师范大学在珠海合办了博雅学院，他们聘请了一批海内外知名的学者做该学院的院士。也行。

步小芹干脆说：蔡霞教授，现任"霞满天"长者之家院士，院之名士学士,名正言顺,岂有疑义?

九十多岁了,蔡"院士"仍然挺直着腰身,脸上嘴角上呈现着幸福的笑容。

这样的气质与腰板,能不院士吗?

蔡"院士"的身世故事以多种多样的版本在本院包括各地分院传播,包括了各式添油加醋。事迹经过了民众的涂染便变成了动人的传奇。最富想象力的说法是说她在伦敦留学时与一位名叫张伯伦、要不就叫丘吉尔的本岛贵族男友生过一个儿子,名叫约瑟。一九四九年蔡薛情侣回北京参加中华人民共和国开国大典,张伯伦或丘吉尔不让约瑟回"共产党中国",她"忠""慈"难以两全,把孩子丢在了大不列颠英吉利。后来,儿子约瑟定居北欧,住在马尔默、卑尔根,或者安徒生的故乡欧登塞,或者惊世骇俗的挪威剧作家易卜生的故乡希恩,或者此前或此后他曾经待过的北极圈内的格陵兰岛。说法越多越离奇,生活的魅力就会越强有力,也就越来越现代和后现代。然后院士就更加院士化了。

院士本人主攻语言学,后来又都知道了她在剑桥选修过生物化学第二专业。在这个"霞满天"院里,没有谁说得清什么是生物化学,而她本人,回答旁人提问时说:生物是有生命活力的物质,有营养摄取,有呼吸,有排泄,还有细胞的生长与死灭。生物化学研究生物体的化学进程。还要用化学合成的方法,科学技术的手段来解决生物体的某些产生、抑制、调整与改变的进程。最简单地说,李锦记老抽与二锅头的生产就是生物化学。尖端一点来说,一八九七年毕希纳兄弟发现没有活细胞的酵母抽提液也可以进行复杂的发酵生命活动,从而颠覆了生机论。把无生命的物质与有机物质、离不开一定的物质的生命联结起来了。

解答之后,人们就更加糊涂敬畏了。人们理解,这样,女娲用泥土捏出人来，十分合理。蔡霞是"霞满天"的顶尖宝塔。但她之被人熟知，更多的原因是她朗诵的诗词与她的超高龄美貌。人们还说她一生学问深、经历惨、出身高、命运糟，才在十来年前在本院犯了精神病，破天荒的是，病着病着就好了，她有不一样的经历，不一样的学养，不一样的活力。

她大大方方，老而不衰，她的全身，她的颜面，每次让你看着都那么舒服顺当自在适意。不知道为什么，她的面颜上根本没有过多的纹路与干枯的皮肤也没有任何赘肉，只有从容润泽和优美笑靥。所以她不显老，无须表现自己尚没有老。文化驻颜信可称，微微笑过醉芙蓉，哈啰你好皆如意，甘甜酸涩乐人生。她不显弱，更不会逞强。她的永远的含笑的表情透露着幸福与自足，文雅与高贵，她的声音平和淡定，她出现在任何一个场合都带来一股清风，使在座的其他人互视而笑。她的出现又永远像没有出现，像飞过了一只燕子或者飘过一朵薄云，除了愉悦，对一切都只有浮光掠影，高雅文明，没有瓜葛与掺杂。不黏糊。

曾经有过杂音，曾经有过尘埃，曾经有过病症，曾经有过过程，曾经有过对于陌生的比自己优胜的人的敌视；现在，终于功德圆满，院士修炼，与天为徒，天人合一，莫得其偶，是为道枢。

还有她的多礼，一个陌生人走过她身边，她会报之以和善的目光，一个人向她微笑，她立刻回报以春光明媚的感激，她似乎马上轻轻点头与收颔。而当有人叫着"大姐"或者"院士"向她致意的时候，她会缓缓地站立起来。你不禁惊叹，她站立得那样从容而且完美。不像有的老人，七十一过就不敢再坐沙发了，从软软的沙发上他根本无法及时站立。医生说是老男人坐太柔软的沙发会有伤睾丸。长者之家这里还有一位老画家，由于见到大人物急于起立，扭伤了腰，现在还每天用红外线理疗仪治疗。

## 二十

为了庆贺她的九五之尊生日,二〇二一年,院里举行了蔡霞摄影展,引起轰动。一些外来的摄影家赞不绝口;少数人则称赞她的摄影用无人飞机。之后,自助餐聚会上,蔡霞应请求讲了她的南北极旅行故事。她说:

二〇〇八年,咱们国家的北极旅游开始启动后,我在中秋的第二天开始了南极之旅。只说到"旅",且不说游,我不是仅仅旅游,我只是追求精神的救赎和世界的我尚不知的那一面。我的旅游是朝圣,是深省,是学习,是寻找归属。当然也是探险。我想更多地知道一点,我们活一辈子,离不开一辈子,却仍然说不清道不明的我们的世界。

……我们先到达了阿根廷的布宜诺斯艾利斯,然后从北到南坐了三个小时的飞机,到乌斯怀亚市海港,登上了豪华的游轮。我们经过了被称为魔鬼海峡的德雷克海峡,飓风每天二十四小时,吹倒了大冰山,激起摩天大楼一样高的海浪与雷鸣一样的轰响,吹得游轮颤抖摇摆吓人。而那里一座座的蓝冰山冰丘,是十万年才能形成的。还有一座座黑色冰山冰丘,五十万年才能形成。姜是老的辣,冰是老的黑,深奥严实啊,我们的世界的"极"点。

我们需要勇敢,也需要恐惧,经历了战胜了恐惧才有勇敢,才好吹牛。

极,就是终极,就是绝对,就是无穷。说法是,到了南极,四面八方十六路只剩下了北方。离开南极点,往哪儿走都是北,以北半球的人来说,南极就是地球上的最远。当然,这是从地理学、从方向与道路角度做出的判断,如果从数学从立体几何上画图论证,另当别论。

还看到了成千上万的企鹅,说是南极有六百万只左右的企鹅在那里生活，密密麻麻，白的白，黑的黑，黑背白肚的黑背白肚，有没有白背黑肚的我闹不清了。还有一种白脖子上系黑带，很绅士味道，俄罗斯人称它们是警官企鹅。我亲眼看到一只鹰隼拿一只小企鹅当猎物，向小企鹅决杀俯冲，四只大企鹅迎战以身护崽，这里边肯定有小企鹅的父母，另两位大企鹅呢？它们有亲友，物种认同，和斗争底线哲学。

有大鲸鱼，鲸鱼能将海水喷到旅客的游艇上，也许是欢迎？人类后来认识到，人之屠鲸，太残酷，太过分了。我们看到了废弃的捕鲸船，我们对鲸鱼难免歉疚。南极也有大海豹，有一说是海豹的智力比猩猩更发达。

南极还有探险队员的坟墓，人是先锋，也有时是恶徒，是牺牲者，也是享受者。南极有我们中国的科学考察站，最早的站位于乔治岛。那里有一个小伙子是我的一个同学的孙子。我给他带去了国内刚刚度过的中秋节的一块广式月饼，我大叫着呼喊他的名字找到了他。我们游客的全部行李在阿根廷国内航班上不能超过三十市斤。一块从伟大祖国带去的蛋黄莲蓉月饼，引起轰动，在场的科考人员分而食之，有的感动得流了眼泪。

……后来去了北极，北极最多的动物是白熊。北极最吸引人的是极光，极光闪耀，我匍地痛哭，我在极光里看到了"坚强"两个大字，既然不怕活一辈子，就只有坚强二字。我留了影。去过极地的人都说，他们的心永远留在了极地与极光里。

# 二十一

世界怎么这么大，这么新奇，这么令人震惊？人生人生，你走不完你的人生，世界世界，你看不完你的世界。直至最后一分钟，你仍然觉得生未了，情未了，思未了，做未了，你仍然感觉到人生苦短，也就是人生甘甜，无论如何，请不要怀着对人间的冤屈与憎恨离世。蔡霞相信，南极本来是企鹅、鲸鱼与海豹的世界，鲸鱼已经生活了五千万年，企鹅是三千六百万年，地球本身是四十六亿年，而人类的存在只有三百万年。

人被天地被世界被大块创造出来，唯独我们有感知有思维有欢乐有痛苦有造孽也有反省，有夸大也有侵略，有反思也有坚忍。我们知道了学习。我们应该做怎样的人？做怎样的事？说怎样的话？痛苦怎样的痛苦？开心怎样的开心？我们这些远没有企鹅资深的新新一族群，我们足足地折腾了世界，一直到南北极，一直到太空，我们从灾难与成就两方面，应该得到启示与淡定。

国外有这样的惊天之论：人类应该要求自己，人类应该有所不为，不要使人类变成地球的恶性癌细胞。

你与幸福同行，与灾祸角力，被小人诬告，因不解而对一切津津有味，因大限而庄严，因辽阔而小心翼翼，因新知而热烈，因无端而难舍。

九十五岁的蔡霞与八十七岁的王蒙见面，她笑着说："我读过你的《夜的眼》和《初春回旋曲》。"

"什么？回旋曲？"我一怔，一惊。

《初春回旋曲》一直在我心里，发表以后没有一个人说起过它，以至于听到蔡霞的话我想的是，好像有这么一篇东西，可是我好像还没有写过啊。

似有，似无，似真，似幻，似已经写了发表了，似仍然只是个只有我知道的愿望。

她说："欧洲民间的轮舞曲，两个不同主题的对比。读着它，就像当真跳了舞。"

她笑得甜蜜。

"谢谢你。"

我问道:"我不懂的是,您为什么二〇一二年,在您八十六岁的时候停止了全球化旅行,变成'霞满天'的'院士'了呢?按我的想法,您应该下一步是旅游到太空啊,可以上月亮或者火星的啦!"

她微微一笑,闭上了嘴,含笑莫测高深。

她说,太空旅行训练有点来不及了,她遗憾的是没有养一只小豹子当宠物,当儿孙,她希望在野生动物的观感中改善人类的形象。

步小芹小声告诉王蒙:"二〇一二年初,中日友好医院查体时发现她的淋巴结有变化⋯⋯"

我怔了一下,觉得自己越来越聋,戴上一副五万多元的丹麦出品助听器也还是完全听不清楚。同时非常后悔胡乱提问,转而用目光向小步挤挤眨眨说话:"怎么你没有告诉过我?"

小步歪了一下下唇,轻轻挤了一下眼睛,她是想说,"不要提这个事儿",我以为。

蔡霞嫣然、淡然,而后我要说的是,蔡霞向我飘飘然地说:"我,早就,忘记了。"

精彩,豪杰,什么样的风范、人物,面貌一新啊!!!

我心里还说,"然而,你没有忘记连斯基·谢尔盖这个俄国名字。"谢尔盖——Сергей,出自拉丁文,本来就是高大上的意思。许多俄罗斯男人起这个名字。亲爱的高大上啊,你当然也可能通俗与一般化了一回。谁让你也是同样的部件、零件、螺丝与电流组装的呢?

王蒙心里还想,也许真的可以请求河北与山西动物园专家与驯兽师帮助,进太行山找上一个刚刚出世的华北豹小崽,请蔡老师养好一只豹子,丰富她的通向期颐的人瑞生活吧。

(原载《北京文学》第9期)

## 马厩岛

黄立宇

大多数时候，我们那些惊天动地的伤痛，在别人眼里，不过是随手拂过的尘埃，或许成年人的孤独，就是悲喜自渡。

——加西亚·马尔克斯

李沫是我的朋友，我们已经有很多年没有见面。记忆中的他，是个沉稳的胖子，尤爱红烧肉。他停在酒店外面的车，被一个冒失鬼撞得面目全非。李沫说，不好意思，给你添麻烦了。我陌生地看着他。日本待几年，给他带来的变化还是蛮大的，他瘦了很多，而且变成了一个"食草动物"，烟也戒了。我是一只单身老狗，无肉不欢，他只吃草，而且每次只吃一点点。

相聚的欢畅很快过去，我们经常陷入长久的停顿与沉默。我知道他着急回上海。在我家客厅的长桌旁，我们喝着加冰的威士忌，听着李沫送我的日本原版唱碟。他的太太偶尔会打电话过来，听得出来她是在日本家中。我听到一声妩媚的猫叫。李沫在电话里,常会蹦几句叽里呱啦的日语出来。眼前这个矜谨的男人,已然不是往日的李沫。他问我是否还在写小说,我有些难过,这并不是他关心的问题。他说,我给你讲一个故事吧。

一九九七年的七月天,夏日蝉鸣,我正在家里翻箱倒柜地找一样东西。

我的两个朋友,冯礼和朱海波,别说你不认识,我也已经几十年没见。他们进来的时候,我意外地在一本书的扉页上,发现当初买这本书时邂逅某人的记载。他俩是我那里的常客,无须我格外照应。我一边跟他们搭腔,一边整理东西。两人以为我一直在参与他俩的交谈,实际上我的头绪多半陷在手头的那些乱七八糟的事情上。等我整理停当,他们已经决定,主要还是朱海波的主意,第二天一早动身去舟山,目的地是一个叫作马厩的小岛。这可是几个钟头前连个影子都没有的事。你别笑,这便是我们当年的行事风格。我们都才二十出头,心浮气盛,装腔作势,生活极其苍白,眼睛里总是闪烁着冲动的光芒,整天想着奇迹的诞生。想走就走,只是那个年纪的鲁莽,连勇气都不需要。朱海波老家在舟山,不知道为什么,他老是有一种莫名其妙的家乡自豪感,已经约过我们好几次。他的一个写诗的表哥跟他神吹,说马厩岛如何荒蛮,如何民风剽悍,这些在我们年轻的闪闪发光的脑袋里都是好词。马厩岛就这样凸显在我们的想象里,往往就是这样,事情一经提出,便非去不可了。

那天下午到了舟山沈家门,他表哥请我们吃夜排档,称兄道弟了一番,我们不胜酒力,回到旅馆后便昏然睡去。朱海波是个急性子,第二天,我和冯礼几乎是在他绝望的惊呼声中醒来的。我们匆匆忙忙赶往沈家门民间码头,在码头对面的一家生煎店坐下来。朱海波把一碗豆腐脑吃得惊心动魄。他自己吃好了，便一直在催，快点啦，船就要开了。

冯礼说他，你怎么弄得像枪毙鬼一样，着什么急吗？

冯礼还在那里慢条斯理地吃他的生煎包子，他怕油飙出来，溅到他的衬衣上，那个既要躲开去，又嘬着嘴巴去够包子的架势，朱海波看了直摇头。他只好摆弄起他手头的一架袖珍望远镜，不停地观察码头那边的情况。我去旁边买烟，找了几家才找到我要的上海红双喜。正在找零的时候，朱海波又在那边火急火燎地叫我。

到了码头那边，乘客们都堵在一扇铁门前，实际情形远没有朱海波的表现来得紧迫。朱海波看看我，又看看冯礼，他的意思好像是说，咱们的人都齐了吧？

来往于沈家门和各岛屿之间的这条航线，基本上乘客都是与渔业相关的当地人。外人很容易把我们三个人从他们中间分辨出来，特别是冯礼，涤纶衫、棒球帽、墨镜、帆布包、可口可乐、机械相机、数字寻呼机，一副标准的短途旅行的派头。朱海波背了一只鼓鼓囊囊的牛仔行李包，与之不搭的是，他穿了一件他爸刚给他买的一千多块的梦特娇。他平常也没穿这么好，可能是他爸觉得儿子到了该找对象的年纪吧。冯礼说，哇，梦特娇嘛。显然有一种轻微的不易被察觉的讥讽口气在里面。说实话我蛮眼痒，那个美好的夏天才刚刚开始。

码头不卖票，说是上船之后有人会来收钱。没有票，座位也无所谓对号，你得抢。所以朱海波表现出来的急迫，也是有道理的。铁门一开，乘客大乱，朱海波一看情形不对，立刻百米冲刺，我和冯礼还在后面，他已经越过舷梯，光看到他的牛仔包在铁门边闪了一下，就消失了。他这是替我们抢座位去了。冯礼跟我说，朱海波这个人，没出过门还是怎么的？我们无非是来吹吹海风，领略海岛风光，怎么被他弄得慌里慌张，像轧公交车一样。

那艘铁壳船很小，只有一个统舱。朱海波在船舱里抢了两个座位，他和牛仔包各占一席，左顾右盼地等待我们的到来。我和冯礼在外面的舷廊上，隔窗看到他。我跟冯礼说，朱海波在里面。冯礼并不着急，他说，很好，我们先去甲板上吹吹风。

风有点大，甲板上的帆布篷砰砰作响，冯礼的中分发式已经大乱。在我看来，他之所以还挺在那里，完全是因为前面有个好看姑娘，白皙，高挑，苗条，时尚，长发飘飘。此时有人来向我们售票，我正要付钱，冯礼跟那个售票员说，等会儿，我们里面还有一位兄弟。他的意思是朱海波可能已经买过了。他倒也不是小气，而是觉得没有必要。是否必要是他的行事法则，因为再买也来得及。

我上了趟厕所，折回船舱。朱海波见到我，简直跟见了亲爹一样，口气里有那么一点小委屈。他说，你们都到哪里去了？他又说，你帮我占着座位，我去上个厕所，我好像肚子坏掉了。他刚走，前后脚，冯礼像打醉八仙一样进来了。船波动有点大，他觉得不对，他认为有必要温习一下救生衣的穿戴方法。他把救生衣从屁股底下的箱子里翻出来，并且向正好经过他身旁的一位船员请教，这幕情景真有点感动人。这就是我佩服冯礼的地方，他是对的，尽管看上去很滑稽，滑稽又有什么关系呢？朱海波一直没有来，看来真是闹肚子了。我想象他光着屁股抓着蹲坑边上的扶杆，一边又抵抗海浪颠簸的悲惨模样。我这边也不好受，船舱里浓厚的铁腥与海腥混杂的馊不拉叽的味道，让我备受煎熬。冯礼耷拉着脑袋。后来我们都吐了，那个专用的小铅桶，本来就挨着冯礼的脚边，冯礼嫌它恶心，一脚拨拉到旁边。没有想到，这会儿我和冯礼却争抢着往那只铅桶里干呕——如何把肚子里那点货色准确无误地吐到那个铅桶里去，已经是我们唯一能做的还称得上体面的事情了。

船舱里正在放映一部香港警匪片，特别匹配船舱里乱糟糟的气氛。

473

这点风浪对大部分渔民来说小菜一碟，他们抽着烟，就影片内容即兴发表自己的创见，不时哄堂大笑。那些站在舷廊上的人把脸贴在窗玻璃上，紧张兮兮地专注剧情的发展。我和冯礼都没心思看，半死不活地瘫坐在那里，朱海波的牛仔包和我的包都夹在中间，成为彼此的倚靠。冯礼从来包不离手。他的一只脚还搁在对座的扶手上，稍一伸腿就能把那个歪斜着脑袋睡觉的女乘客的脸踩个稀巴烂。这个时候，我看到朱海波踉跄着摸进舱来，我和冯礼死皮赖脸地在那里装睡。只见朱海波环顾四周，这时候哪里还有他的座位，便又无可奈何地往舱外的舷廊走去。望着朱海波踉跄的背影，我心里多少有些不安的，但这个不安远没有到礼让的程度，如果没有他抢的那两个座位，我和冯礼恐怕是挺不过去的，朱海波一路上总想着给大家谋福利。他是舟山人，渔民的后代，想必能扛得住外面的风浪，老天保佑他。

  不知过了多久，我被别人的行李箱碰醒，船好像平稳多了，我感觉身体里开始有了一点力气。冯礼仍在昏睡中，嘴角还淌着口水。一个人在梦中是无法顾及体面的。我把他推醒，冯礼一副不知身在何处的样子，茫然地望着周围的一切。这时候警匪片也结束了，乘客也都活泛过来，大声说话、抽烟，打开自己的随身物品，各处溜达。当时是上午十点半，我从包里摸了一块面包给冯礼，我说先填填肚皮吧，等会儿吐的时候就有内容了。冯礼说好，一边又嫌弃地看着我的那只被压扁的面包。他从自己的帆布包外面的隔层里抽了几张餐巾纸。他的包里永远不会有面包，但却带足了吃面包时用得着的餐巾纸。

  当时船正在打转，乘客正在往外出。冯礼说，我们是不是到了？

  不一会儿，汽笛响了。船转过去以后，看到的不再是一望无际的大海，一座岛屿神话一般出现在我的面前，而且上面房子的密集程度令我大为吃惊。后来朱海波告诉我，这个地方叫麦仓岛。可以想见，麦仓岛比我们要去的地方繁华多了。我们为什么舍本求末呢？不太明白。这条铁壳船上的乘客几乎都是麦仓岛上的人。几个青壮渔民眼疾手快，未等船舷靠拢，已从舷栏上飞身而出，奔到船艏去接应，把甲板上的货色挪到码头上去。更多的乘客还堵在跳板前的舷廊上，等待随着一记铁索声响，如潮般涌出。

我还在船舱里，朱海波的包还在这里呢。冯礼跟我说了句，我先上去了。船舱里转眼就空了，朱海波碰上一个熟人，正在舷廊上跟人家告别。他进来跟我说，那个人是他的中学同学，乡宣传委员。我说，你见到冯礼了吗？他已经下船了。朱海波这才"哎呀"一声，我们不在这里下船啊。我这才明白过来，船喇叭原来一直在喊：去马厩岛的乘客请不要下船！去马厩岛的乘客请不要下船！我大喊不好，立刻奔到舷栏边唤冯礼，这时候从麦仓岛又上来几个客人。朱海波眼看着老船工解掉了第一根缆绳，脚下的铁板开始旋转，他的叫喊更是添了一层灾难来临时肝胆俱裂的味道。听到我们的喊叫，正在跟那个姑娘搭腔的冯礼立刻像澳洲鸵鸟一样飞奔而来。这时船体已偏离泊位，好在冯礼前面已有一段助跑，他跳过来了，被老船工骂得狗血喷头。我和朱海波赶紧跟老头赔笑，冯礼拍遍口袋，拔一支烟递过去。老头把烟夹在耳朵上，就像是保留再一次追究我们的权利。

铁壳船继续向马厩岛进发。

风浪平息了很多，剩下的人都在甲板上。除了我们三个，还有另外七八个马厩岛人。甲板两边各有一把条椅，他们坐在其中的一把条椅上，盯着我们看，想必在猜度我们的身份。他们身边的所堆之物，都是刚从沈家门进来的货，主要是蔬菜，土豆、卷心菜、冬瓜、莴苣，当然还有猪肉、黄酒、香烟、腐乳、榨菜、咸齑、饮料、调味品，再者就是沐浴露、洗涤精之类的日用品。有一个细节，我看到其中一个男人的手腕上，套着两三个漂亮的发圈儿，女孩子扎头发用的，带花色饰边的那种。后来我在女朋友那里看到过，她告诉我，这个东西叫猪大肠发圈儿。当时，我们坐在另外一把条椅上，和马厩土著形成奇怪的对峙关系。朱海波试图用舟山话跟他们搭腔，但没有一个人理他，他们的目光并没有回避，依然毫无表情地看着我们。只有当冯礼举起相机的时候，马厩岛人才纷纷扭过脸去。他们不习惯在照相机镜头前抛头露面，仿佛因此泄露了他们的隐私。另外还有一个长着兔子脸的人，默立舷边。他是刚才从麦仓岛跳上来的，他戴着眼镜，这里戴眼镜的人可不多，他的身份有点不太好判断。我看到刚才有马厩岛人在跟他搭腔，但他显然不属于这个群体。我提醒冯礼注意，我说这个人有可能是乡政府的人。冯礼看了一眼说，不太像，有点村队会计的意思。

马厩岛先是一个点，在我们的视野中渐渐放大。随着铁壳船的行进，马厩岛在我们的视野中渐渐显出一些斑驳的内容。有关它的一些粗略的印象，全部来自朱海波的那位诗人表哥的三寸不烂之舌。至于它为什么叫马厩岛，他并没有说清楚，或许跟地形有关，但也不尽然。几百年里人们因躲避战乱和饥馑迁徙到此，我想他们来的时候也不一定就是渔民，他们会按自己老家熟悉的物件，来命名这些岛屿，于是便有了蓑衣岛、牛轭岛、花烛岛、稻桶岛，等等。刚才我们经过的那个大岛就叫麦仓岛。我从舟山地图上，还看到一个叫砚瓦岛，那显然出自一个破落文人的臆想。如此，两天前还在我们想象之中的风景，现在已近在眼前。我当时的感觉还是蛮震惊的。马厩岛地貌，宛若冰河时代遗址，触目都是巨大的裸岩群，远远看去，整个岛屿形同覆掌，岬角为指，关节如峦，从山冈上俯冲下来，陡然裂开一道沟堑，沟堑里堆叠着鳞次栉比的石屋，一路挟持过来，又忽然展开，形成一个小小海湾。

这鬼地方真他妈的不错啊！朱海波兴奋地在那里指指点点，你们看，马厩岛是不是有点像……他突然低下声来，在冯礼耳边嘀咕了一句。冯礼的脸一时暧昧得不行。我猜到他会说什么。当时我们根本没有意识到，我们与当地人有多么的格格不入，我们的扮相，我们的乖张，我们的自说自话。身后的马厩岛人都奇怪地看着我们，发出意味不明的笑声。但我注意到那个兔子脸的人，他没有笑，他的兔子脸，天生一副别人欠他三百两银子的样子。他在偷偷观察我们，当他注意到我的目光，又立刻把脸扭了过去。

我注意到岛上接近山顶的地方，有一幢白色外墙的水泥楼房，与下面沟壑里的那些石头屋显然不同。我猜测说，一般来说是公家的房子。

朱海波说，肯定是乡政府。

冯礼拊掌笑道，这么说，我们找到组织了？

正说着，赫然看到码头边的一块挂满渔网的巨石上，写着几个已经斑驳褪色的红字：

　　上岛外来人员，请务必到乡政府登记报备→

这几个字显然有些年份了，也不知道是在什么样的情况下作出这样的要求。所谓外来人员，无非是那些前来走访的亲戚、下乡来的县干部，还有就是游走四方的手艺人、捕蛇者、卜算家，当然还有就是鱼贩子和那些与马厩岛建立了良好贸易关系的人，但他们好像都没有必要去乡政府报备。像我等游手好闲之辈，倒是非常希望能得到乡政府的优待。

朱海波想起来了，他问冯礼，你名片带了吧？

冯礼是见习记者，还没有记者证。他说，名片倒是带了。

朱海波说，有你冯大记者的名片，起码住宿不会有什么问题。

他对冯礼道，你想啊，有乡政府必有招待所。

冯礼大喜过望，说得是啊！弄得好还能凑上一桌海鲜。

朱海波说，生猛海鲜有什么稀奇？你知道这是什么地方？这地方就是出生猛海鲜的，你要吃青菜萝卜还办不到！

船已靠岸。那位兔子脸已率先跳了上去，这个人跑起来也像兔子，在海边公路上疾步如飞。来帮忙接货的人已经等在码头上了，场面很热闹的样子。但是上岛以后，这个世界又猝然静寂下来，只剩下风声和远处传来的渔船马达的声音。

一条石阶，把我们引入岛内。

路边堵着一条木船，有个渔民正在那里敲敲打打，近旁散落着与渔业密切相关的物件，铁锚、渔网、绳索、浮子。屋弄里堆积着蟹笼和插着浮筒的彩旗，不时有肩驮网具的渔民从旁经过。路极窄，我们一路闪让。越往里走，越是屋高路窄，每一块石头都像尚未风干的鱼鲞，腥咸而潮湿。这里长年台风肆虐，生存环境非常严酷，石屋都造得跟碉堡似的，窗开得极小，当地人还用旧渔网把屋顶罩起来，每块瓦片上都压上石，用来抵抗风浪的袭击。这样一个荒蛮之岛，应该没什么游客吧，万事都有例外，比如说现在，我们来了。

我们经过一家烟酒小店，店门口放着一张破败不堪的台球桌，其中一个球袋里还留着一只双色球，像一个隐喻。它让我感叹良多，可以想见这个岛上曾经也有过年轻人的喧哗，现在却变成了店主堆放杂物的地方。听朱海波的表哥说，这里最鼎盛的时候，有三百多户，一千多号人。城市化让这里日渐萧条，有条件的纷纷在沈家门买房子，岛上唯一的小学被撤并，交通船也从一天两班变成了两天一班，马厩岛重归往日的荒蛮。

再往前走，遇到几个在阴影里闲坐的老头，他们张着嘴巴惊奇地打量我们，互相打听这是谁家的亲戚。他们没有找到答案，这个世界落在了他们的经验之外。他们的身后是一道驳墙，驳墙上面又是路，路边又是石屋，如此繁复，长长的石阶路，蜿蜒着穿过密集的石屋群，向着山冈挺进。

我说，我们这是上哪儿，真要去乡政府报备啊？

那两位笑死，冯礼感慨道，真是没有办法，别看我们一个个都像叛徒，可骨子里还是挺正规，见到组织都跟亲人似的。

我们渐渐走出了石屋群，前面传来一声接一声凿石头的声音。在一条岔路口，我们见到了一位老石匠，他正在凿墓碑上的一朵莲花。老头没有注意我们的到来，待他看到眼皮底下的三双沙滩鞋时，惊讶地抬起头来。老头说，你们是不是去水獭洞？

朱海波说，水獭洞？什么水獭洞？水獭洞好不好玩？

老头对我们打量了一番，不再吭声。

看样子，你如果对水獭洞一无所知的话，老头是懒得跟你搭腔的。

我们选择继续往前走，一只海鸟突然噗噜噜从芒草丛中飞出，消失在山坡后面。此时风澄雾开，视野空旷而高远，绕开那些东倒西歪的裸石，地被植物像草波一样涌向高处。一只淡粉红的薄膜袋，犹如《阿甘正传》里那片飘浮的羽毛，悠悠晃晃地从眼前飘过去。我们已经看到了那幢孤零零的房子，我们还没有走到它的跟前，就感觉情况不妙。那幢楼跟我们在甲板上看到的，完全是两码事。在阳光的作用下，远远看去，它像一幢崭新的楼房，眼前却是颓废的墙、破败的木梯、断裂的窗棂，透过窗棂格子，我还看到一面仿佛附了阴魂的在风中颤动的锦旗。老式办公桌上有一只红墨水瓶倒着，洇在桌上的红墨水像一摊血迹，早已干涸。院子中央有一株雪松，几只草鸡在树底下周旋。墙上有两块显著的白，想象中的马厩乡党委、乡政府的两块木牌已经不翼而飞，一切都死气沉沉。

有人吗？朱海波喊了几声，回答他的依然是山冈后面不绝的风声。

我一看这情形，就知道一桌生猛海鲜已经飞走了。

冯礼一拍脑袋，他说，对了，各地市都在搞乡镇撤并，马厩乡肯定被并掉了。

事情就是这样地不凑巧。后来我在网上查过，我们是七月份去的马厩岛，然而在三月份的时候它就被撤并掉了，和我们路过的那个麦仓岛并成了一个乡。

我们转到后面，发现坡下有一片平整的水泥地，那里有一排平房，还有废弃的水龙头和水槽。可以看出那里应该是原来乡政府的食堂或者招待所。那里的门窗全都被卸走了，满地滚着黑色发亮的羊屎球。冯礼知道没戏，可他还在安慰自己，他说有羊也可以，可以搞一个烤全羊。朱海波在那儿嘿嘿地笑，他的笑声在当时的环境里特别地怪异。我们屋前屋后绕了半天，一根羊毛也没有看见，倒是钻出一只小猫，尖啸着逃遁而去。

我们傻了半天，像三个孕妇都不约而同地听到了肚皮里的声音。

我们走回原路，来到刚才的那家烟酒店。

烟酒店老板有点面熟，应该在船上见过，台球桌上还搁着刚从船上卸下来的货。现在我们是他的顾客，虽然他的笑容还是有点潦草，但毕竟亲和了很多。

他问，你们是沈家门人吧？

不过他马上自我否定了。看着不像。他说，沈家门人不开国语。

我们笑了，可能是我的上海腔暴露了身份。冯礼因为家庭背景的关系，一直习惯说普通话，倒是朱海波一直在学我的上海腔。我跟朱海波说，别让他们觉得我们是上海人，我和冯礼说普通话，你说舟山话也行。朱海波说，好。

他们跟老板要了牛肉罐头、可乐和一些面包饼干，我另要了一份泡面。老板过来把搁在台球桌上的一箱饮料拿下来，好腾出地方，让我们在那里将就。

冯礼跟老板说，再来包万宝路。

老板说，没有。我这里有哈德门和红梅，要么你抽红塔山。

冯礼有点蒙，有点猝不及防，怎么可以没有万宝路呢，什么破地方。

我说，你省省吧，上海红双喜怎么样？我抽着蛮好。

这个地方来来往往的人很多，他们跟店老板打招呼，并对我们表示适度的讶异。倷阿里来啦？朱海波说，沈家门啦。他们摇着头，迟疑地打量我们。

在场的还有一个来买烟的男人，他四十来岁，精瘦，一张黧黑的胡桃脸。他买了一包哈德门香烟，撕开，给老板拔了一支，又给自己点上。我发现他的一只手不太利索，不由自主地要收起来，像一把折叠刀似的。因为我们的出现，他没有马上走开，索性坐在角落里的啤酒箱上，一边抽烟，一边观察我们。

冯礼还在翻来覆去地看罐头，看上面的生产日期有没有过期。

凑合着吃吧。我说，这种地方就别讲究了。

老板递来一把生锈的脏兮兮的罐头刀，冯礼竟有些恐惧，连说，我有我有。

他用带来的那把瑞士军刀开罐头，用其中的一把小刀挑着罐头牛肉，塞自己嘴巴里细嚼慢咽，末了还拔出上面的一根塑料牙签剔牙缝。这似乎引起了"哈德门"的注意。

你这个就有点过了。我说，一把瑞士军刀也不值得你这么来炫耀。

冯礼笑，还是你了解我。

这时，走来一个穿裙子的女人，嗑着手里的瓜子，趿拉着人字拖，吧嗒，吧嗒。"哈德门"冲着她乐。那女人条好，就是有点哀怨相，笑起来倒也生动。

"哈德门"跟那个女的说，昨天夜里麻将统让你包了。

女的敷衍一笑，也就这么一回。

"哈德门"贼兮兮地凑到她的耳边，你手气这么好，昨夜里你下边没有穿三角裤吧？

放你娘狗屁！女的跳起来，又佯装要去追打他。

"哈德门"乐得不行，拍屁股走了。

我们听着蛮有点意思。老板也在笑，那女的说，你笑个屁呀！老板说，你家那位今天回来吗？女的说，明天回。老板说，我有数了。你有数个屁啊！她把刚嗑的一粒瓜子壳扔在他脸上。老板笑煞。她拿了一瓶腐乳，看到刚到的油枣，又要了一包。

记账的时候，老板朝她背后努努嘴，他说，你生意来了。

他们干吗的？

我哪里晓得，老板说，来旅游的吧。

这地方有啥玩的？女的嘴里咕哝着，回过头来看我们，你们住宿吗？

朱海波立刻迎过去，住住，你是旅馆老板？

她笑了。我们这里的条件你们也知道，你们怕是看不上。

朱海波连忙表示，稍稍过得去就行，过得去就行。

女的说，那你们慢慢吃，我就在前面。人字拖吧嗒吧嗒走远了。

吃完，我们跟老板打听那个女人的名字。老板不禁吐了一下舌头，伊叫小乌贼，倷到前面打听一下。小乌贼，一听就是个绰号，而且令人玩味。我们似乎也不能拿人家的绰号去打听。冯礼说，我们都是有修养的人。我们往前走到一个地方，便听到身后有声音，哎，城里后生，你们走过头嘞。原来就是那几个老头闲坐的地方，她家在驳坎上，路边两层楼，因为是石屋，没有阳台，女主人就在二楼的小窗户里跟我们招手。屋外没有标志，在一块离地很低的石头上，应该出自小孩子的手笔，极稚气地写着三个字：小旅馆。

女主人拿着钥匙下来，她把楼下的一间留给我们，外门开向路边，可独立出入。里面有三张床和一张小圆桌，没有电视，也没有卫生间，黑咕隆咚的。我看看冯礼，冯礼再看看朱海波，他的意思是，你把我们叫来，就这个条件？

朱海波心里想的是，得亏还有旅馆，满口应下，好的好的。

女主人告诉我们，她丈夫在船上，儿子在沈家门读书，不过马上回来了，因为学校就要放假了。她说，这里平时没什么人，夏季的时候，岛上的人才一点点多起来。

问到食宿价格，女主人有点绕嘴，反正啊，海岛就这个条件，你们城里小老板，平日里都阔手阔脚的，在我这儿，还在乎那几个小钱呀？

我们听着总觉得哪里不对，但也无可奈何。

房间里浮尘满地，有一股咸腥味，凉席上也是，摸上去有沙子般的颗粒感。看样子，女主人也是刚来不久，她家在沈家门有房子，两边跑，过着候鸟的生活。我们把凉席扒下来，到外面抖了又抖，然后用湿毛巾擦拭了一遍，又把毛巾泡在一脸盆的肥皂水里。当时，我倚在门边抽烟。冯礼拿着那块毛巾，闻了又闻，心里终究过不去，跑去店里买了一条新毛巾。朱海波拿着他的微型望远镜东看西看。这个岛也就这副鸟样，而铁壳船要等到后天中午才能来，当时大家的心情反正都挺落寞的。这个时候，朱海波在望远镜里看到了什么，快快呼我和冯礼同享。冯礼抢先夺过望远镜，哈哈笑了两声。他一直霸占着望远镜不放，轮到我的手里，只看到很快就消失的三个年轻女人的背影。她们看上去一副外地人的模样，她们胆子也贼大，这种地方也敢来。

那么留给我们的问题是,她们住在哪个旅馆?

冯礼说,她们好像到海边去了。

马厩岛的海湾,一边是峭壁开凿出来的交通码头;另一边是小丘陵,岸海之间有一条水泥路,沿途是近岸礁石和碧蓝的海,还有并肩摇晃中的渔船,和远处闪耀的灯塔。有人摇着泡沫筏,向摇晃中的船只靠近;有人拎着钢刀一样闪亮的鱼迎面走来;顶着花毛巾的渔家女在自家船上收拾;采螺归来的人挑着绿网兜大步流星。这是马厩岛一天的收场时刻,山坡人家端着饭碗好奇地看着我们。我们走到哪里,总有人侧目而视。

我们遇到了一个身着黑色橡胶潜水衣的跛子,他向我们兜售他刚刚采来的贻贝。看样子,他好像径直从海底世界走到我们的面前,两只黑色的蹼子还拎在他的手上。后来知道,这种潜水服,连同采集野生贻贝的人和行当,当地人都叫水乌龟。我们讨价还价,要了三斤,这让水乌龟极轻蔑地撩了我们一眼。

我们没有看到那三个女的。殊途同归,从前面我们也可以绕回去,兴许我们还能碰上她们。路盘旋而上,山坡上也都是房子,屋弄里传来推倒又重来的麻将牌的声音。冯礼说,这个地方好,警察来抓赌,恐怕还没有上岸,这里的人早已看到了海上的公安快艇,等警察上岸,他们早就收摊了,统统都是循规蹈矩的良民。这样嘻哈说着,在一个拐弯抹角的地方,意外地看到了一块马厩村委会的牌子,那里门窗紧闭,只见老式写字台上放着一架电话机,它被放置在一个上了锁但又不妨碍接电话的木匣子里。这可能是马厩岛跟外界唯一的联系方式。我的脑海里又浮现出那个长着兔子脸的男人。

晚餐是和女主人一块儿吃的。我们把餐桌端到外面来,女主人给我们备了酱螺、虾干、红烧比目鱼、土豆咸齑汤,还有我们刚买的野生贻贝,另外又去买了两瓶啤酒。男主人不在。她说或许明天你们能够见到他。我们由贻贝说起刚才碰到过的那个穿潜水服的跛子。女主人说，你们别看他残疾，水性极好，他回到海里，比一条鱼还要灵活。这段话令我印象深刻，我无法提前预知的是，我们与"水乌龟"之间，后面还会有更深刻的交集。不知道为什么，我们没有跟她提起那三个年轻女人，只是问她，这里还有没有其他的旅馆？她说，有人来，家家都是旅馆，连个客人的影子都没有，开个鸟。我们以为自己听懂了。朱海波故意用筷子不停地掏弄着贻贝里面那团带草的肉，你看它像什么？我给了他一个眼色，这种俚亵之趣，说出来就没有意思了。不过，老板娘还是先笑了。

天色渐暗，路边没有灯，老板娘准备的一盏马灯只能照亮桌上的两个酒瓶子。她不陪我们，吃完搓麻将去了。我们还坐在那里聊天。这时候，冯礼的寻呼机响了。他看到一个熟悉的号码。放在两天前，现在正是我们几个呼朋唤友的时候。冯礼说，谢霆锋的个人专辑不知道哪里买得到？朱海波说，香港回归了，我们是不是随便去啊？冯礼说，怎么可能。我喝了大半瓶啤酒，感觉刚刚好，眼睛里还有点小迷茫，看着下面屋弄里影影绰绰的灯光，看远处的海面上，有一抹极明亮的光带，映着一条归途中的小船。

山雾缭绕。尽管是夏天，海岛的早晨还是有点凉意。我在外边刷牙，对面屋后的芒草丛里，突然钻出一个人来，麻利地提着裤子，看到我，落荒而逃。

吃罢早饭，朱海波建议去水獭洞走走。听女主人的意思，那只是一个村庄的名字，也不是动物的那个水獭，而是水塔村。至于水塔洞，她也没有见过，它差不多就是一个传说，说那里潮水奔流，日夜吞吐，台风之前还能发出怪异的声音，在没有气象预报的年代里，村民们可以据此作出台风来袭的预判。

女主人说，除了石匠夫妻俩还住在那儿，水塔村已经没有人烟了。

我们出发，当地人向我们行注目礼。问题出在朱海波身上，他还拿了主人的一个加强版的手电筒。我跟他说，手电筒就不必了，或许根本就没有什么水塔洞。他非要带，明晃晃的太阳底下拿着一只手电筒，授人以柄，昭然若揭。

走到那个岔路口，未见老石匠的身影，空余一堆石头。

我们沿着那条分岔的小道，走到高处，在路边看到一个山体碉堡。有一个小台阶，从侧面深入它的内部。从紧贴路面的瞭望口，可以看到方圆数十海里的动静。里面有股子尿臊味。战争远去，它事实上成为乡间小道上的一个路亭，起码可以在这里痛痛快快撒泡尿，留下一段意淫文字，比如某某人的老婆其实是个烂婊子，诸如此类。我们好像不经意看到了这个村庄最隐秘的一页。

这时，外面有细碎的脚步声由远及近。侧耳细听，冯礼说，花姑娘！

里面空间狭小，瞭望口又贴着地面，我们只看见三条裙子。

她们走到那个地方停住了，她们说，咦，他们人呢？

我们出去侦察了一下，不出所料，正是我们在望远镜里看到过的那三位。她们说的是普通话，这与我们之前的判断也是吻合的。

哈啰。

女的一看是我们，互相看了一眼，然后扑在那里笑。

你们是昨天刚来的吧？

是啊，你们咋知道？

你们是外地人嘛，这里哪怕飞进一只苍蝇，都逃不过他们的眼睛。

我注意到对方说的是他们。还有，我们是外地人，难道她们不是？

朱海波说，你们也是来玩的吧？

没有应答。这个问题似乎让对方陷入了困难，她们面面相觑。

这时，冯礼朝她们做了一个摁相机快门的假动作。

她们在镜头面前还有些羞涩。三个年纪都很轻，虽然相貌平平，但她们的青春气息也蛮打动人。从她们的举止、稍显过气的穿着打扮以及对照相的兴趣上，我隐约感觉到她们的乡村背景——我不知道，朱海波这时候把我说成是中学老师，是否也是基于这一点。

有一个叫三妹的问我，你真是老师？

看得出，她对老师有特别的信任和期待。

我"嗯"了一声，我显然不能说不是。我说，你们从哪里来啊？

贵州。她们怯生生的，似乎说出来，就会透露出什么秘密。

哎哟，冯礼说，你们够远的。

不知道为什么，这个遥远的地名似乎印证了我心里的预感和不安。但是，我依然没有猜到最后的结果。当时大家都很开心的，旅途中遇到同行者，总是一件幸事。

她们当中，数三妹年纪最小，她是一个机灵鬼，特别会笑。三妹介绍她旁边那个梳马尾辫的，叫花花。花花稍有几分姿色，也很文静。我注意到她的马尾辫上，系着黑蓝相间的花式猪大肠发圈儿，和昨天船上一个男人套在手腕上的东西是一样的。也许这只是一个巧合。另外一个肥嘟嘟的矮个女孩，她的脸好像没长开的样子，三妹说，这个小坏蛋，我们都叫她小肉包。

好像眨眼之间，故事就开始了。朱海波从口袋里摸出一颗糖。他有低血糖，口袋里经常带着糖。他把糖单单给了身边的三妹，三妹剥开来，还看了他一眼，慢慢塞到嘴里，这其中的甜蜜让她的笑容格外动人。不知何时，三妹已经悄悄抓上了朱海波的衣袖。她问朱海波是做什么的，我在一旁信口胡诌，我说他呀，著名流浪诗人。朱海波回头冲我笑，他的笑里已经有了秘密。三妹特别期待地看着他，他便咳嗽了几声：啊，大海啊，你全是水；蛤蟆呀，你四条腿。

她们乐不可支,尤其是三妹,笑得岔了气。

冯礼真是一个人精,他不想暴露自己的记者身份,连忙介绍自己是乡镇企业的推销员,推销的是菜刀。冯礼比画着两个掌片子,在花花边上磨刀霍霍:小姐啦,要不要买菜刀啦,我的菜刀很好用的啦,不相信可以在脖子上试试看的啦。花花在那里配合着尖叫。

三妹说,水塔村有一个水库,我们去那里摇船玩吧。

她这话好像只是对朱海波说的,其他人似乎并不在此列。朱海波回过头来看我和冯礼,但是他很快让三妹拉走了,消失在前面的小树林里。

冯礼说了句上海话,册那!

我们正在下坡。小肉包跟我走在一块儿,她一直管我叫老师,我也不便澄清。马厩岛确实不像我们想象的那么小,据说以前有三四个村庄。我们经过的那个地方,仿佛是史前巨石阵的遗址,全都是巨大的裸石,非常像现在游戏里的一些场景。脚下的那条土路沿着海岸线一直向前蜿蜒起伏,路两边都是芒草,海面上的光斑在草叶间不停地闪烁,前面的人已经看不到了,刚才还听到冯礼和花花在前面说话,现在只有风声簌簌,还有海面上寂寞的马达。

我看到了水库。从我的角度看过去,水库与大海之间的村庄被折叠了,水库和大海似乎处于同一平面,映着蓝天白云。微风轻拂,水面上泛起阵阵涟漪,这真是一个美丽的景致,一切都挺好。朱海波已经跳到船上去了,还没有等三妹上去,船已经漂开了。他完全不得要领,小船越漂越远,他开始担心自己是否还能回到岸上。三妹让他把缆绳抛过来。这时候,冯礼最开心了,他一点都不掩饰自己报复性的狂笑。

那天,太阳酷热,我们躲在水库近旁的小树林里,朱海波和三妹隔着一棵树依偎着,冯礼正在跟花花密谈,而我和小肉包像路人甲似的绕着圈子。有一个细节，我一直记得，三妹将朱海波的手拿过去，在他的手腕上画了一只手表。她画这个手表的时候，周遭很安静，空气里似乎弥散着甜品店的味道。这个情景非常地打动人，看得我和冯礼醋意十足，虽然我们未必愿意让她也在手上画一个，但画在别人手上就是不行。冯礼又说了句，册那。

这时候，花花的手指进了一根刺，冯礼在帮她看，他让她别动，花花的手指让他捏得通红，脸也跟着红。我开始深刻怀疑那根刺的存在。冯礼说好了，花花果然也不疼了。冯礼握着人家的手不松，翻过来把它掰开。冯礼说，我给你看个手相吧。

花花吃惊地看着我，似乎所有的答案都在我这里。

冯礼说，我在你手上看见了两个男人。

我记得这是法国电影《最后一班地铁》里男主角的一句台词，台词是这样的：我在你身上看见了两个女人。冯礼对三妹说，我在你手上看见了两个男人。

花花的脸立刻苍白如纸。

她吃惊地看着冯礼。冯礼不知道自己捅了什么娄子，两只手慌得没地方搁，他表示自己只是开了个玩笑，胡说的，一定不要往心里去。Sorry。

这时，小肉包说了句，你们不知道，我们是被人贩子卖过来的。

石破天惊，空气在这一刻凝固了。我们极度震惊。

冯礼无比惊骇道，你们是被卖到这里来的？

小肉包倒是一副无所谓的模样，是啊，我们来这里已经大半年了。

冯礼再看花花，花花点了点头。

很难想象我当时的感觉。以前这样的新闻也见过，我知道它们都确凿无疑地发生过，就是有什么愤慨的话，也很快烟消云散。但是现在不一样，眼前的这个事情就发生在我们的眼皮子底下，当事人就在边上，我内心的震惊无以复加。有那么一刻，好像所有声音都被抽空了，我听得到太阳穴两边跳动的声音。我有点蒙。

三妹还在给朱海波画手表，她正在画表带，她的圆珠笔绕过去，看到了朱海波手腕后面的疤痕。朱海波把手挣脱了，他问三妹，三妹说，是啊，我们都是被贩卖过来的。

朱海波无法相信眼前发生的事情，他的声音里有些哆嗦。这不对，这不对啊！

他看看冯礼又看看我，这不对啊，天底下怎么还会有这种事情？

我跟小肉包说，你们有没有报警，你们逃啊。

你以为我们不想？小肉包斜我一眼说，没有用的。不光是我们的婆家，整个岛上的人都死盯着我们。有一回我们都已经逃到船上去了，但是他们不让船走啊。我们想不明白，船为什么不走？为什么要听他们的？直到我们被拖出去为止。

冯礼说，这世道，还有没有王法了？

我还是第一次感受到他的平静语调里少见的盛怒之下的战栗。

水塔村就在水库下面，那是一座石头的堡垒，一座空城。部分石屋还保存完好，门都被堵得死死的，仿佛原住民还要回来的样子。穿过村庄的过程，就是下坡的过程，我们在这个村子里走散了。我和小肉包在一户人家的门槛上坐下来吹风，身后是残垣断壁，当年的虎面符咒还留在门楣上，在风中发出细碎的声响。从那里可以看到海边，还有冯礼、朱海波他们像打地鼠一样偶尔冒出来的身影。

最初的震惊，开始像退潮一样在我心里慢慢退去。我眼前老是浮现那个黑蓝相间的花式发圈儿。船上那个男人长得很排场，如果忽略掉他的生活背景，我想他一定很讨女人的欢心。他不停地去捋手腕上的那几个漂亮发圈儿，咧着嘴角笑。我不能确定他是否就是花花的丈夫。这个有点恩爱色彩的小插曲，似乎也不符合我对人口贩卖的一贯认知。在我的认知里，人口贩卖必然充塞着暴力与毒品。我不知道，她们当初是如何被人拐走的，又是如何来到这个岛上的。

我问小肉包，你家先生他欺负你吗？

我忽然意识到"先生"一词不当，不过她也没在乎。

她说，你是不是觉得，只要他不打我骂我，我他妈的就应该待在这个破地方？

我辩解说，那当然不是。

她说，我太亏了，我他妈的年纪轻轻就结了婚，跟一个他妈的窝囊男人困死在这样一个破岛上，我的青春就这样泡汤了。我的生活本来不应该是这样子的，我还没有看过花花世界，我他妈的应该去过自由自在的城里人的生活。

她嘟嘟囔囔地说个没完，我听着感觉有点不对，好像她只是在对一个失败婚姻抱怨。说实话，我不喜欢她说话的样子，脏话连篇，只有一些糟糕的情绪发泄。还有，她实在是太胖了。我不得不承认，颜值与正义感在这个时候是成正比的。

我一直以为自己仅仅是旁观者和聆听者，这件事确实令我震惊，我也给予了极大的同情，但是事情在发生一些微妙的变化。我终于明白过来，她们早就注意到了我们，她们是来求救的。当时，我和冯礼就愣在那里了，我们吓坏了。我们没有想过，这里面我们还要承担点什么，我们也没有这个能力。

我和小肉包继续往前走，这个地方的路和房子都是串联在一起的，走着走着，就走到房子里来了。这是一栋七八成新的房子，墙还很白，火灶里还有未烧尽的柴火。这个房子似乎没住多少年，就被废弃掉了。他们造这个房子的时候，肯定是怀着对新居生活的向往。但是好像发生了始料不及的变故，抑或是这个急剧变化的时代在这里摁下了暂停键。比如马厩小学撤并到大岛上去，为了孩子读书，他们也必须搬到麦仓岛上去。诸如此类的事情，在旁人是谈资，在他们就是一根最后压垮他们的草。我注意到墙上有一个小涂鸦，是孩子用毛笔勾画的一个非常简单的图案，我看出来，画的是小鸟。这非常击中我的内心，感慨万千。

始料未及的是，小肉包突然把我抱住了，她说李老师，你要救我。

我说，你别这样，我们回头再商量。

她越抱越紧，抱着我不撒手。她哭了。

说实话，我的感觉很糟糕。我说你别这样，这样不好。

正说着，忽然屋后传来什么声响，有瓦片被踩碎的声响。我立马把小肉包甩开，直奔屋后，后面也没看到什么人，只看到草叶在风中抖动。

我有些吃慌，我说，我们走吧。

他们都在海边，小码头差不多已经溃塌了，栈桥下长满了藤壶。

我看到朱海波的时候，他身上多了一样东西，那是一只从废船上拆下来的舵轮，文化人都喜欢这个破烂玩意儿。朱海波说，挂我书房里挺好。我说，别人的东西，你去动它干什么？他说，我捡的呀。我说，当地人会给你难看的，虽然它被扔在路边，但并不意味着，你可以随便拿走。他身边的三妹说，没事的。好吧，我也不说什么了。

冯礼看到我，把我拉到一边，他问我，你刚才看到那个老石匠没有？我说没有。冯礼说，这个老家伙好像在暗中监视我们。他这一说，我就明白了，形势陡然严峻。所以他的建议是，无论如何让三个女的先回去，我们不能再跟她们回去，太过注目。我说，好。

当时冯礼找了一个很好的理由，借口要到海里游泳，让女孩们先回去。

她们不肯走。三妹说，我们看你们游泳不好吗？

冯礼斜着脑袋,小眼神阴邪地贴着人家,裸泳啦,你也要看吗?

他本来是想吓唬对方,但是没吓住,小肉包又跳出来说,不脱是孙子!

冯礼好像被刺激到了,说着就要扒自己的衣衫。朱海波赶紧把他拉到一边,你有病啊你!冯礼说,你他妈的才有病呢,把我们哄到这种鸟不拉屎的地方来。朱海波气急,嘴唇发抖,说不出话来。这时,冯礼犯了一个错误,他把烟圈慢悠悠地吐到三妹的脸上,朱海波觉得某种神圣的东西被他冒犯了,他扑将上去,我赶紧劝架,又及时充当了那个虚拟的中学教员的角色,好说歹说,总算把三个贵州女给劝走了。

冯礼对朱海波说,我是流氓,我把脸撕破给人看,你装什么正人君子,好像你能把人家救出苦海似的,狗屁!朱海波还在情绪上,他扔掉那个舵轮,上去就给了冯礼一拳。冯礼说,好,很好,像是你朱海波的风格。他并不着急起身,鼻子流了血,自己拿餐巾纸堵上。他跟朱海波说,路上你念的那首诗不对,你应该念这首:I love three things in the world, sun, moon, and you, sun for morning, moon for night, and you forever. 浮世万千,吾爱有三:日、月与卿。日为朝,月为暮,卿为朝朝暮暮。

说罢大笑。

朱海波拿着人家的那只舵轮,一路上还骂骂咧咧的,贵州女的故事让他难以消化。都已经快到旅馆了,他还在嚷嚷,都什么年代了,怎么还会有这种人口贩卖的鬼事?一个刚走过去的渔民回过头来看他。我说,你少说两句啦。我总觉得这是别人的地盘。朱海波听不进去,一时还刹不住,喉咙还胖得厉害,讲讲有什么关系?

女主人不在。本来以为我们会很晚回来,没让她安排午餐。三人各吃了一碗泡面。吃泡面的时候,冯礼很专注地观察了朱海波手腕上的那只表,看得朱海波都不好意思。风水轮流转,这只曾经让我和冯礼平生嫉妒心的表,已然成了一个可笑的话柄。冯礼想笑,没笑出来,倒让泡面一口呛住,让他打了几个响亮的喷嚏。冯礼的鼻孔里还塞着纸团,这个喷嚏让鼻腔里的纸团像子弹一样射了出来,他捡起来看了看,又扔掉了。他给自己点了支烟,烟雾再次从他通畅的鼻孔里喷出来。

朱海波后来一直在水龙头底下洗手腕上的那只手表,肥皂擦了三遍,但依然没有彻底抹掉。他刚才还沉浸在三妹的爱情里,转眼间三妹变成了别人的老婆,这个打击是巨大的。我不知道,这时候他是打算急流勇退,还是英雄救美。

他洗完手进来说,我们总不能袖手旁观吧?

冯礼说,那你说咋弄?要不要派架直升机来,把她们接走?

虽是风凉话,但也深刻地揭示出我们所处的困境。冯礼说,她们自己逃过好几回,都没有逃掉,难道我们多长了一对翅膀吗?冯礼说,事情没有我们想象的那么简单,似乎也不能完全等同于人口贩卖。其实女方是知情的,家里也收了彩礼。花花跟我说,带她们出来的那个女的也是从贵州嫁过来的,她在这里生了孩子以后,获得了相应的自由,回了趟贵州老家,然后又带了一帮女孩出来。那三个女孩来之前就知道有这么一个岛,她们都没有见过大海,以为是什么神仙地方。来了以后,她们被囚禁在这个岛上,起码在生下孩子之前是这样,这也是逾越法律红线的地方。但如果马厩岛人不这样做,煮熟的鸭子就会飞走。

朱海波说,她们不是鸭子,是跟我们一样活生生的人!

冯礼说,你这种廉价的愤怒有个屁用!

朱海波怒斥冯礼,我最瞧不起的就是你这种知识分子的懦弱!

冯礼无声地笑了。也许朱海波是对的,我只是觉得自己是个弱鸡,屁用没有。

朱海波说,反正我不能装作啥事也没有发生,我内心过不去。

冯礼给他递过去一支烟,他说,其实我们又何尝不是呢?只是形势太过严峻嘛,我们也没有这个能力。如果你有什么想法,我们听听看。冯礼看我,我连忙说是。

我们围坐在那张小圆桌旁,气氛陡然有些紧迫。朱海波画了一张草图——他美院没考上,最后被分配到皮革化工厂,所以他在画这张图的时候,显然有炫技的嫌疑。在他的笔下,马厩岛的地貌得到了生动的描绘,他还标出了前后两个村庄的码头。他说,想办法弄条船,让三个女孩半夜逃出来,然后趁着风高月黑,我们到水塔村码头秘密接应。冯礼又笑了,他捂着嘴,怕刺激到朱海波。可能连朱海波都觉得荒诞得不可能,他又说,要么半夜破门,去村委会打电话报警。冯礼提醒他,村委会的电话锁在一个木匣子里——还有,村委会能不知道这种事吗?连你在船上碰到的那位麦仓乡宣传委员也一定心知肚明。

如此再三,最后说下来,都落入无法实现的虚无里。虽然都是空头支票,但我的紧张情绪是真实的。开始门还哗啦啦开着,我去把门关上,还往桌子上放了一副纸牌,并且打乱,怕突然有人闯进来,我们好以打牌的名义掩护。门一关,气氛就来了,三个人压着嗓子说话,像是在一个装有窃听器的房间里谈一笔可卡因生意。

下午四点,我们听到山上喇叭响了。这个喇叭,平常除了上午短暂的新闻和一些零星的通知,通常不会响。现在它开始不停地播报台风消息。听到广播,朱海波像土拨鼠似的竖起脑袋来,舟山人都是风的使者,他太明白我们面临的是什么。他说,看样子明天的船可能会停掉。冯礼大惊失色，我心里蹦出两个字，完了。我们草草收场，打开门，一屋子的烟。外面如常，没有任何台风来袭的迹象，连对面的芒草都没怎么动。

一个钟头后，老板娘回来，她证实了这个坏消息。她笑道，老天爷留客了。

如果明天没有船，第三天台风肯定到了。台风一来，不知道猴年马月才能离开此地，一想到我们还有如此阔绰的时间滞留在此，内心的沮丧无以言表。

吃晚饭的时候，我们都没怎么说话。老板娘不经意问了一句，你们上午是不是和三个贵州女的在一块儿？这句话立刻引起了我们的警觉。冯礼说没有，只是路上碰上而已。朱海波的狗情绪又来了，我按下了他的蠢蠢欲动的胳膊。

老板娘爽朗地笑了，她笑得意味深长。我们也不好再问。

我们真正关心的是明天的船班。饭后我们去海边遛了一圈，海边一切如常，并没显示有什么异常，傍晚的海面像湖面一样平静。我们问了几个当地人，他们都说明天不可能有船。他们这样说，必有往日的经验作底，只是我们不肯死心而已。

在海边，我们还碰见了三妹和小肉包。我们有点回避的意思了，三妹还把朱海波拉到一边，说了些什么，我看朱海波是浑身的不自在。

回来以后，冯礼一直在桌边洗牌。他说来呀。他说的是一种叫沙蟹的纸牌游戏，也叫梭哈。这个时候，三个贵州女人带给我们的震惊，其实已经消退得差不多了，连朱海波也不再提起。我们更关心明天有没有船。纸牌游戏很快消解了我们内心的焦虑，好像要在这里待这么多天，有点万事不必着急的意思了。我赢了些小钱。

晚上七点多，马厩岛就已万籁俱寂，不搓麻将的人都已经睡下，只有芒草在风中发出细碎的声响，若有夜兽奔袭。天气热，我们的门一直开着，偶有晚归的村民在外面经过。当时马厩岛的供电到晚上九点结束。它熄灯的过程是这样的，一开始显得电压不足，闪烁不停，里面的灯丝还不时地制造出死灰复燃的假象。最后彻底陷入黑暗，慢慢地，随着我们瞳孔的放大，周遭世界的边边角又一点点显现出来。当时我手里拿着一对A呢。我哪里肯放过这个机会，冒昧去敲女主人的门，里面应声的却是她的丈夫。我们一直没见过他，但我们能够从女主人给他预留的饭菜里，还有莫名的楼梯声响中，得知他的存在。他从门里面伸出一只手来，递给我两根蜡烛。虽然蜡烛都只有半截，好歹有了光，那晃动的火苗把我们背后的影子勾画得高大而飘忽。

冯礼坐在里角，正好冲着门。玩了会儿，冯礼说，门外好像站着一个女的。

从黑暗里浮出一张脸来，我一看是小肉包。是你啊，快进来快进来。

她也不客气，插在我和朱海波中间，她还叫了我一声老师，我心里五味杂陈。

她冲发牌的冯礼说，来，给我也发一手。

冯礼说，我们都是赌博分子，不好腐蚀无知少女。

小肉包说，你才无知少女。我要来，你们肯定玩不过我。

哟，冯礼的眼睛一亮。他看我，好像走了趟水塔村，我就是她的监护人似的。

小肉包确实出手不凡，极善诈唬，空手套白狼，我一对皮蛋败下阵来。

正玩着，门口又多了一个人。我回头一看，是"哈德门"，心里一惊。

你怎么来了？小肉包说，你他妈的跟踪我？

我猜这位就是小肉包的老公，连忙请他进来。"哈德门"没打算进来，站在门边，鼻孔里喷着酒气。屋里微弱的烛光映着他一脸的浑浊。他打量里面的人，主要是观察我。我嬉皮笑脸地赔小心。这时候朱海波从里角直接跨出来，他人高马大，像个螳螂似的，掏遍口袋，连忙给"哈德门"敬烟。我简直看呆了，那他一天来的出离愤怒又是哪门子事嘛。

"哈德门"毫不客气地把烟打掉了。我们一看这阵势，都有点蒙。

他斥问小肉包，你在这里干什么？给我回去！

小肉包哼了一声，哪里用得着你来管我！

我们一听，傻眼了，这画风不对啊，小肉包的嚣张气焰完全压"哈德门"一头嘛。在我们看来，"哈德门"应该上去给她几巴掌才是嘛，但是没有，看"哈德门"憋屈的样子，看样子是被小肉包拿捏惯了，与烟酒店门口碰到的那个"哈德门"判若两人。

小肉包说，我现在没空理你，我要打牌。她朝冯礼说，你他妈的发牌啊。

冯礼说，这样不太好。

"哈德门"走了，走之前极鄙夷地扫视了我们一眼。我们哪里还有心情玩牌，我们赶紧劝小肉包，这样不好，你也回去吧，你老公已经不高兴了。

小肉包说，他不高兴有个屁用！

我们心里又是一惊。

第二天一早，被朱海波的歌声吵醒。朱海波有早起的习惯，他在外面吼了一嗓子，他是沙喉咙，唱的又是摇滚，《鹿港小镇》。台北不是我的家，我的家乡没有霓虹灯，鹿港的街道，鹿港的渔村，妈祖庙里烧香的人们。我们知道歌词，搁别人，完全是一笔糊涂账。冯礼冲着敞开的门说，你唱屁啊，人家还以为你在念经作法呢！

等我出来刷牙，下面几个老头已经议论纷纷，其中有一个老头说得特别起劲，他指着我们说，倷犯关滴雷！我心里一惊。朱海波跟我说，他说我们闯祸了，昨天夜里有一对夫妻因为我们吵得不可开交。然后老头又说他家老婆怎么泼辣，把她男人的脸也挠破了。我们听得出来，这大致就是小肉包回去之后发生的一场家庭战争。我感觉非常不妙，总觉得有什么事要发生。菩萨保佑，但愿上午有船，让我们早点拍屁股走人。

不管有船没船，我们总要做好离开的准备。这方面朱海波有经验，他说我们到海边去候着，交通船不来，万一有渔船要赶回沈家门也说不定，我们可以搭他的船走。我和冯礼深以为然，连忙打点行李。吃罢早饭，朱海波跟老板娘说，我们还是把账结了吧，如果没有船的话，我们再回来。老板娘笑了，她的笑容里的隐秘部分为我们所未知。不出所料，老板娘果然春风满面地狠敲了我们一笔竹杠，然后优雅地告诉我们，这顿早餐算我送你们的。我们认栽，万一没船，还得乖乖回来不是。

在离开之前，我们检查了所有可能遗漏的地方，我提醒冯礼，尤其不要把你的名片落下。他总是在要记点什么又找不到纸的情况下，把名片当便笺。冯礼哦哦。好了，我们走了，一路下来，都有人侧目相送，一边细声议论，他们很奇怪，今天不是没船吗？

我们经过一口水井，在那里遇到了三妹。事情坏就坏在这个地方。

三妹正在洗衣服。她跟我们打招呼，她说，你们这就走啦，今天不是没船吗？

朱海波说，我们去看看，可能有渔船要去沈家门也说不定。

三妹哦一声，仿佛若有所思。我们也顾不上那么多，匆匆与她道别。

当时我们完全蒙在鼓里，实际上三妹一听有去沈家门的船，立刻

499

扔下洗衣盆，跑去跟另外两位通风报信。花花说她刚有了身孕，不肯走——这似乎跟我前面的猜测是一致的。三妹和小肉包连忙预备现金和衣物，准备行动。她们的慌张，引起了婆家的警觉，她们很快被家人控制。然后，那两个男人猛虎下山，找我们的麻烦来了。

我们没有问到船，问了几个船主，都爱搭不理。他们也不去沈家门。看上去风也不是很大，但海面已经有点荡漾的意思了。我们至少要等到十一点以后，才能知道那艘铁壳船最后来不来。我们知道船不会来，但时间还没有到，在它成为一个巨大的事实之前，我们还怀有一丝希望。我们三个人聚坐在一块大礁石上发呆，全然不知凶险的来临。

身后有人在叫我们，他就是昨天在海边见过的那个"水乌龟"。我们在他手里买过三斤贻贝。他虽然是个跛子，但长期在深海采集野生贻贝的生涯让他臂力过人，他很魁梧。他问我们，你们是不是要去沈家门？我们说是的是的。他的话听上去有点含混不清，似乎还掺和着我们所未知的危险情绪。这都是事后的结论，当时我们完全没有警觉。他每天开着船出去采集贻贝，我们知道他有船，他要捎我们去沈家门，开心都来不及。"水乌龟"挥手道，你们跟我来吧。我们闻之大悦，连忙上岸。"水乌龟"叫我们跟他去，却不再回头看我们一眼，他走路很冲，甩着他那条病腿，勾着脑袋在前面晃。冯礼跟在最前面，朱海波次之，我落在最后。朱海波把他的从水塔村捡来的宝贝舵轮给落在礁石上了，我又过去替他捡回来。我在后面叫他，你他妈的把你自己的东西拿去！他回头看看我，并没有明白我在说什么。他太迫切了，他个子太高，走起路来有点晃，衣袂飞扬。

"水乌龟"走到一个地方停住了，那个地方是码头附近的一片开阔地。有几个人站在那里。我看到了"哈德门"，心想坏了。"水乌龟"

故意把我们引到那个地方。这时候他回过头来，脸上布着奇怪的笑，他已经拉开决斗的架势，眼睛里面闪着凶光。他说，你们为什么要拐走我的老婆？马厩岛人都习惯吼着说话，隔这么远的路我也听得到。是的，他说的是拐。你为什么要拐走我的老婆？冯礼连忙摆手，说没有事，完全误会了。还没等他把话说完，几个勾拳已经把他打翻在地，血流出来了，墨镜也碎了。可怜的冯礼趴在那里检查自己的相机，这是他最担心的事情。这时候，他的相机突然从他手里飞走了，它被踢到海里去了，它先是落在礁石上，反弹起来，化成许多碎片，在海里激起一点小小浪花。可以想象冯礼内心的绝望。然后是他的帆布包，我看见一个漂亮的弧度，帆布包在空中翻了几个跟头，率先掉下来的是他心爱的瑞士军刀，我看到许多名片，在空中飞舞，洋洋洒洒。冯礼从地上捡到一张自己的名片，他大概想把这张名片塞给"水乌龟"，让他看看，我是一名记者，不是他们想象的坏人。还没有等冯礼站稳，他又受到了另外一个人的袭击，这个人就是"哈德门"，飞起一脚把冯礼踢翻，嘴里还骂了一句，傣阿麻卵泡！

眼前的场景把我吓坏了，当时我只有一个信念，我们不能还手，至死不能还手。我看见朱海波大力甩着他的牛仔包，迎上前去，我叫他的名字，我心里在想不要，不要啊！他只是凭他的血脉偾张，炫耀他实际上并不拥有的战斗力。我们根本不是人家的对手，他们长期户外作业，比我们强壮太多。此时，"水乌龟"和"哈德门"扔下冯礼，穷凶极恶地向朱海波扑来，找死啊！"水乌龟"一把扯过朱海波的衣领，冲着他的脸就是一拳。朱海波猛然摇晃了一下，他没有倒下，他踉跄着退到山边，"哈德门"大吼着，横着脑袋向他胸口猛烈撞去，我看到朱海波像橡皮人一样弹跳了一下，血顺着他的嘴角流出来。"水乌龟"又把他拎回去，把他抡起来再往地上甩。在他的重击下，朱海波像一件在风中凌乱的衣服，终于不支，飘落在地。"水乌龟"仍然没有放过他，揪着他的脚脖子在极粗粝的砾石路面拖过去，我在心里发出阵阵哀叹，哎呀，这可是梦特娇，一千多块钱的梦特娇啊。朱海波没有想到，他在三妹那里得到的点滴幻想，却要在"水乌龟"那里加倍偿还。"水乌龟"对此了如指掌，老石匠的绘声绘色犹在耳畔，他要置朱海波于死地。朱海波已经被打得求饶了，他跪下了，阿舅，饶了我吧阿舅。这个可怜的兄弟，他的父亲在他童年的时候就死了，他的所有的亲戚都来自母亲那边。一声接一声的"阿舅"，让"水乌龟"像一个胜利者一样笑了。你在叫我什么，他奇怪地笑了起来。

当时，我有过逃跑的念头。我早早丢掉了朱海波捡来的那个舵轮，我不想激怒本地人。哪怕他们扔在地上的东西，也不归外人所有，它跟我们没有关系。我把我的包也扔在路边，那里边还有半块面包。我希望回头还能找到它。我不知道朱海波的望远镜还在不在，几乎所有像样的代表城市文明的东西都被他们抛到海里去了。我的腿开始不由自主地向后撤退，我已经朝着相反的方向大步流星。这只是我的想象。前来助阵的"水乌龟"从后面锁住了我的脖子，我动弹不得。"哈德门"早已切断我的退路，两只小眼睛挑衅地看着我，他肮脏地笑了，怎么听说你是老师？呸！他往我脸上吐了一口痰，这个动作格局小了。我这才看到，他的那张脸，昨天晚上被小肉包给挠得凶啊。我知道，他连杀我的心都有，他用膝盖猛烈地撞击我的下腹，一阵撕心裂肺的疼痛向我袭来，剧烈的疼痛让我睁不开眼睛，世界如此迷蒙。这个时候，冯礼好像已经远离刚才的位置，他抱着自己的大腿，坐在路边，看着海，完全忽略他身后正在如火如荼展开的殴打。他认输了，他再也无法顾及斯文和脸面，哪怕我被打死，他也不会回头看我一眼。他不会，他是来旅行的，是来欣赏海天风光的，这正是他现在正在做的，很好。朱海波在另外一头，他还跪在地上，终于慢慢地半趴在地上，双肩一耸一耸的。他在那里哭。

我这边，两个男人一边一个抓着我的胳膊，浑身上下不停地击打。他们一边打我，一边跟我控诉，说我们如何勾引他们的老婆。我一直在辩解，不是的，事情不是这样的，我们什么也没有干。"哈德门"说，你还想抵赖！我笑了，我告诉自己尽量保持轻松，保持最后的一点可怜的尊严，被打倒了再试着站起来。我像傻子一样微笑，我可以逃跑，但我绝不求饶，这不是我的性格。我一直保持微笑，君子坦荡荡，小人长戚戚，我只能以笑来证明自己的无辜和清白。现在想起来，那个场面格外滑稽。我没有还手，我流血了，衣服也破了。在这个过程中，冯礼和朱海波一直在现场，朱海波跌跌撞撞地从地上爬起来，坐在近旁的一块石礅上，以同样的姿势，看着空荡荡的海平面发呆。他们都跟没事人似的，他们不能顾及我，也未必能顾及自己的内心。我们一败涂地。

　　现场围观的人越来越多，马厩岛上的人迅速向这里聚集，他们同仇敌忾，纷纷插嘴指责我们。一个刚赶到的老头，在听了人们似是而非的议论之后，大喊着，格是要打，打伊煞啦！我能够理解"哈德门"和"水乌龟"的仇恨，但我不明白，那些熟悉的面孔，为什么全都站在了我们的对立面，至少是可怕的沉默和壁上观。还有那个长着兔子脸的男人。

　　人群突然躁动起来，"哈德门"可能被我的笑容刺激到了，他从近处的一艘渔船上拿来一把太平斧。看到这把斧子，他邪魅地笑了，我看到他举着斧子向我奔来，看到阳光在斧刃上的闪烁，它像一个慢镜头。我在危险面前已经力不从心，也许这就是命运的安排。起风了，风吹拂着我的衣服碎片，我反而没有一丝疼痛的感觉，我没能等来那艘铁壳船，就要在此永别人间，好吧，就这样吧。这时，听到有人怪吼了一声，此人正是"兔子"，他非常有效地调动了现场，几个人扑上来抱住了"哈德门"，"水乌龟"反过来夺下了他手里的斧子。

现场鸦雀无声。

我一直处于半眩晕的状态。现场的人相继散去，只剩下我们三个人，以同样的姿态面对大海。只不过我在他们的后面，我们之间的关系是等边三角形。我们彼此都没有说话，好像一说话就会撕破最后的遮羞布，就权当什么也没有发生。

铁壳船没有来。我从一开始就知道这个结局，我不知道在等待什么。

过了很久，来了一个陌生男人，他过来跟我说，他的船到沈家门去，问我们去不去。如果去，跟我来好了。他说罢自己走了，也没有顾及我们是否跟得上来。

我在想，哪怕他也要打我们一顿，我们也会跟他去的。我们没有选择。我冲前面一左一右那两个人的背影，试着哎了一声，他们迟疑地回过头来，我指着远去的那个人说，沈家门。冯礼一股脑儿爬起来就跟他去了。朱海波也还好。我是被打得最惨的，我连爬起来都费劲。他俩似乎已经把我撇开，他们是把我遗忘了吗？他们虽然挨了打，但体力似乎得到了恢复，看上去还是蛮敏捷的，冯礼甚至奔跑起来了，他太害怕留在这里了。我也害怕，我还坐在地上，我在想，哇，他们居然把我落下，也不顾及我，但我马上为自己这种怨妇般的情绪感到可耻，这不应该是我的风格。我慢慢调动自己的胳膊和腿，我也想敏捷来着，但是我的身体背叛了我，我的腿像铅一样沉重，我是拖着走过去的。那个人的船在很远的地方，要从礁石群上蹚过去，这对我来说尤其困难。我从岸上慢慢地摸索下去，我的腿已经抖得非常厉害，搁平常极轻松的一跳，现在却如登天。这个时候，我想起我扔在路边的那个包了，我已经不可能再去把它找回来，于是我默立在那里，在心里缅怀了一下。我流泪了。过完礁石，还要过船，那些渔船都是一排排横向挨着的,你要一条船一条船地踏过去,才能最终到达最外面的那条船。我看到冯礼在船上跨越腾挪,身手不凡的样子。朱海波多少还是有点问题,他突然停在那里,他发觉不对,好像还有另外一个人,谢天谢地,他总算想起了我,他叫住了前面的冯礼,两个人过来搀扶我。我们彼此都没有说话。马厩岛的海水真是干净,我记得我在船上摔了一跤,我扒着船帮吐了几口血,血在水里洇开,像极盛开的蔷薇。

他们在甲板上抽烟,衣衫猎猎,海风吹乱他们的头发,吹亮他们手中的烟头。我一个人缩在船舱里,怀着劫后余生的破心情。船舱极低矮,里面是榻榻米式座位,仅允许坐躺——为的是不遮挡后面掌舵人的视线,能够巡视到船头和海面的情况。船舱里,前有通向甲板的木移门,后壁有小窗,看得见机舱和带寮棚的驾驶台,以及追着白花花海浪的船屁股。

马厩岛终于远离我们的视线,它作为一个越来越小的点,消融在一片苍茫之中。

船上一共有八个人。我们三个,船主和伙计各一,还有两个搭便船的女人——她们交头接耳,并一直毫不掩饰地打量我们——我不知道她们在看什么,我们即便是被她们的乡党打得死去活来,也不值得这么不依不饶地观察啊。另外还有一个人,他就是"兔子"。他刚才看到我们,脸上闪过一丝痞笑。对,是痞笑。刚才,冯礼从皱巴巴的仅剩小半包的烟壳里,拔出一支给他,有点巴结的意思。也许这时候他已经明白,"兔子"的身份不一般。"兔子"接过烟,不停地在自己的拇指盖上敲了又敲。他并不打算搭理我们。他对我们的遭遇了如指掌,似乎也很好地调控了现场节奏。他在太平斧的环节上,及时按下了暂停键。不知道为什么,我不喜欢这个人,我总能在他身上看到若隐若现的权力的影子。

风大,大家纷纷进到这个低矮而局促的空间里。我注意到,"兔子"进来的时候,两个女人主动为他腾出了空隙。他后来从船主的柜子里翻出两根香蕉,他掰下来一根,慢条斯理地剥开来吃。他还要移开小门板,告诉在船头打电话的船主,你的香蕉快要烂掉了。他不光要为自己找到堂而皇之的理由,还要让香蕉的实际拥有人感觉到,他吃掉香蕉是一件多么及时而正确的事情。我看到船舱一角高悬的佛龛。我在想,那两根香蕉,船主一定是用来供观音菩萨的。但他很快又吃掉了第二根香蕉。他再度移开那个小门板,将香蕉皮扔了出去,我看见没扔多远的香蕉皮,有一块贴在船帮上,由风在那里撩拨。

船主姓顾,他在几个岛之间来回跑,收购当地鱼货,然后到沈家门卖掉。我不太明白,他为什么要急吼吼地回趟沈家门。他正在跟沈家门那边打电话,我听了大概,总是跟他的行当有关。这是我们几天来第一次看到手机。朱海波死盯着那只崭新的诺基亚手机,我知道他在想什么。船主打完电话进来,他移开后窗板,跟他的伙计交代了几句,然后挨着我坐下。他拍了一下我的肩膀,说,我看你们也都是蛮老实的,他们可能是误会了。如果你们还手呢,我也不会管你们——他虽然还是站在马厩岛人的立场上跟我们说话,但我们已然如沐春风。他说,最终决定带你们几个走,还是我家那位替你们说了好话。我们这才恍然,原来他就是我们未曾谋面的旅店男主人,我想到黑暗里从门后面伸出来的那只手,那天夜里他给我递过两根半截的蜡烛。我们感动得不知如何是好,说实话,他若不把我们捎回去,最后的结局真的很难说,我们死在那里都有可能。

船主跟我们聊起贵州女的有关情况,他说,一般来说,娶贵州女做老婆的,都是生活里各方面都比较弱的男人。他们好不容易有了老婆,肯定是百依百顺,一句呛声也不敢有。

这时，那两个女的插话了，她们是说给我们听的：侬弗晓得，贵州女人多少泼辣啦，阿里个男人吃得消。她们简直是在控诉：哎呀呀，侬弗晓得啊，男人像菩萨一样供着伊拉，麻将随便搓，钞票随便花，伊拉还不心满意足，还要往外面奔啦。

我听着有点蒙，不知道她们秉持什么样的立场，明明就是羡慕嫉妒恨。

船主笑了。他说，他们在老婆那里败下阵来，心里憋着一股气，打打你们几个城里后生刚刚好。船主说，幸亏啦，他们两个都有残疾，"哈德门"从桅杆上摔下来过，右手落下毛病，否则，你们早就被打死了。这时，朱海波翻了一下身，我以为他听不下去，要来一番阔论，结果他只是白了那船主一眼。

"兔子"正在玩船主的手机。

船主说，你别玩了，我的手机快没电了。

说着船主就出去了，"兔子"都没有抬头看他一眼。

我看船主对他一点办法没有，从他的目光里我看到了无奈和忍让。

"兔子"在玩贪吃蛇，引我手痒。那是一款永远无法通关的游戏，就算不吃到自身和障壁，最终也会因为吃太饱而撑满那个小小的手机屏幕。朱海波听到贪吃蛇的音乐，脸上有了惊喜，他被激活了。他要比人家高一头，张望着要去看人家手里的手机屏幕，被人家恶毒地扫了一眼。冯礼笑死。他不知道从哪里翻出一件救生衣，早早给自己穿上了。他已经积累了经验。后来我们三个人偎拥而睡，我们又饿又困，我扔掉的那只包里还有半块面包，我这样想着，便闭上了眼睛，那只面包就在我眼前悬浮着。贪吃蛇的背景音乐，像一个小人踩在弹簧上在不停地蹦跶，又好像，在上面蹦跶的是我。

从船屁股看出去，云层越压越低，如同海面上燃烧的乌焰。天空尽管阴郁,但天地间还弥散着异常的清亮感,不久那道神秘的光芒消失了,混沌一片。

风浪太大,我们东倒西歪,如钟摆一样平衡着船体的颠簸。这时候,冯礼的整张脸都蒙在一只塑料袋里,准备出货,场面不忍细看。我也想吐,肚子里仅剩的一点东西——那只是一顿草率的早餐,老是荡漾着要泛上来。要命的是,我还憋着一泡老尿,从早上一直积攒到现在。他们还在外面抽过烟,我一进来,就把自己安顿在此。此刻那点浑浊物占据的不是我的膀胱,而是我的大脑。我想到了童年,一闭眼睛,遍地都是厕所。

风力持续加大,听得见船艉的旗杆上扑扑作响,风裹挟着雨水,寻找着每一个可能的缝隙,把门板敲得噼啪响,像是有人正在把它们一点点撬开。门已经形同虚设,风长驱直入,还有雨,雨倒是不大,有点凉。我肚子里的那点东西正在持续发酵,企图突破我的防线。我死憋着,一点点爬过去,下巴刚刚扣到门槛,秽物便倾巢而出。海浪哗然,刚好冲刷了这一切。我尝试着站起来,抓着门外的一个金属部件,慢慢撑起来。雨水横扫过来,我的衣服顷刻湿透,尿滴在风中飞扬,我的右腿感受到了一小股异样的温暖。这个时候,我感觉有一只胳膊从背后有力地抓着我腰里的皮带,那一定是好兄弟朱海波,他怕我被风浪卷走。

大概煎熬了四个多小时,我正紧闭双目,苦熬时光,突然有人惊呼,普陀山!女人已经在那里跪拜了。众人欢欣,引颈望去,前面黑乎乎似乎啥也看不见。她偏说看到了普陀山上的观音大佛,那需要多么强大的信仰支撑,绝非我等一双俗眼看得出来。船主说,那是普陀山旁边的葫芦岛,哇,这听上去跟普陀山也没啥区别啊,也就是说,我们离沈家门渔港已是一步之遥。船舱里迅速被激活,大家重拾欢颜,纷纷寻找和整理自己的东西,我们身无别物,我在找我的鞋,我刚才撒尿时好像只穿回来一只鞋，另外一只死活找不到了，我还想着等会儿怎么上岸。这件小小的事情非常打击我。

谁也没有想到，更糟糕的事情还在后面，船突然没了声息，异乎寻常的寂静，马达熄火了，一颗由柴油供给的心脏停止了跳动。船有动力，尚有侧翻的风险，船一旦失去了控制，如同豆荚之于巨浪，后果不堪设想。此时海面滔滔，只剩下我们一条孤零零的小船，任凭风浪和命运的摆布。这个时候，我脑子里描绘着沈家门的十里渔街，深刻领会到，什么叫咫尺天涯。佛龛里的一只苹果掉了下来，有人惊叫，船舱里乱成一团，恐惧霎时在船舱里膨胀开来，死揪着每一个人的心。冯礼抱着朱海波，像婴儿一样把头深深地扎在他的怀抱里。那个"兔子"也好不到哪里去，痛不欲生地趴在那里。船主在机舱里钻了半天，这时候浑身油污地出来了，看他垂头丧气的样子，我知道最后的一点可能也丧失了。最大的折磨莫过于希望的破灭和精神的无助。两个女的朝观音大佛的方向跪拜，其实片刻之间已是南辕北辙，船只的剧烈动荡，很快把她们掀翻，最终和"兔子"混抱在一起，女人嘴里还念念有词，菩萨保佑，菩萨保佑。这时，我又听到冯礼的寻呼机响了，这个寻呼机屁用没有，但总是在关键时刻跳出来嘲讽我们。冯礼看了一下，他说，册那娘×。

船主来敲我们的后窗板，他伸进来一只油污的手。我手机呢，快把手机拿给我！众人恍然，对啊，可以打电话啊。"兔子"一脸蒙圈，大家都伸手在地板上摸索的时候，"兔子"从一条毯子的皱褶里摸到了手机，好在手机有毛毯保护，没有进水，但是，船主拿到手机后，他的脸霎时就黑了。他接手机的时候，我已经预料到这一幕，也就是说，"兔子"玩贪吃蛇，把最后一点电都玩儿完了。但凡手机还有一格电，能让船主打一个电话出去，我们就会有救。船主是一个温和的人，但此刻咆哮了，他冲"兔子"咆哮道，闻西傺麻匹！"兔子"自知理亏，

509

埋头不响，两个女人看上去就像在丈夫面前撒娇一样，对"兔子"一阵徒具形式的拳打脚踢。

葫芦岛消失了，附近的岛屿也看不到了，我们在迅速退场。

船主喊了一嗓子，像是在骂自己，他的伙计听懂了，他的意思是要落拱。落拱指用铁锚或重物在船头或船尾抛推入海，把船身固定住，减少倾翻的可能。只听一阵铁索声响，铁锚跌入海中。船体一头受力后，猛然打起转来，船体严重倾斜，船主和他的伙计连忙扑地，船主还死拉着他的年轻伙计的手。在几股力量的拉扯下，船板在咔咔地叫着，似乎随时都有崩裂和沉没的可能。终于，在风浪的强大作用下，铁锚没能拉住船只，这艘独孤之舟如同脱缰的野马，拖着长长的锚链，继续往外海漂流。

天崩地裂的几声巨响，蛇形闪电刹那间把海面照得雪亮。

暴风雨更加猛烈，海浪在无尽地回旋、痉挛和咆哮，船只一次次地被海浪埋葬，然后又像巨鲸一样从沧海横流中升上来。巨大的落差和失重感让我难受至死，感觉五脏六腑都在漂浮、翻腾，肚子里根本没东西，吐的感觉就像有一只手要从喉咙里张牙舞爪地伸出来。船上所有的没有固定的东西都在滚动。底舱已经进水，机器全部泡在水里，漂满了油污。一只从机舱里逃难出来的老鼠，酩酊大醉似的趴在窗板上，想从我们这里过路，我听到了持续而恐怖的惊叫。我不知道，船主为什么会选择这个时候回沈家门，他既然有勇气做此选择，必然胜券在握。还有我觉得，我们的坏运气也应该到头了吧。看来不是，是我猜错了。此刻我的内心并无大悲恸，肉体的折磨已然超越对生死的考量，回忆都像一场飘然的梦。

天色完全暗了下来，世界陷入最初的蒙昧。我听到有人在哭泣。朱海波一如平常，这个渔民的儿子一点反应没有。我和冯礼依偎在他的怀里，他搂着我们，抚摸着我们的脑袋。我永生记得这样的情景。

我还记得，从后窗望出去，那白花花的巨滔恶浪，也很美。

　　后来，我们获救了，否则我也不会坐在这里。
　　我们是被别的船用钢缆拖回沈家门渔港的。那时候，舟山还没有跨海大桥，我们被台风截留在当地。我们原来说好的，到了沈家门就报警，并到船主家登门致谢。这两件事我们都没有做，再也无人提起。我们在旅馆里昏天黑地一连睡了好几天。有几次我都梦见自己还在那条船上，那种恐惧像种子一样在我的心里扎下根来。我们彼此都没怎么说话。在船上，我们还可以相拥在一起，随着场景的变化，每个人都陷入了可怕的沉默。朱海波居然一个人出去吃了碗面条。在回上海的大巴车上，坐在我旁边的冯礼，完全像一个陌生人。
　　回上海不久，我们出席过一场朋友的婚礼，令我纳闷的是，我们三个人不在一张桌子上，这令我非常地悲哀。我看到冯礼和一个盛装女人坐在一起，并不时尴尬地回应她的搭讪。他明明看到了我，却转向了别处。那场婚礼简直就是一场闹剧，多少年过去，人们偶尔还在谈论着它。没有人知道，被终结的，还有另外三个人的友谊。那天，在隔壁的盥洗间里，我不停地在水龙头底下洗脸，其实是想掩盖那止不住的泪水。
　　我听说，冯礼回来不久，便向报社辞职了。他后来经商，据说做得很成功。朱海波的皮鞋化工厂倒闭后，他东干西干，给广告公司画过墙绘，一度开过滴滴，再后来不知所终。这件事对我的影响还是蛮大的，我很晚才结的婚，本来有一个非常好的姑娘，她简直就是我生命里那个对的人，但她是舟山人，我最终绕不过去，我朝自己最柔软的地方砍了一刀。我不辞而别，去了日本，我再也没有见过她。

（原载《收藏》第6期）

# 门前宝地

徐皓峰

## 一

一九一二年，毕加索创作《藤椅上的景物》，将报纸、布料、绳子、竹条贴上画布，自此有了"拼贴艺术"。同年，北京宣武门外成立国会筹备事务局。

次年四月，中华民国第一届国会召开，选出总统。筹备事务局二等秘书之一毕彩庸辞职，去了天津。

再次年，国会被总统取缔。

毕彩庸又对了。三十年人生，大事小事很少看不准。国会选出总统后，又选出限制总统权力的内阁。总统是北洋军领袖，北洋军是北方最强武装。

毕彩庸在"沈氏拳法研究所"任职，天津是武术之都，多家武馆聘任了从政坛退下来的人。租界等同外国领土，北洋军不能驻兵，租用国可以，比如在海潮音寺的日军。武行，作为民间组织，是北洋军安插在租界的眼目。

毕彩庸的职业是研究所首席秘书，内勤外务，由他出方案，并代表所长出面处理。但武行不用这个词，而称"管事"。好土呀，这个词。

所长称他为毕先生，其他人称他为"彩哥"，又是好土的一个词。

顶着两个土词，过了十年。一九二三年，所长病危，召唤他的大弟子回来接任。大弟子，不是首位弟子，是开山授徒前十年教的几拨徒弟里，比武战绩、办事能力最优的一个，一半是师父认可、一半是师兄弟公认。

师父认可，不会直说，方式很多，比如请他教自己儿子练拳。教了三天，赶上元宵节晚宴，徒弟们进门，彼此打招呼，叫出了"大师哥"的词。成了这事。

武行的事不多。

由四十人大班课程的学员，到师父家里密授的徒弟，是一件。不当徒弟，永远是业余爱好者，入不了武行。

徒弟里，竞争大弟子、竞争关门弟子，是一件。大弟子是早期徒弟里最优者，关门弟子是晚期徒弟里最优者，其他师兄弟依附，师门至少分流成两股，开枝散叶，保证后世繁荣。

师父选武馆继承人，是一件。没有纠纷，师父一句话说了算，接班后，要有一次隆重比武，应对高手，让同行服气。这场大打过后，这辈子的架就打完了。之后遇上挑战，都由弟子、师兄弟代替，本人维持不败名誉，靠喝茶谈判过后半生。

这位大弟子，彩哥没见过，听闻是所长捡的。那时所长正当壮年，是个走长途押货的镖师，一个十三四岁的乞丐孩子，扑上来痛哭，喊所长"救命恩人"。三年前他家路遇土匪，爹、妈、姐姐被杀，所长也走这条道，正赶上，用一柄红缨枪扎死二十个土匪，救下他。

513

安葬爹、妈、姐姐后,他四处流浪,寻找所长。

所长问:"找我干吗?"

"报恩。"

所长问怎么报。小乞丐说你把拳教给我,等你老了,你想打谁,我帮你打。所长大笑:"我这辈子不杀人,一次杀二十个,根本没有。你找错了恩人。"

小乞丐喊"就是你",解释自己父母、姐姐还在农村老家,活得好好的,自己来县城制鞋厂当学徒工,受不了领班打骂,愤而出走,两日没吃饭,饿昏在街头,做了个梦。

"梦中亲人被害,得壮士搭救。梦醒,见您押镖进城,好大派头,跟梦里壮士一模一样,您真是我救命恩人。"小乞丐号啕大哭,不信他就要寻死的架势。

所长派人去制鞋厂,交了学徒工的毁约赔偿金,让小乞丐磕头拜师。镖局的老哥们劝,摆明了是个骗子,梦里的事怎能当真?所长说:"管他真的假的,这孩子跟我有缘。"

小乞丐长到二十一岁,所长让他南下广州历练,八年过去,写信不多,没回来拜过一次年。

让他接班,研究所的拳师们有异议:"这是个白眼狼,一去不回头,怎么敢把位子传给他?"

所长回答:"不讨论,就是他。"


天冷,下着雪。天津有两个火车站,城外的东站是英国公司经营,托运行李出错少。彩哥接到了大弟子,是一个人来的。闯荡这么多年,没成家、没手下,彩哥有些意外。

大弟子颧骨如刀削,能扛事的相貌。叫齐铨,"齐"是本来姓氏,"铨"是所长起的,铨是古代称量工具。所长的深意是,行走江湖,遇事要掂量。

齐铨猫一样圆睁双眼，维持半秒，判断彩哥不是习武之人后，侧面望出站口，问："师父怎么样了？"说话时不正眼看对方，是对下人的方式。

彩哥忍着，说"不好"。

看过两所西医院，确诊，没得治。一位老哥们家有偏方，所长去住了俩月，没能好。所长的病床前，坐着位男装女子，近三十岁。天津武术组织多，得有位把大伙攒在一起谈事的人。她是武行会长——孟大人。

"大人"，是清朝对官的称呼，一九一二年改帝制为共和，视之为落后词汇，官场上不再有这词。武行保留下来，作为对有德者的尊称。

她原是北洋军医学堂的学生，五年学制，毕业授予中尉军衔。三年级，她热衷民主，要实践。

日租界的居民委员会，两年一届选举会长，宣称本着民主原则，不拘于日裔，租界内居住一年以上的都可竞选，但白人、华人从不参与。日租界内大部分是华人，日裔仅四千人，她去日租界租房一年，之后参选。

她发动华人投票，果然民主，当上居委会会长，预计工作繁忙，向军医学堂申请肄业。带班老师劝阻："再有一年你就有军衔了。"要她称病，申请休学一年，万一居委会干得不顺利，还可以回校复读。

她说："弄虚作假，不喜欢。我走出这一步，为赌口气，要让日租界里，华人说了算。"感动了带班老师。

军医学堂也是为赌口气。法租界里建法国医学院，京津的华人子弟想学西医，要去那儿。北洋军气不过，出资开办军医学堂，虽然聘请外国教授，但毕竟是华人自己的学校。

培养一个西医花费五年，说走就走，浪费军方资源，按校规得赔款。带班老师找校长谈,没让她出钱,办了退学。

就任居委会会长后,发现日裔居民在领事馆登记的是四千人,不登记的还有两千人,而日裔流动人口,居住期少于半年的,一年平均五千人。居委会工作主要是为这五千人服务,向他们普及中国民俗。

中国商人不在办公室谈判,一起看戏时谈,这是初来天津的日本商人需要适应的,居委会负责指导。她上任后,天天陪看戏,一个月就烦了。

会长面向社会竞选,居委会干部是固定的,清一色日裔,大多工龄超过六年。她提出辞职,干部们请她看戏,戏后晚宴,说她品格高尚,坚持下去将是个好会长,如果以后哪一年又想竞选,他们都会投她的票。

带班老师要她去校长办公室鞠个躬,便可复学。她去时,校长有客人,是沈氏拳法研究所所长、管事。所长起身向她行礼:"日租界的事,听说了,新一代人里有英才。"

之后的话,由彩哥说。天津武术组织要成立个行业总会,沈所长的意思,是想聘请她当会长。

惊坏了她,看向校长。

校长说:"复学,我签字。但看起来,你对改造社会更有热情。"

带班老师有些难过:"这孩子在医学上,是有天赋的。"

眼前的人们,已商定她命运。带有一丝逆反情绪,她说:"我是个女学生,不会武术。"

所长开口:"这两点,正可以当会长。"

彩哥解释,两个男人之间不好谈事,男人脸皮薄,谈崩就成敌人,势必血拼到底。由一位女人居中谈,随便说狠话,男人只能忍,否则就是没有男子气概。

天津的一些零售、餐饮行会,请女人当主席,方便解决问题。既然在别的行业证明有效,在武行也可行。至于"不会武术",请她不必顾虑,正因为不会武术,习武人会对她格外客气。

所长补充:"不需要你打,我能打,别人看你,就是你能打。"

所长暴露的江湖气,她有些抵触:"我不需要别人怕我,我入武行,要搞民主。"

所长大喜:"搞呀。随便搞。"

以前武行开会,是事先分别约见,私下谈妥了再上会。结果早定,开会只为表态,十几分钟结束。她立下新规矩,不许私下串通,必须会上讨论,会上出结果。

开会变得漫长,四小时起步,谈两三天是常态,拳师们的口才得到普遍提高。彩哥酸楚,想起一九一三年的国会。

齐铨走向病床。

孟大人喝一声:"你大弟子回来了。"

沈所长睁眼,指向窗外:"打一场。"

窗外小院,撑着挡雪的棚子,站有一人。二十岁出头,是所长独子沈岸。老规矩,接班者要打败一位高手,以服众。

以往是打其他武术组织的人,在孟大人治理下,武术组织彼此和睦,打谁都不好,改为打混混。混混对习武人不敢用撒石灰、甩钉子等暗算手段,武人打伤了混混,不付医药费。混混骚扰妇女、勒索小贩,武行一月半月会打次混混,维护街面秩序。

齐铨接班,所长不愿他打混混,说"显不出好",让跟自己儿子比武。沈岸十四岁时,齐铨受所长之命,教他拳术。教了三天,师兄弟开始管齐铨叫"大师哥",确立大弟子身份后,所长不让再教了。

两人一动手,沈岸就把齐铨撂趴下了。观战的拳师们均想,所长看错了人,南下八年,荒废了功夫。

齐铨躺地上笑，牙齿雪白："师弟，你功夫大了。"

沈岸回应："当年你教的。"当年他没教什么，这么说，为他面子好看。

沈岸伸手扶。

一般而言，败者不会让胜者扶，最后的脸面，怎么也得自己站起来。齐铨握上沈岸的手，让他使劲拽起自己，之后退开两步，摆出再打的架势。

沈岸望向窗口。胜负已分，孟大人或彩哥该阻止。

沈所长出声："你不打他，不让他看见什么是我的真东西，以后就是别人打他。"

沈岸暗叹父亲糊涂：让我通过打他来教他？这么差劲的人，还要让他接班吗？

齐铨猫般睁圆了眼，仿佛那句话是对他说的。沈岸倍感可笑，出手，倒地上的却是自己。不知怎么倒的——急蹿起，脖侧挨了一指，在大神经丛。

醒来时，身边围着彩哥和三位拳师。晕厥时不移动，待人自然复苏，伤害小。接班上位的仪式已完，没有供香、磕头、聚餐的俗套，孟大人让齐铨站在自己身侧，宣布："他是所长了。老哥几个听好，你们这儿，他当家。"

彩哥告诉沈岸，看见你倒下，所长向齐铨说了句"这才对"，垂头过世。

葬礼过后两月，沈岸找上孟大人。父亲那句"你不打他，不让他看见什么是我的真东西，以后就是别人打他"，全武行都在传，说大弟子得了真传，儿子没得。

沈岸觉得没脸。一上来能撂齐铨一跟头，自信再比能赢。齐铨是所长了，不想坏他名誉，请孟大人找两位老拳师当证人，小范围清楚谁厉害，给自己正名就行。

孟大人询问过齐铨，为何一上来就给撂倒了，是逗你师弟玩吗？齐铨答，是看出师父时间不多了，一恍神，着了师弟的道儿。确实丢脸。

向沈岸这么转述，怕他尴尬，孟大人说："你父亲的用心，是让你脱离武行。他那么说，为断了你念想。"沈所长对身后事做了安排，给儿子在法租界银行谋得一职。

沈岸强调他的天赋是习武，干别的，他这人就浪费了。

孟大人拔高声："你的天赋能高过你父亲吗？重复我的话——没有比武。"

沈岸气弱，重复。孟大人瞥向陪沈岸来的彩哥，表示谈话结束。

## 二

沈岸的父亲在镖师时期，成名之举是开通了京城外一段三十里山路，之前盘踞了伙持洋枪的山贼，给买路钱没用，就是要杀人劫货。打通此路，可节省两日行程。

京城其他镖局找沈父，希望交点钱，共享此路。沈父说："给我买路钱，我不成山贼啦？老哥几个，放心走吧。"

原本的山贼呢？传说一夜死光。山贼把持着一片村庄，当粮食库存。村民知道，会打枪的山贼十八九人，有的带着爹妈，加上烧饭用人、劫上山成婚的女子，共五十余口。

有镖师仗着交情，试探问沈父真情。沈父笑，牙齿雪白："我这辈子不杀人。"

一鸡死一鸡鸣，去了一拨山贼，该有另一拨山贼补上。买路钱好赚，镖师不会跟山贼死拼，摆架势开打，最终还是要交点钱。商家也明白，雇镖师，为少交点。

五十余口人给清干净了，之前没这么办的，所以也没山贼敢来补充，此路就此畅通。

一九〇〇年，八国联军攻入京城，是先打下天津。次年，联军拆除天津城墙，残留下几段土芯，两米多高，小孩努口气能跑上去。

京城被破时，沈父带三家镖局凑出来的六十位镖师在东四牌楼大街堵击，都明白拦不住，大家伙心意是赴死。清朝中期，镖局已有火枪，在县衙门办持枪证，现今用的是原装进口的洋枪。

军队和山贼不同，一片枪响后，镖师没了一半。

死了一半人，剩下的就想活了。往胡同里撤，又损了十来位，沈父叹息："没得打。"之后能做的是猫在房上打冷枪。清廷议和，八国联军司令提出四十余项大条款、一百余项小条款的要求，其中一条是要交出沈父人头。

沈父欣慰："我是多小的一个人物啊，点名要我人头，必是打冷枪打死了位洋军高官。老天有眼，让我祭了祖宗。"

效仿文天祥、岳飞，去衙门报到，慷慨赴死。

衙门值班的捕头说："官府发通缉令，是糊弄洋人，最后说没抓到，洋人没脾气，您没事，不就行了？"

沈父说："那怎么行？洋人会觉得我怕死！"

捕头给他上了枷锁，马车运到六十里外的水乡，卸下枷锁，说："我的老哥哥呀！您在这儿好好待着吧，咱们大好性命，凭什么不要？"

水乡有捕头的一户亲戚，管吃管住，沈父说："让我住下也行。总得把我杀了谁，告诉我吧？点名要我偿命，死的人肯定不简单，说出来，让我高兴高兴。"

捕快说："我给您打听打听。"

一年后，捕头回来，说："叫彼得。"

沈父等着听，捕头却说只打听出这个，军衔、地位不明。

沈父说："您得帮我打听清楚。"

捕头说："那您得再等等。"

两年后，捕头回来："通缉令松了，只要不进京城，您随便活动。"

沈父说："我只想知道彼得是谁？"

捕头说："别以为洋人比我们强多少，他们照样人事混乱，要你偿命的联军司令回德国了，剩下的洋人说不明白，他们也很想知道彼得是谁。"

沈父重新干起镖师，不往京城走，往天津去。那年，天津安装了自来水，镖队的洋枪要存在城外。

随着火车通行、烧煤的小汽艇兴起，赶骡车走镖的生意垮了，清朝也亡了。北洋军领袖当了民国总统，网罗失业的镖师进天津城开武馆，点了沈父的名。

沈父奇怪总统怎么知道他，办事人说："总统说你名声大，你杀了彼得。"沈父老泪纵横："快告诉我，彼得是谁？"办事人说："得问总统了。"

沈氏拳法研究所和另两家大的武术团体由北洋军直接拨军费，其余武术团体是商户赞助，也还是北洋军的钱。北洋军操控北方工商业，商户是北洋军下属企业。

沈父认为总统作为武行的发起者，总会跟自己见个面吧？一定当面问清楚。武行办起四年，总统都没来，一场急病，人没了。

北洋军接班人还是政府首脑，还给武行续费。接班人来沈氏拳法研究所慰问，彼得的事，沈父问了位随行官员。官员说包在他身上，晚清的档案都在，准能查出来。

等了两年，没等来档案，等来北洋军内斗，换了接班人。新接班人光临沈氏拳法研究所，换汤不换药，随行官员还是上次那位。

沈父让彩哥询问。官员说："一直惦记着您这事，晚清档案在是在，但管理混乱，查不出来，现在好了，有了捷径，当年点名要您人头的联军司令是德国人，我下个月去柏林就职使馆参赞，可以当面问司令本人。"

两年后，北洋军又换了接班人，来沈氏拳法研究所合影、留墨宝，沈父让彩哥询问随行官员，上次那位是不是还在柏林？得到的答复是，那人在参赞任期内，向欧洲各国出卖北洋军情报，已叛逃。

沈父病重时，收到从北非海滨城市卡萨布兰卡寄来的包裹。是那位叛逃的官员，附信说自己患病将死，回顾一生，没做过亏心事，唯一亏心的，是对沈父失信，所以拼尽余力，终于查清了彼得是谁。调查汇报达百多页，还有沓照片。

沈父不看汇报和照片，嘱咐彩哥"烧了吧"。彩哥不解，说追问多年，还是看一眼吧。沈父说："他快死了，我也快死了，所以我能明白他。他说他没做过亏心事，就像我说我没杀过人一样。彼得是我此生最大念想，不想临了被糊弄。"

彩哥焚烧前，沈岸好奇，求给看一眼。彼得最早的照片是十二岁小学毕业的集体照，最晚的照片是一九〇〇年在京城东四牌楼下跟六七名士兵合影。这沓照片，人脸一张一样，稍有理智，都不会判断是同一人。

汇报的结论是，彼得不是高官，是普通一兵，可能是联军司令跟前妻生的孩子——公报私仇，是我们熟悉和理解的事。

一九〇〇年的彼得，五官稚嫩，笑容灿烂，怎么看都不像是个坏人。沈岸撕了照片，扔火里。彩哥认为撕照片，对死者不敬，该完整烧："毕竟你父亲这辈子大名，是因了他。"

沈岸说:"恩仇不是这样算的。家父杀他,是为京城百姓报仇。他对我家没恩,他是仇人。"

彩哥大慌,连说自己糊涂,之后感叹,所长该让你接班。

## 三

天津的评书、相声用京腔,演出时疏忽,露了天津话,下台要罚跪。武行也一样,武行大佬多来自京城,徒弟们要顺着师父口音。京官退休后,爱以天津为归宿,买房当寓公,他们是奢侈品、饭庄的主要消费者,为顺着他们,天津商家也说京腔。

天津城区很难听到天津话,想听,要到菜市场。京腔客气,天津话强悍,砍价像抡刀。下午四点,菜贩挣到钱,勒索的混混也该来了。沈父生前有个习惯,爱逛菜市场,见他来,混混要避开。

闲暇难得,亲自买菜,五六日一次算频繁,多是十余日一次。齐铨继任所长,将这习惯也继承,去买菜了,遇上等在那儿的沈岸。

沈岸说:"师哥,你学了我家三套拳,第四套拳想看吗?"

齐铨知道他乱讲,笑:"有吗?"

沈岸说:"这就是。"抡拳打来。

所长外出,必有前后左右四位拳师随行,贝壳一样夹着。这一拳打不着,给挡开了。齐铨叫拳师退下:"师弟,习武人不在街面上打架,在街面上打架的是混混,别让混混笑话咱们。"

沈岸说:"武行半月一月的打次混混,不是在街面上打架吗?"

齐铨说:"咱俩谁是混混?"

沈岸语塞,齐铨走了。

见一混混向菜贩要钱,沈岸抬脚踹翻,再一脚封面门。混混满脸血,沈岸感到心里稍痛快,胸口便挨了两个弹丸。弹丸土质,碎在衣上。

523

十步外站着一排混混,拉开弹弓。领头混混叫"狻猊",手中颠着个土弹:"当街打人,不好吧?打扰老百姓做生意。"

沈岸冲过去,脑门挨个弹,崩出烟尘,迷了眼。耳听狻猊叫唤:"再动手,我换铁的啦!"

灰头土脸,往女友家走。武行半月一月打次混混,是怎么打的?像这样,没得打。

马蹄声近。孟大人外出乘马车。

"你是怎么答应我的?"

沈岸解释,跟师兄聊拳法,没打起来。

"耍小聪明,活不长。"

沈岸上车。八名骑自行车的保镖,贝壳般夹着马车。习武人成名后,就不敢一人出门了,谁都想偷袭一把,试试你有多大功夫。习武人带保镖,不是靠他们保护,是怕每分每秒都要防备,人会疯掉。

指着车下保镖,孟大人说:"打赢你师哥又怎样,留在武行吗?前后左右,走到哪儿都被人夹着,这种日子你真的想过吗?"

沈岸并没想好。

孟大人说:"以前习武的让人看不起,说是粗人、亡命徒,现今当政的提倡,给捧成了名人,你父亲能安排你去银行,他这辈子的人脉是到了顶。别理我们啦,将来你的孩子会念你的好。"

说得沈岸一阵难过。

女友的家是栋公寓楼,三个楼门,一楼门一层两户,多是洋人。沈岸回来时,女友在楼道里化妆。家门开着,有客人。天津习俗,男主人不在家时,男客人留屋里,女主人站门外。

女友颈长、鼻高,跟火柴盒上画的法国女郎一样的大眼。她叫夏安,着急去舞厅,说那客人"一直站着,怎么请,都不坐"。

门里站着的,是菜市场的混混头子猞猁,拎着个能倒八杯茶的黑砂大壶,鞠躬:"你大师哥让我来的。街面上,伤了您尊严。"茶壶放桌面,右小臂砸在壶盖上,右手便软了:"骨折一百天,当赔罪。您看行吗?"

茶壶完好。

沈岸问:"壶没碎,你骨头断了?"

猞猁说:"壶 —— 不能碎,显得我没技巧。"整张脸涌出汗。

沈岸说:"我信!"

猞猁鞠躬,另一只好手拎起壶,往外走。

沈岸说起话:"家父逛菜市,一直以为是他威胁你,今天才明白是他危险。你的弹弓,随时可以要他命。"

猞猁停步。沈岸以手掩脸:"家父逛菜市,不是每天逛。多数日子,你们该勒索还勒索。行侠仗义是演戏。"

猞猁说:"是分寸。借着老爷子,我们少要几天钱,菜农就还会来天津城。"疼得有点撑不住,说完这句就走了。

沈岸穿西装,人是蛮帅的。天津人爱穿西装,图省事,中式正装有着重重叠叠的层次,自己穿不上,得找人帮忙。

在银行上班,习惯了打领带、抹头油。父亲的关系硬,一来就当值班经理,不坐柜台。业务员拿单据来,他就给盖章。印泥是浅蓝色,印章图案精致,印在纸上赏心悦目,一日盖几十个,下班有满足感。

只是,不知为何要盖这个章。

快三个月了,试用期一过,下个月会升职加薪。不知道会升到什么职位,祈祷别再盖章。一日午后,行长秘书带位职员来,换下沈岸,要他上四楼。那里是行长招待高级客户的地方,有回力球厅、小型电影院、桥牌室。

在红色地板的餐厅，行长和客人刚用过餐，在喝茶聊天。行长是法国人，客人从越南来。行长用流畅的京腔向沈岸介绍："这是我的老朋友，他说他的保镖很能打。我说我这里，也有能人。"

客人打个响指，远离餐桌的沙发里站起两位白人，一位跟沈岸相同个头，一位近两米。行长的意思，是比试一下。沈岸揪歪领带，放缓呼吸，解释华人比武，至少要预留出半月调整状态，保证双方的水平。

行长说："习武，不就是为对付意外吗？你就当这是场意外。"他被自己的幽默逗笑。

沈岸说："要打，你们也不能看，打给外行人，对不起祖师爷。请安排个房间，我跟他俩关上门打，你们看——谁开门出来。"

行长说："你的理由太多啦。"

沈岸说："对不起！打不了。"鞠躬，退走。

客人用法语跟行长说："这是个懦夫。"

行长以法语应话："您不了解，华人狠起来，不惜命。但他显然不属于这样的。"

女友夏安一直在教他法语，将将听懂，沈岸走回餐桌。行长变出笑脸："噢，亲爱的沈。"沈岸举手阻止行长再说，将领带尖别进衬衣扣缝。

第一位保镖拳速快，沈岸后撤，皮鞋踹在其胫骨上。出拳发力，全身重量便会压在前腿上。这条腿跑不了，一踢一个准。人在地板上打滚，该是断了吧？

第二位脱去外衣、蹬掉皮鞋，做起舒展筋骨的准备活动。行长警告沈岸："不许用脚！"第二位回应："踢不到我，我的胳膊比他的腿长，请用吧。"

沈岸摇头:"我只用手。胳膊长没用,我一定打到你。"

第二位说:"不符合科学。"一拳砸下,竟然偷袭。

沈岸侧闪,掌切第二位的肝区,令其疼得直不起腰。

沈岸问行长:"符合科学吗?"

"非常科学,除了长度,还有角度。"

沈岸解下领带,摔餐桌上:"三个月,自认为称职,不料在别人眼里,还是个武行。懒得写辞职信,当这个是吧。"

在女友家闲住了一周,孟大人找上门,说武行向齐铨问责,要他也出席。三个月来,齐铨不像话,收混混当徒弟,引起公愤。

沈岸没兴致,孟大人要他一定来。会议开始,一位馆长宣说武行创立的宗旨,北洋军进不了天津,最多在华人领地建个警局,想越权控制租界,得安插民间组织。

租界的街面上,没有突发事件,每一场打架,都是事先定好的,由武行定。上百人的群殴减成十几人打,十几人的缩成一对一。不介入他人矛盾,限制暴力程度,是武行干的事。

"而你在干什么?让混混给你磕头、递拜师帖,好大的作为呀!""武行的存在,是为制约混混,两者是天敌!混混入武行,武行就臭了。"

他们是长辈,齐铨不能还口,青脸忍着。

孟大人走上:"武行和混混不能交往。失去这分寸,各界会不安。"

齐铨垂头。不看人,是失礼。

孟大人敲桌面:"给句话,你错啦。"敲桌面逼说话,是冒犯。

齐铨挑起眼。瞪人是大不敬。

激怒与会众人,一位馆长摔茶杯:"还不认错!"

齐铨站起，眼瞪得厉害，要动手打人的架势。

孟大人打圆场，说齐铨是所长了，不能再当小辈人训他，笑脸劝齐铨："在这城里，武行是个小木片，插在大梁大柱之间的楔子，起减压、平衡作用。我们不能坐大，武行乱了，街面就乱了。"

齐铨说："破坏秩序的不是我。"走到场中，向各位前辈宣说，现今天津，银行、商会、工厂、船厂都在侵入底层，搞收编。

"街面早就乱了，武行要应变。诸位伯伯叔叔，你们对我了解少，见收了几个混混，就坐不住了，没看见我还收编了舞场的打手、街面上的车夫、工地上的劳工、玩足球篮球的青年。"反身指向孟大人，"我能带着大家往前走，不是她。"

迎着手指，孟大人看小孩似的笑笑，心里发狠：敢这么说话，背后定有人支持，会议从对他的问责要变成对自己的"逼宫"了。

有两三位馆长怒斥齐铨："什么话！"其他人沉默，跟孟大人想的一样，等着看齐铨背后的人冒出来。

男人堆里，坐着位老妇，跟彩哥一样，一九一三年从国会退到武行，早年在海外办华文报纸。彩哥是办杂务、跑流程的次等秘书，她是参议院中的六名华侨议员之一，国会时期，彩哥便跟她说不上话，入武行照样说不上话。

商户赞助的"国技发展会"，属于她。人称七奶奶。奶奶，不是指年龄辈分，晚清的官员夫人、出嫁后的公主称为奶奶。

她向孟大人举手，表示有话说。以为支持自己，孟大人礼貌点头，请她言。

"世事难料！对错，是讨论不出来的。对于新想法，上代人的办法，是放两年给他做，看能搞成什么样。"

暗笑自己迟钝，孟大人想到，沈父过世后，自己失去靠山，看来武行会长的位子，七奶奶想坐一坐。自己是看欧美书籍，七奶奶曾在欧美生活，面对她，总感到有股无形的压力。

彩哥发了言："两年为限，以观后效——这是老理儿，我赞同。"

馆长们开会，管事不该进门。没有馆长挑剔彩哥，有人举手赞同。

快压不住阵了，孟大人拔高声："世事难料！还有句话，**输赢难测**！比武，是老天的裁决。"指向齐铨，"武馆是你师父给的，你师父的儿子有权问责。他输了，放你两年；你输了，离开武行。"

彩哥呵呵笑："改错就行了，非得离开武行？"

七奶奶一点不掩饰，显得恼了："这么严重？下一代人才不多，咱们得爱才！"

孟大人不再客气，举手阻止七奶奶再说，盯住齐铨："我说的，你认吗？"出乎所有人意料，齐铨说认。

散会后，七奶奶责怪齐铨。

齐铨问彩哥："孟大人没习过武吧？"

彩哥说肯定没有。

齐铨懊恼："她逼我回话，分明是习武人才有的眼神，我不能厌。"

## 四

孟大人和沈岸并肩走，马车在十米外跟着，八名保镖推自行车，随在马车后。孟大人庆幸今日带了沈岸来，本想是千分之一的几率能用上他。

沈岸情绪不佳，说不想比武，没意思。上次在菜市场，混混打弹弓，他一颗没躲开，才知道，武功没用，父亲威吓混混，其实是混混让着他。

孟大人拍他肩，说你父亲空着手，混混不敢暗算，因为知道，每家武馆都有枪。上一代习武人的营生，还是跑长途押送货物，为对付土匪，手里要有枪，进城开武馆，都还留着。租界内不许华人持枪，但洋人也不会进武馆查。

从小在武馆长大,没见过枪。沈岸受惊,父亲瞒了他太多事,是早打算让他脱离武行。孟大人说:"武功在世上有大用,枪没用。你有枪,我有枪,冲突只会越闹越大,一块完蛋。降低到用武功,才能解决纠纷。"

行出几步,沈岸问:"武行未来押到我身上,您确定我能赢?"

孟大人说:"嗯,用你家的第四套拳。"

沈岸解释,没有第四套拳,是菜市场里为逗大师哥动手,乱讲的。

孟大人笑:"有,回去谈。"反身招呼马车跟上。看意思,是肯定有办法让他赢。

雷劈似的一声响。

枪击力度大,孟大人飞出四米。八位保镖赶上,拉马车遮挡,防备再放枪。孟大人胸口烂了,抬手揪沈岸领口,力量大得似练过武:"这个社会,不许女人太成功,所以你父亲是好汉,支持我。听他的,不会错,离开武行!今天的事不要查,忘掉我。"

夕阳光照下,沈岸眼白绯红。

意识到他不会听话,孟大人叮嘱:"别一个人,找贵樱。"转脸,见落日大得占了半个天,如此不真实。她想到青春时读的书,有些急,"最好的人间是民主,但是民主养小人。"

沈岸求她别说话,坚持到去医院,中枪不等于死,许多人都能救回来。

孟大人说:"你忘了,我是军医学堂优等生。这辈子的事做完了,我对得起天地。"瞪着落日,自掩眼皮,就此过世。

孟大人口中的贵樱,已脱离武行,在所小学当体育老师。贵樱的父亲,是一九〇一年拦着不让沈父向联军司令交人头的捕快。清朝亡后，沈父带他入了武行。捕快家世代习武，兄弟五人，独他入官府就职，家里期许他跃升阶层，带着全家往上走。

在天津武行做了十年，拿军费批的月薪、解决街面纠纷的好处费、富豪弟子给的红包，他觉得钱挣够了，劝沈父："我的老哥哥呀，咱俩这辈子这样可以啦，咱们的孩子不能到此为止，孩子们得往上走。"

分析，武行是北洋军控制天津租界的救急措施，等找到更好的办法，或是跟南方打仗失败，北洋军垮了，武行便会消失。趁着习武的成了体面人，要扩大社交，给孩子开路。

沈父患病后，住贵樱家两月，捕快寻偏方，熬草药调理，没管用。沈岸年少喜欢跟贵樱一块玩，后来惧她。因为全武行都认为，她是他日后的媳妇。

贵樱自小有个庄重样，上学、练拳，都一遍一遍练，像经过大事的中年人，十分耐心。跟她过一辈子，会无趣。

孟大人死后，沈岸发现自己从未独立办过事，仇该怎么报？没找贵樱商量，直接找了七奶奶。

孟大人不在了，武行自觉以七奶奶为首。沈岸怀疑她是行凶主使，想看她怎么说，打草惊蛇，先讲自己怀疑凶手是齐铨。

七奶奶回复："你怀疑你师兄，因为你不懂武行，你父亲没带你经过事。在我看来，绝不会是他，他跟孟大人一切正常。"

淡淡的不耐烦，内行向外行解释，都会是这样的表情——不像是她。沈岸请求开会，当着众馆长的面，让齐铨自证清白。

七奶奶说："孩子，出的是人命。你父亲定的，武行管活人不管死人，出了命案，要移交警局。"沈岸坚持，七奶奶失去耐心："行，随你。武行规矩，大半是你父亲发明的，改一次可以，改多了，我不答应。"

开会，齐铨带了人证，证明孟大人中枪的时间段，他在酒楼见人。

沈岸说："枪手可以雇佣，不必你本人。"

遭众人批评："照你这么说，这会没法开了，在座的每个人都没法证明清白。"

沈岸起身，指着齐铨，问众人："我跟他的比武还有吗？"

彩哥从墙边走到桌边："比武，是孟大人发起的。她人不在了，我们无意延续。"七奶奶一副笑脸："孟大人爱开会，一件事谈起来没完没了，大伙受罪。我觉着，得改改。习武人，该干脆点。"做手势要齐铨起身，"别搞什么人证物证了，你发个誓，说不是你干的，事情就结啦。"

齐铨举手上指。

今日开会，齐铨还没跟沈岸有过一次对视。心虚才会如此，凶手像是他。沈岸打断："抬手一指，太轻易。"

齐铨收指，两人对上眼。

果然是馆长了，他眼里有着父亲的威严。沈岸闪开眼，面对众人："比武，就是这时候用的。查不出真相，以比武的输赢，判定现实。他打赢我，我当他是清白的。"

彩哥问："他输了呢？"

沈岸低头。七奶奶说："呵呵，你也没想好。"

沈岸抬眼："比武场上，会有报应。这场比武，用兵器。"众人听出意思，齐铨输了，等于定罪，沈岸要将他处决。

沈岸脸上的凶相，让七奶奶有些怵。来天津后，习惯了指挥习武人，常忘记自己不习武。沈父读书人一般的讲理、客气，武行十年，没办过狠事，但他露出雪白牙齿的坦诚笑容下，是一夜屠五十人的旧事。

七奶奶没话了。儿子总是像爹的，沈父附体般镇住全场，沈岸向齐铨递上挑战书。挑战书是沈父的发明，模仿明清文人雅集的邀请函。

内容由墨笔写在折叠的红色硬纸上，装白色信封。

齐铨答复："十六岁，第一次接到挑战书，白信封里抽出红帖，好看极了。你的做法不合理，但我喜欢看到它，答应你了。"

孟大人是被枪打死的，沈岸想过自己在街上被爆头的场面。刚想会怵，很快就不怕了。是遗传吧？父亲年轻走镖，便是一路等着林子里的土匪打冷枪。

女友夏安家不能住了，他见窗口有人影，枪手往里打，会误伤她。沈岸约了两辆人力车搬行李，门口耽误四十分钟，以告知街面，他不住这儿了。

比武在十五天后。夏安不高兴，说楼里百分之九十是洋人，武行不敢在这儿开枪，况且她家住五层，附近没有等高建筑，枪手往哪儿支枪呢？

他执意走。她将他送的礼物扔车座里，表态要绝交。父亲管教严，他一直手头紧，没给她买过什么，是一条俄罗斯产纱巾、一对德国产旅行用的牛皮肥皂盒、一个朝鲜产海龟壳磨的烟嘴。

她回了楼门。沈岸迟疑片刻，在三楼追上她，解下围脖铺楼梯上，说站着谈事不尊重，大事要坐下谈。

"有位跟我从小一块长大的姑娘，她父亲跟我父亲称兄弟，所有人都觉得我会娶她，她也这么想。跟你好上，以为父亲会发火，结果他什么都没说。后来才明白，父亲要我离开武行，本就不想让我娶武行的姑娘。现在情况变了，我得回武行。对不起，从没想过跟你长久，我是出来玩的。"

夏安听懂，无语气地问："你要去找她？"

沈岸说："不找她，但日后会是她。武行的下一代，都是相互婚配。我们受不了外人，外人也受不了我们。你的好，我记着。遇上难事，要找我，我一定还。"自抽一记耳光，冲下楼。

脸上抹了盐似的辛辣，这一巴掌是真心的。京城底层的做法，自抽耳光，表示自己做人不行。毕竟粗鄙，沈父建武行，不许武人再这么做。

沈岸五六岁时见过，镖队在路上失了货，雇主怀疑沈父串通土匪，监守自盗。沈父急了，忍住没打雇主，给了自己一下。表示：丢货，我没脸；您怀疑我，我更没脸了。

嘴里腥，该出了少许血。忍着牙痛，沈岸坐上人力车，上空响起嘹亮口哨。双手塞口中，做成海螺状，美国西部牛仔放牧时，远距离呼唤同伴的吹法。

夏安站在阳台上，四根手指擦唇抽出："我也有话跟你说，晚上到我跳舞的地方来。"

沈岸喊："我进不去。"

夏安说："想办法。"

## 五

夏安，是他拦路认识的。日本女子爱逛街，三五结伴，和服刺眼，哪片街区都有。西洋女子不易见，她们出行坐马车，在商店、会所的门口亮一下相，很快进门。

初见夏安，以为是西洋人。那日她新买了皮鞋，为让鞋合脚，没叫马车送，自己走回家，看惊了整街人。一般华人都有点畏洋人，没有车夫上前问她坐车不，挎箱子卖烟卷的小贩见她近了，都闪开。

沈岸上前搭讪，完全是晕了头，没想过西洋女子能漂亮成这样。华人眼里，西洋人好难看，大鼻子大嘴、眼冒邪光。

沈岸问:"您一个人走,不怕碰上坏人吗?"

夏安说:"不怕,现在不就碰上了吗?"

是天津城外火车站一片的口音,那片人靠火车站讨生活,当行李工、领座员、站台卖零食的。沈父创建武行,要提升武人阶层,跟名教授、名医、名律师等齐。沈岸从小家教,听到这种口音,就不能跟这人交朋友了。

还是做了朋友,奇迹般住进她家。她一人住,不见父母,和邻居共用一位来自法国南特的中年女用人,打扫卫生,一日做一餐。

她没有朋友,有工作,隔三岔五,去一个叫"东江"的别墅,参加私人酒会。酒会也是舞会,她在巴黎取得交谊舞教师资格证,但不想办班教学,只想自己跳。她的专业技术,去哪里,都是给那里抬气。

沈岸没见过交谊舞,想学。她说这种舞,人学了就总想跳,你能去哪儿跳?

东江别墅不对外,是小圈子聚会,新人要熟客带来。沈岸出现,场中人皆侧目,夏安满意:"很像样。跟我谈分手,得穿身好衣服。"

这身晚礼服,他是在俄租界帕尔克斯街买的。俄租界的商品便宜,俄人好说话。一九一七年俄国革命,成立苏联,次年便要把天津的俄租界退还中国。管理俄租界的旧俄官员请英国领事干涉,拖着不还,也知道拖不了几年。

没了底气,便会客气。

晚礼服都是量身定做,完工至少十天。沈岸说五小时后就要,做好了被轰走的准备。裁缝满脸笑,说没问题,幸亏你找的是俄人,只有俄人能应急。像极了华人饭庄的伙计,不怕客人刁难,越难越显本事。

橱窗展览样品里,有一套跟沈岸身材相仿,上衣几乎不用改,腋下稍不合适，但看不出来，调整下裤脚。沈岸问这条街上有教交谊舞的老师吗？裁缝答他就是，不会跳舞的俄人一定是假俄人。

沈岸学四步，裁缝赞叹，没见过学得如此快的人。沈岸黯然，他学拳更快，一套拳看三遍就能打下来，快过父亲所有徒弟，但父亲不夸他，还不高兴。从此不敢在武馆里逞能卖好，徒弟们什么样，他最多什么样。

他要付学舞费。裁缝拒绝，说教人跳舞还要收钱吗？你见人摔了，扶一把，还要收钱吗？

没想到一套晚礼服这么贵——付得起，父亲过世后，自己有钱了。沈岸心上，闪过一丝难过。

不料沈岸会跳舞，乐曲踩点还含糊，毕竟步法对。夏安想起当初街头相遇："你在街头拦下我搭讪，我觉得你人有趣，没觉得要交往。你父亲第二天找到我，希望我将你带出武行，给了一个我无法拒绝的条件。"

父亲过世后，听到父亲的各种事，总让他震惊。他已能保持冷静，等夏安往下说，她却让他看舞池中的一对，介绍是法院院长和他的情人。舞池外一位独自喝酒、闷闷不乐的青年，是江浙最大军阀的长子。刚进门的是意大利使馆参赞及夫人。

沈岸听出了重点，问："你是谁？"

夏安说："银行行长的私生女。十五岁之前，他没理过我，之后他把我培养得很有用，帮他认识他想认识的人。"

思索这话的意思。

夏安媚笑："对，你到银行上班，不是你父亲的关系，是我的面子。"不等沈岸反应，她加紧说，"你是我认识的人里，唯一没资格进这儿的人。咱俩之间，没有'对不起'这句话，我也在玩。你怎么进来的?"

沈岸说:"没走门。"

夏安说:"怎么来的,怎么走吧。"停了舞步。

沈岸转身便走,快如贼奔。响起一声美国牛仔赶牛群时招呼百米外同伙的口哨,夏安追上:"这么没礼貌,不告别吗?"

行洋人的告别礼,吻沈岸左右脸颊,耳畔留言:"不要相信你看到的,也不要相信你经历的,现在的我是别人,有一天,你会看见我。"

言罢,寻舞池边一小桌,背身坐下。

沈岸翻走廊窗户进来的,翻窗出去时,胸口中了弹丸。不是土的,不是铁的,是颗彩色包装纸的水果糖。

猞猁持弹弓,带两名白人走来,三人服装统一。过去三个月了,他砸断的小臂已好,走近沈岸,熟人逗趣般一笑:"你大师哥收编了舞场保安,我就求他,给我换个活法。"

俯身拾起水果糖,剥开递上,请沈岸吃:"人得往高处走呀,你大师哥改了我的命。你敢害他,我要你命。"

沈岸出手,没接水果糖,点中猞猁脖侧。大神经丛所在,猞猁倒地晕厥。沈岸向保安们解释:"没事,五分钟,人就缓过来啦。"

保安们表示听懂:"既然没事,请您走吧。"

十分钟后,猞猁骑自行车追来,古代骑兵放开缰绳拉弓射箭般,松开车把,打弹弓。沈岸按"Z"字形路线逃。碎了旁边的瓦片、墙面。听音质,弹丸是铁的。

快打上了,冲上穿披风的一伙人,将沈岸护住。铁丸打在撑开的披风上,反弹飞出。猞猁停手,辨清这伙人领头的是彩哥。

习武人不在街面打架,打混混可以。将猞猁押到路边避风处,彩哥要猞猁表个态。猞猁指责沈岸不对，在洋人面前打他，让他丢脸。

"我这么个人，能跟洋人称哥们，多不容易，他往死里恶心我。"

彩哥听着烦，说街面默契，习武人不对混混开枪，混混不冲习武人打弹弓。上次在菜市场弹弓打沈岸，用的是一碰即碎的土丸，还不算犯规，这次用上铁丸，是赖不掉的大错。

"表个态"的意思，是自我惩罚。

猞猁叫唤："我手刚好。"举右臂往自行车大梁上砸。大梁是钢管，足够断骨。却落了空，沈岸手抓车把，将车拉开。

沈岸求情，说这次算了。彩哥强硬，咬定要执行，一次不兑现，混混从此放肆，武行便压不住了。

沈岸说："这么说吧，他是我朋友，刚才，是朋友间闹着玩。"

彩哥青了脸："习武人不跟混混交朋友。"

沈岸叫声"好"，走到猞猁跟前："听清楚了吧！这一刻起，咱俩不再是朋友。滚吧你。"

猞猁一激灵，蹬车跑了，行出三十米，回首向沈岸敬了个法国兵的军礼。

彩哥带人前后左右地夹住沈岸，说是大师哥吩咐："比武前保证你安全，你去哪儿，我们去哪儿。"

沈岸任由他们。走过两条街，停步等车过，问彩哥："我家有第四套拳吗？"

沈岸在菜市场说过这话后，全武行便都知道了，一致判断是沈岸为引齐铨动手而乱说的。沈父授徒众多，如果真有套只教儿子的拳，这辈子名誉便毁了，没法面对徒弟。

彩哥心想，你造的假，怎么还问真不真？迟疑了下，嘴上说："没有。"看他怎么回应。

沈岸没话，猛推彩哥，窜出人围。黑暗中，听到彩哥怒吼："扶我干吗？追他！"

东江别墅的酒会惯例开到凌晨四点。夏安说醉了，在两点时收工，寻去银行行长家。没走正门，从厨师买菜进出的后院小门翻进去，敲保姆窗户。行长现今是第三婚，身边有一个五岁男童、一个三岁姑娘。

她不去客厅，在厨房等。行长穿睡袍赶来，进门便吼。她打断："十五岁之前，我没见过您，没学过一句法语。您的话一快，我听不懂。"

行长不是巴黎人，来自加尔省和阿尔代什省交界处的一个山村。急了，会冒乡音。行长缓下语速："怎么上门了？不是说好了，不干扰我的生活吗？"

夏安说："爸爸，我为您做了很多事，我的岁数不小了，请您兑现承诺——如果有一天，我不再为您做事，您会给我一个足够让我满意的回报。"

行长失去表情，坐下："是哪个浑蛋伤了你的心？"

## 六

沈岸消失了。他跟在沈父身边长大，有过什么朋友、去过什么地方，武行人看得清楚，不该找不到。齐铨想到脱离武行的贵樱父女。

父亲是前清捕快，会有隐秘的人际网。女儿自小有大人物的沉稳样，老拳师们评价，长大了会是七奶奶，非要去小学教体育，叹息武行又少了个人才。

政府提倡，武术入了体育课，齐铨赶到时，望见她给一班小孩示范打拳。姿态美，功底差。年少没经过苦修，还被公认为人才，说明上一代人大部分不行。她感叹自己命不错，拜的师父是沈父。

齐铨鼓掌。贵樱红了脸。

"公子不见了,你知道他在哪儿吗?"
"你俩要比武,他该是躲起来练功吧?"
"该是这样吧。他家跟你家是世交,他家有第四套拳吗?"
"没有。肯定没有。"

齐铨手捶树上:"或许是刀。"年少学艺时,听过个传言,说沈父年轻时,跑长途押货,被一位女土匪头子看上。离别时,女土匪传给他一套刀法,保命的东西,中了埋伏,能突围。

贵樱被逗乐:"你信吗?"

对视她的眼,齐铨说:"按师父性格,不像能发生这事。不会有女土匪,更不会有刀法。"

贵樱大笑,晃身晃脸,避开他目光。

齐铨凑近一步:"听说师父刚查出病,到你家住了两月,不是教你刀法?"

贵樱答得流利:"是我爹给他抓药调养。"

齐铨说没事了,转身走,行出五六步,想起没告辞,欠着礼,回身挥了下手。

小学制度,下午两节课,三点半放学。体育课落下一身汗,贵樱在教职员工的澡堂淋浴,贪图热水舒服,洗得久了点。出来时见更衣间没了人,听楼道里也没动静。往日一放学,校工便会出动,在走廊洒水拖地。

刚穿上秋衣秋裤,冲进四人来。穿锅炉工服装,以女子的纱巾蒙脸,持棍棒。女人真想打男人,便能打得过。男人的眼、鼻、喉、裆、足弓,都蛋壳般脆弱。

贵樱拎衣服窜出。三个男人缩着身子惨叫，一个男人平躺，睡着一般。他是齐铨，被插眼、跺足弓时错开点角度，骗过了贵樱。故意安排三位差劲的，是觉得贵樱也差劲。让他们持木棒，为逼贵樱找兵器。

走廊空荡。冲入二楼四年级教研室，贵樱暗骂，今天怎么啦，都这么早下班？

四年级教研室平日人最多，十六张办公桌，桌上有刚沏的茶水，有外衣披在椅背上，人走得突然。看来，往三楼的校长办公室跑也没用了，不会有人。

墙上挂着数学课用的三角尺，她摘下两把。蒙面人三五个一组地冲入，被她利索地斩手、割喉。木尺死不了人，打得人疼得起不了身。

打倒十三四人后，她盯着其中一人："齐大哥，是你吗？"

交手时感到此人在装弱。扯去他面纱，却是位白人，蓝灰瞳孔。教研室空间大，有两根柱子，齐铨从一根柱子后现身。他随第二组人冲进，便躲在柱后观战。

尺子，是刀法。

派进教研室的，跟更衣间的不同，是齐铨班底里的强手，竟不堪一击。贵樱功底差，更显出刀法高明。

齐铨说："师父的刀法见到了，你不该骗我。"

贵樱说："我是保守秘密。"

齐铨说："好，你没错。让我猜猜师父用心，这套刀法是对付我的？我的馆长，当得好，这套刀永远不会出现；当不好，就让他儿子用这套刀制裁我？"

贵樱说："你想多了，公子不会刀。"

齐铨笑，如沈父一般的牙齿雪白："现在不会。师父一心让公子离开武行，公子学了一定着迷，就不招惹他了，所以传了你。你是师父内定的儿媳，传你一样，等要制裁我了，你再教给公子。"

贵樱说："你师父不传你，因为是土匪的东西，不是武行的功夫。你是门派继承人，他没对你隐瞒，属于门派的全给了你。"

齐铨说："师父真跟个女土匪有一段情？"

贵樱冷脸："小辈人不议论长辈私事。"

齐铨抱拳，道声惭愧。有些喜欢，她这种义正词严的劲儿。

贵樱说："我不是内定的儿媳，那是你们想的。你师父要儿子离开武行，不会选我。传我刀法，因为跟我爹是老哥们，就想把他私人所得，在我家流传下去。"

齐铨说："噢，用心好，但结果一样。你听说公子要跟我比兵器，就教给他。我败了，孟大人要我退出武行，公子要我死。绕了一圈，还是师父的刀法制裁了我。"

贵樱说："坏人才从结果想事，越想，心越坏。"

齐铨大笑："我是坏人？"

贵樱说："不是吗？"

贵樱瞬间眼神，真像七奶奶，看得齐铨改了口气，义正词严地说话："我立志改变武行，事没做完，这场比武，我不能输。查出公子在哪儿，暗算他——我不会做。能做的，是关你半月，不让你再教他。"

贵樱扔了尺子："刀法是个思路，想通了就成，不在于教多少次。"

齐铨说："还有个办法，你教我刀。"

贵樱说："你敢想。"她迎窗口阳光行去。窗外操场，站着老师、校工三十余人，七八个持棍蒙面人看守。

齐铨随上来："武行，有许多秘密。外人受不了我们，我们也受不了外人，武行后代，相互婚配。你的选择不多，公子是一个，我是一个。"

狡兔三窟，齐铨大部分时间住在沈氏拳法研究所，另在华人地盘租了套四居室公寓，从酒楼雇来名厨，几次在那儿请客，武行人都知此处。还有一处在英租界，对武行保密。

天津是北方首要海运港口，法国势力占优，英国竞争起来费劲儿，转而开发秦皇岛，企图让天津贬值。人才流去秦皇岛，英租界空出批洋房，因在白人高档社区，不租给华人。齐铨用一位洋人的名义租下，入住后，发现像他这样冒名顶替的华人还有几位。

差着阶层，武行人到不了这儿。

这里是带地下室的独栋三层小楼，一楼大厅闲坐着两位白人，习武人的精气神。走廊两侧的房间里有聊天声，厨房有动静，不知住着多少位。

二楼是习武场，摆着沈家独有的训练器械，石锁、石壶、石桃。过了练功时段，空着无人。三楼是齐铨独享，有图书室、台球室、六人座餐厅、一间客房、一间主人卧室。

带客人参观房间，是北方习俗，向你公开，表示我家就是你家，请随时来随时住。

贵樱问："你原想把我关在这儿？"

齐铨说关人要在另一处，是个搬空的酒窖，墙厚半米，没得逃。

"带你来这儿，因为你说你不帮公子了，可嫁给我 —— 你得证明，让我信这话。"

贵樱说能跟你进门，便明白得这样。

"齐大哥，我人归你。作为你的人，要告诉你，今天你办错了事。

"天津的混混不骚扰学校，因为学校都是大商团赞助，惹不起。你清出教学楼打架，还当着教职员工的面劫走一位老师，对校方是大蔑视，容你这么做，以后就没法办学了。校长会报案，商团会管，一定能查到你。"

543

齐铨说他招募的手下足够，人多势众，就没错了。查到他，敢怎样，难道火并吗？最多是大家交个朋友，他请校长吃顿饭。

贵樱升起妻子般的愁容，说："你想事的方向不对，不是大家比实力，是关乎你个人名声。身为武行大佬，假扮强盗骚扰学校，查到你，你就成了个笑话，在武行再无威信。"

齐铨气弱，请教解决办法。

贵樱说放她回去，由她跟校长说，骚扰学校的人是她父亲当捕快时结下的仇家，属于江湖事，正在解决，请撤销报案。来校就职时，校长查过她背景，会信。

齐铨叹自己在广州待太久，忘了天津的人情世故。贵樱在床边坐下，说："你这人还听劝，看来我这辈子还不至于会受大苦、起大急。"

齐铨让她速回校。贵樱表示还有时间，就此不语。齐铨说，看清她是命中注定的夫人，得明媒正娶，才对得起她。

贵樱起身："不需要我证明了，你得给我个证明。"

齐铨去保险柜，取来一张法国汇理银行的本票。本票的含义是，银行见票即付现金，不核查身份、无任何手续。票值六万法郎，可以买四十二架德国产毛瑟M18机枪。

是沈氏拳法研究所的应急款，接任所长之日，孟大人做证人，由研究所会计移交给他。让她保管，以为她多少会感动，不料她没话，平淡收入衣兜。

这就是贵樱呀，自幼便有大人物风范，齐铨暗叹。

送她到一层正门，握着把手，齐铨迟迟不推门。

贵樱笑了："齐大哥，你还是不信我。"

竟有些舍不得她走，齐铨冷脸："带你看个地方。"

这幢独栋小楼，前院百十平方米，可停马车、轿车。后院六十平方米,前主人布置成小孩游戏场,有转马、秋千、鱼池,齐铨没让动。保持原样,是最好的掩饰,显得是正常人家。

这里还有个双人座长椅,油漆剥落、暴露木质,被雨水浇得发白。指着它,齐铨说:"这是我想事的地方。"

说起上代人进城市教拳,跟租界方请求,武馆门前百米范围,有人打架闹事,出门要管。习武人管自家门口,是汉地固有风俗,希望尊重。几番谈判,终于得了租界方默认——这便是武行的开始,每家武馆都负责门前百米,便从洋人手里割下了街面的部分掌控权。

在长椅坐下,透过后院门的铁条间隙,可窥见街上景物。行人不多,没有华人。齐铨说:"师父这辈子,把一百米扩成两条街。我常想,我能扩到哪儿?"

贵樱望去,后院门上挂着锁。

齐铨伸臂,从花盆里摸出片钥匙,递向她:"你帮我看看。"

贵樱说:"这是放我走吗?"

齐铨说:"你说你人归我,我得信这事。"

她拿了钥匙,打开院门,一直往前,突然跑了起来。

不想再看她,齐铨垂头,损失六万法郎,完全没放在心上,有些遗憾,失去了夫人。开着的院门,由用人去锁吧。齐铨转身回楼,耳畔响起微弱的一声"你能扩很远"。

贵樱在街面尽头,展臂呼喊。

# 七

孟大人中枪的地面,警局画了人形粉笔线,围了圈白绳子,阻拦行人。齐、沈比武,为裁决孟大人之死,比武前,需祭拜她。

到齐了武行成名人物,消失十五天的沈岸出现,将一株黄色菊花投在警戒线前。

比武场，设在沈氏拳法研究所的习武大厅。迎着窗口，刺眼；背对窗口，视力弱。为双方在光线上平等，合上窗帘，打开吊灯。

齐铨、沈岸穿皮革的护臂、护胸。

裁判宣布规则："上中下三路，不取上下，只打中路。听清了？"

齐、沈二人应答后，裁判又说："双方兵器都没开刃。但你俩功夫大，力度仍可伤人。此次比武，为判定是非，不搏生死。听清了？"

场内监督捧上双方兵器。齐铨接过两支短刀，见沈岸拿到的是单手剑，问："你不用刀？"

沈岸说："为何用刀？家父精通的是剑。"

齐铨说："是。也是我最擅长的。"他看向坐在观战席里的贵樱。

贵樱办妥学校的事后，十五天里一直在教齐铨练刀。据她说，之前只教过沈岸一个下午，同样刀法，齐铨可胜出。

在他的眼光中，贵樱一脸无辜，对于沈岸为何要用剑，显得不知情。

刀剑都绑牛筋，封住刃和锋。开打后，单手剑转把灵活，在长度、角度上都克制双短刀，沈岸三次斩到齐铨小臂，一次刺在胸口。

裁判喊"可以了"，比武结束，两名场内监督持木棍格开二人。

齐铨望向贵樱，心知中计，贵樱教他刀，是为让他被剑打败。

有一丝难过，她还是沈父内定的儿媳。

齐铨扯下刀刃上的牛筋，问沈岸敢不敢玩真的。

沈岸向观战席拱手行礼："诸位见证，下面不再是比武。"牛筋从剑锋脱落，比武用兵器，原本便要以误伤的方式，为孟大人报仇。

剑比刀快，齐铨倒地，沈岸奋力提剑，瞄咽喉扎下。

贵樱扑过来，以肩挡剑。武者本能，一击不中，立即补第二下。贵樱抬腿挡，惨叫一声。七奶奶喊"不可以"，一伙拳师冲上，十余支木棍将沈岸叉住,蛛网一般。

贵樱被抬去医院,彩哥带拳师们去了门外,厅内仅留下馆长身份的人,聚拢坐地上。走镖时代的规矩,密谈不坐椅子,坐地上说话不正式,说过等于没说,不许再提。

女子坐地不雅,独七奶奶坐个小板凳,俯视群雄:"事情闹得够大了,孟会长的死,忘了吧。街面上每年都死人,大多数莫名其妙,几十年查不出原因。查,只会祸害还活着的人。让事情过去,是你们这代要学的。"指沈岸,"你师哥还是所长,你接替孟会长,当武行的头面人物,我们老几位会帮衬你。"

沈岸回应:"谢了,知道您照顾我。"看向齐铨,"按说好的,比武输了,你该怎样?"

齐铨眼光未躲:"承担孟会长之死的罪责,退出武行。"

稍感意外,原以为他会仰仗七奶奶而赖账。沈岸说:"看你做。"

齐铨食指上举:"诸位见证,武行没我了。"

馆长们诧异,纷纷说不必。

齐铨起身,向七奶奶鞠躬:"辜负了您的看重。但我这人,说话算话。"

还以为有什么隐情,原来只是面子上过不去,众人放松。

七奶奶说:"不用这样,武行还要靠你。"一指沈岸,"我给你句话,你师兄不算毁约,是大伙要留他。你给大伙句话,你认了这事。"

沈岸不语。

七奶奶渐急了脸。

齐铨冲七奶奶一笑:"您以后,照顾我师弟就好,别担心我。我收编的人,已超过各武馆总和,我可以另造武行。"

众馆长被激怒,站起一二人。

七奶奶眼光如钩，似要剥下齐铨面皮："你这人，没法帮。老哥儿几个，还坐着呢？"

所有馆长都起来了，谈崩了的表示。齐铨要不给句软话，便是与全武行为敌。

齐铨行了一圈礼："诸位伯伯叔叔，向你们禀告件事，八年前，师父让我去广州闯荡，我就招收洋弟子了。祖宗的东西传给外族，犯了大忌，你们知道了，不会容我。我势必另立武行！"

事情突然闹大，七奶奶反而冷静，判断齐铨背后有军方支持，不会是北洋军，是南方军阀，广东的或江苏的，湖北的也有可能——总之，想换掉他们这些老骨头，染指天津街面。

七奶奶起身，笑容和蔼，大人不跟小孩置气般，道句"怎么说你好"，踢倒坐过的板凳，出门。众馆长随她而去。

茶杯可以摔，凳子不能踢。摔茶杯，是表达气愤，还有得谈，事能挽回。踢了自己坐的凳子，是蔑视谈话的对方，表达"你不配跟我说话，刚才跟你谈上，是我糊涂"。事无延续，绝了人情。

七奶奶留下十位拳师，监督齐铨从沈氏拳法研究所搬出，限一小时。如此逼迫，是敲山震虎，让他背后的势力早点露头。

东西不多，四个行李箱。沈岸帮忙提一个，彩哥提一个，其余是武馆学员们提，让齐铨空着手。毕竟曾是所长，需要送行。

三十多人往外走。人心所向，以沈岸为首。沈岸在齐铨身前引路，小声询问："师哥，请教一事。七奶奶明明偏袒你，你怎么跟她翻脸？"

齐铨没好气："唉！还不是因为你，看她逼你表态，大辈压小辈的嘴脸，惹恼了我。师父不在了，见不得别人欺负你。"

沈岸笑："是这样吗？快出武馆了，还说假话骗我，可就没意思了。"

齐铨也笑:"刚跟你说的,我自己也不信,得多没心没肺,才能干出这样的事!我可是个比你有心眼的人呀,但事便这样发生了。为比武,苦练十五天,练得我,简直又成了八年前离开天津的那个人。那个人,功夫真高,人够傻。"

终于确定,孟大人不是他杀的,沈岸竟有一丝庆幸。听齐铨嘀咕:"师弟,好手段,算计了我。"

沈岸看他:"我用的剑法,你也会,哪来的算计?"

齐铨说:"会演戏!"扭脸前行,不再理他。


彩哥事先叫了两辆人力车,一辆放行李,一辆供人坐。三十人止步在大门台阶前,彩哥向齐铨宣告:"出了这门,你就是大街上的人了,死在外头,别回来。"

齐铨应一声,一个人下台阶。

等车夫绑行李箱,齐铨瞥了沈岸两眼,第三次瞥来,开了口:"我承担后果,但不服气。下来,跟我再打一场。"

彩哥不让沈岸出声,呵斥齐铨:"别想啦!在街上打架的是混混。"

沈岸忍着不往下看。

彩哥加重语气:"贵樱还在医院躺着呢,你只会祸害大伙。痛快走吧。"

贵樱是被沈岸打伤,齐铨起了恨意,说句:"你没种。"

齐铨走后,彩哥落泪:"其实,刚才我盼着你下去,证明你能接下父亲的武馆。拦你,我对得起我这职务,对不起老所长,让人骂你没种。"

提到"种"字,不应战,辱没父亲。沈岸单手指天:"关门,等我回来。"

## 八

齐铨和沈岸并肩而行，人力车跟随，行入条街。迎面来伙人，接走行李，以广州口音称齐铨"大哥"。

混混打群架，要封街。叫嚷"洒水扫街，您走吧"，追着行人送橘子，表示歉意。行人哪敢接？吓得出街。进左右店铺，柜台上放个橘子，说"耽误您生意啦"，店家便要停业，关门关窗。

按混混做派，齐铨手下清空了街面，人力推的运货大木车堵住两端街口，车上装水桶、扫把，摆出洒水扫街的姿态。

齐铨递给沈岸一对短刀，是自己比武的款式，要他拿这个打。沈岸表示不会，齐铨一愣，随即明白："噢，你不用会，这是让我输的东西，你要练剑！"忽然起怒，"发明刀法的祖师是个人，你也是个人，也可以发明。"

猞狸为首的十个混混现身，持弹弓瞄沈岸。

齐铨说："用它吧。你不用，弹弓立刻打上来。"挥手，他在广州收的三位白人弟子上前，持齐胸高的棍子。

沈岸说："我是冲你来的，你不打？"

齐铨说："咱俩打不合适。你家的刀法，为中了埋伏能突围，本就不是一对一用的。"

沈岸说："这算什么！"

齐铨说："算计你。你算计我，我算计你。"

三个白人冲上。沈岸速退，利用街边杂物躲闪，尽量不陷入三面受攻的处境。看出三人功夫程度，沈岸果断出手。出手即后悔，判断他们差自己一大截，是忘了要用刀。

短刀接不住棍子的力度，被打飞一支。左腿受一棍，肋骨挨一棍，沈岸倒地。仨白人上前补棍，飞来土丸，在身上开花，飘出大簇烟。

猞狸打的，向齐铨求情："这人饶过我一次，我起码得为他说次话。让他把刀捡起来。"行了个法国兵的军礼。

齐铨被逗笑，允许。猞狸捡刀递去，沈岸爬起，自言自语，说摸到点窍门，喊仨白人再来。一接触，还是不行，又倒了。仨白人围住他，补棍乱打。

见沈岸没有打群架的经验，不知保护后脑、腰椎，担心给打残了，猞狸带混混们冲上，连推带扑，将仨白人逼退。因为属于自己一方人，仨白人也不好动武。

猞狸振振有词："一对一，我没话。三个打一个，不行！"

齐铨说："你要造反？"

街里共有六十名手下，听出齐铨怒了，便向猞狸围去。

猞狸显出戾气："反了！"吩咐混混们换铁丸。

十把弹弓齐发，铁丸力度可打裂店铺门板。齐铨手下急退，混混们架起沈岸往外走。猞狸快跑，去推堵街口的大车，雷劈似的一声响，猞狸狠摔在地上。

猞狸中枪，嘴里淌血，冲沈岸嘀咕了句"帮你，帮到这儿了"，要行个法式军礼，却胳膊松软，手砸地面，就此过世。

齐铨跑来，责问谁开的枪。两侧屋顶上，站起两名白人枪手，大声指责是对方，都说不是自己。

齐铨狂吼，叫他们闭嘴。他的手下已将混混们围住，沈岸被五人按着，露个脑袋。他这样子有些滑稽，齐铨笑说："师弟，开了枪，官人就该管了。咱俩换个地方。"

沈父不习惯叫警察一词，按前清习惯叫官人，齐铨随了沈父的口。众手下揪起沈岸，架着往外走。堵街口的大车拉开，窜进辆自行车，是名邮递员。

这条街没有邮筒，难道是条邮递的捷径路线？齐铨疑惑。沈岸看出，邮递员工作帽檐下，是夏安的脸。

整街人都看着她。她车把一歪，失控撞向押着沈岸的一团人。这团人大喊"小心"，趁着他们手松，沈岸挣扎而出，跳上自行车后座。

夏安奋力蹬车，女人腿力有限，压上个人后，车速提不起来，不及跑的快。齐铨手下跟在车后，能够着沈岸，却不出手。前方无人挡路，车到了，便都闪开。

齐铨知道，他们怕邮局。邮局都是洋人开办，还搞储蓄、管治安，等于半个银行、半个警局。吩咐一名天津本地的手下去谈判。

手下追上："姑娘，这样不好吧？我们在办事。"

夏安没理睬，按铃前行。

手下又问沈岸："要不，你下来？"

得不到应答，手下跑回齐铨处。

齐铨说："留下一半人，把街洗干净，官人来了，你会说吧？"带另一半人出街。

夏安拐到条行人少的巷子，墙边候着十余名邮递员，白人，高鼻深目，都手拎棍棒。她向沈岸解释，他们的作用只是接应，没敢让他们进打架的街，人一多，会激发敌意，容易真打起来。

"我一个人，才能救出你。"

沈岸说："你有胆。"

"不，是聪明。"

十余名邮递员跟在车后小跑，他们与夏安一样，是混血儿。看着他们，沈岸才明白，齐铨的白人手下，其实是混血儿。洋人看混血，壁垒分明，一眼辨清；华人看起来，则是太像了。

夏安笑："都说混血儿聪明，聪明有什么用？天津混血的孩子太多了,大多跟我一样,从小见不着父亲。有良心的,给安排在邮局工作。外人不敢惹邮局,看我们等于是看洋人。其实我们不受待见,进不了洋人圈子。"

她高兴起来,迎面出现一座浅灰墙面的邮局,门窗为深灰色,油漆老化,鱼鳞般裂纹。以脚支地,停住车,夏安放沈岸下来,指着邮局,眼里满是爱:"舞场十年,它归了我。五天前的事。"

埋伏在门里的齐铨手下冲出。十几个混血儿未及动手,即被叉住。

齐铨的手下大喊:"手别抬起来!抬手就是打架了。你们吃亏!"

领头的手下拎双短刀给沈岸:"公子,我们都准备好了,离这儿不远,走两步就到。"前方有个岔路口,有一辆人力推的运货大木车挡着。

沈岸不接刀:"不会用。不公平。"

领头的手下说:"您要换兵器?行。等回话。"随后往大车处跑。

夏安背后喊:"人给打成这样,我要带他进去喝口水。"进了邮局,有逃的机会。

领头的手下回复:"喝水可以,门口。"

齐铨手下和混血儿分开,都坐马路牙上。邮局里端出热水盆,沈岸洗了把脸。

齐铨从岔路口走出,拎双短刀,对沈岸说:"你还用它。因为比武,我用它。为了公平,传你口诀。"

二人移步到路边邮筒处,齐铨讲解:"道理简单,只是常人想不到。一刀出去,等于三下。对手挡住第一下,挡不住第二下、第三下。"

沈岸说:"一下就是一下,怎么可能是三下?"

齐铨揶揄:"你家的刀法。"他离开邮筒,招呼坐马路牙上的手下都起来,"走啦,他不会逃。逃过今天,逃不了一辈子。"回望沈岸,"今天打完,不再有麻烦。"

沈岸说:"你这话说的,像个混混。"

齐铨嗤笑:"等你。"

过去二十分钟,沈岸若有所悟。知道这事要打了才明白,再想下去,将失去勇气,永不能应战。

沈岸前行,夏安离四五步,跟在后面,以他刚好能听见的音量说话:"当初你父亲让我带你出武行,给了我一个无法拒绝的条件。不是钱,是个木箱,里面有四十本蓝皮册子。是你家家谱。"

沈岸放慢脚步。

夏安说:"最后一本上,写了我名字,在你旁边。这是我无法拒绝的条件。"比婚礼更有效的家谱上,她是他夫人。

感念父亲大度。她向自己交过底,之前睡过四十六位男士,从不觉得她是婚配对象。按她的烈性,写名字前,一定向父亲坦白。沈岸望了眼天,继续前行。

夏安追上:"你成为我丈夫,我才喜欢上你的。男人间的游戏,太蠢了,不要去。"像那日在舞场行吻别礼,她贴上他脸颊,耳畔留言,"逃得掉,我安排。"

睡着般,沈岸任由她拉转,向回走。

第一次触上她的唇后,便发誓以后要尽量触。尽量的含义是,尽此生。她带他做过一个实验:抱在一起多久,两人才会产生厌恶,非得分开?

一小时后,他睡着了,很快被她拍醒,说不能取巧,睡着也等于分开。又过了一小时,她睡着了,醒来后说,实验结束,她饿了。

饭后,他要继续实验。她落了泪,说实验失败。

孟大人的死,犹如梦幻,怎么想都不合理,没人有动机。猞猁的死,犹如梦幻,完全不理解他突然爆发的友谊。或许该离开这一切,去她家继续那个实验，身边备好水和饼干，这次能成功，起码会超过十天十夜——

快到邮局门口，沈岸才醒，挣脱她的手，向岔路口跑。她大骂，追他。沈岸回手一刀斩在墙面："别跟上来，我会分心。请相信，我家的刀法会保佑我们。"

心知，此举浑蛋，她脸色难看。

## 九

沈岸进去十分钟后，夏安走近岔路口。守大车的齐铨手下一起向她鞠躬，请她别再靠近。夏安知趣，掉头走开。

二十分钟后，大车拉开，搀出一位左臂受伤的人，之后是三个担架，再之后是齐铨，由人扶着，胸口、左腿有血，伤口浅，衬衣领口被划开，残荷败叶般垂着，但脖子上没伤口。

原本是致命的一刀，没往血管上走，划在衣领上。

齐铨之后，陆陆续续走出二十余人。夏安近乎绝望时，走出了沈岸。

沈岸身上有五处剑伤，创口不深，最多日后留疤。击败四个人后，齐铨同意跟他打，用的是研究所比武时沈岸使的单手剑。兵器因形制不同，存在天然克制关系，双短刀防不住单手剑，基本上，持剑者想往持刀者身上扎几个眼，便是几个。

沈岸悟出的"一刀三下"口诀，是刀剑相碰时，刀不抵住，而是从剑上滑开，继续前劈。这是思维的死角，常人不敢，想当然地以为刀离剑后，剑会刺中自己。其实刀滑开，持刀者本能会随刀移动。剑只会刺到持刀者原来位置，一定落空。

齐铨的衣领被划开后，说："咱俩的事完了。"又露出沈父一样的雪白牙齿。

赢了的感觉，如此不真实。沈岸跟着大队人往外走，忘了自己，仿佛是齐铨的一名手下。响起嘹亮口哨，双手插入口腔的吹法，美国西部牛仔用于招呼远处赶牛群的同伴。

沈岸看到夏安。她靠墙，迈不动腿："我在想你死后的事，想得很认真。"

沈岸向她行去，心是空的，泪却滴下。

将近时，蹿出一伙白衣女子，持网兜绳索，将沈岸扑倒，照腿上打几棍，迅速架走。打的是脚踝、膝内侧，人会疼得站不起。

直到沈岸被架出二十米，夏安才反应过来。听到她追上，走在最后的白衣女回身一棍，正中她脚踝，将她打瘫。邮局门口的混血儿们望见，持棍抢夺沈岸，白衣女子们亮出两支草席包裹的步枪，逼住了他们。

沈岸最终被捆手脚，放到舢船上。

七奶奶在岸边现身，说："你离开三年，有话，三年后说。"

齐铨一行拐过街角，冲上六七十人。没得打，就是人挤人，将他们往墙上、地上压。齐铨被揪出来，打伤腿后架走。

送他离开天津的人，是彩哥。解释："孟大人是大学生，水平高，她描述武行的话最准确——武行是个小木片，是插在房梁、柱子中间减压的楔子——你今天，闹大了。楔子乱晃，大梁大柱不高兴，由我们送你走，对你是最好的，明白吗？"

齐铨表示听懂，但想问问，大梁大柱是谁。

彩哥叹息："不知大梁大柱，是你的败因。"

研究所门口，沈岸随齐铨走后，彩哥赶往"国技发展会"，向七奶奶投诚。之前开会，七奶奶力挺齐铨，彩哥作为沈父留下的亲信，反水孟大人、沈岸，七奶奶看不清，不知他是忠于职守，谁当所长就帮谁，还是在向自己示好。

等着他来的这一天。

齐铨南下八年的经历，沈父早向武行公开。因个性强，不善于处理同事关系，在学校、企业、部队都干不长，最终还是回归本行，教拳维生，做了家庭教师。

教会一个人拳，得二三年，八年很短，教不了几人，走不了几家。沈父不忍看他岁月蹉跎，因而召回天津。

七奶奶不信。齐铨回天津五个月，查了他五个月。

齐铨当家庭教师的人家，一家都查不到。如不是名门望族，有祖产，在流动频率高的广州，因搬家而失联，是常态。但全部失联，便像是谎言。

彩哥汇报，齐铨南下，干上了走私。广州混血儿多，受白人、华人双双歧视，谁对他们好，就为谁拼命。他教混血儿武术，当徒弟当手下。

获暴利的走私是武器、药品、橡胶，轮不到他干。他干的是南洋产食用油，盈利九成分给沿途警察、土匪，自己和手下分一成，赚的是辛苦钱。这种级别的人，接触不到军方高层。

七奶奶说："所以他回天津后的作为，没有背景？"

彩哥说："他的胆大妄为，只是胆大妄为。"

唯一疑惑，沈父明知此徒劣迹，为何还要让他接班？彩哥回答，沈父的思路是，上一代人能办武行，因为年轻走镖，都有跟土匪打交道的江湖经验，武行的下一代经历单纯，生在武行，只知武行，遇上变故，怕撑不住。

武行表面上跟江湖相反，模仿的是绅士文明，但武行的底色是江湖，需要有江湖经历的人接班。

七奶奶笑道："沈大哥看齐铨是人才难得。在我这儿，还算不上人才。"之前支持他,只为打压孟大人。

不提七奶奶,彩哥向齐铨解释,大梁大柱是租界外的北洋军、租界里的洋人,经过二十年角力,双方才达到平衡,厌恶意外与新意。

水边停着辆烧煤的小汽艇,可跑远程。

彩哥说:"有个人要跟你走。"

舱内,有从研究所取出的四个皮箱,英租界租房里的重要物品,彩哥办事周到。还躺着贵樱,右小腿上石膏,挂矫正锁骨骨裂的吊带,说:"帮公子,是道义。我对你的承诺还在,你可以带我走。"

齐铨请两名抬担架的女拳师出舱回避,凑近她说:"不了。什么都没了的人,脑子会突然好使,想到件事。沈家,到底有没有刀法?"

贵樱的愁容转为小女孩童真的笑:"他家没有,是我家的。"

齐铨说:"我唯一的错,就是没早点娶你,否则你会帮我。"

之前算准,按齐铨的傲气,落魄时不会拖累女人,况且骨折不适合乘船,会劝自己下去。话谈开了,更可下船。

研究所比武时,拼死为他挡剑,是总以为沈岸会犹豫,没想到真下杀手,未经大脑,即冲了上去。教刀十五天,整日相处,看来自己对此人有一丝喜欢。

事已至此,他会认为是别有心机的一场苦肉计。

贵樱感到一切无趣,喊人抬担架,下船前嘱咐齐铨:"不要记仇,不要回来。"

## 十

三年后,沈岸乘火车回天津。三年内,没受过什么苦,七奶奶将沈父的钱转给了他,他无意在外地混武行,拿钱做投资,狠赔几笔后,不敢再投，当了守财奴。

曾潜回天津看望过夏安一次，离去时被几位女拳师截住，问："七奶奶的话怎么说的？你不拿她的话当话，三年后就回不了天津了。你该学学你大师哥。"

齐铨出了天津后，江湖传言，是回了广州，放胆抢下条军火走私线，发了家。还有说法，是他没到广州，出天津地界不久，汽艇遇上水匪。来天津，他不断收编人马，养人最费钱，五个月花光八年积蓄，原想改造武行后，运转起来，自然会来钱，没等到这一天。水匪搜不到值钱东西，开枪泄愤，打死了他。

不信是水匪，沈岸再没回天津。

沈岸四天给夏安写封信，写多了后，夏安来信说："别写了，不想你地址暴露，别总在一个地方，你游山玩水吧。"

从此他四天换一地方，熬到第三年。坚信七奶奶会守约，死也要回天津。

出了火车站，站台上站着彩哥，说："回来了，怎么不打声招呼？大伙儿好去接你。"沈岸回应："不说，你们不也知道了吗？"

天津的消息，外地可听到。七奶奶一直在幕后，请贵樱从学校辞职，出任武行会长。彩哥不是习武人，当选副会长，这是他在武行的极限。

出站，驶来辆马车，坐着贵樱、戴墨镜、男装打扮，恍如当年孟大人。她说："七奶奶不见你，'有话，三年后说'的约定，由我兑现，有话，请说。"

沈岸无话。

当年百思不得其解的事，时过境迁，便会明白。"引诱齐铨学刀，被剑击败"的设计，是孟大人找贵樱定下的，保证比武时沈岸获胜，将齐铨逐出武行。齐铨主意大,不好控制,换沈岸回来,沈家旧部会妥妥地支持他。

贵樱联合彩哥,将两位比武者都逐出天津,她回武行主事——如此推想,沈岸并不恨贵樱,她和自己一样,都有习武的天赋,因父亲起了"咱们的孩子要往高处走"的心,给逼出武行,去干不喜欢的职业。

两人的区别,是她有本事回武行。当年,沈岸跟齐铨决斗前,有片刻迷惘,打败师哥,为体面地回到武行,却发现自己并不了解武行。贵樱是知道的,对于她,沈岸甚至还有些羡慕。

只是,打猞狸的一枪,是谁?

齐铨的两名枪手都说没打,也许是推卸责任,也许屋顶上还隐藏着一位枪手。开了枪,事闹大,大人物有理由管了。

如果这位枪手是贵樱安排,那么打孟大人的一枪,也会是她。她不是顺势而为,是造势者,当孟大人向她口述"以剑破刀,驱逐齐铨"的计划时,她已决定将孟大人除掉——

不愿这么想她。宁可是自己想错。

沈岸谢绝上马车,说要走路,刚回来,想接接地气。走出四五步,听贵樱在背后说:"孟大人的死因,警局查出来了。"

"孟大人出事的地方,是洋人居住的街,一个十岁的哥哥和他八岁的弟弟,闲在家里,发现了父亲的猎枪,见窗外有人,就瞄准玩。没想到枪里有子弹。"

沈岸说:"是这样吗?"

"当这样吧。你不问问七奶奶好不好?"

沈岸问:"好不好?"

"这两年,老得快,管不了事了。唉,她总说下一代人才少,可你跟你师哥都是人才，在她手里没保住。"

沈岸垂头。外省听到的传言不准，七奶奶不是幕后操盘，是被贵樱废黜。作为归国华侨，她自小在洋人群里长大，压得住读洋书的孟大人，玩不过本土滋生的贵樱。

贵樱说："你父亲的武馆，我给你维持得好着呢，等你回来接手。"

沈岸说："不了，我有工作。"拎箱子，跳下马车。

马车后面跟着十二名骑自行车的保镖，身为副会长的彩哥也在其中。谦受益——二把手跟一把手的关系，不是次一等，要主动拉低。对贵樱持主仆礼，他已很久。

马车追上沈岸，贵樱拉高声："是在邮局吗？哈哈，那你成了天津城里第一个进邮局工作的华人。大伙儿都为你骄傲。"

沈岸看她："我回来，是与夫人相聚，不为跟你争。"

车上车下，她陪他行了六七秒，道声"谢了"，做手势让马车加速，超越他而去。彩哥回头望沈岸一眼，似乎是说，答得好。

## 十一

夏安的邮局，经过翻新。粉刷的颜色是天蓝、橙黄、橘红，艳丽得不像是法租界。走进，她在三号柜台。

趁上位顾客刚走，她手上还有余活儿，沈岸凑上，问寄信最远能寄到哪儿，她回答"巴黎"。沈岸问巴黎谁最有名，她抬眼，眼神认出了他，大脑惯性，口说的是"毕加索"。

沈岸掏出三年前比武的双短刀，放上柜台："寄给他。"

一日，两人去上班，走到邮局门口，她怎么看怎么满意，望了望左右，想起他开过的玩笑，说："刀别给毕加索了，给我吧。我要让左右一百米太太平平，什么坏事都没有。人人喜欢来，人人觉着好。"

沈岸黯然："武行就是这么开始的。"

（原载《收获》第6期）